Rizzoli

Tom Clancy
con Mark Greaney

Clear Shot
Colpo mortale

Traduzione di Andrea Russo

Rizzoli

Pubblicato per

Rizzoli

da Mondadori Libri S.p.A.

ISBN 978-88-17-10500-2

Titolo originale dell'opera:
TRUE FAITH AND ALLEGIANCE

Prima edizione: novembre 2018

Realizzazione editoriale: Netphilo Publishing, Milano

Clear Shot
Colpo mortale

Personaggi principali

Governo degli Stati Uniti

JOHN PATRICK «JACK» RYAN: presidente degli Stati Uniti

SCOTT ADLER: segretario di Stato

MARY PATRICIA «PAT» FOLEY: direttrice dell'intelligence nazionale

ROBERT «BOB» BURGESS: segretario della Difesa

JAY CANFIELD: direttore della Central Intelligence Agency

DAN MURRAY: procuratore generale

ANDREW ZILKO: segretario della Sicurezza interna

ARNOLD «ARNIE» VAN DAMM: capo di gabinetto del presidente Ryan

STUART COLLIER: agente operativo della Central Intelligence Agency

BENJAMIN KINCAID: funzionario consolare del dipartimento di Stato

BARBARA PINEDA: analista della Defense Intelligence Agency

JENNIFER KINCAID: agente operativo della Central Intelligence Agency

THOMAS RUSSELL: agente speciale responsabile della divisione di Chicago del Federal Bureau of Investigations; direttore della Joint Terrorism Task Force, task force congiunta antiterrorismo

DAVID JEFFCOAT: agente speciale supervisore del Federal Bureau of Investigation

Militari degli Stati Uniti

CARRIE ANN DAVENPORT: capitano, esercito degli Stati Uniti; copilota mitragliere di elicotteri Apache modello AH-64E

TROY OAKLEY: chief warrant officer 3, ufficiale con incarichi speciali dell'esercito degli Stati Uniti; pilota di elicotteri Apache modello AH-64E

SCOTT HAGEN: capitano di fregata, marina degli Stati Uniti; comandante della USS *James Greer* (DDG-102)

WENDELL CALDWELL: generale dell'esercito americano a capo dello United States Central Command, uno dei centri di comando interforze del dipartimento della Difesa

Il Campus

GERRY HENDLEY: direttore della Hendley Associates, ovvero il Campus

JOHN CLARK: capo operativo

DOMINGO «DING» CHAVEZ: agente operativo senior

DOMINIC «DOM» CARUSO: agente operativo

JACK RYAN JUNIOR: agente operativo e analista senior

GAVIN BIERY: capo della sezione IT

ADARA SHERMAN: capo della sezione trasporti e logistica

HELEN REID: pilota del Gulfstream G550 del Campus

CHESTER «COUNTRY» HICKS: copilota del Gulfstream G550 del Campus

Altri personaggi

DOTT.SSA CATHY RYAN: first lady degli Stati Uniti

DOTT.SSA OLIVIA «SALLY» RYAN: figlia del presidente Jack Ryan

XOZAN BARZANI: comandante dei peshmerga curdi

SAMI BIN RASHID: responsabile della sicurezza presso il Consiglio di cooperazione del Golfo

ABU MUSA AL-MATARI: cittadino yemenita, agente segreto dello Stato Islamico

VADIM RECHKOV: cittadino russo, negli Stati Uniti con un visto di studio

DRAGOMIR VASILESCU: direttore dell'Advanced Research Technological Designs (ARTD)

ALEXANDRU DALCA: ricercatore dell'ARTD; esperto nella raccolta d'informazioni attraverso canali pubblici

LUCA GABOR: detenuto rumeno; esperto di *identity intelligence*

BARTOSZ JANKOWSKI: tenente colonnello a riposo dell'esercito degli Stati Uniti; nome in codice Midas; ex operativo della Delta Force

EDWARD LAIRD: ex dirigente della Central Intelligence Agency, ora contractor privato della comunità d'intelligence

«ALGERI»: combattente algerino dell'ISIS

«TRIPOLI»: combattente libico dell'ISIS

RAHIM: capo della cellula ISIS «Chicago»

OMAR: capo della cellula ISIS «Detroit»

ANGELA WATSON: capo della cellula ISIS «Atlanta»

KATEB ALBAF: capo della cellula ISIS «Santa Clara»

DAVID HEMBRICK: capo della cellula ISIS «Fairfax»

1

Il nome dell'uomo seduto al ristorante con la famiglia era noto a quasi tutti gli americani con una televisione o una connessione Internet, ma quasi nessuno l'avrebbe riconosciuto trovandoselo di fronte: era da sempre molto attento a mantenere un profilo basso.

Ecco perché trovava strano che il tizio sul marciapiede continuasse a fissarlo, nervoso.

Scott Hagen era un capitano di fregata della marina degli Stati Uniti. Il che non lo rendeva famoso, ma aveva acquisito una certa notorietà come comandante del cacciatorpediniere lanciamissili che, secondo diversi media, aveva vinto quasi da solo una delle più grandi battaglie navali dai tempi della Seconda guerra mondiale.

Lo scontro – Stati Uniti e Polonia da un lato, Federazione russa dall'altro – si era svolto appena sette mesi prima, nel mar Baltico. Sebbene la vittoria gli avesse fatto guadagnare un buon apprezzamento, il capitano di fregata non aveva mai rilasciato interviste, e l'unica fotografia usata dalla stampa lo raffigurava in atteggiamento fiero, con l'alta uniforme e il cappello bianco.

Adesso, invece, Hagen indossava una maglietta, pantaloni corti e infradito, e non si radeva da due giorni. Nessuno al mondo – e *di sicuro* nessuno in quel ristorante messicano all'aperto, nel New Jersey – poteva collegarlo alla foto ufficiale distribuita dal dipartimento della marina.

Quindi si chiedeva perché quel tizio dallo sguardo inquietante e i capelli a scodella, nascosto nella penombra accanto alla rastrelliera delle biciclette, continuasse a girarsi verso di lui.

Lo sconosciuto aveva l'età giusta per andare all'università, e in effetti la città in cui si trovavano ospitava un college. Indossava una polo e un paio di jeans, in una mano reggeva una lattina di birra e nell'altra un cellulare. Poteva sembrare ubriaco. Hagen aveva l'impressione che si voltasse almeno due volte al minuto verso il patio illuminato e pieno di clienti, fissando in particolare il suo tavolo.

Il comandante non era preoccupato; in effetti era più che altro curioso. Si trovava nel New Jersey con la sua famiglia e quella della sorella – otto persone in totale – e tutti al tavolo continuavano a parlare sgranocchiando patatine con il guacamole, in attesa degli antipasti. I ragazzi tracannavano bevande gassate, mentre la moglie di Hagen, la sorella e il cognato si godevano dei margarita. Hagen era invece costretto ad accontentarsi di una bibita: quella sera era lui a guidare.

Si trovavano in città per il torneo di calcio del nipote diciassettenne, abilissimo portiere della squadra del suo liceo. La finale si sarebbe giocata l'indomani, e allora sarebbe toccato alla moglie di Scott guidare il furgoncino che avevano noleggiato, lasciandolo libero di scolarsi qualche birra ghiacciata dopo la partita, al ristorante.

Hagen prese un'altra patatina e decise che non era il caso di farsi turbare da un idiota ubriaco. Tornò a concentrarsi su quanto accadeva al tavolo.

La carriera militare imponeva parecchi sacrifici, ma nessuno pesante quanto il tempo trascorso lontano dai propri cari. I compleanni, le vacanze, i matrimoni o i funerali persi da chi serviva il proprio Paese non sarebbero mai stati recuperati. Come ogni soldato, il capitano di fregata Scott Hagen non passava molto tempo con la famiglia. Faceva parte del lavoro. Erano poche le volte in cui poteva liberarsi per portare i ragazzi da qualche parte con i cugini, quindi sapeva di doversi godere a pieno la serata.

Soprattutto considerando quant'era stato duro l'anno appena trascorso.

Dopo la battaglia nel Baltico e il lento attraversamento dell'Atlantico per tornare in patria, aveva condotto la USS *James Greer* nel bacino di carenaggio a Norfolk, Virginia, per sei mesi di riparazioni. E siccome lui era il comandante, per il momento Norfolk era casa.

Nella marina era opinione diffusa che i periodi trascorsi in bacino di carenaggio fossero i più duri del servizio: a bordo c'era molto da fare, di solito l'aria condizionata non funzionava e in più mancavano tante altre comodità. Scott, però, non poteva condividere una simile opinione. Aveva visto la guerra da vicino, aveva perso degli uomini; e anche se lui e la sua nave ne erano usciti da trionfatori indiscussi, sapeva che nessuno poteva invidiare l'esperienza della battaglia, nemmeno se vissuta dalla parte dei vincitori.

Adesso i russi si erano calmati, più o meno. La Federazione controllava ancora una buona fetta di Ucraina, ma il sottomarino nucleare classe Borej che Mosca aveva mandato a pattugliare le acque al largo degli Stati Uniti si era fatto vedere e fotografare a nord della costa scozzese, durante il viaggio di ritorno verso la baia della Sajda, oltre il Circolo polare artico. Quanto alle truppe entrate in Lituania, avevano lasciato la piccola nazione baltica attraversando il confine con l'exclave di Kaliningrad a ovest, o quello con la Bielorussia a est, ponendo così fine all'invasione.

La battaglia nel Baltico aveva contribuito a umiliare la Russia, questo era sicuro, ma i clienti del ristorante si sarebbero sorpresi se avessero scoperto che l'uomo dall'aspetto ordinario seduto al grande tavolo sotto gli ombrelloni aveva avuto un ruolo fondamentale nella vittoria.

Quanto al capitano quarantaquattrenne, l'anonimato gli andava più che bene. Non amava dare nell'occhio. Non usciva mai in uniforme con la famiglia, né raccontava storie di combattimenti in mare aperto. In quel momento stava scherzando con i ragazzi; disse alla moglie che, se prima di cena gli avesse permesso di mangiare anche solo un'altra patatina con il guacamole, l'indomani non sarebbe riuscita a svegliarlo, e lui avrebbe perso la partita. Entrambi scoppiarono a ridere. Poi Allen, suo cognato, domandò: «Ehi, Scotty, conosci quel tizio laggiù, sul marciapiede?».

Hagen scosse la testa. «No. Ma è da qualche minuto che mi guarda.»

«Possibile che sia un tuo marinaio?»

Lui diede un'occhiata, per controllare. «Non mi sembra di conoscerlo.» Ci pensò ancora qualche secondo, poi prese una decisione. «Basta, è una situazione assurda. Vado a parlargli per capire cosa vuole.»

Tolse il tovagliolo dalle gambe, si alzò in piedi e si diresse verso l'uomo, passando fra i tavoli dell'affollato locale all'aperto. Ma il giovane si girò prima che lui fosse a metà strada, gettò la lattina di birra in un cestino e si allontanò svelto. Attraversò la strada buia e scomparve in un parcheggio pieno di auto.

Quando Hagen tornò al tavolo, Allen commentò: «Strano... Cosa pensi avesse in mente?».

Non ne aveva idea, ma aveva già deciso la prossima mossa. «Non m'è piaciuta per niente l'espressione che aveva. Non voglio correre rischi: ce ne andiamo. Porta tutti dentro, uscite dalla porta sul retro e raggiungete il furgoncino. Io rimango qui, pago il conto, poi prendo un taxi per tornare in albergo.»

Pur avendo sentito quelle parole, sua sorella Susan non riusciva a capire cosa stesse accadendo. Non si era nemmeno accorta dell'uomo. «Che problema c'è?»

Allen si rivolse a entrambe le famiglie. «D'accordo, gente. Niente domande finché non arriviamo al furgoncino, ma dobbiamo andarcene. Mangeremo in albergo, servizio in camera.»

«Mio fratello diventa nervoso quando non è per mare con un po' di testate nucleari» ribatté Susan.

In realtà la *James Greer* non era equipaggiata con armi nucleari, ma Susan faceva l'avvocato fiscalista e non s'intendeva granché di navi; e Hagen era troppo impegnato a cercare di farsi portare il conto per correggerla.

Erano tutti seccati di dover lasciare il ristorante all'improvviso, con gli antipasti in arrivo, ma nessuno si oppose. C'era in ballo qualcosa di serio, almeno questo era chiaro.

Proprio mentre i sette cominciavano a dirigersi alla porta sul retro, Hagen si voltò e vide di nuovo l'uomo. Stava attraversando la strada a due corsie, diretto verso il dehors del ristorante. Adesso indossava un lungo impermeabile grigio, sotto al quale nascondeva chiaramente qualcosa.

Hagen rinunciò alla speranza di vedere Allen prendere in mano la situazione, e Susan era ancora disorientata, quindi si girò verso sua moglie. «Dentro, correte! Subito!»

Laura afferrò la figlia e il figlio, tirandoli verso la porta sul retro; la sorella di Scott e il cognato li seguirono insieme ai loro due ragazzi.

Hagen fece per imitarli, ma rallentò per guardare l'uomo. Ormai aveva raggiunto il marciapiede. Con orrore, lo vide tirare fuori un AK-47 da sotto l'impermeabile. E, come lui, lo videro anche altri clienti; era difficile non notare un gesto simile.

Le grida risuonarono in tutto il locale.

Lo sguardo fisso sul comandante, il giovane continuò ad avvicinarsi mentre portava il fucile alla spalla. Hagen era come paralizzato.

Non può essere vero. Non sta succedendo.

Si trovavano nel New Jersey, quindi non aveva con sé la pistola: anche se era autorizzato a girare armato in Virginia e in altri trentacinque Stati, lì sarebbe finito in prigione. E non lo consolava il fatto che lo sconosciuto violasse la legge, imbracciando quel Kalashnikov in pieno centro. Dubitava che l'aggressore si preoccupasse di un'eventuale denuncia per detenzione abusiva di armi e tentata strage.

Bum!

Solo quando il primo proiettile lo mancò, centrando una fontana decorativa appena un metro alla sua sinistra, Hagen reagì. La sua famiglia era proprio dietro di lui, e questa consapevolezza ebbe la meglio sull'istinto di cercare un riparo; si erse in tutta la sua altezza e cercò di usare il proprio corpo per fare da scudo a chi aveva alle spalle. Però non rimase fermo: corse in direzione del nemico. Non aveva altra scelta.

L'aggressore esplose tre colpi in rapida successione, nessuno dei quali andò a segno: la concitazione del momento aveva portato diversi clienti a rovesciare tavoli e ombrelloni, intralciandogli la visuale; alcuni gli finirono persino addosso, nel tentativo di fuggire dal ristorante. Un ombrellone rosso si rovesciò fra lui e Hagen, che pensò di sfruttare l'occasione. Accelerò il passo per placcare l'aggressore prima di essere colpito.

E quasi ci riuscì.

Ma lo sconosciuto diede un calcio all'ombrellone, lo vide attraversare di corsa un varco creatosi in mezzo al caos e sparò di nuovo. Hagen sentì il proiettile penetrargli l'avambraccio sinistro e la violenza dell'urto lo fece quasi girare su se stesso; perse lo slancio, incespicò, ma continuò a farsi strada fra i tavoli. Non era un esperto nell'uso delle armi leggere – dopotutto era un marinaio, non un soldato di fanteria – però nemmeno l'assalitore era ben addestrato. Sapeva a malapena maneggiare l'AK, aveva gli occhi spiritati e si muoveva senza coordinazione. Non era certo un professionista.

Qualunque movente l'avesse spinto ad attaccare, si trattava di una questione personale.

E adesso lo era anche per Hagen. Non sapeva se qualcuno della sua famiglia fosse stato ferito, sapeva solo che quell'uomo andava fermato.

Un cameriere si avventò sull'aggressore da destra, afferrandogli saldamente la spalla e scuotendolo per fargli perdere la presa sull'arma, ma lui si girò su se stesso e premette il grilletto, più volte. Centrò quel giovane coraggioso all'addome, da appena mezzo metro di distanza. Il cameriere era morto ancor prima di toccare terra, e l'assalitore si voltò di nuovo verso Hagen.

Fece fuoco, centrando il comandante appena sopra al fianco destro. Un colpo ben più duro del precedente: il proiettile gli strappò un lembo di carne e lo fece sobbalzare all'indietro, però lui non si fermò. L'uomo premette ancora il grilletto, ma questa volta sparò alto. Faticava a gestire il rinculo del fucile, quindi il secondo e il terzo colpo di ogni raffica finivano fuori bersaglio.

Un nuovo proiettile sfiorò il viso di Hagen proprio mentre si lanciava sull'assalitore, mandandolo a sbattere contro un tavolo di metallo prima di ribaltarsi entrambi sul selciato. Il militare afferrò con la destra la canna del Kalashnikov, per indirizzarla lontano da ogni possibile bersaglio, e non lasciò la presa nemmeno quando sentì il ferro rovente cuocergli la pelle. Intanto, pur non essendo mancino, con la sinistra copriva di pugni il volto del giovane.

Sentì il sudore che imperlava i capelli e le guance dell'avversario, poi un rumore sordo. Un fiotto di sangue schizzò dal naso rotto e si riversò sul suo viso. L'uomo allentò la presa sul fucile e Hagen glielo strappò di mano, quindi si allontanò con una capriola, si mise in ginocchio e puntò l'arma contro il nemico.

«*Davai!*» urlò quello. Il primo indizio che fosse straniero.

Il giovane si alzò in ginocchio a sua volta, mentre Hagen gli intimava di rimanere fermo e alzare le braccia. Senza dargli ascolto, mise una mano nella tasca davanti dell'impermeabile.

«Giuro che sparo!» gridò Hagen.

L'altro tirò fuori un pugnale con una lama da quindici centimetri e si scagliò contro il capitano di fregata, lo sguardo folle che dardeggiava dalla faccia insanguinata. Era appena a un metro e mezzo di distanza quando Hagen gli sparò due proiettili in pieno petto. Il pugnale gli scivolò dalle dita, Scott scartò di lato e il giovane agitò le mani in avanti, cadendo a terra. Colpì alcune sedie e finì a faccia in giù su del cibo caduto da un tavolo.

Era finita. Hagen sentiva dei lamenti alle proprie spalle, grida provenienti dalla strada, il suono delle sirene e degli allarmi delle auto, il pianto dei bambini... Sfilò il caricatore e lo lasciò cadere, rimosse il colpo in canna, quindi gettò l'arma a terra. Poi girò l'assalitore sulla schiena e si inginocchiò sopra di lui.

Aveva gli occhi aperti ed era ancora cosciente, ma era chiaro che stesse morendo. Non opponeva alcuna resistenza, come fosse una bambola di pezza.

Il militare si avvicinò al viso dello sconosciuto, l'adrenalina che gli pompava nelle vene. «Chi sei? Perché? Perché l'hai fatto?»

«Per mio fratello» rispose l'altro. Era coperto di sangue, e un'emorragia interna gli stava riempiendo i polmoni.

«Chi cazzo è tuo...»

«L'hai ucciso. Lo hai assassinato!»

Accento russo. Hagen, di colpo, capì. La sua nave aveva aiutato ad affondare due sottomarini nella battaglia nel Baltico. «Era un marinaio?»

La voce del giovane si affievoliva di secondo in secondo. «È morto... Un eroe della... Federazione... russa.»

Una domanda balenò nella mente di Hagen. «Come hai fatto a trovarmi?»

Gli occhi del giovane si fecero vitrei.

«Come facevi a sapere che ero qui con la mia famiglia?» Lo schiaffeggiò con forza. Un cliente del ristorante – sulla trentina, una macchia di sangue sulla camicia – cercò di scansarlo dal moribondo, ma lui lo spinse via.

«*Come*, figlio di puttana?»

Il russo rovesciò lentamente gli occhi. Hagen strinse la mano a pugno e la sollevò. «Rispondimi!»

Da un punto vicino alla postazione del direttore di sala, sul marciapiede, risuonò un ordine perentorio. «Fermo! Non muoverti!»

Alzando lo sguardo, il capitano di fregata vide un agente della polizia di Stato; aveva le braccia tese e lo teneva sotto tiro con una pistola. Stava mirando alla testa. Il poliziotto non poteva sapere cosa fosse accaduto di preciso: vedeva solo uno stronzo intento a pestare a morte un uomo inerme, tra cadaveri e feriti sparsi per il dehors distrutto.

Hagen alzò le mani. Di colpo, una fitta di dolore lo attraversò, diramandosi dal fianco e dall'avambraccio. Aveva la mente annebbiata. Cadde all'indietro, sulla schiena, ritrovandosi a fissare il cielo.

Alle sue spalle, sopra le urla di terrore, fu sicuro di sentire la sorella singhiozzare violentemente. Solo, non capiva perché: pensava di aver dato alla propria famiglia il tempo necessario per scappare.

2

A differenza del suo ben più famoso padre, Jack Ryan Junior non aveva alcuna paura di volare. In effetti si fidava degli aerei. Più di quanto confidasse nella propria abilità di restare per aria senza.

In quel momento tale fiducia era al centro dei suoi pensieri, soprattutto perché di lì a pochi minuti si sarebbe lanciato dal portellone laterale di un aereo perfettamente funzionante, per gettarsi nel cielo azzurro a nemmeno quattrocento metri dalla baia di Chesapeake.

Jack aveva preparato il paracadute seguendo le istruzioni di Domingo Chavez – l'agente operativo senior dell'unità clandestina di cui faceva parte – e sapeva di averlo fatto alla perfezione, ma la sua mente sembrava volergli mettere i bastoni fra le ruote. Aveva bisogno di convincersi che sarebbe andato tutto liscio, eppure non riusciva a togliersi dalla testa l'ultima volta che aveva lasciato la città: si era dimenticato di mettere in valigia i suoi calzini preferiti.

Anche *quel* giorno era sicuro di aver preparato i bagagli alla perfezione.

Non è mica la stessa cosa, Jack. Riempire un borsone non è come preparare un dannatissimo paracadute.

Niente: quella mattina la sua immaginazione sembrava decisa a fargli venire un'ulcera.

Jack stava facendo pratica di paracadutismo non come

parte di un corso militare o civile, ma sotto richiesta del suo datore di lavoro. Jack lavorava per il Campus, una piccola ma importante organizzazione d'intelligence non ufficiale, piena di ex militari e agenti dei servizi segreti, alcuni dei quali esperti di caduta libera.

Ai piani alti del Campus si era deciso che Jack Ryan Junior dovesse padroneggiare quell'abilità fondamentale perché, sebbene avesse cominciato da analista, negli ultimi anni era diventato un operativo a tutti gli effetti. Per cui adesso copriva un doppio ruolo: poteva passare settimane o mesi di fila a lavorare nel suo cubicolo, chino sulle pratiche contabili di un leader mondiale corrotto o di un'organizzazione terroristica, per poi ritrovarsi a buttare giù una porta o ingaggiare un combattimento corpo a corpo.

La sua esistenza non mancava affatto di varietà.

In quel momento, però, non aveva tempo per pensare alle ironie della propria esistenza. Cominciò invece a ripetere fra sé l'elenco delle operazioni da fare appena si fosse lanciato, fra esattamente...

Qualcuno in testa all'aereo gridò: «Ryan, quattro minuti!».

Fra esattamente quattro minuti. «Esci, testa in avanti e braccia aperte. Corpo in orizzontale, ginocchia leggermente piegate. Inarca la schiena, tira il cavo di apertura, preparati allo strappo. Poi controlla che la calotta sia a posto.»

Seduto sulla fila di sedili posti lungo la fusoliera, a fronteggiare il portellone, continuava a ripassare borbottando la lista di cose da fare. Cose *fondamentali*.

Non era la prima volta che si lanciava da solo. Aveva cominciato due settimane prima, con l'addestramento a terra, e una volta uscito dall'aula si era messo a saltare giù da un pick-up in lenta corsa, ruzzolando su una striscia d'erba con tutta l'attrezzatura. In seguito, per un paio di giorni, aveva eseguito alcuni lanci in tandem, solcando il cielo agganciato a Domingo Chavez o al cugino – nonché terzo membro della squadra operativa del Campus – Dominic Caruso. Erano entrambi esperti nella tecnica di caduta libera, addestrati ai lanci da alta quota con apertura anticipata o ritardata, e lo avevano guidato passo dopo passo nella prima parte dell'addestramento.

Jack faceva esattamente ciò che gli veniva detto, così era passato in fretta ai lanci vincolati, quelli in cui il cavo di apertura del paracadute era collegato al velivolo tramite una fune, e la calotta si dispiegava in automatico poco dopo il tuffo.

La fase successiva prevedeva lanci da bassa quota con atterraggio nell'acqua; era lui a dover azionare il rilascio della vela, subito dopo essere uscito dall'aereo. Chavez li chiamava «salta&tira». Fino a quel momento ne aveva eseguiti cinque, ed erano andati tutti secondo i piani, come dimostrato dal fatto che non si era schiantato in uno dei campi del Maryland. E, nonostante non avesse un talento naturale per il paracadutismo né fosse ancora arrivato a eseguire il primo lancio in caduta libera, si era guadagnato gli incoraggiamenti di John Clark, il capo operativo della piccola unità.

Non era un risultato da poco, perché John Clark sapeva il fatto suo: prima di entrare nel Campus era stato un Navy SEAL, quindi un paramilitare della CIA e il leader di uno speciale team antiterrorismo della NATO. Poche persone avevano eseguito più lanci in zone di combattimento e operazioni segrete.

Anche se Jack eseguiva dei «salta&tira» già da due giorni, quella mattina era prevista una variazione sul tema: una volta in acqua avrebbe dovuto nuotare fino a uno yacht ancorato nella baia, punto d'incontro con gli altri due uomini che avrebbero preso parte all'esercitazione. Insieme avrebbero simulato un assalto all'imbarcazione, difesa da membri del Campus nel ruolo delle forze nemiche.

A pochi minuti dal lancio, Jack guardò i compagni nella cabina del Cessna Grand Caravan. Dominic Caruso era vestito di nero dalla testa ai piedi; persino l'imbracatura, gli occhiali protettivi e il casco erano di quel colore. Il gilet tattico era pieno di caricatori da trenta proiettili 9 mm, e aveva una pistola mitragliatrice SIG Sauer MPX con silenziatore legata dietro la spalla destra. Certo, i caricatori dell'MPX e della Glock che Dom aveva al fianco contenevano *simunitions*: cartucce armate con una capsula piena di vernice anziché con palle di piombo. Ma erano pur sempre dei proiettili, quindi facevano un male cane.

Il mantra di Clark e Chavez era: «Più sudi in addestramento, meno sanguini in combattimento». Jack ne capiva il senso, ma la verità era che aveva sanguinato spesso anche nelle azioni simulate.

Lui aveva più o meno lo stesso equipaggiamento di Caruso e Chavez, con due varianti importanti. Primo, lui aveva un paio di pinne legate al petto, che avrebbe indossato una volta in acqua. Secondo, i due uomini lì di fronte erano equipaggiati con paracadute di tipo MC-6, dotati di calotta SF-10° e progettati per le forze speciali americane: ci si potevano coprire lunghe distanze, permettevano atterraggi precisi e consentivano persino di regolare la velocità di caduta. Il paracadute di Jack era invece un modello T-11, più elementare, che gli lasciava molto meno margine di manovra. Sarebbe caduto a una velocità di sei metri al secondo e atterrato nel punto in cui le forze in gioco – moto dell'aereo, vento, gravità – l'avrebbero spedito.

Gli altri due uomini sarebbero quindi piombati direttamente sul ponte della barca, mentre Jack si sarebbe semplicemente abbandonato nel vuoto, assicurandosi solo di non mancare le vaste acque della baia di Chesapeake, proprio sotto il velivolo. In quanto «novellino», lui doveva nuotare per raggiungere la squadra e assaltare la barca. Un po' imbarazzante, forse, ma non conosceva nessun principiante della caduta libera che si fosse cimentato in un atterraggio in zona di combattimento già alla seconda settimana di addestramento. Insomma, non si sentiva una perfetta nullità. Non del tutto, almeno.

Ding Chavez era seduto accanto a Caruso, di fronte a Jack, e indossava le cuffie per comunicare con l'equipaggio del Cessna, il pilota e il copilota ufficiali del Campus. Helen Reid e Chester Hicks si stavano adattando a pilotare un velivolo molto meno potente e tecnologico del loro solito del Gulfstream G550, ma entrambi sembravano godersi il cambio di andatura.

Dom Caruso, accortosi che Chavez stava comunicando con i piloti, ne approfittò per sporgersi in avanti e sussurrare all'orecchio di Jack: «Tutto bene, cugino?».

«Ci puoi scommettere!»

Si batterono il pugno.

Jack stava facendo di tutto per nascondere il suo disagio, e pensò di esserci riuscito, perché Dom non disse niente del pallore e del tremore alle mani. Invece, controllò che Chavez avesse ancora le cuffie e non potesse sentirli. Poi si sporse di nuovo in avanti.

«Ding ha detto che affronteremo un numero imprecisato di avversari, ma... Tra me e te: ci saranno cinque cattivi sulla barca.»

Jack lo guardò incuriosito. «Come fai a saperlo?»

«Vado per esclusione. Pensa alle persone del Campus che potrebbero aver trascinato qui per inscenare una sparatoria con noi. Adara farà la vittima del rapimento, se l'è lasciato sfuggire ieri. Clark ovviamente dirigerà la squadra nemica, e sarà là sotto con una pistola. Rimangono i quattro uomini della sicurezza: Gomez, Fleming, Gibson ed Henson.»

Il Campus aveva assunto soldati in congedo o ex operativi dei servizi segreti come guardie della sede. Avevano tutti militato tra i Berretti Verdi o i Navy SEAL. Inoltre, Gibson ed Henson avevano servito nel Global Response Staff della CIA, un'unità speciale di sicurezza che proteggeva le installazioni dell'Agenzia di tutto il mondo. I quattro – sulla cinquantina, ma in forma come atleti olimpionici e forti come rocce – erano amici di Chavez e Clark da molti anni.

Oltre a garantire la sicurezza, ogni tanto aiutavano anche nelle esercitazioni, sfoggiando le proprie competenze nell'uso delle armi da fuoco e da taglio e nel combattimento a mani nude.

«Forse hai ragione» concordò Jack, «ma Clark ci ha già sorpresi in passato. Magari potremmo trovarci di fronte anche un paio di analisti che sanno maneggiare un'arma, tipo Mike e Rudy. Erano entrambi soldati di fanteria.»

Caruso sorrise. «Erano Ranger, te lo concedo. Ma Rudy mi ha chiamato stamani dall'ufficio. Sta pensando di comprare il mio pick-up, e mi ha chiesto di lasciargli le chiavi sotto al sedile, così può passare da casa mia per farci un giro durante la pausa pranzo. Ha detto che Mike sarebbe andato con lui.»

Jack pensò ad altre persone dell'organizzazione che quella mattina avrebbero potuto assentarsi per due ore e mezzo dall'ufficio di Alexandria, Virginia, per rimpolpare le fila delle forze nemiche. «Donna Lee era nell'FBI, e sa come usare un mitra.»

«Adara mi ha detto che mercoledì Donna si è fatta male al ginocchio durante l'allenamento di CrossFit. Distorsione, e stampelle per due settimane.»

Ora fu Jack a sorridere. «Ci hai pensato proprio bene, eh?»

«Be', ne incontriamo già abbastanza spesso di bastardi che ci vogliono sparare per davvero: non ho nessuna voglia di prendermi un *sim* nelle palle anche stamattina. Ho dei piani per il fine settimana. Per cui, se proprio devo, sono disposto ad aggirare il sistema.»

Jack si mise a ridere, felice di non pensare per un po' alla propria capacità di preparare il paracadute e al lancio imminente. «Che piani hai per il fine settimana?»

Dom sembrò valutare se rispondere o no alla domanda, ma proprio in quel momento Ding si tolse le cuffie, e lui tornò a sedersi con la schiena dritta.

«Cosa state confabulando voi due teste di legno?»

Sorrisero entrambi, senza rispondere.

Chavez inarcò un sopracciglio. «Due minuti, Jack. Ti lancerai a circa trecento metri dalla barca, a poppa, per evitare di essere visto. Ovviamente siamo in pieno giorno, e nel mondo reale una qualsiasi sentinella girata nella direzione giusta ti vedrebbe, ma questa è un'esercitazione: i nemici sul ponte sanno di dover tenere gli occhi sulla barca. Potrai nuotare senza essere visto, purché tu stia attento a non dare troppo nell'occhio.»

«Sì, cerca di non arrivare con una paperella gonfiabile gigante.»

Jack alzò il pollice in direzione di Chavez.

«Una volta che ti sarai lanciato, Helen ci porterà a milleottocento metri e noi salteremo da lassù, per poi atterrare direttamente sul ponte dello yacht. Individueremo gli obiettivi durante la discesa e cercheremo di neutralizzarli all'atterraggio. Quando arriveremo sul ponte, voglio che tu stia già risalendo la scaletta per ricongiungerti con noi. Prima ancora che ci siamo tolti l'imbracatura.»

«Ricevuto» disse Jack. Poi, attraverso l'oblò, guardò le acque agitate della baia: si prospettava una nuotata impegnativa.

Proprio in quel momento, Chester «Country» Hicks si alzò dal sedile del copilota, raggiunse il portellone di lancio, sollevò una leva e lo aprì. L'ambiente, già piuttosto rumoroso, si riempì del ruggito dell'aria che investiva l'aereo a centosessanta chilometri orari. Pareva il frastuono di una locomotiva.

Hicks sollevò l'indice, a indicare che mancava un minuto al lancio, e Jack si alzò in piedi insieme a Chavez. Dom batté di nuovo il pugno con il cugino, poi quest'ultimo si avvicinò al portellone aperto.

Chavez si chinò sul suo orecchio. «Ricorda... Non dimenticare.»

Ryan, confuso, si avvicinò a sua volta. «Non dimenticare cosa?»

«Niente. Non devi dimenticare *niente*!» Chavez sorrise, gli diede una pacca sulla schiena e indicò il portellone aperto. «Tocca a te, Jack. È ora di volare!»

L'altro combatté un lieve attacco di nausea e, dopo aver ricevuto il segnale da Country, si lanciò.

3

Sette minuti più tardi, Jack ondeggiava nella baia di fronte alla scaletta poppiera dello *Hail Caesar*, un ventidue metri della Nordhavn che apparteneva a un amico di Gerry Hendley, il direttore del Campus. Era all'ancora al largo di Carpenter Point, nella parte nord della baia di Chesapeake, alcuni chilometri a est rispetto alla foce del fiume Susquehanna.

La nuotata era stata decisamente stancante. Jack dava la colpa non solo al Susquehanna, ma anche al fiume North East, che scorreva in direzione sud fin nelle acque più profonde della baia, per tormentarlo con la sua corrente. Non indossava la tuta da immersione, solo pinne, maschera e boccaglio, per cui aveva nuotato in superficie per quasi tutto il tempo. Le onde l'avevano costretto a faticare per guadagnare ogni singolo metro, e avevano continuato a riempire il boccaglio di acqua salata. Ne aveva bevuta una quantità considerevole. Ora, mentre abbandonava sulla scaletta l'attrezzatura in eccesso e preparava il mitra con silenziatore, sentì un conato stringergli la gola.

Controllò l'ora: era arrivato appena in tempo. Proprio in quell'istante, le cuffie impermeabili trasmisero la voce sussurrante di Ding Chavez. «Uno, in posizione.»

Poi fu Caruso a trasmettere. «Due. Puntuale sull'obiettivo.»

Il messaggio di Jack non suonò neanche lontanamente macho come quello del cugino. «Tre. Sono qui. Salgo.»

«Ricevuto» confermò Chavez. «Siamo proprio sopra di te.»

Jack salì la scaletta e vide Ding e Dom nei loro vestiti neri. I paracadute erano stati arrotolati e sistemati sotto una grande cima addugliata sul ponte principale. A pochi metri da loro c'era Dale Henson, un agente della sicurezza che interpretava il ruolo del nemico; era seduto contro la battagliola di dritta, e due chiazze rosse coloravano la parte centrale della sua felpa cachi. Lì accanto, sul ponte in tek, giaceva un mitra. Henson aveva preso dalla tasca una barretta di cioccolato e la mangiava tranquillo, fissando i tre assaltatori senza nemmeno provare a fingere di essere morto. Poi fece l'occhiolino a Jack, rovesciò gli occhi all'indietro e gli regalò la sua interpretazione dell'uomo colpito in pieno petto da due proiettili.

«Carino» sussurrò Chavez prima di aggiornare l'ultimo arrivato. «Fleming è in controplancia: Dom l'ha colpito alla schiena prima ancora che si accorgesse di noi.»

Jack annuì. Due nemici abbattuti con il minimo rumore, e nessuno di loro aveva avuto il tempo di avvertire gli altri via radio.

In silenzio, i tre agenti del Campus si misero in formazione a colonna e avanzarono lungo la fiancata di dritta, verso la porta che dava sulla sala principale. Ding apriva la strada, Dominic era subito dietro e Jack chiudeva la fila. Suo cugino sollevò tre dita della mano destra: voleva fargli sapere che rimanevano solo tre nemici da neutralizzare, almeno in base alla teoria che gli aveva esposto sul Cessna.

Di fronte alla porta della sala principale, Ding si fermò e fece cenno a Jack di raggiungerlo. Questi si accovacciò e tirò fuori un HHIT2, uno strumento portatile per l'ispezione degli ambienti ostili. Era formato da una minivideocamera termica, la cui lente era montata all'estremità di un'appendice lunga e flessibile. Jack curvò il tubo, quindi fece scivolare lentamente l'obiettivo sotto la porta. Le immagini della stanza comparvero sullo schermo, grande quanto quello di un cellulare. Vide altri due membri della squadra d'addestramento, Pablo Gomez e Jason Gibson, seduti a guardare la televisione. Avevano entrambi gli occhiali di protezione, una pistola al fianco e mitra a portata di mano.

Jack sollevò due dita a beneficio di Chavez e Caruso.

Mentre Ryan studiava la situazione, Gomez prese la ricetrasmittente posata sul tavolo accanto a lui, disse qualcosa, poi assunse un'espressione preoccupata. Jack immaginò che non avesse ricevuto risposta da Henson o Fleming, sul ponte. Gomez lasciò la radio, balzò dalla sedia e andò a prendere la sua pistola mitragliatrice. Gibson, intuendo cosa accadesse, si fiondò a sua volta sul proprio mitra.

Jack distolse lo sguardo dallo schermo dell'HHIT2, ripose il dispositivo nell'apposita tasca fissata alla cintura, dietro la schiena, e sollevò il suo MPX. Quindi si girò verso Chavez e sussurrò: «Compromessi».

Mentre Jack preparava l'MPX, spostando il selettore di fuoco sulla modalità automatica, Ding afferrò la maniglia, la fece ruotare e aprì la porta con un piede.

Mirando ai due bersagli, Ryan sparò raffiche veloci e controllate. Tre proiettili centrarono il giubbotto tattico – e ben imbottito – di Gibson; Gomez fu colpito nella stessa zona proprio mentre cominciava a sollevare il suo MP5. Entrambi gli addetti alla sicurezza sprofondarono sulle sedie, si misero le armi in grembo e sollevarono le mani.

Jack entrò svelto nella stanza e roteò su se stesso per controllare i punti ciechi, superato da Chavez e Caruso che si dirigevano di corsa verso la scala per il ponte inferiore. Li raggiunse in pochi istanti, correndo anche lui: sebbene le armi fossero silenziate, il martellare del fuoco automatico faceva comunque un discreto rumore, e in teoria l'ostaggio avrebbe potuto rischiare la vita.

Controllarono le cabine con movimenti rapidi ed efficienti, senza mai separarsi. Giunti di fronte alla terza delle quattro stanze, Dom abbassò la maniglia senza far rumore e aprì la porta. Adara Sherman era seduta sul letto, una tazza di caffè in mano e una rivista sulle gambe.

Non alzò nemmeno gli occhi dalla rivista. «Evviva, sono salva!» esclamò sarcastica.

Adara era la responsabile dei trasporti e della logistica del Campus, oltre ad avere molte altre responsabilità, ma oggi doveva impersonare l'ostaggio. I tre operativi non potevano sapere se avesse una qualche trappola addosso, o se le avessero dato una pistola per attaccare i salvatori fingendo un raptus da sindrome di Stoccolma, per cui Dom si avvicinò puntandole l'arma addosso. Accompagnò i movimenti con uno sguardo di scuse, e per un istante perse la concentrazione. Quanto bastava a scordarsi di controllare il bagno alla destra di Adara.

Si rese subito conto dell'errore, ma a quel punto la voce del cugino risuonava già dal corridoio. «Contatto!»

La porta dell'ultima cabina si spalancò e apparve John Clark, mitra MP5 alla spalla e occhiali protettivi inforcati. Aprì il fuoco, però riuscì a sparare un solo colpo prima che Ding lo centrasse con una raffica di tre proiettili al petto. Aveva mirato alla giacca di tela imbottita che Clark indossava sopra tre maglie termiche, così da ridurre l'impatto dei *simunitions*. Il loro responsabile aveva già sperimentato altre volte il morso di quei proiettili, e Chavez sapeva quanto poco apprezzasse l'esperienza.

Nella cabina con l'ostaggio, Dom sentì il caposquadra annunciare che aveva neutralizzato la minaccia, così abbassò l'arma. Era sicuro che avessero ormai eliminato tutti i membri delle forze nemiche. Poi si voltò verso Adara per perquisirla, come avrebbe fatto in un normale salvataggio.

Jack si posizionò sulla porta per coprire il cugino, ma non poteva sapere che il piccolo bagno sulla sinistra, dotato di water, lavandino e doccia, non era stato controllato. E, con le spalle allo stanzino, Caruso non vide la pistola sbucare da dietro la tenda della doccia, in un punto cieco rispetto alla posizione di Ryan.

Solo quando il colpo rimbombò nella cabina i due cugini si resero conto di aver combinato un disastro. Dom fu centrato fra le scapole, cadde in avanti su Adara e fu raggiunto da un secondo proiettile, prima di poter alzare le mani a indicare che era fuori gioco.

Scosso dall'improvvisa minaccia, Jack Ryan Junior irruppe nella stanza, superò Dom e Adara sul letto e cominciò a sparare mirando alla doccia, ansioso di abbattere il nemico prima che potesse uccidere l'ostaggio. I *sim* centrarono la tenda, strappandola come fossero proiettili in piombo.

«*Aaaah!* Basta, mi hai preso!» La tipica pronuncia strascicata del Kentucky. Quella voce gelò all'istante il sangue nelle vene di Jack.

Gerry Hendley – *l'ex senatore* Gerry Hendley, *il direttore del Campus* Gerry Hendley – uscì dalla doccia coperto di chiazze rosse, massaggiandosi un brutto livido sul collo che si faceva in fretta più violaceo ed evidente. «Porca miseria, Clark aveva ragione: questi piccoli bastardi *fanno male!*»

«Gerry?» gracchiò Jack. Hendley non era esattamente un buon tiratore: nei suoi quasi settant'anni di vita si era concesso al limite qualche battuta di caccia alla quaglia. Non aveva nemmeno mai *assistito* alle esercitazioni degli uomini del Campus, figurarsi prendervi parte. Ryan non riusciva a capire il motivo della sua presenza sulla barca. «Mi dispiace da morire! Non sapevo...»

Dal corridoio giunse la voce di John Clark. «Cessate il fuoco, esercitazione terminata! Mettete in sicurezza le armi.»

Con il pollice, Jack spostò il selettore di fuoco dell'arma per inserire la sicura, poi lasciò il mitra a penzolargli sul petto.

Adara era balzata giù dal letto e si era tolta gli occhiali protettivi, affrettandosi a raggiungere il proprio principale. «Signor Hendley, saliamo in coperta: lì ho il kit di pronto soccorso. La medicherò al meglio e le fascerò le ferite più brutte.»

Jack tentò ancora di scusarsi. «Mi dispiace, Gerry. Se avessi saputo che era...»

Ma Hendley, pur dolorante, liquidò quel commento con un gesto. «Se avessi saputo che ero tra i nemici, non sarebbe stato un buon addestramento, non credi? *Dovevi* spararmi.»

«Ehm... Sì, signore.»

«Ovviamente avrei apprezzato una mira più precisa» aggiunse Gerry. «Ho indossato il gilet imbottito su indicazione di John: mi aveva assicurato che sarei stato colpito solo al petto...»

Invece Jack aveva centrato entrambe le braccia, il collo, il petto, l'addome e la mano destra. Le ferite alla mano e al collo sanguinavano parecchio, e la camicia aveva la manica strappata.

Mentre Adara lo conduceva fuori della cabina, attraverso il corridoio e verso il ponte principale, Gerry Hendley incrociò lo sguardo di Clark. «Hai dimostrato il tuo punto di vista, John. E in modo piuttosto plateale, per giunta.»

Jack scrutò Clark: il sessantasettenne sempre imperturbabile aveva assunto un'espressione imbarazzata.

«Mi dispiace, Gerry. Non sarebbe dovuta finire così... a prescindere dalle circostanze.»

Ryan si mise a sedere sul letto, accanto a Dom. Sembravano due studenti convocati nell'ufficio del preside dopo essere stati beccati a saltare le lezioni.

Chavez si appoggiò alla parete della cabina. «Accidenti, Jack: hai appena crivellato il tuo datore di lavoro con una decina di proiettili sparati da distanza ravvicinata. Quei *simunition* viaggiano a centocinquanta metri al secondo: per le prossime due settimane gli sembrerà di essere finito in un vespaio.»

«Ma che diavolo ci faceva qui?» chiese Dom.

John Clark si affacciò nella cabina dalla soglia. «Era qui perché volevo che se ne rendesse conto con i suoi occhi: il Campus non può operare in sicurezza con solo tre uomini sul campo. Negli ultimi tempi siamo stati fortunati, ma prima o poi la fortuna girerà. O portiamo forze fresche nell'unità o dovremo riconsiderare il tipo di missioni che possiamo accettare.»

Chavez annuì. «Direi che hai chiarito il tuo punto di vista: Dom è morto. Due bei fori nella schiena. Non hai controllato il bagno?»

«Sono salito a bordo aspettandomi cinque nemici» ammise Dominic. «Quando abbiamo neutralizzato il quinto ho abbassato la guardia.»

«Quindi?» domandò Chavez.

Dom lo guardò. Non avrebbe cercato scuse per il suo errore. «Quindi ho fatto un casino.»

Clark non era contento di come era andata l'esercitazione, e non tentò di nasconderlo. «Eravate partiti bene. Il lancio di Jack era buono, l'ho seguito col binocolo. Siete saliti a bordo e non avete preso il controllo della situazione; avete raggiunto l'ostaggio in fretta, dosando forza e velocità e sfruttando l'effetto sorpresa per abbattere cinque nemici. Ma l'unica cosa che conta in uno scontro è il risultato finale: avete perso un terzo degli effettivi, e questo è un fallimento, punto.»

Nessuno rispose.

«Ripulite l'attrezzatura, riportatela negli armadietti della sede e prendetevi il fine settimana libero. Ma vi lascio un compito. Voglio portare due nuovi membri nell'unità operativa, quindi dovrete indicarmi un candidato a testa. Lunedì mattina ci riuniremo per discuterne. Valuterò le proposte, ne parlerò con Gerry e farò le mie raccomandazioni.»

«Uno degli uomini della sicurezza potrebbe andare» disse Caruso.

Clark scosse la testa. «Hanno tutti figli piccoli, e hanno già prestato servizio per decenni. Gli agenti operativi devono essere reperibili a ogni ora del giorno e della notte, ogni giorno dell'anno. Gli uomini sul ponte non sono adatti.»

Jack era d'accordo con Clark: avevano bisogno di forze fresche, e dovevano guardare fuori dal Campus per trovarle. John evitava di partecipare alle missioni da almeno un paio d'anni; il fratello di Dominic Caruso, Brian, era stato ucciso durante una missione in Libia; Sam Driscoll, che l'aveva sostituito, era morto in Messico. E da allora gli operativi erano soltanto tre.

Ryan si ripromise di pensare con la massima attenzione a chi portare nell'unità: la situazione a livello mondiale non sembrava migliorare, le zone calde restavano tali, ed era evidente che con una forza operativa così esigua il Campus non era forte come avrebbe dovuto.

Dieci minuti più tardi tornò sul ponte e si scusò ancora con Gerry – ricoperto di bende e con una Heineken in mano – che di nuovo liquidò la preoccupazione del giovane con un gesto della mano.

Nonostante ciò, Jack sentì chiudersi lo stomaco. Gerry Hendley gli aveva appena permesso di tornare al Campus dopo una sospensione di sei mesi per aver disobbedito agli ordini. E adesso era successo *questo*.

Non era il modo migliore per ringraziarlo della fiducia.

4

Che l'aeroporto internazionale Imam Khomeini di Teheran non fosse il più accogliente al mondo non era una sorpresa, ma dopo quasi cinque ore di viaggio i passeggeri del volo Alitalia 756 erano ben felici di sbarcare e sgranchirsi le gambe. Per molti degli uomini d'affari che stavano percorrendo il finger – il tunnel retrattile che collegava il terminal al portellone del velivolo – non si era trattato di un volo particolarmente lungo, ma quasi tutti erano già passati da quello scalo e sapevano che i lunghi controlli di immigrazione e dogana non avrebbero permesso di raggiungere tanto presto gli alberghi.

Con un'unica eccezione. L'uomo che stava lasciando a passo lento la passerella per accedere al terminal era un ospite abituale del governo iraniano, e sapeva che avrebbe superato le verifiche ben più facilmente rispetto agli sfortunati viaggiatori intorno a lui. Lavorava spesso con enti statali iraniani, e per questo gli veniva garantito un accompagnatore appena scendeva dall'aereo. Gli sarebbe rimasto incollato per tutti e tre i giorni di permanenza, facendogli da interprete e da collegamento con le agenzie governative. Inoltre, l'uomo d'affari sapeva che un autista privato lo stava già aspettando all'esterno, a bordo di una Mercedes delle autorità del Paese parcheggiata in una zona a rimozione forzata, in attesa di portare lui e il suo accompagnatore ovunque volessero andare.

Al termine del finger vide un iraniano sulla quarantina appoggiato al muro. L'ampio sorriso sul suo volto si fece ancora più evidente quando riconobbe l'uomo alto e biondo, sulla trentina, che si staccò dal fiume di passeggeri da Roma per salutarlo. Trascinava un valigia e teneva in mano una ventiquattrore.

«Faraj! È sempre bello rivederti, amico mio» disse in inglese.

Faraj Ahmadi – capelli neri e folti baffi dello stesso colore – indossava un completo elegante blu, senza cravatta. Si posò un palmo sul petto e fece un lieve inchino, poi strinse la mano al nuovo arrivato. «Bentornato, signor Brooks. È un piacere rivederla.»

Il sorriso sul volto dell'occidentale si trasformò in un'espressione di finto rimprovero. «Sul serio? Ancora con questa storia? Il signor Brooks era mio padre. Ti ho pregato più volte di chiamarmi Ron.»

Faraj s'inchinò ancora, per scusarsi. «Certo, Ron. Lo dimentico sempre. Come sono andati i voli?»

«Da Toronto a Roma ho quasi sempre dormito, e da Roma a qui ho lavorato. Ritengo che entrambe le tratte si siano rivelate produttive.»

«Eccellente.» Ahmadi afferrò la maniglia della valigia e fece cenno d'incamminarsi verso l'area immigrazione. «Ormai dovresti conoscere bene le procedure dell'aeroporto.»

«Potrei passare i controlli dormendo. In effetti penso che un paio di volte sia andata proprio così.»

Il sorriso dell'altro si fece più ampio. «Sei venuto qui con una certa regolarità, vero?»

Brooks camminava con la ventiquattrore in mano, Ahmadi trascinava la valigia.

«L'altro giorno ho controllato: sedici volte negli ultimi tre anni. Più di cinque visite all'anno, di media.»

Sotto i folti baffi dell'iraniano il sorriso si ravvivò. Ahmadi lavorava per il governo, eppure aveva una delle facce più luminose e gradevoli che Brooks avesse mai visto. «Siamo sempre molto felici di vederti. E i miei colleghi sperano che venire qui dal Canada si riveli altrettanto facile anche in futuro.»

«Scherzi a parte: tutti i discorsi che ho sentito al telegiornale sul divieto di viaggio mi preoccupano.»

Girarono a sinistra, ritrovandosi di fronte le interminabili code agli sportelli dell'immigrazione. C'erano almeno trecento persone in attesa del controllo del passaporto, ma i due uomini non si fermarono. Aggirarono la folla e imboccarono una corsia vuota.

«Speriamo tutti che le Nazioni Unite permetteranno a uomini d'affari come te di continuare a spostarsi in libertà» disse Faraj.

«Non potrei essere più d'accordo. Ma almeno sappiamo chi semina zizzania tra certi Paesi occidentali e la tua nazione.»

Senza smettere di sorridere, l'iraniano annuì. «Fin troppo vero. Io faccio solo da collegamento, non sono un politico né un diplomatico. Però guardo il telegiornale: è evidente che il presidente americano sta di nuovo agitando il pugno contro il mio pacifico Paese.»

«Non vuoi pronunciare il suo nome in pubblico, lo capisco» commentò Brooks. «D'accordo, lo dirò io. È tutta colpa di quel figlio di puttana di Jack Ryan.»

Faraj si mise a ridere. «Non credo che qualcuno si lamenterà, qui, sentendoti usare simili parole.»

Passarono davanti ai bagni e Faraj, da attento ospite qual era, disse: «Per i controlli ci vorrà pochissimo, ma stamattina c'è molto traffico sulla Teheran-Saveh». Indicò il bagno degli uomini. «Se preferisci...»

«Non importa, Faraj: mi sono già occupato di quel business

prima dell'atterraggio.» Brooks fece l'occhiolino all'amico iraniano. «Ecco perché mi definiscono un "businessman"!»

Pochi secondi dopo erano già al varco preferenziale per i controlli d'immigrazione. Persino il canuto agente dietro al bancone riconobbe quell'uomo alto, biondo e con gli occhi azzurri. Lo salutò in un inglese decente, anche se nemmeno paragonabile a quello di Ahmadi: «Salve signor Brooks, e un piacere riaccoglierla nella Repubblica Islamica dell'Iran».

«Il piacere è tutto mio, signore» rispose Brooks. Non poggiò nemmeno la ventiquattrore per terra: sapeva che sarebbe uscito dall'aeroporto nel giro di pochi secondi.

Consegnò il passaporto canadese con il visto, si mise davanti alla fotocamera e sorrise mentre gli veniva scattata una fotografia. Una lucina verde segnalò che il lettore d'impronte digitali sul bancone era pronto, e lui vi poggiò il pollice, proprio come aveva già fatto altre sedici volte negli ultimi tre anni.

«Per quanto tempo rimane, signor Brooks?» chiese l'agente.

«Solo tre giorni, purtroppo. Una toccata e fuga, per alcune riunioni.»

«Molto bene, signore.» L'agente digitò qualcosa sulla tastiera del computer.

Brooks guardò il suo accompagnatore. «Qual è la prima tappa di oggi, Faraj?»

Ahmadi si era spostato dietro al bancone. Andava spesso a prendere uomini d'affari che lavoravano con il suo governo, ed era a proprio agio come un qualsiasi impiegato dell'aeroporto. Consegnò alcuni documenti e guardò lo schermo del computer, mentre si preparava a condurre il canadese oltre l'area controlli. «Pensavo che potremmo mangiare un boccone in quel ristorante che ti piace tanto, su Malek-e-Ashtar, prima di passare in albergo. Stasera cenerai con...»

Si fermò a metà frase, e il suo onnipresente sorriso vacillò mentre fissava il monitor con espressione confusa. Si girò verso l'uomo dell'immigrazione e disse qualcosa in persiano. L'agente rispose nella stessa lingua, e dopo aver digitato qualcosa sulla tastiera rimase a bocca aperta.

I due cominciarono a discutere a voce bassa. Brooks non capiva il persiano, per cui si limitò a controllare l'orologio con un sorriso. Dopo qualche secondo tornò a guardare il suo accompagnatore, e pensò di aver colto una certa contrarietà nell'espressione di Faraj Ahmadi.

Poggiò la ventiquattrore per terra: era evidente che stavolta ci sarebbe voluto qualche minuto. «Ci sono problemi, Faraj?»

L'ampio sorriso tornò all'istante sul volto dell'iraniano. «No, no. Nessuno.» Faraj si rivolse di nuovo all'agente, gli posò una mano sulla spalla e fece una qualche battuta. Sorrisero entrambi, ma Brooks notò che l'uomo dell'immigrazione digitava sempre più in fretta, e inclinava la testa mentre fissava lo schermo.

A Brooks non era mai capitato niente del genere.

Dopo un altro scambio fra i due iraniani, il canadese disse: «Cosa succede, Faraj? Per caso la mia ex moglie ha fatto diramare un mandato di cattura nei miei confronti?».

Faraj si grattò la testa. «Solo un problema con il lettore d'impronte digitali. Ti dispiace riprovare?»

Ron Brooks soffiò sul pollice con fare drammatico e lo poggiò di nuovo sul lettore. «Ditemi da chi comprate questi scanner: ve ne procurerò un modello migliore all'estero, spendendo meno di quanto avete pagato il vostro.»

Faraj sorrise, ma tenne lo sguardo fisso sullo schermo.

L'agente dell'immigrazione, invece, non sorrideva più. Infilò una mano sotto al bancone e Ahmadi gli lanciò un'occhiataccia. L'altro rispose qualcosa in tono di scuse. Pur non cogliendo il senso della conversazione, Ron si rese conto che aveva premuto un pulsante. In pochi istanti arrivarono tre agenti doganali, di cui uno in borghese e con un tesserino fissato al bavero della giacca, e si misero a studiare lo schermo.

«Lo sapevo: dovevo dichiarare la bustina di pistacchi che ho portato via dall'Iran quando sono venuto a maggio» provò a scherzare Brooks.

Faraj, però, non sorrideva più; anzi, non lo ascoltava nemmeno. L'agente doganale più anziano si rivolse all'accompagnatore mandato dal governo, parlando in persiano, con calma e professionalità. Questi rispose con più veemenza di quanto Brooks gli avesse mai visto fare. Di solito era così calmo e allegro...

Alla fine dello scambio Faraj Ahmadi si voltò verso Brooks. «Mi dispiace, Ron: oggi abbiamo qualche problema con il computer. Sinceramente non era mai successo. Sistemeremo tutto, ma fino ad allora non possiamo apporre il visto sul passaporto. Puoi venire con me in sala d'attesa, per favore? Potremo prendere un caffè mentre sistemano la questione.»

Ron Brooks sollevò le spalle e abbozzò un sorriso. «Certo, Faraj. Come vuoi.»

«Mi dispiace molto.»

«Non ti preoccupare, amico mio. Dovresti vedere cosa mi tocca sopportare quando vado negli Stati Uniti. Quel branco di stronzi...»

A Ron Brooks non sembrava affatto una sala d'attesa. La stanza in cui era stato portato era senza finestre, non più grande di cinque metri per cinque e arredata solo con un semplice tavolo e tre sedie. Su una parete c'era una foto dell'aeroporto formato poster, senza cornice, e un ritratto dell'attuale presidente iraniano; un'altra ospitava un grande specchio orizzontale. Una telecamera, in un angolo della stanza, era puntata sul tavolo.

In realtà sapeva dove si trovava: quella era una «sala di conciliazione». Ci portavano i contrabbandieri per controllare accuratamente i loro bagagli.

La porta era piantonata da tre poliziotti con equipaggiamento tattico e fucili automatici. Guardavano il canadese con una certa curiosità, ma non sembravano nervosi o turbati. Quando Brooks si voltò verso Faraj e gli fece notare la presenza dei tre uomini, il suo accompagnatore sbiancò per l'imbarazzo. «È solo il dannato protocollo. Fra poco ti dovranno delle scuse, Ron. Nel frattempo ti prendo un caffè. Come piace a te, con un cucchiaino di zucchero.»

Ron si sforzò di sorridere all'amico, anche se gli riusciva sempre più difficile. «Ascolta, so che non è colpa tua, ma sono stanchissimo, sto morendo di fame, e non mi fa impazzire l'idea di questo piccolo comitato d'accoglienza che mi fissa come se avessi fatto chissà cosa. Perché non provi a chiamare il generale Rastani? Potrebbe fare pressione su questi tizi. È lui che ha insistito per farmi venire a Teheran per una riunione. Credo vorrà sapere cosa sta succedendo.»

Sul volto dell'iraniano comparve una traccia di speranza. «Sì! Prima il caffè, poi chiamo...»

«Ho già preso il caffè. In aereo. Perché non chiamiamo subito l'ufficio del generale?»

Faraj fece un inchino. «Certo. Saremo in viaggio in men che non si dica.»

Due ore e venti minuti dopo che il suo accompagnatore era corso via dalla piccola stanza con la promessa di risolvere la questione e tornare al volo, Ron Brooks era seduto da solo al tavolo. Nessuna traccia di Faraj, né di un caffè. E, anche se la porta che dava sul corridoio non era chiusa a chiave, i poliziotti incaricati di piantonarla erano diventati otto. Ogni volta che si affacciava, chiedendo di qualcuno che parlasse inglese, un giovane dall'espressione seria e armato di tutto punto si limitava a rispedirlo dentro con un gesto della mano, chiudendogli la porta in faccia.

Ron si era alzato più volte, aveva camminato avanti e indietro, e adesso era seduto a guardare l'orologio. Furioso. Sollevò lo sguardo alla telecamera nell'angolo e si indicò l'inguine, comunicando in modo chiaro di dover andare in bagno.

Pochi secondi dopo stava per appoggiare la testa sul tavolo, ma all'improvviso la porta si aprì ed entrarono tre uomini in eleganti completi neri. Nessuno sorrise, salutò o si presentò. Si limitarono a fissarlo. Brooks sostenne i loro sguardi d'acciaio: ne aveva avuto abbastanza, e non cercò di nascondere la propria irritazione. «Dov'è Ahmadi? Ho bisogno del mio interprete.»

Il più anziano dei tre si mise a sedere; aveva una barba grigia e indossava una camicia alla coreana. Brooks sapeva che le cravatte erano considerate troppo *liberal* e occidentali in un Paese conservatore come l'Iran. In effetti erano proibite per legge, anche se molte persone le indossavano comunque. Ma non quel tipo e i suoi colleghi.

«Non le serve un interprete» disse l'uomo con la barba grigia. «Parliamo tutti la sua lingua.»

«Bene. Allora potete dirmi cosa *diavolo* sta succedendo?»

«C'è un grave problema con i suoi documenti.»

Brooks scosse la testa. «No che non c'è, amico. Non sono un turista da strapazzo, io. Non è la prima volta che vengo qui.»

«È la sedicesima, in effetti» confermò Barba Grigia, lasciando per un istante Brooks interdetto.

«Infatti... E oggi ho presentato gli stessi documenti che ho usato le ultime quindici volte. Mai un cavolo di problema.»

«Concordo con lei» confermò Barba Grigia. «Ma, a differenza di adesso, signore, nelle scorse quindici occasioni non eravamo consapevoli degli errori presenti in diversi campi del suo passaporto.»

Brooks sembrava inorridito da quell'accusa. «Errori in *quali* campi?»

Barba Grigia si chinò leggermente in avanti. «Tanto per cominciare... quello che riporta il suo nome.»

«Non... Non capisco.»

Barba Grigia girò le mani, alzandone i palmi in segno di scusa. «Lei non si chiama Ron Brooks.»

«Come, no? Contatti il generale Hossein Rastani e chieda...»

«Lei» proseguì Barba Grigia sovrastando le rumorose proteste dell'occidentale «si chiama Stuart Raymond Collier.»

Brooks inclinò la testa di lato. «*Come?* Amico, te lo garantisco, non ho mai sentito quel nome in vita mia.»

«E c'è un errore anche riguardo al suo lavoro. Non è il proprietario di un'azienda di import-export. Lei, in realtà, è un funzionario della CIA.»

«Della CI... Ma che *cazzo* di scherzo è questo?» Brooks scattò in piedi, sorprendendo i tre uomini; voltò loro la schiena e cominciò a camminare avanti e indietro lungo lo specchio. «A che gioco state giocando? Volete estorcermi del denaro?»

I tre uomini si limitarono a scambiarsi delle occhiate.

«Chiamate un responsabile. Lavoro a diretto contatto con alcuni membri di altissimo livello del vostro governo.»

L'uomo con la barba grigia si strinse nelle spalle. «Il che ci preoccupa molto, ovviamente. Si fidi quando le dico che tutte le persone entrate in contatto con lei, ogni singola volta che è stato qui, saranno prelevate, trattenute e interrogate a lungo riguardo i vostri rapporti. Incluso il generale Rastani.»

Ron puntò l'indice contro l'uomo seduto. «Questa è una grandissima stronzata! Dovete mostrarmi le prove. Non potete semplicemente...»

Barba Grigia stava scuotendo la testa. «Noi non dobbiamo fare proprio niente, signor Collier. *Lei*, piuttosto, deve fare esattamente ciò che le chiediamo. E adesso le chiedo di rimanere fermo; per la sua incolumità, s'intende.»

«Eh?»

Uno dei suoi colleghi aprì la porta che dava sul corridoio, e gli otto agenti in equipaggiamento tattico si riversarono nella stanza, convergendo sull'uomo che gli iraniani chiamavano Stuart Collier. Lo voltarono e lo spinsero contro la parete con lo specchio. Lui non oppose resistenza, ma urlò a pieni polmoni mentre gli toglievano la giacca, la cintura e le scarpe, per poi perquisirlo da capo a piedi.

«Non mi chiamo Stuart Collier! Ehi! Ascoltatemi, figli di puttana! Non sono Stuart Collier. Non ho mai sentito quel nome. E non sono della CIA! Faraj! Dov'è Faraj Ahmadi? Qualcuno parli con il dottor Isfahani! Con il generale Rastani! Dite loro di fare sapere a questi tipi che non sono Stuart Collier, e non sono della CIA.»

I poliziotti lo circondarono e lo condussero lungo il corridoio che portava al retro dell'aeroporto. Nessuno parlava tranne lui, ma le sue parole erano coperte dal rumore di otto paia di stivali neri che calpestavano il pavimento di mattonelle.

Cercando di sovrastare il frastuono dei passi, l'occidentale gridò. «Questo è un grandissimo errore! Qualcuno chiami l'ambasciata canadese! Mi chiamo Ron Brooks! Ronald Charles Brooks, di Toronto. Non sono Stuart Collier!»

Di lì a poco si ritrovò in un parcheggio coperto. Qualcuno aprì lo sportello di un SUV. Tutt'intorno, decine di uomini della polizia o della sicurezza. Ron vide anche Faraj: lo stavano facendo salire sul sedile posteriore di un altro veicolo senza contrassegni.

«Faraj! Diglielo! Diglielo, *cazzo!*» Per l'ennesima volta, prima che gli abbassassero la testa e lo spingessero dentro il SUV, si guardò indietro e gridò: «*Non* mi chiamo Stuart Collier, e *non* sono della CIA!».

5

Nello Studio Ovale, il direttore della CIA guardò negli occhi preoccupati del presidente degli Stati Uniti, seduto dall'altra parte della scrivania di quercia.

«Si chiama Stuart Collier. È della CIA». Jay Canfield non nascose la frustrazione mentre riferiva al presidente Jack Ryan l'arresto di un operativo dell'Agenzia, a Teheran. «Non sappiamo ancora come sia stato scoperto.»

«È un NOC?» domandò Ryan. Gli agenti sotto Non-Official Cover erano la risorsa più segreta del National Clandestine Service, la divisione della CIA incaricata di gestire il personale d'intelligence sul campo. Andavano in missione all'estero come semplici cittadini, di solito sotto falso nome, operando come spie ma senza l'immunità garantita ai diplomatici «con copertura».

Canfield annuì. «Sì. Ed è anche bravo. Era in missione come Ronald Brooks, canadese. Sfruttava questa identità da quasi quattro anni, e collaborava con aziende iraniane da più di tre.»

La pioggia batteva furiosa sulle spesse finestre dello Studio Ovale: a metà pomeriggio il cielo era già scuro come al crepuscolo. Il presidente Ryan pensò che il meteo si adattasse alla perfezione alla notizia del direttore Canfield. Si tolse gli occhiali e si massaggiò il setto nasale.

«Quanto tempo fa è successo?»

«Da otto a dieci ore. L'abbiamo appena saputo dai canadesi, che hanno parlato direttamente con gli iraniani.»

«I canadesi sapevano che un nostro NOC sfruttava un'identità del loro Paese?»

«Sì. E gli hanno rilasciato un vero passaporto, per cui è impossibile che gli iraniani abbiano trovato indizi di contraffazione sui documenti. Non è così che hanno individuato il nome falso.»

«Brooks... cioè, Collier... Quanto a fondo era introdotto?»

«Non posso dire che fosse la nostra fonte principale di informazioni. Procurava agli iraniani tecnologia *dual-use*, di interesse civile ma sfruttabile anche in campo militare. Tutta roba legale in base alle sanzioni vigenti. Gli addetti agli approvvigionamenti militari gli davano una lista degli articoli di cui avevano bisogno; lui tornava in Occidente e cercava i fornitori, negoziava i termini, provvedeva al trasporto e alle scartoffie. Niente d'illegale. Però ci aspettavamo che, prima o poi, i suoi contatti gli avrebbero chiesto di aiutarli a ottenere articoli più pericolosi.»

Ryan era sorpreso. «Quindi la CIA stava aiutando l'esercito iraniano a reperire tecnologia in Occidente?»

«Avrebbero ottenuto comunque quei prodotti: come ho detto, non erano equipaggiamenti soggetti a sanzioni. Abbiamo affidato a Collier questo compito per sapere cosa acquistavano, dove se lo procuravano e come lo facevano entrare nel Paese, nel caso fossimo riusciti a introdurre nuove sanzioni. Poi, se avessero cominciato a chiedergli articoli illegali, ci saremmo trovati nella posizione perfetta per fermarli e fornire le prove alle Nazioni Unite.» Canfield si passò le mani sulla faccia. «Ormai, però, tutto questo non ha più importanza. Quell'agente è bruciato. L'unica questione è...»

«L'unica questione» concluse per lui Jack Ryan «è *come diavolo* hanno fatto a scoprirlo?»

«Esatto, signor presidente. Le persone che sapevano dell'operazione sono meno di venticinque, me compreso; tutti membri fidati della comunità d'intelligence. I sistemi elettronici non sono stati compromessi, per cui il problema non viene da lì. Al momento è un autentico mistero. Ovviamente ci stiamo dando da fare per trovare una risposta.»

«Cosa gli faranno?»

«È un NOC, signore: possono fargli ciò che vogliono. A ogni modo... Con il suo permesso, e senza fare troppo rumore, potremmo contattare una nazione terza come la Svezia, ad esempio, e far sapere che ci preoccupa la sorte dell'uomo d'affari canadese Ronald Brooks. Questioni umanitarie, cose del genere. Capiranno che sono balle, però servirà a salvargli la vita: diventerà una sorta di moneta di scambio. Ovviamente sarà come ammettere tacitamente che è della CIA, ma se non facciamo così potrebbero impiccarlo al braccio di una gru.»

Ryan annuì. «Approvato. Lo voglio fuori di là.»

«Sì, signor presidente. Però... sa come funziona: se lo terranno stretto per un po' e faranno pressione, su di lui *e* su di noi. Più la sua situazione si farà precaria e difficile, più otterranno gli iraniani per liberarlo. Se accettassero di andarci piano sin dall'inizio, Collier avrebbe meno valore come moneta di scambio. Quindi non si faccia illusioni, signor presidente: quell'uomo sta già affrontando le pene dell'inferno, e le cose non cambieranno tanto in fretta. Non c'è niente che possiamo fare, in merito.»

Ryan si appoggiò allo schienale della poltrona e guardò il muro dalla parte opposta della stanza, come a scrutare un punto distante chilometri. Un attimo dopo si voltò di nuovo verso Canfield. «Usa i canali non ufficiali per tastare il terreno. Scopri quanto ci costerà riavere Collier.»

«Sì, signor presidente.»

«Ci aspettiamo che gli iraniani lo portino davanti ai media?»

«Ci può scommettere.»

Ryan sbuffò. «Nega pubblicamente ogni coinvolgimento. Lo riporteremo a casa facendo meno rumore possibile.»

«Certo, signore.»

«Perché Mary Pat non è qui?» chiese a quel punto Ryan.

Mary Pat Foley, la direttrice dell'intelligence nazionale, considerava un proprio dovere presentarsi nello Studio Ovale quando riferivano al presidente crisi di tale portata nella comunità d'intelligence. Lei e Ryan si conoscevano da tempo e avevano un forte legame, sia professionale sia personale.

«In realtà sta andando in Iraq» rispose Canfield. «È coinvolta personalmente in un'operazione.»

«*Personalmente?* Perché?»

«A quanto pare non voleva perdere i contatti con il mondo della HUMINT» rispose Canfield riferendosi alla *human intelligence*, la raccolta di informazioni tramite agenti sul campo. «Ha detto che stava passando troppo tempo tra sale conferenze e schermi di computer.»

Ryan non fu contento della notizia. Anche se capiva e apprezzava l'intento di Mary Pat, il fatto che non si trovasse lì davanti lo privava del parere del più importante membro della comunità d'intelligence statunitense. E l'arresto di un NOC della CIA a Teheran non era affare da poco.

«Quando dovrebbe tornare?»

«Le ho fatto comunicare la notizia dal suo vice, e immagino che l'arresto di Collier la farà rientrare prima del previsto. Vuole che la faccia rintracciare al telefono?»

«No, lasciamo che faccia il suo dovere. Potrà chiamarmi appena avrà qualche aggiornamento. Spero solo che, qualunque cosa sia andata a fare in Iraq, ne valga la pena.» Ryan scacciò quel pensiero con un gesto della mano. «Tienimi informato, soprattutto in merito alle indagini per scoprire come sia saltata la copertura.»

L'interfono sulla scrivania di Ryan emise un *bip*, seguito dalla voce della segretaria. «Signor presidente, c'è qui il procuratore generale Murray. Chiede cinque minuti del suo tempo.»

Ryan guardò Canfield, che si alzò subito in piedi.

«Fallo entrare.»

Canfield salutò Dan Murray sulla porta e fece per uscire dallo Studio Ovale.

«Potrebbe interessare anche te, Jay» disse il procuratore. «Preferirei che rimanessi, se al presidente va bene.»

Ryan fece cenno ai due uomini di sedersi sul divano di fronte a lui, e tornò a sistemarsi sulla sua poltrona.

«Si tratta di quanto successo nel New Jersey la settimana scorsa. Sono convinto che non sia stato un gesto improvvisato» annunciò il procuratore generale.

Ryan inarcò le sopracciglia. «Il fatto che tu ne stia parlando con me e Jay mi suggerisce che la sparatoria avvenuta in quel ristorante messicano abbia implicazioni sulla sicurezza nazionale.»

«Temo di sì. Fra un paio d'ore ne parleranno anche al telegiornale, ma volevo che lei fosse il primo a saperlo. Abbiamo scoperto che l'attentatore era un cittadino russo di ventitré anni, Vadim Rechkov. Si trovava negli Stati Uniti con un visto di studio: si era iscritto a un corso di scienze informatiche in un istituto tecnico dell'Oregon, però aveva abbandonato. Diversi mesi fa la polizia locale lo aveva fermato per ubriachezza e disturbo della quiete pubblica, e gli era stato notificato un mandato di comparizione. Dopo l'udienza sarebbe stato espulso, ma non si è presentato in tribunale.»

«Capita mai che chi rischia l'espulsione si presenti di fronte al giudice?» si limitò a osservare Ryan.

«Non molto spesso, per cui non è una sorpresa. La sorpresa, semmai, arriva adesso. Il fratello dell'attentatore era un assistente macchinista imbarcato sul *Kazan*, uno dei sottomarini russi affondati dalla USS *James Greer*. E nel ristorante messicano era presente il capitano di fregata Scott Hagen, comandante della *Greer*. Finora l'informazione non è stata divulgata.»

«Dio Mio!» disse Ryan. Era andato ad accogliere personalmente Hagen e l'equipaggio, quando il cacciatorpediniere classe Arleigh Burke era rientrato in Virginia per le riparazioni.

«Hagen sopravvivrà» si affrettò ad aggiungere Murray, «anche se è stato raggiunto da due proiettili di AK-47. Ma suo cognato è stato colpito alla nuca. Morto, insieme a un cameriere e un altro cliente. Sei feriti, incluso il comandante».

Né Canfield né Ryan chiesero se la presenza del militare potesse essere solo una coincidenza. Erano in quel mondo da troppo tempo per prendere in considerazione un'ipotesi simile.

«Dopo il fatto» proseguì Murray «Hagen ha riferito alla polizia che aveva sorpreso Rechkov a fissarlo. La situazione si era fatta inquietante, tanto che lui e la famiglia stavano lasciando il ristorante quando il russo è tornato con il fucile.»

«Il capitano di fregata non aveva una scorta?»

«Quando è tornato negli Stati Uniti, per qualche settimana il dipartimento della Difesa ha messo una volante con due agenti davanti a casa sua. La polizia locale ha aumentato i pattugliamenti nel suo quartiere, e ovviamente il bacino di carenaggio in cui stanno riparando la *James Greer* è considerato zona di massima sicurezza. Ma non ci sono mai state minacce concrete, e il viaggio nel New Jersey non era ufficiale, per cui non aveva una scorta, no. Sinceramente, dato che non c'erano indizi di pericoli concreti e imminenti, la Difesa ha fatto comunque più di quanto richiesto.»

«L'ipotesi più probabile» intervenne Ryan «è che il russo abbia semplicemente letto sul giornale che Hagen comandava la *James Greer*, che lo abbia incolpato per la morte del fratello e lo abbia quindi rintracciato per tentare di ucciderlo.»

«È un'ipotesi plausibile, ma francamente mi convince poco. Gli investigatori dell'FBI non sono riusciti a capire da dove Rechkov abbia preso le informazioni. Come faceva a sapere che Hagen si sarebbe recato in *quel* ristorante in *quel* momento? Il russo ha noleggiato un'auto a Portland, sei giorni prima, e l'ha usata per attraversare il Paese. Ha comprato un AK e delle munizioni appena fuori Salt Lake City, poi si è procurato altri proiettili e un pugnale a Lincoln, nel Nebraska. Se ha deciso di provare l'arma dev'essersi fermato sul ciglio di una strada isolata, perché non ci sono prove che sia stato in un poligono.»

«Be', se questo pagliaccio ha semplicemente ricevuto una soffiata su Hagen dalla parte opposta del Paese, e per il resto ha agito d'istinto, non mi pare ci troviamo di fronte a un piano granché sofisticato» osservò Canfield.

Murray annuì. «Ci sono ancora degli elementi poco chiari, ma pensiamo sia andata proprio così.»

Jay Canfield ci rifletté un attimo. «Non credo ci sia Mosca dietro l'attacco. Oh, ne sarebbero capaci, eccome, ma il nostro assassino era troppo disorganizzato.»

«Esatto» concordò Ryan.

«Il dipartimento della Difesa sta diramando l'ordine di assegnare una scorta a tutti i comandanti della marina e dell'aviazione coinvolti nella missione nel Baltico» disse Murray, «nella remota possibilità che l'attacco sia parte di un piano più ampio.»

Il presidente decise quindi di condividere con il procuratore generale la questione dell'arresto del NOC in Iran.

Murray si rivolse a Canfield. «Nessun'idea su come sia stato compromesso il tuo uomo?»

Canfield scosse la testa. «Nessuna.»

«Un operativo scoperto in maniera inspiegabile e un ufficiale rintracciato in modo altrettanto misterioso, e il tutto nel giro di pochi giorni...» commentò Ryan. «Sembra strano solo a me?»

«Hagen non era sotto copertura come il mio operativo» sottolineò Canfield. «A ogni modo... Capisco cosa intende: chissà come, qualcuno pieno di rancore è stato informato sui suoi spostamenti.»

Ryan sospirò. «Che gran casino.»

6

Se Dominic Caruso non fosse entrato nell'FBI e poi nel Campus, probabilmente avrebbe aperto un ristorante.

Amava cucinare. Aveva imparato da sua madre: da bambino aveva passato ore e ore ai fornelli con lei, e già da ragazzo sapeva realizzare autentici piatti italiani. Quanto al suo gemello, Brian, difficilmente preparava qualcosa di più sofisticato di un panino al prosciutto con maionese e formaggio.

La carriera nell'FBI l'aveva allontanato da quella passione, e nei primi due anni al Campus era sempre stato fuori casa. Oltretutto, non aveva nessuno cui preparare una cenetta. Ma, giunto single ai trenta, aveva riscoperto il piacere di cucinare per qualcuno. Specie se si trattava di una bella donna.

Quella sera gli antipasti prevedevano parmigiana di melanzane – che al momento si stava dorando in forno – e un enorme vassoio di salumi che occupava la metà di uno scaffale del frigorifero. Lo chardonnay Fontanella Mount Veeder era nel secchiello del ghiaccio, già sul tavolino di fronte alla portafinestra del balcone; da lì avrebbero potuto ammirare Logan Circle senza il fastidio dell'afa e del traffico di Washington, che avrebbero invece dovuto sopportare se avesse apparecchiato fuori.

Alle sette in punto sentì suonare il campanello. Si tolse dalla cintura lo strofinaccio che stava usando come grembiule, diede una rapida occhiata alla parmigiana e andò ad aprire.

Sul pianerottolo c'era Adara Sherman. Indossava un semplice abito nero, scarpe con la zeppa e occhiali alla moda. Aveva i capelli alle spalle e Dom poteva ammirare i muscoli del suo splendido collo, definiti dagli allenamenti quasi giornalieri nella palestra di CrossFit vicino al suo appartamento, su Tysons Corner.

Chissà perché, Dom non si era ancora abituato a vederla fuori dal lavoro. Lì, in qualità di responsabile dei trasporti e della logistica per la Hendley Associates e il Campus, usava in sostanza due tipologie d'abiti: tailleur elegante nell'ufficio di Alexandria, generica uniforme con gonna e giacca blu e camicetta bianca a bordo del Gulfstream G550, quando faceva da assistente di volo.

Anche se, negli ultimi due anni, c'erano state parecchie occasioni in cui aveva assunto ben altro ruolo, durante un'operazione. In quei casi entrava nella cucina di bordo del G550, si toglieva gonna, giacca e camicetta e indossava pantaloni della 5.11 Tactical, abbinati a una giacca militare scura. Poi, da uno scomparto segreto dietro un pannello, tirava fuori un mitra H&K UMP calibro .45 e infilava una pistola semiautomatica H&K in una fondina sotto la cintura. Adara era infatti la responsabile della sicurezza a bordo dell'aereo, oltre a fare da medico per gli agenti del Campus.

Quel lavoro non le era certo piovuto dal cielo: aveva alle spalle anni di addestramento. Era stata in Afghanistan con il corpo sanitario della marina, e aveva salvato la vita ai Marines in combattimento, oltre a ritrovarsi più volte a usare la Colt M4 in dotazione. Insomma, non era la classica assistente di volo che si poteva trovare su un aereo privato di lusso. E Dom non si era ancora abituato a vederla con un seducente abito da sera, radicalmente trasformata rispetto all'aspetto che aveva di giorno, a prescindere dal ruolo di volta in volta ricoperto.

Si frequentavano ormai da un anno, ma non ne avevano ancora fatto parola con nessuno alla Hendley Associates. Dom sospettava che suo cugino l'avesse intuito, e Adara era d'accordo. Insisteva a dire che il suo intuito femminile non si sbagliava mai in casi del genere. Comunque, anche se Jack sapeva, non aveva detto niente, e Dominic apprezzava davvero quella riservatezza.

La politica del Campus non vietava a due dipendenti di uscire assieme, ma immaginavano che la loro relazione non sarebbe stata vista di buon occhio, per cui avevano deciso di tenere la cosa per sé. A ogni modo conducevano entrambi una vita frenetica, quindi non si era trattato di andare a vivere assieme e passare le serate a guardare la tv finché non era ora di andare a dormire. No, la loro relazione era fatta più che altro di cenette e film quando erano entrambi in città e avevano un po' di tempo libero, il che accadeva di rado. Certo, le cose si erano spinte anche sul piano fisico – era successo in Italia, all'inizio del loro rapporto – ma, sebbene quell'aspetto non fosse cambiato, le carriere di entrambi rappresentavano un ostacolo, pur lavorando per la stessa società.

In ogni caso, Dom e Adara avevano una relazione interessante. Potevano stare settimane intere senza parlare di lavoro quando si ritrovavano da soli lontano dall'ufficio, e con la stessa facilità potevano spostare la conversazione proprio su quell'argomento. Quella sera non discussero d'altro.

Mentre mangiavano la parmigiana di melanzane e bevevano lo Chardonnay servito alla temperatura perfetta, discussero di quanto era accaduto la mattina precedente a bordo dello yacht nella baia di Chesapeake. Dom era ancora arrabbiato con se stesso per aver lasciato che Gerry Hendley gli sparasse alle spalle, e ancora di più perché quella mancanza aveva costretto Jack a salvare l'ostaggio con un eccesso di foga.

Adara aveva assistito alla disfatta in prima fila, e dopo aver ascoltato Dom gli diede la sua opinione.

«Non devi incolparti: siete a corto di personale. State facendo del vostro meglio, ma avete bisogno di una squadra più numerosa.»

Lei era sul ponte principale con Gerry quando John Clark aveva analizzato la situazione con la squadra, quindi non poteva sapere che il responsabile operativo aveva fatto la stessa osservazione.

«Assumeremo due nuovi agenti.»

«Davvero? Chi?»

«Sono sicuro che Clark abbia già qualche idea, ma vuole che ognuno di noi proponga un candidato.»

Adara si tagliò un boccone parmigiana, lo portò alla bocca e masticò lentamente, per poi gustarsi con calma un sorso di vino. Stava aspettando che Dominic andasse avanti, ma lui continuò a tacere.

Alla fine lei gli domandò: «Chi proporrai per il posto?».

Dom alzò le spalle. «Non lo so. Conosco un sacco di ragazzi ancora nell'FBI, e i corsi di addestramento del Campus mi hanno messo in contatto con diverse persone che erano nelle unità speciali dell'esercito. Ora però hanno tutti famiglia, e lavorare al Campus è dura per un padre con figli piccoli. Penso di aver intuito chi proporrà Ding, e so chi candiderà Jack. Entrambi i nomi sarebbero perfetti, quindi potrei limitarmi ad appoggiare una delle due candidature. Magari Clark penserà che abbia scelto la via più facile, ma devo seguire il mio istinto.»

«È vero.» Adara sapeva pesare ogni parola e calcolare ogni mossa, ma era altrettanto brava a prendere un argomento di petto quando la situazione lo richiedeva. Poggiò la forchetta e il coltello sul tavolo e guardò Dom dritto negli occhi. «Ho un'idea su chi potresti candidare.»

Lui inarcò le sopracciglia e fermò la forchetta a mezz'aria. «Ah, sì? E di chi si tratta?»

«Di me.»

Dom s'irrigidì, la forchetta davanti alla bocca e gli occhi fissi sulla sua ragazza. Poi abbassò lo sguardo.

«Conosco il lavoro» disse Adara. «La mia affidabilità è fuori discussione, e in diverse occasioni sono stata sul campo con voi, più o meno. Ho il brevetto da paracadutista, sono un sub esperto e so sparare. Ho ottenuto la Navy Expert Pistol Medal e la Navy Expert Rifle Medal, con una S di bronzo.» Dom non disse niente, così Adara andò avanti. «Dato che me l'hai chiesto, la S di bronzo sta per *sharpshooter*.» Tiratore scelto. «E poi, a differenza vostra, ho la licenza di pilota con abilitazione al volo strumentale e su bimotore, sono in grado di condurre una barca e ho un addestramento medico migliore di chiunque altro al Campus.» Sorrise. «E faccio più CrossFit di te.»

Dom prese il bicchiere di vino, lo vuotò, poi tirò fuori la bottiglia dal secchiello del ghiacciò e lo riempì di nuovo.

«E, ovviamente» proseguì lei, «non dimentichiamoci di Panama e della Svizzera.»

Dom mise la bottiglia nel ghiaccio, poi guardò Adara. «No.»

Sapeva che lei avrebbe tirato fuori Panama e la Svizzera. Nella giungla panamense Dom e Adara avevano combattuto fianco a fianco, e a Ginevra avevano lavorato in team un'operazione di sorveglianza che alla fine era diventata qualcosa di più... movimentato. Lei era stata eccezionale in entrambe le occasioni, senza nulla da invidiare agli altri dell'unità. Dom lo sapeva benissimo, ma non per questo voleva che lavorasse sul campo insieme a lui.

Vide le guance della donna imporporarsi. Era nei guai, lo sapeva.

«Mi dispiace di essere stato brusco. È solo che...»

«Cosa?»

«Non ti voglio nella squadra.»

Adara annuì appena mentre distoglieva lo sguardo, volgendo gli occhi su un punto lontano di Logan Circle. Uscivano assieme ormai da un po', quindi Dom era in grado di interpretare simili segnali. Era arrabbiata, e stava alzando la guardia. Poteva partire all'attacco da un istante all'altro, quindi lui cercò di spiegarsi meglio.

«So che *puoi* farlo. Le tue abilità non sono in discussione. No, la cosa riguarda me: non *voglio* che tu lo faccia.»

«Perché? Perché è troppo pericoloso?»

«Sì. È proprio *quello* il motivo. Vedi, il lavoro per cui mi stai chiedendo di candidarti... Mio fratello era un agente del Campus, e l'ho perso; ero lì con lui, a guardarlo morire. Poi è arrivato Sam, ha preso il suo posto e siamo diventati buoni amici. È morto anche lui, e anche quella volta ero lì. Non voglio perderti...» Fece una pausa. «Tengo molto a te, e quella non è una posizione per cui proporre le persone cui tieni.»

«Capisco come ti senti, ma la morte di tuo fratello e di Sam Driscoll non hanno niente a che vedere con il fatto che ricoprivano la stessa posizione. È il lavoro, quello che fate tutti. Lo stesso identico destino potrebbe toccare a voi tre.»

«E lo accetto» disse Dom. «È solo che non lo voglio per te.»

«E quello che voglio *io*?» gli domandò.

«L'esercitazione di venerdì è andata male perché non ti guardavo come un ostaggio. Ti guardavo come la mia ragazza. Era strano puntarti una pistola addosso e controllare davanti a tutti che non avessi addosso qualcosa di strano. Così mi sono distratto, e non ho controllato il punto cieco alla mia sinistra. Come faccio a sapere che durante una missione vera non mi comporterei allo stesso modo? Potrei mettere a rischio la vita di tutti.»

«Quindi tu puoi decidere per la tua vita, e anche per la *mia*? E se ti dicessi di lasciare il Campus? Accetteresti?»

«No.»

«Appunto. Chi ti ha dato il diritto di prendere decisioni al mio posto?»

«Non è quello. È solo che...»

«Sì che è quello! Capisco che ci tieni a me. Capisco che lo dici a fin di bene. Non vuoi che mi succeda qualcosa di brutto. Ma se davvero tieni a me, devi permettermi di lottare per ciò che ritengo importante.»

«Non c'è bisogno che faccia io il tuo nome a Clark» sbottò Dom. «Puoi anche proporti da sola.»

«Voglio la tua benedizione.»

«Perché?»

«Perché tengo a te. E a ciò che pensi.»

Dom abbassò lo sguardo sulla strada. «Non costringermi a farlo.»

«Non ti sto costringendo. Te lo sto chiedendo.»

Lui si alzò.

«Dove stai andando?» La sua voce si stava gonfiando di rabbia.

«Al frigorifero: abbiamo finito il vino.»

«Oh... Be'... Okay.»

La discussione si spostò sul divano, dove i toni si fecero meno accesi. Dall'inizio di una litigata, erano tornati a una discussione. Entrambi provarono a mettersi nei panni dell'altro, a considerare i motivi di opinioni tanto ferme.

Dopo mezz'ora, Adara disse: «Capisco in che posizione ti metto, ma ti sto solo chiedendo di aiutarmi. Ascolta: anche se dici di no, andrò comunque a parlare con Gerry. Lo farò da sola, se ti farà sentire meglio con te stesso. Ma vorrei sapere che credi in me, che mi vuoi lì quando avrai bisogno di qualcuno di cui ti fidi».

«Io credo in te. Penso che saresti eccezionale.»

«Conosci qualcuno che farebbe meglio di me?»

In quel momento, Dom capì di aver perso. La sua opinione non era cambiata nell'ultima mezz'ora, ma non aveva altre argomentazioni da usare. Poteva solo scegliere se ostinarsi o essere ragionevole, anche se la ragione andava contro i suoi sentimenti. «No. Non conosco nessuno che sia più qualificato. Farò il tuo nome. La decisione spetterà a Gerry e a John.»

«Certo.» Lo baciò. «Sapevo che non sarebbe stato facile, per te. Niente lo sarà.»

Dom si accorse che Adara lo stava fissando, come volesse dire altro. «Cosa c'è?»

«Abbiamo chiuso questa discussione?»

«Spero proprio di sì. Perché?»

Sorrise. «Ti prego, dimmi che hai fatto il tiramisù.»

Nonostante l'umore nero, anche Dom sorrise. «Naturalmente sì.»

Adara alzò i pugni in aria. «Evvai!»

Il sorriso sul volto di Dom si fece più ampio. «Sei venuta qui per me o per il mio tiramisù?»

«Soprattutto per te, ma non sei l'unico ragazzo dolce e bello di Washington. Ce n'è almeno un altro paio. Invece, sei l'unico ragazzo dolce e bello di Washington capace di preparare un tiramisù divino.»

Dom inarcò le sopracciglia. «Hai già provato quelli degli altri, eh?»

Adara rise e montò a cavalcioni sulle sue ginocchia, per baciarlo.

7

La strada, stretta e in salita, era piena di donne e bambini costretti a spostarsi nei vicoli laterali e a infilarsi negli usci aperti per lasciar passare il convoglio di SUV. Quando i veicoli parcheggiarono accanto all'edificio in cima alla collina, decine di signore e ragazze si avvicinarono per ammirare lo spettacolo. Alcune, in cima ai tetti, guardavano con occhi spalancati e chiacchieravano fra loro meravigliate.

Erano sei i SUV neri parcheggiati su quella stradina alla periferia di Sulaymaniyya, nella regione orientale del Kurdistan iracheno. Dai veicoli scesero almeno una dozzina di occidentali, uomini grandi e grossi armati di tutto punto, con occhiali da sole e orologi costosi, seguiti da un'altra dozzina di occidentali con vestiti eleganti. C'erano anche alcune donne nel gruppo; indossavano tutte il chador, anche se era evidente che fossero americane. Ma non era quello il motivo per cui le yazide erano a bocca aperta.

No, erano sbalordite perché la persona che sembrava al comando dell'intero convoglio era proprio una donna.

Appena uscita dal Land Rover sul quale viaggiava, Mary Pat Foley fu circondata da un gruppo di assistenti e guardie del corpo. Al DNI – il *director of national intelligence*, a capo di tutte e sedici le agenzie della comunità spionistica americana – venivano garantiti la massima protezione e un vasto stuolo di assistenti. Impossibile sbagliare: c'era lei al comando.

Fu seguita pochi istanti dopo dal suo capo di stato maggiore, un colonnello dell'aviazione in servizio attivo. Alzandosi dal sedile, l'uomo si lisciò l'uniforme blu. Un giovane assistente con una cartellina in mano si avvicinò intanto a Mary Pat, da un altro veicolo, mentre la donna incaricata di farle da interprete per quella giornata – una quarantacinquenne curda che lavorava per le Nazioni Unite – indicava un edificio di pietra lì vicino, imbiancato a calce.

Quella zona di Sulaymaniyya veniva chiamata Piccola Sinjar e ospitava parecchi IDP, o *internally displaced persons*: migranti interni accampatisi lì dopo essere fuggiti dal monte Sinjar e dalle aree circostanti, nell'Ovest del Paese. Lo Stato Islamico aveva conquistato quelle zone tre anni prima, e da allora i campi di IDP nelle varie parti dell'Iraq ospitavano praticamente l'intera comunità degli yazidi.

Gli yazidi erano una popolazione di origine curda, ma con una religione e tradizioni proprie. Tuttavia parlavano il kurmanji, varietà della lingua curda ben affermata nell'area del Kurdistan iracheno, che era dunque il luogo più logico dove costruire i campi di IDP.

Di fronte alla porta d'ingresso dell'edificio bianco, aperta, ufficiali curdi e yazidi erano in attesa della Foley e del suo seguito. Ci fu un rapido giro di presentazioni, ma Mary Pat aveva già incontrato alcuni di quegli uomini la mattina, al consolato americano di Erbil, prima di prendere l'elicottero per Sulaymaniyya, per cui lo scambio di convenevoli fu breve.

Quando varcò la soglia si ritrovò in una stanza buia e fredda, insieme a una giovane donna con il chador e una tunica semplice e pulita. Sembrava agitata, confusa da tutte le attenzioni che le rivolgevano fin da quella mattina presto, quando era stata svegliata da un operatore umanitario mentre dormiva sul suo tappeto. Le aveva domandato il suo nome e le aveva mostrato un documento scritto a mano firmato da lei un mese prima, quando era arrivata al campo. Aveva giurato che quanto scritto su quella pagina era vero, poi era stata portata via dalla sua stanza piena di ragazze, trasferita in quell'edificio e informata che alcuni americani stavano arrivando in elicottero per parlare con lei.

Nel loro costante tentativo di proteggere l'America dal terrorismo islamico radicale, il DNI e la maggior parte delle organizzazioni d'intelligence sotto il suo comando stavano dando la caccia a un uomo in particolare. E quella caccia li aveva condotti fin nel Kurdistan. I curdi erano buoni amici degli Stati Uniti, e stavano cercando di dare una mano, ma dire che in quel momento erano impegnati sarebbe stato l'eufemismo del secolo. Erano in guerra con lo Stato Islamico, per cui si era resa necessaria una visita personale della direttrice dell'intelligence americana, per ottenere la piena attenzione dei loro vertici politici.

Quella mattina, il loro aiuto aveva dato i suoi frutti. Un mese prima una ragazza yazida di nome Manal aveva sporto denuncia alla polizia curda, prima di finire in un centro per gli IDP gestito dalle Nazioni Unite e sparire dai radar dei funzionari ONU; ma nel corso della notte era stata identificata e rintracciata in un campo a est del fronte.

La Foley sarebbe stata la prima americana a parlare con lei. In Iraq c'erano decine di migliaia di sfollati yazidi, e centinaia di migliaia di rifugiati e IDP, ma per come la vedeva Mary Pat la diciassettenne Manal meritava tutta quell'attenzione. Per un motivo molto semplice: a Raqqa era stata costretta a sposarsi con un combattente dell'ISIS di nome Abu Musa al-Matari. E l'uomo più ricercato al mondo dall'intelligence americana era proprio un combattente ISIS di Raqqa, con lo stesso nome.

La giovane donna tese il braccio verso Mary Pat, offrendole una stretta di mano e un sorriso timido quanto il suo inchino. Ripetendo la frase in inglese che le aveva insegnato un cooperante ONU alcuni minuti prima, disse: «Molto piacere conoscerti. Mio nome Manal».

La Foley sorrise e fece un inchino, apprezzando sinceramente lo sforzo. L'interprete era accanto a lei. «Mi chiamo Mary Pat, e vengo dagli Stati Uniti. Ho sentito parte della tua storia. Sono onorata di incontrare una donna così coraggiosa.» Sapeva che Manal era riuscita a scappare da chi la teneva prigioniera, il che era già sufficiente per guadagnarsi il suo rispetto.

L'interprete tradusse a voce bassa e la giovane ragazza arrossì.

Dopo pochi istanti le tre donne erano sedute su un tappeto, per terra. Il colonnello aspettava fuori – lui e Mary Pat avevano concordato che così la yazida si sarebbe sentita più a suo agio – ma una delle sue assistenti era nella stanza, a registrare la conversazione e prendere appunti. Era appoggiata al muro, abbastanza vicina per ascoltare.

Manal raccontò a Mary Pat dell'assalto, del brutale omicidio della sua famiglia e di com'era stata portata via con un gruppo di ragazze. Alcune avevano appena dieci anni. Manal all'epoca ne aveva quindici.

«Ci chiamavano *sabya*» disse Manal.

L'interprete spiegò: «Significa "schiavi catturati in tempo di guerra"».

Mary Pat scorse negli occhi impauriti della giovane yazida il riflesso gli orrori indicibili che aveva visto e vissuto.

«Mi dissero che mi avrebbero data in dono a un uomo speciale» proseguì la ragazza. «Aspettai per giorni, in un piccolo appartamento. Mi ritenevo fortunata, perché a differenza di tutte le altre non mi stupravano. Molto fortunata. Alla fine arrivò un uomo vestito all'occidentale, con barba e capelli corti. Non somigliava alla maggior parte degli uomini del DAESH.»

DAESH, o ad-Dawla al-Islāmiyya fi al-'Irāqi wa sh-Shām, ovvero lo Stato Islamico dell'Iraq e della Shām, quell'area nota anche come Grande Siria o Levante.

«Ti disse come si chiamava?»

«Certo. Andava fiero del suo nome, Musa. Abu Musa al-Matari.»

«Quel nome ti diceva qualcosa?»

«No, ma doveva essere una persona importante. Venivano sempre in molti a trovarlo, mostrando grande rispetto. E aveva diversi telefoni e computer.»

«Io devo capire se questo è il Musa al-Matari che sto cercando, ma purtroppo non ho sue foto. Sai dov'è nato?»

«Ha detto di essere dello Yemen, vicino al confine con l'Oman. Di un paese sulla costa.»

L'Abu Musa al-Matari che la Foley stava cercando era di Jadib, insediamento che corrispondeva *esattamente* alla descrizione.

«E la sua età?»

«Non... Non lo so. Molto più vecchio di me.»

Mary Pat si accigliò. «Molto più vecchio... Quanto me?»

«No, non così vecchio» rispose subito Manal. Mary Pat era sulla sessantina. Non si era offesa per l'affermazione, ma sorrise davanti al disagio dell'interprete nel riferirle le parole della ragazza.

La CIA riteneva che al-Matari avesse un'età compresa fra i trentacinque e i quarant'anni. Mary Pat chiese a Manal quanti anni avesse suo padre quando era morto.

«Quarantuno.» La yazida annuì. «Sì, forse era vicino all'età di mio padre.»

«Per quanto sei stata con al-Matari?»

«Un anno. Ero una schiava, ma mi sposò. Però penso avesse anche altre mogli, perché non restava sempre nell'appartamento.»

«Quando ti costrinse a sposarlo?»

La giovane donna ascoltò l'interprete, poi fissò a lungo la signora americana. Aveva un'espressione confusa. Alla fine parlò, e l'interprete tradusse. «La prima volta che lo vidi... Dopo cinque minuti eravamo sposati».

«Capisco. Passava molto tempo al computer?»

«Sì» confermò Manal. «Ogni giorno. Stava al computer o parlava a uno dei suoi telefoni.»

Mary Pat sapeva che Abu Musa al-Matari era un importante tenente dell'EMNI, ramo dell'intelligence estera dello Stato Islamico incaricato di trovare combattenti in grado di operare all'estero. Al-Matari gestiva la sezione nordamericana: il suo compito era reclutare e addestrare americani ed europei per compiere attentati terroristici negli Stati Uniti. Nove mesi prima era riuscito a far entrare sedici persone con passaporto americano in Siria, per l'addestramento, ma erano state tutte uccise durante l'attacco di un drone statunitense, o arrestate al ritorno in Occidente. Lo smantellamento della cellula terroristica non era stato comunicato ai media, soprattutto per non rivelare tattiche, tecniche e procedure che avevano permesso di neutralizzare la minaccia, ma Mary Pat sapeva che quell'operazione d'intelligence aveva salvato la sua nazione da un pericolo enorme. E sapeva anche che al-Matari – abile, motivato e forte dell'appoggio dell'intelligence estera dello Stato Islamico – ci avrebbe sicuramente riprovato.

Anzi, temeva avesse già cominciato a organizzare il prossimo attacco.

«Hai saputo qualcos'altro su di lui?» chiese.

«Mi disse di aver già combattuto in molti Paesi, prima del mio rapimento. E, anche dopo avermi costretta a diventare sua moglie, era più il tempo in cui stava via che quello in cui era qui. Però non credo andasse ancora in giro a combattere. Non era un soldato... Era qualcos'altro. Non so. Un giorno tornò all'appartamento di Raqqa e mi annunciò che doveva fare un viaggio all'estero.»

«Disse dove sarebbe andato?»

«A me? No, non si fidava. Io ero lì solo per pulirgli la casa, per cucinare ai suoi fratelli, ai parenti e agli amici, e per dargli piacere. Ma lo sentii parlare al telefono. Sarebbe andato nel Kosovo, per incontrarsi con qualcuno.»

Mary Pat annuì. «Quando accadde?»

L'interprete riferì la risposta della giovane donna. «Tre mesi prima che scappassi. Sono fuggita il mese scorso, quindi quattro mesi fa.»

«Tornò dal Kosovo?»

«Sì, e cominciò a lavorare ancora più duramente. Incontrava molti uomini. Stranieri. Voglio dire... non iracheni. Avevano accenti diversi. Poi, poco prima che fuggissi, mi ordinò di preparargli le valigie. Disse che stava partendo per un lungo viaggio ma, *inshallah*, sarebbe tornato.»

«Si lasciò sfuggire qualcosa sulla sua destinazione?»

«Non con me, ma lo sentii di nuovo parlare al telefono. Qualcosa sull'andare a scuola...»

«*A scuola?*»

«Sì. Una scuola di lingue.»

Mary Pat inclinò la testa di lato. «Dov'è questa scuola di lingue?»

«Non lo so, ma sono sicura che sia lontana. Aveva dei libri. Libri in inglese. Non so che libri fossero, non conosco l'inglese, ma se li portò dietro insieme a vestiti occidentali. Lasciò a casa tutte le sue tuniche. Accadeva appena quattro giorni prima della mia fuga.»

«Come hai fatto a scappare?»

«Quando se ne andò disse che mi avrebbe sorvegliata suo zio, ma quello non venne. Le bombe americane bersagliavano la città con forza crescente, e io non avevo niente da mangiare. Ovviamente non potevo uscire da sola per le strade di Raqqa: sarei stata fermata dalla polizia religiosa dell'ISIS. Due fermi significavano arresto, tre la lapidazione.»

«Capisco» disse Mary Pat.

«La fame però era tanta. Troppa. Alla fine decisi che dovevo provare ad andarmene se volevo sopravvivere. Avevo sentito dire che alcune persone s'incamminavano seguendo i rumori della battaglia e riuscivano a superare le linee. Non sapevo se fosse vero, ma non avevo altra scelta. Aspettai fino a tarda sera, guardai il cielo per vedere da dove provenivano i lampi e mi diressi verso la battaglia. Il secondo giorno incontrai altre donne. Alcune avevano dei bambini con sé. Avevano avuto la mia stessa idea. Sfruttammo le rovine per nasconderci e avanzare, finché non attraversammo il fronte ed entrammo in territorio curdo. I peshmerga ci trovarono e ci aiutarono.»

La direttrice dell'intelligence nazionale si voltò verso la sua assistente, per essere certa che avesse scritto tutto e che il registratore fosse acceso. Poi disse: «Adesso ti aiuteremo noi. Domani verranno alcuni americani a parlare con te: vorrebbero che descrivessi loro nel dettaglio l'aspetto di Abu Musa al-Matari, così che possano provare a disegnare un identikit. Lo farai?».

«Sì» disse Manal, ma abbassò subito lo sguardo e cominciò a giocherellare con i bordi logori di un tappeto. Mary Pat sapeva che la ragazza stava facendo tutto il possibile per *non* pensare a quell'uomo: l'ultima cosa che voleva era sforzarsi di ricordarne il volto.

«Mi dispiace, Manal, ma è molto importante. Il tuo aiuto potrebbe salvare molte vite.»

«Lo farò» confermò la yazida a voce bassa.

«Grazie. Se vuoi possiamo organizzarci per portarti in America. Solo fino al termine della guerra, poi potrai tornare al monte Sinjar, se è ciò che desideri. Abbiamo bisogno del tuo aiuto, ma vorremmo darti qualcosa in cambio.»

Manal continuava a fissare il tappeto. Ci pensò su qualche secondo, poi disse: «Vorrei stare qui, con la mia gente. Ma vi aiuterò a catturarlo. Era un mostro».

«Bene. C'è qualcosa in particolare che ti serve?»

«Io sto bene, ma posso avere altre coperte per le signore più anziane del campo? I pavimenti sono molto duri, e alcune donne si lamentano del freddo e del mal di schiena.»

La Foley si morse l'interno del labbro. «Me ne occupo prima di lasciare Sulaymaniyya.»

Fuori dall'edificio, Mary Pat si diresse verso il convoglio di SUV in attesa. Impassibili addetti alla sicurezza circondavano l'area imbracciando fucili M4. Tenevano d'occhio gli edifici circostanti e le colline in lontananza. Si trovavano a centonovanta chilometri dal territorio dell'ISIS, più a ovest, ma agli agenti della CIA non serviva essere al fronte per tenere alta la guardia.

Si rivolse alla sua assistente. «Carla: tappeti, coperte e qualsiasi altra cosa possa migliorare la vita a più persone possibile.»

«Ci penserò io. La CIA tornerà qui domani, per realizzare l'identikit con la ragazza e farle altre domande. Li farò venire con un camion pieno di generi di conforto da consegnare agli uomini delle Nazioni Unite, così che possano distribuirli.»

«No» disse la Foley. «Fa' in modo che siano i nostri agenti a consegnare i beni direttamente agli yazidi. Qualcuno dell'ONU potrebbe pensare bene di venderli al mercato nero.» Dopo un'occhiata dalla sua giovane assistente, Mary Pat Foley aggiunse: «Carla, sono nel giro da parecchio. Fidati, non sarebbe la prima volta».

«Sì, signora direttrice.»

Il colonnello sorrise. «Chissà quanto saranno contenti quelli della CIA di dover consegnare articoli per la casa a delle anziane signore...» Poi, rivolgendosi al DNI, tornò serio. «È decisamente il nostro uomo, e sembra che sia tornato in gioco».

«Sì, ma qualcosa non torna.»

«Vero» confermò il colonnello. «Musa al-Matari parla già un inglese perfetto. Se stesse pianificando un nuovo attacco, quale altra lingua potrebbe mettersi a studiare?»

«Credo che "scuola di lingue" sia un nome in codice. Per cosa, però, non ne ho idea. Di' agli analisti di mettersi subito al lavoro. Devono dare il massimo. Ho la sensazione che Abu Musa al-Matari sia al centro di qualcosa. Qualcosa che colpirà presto l'Occidente, chissà dove. E quel figlio di puttana ha un mese di vantaggio su di noi.» Di fronte allo sportello del proprio mezzo si fermò, si voltò e salutò le donne e le ragazze che la guardavano dai tetti e dalle finestre. Qualcuna si nascose dietro un angolo o rientrò nell'edificio, ma altre ricambiarono il saluto.

Erano sbalordite dall'autorità di quella donna.

8

Mary Pat Foley era convinta che l'uomo cui dava la caccia stesse orchestrando il prossimo grande attacco sul suolo americano. Ma si sbagliava. In effetti Abu Musa al-Matari stava coordinando l'organizzazione di un piano giunto quasi alla fase attuativa, e mettere sulle sue tracce ogni agente disponibile era la cosa giusta da fare per fermare l'attentato, però lo yemenita non aveva svolto un ruolo di rilievo nella pianificazione strategica.

La comunità d'intelligence americana sapeva del precedente tentativo di Abu Musa al-Matari di entrare negli Stati Uniti con cellule terroristiche, e sapeva che era tornato in campo, quindi aveva dato per scontato che fosse proprio lui la mente del complotto. Certo, l'ISIS gli aveva affidato la responsabilità della missione: era il comandante sul campo, e avrebbe fatto da intermediario per consegnare le informazioni riservate alle singole cellule di ritorno alle loro case e alle loro vite negli Stati Uniti. Ma il *vero* artefice, l'uomo che aveva concepito l'attacco e presentato il piano a chi aveva il potere di approvarlo per fornire denaro, uomini e armi, era un altro. Uno di quei soggetti che nessuno, nemmeno i suoi conoscenti più stretti, avrebbe collegato al terrorismo internazionale.

Il cinquantunenne Sami bin Rashid era un tecnocrate saudita. E non era particolarmente religioso: beveva ogni volta che ne aveva l'occasione e andava in moschea meno spesso della maggior parte dei musulmani. Insomma, non era il primo cui si sarebbe pensato per pianificare un'operazione dell'ISIS sul suolo americano. Non era nemmeno un membro dello Stato Islamico, anzi: odiava i jihadisti con tutto il cuore. Ricopriva invece un ruolo importante nel Consiglio di cooperazione del Golfo, l'organizzazione intergovernativa istituita per promuovere gli interessi politici ed economici degli Stati arabi del Golfo Persico.

Nessuno poteva sospettare che si sarebbe dato al terrorismo di matrice islamica.

Eppure l'attacco che al-Matari stava organizzando era al cento per cento un'idea di Sami bin Rashid. Per lo yemenita l'operazione aveva preso corpo solo dopo averlo incontrato in una casa sicura dell'ISIS, nel Kosovo, ma a Bin Rashid era venuto in mente diversi mesi prima, quando si era imbattuto per puro caso in una miniera di informazioni riservate.

Sami bin Rashid non aveva mai ucciso nessuno in vita sua. Da giovane, per un breve periodo, aveva prestato servizio nell'esercito saudita, ma durante la prima Guerra del Golfo era un agente d'intelligence di basso livello, stanziato a centinaia di chilometri dal fronte. Dopo quell'esperienza aveva continuato a lavorare per il governo al ministero dell'Energia, dell'industria e delle risorse minerarie: era entrato in un dipartimento segreto che sfruttava le informazioni riservate raccolte dai servizi d'intelligence per indirizzare la politica energetica nazionale.

Poi, dopo vent'anni trascorsi in un settore affine allo spionaggio industriale, aveva lasciato gli incarichi governativi con la benedizione della famiglia reale, che gli aveva affidato la posizione di consulente nel Consiglio di Cooperazione del Golfo, con sede a Riad, la capitale dell'Arabia Saudita. Lì fungeva da capo *de facto* dell'intelligence del CCG, sgobbando dietro le quinte per lo sviluppo d'iniziative volte a integrare il lavoro delle agenzie informative degli Stati membri. Un compito per niente facile, visto che in passato alcune di quelle nazioni si erano date guerra.

Pian piano, con l'affinarsi delle sue competenze, Bin Rashid era diventato per il CCG una specie di risolutore. Un uomo tranquillo in un altrettanto tranquillo dipartimento, pieno di analisti e agenti capaci di far sparire ogni problema e persino di far scoppiare una guerra sporca, se ciò poteva favorire gli interessi della madrepatria. Era diventato così bravo che l'avevano trasferito da Riad a Dubai, dove gli avevano affidato un ufficio privato: una copertura per il suo vero lavoro, così che nessuno potesse collegarlo alla famiglia reale saudita.

Inviava denaro, informazioni riservate ed equipaggiamenti a società, rivoluzionari e persino nemici della propria patria, senza mai attirare l'attenzione su di sé o i suoi benefattori. Aveva amicizie nell'industria petrolifera americana e nelle agenzie d'intelligence del Medio Oriente, e contatti all'interno dei gruppi terroristici che avrebbero ucciso i suoi amici negli Stati Uniti. In effetti avrebbero ucciso lui stesso, se fossero venuti a conoscenza dei suoi rapporti con gli infedeli o del tentativo di manipolare i jihadisti per servire il re di Riad.

Aveva cospirato con i rivoluzionari nigeriani per organizzare attentati nelle raffinerie di petrolio del Paese; aveva corrotto gangster russi per imporre scioperi nei porti e rallentare le spedizioni di greggio; aveva orchestrato centinaia di operazioni per favorire i sauditi sul mercato globale. Ma per quanti risultati ottenesse, i problemi cui cercava di porre rimedio erano troppo grandi per essere risolti da una persona sola. Detta in parole semplici, l'Arabia Saudita era una nazione sull'orlo del fallimento.

Il regno era ricco, ma negli ultimi anni aveva visto crollare le proprie risorse, sia in dollari sia in termini di prospettive future. Quando il prezzo del petrolio si aggirava sui cento dollari al barile, l'Arabia Saudita poteva vantare ricavi per duecentoquaranta miliardi di dollari l'anno. Ora, però, il prezzo al barile si era dimezzato, e il bilancio nazionale aveva disavanzo annuo di centocinquanta miliardi di dollari. Al contempo, l'apparato statale non poteva in alcun modo limitare le spese: nel regno serpeggiava un tale malcontento che l'unico mezzo per assicurare la sopravvivenza dei più ricchi era elargire ingenti contributi ai più poveri. La nazione sarebbe sprofondata in una violenta guerra civile nel giro di pochi mesi, se la famiglia reale avesse deciso di mettere un freno alla generosità nei confronti delle masse che non vivevano a palazzo.

Persone come Bin Rashid avevano ben chiaro che il regno non avrebbe potuto contare ancora a lungo sul solo petrolio. Per la prima volta le riserve petrolifere americane avevano superato quelle saudite, un dato che aveva scosso la famiglia reale e i cui effetti si erano propagati fino al defilato ma fondamentale ufficio di Sami bin Rashid. Lui era l'uomo dei miracoli, e i regnanti avevano presto messo in chiaro che proprio quello si aspettavano: un autentico miracolo.

Anche perché i loro problemi non si limitavano al denaro.

I sauditi erano anche preoccupati per la crescente influenza dell'Iran sulla regione e per la diffusione del fondamentalismo sciita, ritenuto più pericoloso di quello sunnita. Davano infatti per scontato che qualsiasi territorio caduto nelle mani degli sciiti sarebbe semplicemente finito sotto il controllo diretto dell'Iran. Un altro problema era l'aumento della produzione petrolifera proprio in Iran, cui era legata a doppio filo l'influenza di quella nazione sul Medio Oriente.

Per Bin Rashid il crollo dei prezzi del petrolio e il fatto che l'Iran stesse diventando la potenza egemone del Medio Oriente erano preoccupazioni costanti, che lo tormentavano giorno e notte.

In effetti aveva una soluzione a entrambi i problemi, doveva solo trovare il modo di metterla in atto.

E la soluzione era la guerra.

Non una guerra fra l'Arabia Saudita e l'Iran, che si sarebbe rivelata disastrosa. I sauditi non potevano fermare da soli i loro nemici, e gli eserciti di tutte le nazioni sunnite messi insieme non avrebbero comunque retto il confronto con quelli dei Paesi sciiti, se avessero dato vita a una solida coalizione. Tanto più che – Bin Rashid lo sapeva bene – una coalizione sciita trascinata in una guerra contro i sunniti, capeggiati dai sauditi, si sarebbe rivelata sicuramente solida.

No, se nella regione doveva scoppiare una guerra, non potevano combatterla i sauditi. Doveva essere combattuta *per conto* dei sauditi... Dall'Occidente.

Da saudita, Sami bin Rashid era conscio che il suo ruolo all'interno del Consiglio di cooperazione del Golfo non era quello di promuovere gli interessi di *tutti* i paesi del Golfo Persico. Lui doveva promuovere gli interessi del Regno dell'Arabia Saudita, e l'operazione che aveva concepito alcuni mesi prima, già in fase di organizzazione avanzata e che nel giro di qualche giorno avrebbe riempito le prime pagine di tutto il mondo, avrebbe ottenuto proprio quel risultato.

Ma non avrebbe mai ideato quel grande piano – quel tentativo disperato di salvare la propria nazione usando il folle culto di morte dell'ISIS, per portare l'Occidente a condurre una nuova guerra in Medio Oriente – se sette mesi prima uno dei suoi analisti non gli avesse mandato un'e-mail.

Direttore, mi sono imbattuto il qualcosa che vorrei mostrarle, quando le torna comodo. Mi convochi quando preferisce nel suo ufficio, oppure si senta libero di passare dal mio.

Bin Rashid aveva chiamato il giovane, un qatariota messo in prova per la sua tendenza a usare il computer per questioni extralavorative.

Alcuni istanti più tardi Faisal era entrato nell'ufficio di Bin Rashid, facendo un inchino e portandosi una mano al petto. «*Sabah al-khair, sayidi.*» Buongiorno, signore.

«Cosa succede?» Il direttore saudita non aveva tempo per i convenevoli.

«Ho scovato una compagnia che vende informazioni riservate sul dark web, e pensavo fosse il caso di metterla al corrente.»

«*Dark web?*»

«Sì, signor direttore. Siti, chat e forum nascosti e poco noti, sui quali è anche possibile acquistare prodotti illegali.»

«E tu cosa stavi facendo nel dark web, Faisal?»

Il giovane si era mostrato di colpo teso. «Immaginavo me l'avrebbe chiesto... ma ci sono finito per lavoro, a causa di un messaggio su un forum libanese che stiamo monitorando. Ospita per lo più comunicazioni fra cittadini iraniani e militanti di Hezbollah, soprattutto di basso livello, ma vale comunque la pena tenerlo d'occhio. Ogni utente ha la possibilità di pubblicare messaggi su bacheche pubbliche. Io ho seguito un post in particolare, perché il moderatore aveva consentito al suo autore di nascondersi dietro un firewall con VPN, così da portare avanti la conversazione in anonimo.»

«Avete hackerato questo forum di Hezbollah?»

«Sì, tempo fa.»

«E cos'aveva da dire quell'utente ai militanti di Hezbollah?»

«Il soggetto – nickname INFORMATORE – scriveva in inglese e si è offerto di vendere a Hezbollah dati riservati su militari e agenti governativi statunitensi.»

«Che genere di dati?»

«Pacchetti completi per il tracciamento.»

«*Tracciamento?* Nel senso di definire la loro posizione?»

«Esatto, signor direttore. L'utente sosteneva di poter ottenere tali informazioni per qualsiasi spia o agente speciale americano, in servizio o in pensione. E intendeva venderle a Hezbollah.»

A Sami bin Rashid era sembrata più che altro una spacconata, opera di qualche ragazzino che aveva visto troppi film occidentali e si era messo in testa di fingersi una spia, provando a farsi bello su Internet. Ciò nonostante aveva continuato a fare domande, nella speranza che Faisal arrivasse al punto. «E come dovrebbero svolgersi queste transazioni?»

«Sul dark web, appunto. INFORMATORE ha detto a Hezbollah – ma immagino abbia contattato anche altri gruppi – che possono comprare quei dati in bitcoin, con un semplice ordine effettuato tramite ricerca del nome, della posizione o di altri criteri relativi agli impiegati governativi americani.»

«Come scegliere la frutta al mercato.»

Faisal aveva sorriso, annuendo. «Sinceramente non avevo mai visto niente del genere. Certo, il dark web ospita da tempo mercati illegali: vi si possono trovare armi, droghe, fotografie e video che vanno contro l'insegnamento del Profeta...» Il giovane qatariota aveva chinato il capo, e Bin Rashid aveva subito intuito che stava parlando di pornografia.

«Tutta questa storia mi pare ridicola» aveva sentenziato il saudita. «E non sono intenzionato ad ascoltare oltre, Faisal. Se non hai per le mani qualcosa di interessante, esci dal mio ufficio.»

«Be', signor direttore, INFORMATORE ha offerto campioni della sua merce.»

«*Campioni?*»

«Esatto, signor direttore. Per esempio, ha fornito informazioni attendibili su un pilota di droni americano che ha condotto attacchi su obiettivi siriani. Dati che potrebbero interessare Hezbollah per via dei loro legami con gli alawiti di Damasco.»

«Come fai a dire che la fonte è attendibile?»

«Perché noi abbiamo le stesse informazioni: l'esercito saudita ha avuto contatti con l'unità di questo americano. Esiste davvero, e ricopre la posizione riportata dalla fonte.»

«E come puoi sapere che INFORMATORE non ha contatti in Arabia Saudita, e non si sia procurato i dati semplicemente rubandoli da lì?»

«Perché ne sa molto più di noi su quell'uomo, un maggiore dell'aeronautica. Ha una lista di tutti i suoi amici e parenti, sa dov'è andato a scuola, quale macchina guida, dove abita, dove fa la spesa, dove mangia e che istituto frequentano i figli... Ha persino le sue impronte digitali! È tutto materiale che noi – sia al CCG sia come sauditi – non abbiamo.»

«Se già conosciamo questo pilota di droni» era sbottato Bin Rashid, «perché mai dovrebbe interessarci dov'è andato a scuola?»

«Infatti non c'interessa, signor direttore. Ma INFORMATORE sostiene di avere accesso a questo genere di dati per qualsiasi impiegato del governo americano.» Aveva fissato negli occhi il proprio capo. «*Tutti*. Ha fornito altri campioni. I nomi non sono visibili, ma il materiale sembra autentico. Credo che quest'uomo, o questa entità, sia davvero in possesso d'informazioni che noi non abbiamo.»

«Chi ne è al corrente?»

«Non ho modo di saperlo. Il sito di vendita sul dark web è accessibile solo su invito. Sicurezza impeccabile. Però uno stupido di Hezbollah ha passato l'indirizzo e i dati di accesso a un collega, usando un indirizzo di posta elettronica con cifratura debole. È così che sono riuscito a procurarmi l'URL e la password per andare a controllare con i miei occhi.»

Bin Rashid era ancora scettico. Aveva accesso a ogni informazione riservata di tutte le agenzie d'intelligence degli Stati membri del CCG, e non aveva mai visto niente di simile a ciò che quel tizio sconosciuto pareva offrire.

«Perché INFORMATORE dovrebbe aiutare Hezbollah?»

«Per un ritorno economico, molto semplicemente» aveva risposto Faisal. «Credo abbia inviato il messaggio pensando che Hezbollah o l'Iran fossero interessati a comprare informazioni riservate.»

Bin Rashid aveva scosso la testa. «Allora è uno sciocco: pensa davvero che il gruppo dietro al forum parli per conto dell'intelligence estera di Hezbollah, e che possa comprare e usare quel tipo di informazioni?»

«Signore, mi scusi.» Faisal aveva deciso di tenergli testa, cosa che faceva molto di rado. «Credo abbia ragione sul ramo di Hezbollah che gestisce la bacheca online: sono davvero degli stupidi. Il fatto è che INFORMATORE non lo sa. Ho controllato a fondo il modo in cui si muove su Internet, e sono convinto che conosca il fatto suo. Lui non è affatto uno stupido. Non posso garantire che tutto il materiale offerto sia autentico, ma credo dovremmo metterci in contatto con lui e dirgli che siamo interessati a una transazione, giusto per vedere cos'è in grado di procurare.»

«Come?»

«Be', non possiamo localizzarlo né scoprirne l'identità: usa reti private virtuali – le VPN – impenetrabili. Nemmeno gli americani riuscirebbero a bucarle. Ciò che posso fare è chiudere l'accesso al forum di Hezbollah a tutti gli utenti tranne me e lui, così da comunicare direttamente.»

Bin Rashid aveva considerato quell'ipotesi. Poteva sondare la potenziale fonte senza ripercussioni? «D'accordo. Fallo. La conversazione dovrà restare solo fra te e la fonte. Ci serve un canale diretto.»

«Certo, signor direttore. Una volta terminato rimuoverò

i messaggi dal forum e lo riaprirò. Hezbollah non saprà mai che siamo passati di lì. Penserà a un guasto ai server.» Ma Faisal aveva ancora una domanda: «Quando entrerò in contatto con la potenziale fonte, come dovrò presentarmi?».

«Innanzitutto dirai che ha fatto una pessima scelta, puntando su un gruppo di idioti senza soldi e con una sicurezza così scarsa. Poi spiegherai che rappresenti un ente non governativo in grado di assicurare la discrezione necessaria e di offrire un accordo remunerativo. Ma solo e soltanto se dimostra di avere davvero quelle informazioni, e i mezzi per trasmettere i dati in completa sicurezza.»

«Benissimo, signore.»

Tuttavia Faisal sembrava ancora confuso.

«Qual è il problema?»

«Sono venuto da lei perché sapesse che Hezbollah era sul punto di ottenere nuove informazioni sensibili sugli Stati Uniti. Questo ovviamente potrebbe rafforzare la posizione dell'Iran nei confronti dell'America, il che si ricollega alla nostra missione. Credevo potessimo magari sondare l'accesso di INFORMATORE alle informazioni riservate, per scoprire che genere di minacce possano portare, ma non ho mai pensato che avremmo acquistato *noi* quei dati. Posso chiedere perché dovremmo farlo?»

Bin Rashid – abituato a muoversi come sulla scacchiera, anticipando sempre le possibili scelte dell'avversario – si era limitato a dire: «Sondiamo il terreno. Vediamo la merce che ha. Poi decideremo se può tornarci utile».

Faisal si era inchinato, aveva portato la mano al petto e promesso di tenerlo aggiornato, per poi uscire dall'ufficio.

Per quanto scettico – *molto* scettico – Sami bin Rashid aveva pensato che, se la fonte si fosse rivelata buona, sapeva esattamente cosa fare con le informazioni riservate sugli agenti segreti americani. Le avrebbe passate all'ISIS.

Lui era convinto che lo Stato Islamico non avrebbe mai sconfitto le potenze occidentali, e che i massacri al centro della loro strategia si sarebbero in realtà rivelati un'arma di autodistruzione. Quegli sciocchi avrebbero continuato a occupare territori su territori, fino a spingere i nemici oltre il limite. Non avrebbero mai accettato di fermarsi, di attestarsi su confini definiti: avrebbero combattuto a oltranza. E, prima o poi, l'Occidente si sarebbe deciso a contrattaccare mettendo in campo tutte le proprie risorse.

Solo che l'Arabia Saudita non poteva aspettare, voleva accelerare la reazione. Jack Ryan, il presidente degli Stati Uniti, aveva schierato fino a quel momento la propria potenza aerea, la comunità d'intelligence e piccole unità delle forze speciali. L'obiettivo era aiutare i curdi – e, in misura minore, l'esercito iracheno – a sconfiggere l'ISIS in Iraq e in Siria. La coalizione guidata dall'America stava guadagnando terreno, però quel conflitto a bassa intensità non avrebbe garantito la riconquista dei pozzi petroliferi in Iraq, né avrebbe tenuto gli sciiti lontani dalle nazioni al confine con l'Arabia Saudita.

Ma se all'improvviso l'ISIS avesse cominciato a colpire direttamente le forze militari e d'intelligence americane? Be', forse questo avrebbe spinto gli Stati Uniti a schierare di nuovo la propria fanteria nella regione, e una guerra totale avrebbe portato il caos tra i campi petroliferi. L'Iran stava sviluppando importanti progetti sui giacimenti nel Sud dell'Iraq, controllato dagli sciiti, e il futuro finanziario dell'Arabia Saudita dipendeva direttamente dal loro esito. La guerra avrebbe cacciato gli iraniani da Iraq e Siria, facendo salire il prezzo del petrolio saudita e ridimensionando la minaccia sciita nella regione.

Sì, se gli americani avessero invaso il Medio Oriente l'Arabia Saudita avrebbe vinto.

E alla fine l'ISIS sarebbe stato cancellato dalla faccia della terra, un'eventualità che a Sami bin Rashid non dispiaceva affatto.

INFORMATORE era stato agganciato ed era presto entrato in contatto con Sami bin Rashid, dimostrando il valore e l'affidabilità della propria merce attraverso informazioni di cui il saudita era già in possesso.

C'era voluto del tempo perché il piano maturasse abbastanza da poterne parlare con qualcuno, ma alla fine Bin Rashid era andato dai suoi superiori – lasciando fuori gli altri membri del CCG – e aveva ricevuto la benedizione ufficiale dai sauditi per intavolare dei colloqui con i capi dello Stato Islamico.

Negli abboccamenti con l'ISIS, i jihadisti avevano parlato di un'operazione in corso per portare il conflitto negli Stati Uniti. Prevedeva la radicalizzazione a distanza di nuovi combattenti: uomini e donne che si trovavano già in America, spinti all'azione dal potente e abile braccio mediatico dello Stato Islamico. A diffondere l'ideologia dell'ISIS contribuivano circa quaranta gruppi diversi, e non era azzardato sostenere che la propaganda fosse l'arma migliore del califfato. Una delle più potenti tra quelle organizzazioni era la Global Islamic Media Front. Sfruttando siti, social network, video e persino una rivista online, la GIMF lavorava per radicalizzare i musulmani americani e spingerli a portare il terrore tra le strade del loro Paese. In quel modo, i pezzi grossi dello Stato Islamico erano convinti di poter spingere Jack Ryan a tornare in Medio Oriente. Un'eventualità agognata tanto da loro quanto da Bin Rashid.

Ma il saudita non era affatto persuaso dal piano dello Stato Islamico. Jack Ryan era un avversario astuto, in grado di ragionare con freddezza e distacco: non sarebbero mai riusciti a scatenare una reazione scomposta da parte sua. Bin Rashid sapeva che il presidente americano voleva distruggere l'ISIS, ma le sparatorie nei centri commerciali e le autobomba a Times Square non gli avrebbero forzato la mano tanto da spingerlo a cambiare strategia sullo scenario internazionale; piuttosto, l'avrebbero indotto a rafforzare la sicurezza interna. No, l'unico modo per spingerlo all'azione era seguire il suo piano.

Aveva annunciato ai capi dell'ISIS che alcuni ricchi benefattori del Golfo erano pronti a pianificare, finanziare e supervisionare un attacco contro gli Stati Uniti d'America. I suoi interlocutori si erano mostrati ovviamente sospettosi, ma Bin Rashid li aveva convinti, tramite intermediari, di poter sfruttare competenze tattiche e strategiche che loro non avevano. Tutto ciò che gli serviva erano i loro migliori combattenti, la loro benedizione e, non c'era neanche bisogno di specificarlo, la loro copertura.

L'ISIS in quel momento era in difficoltà. Era passato un anno e mezzo dalla loro ultima vittoria importante su un campo di battaglia, e gran parte dei flussi di denaro ottenuti contrabbandando in Turchia e in Giordania il petrolio iracheno si erano ormai fermati a causa dagli attacchi aerei della coalizione occidentale, che aveva anche aiutato l'esercito iracheno e le forze curde a riconquistare i propri territori. Ciò di cui lo Stato Islamico aveva più bisogno era una grande vittoria contro l'Occidente, e il suo misterioso gruppo di benefattori del Golfo poteva offrire – o così era sembrato – il piano giusto per ottenerla.

Così, le alte sfere dell'ISIS avevano organizzato un incontro fra Bin Rashid e uno dei loro uomini di punta.

Avevano scelto di incontrarsi a Podujevo, nel Kosovo, una città di novantamila abitanti nella regione nordorientale del Paese. Tanto i terroristi quanto i sauditi avevano una forte influenza sulla zona, considerata pertanto un luogo sicuro sia per l'operativo del regno arabo – sebbene Bin Rashid fosse in effetti un funzionario di un'organizzazione sovranazionale – sia per il jihadista, un certo Abu Musa al-Matari.

I contatti di Sami bin Rashid nei servizi segreti gli avevano detto tutto di al-Matari. Lo yemenita aveva da poco lavorato a un suo piano per addestrare seguaci americani dell'ISIS in Siria, per poi rimandarli negli Stati Uniti a portare il terrore. Un piano audace, elaborato in maniera più o meno intelligente a partire da un'idea azzeccata, ma carente sotto molti aspetti. Non ultimo, il fatto che aveva fallito miseramente.

Gli Stati Uniti avevano scoperto il campo d'addestramento in Siria, quindi la CIA e l'FBI avevano identificato i presenti. Poi, in base a un ordine spietato e probabilmente illegale del presidente Jack Ryan, ondate su ondate di droni da bombardamento avevano ridotto in cenere la struttura.

Al momento dell'attacco al-Matari aveva già lasciato il campo, così come molti degli americani in addestramento; ma mentre l'uomo dell'ISIS era tornato a Raqqa, gli aspiranti jihadisti erano stati fermati negli aeroporti europei e statunitensi, e il piano non aveva portato ad alcun risultato concreto.

In ogni caso, Sami bin Rashid aveva incontrato Abu Musa al-Matari, e alcuni mesi più tardi il combattente dello Stato Islamico si era ritrovato nell'America centrale, a pochi giorni dall'inizio dell'operazione contro l'Occidente, certo di poter sconvolgere l'ordine mondiale e dare vita a un califfato che sarebbe durato diecimila anni.

9

Seguendo in direzione sud l'autostrada da San Salvador, l'affollata capitale di El Salvador, si arrivava direttamente alla costa affacciata sul Pacifico. La strada non era male, almeno secondo gli standard salvadoregni, e le spiagge di La Libertad erano fra le più ambite dai surfisti di tutto il mondo.

Ma nessun surfista finiva a San Rafael, nel dipartimento di La Libertad: un villaggio che distava alcuni chilometri dall'uscita dell'autostrada e parecchi dalla costa. E di sicuro pochissimi turisti si erano mai avventurati più in alto delle colline a nordest, seguendo un sentiero scosceso e tortuoso, inaccessibile durante la stagione delle piogge. Se però l'avessero fatto, avrebbero visto, nel bel mezzo della giungla, un cancello di ferro chiuso con un lucchetto, davanti a un piccolo terreno privato.

Gli abitanti del villaggio non sapevano chi fosse il proprietario del lotto, dato che nessuno nell'area l'aveva mai rivendicato. La maggior parte delle persone immaginava che fosse di proprietà di un cartello della droga messicano o guatemalteco. Ovunque non fosse protetto da barriere naturali – fitta vegetazione, pareti rocciose a strapiombo, gole profonde... – era circondato da una recinzione e nessuno nel villaggio vi era mai entrato. Non c'erano custodi, ma si diceva che la polizia municipale lo controllasse per assicurarsi che non ci si avvicinasse troppo. Così, la proprietà era rimasta abbandonata per oltre una generazione. Almeno fino a uno strano giorno di sei settimane prima.

Quella domenica pomeriggio, tre grandi SUV a noleggio e senza targa avevano attraversato San Rafael senza fermarsi, per imboccare la strada che risaliva la collina. Gli abitanti che avevano assistito a quell'insolito spettacolo avrebbero poi confermato come autisti e passeggeri fossero latinoamericani. Indossavano tutti cappello e occhiali da sole, e avevano la barba. La polizia non li aveva disturbati, il che aveva una sola spiegazione per i locali: gli agenti sapevano del loro arrivo, ed erano stati pagati per tenersi alla larga.

Nei giorni successivi una mezza dozzina di uomini – chi li aveva sentiti parlare sosteneva fossero guatemaltechi – era scesa al villaggio per comprare provviste. Abbastanza da sfamare decine di persone per almeno un mese. I paesani sapevano bene che era meglio non fare domande, e si erano limitati a chiedersi quanto sarebbero rimasti quei narcotrafficanti, e se durante la permanenza avrebbero continuato a spendere così tanto.

Due settimane più tardi piccoli convogli di SUV a trazione integrale, tutti chiaramente noleggiati a San Salvador, avevano attraversato San Rafael. Poco dopo, al villaggio era giunto il rumore debole e distante di spari; sporadici e scoordinati all'inizio, e poi più serrati, rapidi e coordinati.

Si erano sentite anche delle esplosioni.

La situazione era andata avanti così per settimane. Gli abitanti di San Rafael ritenevano impossibile che i narcotrafficanti combattessero fra loro così a lungo, per cui avevano ipotizzato che fosse in corso un qualche tipo d'addestramento.

Dietro al cancello della proprietà in cui nessuno a San Rafael era mai entrato, si trovava una fila di baracche in lamiera arrugginita e arroventata dal sole. Le aveva tirate su l'esercito salvadoregno, durante la guerra civile degli anni Ottanta, insieme a una piccola pista d'atterraggio usata dalla CIA, ma ormai scomparsa in mezzo alla giungla. In ogni caso, i nuovi occupanti non avevano niente a che fare con gli Stati Uniti, o con quel conflitto degli anni Ottanta.

I paesani si erano sbagliati sui nuovi visitatori: i guatemaltechi non erano narcotrafficanti, ma istruttori. I sei uomini erano venuti in quella proprietà abbandonata nell'entroterra di El Salvador per mettere su un centro temporaneo di addestramento all'uso di armi leggere.

Erano ex membri della Brigada Kaibil, famigerata unità delle forze speciali dell'esercito del Guatemala. Tutti sulla cinquantina, negli anni Ottanta avevano combattuto un'altra brutale guerra poco più a nord, in Guatemala. Da allora lavoravano come mercenari in tutta l'America Latina, offrendo sia interventi diretti sia formazione.

Si erano presi due settimane per preparare la struttura: avevano installato i generatori, approntato la rete Internet, controllato pistole e munizioni e persino costruito un sistema di raccolta della pioggia, per aumentare la disponibilità d'acqua.

A ingaggiarli era stata una società fantasma con sede a Panama. E, siccome nessuno di loro si era preso la briga di indagare sulla compagnia, erano curiosi di sapere chi avrebbero addestrato. Tutti e sei gli ex Kaibiles parlavano inglese, il che poteva offrire un'indicazione sui futuri studenti, ma d'altra parte si trattava di una lingua parecchio diffusa. Per cui non si erano sorpresi più di tanto quando alla proprietà si era presentato un mediorientale. L'uomo aveva detto di chiamarsi Mohammed, e di essere intenzionato ad addestrare un'unità da mandare nello Yemen, a combattere il governo locale. I guatemaltechi sapevano molto poco dello Yemen, e gliene importava ancora meno. La paga era buona, il lavoro facile, e il tizio aveva promesso che, se fosse stato soddisfatto, avrebbero potuto instaurare una collaborazione stabile.

Le reclute erano arrivate nel giro dei due giorni successivi, ventisette in tutto. I guatemaltechi si erano sorpresi nel vedere, in mezzo ai mediorientali che si aspettavano, anche gringos statunitensi, neri e altri latinoamericani. Non si erano aspettati nemmeno donne, eppure ce n'erano quattro. Una di colore, una ispanica, e due con la carnagione olivastra tipica del Medio Oriente.

«È lo stesso» si erano detti i sei del Guatemala. Non aveva alcuna importanza da dove venissero quegli uomini e quelle donne. Se qualche *bruja mexicana* o qualche *gringo pendejo* voleva farsi ammazzare dall'altra parte del mondo, be', non era un problema loro.

Mentre i Kaibiles addestravano l'unità, Mohammed era rimasto a guardare, passando la maggior parte delle giornate a parlare al telefono satellitare o davanti al computer portatile. Gli istruttori avevano immaginato che sapesse già combattere, oppure che non gli servisse imparare. In ogni caso, non avevano fatto domande.

Di notte si ritiravano nelle loro tende, montate accanto a un ruscello, ad alcune centinaia di metri dalle baracche di lamiera. A volte sentivano Mohammed e le reclute continuare a parlare ben oltre la mezzanotte: sembrava che l'uomo le stesse indottrinando sulla missione. Forse insegnava loro conoscenze specifiche per portare a termine l'operazione nello Yemen... In realtà, ai Kaibiles non importava.

I guatemaltechi non lo avrebbero mai saputo, ma Mohammed si chiamava in realtà Abu Musa al-Matari, aveva trentanove anni ed era il figlio di un ufficiale dell'esercito yemenita e di una cooperante britannica convertita all'Islam.

Da ragazzo aveva vissuto sia nello Yemen sia a Londra; era

poi diventato tenente di fanteria nell'esercito yemenita, ma aveva lasciato la patria per combattere con i jihadisti in Iraq: per lui, aiutare a costruire un vero Stato Islamico sarebbe stata la realizzazione di un sogno. Un sogno che non aveva avuto il coraggio di confidare a nessuno, almeno finché le bandiere nere non si erano messe a sventolare nella regione.

Aveva combattuto prima per al-Qaida, quindi per l'ISIS, in Siria e in Iraq. Si era specializzato nel reclutare e addestrare cellule di martiri pronti a operare dietro le linee nemiche, ed era diventato così bravo – e i suoi combattenti si erano dimostrati così abili – che l'avevano mandato in Libia quando il califfato si era espanso nell'Africa del Nord.

I suoi uomini si erano distinti anche su quel fronte, e l'intelligence estera aveva presto deciso che al-Matari potesse ottenere risultati più significativi lavorando lontano delle zone di guerra. A quel punto, lui aveva proposto di reclutare e addestrare combattenti stranieri, per poi rimandarli nei Paesi d'origine e spostare la battaglia a casa del nemico. Il piano era stato approvato, e nel giro di poco gli era stata affidata una squadra di reclutatori. Lavoravano in un ufficio di Mosul, sfruttando le risorse della rete – forum, Facebook, Twitter... – per occidentali pronti ad abbracciare la loro causa. Gli uomini e le donne selezionati venivano portati in Siria per l'addestramento, poi rimandati in patria a uccidere per conto dello Stato Islamico. Le sue reclute avevano condotto operazioni in Turchia, Egitto, Tunisia, Algeria. E poi Belgio, Francia, Austria...

I successi di al-Matari erano stati ricompensati, e i suoi piani si erano fatti più audaci e ambiziosi. Non si curava neanche più dei *foreign fighters* decisi a combattere in Siria: a lui interessavano solo i soggetti dotati dell'intelligenza, del fervore e del passaporto necessari a diventare agenti dell'ISIS all'estero. Ed era deciso a puntare in alto. Voleva delle reclute americane, per portare il terrore sul suolo degli Stati Uniti.

Ci era quasi riuscito, la sua squadra di statunitensi era pronta a rientrare in America, ma di colpo tutti i suoi sforzi erano stati vanificati. Prima i bombardamenti sul campo d'addestramento, poi l'arresto dei pochi sopravvissuti che erano riusciti a raggiungere un aeroporto... Di colpo si era ritrovato senza uomini, e senza un piano.

Per fortuna, quella situazione non era durata a lungo.

I responsabili dell'intelligence estera del califfato l'avevano mandato in Kosovo, a incontrare un contatto che pareva promettente. I suoi ordini erano di ascoltare e valutare con calma le idee di quell'uomo, per poi tornare a riferire.

Al-Matari era scettico di natura, cosa che l'aveva tenuto in vita fino a quel momento, ma sapeva anche obbedire senza discutere. Una qualità ancor più importante per garantirsi la sopravvivenza. I suoi superiori l'avevano fatto entrare di nascosto in Turchia, e da lì aveva preso un aereo per la sua destinazione finale.

L'incontro si era tenuto in Kosovo, in un cortile verdeggiante circondato da un edificio di tre piani, a sua volta circondato da combattenti dell'ISIS. Appena messo piede nella corte, al-Matari – che non conosceva l'identità del suo contatto – aveva scorto un uomo con indosso un'ampia veste, seduto da solo a un semplice tavolo. Davanti aveva un servizio da tè.

Si era accomodato. L'altro l'aveva accolto porgendogli la bevanda tradizionale e dicendo: «Questa sarà la prima e l'ultima volta che ci vediamo di persona».

Al-Matari aveva preso la tazza di benvenuto. Negli anni aveva imparato a sospettare di chiunque, a prescindere dalle buone maniere o dagli abiti tradizionali musulmani, quindi si era limitato a rispondere: «Non conosco nemmeno il motivo di quest'incontro. Mi hanno ordinato di venire qui».

L'uomo aveva annuito lentamente. Era più vecchio di lui – sulla cinquantina, forse – e sembrava estremamente sicuro di sé.

«So cos'è successo durante la sua ultima operazione.»

«Se pensa di ottenere conferme o rivelazioni, non si illuda. Magari ha appreso ciò che crede di sapere da fonti autorevoli, oppure da semplici sciocchi. Non ne ho idea. A ogni modo, non le dirò niente che...»

«Ammiro ciò che ha fatto, e rispetto le valutazioni tattiche dietro al suo piano. Lei è coraggioso, intelligente, e ha grandi idee.» Sorrise. «Io non sono un tattico: sono uno stratega. Ed è sul piano strategico che lei ha bisogno di una mano. Posso assisterla nella sua prossima operazione, più di quanto immagini. Grazie al mio aiuto, aumenterebbero le sue probabilità di successo e l'impatto delle azioni che coordina.»

Sorseggiando il tè, al-Matari aveva alzato lo sguardo verso il vecchio edificio che circondava il giardino. «Il suo accento... Lei è saudita.»

«Esatto.»

«Non mi piacciono i sauditi.»

Un'alzata di spalle. «Non posso biasimarla. L'Arabia Saudita ha il petrolio e le ricchezze che ne derivano. Lo Yemen ha i cammelli e la loro merda.» Al-Matari aveva stretto la tazza fino quasi a romperla, ma aveva lasciato che il saudita proseguisse. «Non mi interessa. A differenza sua, non credo nella lotta fra sunniti: ritengo dovremmo essere uniti contro gli infedeli e gli sciiti. Invece credo nelle prime impressioni, e devo dire che lei non mi piace granché. Accettiamo il fatto che non siamo venuti qui per diventare amici, e andiamo avanti.»

Al-Matari si era esibito in un piccolo inchino sarcastico. A quanto pareva, il suo interlocutore non voleva perdere tempo.

«Se lei è in grado di reclutare in fretta altri mujahiddin americani» aveva proseguito l'uomo, «io posso metterle a disposizione un luogo sicuro per addestrarli, oltre a istruttori di primissimo livello, armi, munizioni, esplosivi... I suoi combattenti resterebbero lontani dalle aree notoriamente collegate al jihad, così da non allarmare l'intelligence americana. E, quando fossero addestrati a dovere e pronti a rientrare in patria, le indicherei degli obiettivi che da solo non individuerebbe mai.»

Al-Matari tirò su con il naso. «*Obiettivi?* Non sono quelli il mio problema. L'America *intera* è un obiettivo. I miei combattenti possono limitarsi a scendere per strada e sparare a caso alle persone, e io raggiungo comunque il mio scopo.»

Il saudita aveva scosso la testa con veemenza. «È qui che la tattica non basta più, e diventa una questione di strategia. Uccidere civili americani è una perdita di tempo, un gesto futile. I suoi soldati verrebbero presto rintracciati e messi fuori gioco, e per cosa? Per eliminare netturbini, autisti di autobus, fruttivendoli? Io le propongo obiettivi che minino la capacità di combattere degli Stati Uniti.»

«E come?»

«Conosco l'indirizzo di uomini e donne che lavorano alla CIA. So in quali scuole portano i figli i piloti dell'aviazione americana, gli stessi che volano sopra la sua testa a Raqqa. Posso dirle in quale bar trovare un membro di un reparto speciale, in una qualsiasi sera di permesso, ubriaco e inerme. Posso indicarle la targa delle auto che guidano, o farle sapere dove lavorano le mogli delle spie e dei soldati.»

Al-Matari era al contempo sbalordito e scettico. «Come ha accesso a queste informazioni?»

«Il *come* non è importante. Non sarà semplice, né per me né per lei. Ma si faccia una domanda, fratello: vuole lavorare duro per ritrovarsi a sparare a dei ragazzini in un centro commerciale, o per minare le possibilità degli americani di farci guerra da casa loro? Io dico che dobbiamo attaccarli nel loro Paese per costringerli a venire nel nostro, dove li distruggeremo.»

«Cosa intende, con "il nostro"?» chiese al-Matari. «Se gli americani dovessero muoversi, la guerra non si combatterebbe certo in Arabia Saudita. Il suo Paese ha stretti rapporti con gli infedeli.»

Il saudita non si era fatto toccare da quel commento: aveva notato il luccichio negli occhi di al-Matari. Bin Rashid era venuto a vendere ciò che lo yemenita voleva comprare. L'uomo dell'ISIS non era uno stupido, e capiva tanto quanto lui l'importanza di poter colpire obiettivi militari e d'intelligence in America.

«Tutti, nello Stato Islamico, vogliono una reazione dell'Occidente» si era limitato a commentare.

E al-Matari aveva annuito. «Vogliamo che gli americani mandino i loro soldati. Stiamo combattendo contro curdi, iracheni e siriani, anziché contro di loro. È vero, volano sopra le nostre teste, ma sono spaventati all'idea di affrontarci a terra. Se l'Occidente schierasse le sue truppe nelle città irachene, come fece dieci anni fa, assisteremmo a rivolte ben più imponenti; i nostri fratelli verrebbero a darci man forte persino dal Marocco e dall'Indonesia, e gli invasori sarebbero sconfitti. Dovrebbero tornare a casa con la coda tra le gambe.» Al-Matari non era riuscito a trattenere un sorriso. «Lo scontro dilagherebbe in nuovi Paesi del Medio Oriente, dell'Africa e del Sudest asiatico, e il califfato crescerebbe sempre più.»

Il saudita aveva annuito con veemenza. «Esatto, fratello! E cosa pensa farà il presidente Jack Ryan, che ha un passato da militare e da spia, quando vedrà i combattenti dello Stato Islamico uccidere agenti americani in accappatoio, davanti alle loro abitazioni? Quando i soldati statunitensi saranno freddati mentre pranzano? *Dovrà* reagire. Lui, gli Stati Uniti... *Tutti* saranno costretti a reagire, a scendere in campo per combattere.» Aveva sorriso. «Senza considerare quanti martiri si uniranno alla causa, spuntando come funghi in tutta l'America, quando lei e i suoi strumenti di giustizia porterete davvero la guerra in quella nazione. Già ora molti giovani, uomini e donne, sarebbero pronti a unirsi alla battaglia, se le azioni portassero a risultati concreti. Ricorda com'era, nei primi due anni di esistenza dello Stato Islamico? Fratelli e sorelle stranieri che si riversavano nei territori del califfato... Be', potrebbe accadere di nuovo. E non si tratterebbe più di sciocchi ragazzini pronti a farsi massacrare in Siria: sarebbero cittadini americani intenzionati a portare la guerra nel cuore della propria nazione. Riceverebbero istruzioni precise e sarebbero chiamati a entrare in azione nei propri quartieri, in territori che conoscono e comprendono molto meglio di noi due, fratello mio. Questi uomini e queste donne potrebbero formare la legione straniera del califfato, e fare la differenza anche nella lotta in Medio Oriente.»

Prima che lo yemenita potesse dire qualcosa, il saudita aveva aggiunto un'ultima considerazione. «*Lei*, fratello mio, può dare avvio a tutto questo. Può diventare l'artefice della catastrofe che nei prossimi anni investirà i nostri nemici.»

Per al-Matari era tutto troppo bello per essere vero. «Posso far entrare i combattenti in America: ho già dei contatti negli Stati Uniti, persone che morirebbero per il jihad. Ma mi serve che sappiano *uccidere* per la causa. Questo campo d'addestramento... dove sarebbe?»

Sorseggiando il tè, il saudita gli aveva rivolto un ampio sorriso. «Al momento giusto, il luogo verrà rivelato. Lei mi dimostri di avere i combattenti: uomini e donne con passaporto americano, oppure con un visto di studio o di lavoro. Io mi assicurerò che vengano addestrati.»

«So di alcuni rifugiati siriani che sono entrati nel Paese...» aveva iniziato al-Matari.

«No» era stata l'autoritaria risposta del saudita. «Di sicuro sono sorvegliati. Voglio solo persone scelte, che abbiano la possibilità di spostarsi liberamente e non siano controllate dalle autorità. Dopo il successo della prima serie di attacchi – quando il mondo sarà costretto a riconoscere che non siamo terroristi, ma soldati islamici che combattono contro armate di infedeli – ondate di combattenti si riverseranno tra le nostre fila, pronti a sposare la causa e moltiplicare gli effetti del suo buon lavoro per dieci o cento volte.»

Il cuore di Musa al-Matari si era di colpo fatto gioioso. Aveva di nuovo uno scopo, e la forza per raggiungerlo. Non si sentiva così dal giorno in cui gli americani avevano mandato a monte la sua ultima operazione, ancor prima che cominciasse.

«*Inshallah*» si era limitato a rispondere. Come Dio vuole.

«*Inshallah*» gli aveva fatto eco il saudita.

La guerra all'esercito e alla comunità d'intelligence statunitensi sul suolo patrio era cominciata così, in un cortile verdeggiante, con due uomini e una teiera.

10

Abu Musa al-Matari aveva lasciato il Kosovo con un nuovo obiettivo. Anche se non conosceva il nome del suo benefattore, sapeva che il saudita era stato esaminato attentamente e approvato dai vertici dell'ISIS. Non riusciva a immaginare come quell'uomo potesse ottenere le informazioni promesse, né comprendeva le sue motivazioni o riponeva in lui alcuna fiducia. Eppure, lo scetticismo che l'aveva accompagnato durante il viaggio si era trasformato in entusiasmo al ritorno in Siria. Era più elettrizzato che mai, pronto a tuffarsi nella nuova missione.

Vi erano stati alcuni confronti con i suoi superiori, dopodiché la decisione era divenuta ufficiale: quel piano sarebbe andato avanti.

Trovare negli Stati Uniti potenziali jihadisti non era difficile. Trovare negli Stati Uniti potenziali jihadisti che non comparissero su nessuna lista nera o non fossero sotto sorveglianza, con i documenti in regola per guidare, viaggiare e superare un qualsiasi controllo delle autorità, e allo stesso tempo in possesso dell'intelligenza, delle competenze linguistiche e delle abilità sociali necessarie a ricoprire il ruolo di operativo dell'EMNI... ecco, *quella* era tutt'altra storia.

Oltretutto servivano persone incensurate, senza alcun legame con lo Stato Islamico né segnalazioni per radicalizzazione. Persone difficili da trovare, ma al-Matari aveva i mezzi per riuscirci.

L'americano medio non aveva idea dell'attività svolta dalle autorità governative per tracciare e fermare personaggi che avevano giurato fedeltà al califfato, o erano addirittura pronti a portare attacchi sul suolo americano, ma Musa al-Matari sì. In base ai più recenti dati dell'FBI, fra le persone fermate negli Stati Uniti e accusate di attività illegali per conto dell'ISIS, settantotto erano cittadini americani, otto residenti in piena regola, cinque rifugiati. Per lo più, chi non aveva un documento di residenza stabile possedeva un visto di studio. Quasi un terzo dei fermati aveva un'istruzione di livello universitario. L'ottantasette per cento era di sesso maschile. L'età media era appena ventun anni. Il settantadue per cento delle persone arrestate aveva la fedina penale pulita, e nella maggior parte dei casi tali soggetti venivano incriminati per sostegno materiale alla causa terroristica.

Al-Matari non poteva certo pescare dall'ampio gruppo di semplici sostenitori per formare una cellula di combattenti, ma un numero considerevole di uomini e, in alcuni casi, donne cercava attivamente di andare in Medio Oriente per prendere parte al jihad. E l'FBI aveva scoperto solo la punta dell'iceberg: là fuori ce n'erano molti altri.

Tanto per fare un esempio, a Dearborn, nel Michigan, una fetta significativa della popolazione era musulmana. Anche se più del novantanove per cento di quei soggetti non si sarebbe mai sognato di spalleggiare la causa della guerra santa, restavano comunque centinaia di giovani scontenti e pronti a imbracciare le armi per combattere gli infedeli. Tuttavia, al-Matari non poteva limitarsi ad arruolare un disoccupato dalla strada e inviarlo a Washington per uccidere un ufficiale del Pentagono. No, selezionare reclute più adatte al conflitto armato in Iraq, Siria e Libia che a un attentato politico negli Stati Uniti avrebbe rischiato di compromettere l'intera operazione. Doveva scegliere con cura.

Dopo settimane di ricerche e consultazioni con la sua squadra di reclutatori online, aveva selezionato settanta nomi; uomini e donne sparsi in tutti gli Stati Uniti, che avevano espresso la volontà di diventare combattenti e che secondo il suo team ne avevano anche le qualità.

Al-Matari aveva poi inviato quattro coppie di reclutatori negli Stati Uniti, per incontrare di persona i candidati ed effettuare una valutazione più approfondita. Il numero di candidati si era ridotto a trentanove. Le potenziali reclute non sapevano ancora cosa avrebbero dovuto fare: si erano limitati a dir loro che le alte sfere dello Stato Islamico li stavano prendendo in considerazione per un ruolo nell'organizzazione. Alcuni erano certi di andare in Siria e prendere parte al jihad; altri, attraverso le domande dei reclutatori, avevano invece intuito che il loro incarico si sarebbe svolto sul suolo americano.

Abu Musa al-Matari aveva passato parecchio tempo a vagliare i loro profili. Un lavoro proficuo: un paio di loro, pur incensurati ed esclusi da ogni *black list*, aveva parenti noti al governo come possibili fondamentalisti, segnalati per opinioni radicali o sorvegliati dall'FBI. Soggetti del genere non facevano al caso loro. Per l'operazione avrebbero impiegato solo i più immacolati fra gli immacolati, perché l'orizzonte temporale del piano non era stabilito, e al-Matari non voleva che l'FBI nutrisse il minimo interesse per quelle persone. Nemmeno dopo l'inizio degli attacchi.

Ne aveva quindi eliminati altri perché non avevano le caratteristiche fisiche richieste. Un uomo era troppo grasso, un altro non si era mai ripreso da un infortunio al ginocchio. Alla fine, la lista dei potenziali candidati si era ristretta a trentuno nomi. I suoi reclutatori negli Stati Uniti avevano incontrato di nuovo ogni uomo e donna dell'elenco, offrendo a ciascuno la possibilità concreta di mettersi al servizio del califfato. Avevano accettato in ventisette.

Dei quattro restanti, tre avevano chiesto di combattere in Medio Oriente. Era stato risposto loro che li avrebbero contattati presto.

L'ultimo, il trentatreenne proprietario di un minimarket ad Hallandale Beach, in Florida, aveva raccontato dei reclutatori alla moglie, neoconvertita all'Islam, e quella aveva suggerito di denunciarli alla polizia. L'uomo si era rifiutato e aveva invece avvertito i suoi contatti, per metterli in guardia: la donna avrebbe potuto causare problemi. Tre giorni più tardi, un'altra squadra dello Stato Islamico aveva raggiunto Hallandale Beach, era entrata nel negozio a volto coperto e aveva freddato la coppia dietro al bancone.

E adesso, Musa al-Matari si trovava fra le colline della regione occidentale di El Salvador, a passare in rassegna le sue ventisette reclute.

Avevano appena portato a termine un mese di addestramento, e proprio quella mattina gli istruttori guatemaltechi avevano lasciato la proprietà. Così, quando i riflessi dell'ultimo raggio di sole si erano spenti e la penombra era calata sulla giungla, al-Matari aveva riunito i combattenti presso il letto di un torrente ora secco, non lontano dalle baracche arrugginite. Era in piedi davanti a loro, seduti sulle rocce presso la sponda riarsa.

Al-Matari era fiero dei suoi studenti. Gli istruttori li avevano formati nell'uso delle armi leggere, nell'impiego delle tattiche militari, nel combattimento corpo a corpo con lame o a mani nude. Avevano insegnato loro a costruire una bomba o una trappola. E, cosa più importante, li avevano temprati. Il primo giorno solo alcuni sapevano maneggiare una pistola, mentre alla fine dell'addestramento erano tutti in grado di centrare con sicurezza e rapidità un bersaglio posto a cento metri di distanza imbracciando un AK-47. Oppure uno a cinquanta metri con un mitra Uzi, o uno a quindici metri con la pistola. Sapevano ricaricare in fretta e passare con facilità dalle armi lunghe a quelle corte, muovendosi in gruppi di due o quattro e coprendosi a vicenda per non interrompere il fuoco mentre sostituivano i caricatori.

Si erano allenati a sparare da vecchie automobili arrugginite, a lanciare finte granate e a costruire semplici trappole ed esplosivi.

Certo, non erano neanche lontanamente paragonabili a membri delle forze speciali, ma dopo trenta giorni di addestramento erano diventati quantomeno dei soldati competenti. E dovevano aver passato a sparare molto più tempo di una recluta dell'esercito statunitense durante il corso d'addestramento di dieci settimane. Tanto più che le loro esercitazioni si erano concentrate in maniera esclusiva sull'uccidere gli obiettivi, fuggire e tornare a uccidere.

Guardandoli adesso, al-Matari faticava a riconoscerne alcuni. In un mese di fatiche avevano perso peso, ma ora erano più forti, più sicuri, più determinati. Pronti per l'imminente guerra.

Ovvio, certi erano migliori di altri, ma nessuno era stato un vero fallimento. Avrebbe tenuto d'occhio un paio di loro e avrebbe modulato le missioni in base ai punti di forza di ciascuno, ma tutto sommato era più che soddisfatto degli studenti presenti nella struttura che chiamava Scuola di Lingue.

A eccezione dei pochi imparentati tra loro, nessuno degli operativi conosceva il nome degli altri. Quando erano arrivati, al-Matari aveva assegnato loro un numero. Niente a che vedere con l'anzianità o la gerarchia: l'uomo giunto per primo era Numero 1, la donna arrivata per ultima era Numero 27. Li aveva anche separati in cinque squadre. E, sebbene avesse dato un nome a ogni cellula, di fronte al gruppo si limitava a usare le cifre anche per quelle.

Al-Matari li aveva divisi in base alla zona di provenienza, e aveva battezzato ogni unità con il nome della città al centro di quell'area geografica.

La cellula Chicago era formata da cinque uomini e una donna, membri di due famiglie diverse e tutti di seconda generazione. Si erano dimostrati una delle unità migliori e più competenti.

Anche Santa Clara, la cellula della California, era composta da cinque uomini e una donna. Due avevano passaporti pachistani, due erano pachistani con passaporti britannici, due – marito e moglie – erano turchi con passaporti tedeschi. Tutti i membri studiavano nell'area di San Francisco, ma a parte i turchi non si conoscevano. Eppure, ora vivevano, si addestravano, sudavano e sanguinavano insieme.

Fairfax era una cellula di soli uomini, cinque in tutto. Quattro erano cittadini americani di origini arabe; le loro famiglie provenivano da Algeria, Egitto, Libano e Iraq. Il quinto era un afroamericano di nome David Hembrick. Lui si era dimostrato uno dei migliori alla Scuola di Lingue, ma gli altri quattro avevano avuto dei problemi: discutevano spesso fra loro e il processo decisionale finiva così per incepparsi. In compenso sapevano sparare, ed erano devoti alla causa quanto ogni altra recluta. Certo, per coprire l'area della capitale statunitense avrebbe preferito un'unità meglio integrata, ma c'era poco da fare: si sarebbe accontentato degli operativi a sua disposizione, e avrebbe mandando altre cellule a Washington quando fosse stato necessario.

Poi c'era Atlanta, quattro uomini e una donna, tutti cittadini americani tranne uno. Tra i suoi effettivi spiccava un ventitreenne biondo e con gli occhi azzurri dell'Alabama, che si era convertito all'Islam e tre anni prima aveva contattato su Internet un gruppo somalo. Era andato là a combattere ed era riuscito a tornare in patria senza destare sospetti, quindi al-Matari aveva deciso che valeva la pena aggiungerlo alla squadra. In fondo era l'unico ad aver già ricevuto un minimo di addestramento al combattimento. La cellula comprendeva anche Angela Watson, universitaria afroamericana del Mississippi. La ragazza, estremamente intelligente, aveva sposato in segreto uno studente tunisino che si era unito all'ISIS per combattere in Medio Oriente. Era intenzionata ad accompagnarlo, pronta a «sfornare cuccioli per il jihad», ma i suoi programmi erano cambiati quando si era presentata l'occasione di servire il califfato in America: sapeva che nessuno l'avrebbe immaginata come una jihadista musulmana. Così, la coppia si era iscritta alla Scuola di Lingue. Angela aveva surclassato il marito in ogni campo.

Detroit era un'altra unità forte. Cinque membri, quattro uomini e una donna, tutti cittadini statunitensi o residenti stabili. Al-Matari già sapeva che avrebbe affidato le missioni più complesse a loro e a Chicago.

Si rivolse alle nuove reclute, come al solito in inglese: l'unica lingua conosciuta da tutti i presenti. Lo yemenita la parlava alla perfezione, con un marcato accento britannico, per cui i ventisette studenti si erano convinti che venisse dal Regno Unito.

«È giunto il momento di dirvi qualcosa in più circa la vostra missione. Prima di tutto, ricordate bene: adesso siete soldati. Combattenti. Mujahiddin. I media americani vi chiameranno "terroristi", ma i vostri obiettivi non sono quelli del terrorismo. Come scoprirete presto, le operazioni che vi verranno affidate sono studiate con attenzione per minare le capacità dell'America di combattere l'islam e lo Stato Islamico. Sarete fieri delle vostre battaglie, e ne avrete ogni diritto. Siete i leoni del califfato, l'avanguardia del jihad.»

Le reclute esplosero in un ruggito di acclamazione, e uno dei giovani di Santa Clara disse: «Mohammed, i guatemaltechi ci hanno addestrato con le loro armi. Prima di tornare a casa ce ne affiderete di nostre?».

«Ricordate: siete venuti qui dicendo ai vostri cari che avreste frequentato un corso di lingue» rispose al-Matari. «Avete il volo di ritorno prenotato. No, non tornerete a casa armati. Sarò io a far entrare nel Paese ciò di cui avrete bisogno, e ve lo consegnerò prima delle operazioni.»

Mentre riferiva altri dettagli delle operazioni, vicino alle baracche comparvero i fanali di un pick-up. Il veicolo si fermò a circa trecento metri dal torrente e ne scese un uomo, che cominciò a guardarsi intorno. Al-Matari puntò verso di lui il raggio di una torcia; nella penombra del crepuscolo era un segnale più che sufficiente per comunicare la loro posizione. L'uomo s'incamminò verso il gruppo e al-Matari tornò a rivolgersi agli studenti della Scuola di Lingue.

«Stasera ve ne andrete, ma prima vi affido un ultimo esercizio. L'uomo che si sta avvicinando è il proprietario della società fantasma che ha comprato questa proprietà. Gli ho chiesto io di venire qui, per prendere di persona gli ultimi soldi che gli spettano.» Una breve pausa. «È un infedele, e un domani potrebbe identificarmi. Inoltre si è mostrato scettico nei confronti di ciò che stiamo facendo.»

L'afroamericana del Mississippi alzò la mano. «Gli istruttori... Anche loro sono infedeli, e di sicuro conoscevano le nostre intenzioni.»

Al-Matari annuì e sorrise. «Questa mattina i vostri professori guatemaltechi hanno raggiunto un hangar vicino a Playa El Zonte, a un'ora e mezzo di auto da qui in direzione sudovest. Pensavano di tornarsene a casa indisturbati, in elicottero, ma due miei compagni avevano preparato loro una bella sorpresa. Al largo della costa, vicino al confine con il Guatemala, l'elicottero è esploso mentre volava a sessanta metri dal suolo. Non ci sono stati sopravvissuti.»

Nessuno fiatò, ma qualcuno sgranò gli occhi.

Al-Matari indicò l'uomo che si stava avvicinando. Adesso era a duecento metri.

«Ogni unità dovrà riunirsi brevemente e nominare un membro incaricato di uccidere quell'uomo. Chi è, secondo voi, la persona più indicata a versare il sangue dell'infedele davanti ai miei occhi? Chi è l'assassino più abile, quello che ha maggiori probabilità di successo? Quando avrò di fronte i cinque candidati, farò la mia scelta. Avete un minuto per decidere.»

Prima che l'uomo arrivasse a cinquanta metri di distanza, la selezione era stata fatta. Al-Matari si sentì fiero delle proprie doti di capo: in quattro casi su cinque aveva correttamente previsto l'assassino designato. Solo Atlanta gli aveva riservato una piccola sorpresa, indicando la ventiduenne universitaria del Mississippi. Pensava sarebbe diventata la mente dell'unità, incaricata di organizzazione e logistica. Il che era ancora possibile, certo, ma lo colpì che l'avessero scelta anche per versare il primo sangue.

L'uomo, sulla sessantina, raggiunse il gruppo; sudava nel caldo della sera e sembrava a disagio. Guardò gli studenti, poi al-Matari.

Lui sorrise. Quindi, senza dire una parola, estrasse un pugnale e gli tagliò la gola. L'altro si ritrovò con le vie aeree recise senza avere nemmeno il tempo di accennare una reazione. Fiotti di sangue schizzarono dal collo, dove la lama aveva lacerato la carne. Tra rantoli e gorgoglii, il latinoamericano crollò nel letto del torrente. Un istante dopo giaceva immobile sulle rocce.

Al-Matari si voltò verso le reclute. Volti confusi, trasfigurati dallo shock.

«Molto bene» disse, cercando di placare i battiti del proprio cuore. «In realtà, il vostro compito era leggermente diverso da come ve l'ho descritto. Non ho bisogno di aiuto per uccidere un infedele, quando me lo trovo di fronte.»

Pulì il pugnale con un fazzoletto e lo ripose nel fodero nascosto sotto la camicia.

«Ogni cellula ha appena scelto il suo capo. I vostri assassini saranno i vostri leader. Voglio che siano loro a comandare, perché uccidere è il vostro primo e più importante compito. Avete capito tutti?»

Un membro dell'unità Atlanta, un giordano con visto di studio, si rivolse a lui passando all'arabo. «No, non prenderò ordini da una donna! L'abbiamo scelta per mettere alla prova la sua dedizione, non perché fosse il nostro capo!»

Al-Matari lo fulminò con lo sguardo. «Dunque avete disobbedito a un mio ordine, ignorando i criteri di scelta? Magari le chiederò di ucciderti per dimostrare le sue abilità di leader...» Guardò la donna, che non aveva idea di cosa si fossero detti, e tornò all'inglese. «Numero 27, sei pronta a guidare questi uomini in guerra?»

«Sì, signore» rispose Angela Watson. «Non fallirò.»

Al-Matari annuì, e il giordano rimase in silenzio.

«Ora tornerete negli Stati Uniti. Non alla vostra moschea, dai vostri amici e alla vostra vita da bravi credenti. No. Andrete in case sicure che abbiamo già preparato. Lì condurrete una vita tranquilla, instaurerete placide routine, e non darete motivo a nessuno per sospettare di voi. Finché non verrò a consegnarvi le armi e assegnarvi i bersagli. Quando – *inshallah* – li avrete eliminati, ve ne assegnerò ancora. Poi ancora e ancora. Pian piano, nuove reclute chiederanno di unirsi al jihad; e voi, miei fratelli e sorelle, li armerete e li manderete a colpire gli obiettivi più facili. Ma la vostra missione principale resterà sempre colpire l'esercito e la comunità d'intelligence degli Stati Uniti.» Sorrise. «Tra un mese sarà il caos. Tra tre mesi gli eserciti nemici partiranno per combattere il califfato. E a un anno da adesso, *inshallah*, assisteremo alla ritirata definitiva dell'Occidente, devastato e demoralizzato. I corpi dei loro caduti nutriranno la nostra terra, e i sopravvissuti fuggiranno per non tornare mai più. Nel giro di cinque anni il califfato avrà sconfitto anche gli sciiti, a partire dagli iraniani, e controllerà i loro pozzi petroliferi. Poi deporrà i tiranni che governano sulla Mecca, i sauditi, e la testa mozzata del loro re giacerà ai piedi della Ka'ba. Ci impadroniremo dei loro giacimenti, a sud, e allora gli infedeli non potranno più minacciarci con il fuoco delle armi atomiche, perché i nostri pozzi eterni forniranno il combustibile che li tiene in vita.» Alzò un pugno al cielo. «L'Occidente sarà nostro!» Poi abbassò la mano e la testa. «Nessuno di noi vivrà per vedere quel giorno. Di sicuro moriremo nel jihad, guadagnando il paradiso a noi stessi e ai nostri cari. Ma avremo reso questo mondo un posto migliore per i nostri fratelli musulmani... Immaginate le ricompense che ci saranno concesse per questo prezioso sacrificio!» Guardava alla battaglia imminente con deferenza, e così i suoi guerrieri. «Siete le spade che si alzeranno contro gli oppressori, gli scudi che proteggeranno gli oppressi. Avete solo due strade davanti a voi: la vittoria o il martirio.»

I ventisette studenti della Scuola di Lingue risposero con un solo, tonante ruggito.

«*Allahu Akbar!*»

All'una di notte, i SUV che un mese prima avevano attraversato San Rafael scesero dalla collina per raggiungere l'autostrada. Gli abitanti si limitarono a constatare la cosa, chiedendosi se il rumore degli spari sarebbe cessato. Magari, finalmente, i cani del villaggio avrebbero smesso di abbaiare senza sosta.

11

I tre agenti operativi del Campus si riunirono nell'ufficio di John Clark alle nove di lunedì mattina, ognuno con una tazza di caffè bollente in mano. Vestivano tutti con abiti informali, in quell'estate caldissima. Sui pantaloni di lino, Jack e Dom indossavano una polo, Clark una camicia leggera. Anche Chavez portava una camicia, le maniche arrotolate sugli avambracci muscolosi.

In un'altra occasione avrebbero chiacchierato del più e del meno prima di mettersi al lavoro, ma i due agenti più giovani erano ancora dolorosamente consapevoli degli errori commessi il venerdì precedente, durante l'esercitazione nel Maryland. Data la situazione, era meglio non prendere iniziative e adeguarsi all'atteggiamento dei membri anziani del team. Magari avrebbero iniziato loro a scherzare, altrimenti...

Come entrambi si aspettavano, almeno in parte, John Clark non si perse in chiacchiere e andò dritto al punto. «È da quando Sam è morto e io mi sono allontanato dagli incarichi operativi che medito di portare forze fresche nella squadra. Volevo che Gerry vedesse con i propri occhi quant'è difficile entrare in azione con un organico ridotto come il nostro, però mi aspettavo che l'esercitazione andasse bene. Gerry si sarebbe limitato ad ascoltare il rapporto di fine missione, dal quale sarebbero emerse le difficoltà legate a un intervento con soli tre effettivi. Invece voi due avete incasinato tutto. Immagino dovrei essere contento: ho dimostrato la mia tesi in modo lampante... Ma c'è poco di cui gioire quando un'esercitazione ti dice che là fuori saresti morto.»

I tre agenti tacquero, mentre Clark li fissava uno a uno. Alla fine disse: «Bene. Non volevo sentire nessuna delle vostre patetiche scuse. Ci vuole carattere per ammettere i propri errori. Adesso il mio compito è farvi avere l'aiuto di cui ovviamente necessitate. Avete avuto l'intero fine settimana per pensarci. Ding, cominciamo da te: chi proponi come nuovo operativo?».

«Bartosz Jankowski» rispose Chavez.

Clark inclinò la testa di lato. Quel nome non gli diceva niente. «E chi diavolo sarebbe?»

L'altro sorrise. Evidentemente si aspettava quella reazione. «Lo conosci con il suo nome in codice: Midas.»

Era passato più di un anno da quando il Campus aveva lavorato in Ucraina con un piccolo gruppo della Delta Force, durante le prime fasi dell'invasione russa nella regione orientale del Paese. Midas era l'ufficiale a capo dell'unità, e Clark ricordava che aveva mostrato abilità impressionanti.

«Interessante. Cosa sai di lui?»

«Ho chiesto in giro. Ho alcuni amici a Fort Bragg, oltre la recinzione.»

Fort Bragg – vicino a Fayetteville, nel North Carolina – era il quartier generale di diverse forze militari, compresa appunto la Delta. E la base di quest'ultima era separata dalle altre, almeno nominalmente, da una recinzione. Tutte cose che Clark sapeva benissimo.

«E...?»

«E, per nostra fortuna, Midas ha appena lasciato l'esercito dopo vent'anni di servizio, con il grado di tenente colonnello. Ma ha solo trentotto anni.»

Clark fece due conti. «Se a quell'età ha alle spalle vent'anni di servizio ed è un U, allora dev'essere stato un Mustang.»

«Infatti» confermò Ding.

«Scusate, ragazzi: state parlando di nuovo in quel vostro gergo militare...» si intromise Jack. «Per cosa sta, U? E cos'è un Mustang?»

«U sta per ufficiale. E chi si arruola nella truppa e fa carriera fin lì viene chiamato "ufficiale Mustang". A un certo punto, per passare di rango, devono andare all'accademia. Di solito sono ottimi U, perché hanno visto l'esercito dalla prospettiva degli uomini sotto il loro comando.»

«A ogni modo» disse Chavez, «mi hanno parlato tutti bene di Berry. In realtà il suo vero nome è Bartosz – è un polacco di prima generazione – ma tra i civili si fa chiamare Barry. I suoi uomini lo amavano, gli altri U lo rispettavano, e la Delta era dannatamente dispiaciuta di averlo perso.»

«Cosa fa adesso?» domandò Clark.

Ding sorrise di nuovo. «Pesca.»

«*Cosa?*»

«Ha fatto domanda per entrare nella CIA, ma la procedura è lunga, persino per un ex Delta. Qualche problema con tutti quegli stranieri in famiglia, immagino, anche se non sembrava che all'esercito importasse granché quando è entrato nelle forze speciali.»

Clark non ne era sorpreso. «L'Agenzia è specializzata nel confondere la gente. Quanto ci vorrà prima che la situazione si chiarisca?»

«Ho chiamato Jimmy Hardesty per avere notizie: secondo lui, se vogliamo Midas faremmo bene a prenderlo in fretta. Quanto al nostro, stando a un suo conoscente, nel frattempo ha piantato una tenda nei terreni di Fort Bragg e va a pesca nei laghi e nei fiumi dell'area. Una specie di vacanza prolungata, prima di rimboccarsi di nuovo le maniche.»

Clark prese alcuni appunti. «Ottima proposta, Ding. D'accordo, passiamo a Jack. Chi vuoi candidare?»

«Adam Yao, funzionario CIA. Un paio di anni fa abbiamo lavorato con lui a Hong Kong, e l'ho incontrato per caso anche l'anno scorso, in California, durante quel casino con la Corea del Nord. È davvero in gamba, intelligente come pochi, indiscutibilmente coraggioso e dedito al lavoro. E parla mandarino, il che potrebbe far comodo.»

«Un ragazzo giovane, se non ricordo male» commentò Clark.

«Be', non *troppo* giovane. Credo viaggi per i trentaquattro, o giù di lì.» Gli occhi di Ryan luccicarono. Lui stesso era poco più giovane, mentre Clark aveva il doppio degli anni di Yao.

Clark strinse le palpebre. «Guarda che riesco a prenderti da qui, Jack. Vuoi una sberla?»

«Scusa, capo. A ogni modo, ho fatto delle ricerche: al momento non è sul campo. Lavora in ufficio a Langley.»

Il responsabile della squadra ci pensò su per qualche istante. «Gerry dovrebbe parlarne con Mary Pat, prima di tutto. Non voglio portare via uomini a lei o a Canfield. Buona candidatura, però.»

Clark si girò verso Caruso. «D'accordo: Dom, il tuo uomo?»

Caruso esitò, e gli altri tre lo fissarono. Alla fine Clark chiese: «Tutto bene?».

«Sì. Ehm... Be', io propongo di promuovere a operativo Adara Sherman.»

«Cielo...» mormorò Jack, senza riuscire a trattenersi.

Così, nonostante le riserve che la sua espressione non riusciva a nascondere, Dom si lanciò nella difesa della propria candidatura. «Ascoltate, sappiamo tutti come sa muoversi sul campo, e conosciamo il suo passato nella marina. Qui ha sempre fatto un ottimo lavoro ed è stata vagliata più scrupolosamente di quanto potremmo fare con chiunque altro. Inoltre ha un addestramento eccezionale, in certi campi persino superiore al nostro.»

Clark rimase in silenzio per mezzo minuto, poi si girò verso Chavez inarcando le sopracciglia. «Che ne pensi?»

«La mia unica preoccupazione è come sostituirla a bordo dell'aereo: lei era perfetta.»

Clark annuì. «Se il problema principale di una promozione di Adara è quanto sia fantastica nel suo ruolo attuale, be', allora Dom ha presentato una candidatura eccellente.»

Caruso temeva che qualcuno l'avrebbe detto.

Poi Clark si rivolse a Jack. «Hai mormorato un: "Cielo...". Cos'è, ti disturba lavorare con le donne in generale, o ce l'hai solo con Adara?»

Jack arrossì e si guardò intorno a disagio. «Non mi disturba affatto lavorare con le donne. Con *nessuna* donna. È solo che...»

«È solo che...?»

Ryan gettò un'occhiata fugace al cugino, poi distolse lo sguardo. «Penso sarebbe fantastica. Davvero.»

Decise di non aggiungere altro, ma Dom sapeva a cosa stava pensando. Pensava a lui, alla possibilità che perdesse un'altra persona cui era legato.

Il presidente Ryan aveva convocato una riunione mattutina del Consiglio ristretto per la sicurezza nazionale, ed erano presenti tutti i membri. Per quanto sorprendente, le operazioni in Medio Oriente contro l'ISIS – condotte da forze aeree e unità speciali – erano finite al terzo posto nella lista di questioni da portare alla sua attenzione. E non perché non ci fossero novità, anzi: gli Stati Uniti, schierati con curdi e iracheni, e le milizie sciite alleate dell'Iran stavano facendo progressi su molteplici fronti. Ma altre crisi internazionali parevano fare a gara ogni giorno per il ruolo di prima preoccupazione del comandante in capo dell'esercito statunitense, ed erano gli uomini e le donne che stilavano il rapporto quotidiano del presidente a decidere cosa meritava la vetta della classifica.

Quella mattina, il primo punto all'ordine del giorno riguardava la Cina: Pechino aveva fatto atterrare bombardieri a lungo raggio su alcune isole artificiali nel Mar Cinese. E, dopo una discussione di quindici minuti, passarono ad affrontare il tentativo d'invasione in corso da parte della Russia, su alcune zone dell'Ucraina orientale che l'esercito locale faticava a difendere.

Rispetto a scenari in cui le forze armate statunitensi erano coinvolte direttamente, entrambe le crisi potevano apparire in qualche modo secondarie per gli interessi della nazione, ma il comandante in capo del più grande esercito al mondo doveva essere aggiornato riguardo *ogni* sviluppo potenzialmente pericoloso, a prescindere dalla zona in cui si verificava. Lo esigeva il ruolo unico giocato dagli Stati Uniti sullo scacchiere mondiale.

Le sfide sullo scacchiere globale erano un'infinità, ma Ryan sapeva che la decisione peggiore sarebbe stata ignorarle e infilare la testa sotto la sabbia. Forse quell'idra non poteva essere sconfitta, ma con una costante opera di diplomazia e schierando le adeguate risorse militari e d'intelligence, ci si poteva opporre a essa. Almeno quanto bastava da tenere l'America e i suoi alleati ragionevolmente al sicuro.

Ryan studiò il Rapporto quotidiano del presidente, concentrandosi sul terzo punto all'ordine del giorno.

«D'accordo, Mary Pat: raccontaci del tuo viaggio in Iraq.»

«Come sapete» esordì lei, «stiamo dando la caccia a un importante membro dell'ISIS: Abu Musa al-Matari. Alla fine dell'anno scorso ha provato a far entrare negli Stati Uniti sedici jihadisti ben addestrati, tutti con passaporto americano o regolare visto, e da allora diamo per scontato che ci riproverà.»

«Stava per introdurre nel Paese assassini di cui non sapevamo niente» commentò Ryan. «E uno come lui saprà esattamente quanto ci sia andato vicino. Era a un soffio dal riuscirci, naturale che riproverà! Cos'hai scoperto?»

«Che sei settimane e mezzo fa ha lasciato la Siria per andare in un posto che ha chiamato "Scuola di Lingue". Stiamo lavorando per individuarla.»

Ryan guardò gli altri membri del Consiglio ristretto per la sicurezza nazionale. «Come sai che non si tratta *davvero* di un istituto per imparare una lingua straniera?»

Mary Pat abbozzò un sorriso. «Non possiamo ancora escluderlo, ma ne dubito. L'informazione proviene da una delle mogli adolescenti di al-Matari, una yazida rapita dall'ISIS. Ho parlato personalmente con la ragazza, e da ciò che mi ha raccontato – il contesto in cui l'uomo si muoveva, le sue azioni, gli altri viaggi che ha organizzato... – pensiamo sia qualcosa di più di una semplice scuola. Ritengo sia la designazione in codice di un luogo particolare.»

A quel punto intervenne il direttore dell'NSA, la National Security Agency. «Abbiamo condotto una ricerca ad ampio spettro su quel nome in codice. Abbiamo indagato tra esponenti dello Stato Islamico, presunti terroristi, esponenti di organizzazioni che ci risultano affiliate al califfato eccetera.»

«Trovato qualcosa?»

«Sì, il pagliaio. Ma niente ago. Come ovvio, capita spesso che due persone parlino di una scuole di lingue. Noi... Insieme agli analisti della CIA, stiamo vagliando uno a uno i dati a disposizione. Purtroppo, per il momento non è saltato fuori nulla di significativo. Nemmeno un riferimento sospetto in un'e-mail, una telefonata, una chat o un interrogatorio. Non ancora, almeno.»

Ora fu Dan Murray, il procuratore generale, a intervenire. «Ho ordinato alle forze dell'orine federali di condurre una ricerca simile: hanno esaminato le comunicazioni tra persone sotto sorveglianza che esulano della sfera di competenza dell'NSA, perché svoltesi all'interno dei nostri confini. Per il momento non è emerso niente, ma stiamo ancora scavando.»

«Al-Matari potrebbe aver usato questo nome in codice con una sola altra persona» commentò Mary Pat. «Magari la discussione ascoltata dalla ragazza yazida non aveva la portata che credevamo.»

«In compenso è saltata fuori una pista interessante nell'America centrale» annunciò Jay Canfield. «Solo, non sappiamo ancora se c'entri qualcosa. L'altro ieri un elicottero è precipitato al largo della costa pacifica del Guatemala. Sei morti, tutti ex membri delle forze speciali del Paese. Il velivolo era stato noleggiato otto settimane prima da uno di loro, presso una società della capitale. L'ultima posizione conosciuta è una proprietà a Monterrico, Guatemala.»

Ryan inclinò la testa di lato. «C'è dell'altro, presumo.»

Canfield annuì. «La stazione locale dell'Agenzia ha raccolto qualche informazione sulle vittime, e ieri gli uomini di Dan stanziati laggiù hanno interrogato mogli e compagne. A due di loro i mariti avevano detto che sarebbero andati a El Salvador, per tenere un corso di trenta giorni sulle tattiche di guerriglia.»

«A *chi* le dovevano insegnare?» Ryan aveva scandito ogni singola parola.

«Non lo sanno. Dan ha passato l'informazione a Mary Pat, e io ho chiesto ai miei di indagare. Non è venuto fuori niente, per cui mi sono rivolto alla DEA. Quelli della Drug Enforcement Administration hanno una buona presenza nell'America centrale, con molte risorse HUMINT, quindi ho sperato potessero saperne qualcosa. A quanto pare alcuni agenti dislocati sulla costa pacifica hanno notato l'elicottero mentre era a terra, su una pista vicino a Playa El Zonte, una cittadina piena di hippie e surfisti. Insomma, un posto a dir poco inusuale per insegnare tattiche terroristiche.»

«Terroristi in surf» borbottò Ryan. «Aggiungiamolo alla lista delle minacce alla sicurezza nazionale.»

Era una battuta, ma Arnie Van Damm, seduto dalla parte opposta del tavolo, mormorò: «Se i giornalisti ne sentissero anche solo parlare, le loro teste esploderebbero per l'eccitazione».

«I ragazzi della DEA si sono appuntati il codice di registrazione impresso sulla coda: corrisponde a quello dell'elicottero precipitato al largo del Guatemala» disse Canfield.

Ryan provò a riassumere quanto appreso fino a quel momento. «Per cui un gruppo di ex combattenti guatemaltechi ha messo su un campo di addestramento paramilitare, da qualche parte nel Salvador occidentale. Devo fare la lista delle organizzazioni che potrebbero aver sfruttato quella scuola?»

«Ribelli locali, rivoluzionari dell'America centrale e dell'America del Sud...» iniziò Canfield.

«I tizi di Los Zetas, quelli del cartello del Golfo o di Sinaloa, l'MS-13...» aggiunse Murray.

La Foley interruppe il flusso di ipotesi. «Sì, uno qualsiasi di questi gruppi può aver sovvenzionato l'operazione. Ma sembra un progetto pensato *ad hoc*, e le tempistiche coincidono con quanto sappiamo degli spostamenti di al-Matari. Al momento non sappiamo se il nostro obiettivo si trovi nel continente americano o se sia comunque coinvolto in tutto ciò, signor presidente, ma stiamo indagando.»

Qualche minuto più tardi, a riunione conclusa, Mary Pat raggiunse la scrivania di Arnie per recuperare il proprio smartphone. Una regola interna ne vietava l'uso in qualunque stanza dell'Ala Ovest che non fosse un corridoio: uffici, sale conferenze... Per questo, prima di entrare nello Studio Ovale, tutti dovevano lasciare il cellulare in un apposito cestino di vimini.

Appena la direttrice dell'intelligence nazionale raggiunse il corridoio, il suo telefonino squillò. Rispose senza nemmeno guardare lo schermo.

«Foley.»

«Ciao, Mary Pat. Sono Gerry.»

«Che coincidenza: stavo pensando proprio a te. Cioè, in realtà stavo pensando alla tua eccellente compagnia di private equity.»

La Hendley Associates: in sostanza una società di copertura, che con le sue entrate finanziava le operazioni del Campus. Ed Hendley era sicuro che il DNI non intendesse parlare di investimenti. Richiedeva spesso l'intervento della sua unità segreta, specie per operazioni che le agenzie sotto il suo controllo non potevano legittimamente svolgere. Se stava pensando alla sua organizzazione, allora c'era di mezzo lo spionaggio.

«Possiamo fare qualcosa per te?» chiese.

«Non ancora, ma scommetto che verrò presto ad Alexandria per fare due chiacchiere.»

«Sempre pronti e a disposizione, lo sai. Be', in realtà è più o meno questo il motivo per cui ti chiamavo: diciamo che al momento non siamo pronti quanto un tempo. Come ricorderai, abbiamo perso parte delle nostre capacità operative.»

«Penso a Sam ogni giorno» rispose Mary Pat dopo una pausa.

«Anch'io. Ora abbiamo deciso di far entrare forze fresche nell'organizzazione, e stiamo vagliando i candidati.»

«Ne sono felice. Posso esservi d'aiuto?»

«È saltato fuori un nome. Alcuni dei miei ragazzi hanno già lavorato questo soggetto, in passato, ma è nell'organico di Jay. E non intendo chiedere a lui prima di aver ottenuto la tua benedizione.»

«Come si chiama? Se lo conosco, ti dirò cosa penso riguardo a un eventuale trasferimento. In caso contrario prenderò informazioni.»

«Adam Yao.»

Un'altra pausa, questa volta più breve. «Gerry, sai che farei di tutto per aiutare la tua organizzazione. Negli ultimi anni siete diventati una parte importante della nostra comunità...»

«Ma...?»

«Ma se solo provi a portarmi via Yao, verrò lì da te e ti rifilerò un cazzotto dritto sul naso.»

Gerry rise. «È proprio bravo, eh?»

«È una delle superstar di Jay. Ha fatto cose di cui non posso parlare, nemmeno con te.»

Gerry sapeva che Yao era stato coinvolto in operazioni a Hong Kong e in Corea del Nord, ma si astenne da ogni commento in merito. «D'accordo, tieniti stretto il signor Yao. Sembra che nella posizione in cui si trova possa già esprimere al massimo le sue potenzialità. E io non ho nessuna voglia di prendermi un pugno da te. Non è stata una settimana facile.»

«Perché? Che è successo?»

«Ho dato una mano durante un'esercitazione. Ero uno della OPFOR, come dicono loro: le forze nemiche, insomma. E non è andata bene, per nessuno.»

«Non ti hanno ferito, vero?»

«Niente che non si possa sistemare con qualche benda e un po' di bourbon del mio Kentucky. Mi sono beccato otto proiettili finti, e non erano *finti* quanto avrei voluto. In effetti è stato proprio il figlio del presidente.»

«Dio mio... Se sono arrivati ad arruolarti per le esercitazioni significa che siete davvero a corto di uomini.»

«Be', speravo che condividere con te la mia disavventura ti aiutasse a capire l'entità del problema.»

«Non posso lasciarti Adam» ribadì Mary Pat, «ma ti fornirò i nomi di dieci valide alternative, se questo ti aiuterà. Al momento sono piuttosto impegnata, però...»

«Non ti preoccupare» disse Gerry. «Stiamo prendendo in considerazione altri due candidati, che non lavorano nella comunità d'intelligence. Non ancora, almeno. Vedremo come andrà con loro. E se mi serviranno altri nomi ti farò sapere.»

«D'accordo» rispose Mary Pat. «Ma te l'ho detto: le cose si stanno muovendo, qui. Nuovi problemi si delineano all'orizzonte. Ti contatterò a breve, puoi starne certo.»

«E noi saremo pronti a fare del nostro meglio.»

12

Il giovane correva sul terreno pianeggiante, gli occhi pieni di terrore e il fiato rotto per lo sforzo, la paura e il peso del fucile che imbracciava... Poi, di colpo, fu sbalzato all'indietro da un proiettile. Girò su se stesso e finì a terra, morto.

A quattro metri dal suo corpo inerme, Xozan Barzani continuò a correre su quei campi ormai sterili, lanciandosi a capofitto nel pericolo. Sentiva le pallottole sfrecciargli accanto con il loro sibilo supersonico, mentre i suoi uomini cadevano tutt'intorno. Imperterriti, lui e i compagni proseguivano verso l'obiettivo, duecento metri più avanti: una fabbrica di ceramiche, la roccaforte nemica. Aveva l'ordine di conquistarla. Un ordine insensato, che presto avrebbe presentato il conto. Il prezzo dell'operazione era quello pagato dal cadavere alla sua sinistra, e da tutti gli altri che punteggiavano il terreno.

In curdo, la parola *peshmerga* significa «colui che fronteggia la morte». Barzani era un capitano peshmerga, il comandante di una compagnia che fino a tre giorni prima contava centoventi effettivi. Adesso, tra le sue fila, solo sessantasei uomini erano ancora in grado di puntare un fucile e premere il grilletto. I suoi mitraglieri erano morti, le loro armi pesanti catturate dal nemico, e l'unico cannone senza rinculo dell'unità aveva finito i proiettili nelle prime ore di battaglia.

Lui e i suoi uomini avevano ben pochi posti in cui nascondersi: alcuni ruscelli, delle creste terrose basse e disposte a varie angolazioni – nessuna delle quali granché utile per celarsi alle forze nemiche – e un paio di carcasse bruciate di mezzi da combattimento. L'unico vero riparo sarebbe stata la fabbrica stessa, ora quindici metri più vicina, piena di combattenti dello Stato Islamico ben trincerati all'interno.

Xozan aveva imparato da ragazzo a distinguere il rumore dei colpi in arrivo da quello dei colpi in partenza, e al momento pareva che l'ISIS avesse molte più armi di loro, e munizioni apparentemente infinite.

Stimò che le forze nemiche contassero ancora più di cento combattenti, tutti al riparo e supportati da armi e mezzi pesanti. Aveva visto due BRDM-2, autoblindo da ricognizione di fabbricazione russa con mitragliera mobile, e almeno quattro *tecniche*, pick-up equipaggiati con mitragliatrici.

Negli ultimi mesi le cose stavano andando bene ai peshmerga, almeno dal punto di vista strategico; ma, come spesso accade in guerra, sul campo la situazione appariva meno rosea che non sulla mappa. E mentre i curdi, con l'aiuto della forza aerea NATO, avanzavano su molteplici fronti verso la città di Mosul in mano all'ISIS, i nemici avevano condotto un contrattacco a sorpresa più a est, lungo la strada per Kalak, puntando a un ponte di grande importanza strategica.

Il ponte di Kalak era protetto dai peshmerga, e tutto sembrava andare per il meglio finché qualcuno, ben più in alto di Barzani, non aveva deciso di prendere l'iniziativa e mandare in avanti il battaglione di cui faceva parte, arretrato rispetto alla prima linea a nordovest. Forse sulla carta era sembrata una buona idea, ma la sua compagnia e altre tre della stessa unità erano esauste e a corto di provviste. Pur senza un adeguato supporto di veicoli e armi pesanti, al battaglione era stato ordinato di procedere a ovest, verso i territori controllati dall'ISIS, e di prendere la città di Karemlash.

Adesso, due giorni dopo, Barzani era ormai convinto che

il suo cadavere sarebbe stato trovato nel punto di massimo avanzamento della loro carica su Karemlash, ed erano ancora a chilometri di distanza.

Appena l'attacco peshmerga era iniziato, camion civili corazzati e riempiti di ordigni fatti in casa si erano riversati dalla strada per Mosul, uscendo dai territori in mano allo Stato Islamico per esplodere tra le linee curde, o il più vicino possibile. Per opporsi a quei veicoli suicidi ed evitare il massacro, le forze di Barzani avevano impiegato tutti i lanciarazzi rimasti, che si erano spesso rivelati inefficaci.

Dopodiché la battaglia si era trasformata in uno scontro ravvicinato in campo aperto. Alla fine l'ISIS si era ritirato nella fabbrica di ceramiche. La compagnia di Barzani non aveva a disposizione artiglieria con cui stanare i nemici, e l'ordine di prendere possesso dell'edificio con solo gli AK-47 e stivali di cuoio era pura follia.

Il capitano inciampò su una bassa cresta e si ritrovò nel bel mezzo di un avamposto di ricognizione dell'ISIS. I due uomini vestiti di nero parvero tanto stupiti quanto lui. Fece fuoco tenendo l'AK-47 al fianco e abbatté un combattente barbuto a cinque metri di distanza. Subito dopo, uno dei suoi sergenti sparò all'altro, centrandolo alla mascella. Con l'ultimo respiro, entrambi i nemici mormorarono: «*Allahu Akbar*».

In quel momento la terra attorno a loro si sollevò in alti spruzzi, e frammenti di roccia colpirono il capitano al volto e alle mani. Una mitragliatrice pesante, probabilmente posta sul tetto della fabbrica, aveva aperto il fuoco sulla postazione. Barzani si tuffò nella trincea, riparandosi con i cadaveri, poi si guardò intorno in cerca del sergente. Ne vide il cadavere a tre metri di distanza: non aveva più la testa.

Il capitano si era detto che avrebbe continuato a correre fino alla fabbrica, ma il suo addestramento ebbe la meglio; rimase al riparo mentre la mitragliatrice crivellava il terreno pochi centimetri sopra la sua testa. Spingendo lo sguardo oltre i cadaveri accanto a sé, sul paesaggio deserto e pieno di buchi, vide alcune dozzine di suoi uomini ancora in grado di combattere. Ognuno aveva trovato un piccolo riparo in cui acquattarsi. Lo riempiva d'orgoglio l'idea di morire al fianco di miliziani così coraggiosi, ma non riusciva a smettere di pensare a Kalak, la città curda dieci chilometri più indietro, e ai civili che vi abitavano. Donne. Bambini. Anziani. Feriti.

La compagnia non avrebbe mai preso possesso della fabbrica: sarebbe stata spazzata via, e gli uomini neri dell'ISIS avrebbero raggiunto Kalak senza incontrare ostacoli, percorrendo la strada principale e prendendosi ciò che volevano, inclusa la vita di ogni essere vivente.

Di colpo, il rombo delle mitragliatrici s'interruppe, sostituito dal rumore di veicoli pesanti. Barzani si affacciò oltre il bordo della trincea e vide entrambi i BRDM-2 uscire dalla fabbrica di ceramiche e dirigersi su di loro, a cinquanta metri di distanza l'uno dall'altro. Quei veicoli da ricognizione potevano contare su una corazzatura in acciaio spessa anche quattordici millimetri: i kalashnikov dei peshmerga non avevano speranze contro di loro. Al più, il suono dei proiettili che rimbalzavano sullo scafo avrebbe infastidito l'equipaggio. Intanto le mitragliatrici sul tetto della fabbrica avevano bloccato i curdi sopravvissuti, rintanati in piccole buche come ratti, dando la possibilità alle autoblindo di uscire ad annientarli sistematicamente.

Tre delle tecniche si disposero dietro i BRDM-2, portando altre armi e altri combattenti nemici verso gli uomini di Barzani. Il pick-up alla guida della formazione era un Toyota Hilux bianco, con una mitragliatrice calibro .50 montata sul cassone.

Il capitano peshmerga prese la radio, cercando di controllare il tono di voce. Voleva sembrare il più calmo possibile.

Sapeva che, se avesse ordinato la ritirata, i sopravvissuti della compagnia sarebbero stati falciati: c'era quasi un chilometro di campo aperto dietro di loro, più che sufficiente a ritrovarsi con la schiena crivellata. «Fratelli, non sprecate munizioni sui corazzati. Mirate ai pick-up. Sparate agli autisti, ai mitraglieri. Oggi moriremo, e diventeremo martiri. Ma lo faremo combattendo, non nascondendoci!»

In risposta, sentì gli AK-47 ruggire tutto intorno a lui. Quel rumore lo risollevò, infondendogli coraggio, ma durò solo finché i due BRDM-2 non aprirono il fuoco con le KPV da 14,5 mm e le mitragliatrici coassiali da 7,62 mm, spazzando l'intera area e costringendo i peshmerga a rimanere bassi. Il bilancio delle vittime saliva di secondo in secondo.

Lui e i suoi uomini sarebbero morti lì, nella terra, Barzani lo sapeva. E Kalak sarebbe caduta entro l'alba.

L'autoblindo più vicina era ormai ad appena cento metri dal capitano, intenta a crivellare di colpi la dura terra alla sua sinistra. Lui cercò di scacciare ogni pensiero e concentrarsi sul mirino del fucile, pronto a puntarlo sul parabrezza dell'Hilux bianco che procedeva a rotta di collo verso la sua trincea. La mitragliatrice montata sul cassone esplodeva potenti raffiche mentre la tecnica sobbalzava sul terreno bruno e sterile.

Poi, proprio mentre Barzani si preparava a sparare, un rombo incredibile squarciò il cielo alle sue spalle, e il BRDM-2 più vicino scomparve inghiottito da una nuvola di polvere. Non avanzava più, non sparava più. Mentre il pulviscolo cominciava a depositarsi, il capitano continuò a strizzare gli occhi e fissare confuso quanto appena successo.

Finché non successe di nuovo.

Il suono del metallo che cedeva, i colpi potenti delle mitragliatrici pesanti, scintille e fiamme che divampavano dal veicolo corazzato, poi la nuvola di polvere squarciata dall'esplosione di una palla di fuoco.

Barzani si girò verso i suoi uomini, anche se non ce n'era motivo: sapeva meglio di chiunque altro che la compagnia non aveva armi in grado di produrre un danno simile.

Un soldato alla sua sinistra indicò il cielo azzurro verso nord, ma il capitano ci mise qualche secondo per individuare un puntino in lontananza, che si faceva sempre più grande. Un elicottero da combattimento americano. La parte sotto al muso era illuminata da lampi di luce: stava sparando con il cannone automatico.

Barzani si voltò verso il secondo BRDM-2, giusto in tempo per vederlo scomparire nella nuvola di polvere marrone che si alzava dal terreno pianeggiante.

In cielo, appena dietro al primo elicottero ne era apparso un secondo. Quegli Apache dell'esercito statunitense stavano lanciando una cima di salvataggio alla compagnia peshmerga.

Il capitano Xozan Barzani non poteva sentire le comunicazioni radio dell'elicottero che sfrecciava sul paesaggio un chilometro a nord rispetto alla sua posizione; ma, in caso contrario, si sarebbe forse sorpreso nel sentire una calma voce femminile.

«Pyro 1-2, qui Pyro 1-1. Obiettivo Bravo distrutto. Non ci sono altri corazzati leggeri. Passo ai veicoli non corazzati.»

A rispondere fu una voce maschile, il pilota del velivolo più in alto e appena dietro al primo. «Qui Pyro 1-2, ricevuto. Disintegra quelle tecniche.»

«Pyro 1-1: ingaggio.»

Il capitano Carrie Ann Davenport era il copilota mitragliere dell'elicottero d'attacco Apache AH-64E codice radio Pyro 1-1, in volo milletrecento metri a nord della fabbrica di ceramiche. Appena fuori portata per le mitragliatrici dell'ISIS, ma entro l'area di tiro utile del suo cannone automatico M230.

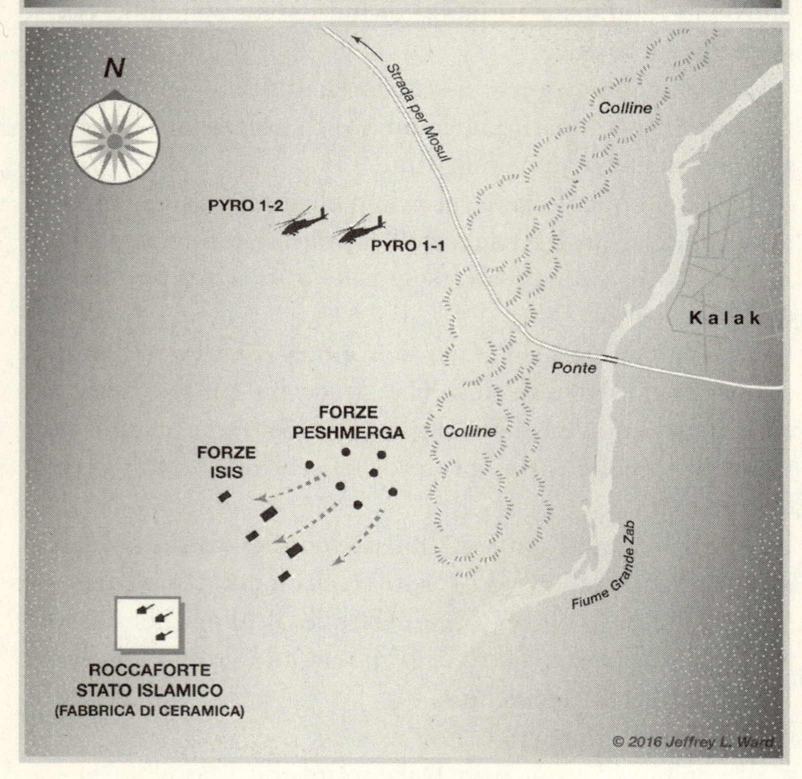
ATTACCO DEI PESHMERGA ALLA ROCCAFORTE ISIS
N
Strada per Mosul
Colline
PYRO 1-2
PYRO 1-1
Kalak
Ponte
FORZE
PESHMERGA
Colline
FORZE
ISIS
Fiume Grande Zab
ROCCAFORTE
STATO ISLAMICO
(FABBRICA DI CERAMICA)
© 2016 Jeffrey L. Ward

Alle spalle della Davenport, nell'abitacolo in posizione leggermente rialzata rispetto al suo, sedeva il pilota Troy Oakley, Chief Warrant Officer 3. L'uomo aprì la comunicazione e parlò nel microfono. «Distruggi quel bastardo!»

Carrie Ann sparò una raffica di dieci colpi, guardò l'immagine fotografica del pick-up sullo schermo multifunzione del suo quadro comandi, e si rese conto di aver mancato il bersaglio. Aveva colpito il terreno appena alle spalle dell'Hilux in movimento.

«Maledizione! Aggiusto il tiro.»

«Forza, ce l'hai» la incoraggiò Oakley dalla cabina di pilotaggio.

La Davenport corresse la mira tenendo conto della velocità della tecnica, poi premette di nuovo il grilletto e azionò il cannone automatico. Sbuffi di fumo grigio comparvero quattro metri e mezzo sotto di lei, lungo i due fianchi del velivolo, mentre l'M230 vomitava una pioggia di proiettili calibro 30 mm. A poco meno di un chilometro e mezzo, il pick-up si ribaltò, slittò per qualche metro sul tetto e prese fuoco.

«Cazzo!» esclamò Oakley. «Questa è una scena che dovrebbe finire negli highlight dello scontro!»

La Davenport stava già cercando il prossimo obiettivo. «Ho ancora settanta colpi. Vorrei ci fosse rimasto qualche Hydra: potrei usarlo sulle tecniche, e tenere i 30 mm per i miliziani.»

Gli Hydra 70 erano *folding-fin aerial rockets*, o FFAR: razzi aerei ad alette ripiegabili, con diametro di 70 mm. Entrambi gli Apache avevano lasciato la base operativa avanzata vicino a Erbil con i lanciatori per operazioni di supporto ravvicinato a pieno carico: trentotto razzi a volo libero. Purtroppo li avevano usati tutti per attaccare un deposito di armi e carburante dell'ISIS appena a nord di Mosul.

«Fai quello che puoi. Bingo meno cinque.»

«Ricevuto» rispose la Davenport. Entro cinque minuti avrebbero raggiunto il livello minimo di carburante per rientrare in sicurezza alla base. «Mi occupo dei pick-up e ce ne andiamo. Dovranno pensarci i peshmerga a fare piazza pulita dei miliziani.»

I due AH-64E stavano tornando alla base dopo aver distrutto i loro obiettivi primari, quando erano stati informati della violenta battaglia in corso a ovest di Kalak. Nel piano di battaglia originale, che prevedeva combattimenti sparsi su un fronte semicircolare lungo oltre centocinquanta chilometri, lo scontro a Kalak non era stato considerato strategicamente importante. Certo, l'ISIS minacciava di prendere il controllo del ponte, ma l'affondo curdo-iracheno sui territori a ovest non prevedeva l'uso di quella strada. Fin dall'inizio, la strategia era stata di circondare e isolare quelle truppe dello Stato Islamico.

Tuttavia, quando i due Pyro avevano sentito via radio delle tecniche e le autoblindo in avvicinamento a una compagnia di peshmerga sorpresi in campo aperto, avevano controllato sugli schermi la rotta di volo, i livelli di carburante e l'armamento rimasto, e avevano deciso di poter effettuare un paio di passaggi radenti mentre tornavano alla base, per fornire almeno un diversivo.

Pyro 1-2 non poteva intervenire direttamente, perché aveva esaurito i razzi e gli restavano soltanto cinquanta colpi per l'M230: si era quindi tenuto in posizione di copertura, volando più in alto, pronto a dare supporto in caso d'emergenza o nell'acquisizione dei bersagli. Intanto, l'elicottero della Davenport e di Oakley si sarebbe occupato di fare fuoco.

L'ultima tecnica rimasta fece un'inversione a U e accelerò per tornare alla fabbrica di ceramiche, ma a Pyro 1-1 quella ritirata non forniva alcuna garanzia: l'equipaggio nemico era ancora vivo e pronto al combattimento.

«Vuoi far saltare anche l'ultima?» chiese Oakley.

La Davenport rispose con una raffica di M230. Dal terreno di fronte al pick-up si sollevò una nube di polvere e detriti, finché il mezzo stesso non esplose.

Oakley aprì la comunicazione con l'altro elicottero. «Pyro 1-2, qui Pyro 1-1. Nessun obiettivo rilevante in vista. Voi avete qualche target da segnalare, prima che rientriamo alla base?»

La voce del pilota di Pyro 1-2, un CWO-4 di nome Wheaton, arrivò alle cuffie della Davenport e di Oakley. «Pyro 1-1, vedo... Sembrano postazioni di fuoco, in cima all'edificio rettangolare circa un chilometro e mezzo a sudest rispetto alla vostra posizione. La struttura più alta. Le vedete?»

La Davenport richiamò i dati del sensore FLIR, o *forward looking infrared*, e Oakley portò l'elicottero più in alto per permettere alla termocamera di inquadrare l'intero tetto. Sullo schermo multifunzione comparvero le postazioni, protette di sacchi di sabbia. Un alone scuro avvolse la bocca di fuoco centrale, a indicare un aumento di temperatura.

«Ricevuto, 1-2» confermò la Davenport. «Sembrano tre postazioni di artiglieria. Due PK e... Uhm... Una calibro 12,7 al centro.»

«Volete abbattere anche quelle, prima che rientriamo?» chiese Wheaton.

«Affermativo, le ho sotto tiro. Siamo quasi bingo con il carburante, ma possiamo sparare una trentina di colpi prima di andare.»

«D'accordo, procedi 1-1.»

La Davenport indicò al proprio pilota una posizione che le offriva un'angolazione di tiro migliore, poi riversò una breve raffica su ciascuna arma. Tre scariche devastanti, ma alla fine videro alcuni uomini strisciare sul tetto, fra corpi e macerie.

«Colpisci di nuovo quella Kord, per sicurezza» disse Oakley riferendosi alla mitragliatrice centrale, la 12,7 mm di fabbricazione russa. Era abbastanza potente da abbattere, fra le altre cose, un elicottero d'attacco anche a grande distanza, e a nessun pilota di Apache piaceva vederne una ancora operativa nelle mani del nemico.

La Davenport sparò altri venti proiettili da 30 mm sul tetto della fabbrica, distruggendo l'equipaggiamento delle postazioni di tiro e uccidendo quasi tutti i combattenti ISIS posizionati lì. Poi, dopo aver comunicato di nuovo con 1-2, Oakley virò a nordest, si mise in formazione in coda a Wheaton e si lasciarono il campo di battaglia alle spalle.

Carrie Ann Davenport sapeva di aver eliminato le minacce principali per i peshmerga a terra, ma non provava soddisfazione, né si sentiva vittoriosa; avrebbe preferito poter fare di più per quei coraggiosi soldati curdi. Se lei e Oakley avessero avuto più carburante e qualche razzo, avrebbero potuto coprire la loro avanzata verso la roccaforte nemica.

Un'ora più tardi, il capitano Xozan Barzani inserì l'ultimo caricatore pieno nel suo AK, tirò indietro il carrello per caricare l'arma e con il pollice spostò il selettore di fuoco per inserire la sicura.

Era fermo al centro della fabbrica di ceramiche, e la battaglia era finita.

L'arrivo degli elicotteri americani aveva ribaltato la situazione, e adesso gli ultimi combattenti ISIS si stavano ritirando verso ovest. A piedi. Con grande soddisfazione, Barzani aveva visto diversi miliziani barbuti scendere da tecniche funzionanti con le loro tuniche nere, e fuggire come se contenessero bombe a orologeria. Erano certi che gli elicottero avrebbero bersagliato ogni veicolo a ovest della linea dei peshmerga.

Il capitano raggiunse un pick-up marrone sulla strada che attraversava il complesso della fabbrica. Posò una mano sul tetto e lo carezzò con ammirazione, guardando le chiavi ancora inserite nel quadro. Non era una tecnica, niente armi pesanti montate sul cassone, ma era un veicolo robusto e funzionale. Sul sedile del passeggero vide una mitragliatrice leggera RPK con un caricatore cilindrico da settantacinque colpi, mentre sul fondo era posata una borsa di tela con altri tre caricatori pieni.

Barzani era davvero felice che gli statunitensi avessero risparmiato quel mezzo.

Quando i responsabili dei suoi plotoni fecero rapporto scoprì che la compagnia contava soltanto cinquantuno effettivi, dei centoventi che poteva schierare all'arrivo a Kalak, tre giorni prima. Avrebbe pianto quei martiri più tardi: ora c'era altro da fare. Diede l'ordine di raccogliere dai cadaveri nemici ogni arma, proiettile, pugnale e possibile fonte di informazioni. Sarebbero tornati a Kalak, alle postazioni protette dai sacchi di sabbia, sperando che l'ISIS si prendesse tempo per riorganizzarsi prima di un nuovo attacco.

Avrebbe voluto tenere il complesso della fabbrica, ma era troppo isolato e difficile da difendere con appena cinquanta uomini e senza artiglieria. Sapeva bene di non poter fare affidamento sulla fortuna: nulla garantiva che la prossima volta avrebbero avuto il supporto degli elicotteri statunitensi.

13

Adara Sherman era seduta al tavolo da riunione nell'ufficio di Gerry Hendley, di fronte all'ex senatore e a John Clark. Era la sua grande occasione, quindi era parecchio tesa, anche se i due avevano fatto di tutto per creare un'atmosfera informale e rilassata. Si trattava di un colloquio importante per un lavoro altrettanto importante, ma la trattavano come fosse un giorno qualsiasi.

Si disse che era pronta. Lei *voleva* quel lavoro, quindi avrebbe affrontato senza problemi ogni test avessero in serbo. Non c'era addestramento che potesse spaventarla: sebbene avesse superato da un po' i trent'anni, era più in forma adesso di quando si arrampicava sui passi dell'Hindu Kush afghano per fornire supporto ai Marines in combattimento, e lo sapeva. Doveva solo superare quell'incontro, e avrebbe raggiunto la posizione che desiderava da quando aveva capito cosa si celava dietro la facciata della Hendley Associates.

Finalmente, Clark decise di passare dalle chiacchiere al colloquio vero e proprio. «Ti conosciamo, ovviamente: sappiamo quanto sei capace e intelligente. Sei una donna coraggiosa, onesta e piena d'iniziativa, perfettamente in grado di gestirsi senza bisogno di alcuna supervisione».

«Diamine... potremmo andarcene tutti a casa, e faresti funzionare questo posto meglio di quanto non faccia adesso» esclamò Gerry.

Adara sorrise. «Siete molto gentili, ma non è vero.»

«In effetti c'è qualcosa che ci preoccupa» rispose il suo principale.

In qualche modo, lei riuscì a sistemarsi con la schiena ancora più dritta di quanto già non fosse. «E di cosa si tratta?»

I due uomini si scambiarono un'occhiata. Il loro imbarazzo la fece sentire improvvisamente a disagio. Alla fine, Hendley ruppe il silenzio.

«Si tratta di Dominic.»

Adara si sentì sprofondare. Sbatté le palpebre, più lentamente e con più forza di quanto avrebbe voluto. «E cosa... in particolare... riguardo a Dominic?»

Fu Clark a rispondere. «Come immagini, la tua relazione con Dom rappresenta una sfida speciale per la nostra organizzazione. Qualcosa con cui finora non abbiamo dovuto fare i conti.»

Lei abbassò lo sguardo. «Quindi lo sapete.»

«Lo sappiamo» confermò Clark. «Difficile non notarlo, dal modo in cui vi comportate quando siete insieme.»

La Sherman tornò ad alzare la testa. «Mi dispiace, ma devo dissentire: non credo sia un elemento di preoccupazione. Sono *certa* di potermi comportare in maniera appropriata, in qualsiasi circostanza e con tutti gli impiegati dell'organizzazione. Incluso Dominic Caruso.»

Gerry alzò le mani. «Ne sono sicuro. Ma quando sei con Dom fai di tutto per non guardarlo, per tenerti alla larga. Non sei disinvolta come con gli altri. E lui fa lo stesso con te. Siete rigidi, formali. È da un po' che cercate di nascondere questa relazione.» Poi aggiunse: «L'ho notato persino io, e dire che sono l'unico qui a non essere una spia».

La donna annuì lentamente. Le sue certezze si erano fatte meno salde, ma sapeva di dover dare una spiegazione ai suoi superiori. «Se l'abbiamo tenuto per noi è solo perché sapevamo che non avrebbe avuto conseguenze sul lavoro. E pensavamo non fosse professionale mostrare tra noi un atteggiamento diverso. Dom è uno degli agenti operativi, io sono un membro dell'equipaggio del Gulfstream e la responsabile della sezione trasporti e logistica. Tutto qui. Non cercavamo di essere disonesti, solo discreti.»

«Non siete nei guai» la rassicurò Clark. «Non abbiamo un regolamento ufficiale in materia. Sì, quando ti sei unita alla squadra Gerry ha detto ai ragazzi di tenersi lontani da te, ma era più un avvertimento che un divieto ufficiale.»

«Grazie a Dio solo uno ci ha provato» sorrise Hendley.

Con fare scherzoso, Adara finse di accigliarsi. «E chi ha detto che è stato Dom a provarci?»

Gerry spalancò gli occhi, poi cercò di ritrovare il contegno schiarendosi la gola. Clark trattenne a stento un sorriso.

«A ogni modo» proseguì il responsabile delle operazioni, «Ding, Dominic e Jack formano una grande squadra, e in questo lavoro la coesione è fondamentale. Sono sicuro che tu ti troveresti con tutti, l'ho pensato fin da quando ti abbiamo assunta, però mi chiedo se Dominic si comporterebbe in modo diverso vedendoti in pericolo. Mi piacerebbe tantissimo farti entrare nella squadra, ma non a costo di perdere una risorsa efficiente come Dom.»

«Ne abbiamo parlato» disse Adara «ed è perfettamente d'accordo con la mia candidatura.»

Clark scosse la testa. «No... non è vero. Gliel'ho letto in faccia quando ha proposto il tuo nome. Ha paura che tu ti faccia del male, se diventerai un agente operativo. E non dovresti fargliene una colpa, dopo tutto quello che gli è capitato.»

«Non gliene faccio una colpa. So di suo fratello, anche se è accaduto prima che arrivassi qui; ed ero anch'io amica di Sam, so quanto lui e Dom fossero legati. Ma voglio avere l'opportunità di dimostrargli – e di dimostrare a tutti voi – che posso integrarmi alla perfezione negli equilibri del team.»

«Poter contare su voi quattro sarebbe manna dal cielo per la nostra organizzazione» confermò Clark. «Ma non potrete lavorare tutti insieme. Voglio che tu lo sappia fin da ora: se ti inseriremo nella squadra, non affiancherai Dom. Penso sia meglio per tutti.»

«Pensa a Jack: teniamo conto del fatto che suo padre è il presidente» spiegò Gerry. «Ci sono posti in cui non lo manderemmo mai. Con te varrà lo stesso principio. Ci saranno operazioni in cui non ti schiereremo.»

«Va bene.» Adara annuì lentamente. Sentiva che la conversazione stava tornando sul binario giusto, almeno dal suo punto di vista.

«Poi c'è la questione dell'addestramento» proseguì Clark. «Tu sai già molto, ma non tutto. Sei pronta a iniziare un rigoroso percorso di formazione, che potrebbe durare mesi?»

«A dire la verità, non vedo l'ora.»

«In tal caso, il training sulle tecniche di sorveglianza comincerà appena avremo individuato una seconda recluta.»

Adara sbatté le palpebre. «Aspettate un attimo... Mi avete appena offerto il lavoro?»

Clark e Gerry si scambiarono un'occhiata.

«Ti meriti più di ogni altro una promozione» disse Hendley, «e siccome non abbiamo un aereo più grande da affidarti... Sì. Se supererai l'addestramento diventerai un nuovo agente operativo del Campus.»

Adara si sporse in avanti per stringere la mano a entrambi.

Ricambiando la stretta, Clark la avvertì: «Potresti pentirti di questa decisione. Per il tuo bene, la fase di training sarà parecchio realistica, e incredibilmente dura».

«Darò il cento per cento, ogni giorno.»

Si alzò per andarsene, ma quando fu alla porta sentì alle proprie spalle la voce di Gerry.

«Adara, adesso convocheremo Dom per informarlo. Sono

certo che farà il duro e fingerà di non essere preoccupato, ma la tua promozione lo consumerà. Non voglio dirti come vivere la tua vita, ma spero tu capisca che Dom si sente così perché a te ci tiene.»

Adara annuì. «Lo so. Grazie, a tutti e due. Anche per la comprensione dimostrata nei nostri confronti. D'ora in avanti non vi nasconderò più niente.»

Rientrata tardi dall'ufficio, Mary Pat Foley aveva parlato con il marito solo per un'oretta, prima che entrambi crollassero a letto, ma si svegliò di soprassalto al suono del cellulare che squillava sul comodino. Suo marito Ed, ex ufficiale di punta dell'intelligence americana, aveva risposto per quarant'anni a telefonate notturne, ma era Mary Pat a lavorare ancora per il governo. Si limitò quindi a tirarsi su, mentre la moglie, accanto a lui, cercava di afferrare al buio il cellulare.

«Foley.» Mary Pat guardò l'orologio: mancavano dieci minuti alle cinque. Quel giorno avrebbe dovuto rinunciare agli ultimi quaranta minuti di sonno.

«Buongiorno, Mary Pat.»

La linea doveva essere protetta, visto che l'uomo all'altro capo del telefono era il direttore della CIA, Jay Canfield.

«Buongiorno, Jay.» Aspettò che l'altro continuasse. Non c'era bisogno di chiedergli di andare dritto al punto.

«Sai che mi piace trovare soluzioni ai tuoi problemi, ma temo di averne per le mani uno nuovo e del tutto inaspettato, che preferirei sottoporti.»

«Sarebbe?»

«Si tratta di SIGINT dall'Indonesia. Un funzionario consolare americano si sta preparando a passare del materiale riservato a degli ufficiali nordcoreani, a Giacarta.»

Mary Pat si strofinò gli occhi. «Dio onnipotente, che idiota. I nordcoreani nemmeno pagano...»

Canfield sapeva cosa intendesse la Foley. Perché mai un americano avrebbe dovuto fare la spia per i nordcoreani? Nessuno, ma proprio *nessuno* al di fuori dei confini della Corea del Nord, condivideva le loro idee, ed erano noti per essere alquanto avari quando si trattava di comprare informazioni riservate.

«Già, è strano, poco ma sicuro» concordò Canfield.

«Di chi si tratta?»

«Non conosciamo il nome. Abbiamo intercettato solo la parte di conversazione dei nordcoreani. Dal contesto possiamo dire soltanto che stavano parlando con un funzionario d'ambasciata americano, qualcuno senza grandi agganci. I precedenti contatti devono essersi svolti di persona, o attraverso altri canali. Per posta elettronica, forse. Hanno detto all'americano dove presentarsi per fornire le informazioni richieste. Non sappiamo di che si tratti. Da quanto abbiamo sentito l'americano non dev'essere contento di avere a che fare con loro, ma sembra pronto a concludere la transazione. Penso che andrà fino in fondo.»

«Possibile che lo abbiano ricattato?» chiese Mary Pat. «Magari sono in possesso di fotografie che potrebbero rovinargli la vita, o qualcosa del genere.»

«L'ho pensato anch'io. In ogni caso ho contattato Dan: è l'FBI ad avere giurisdizione in materia.»

«Quando avverrà lo scambio?»

«Fra quarantott'ore. I nordcoreani stanno dando al nostro uomo il tempo di recuperare le informazioni richieste. Dan Murray sta mandando una squadra in Indonesia, così da individuare il luogo dello scambio e fermare la talpa, ma dovranno muoversi sotto copertura. Lavorare di concerto con gli indonesiani in una situazione d'emergenza come questa è quasi impossibile. Il tizio va fermato senza sollevare un polverone. I ragazzi di Dan hanno preso un volo per Giacarta da Hong

Kong, e dovrebbero atterrare intorno alle undici di stamani. Avranno un giorno e mezzo per prepararsi, e resteremo in contatto costante per fornire eventuale consulenza.»

«D'accordo» disse Mary Pat. «Tienimi aggiornata.»

Riattaccò e si voltò verso Ed, che la stava guardando nel buio.

«Brutte notizie?» chiese lui.

«Niente che abbia a che fare con la caccia ad Abu Musa al-Matari. Un tizio del dipartimento di Stato sta per passare informazioni riservate alla Corea del Nord.»

Ed annuì. «Lo avranno ricattato.»

«Anche secondo me. Dan Murray ha mandato di corsa una squadra speciale a gestire la situazione. Mi toccherà andare prima in ufficio, così da portarmi avanti: di sicuro più tardi ci sarà una riunione per parlarne.»

«Vado a fare il caffè» annunciò Ed con un sorriso stanco.

Si alzarono entrambi dal letto.

«Povero cucciolo» disse Mary Pat mentre andava in bagno, sinceramente dispiaciuta. «Quando sei andato in pensione pensavi di poter dormire fino a tardi.»

«Niente affatto, mia cara. Non sono mica così stupido: già sapevo che non avrei potuto dormire fino a tardi finché *tu* non fossi andata in pensione...»

14

John Clark osservò il piccolo campeggio allestito per una sola persona, e desiderò di poter rimanere un paio di giorni in quel luogo paradisiaco. Certo, era un posto senza troppe pretese: una tenda a igloo, le ceneri di un fuoco ormai spento, un contenitore termico sul quale sedersi e l'attrezzatura per la pesca appoggiata a un albero. Ma era ad appena venti metri da un bellissimo lago, i pini circostanti emanavano un profumo delizioso e, nonostante fosse estate, l'aria era ancora fresca.

Mentre studiava l'area con il binocolo, da una collina a circa cento metri di distanza, immaginò che l'unico occupante fosse andato a pescare. In fondo erano le undici di mattina.

La giornata era nuvolosa, e quando sentì un rombo attraversare il cielo alla sua sinistra pensò innanzitutto a un tuono. Poi si voltò e vide due giganteschi C-17 Globemaster – aerei da trasporto dell'aviazione americana – volare a un'altezza di appena trecento metri circa. Degli uomini cominciarono a saltare giù da entrambi i velivoli, i paracadute che si aprivano subito dopo il lancio.

«82ª aviotrasportata» mormorò Clark fra sé e sé. Dopotutto si trovava a Fort Bragg, la loro base: non era proprio una sorpresa assistere a simili esercitazioni.

Avrebbe voluto sedersi e godersi quello spettacolo magnifico, ma aveva del lavoro da fare, per cui cominciò a scendere dalla collina per raggiungere là il piccolo campeggio. L'ultima cosa che voleva era cogliere di sorpresa chi si trovava là sotto, per cui cominciò a farsi sentire quando era ancora a una quarantina di metri di distanza, nella remota possibilità che il proprietario della tenda fosse all'interno.

«Ehilà! C'è nessuno in casa?»

Quando raggiunse l'igloo, però, lo trovò vuoto e silenzioso.

Camminò fra i pini fino al lago Mott e controllò la distesa d'acqua alla ricerca di una barca da pesca. Niente, non si vedeva anima viva.

Proprio in quel momento sentì una voce alle proprie spalle, a nemmeno dieci metri di distanza. «L'ultima volta che ci siamo visti eravamo dall'altra parte del mondo.»

Clark non si girò subito. Non conosceva bene quell'uomo, che a sua volta sapeva ben poco di lui. Non voleva far niente per metterlo a disagio. Sorrise e si voltò lentamente, le mani lontane dai fianchi.

«Ucraina. In un posto parecchio più rumoroso e decisamente meno verde di questo.»

L'uomo con la barba e il berretto da baseball non rispose.

«Come te la passi?» domandò Clark.

«Bene» rispose quello seccamente. Poi aggiunse: «Non ti sarà facile cercare di convincermi che si tratta di un incontro fortuito».

Barry Jankowski, l'ex ufficiale della Delta Force, era appoggiato a un albero circondato da un tappeto di foglie. Indossava una maglietta dell'esercito americano e un paio di pantaloni corti, ma Clark vide la sagoma di una pistola sul fianco, sotto il tessuto. Fondina da cintura. La mano destra dell'uomo era abbastanza vicina da poterla estrarre in una frazione di secondo.

«Non ci proverò nemmeno, Barry: sono venuto apposta per parlare con te. Volevo incontrarti di persona, e pare che qui potremo discutere in santa pace.»

«Oh, qui la pace non manca. Niente turisti né pescatori. E nemmeno pesci, a dire la verità.»

«Non abboccano?»

«Per me è colpa dei C-17 che sorvolano la Luzon Drop Zone.» La zona di atterraggio per le esercitazioni al paracadute. «Quelli sentono il rombo degli aerei e si spaventano.»

Clark inclinò la testa di lato.

«È solo una teoria» chiarì Jankowski. «Alcuni potrebbero anche chiamarla "scusa".»

«Ne sai più di me, per cui sono propenso a concordare» disse Clark.

Barry sorrise. «Non sono un tipo nervoso come sembri credere.»

«Detesto disturbare qualcuno che si sta godendo tutta questa pace.»

«Ah, e chiamami pure Midas. Non sono più nell'esercito, ma nessuno qui a Bragg mi chiama più Barry da... Be', più o meno da mai.»

«Meglio Bartosz, allora?»

«Diamine, ti sei dato da fare con le informazioni sul mio conto, eh?»

«Vorrei che mi dedicassi qualche minuto del tuo tempo. Magari dopo la nostra chiacchierata la pesca andrà meglio.»

«L'altro giorno sono venuto a sapere che il tuo amico Chavez stava chiedendo in giro di me. Devo preoccuparmi o sentirmi lusingato?»

«Hai della birra nella cassa frigorifera?»

«Un po', sì. E immagino che da qualche parte nel mondo siano le cinque, no? Vieni.»

Alcuni minuti più tardi i due uomini – uno che non aveva ancora raggiunto i quaranta, l'altro che aveva già superato i sessanta – erano seduti su due ceppi bassi, a sorseggiare Miller High Life da una lattina e schiacciare un insetto ogni tanto. Parlarono per un po' di Fort Bragg, ma Midas si annoiò presto dei convenevoli.

«Allora, cosa ti ha portato fino a qui?»

Clark poggiò la birra a terra, sugli aghi di pino. «Hai fatto domanda per entrare alla CIA.»

«Ma se non ricordo male non sei più nell'Agenzia. In realtà, subito dopo la missione in Ucraina, alcuni tipi sono venuti da me per dirmi che tu e il resto della tua squadra non esistete. Erano dannatamente seri.»

«Che fine farebbe questo Paese senza i tipi dannatamente seri che se ne vanno in giro a dire alla gente che quanto hanno visto non è mai successo?»

«Se ne potrebbe discutere» disse Midas prendendo un sorso di birra. «Sì, ho fatto domanda. Ma immagino che per una risposta ci voglia tempo, specie quando ti chiami Bartosz Jankoswki anziché Jack Ryan.» Inarcò un sopracciglio. «Ovviamente nemmeno Jack Ryan Junior è nell'Agenzia.»

«Un altro tizio che non esiste» commentò Clark.

«Così mi hanno detto.»

«Ascolta, Midas. Il mio gruppo – i ragazzi che hai incontrato, tranne uno che non è più con noi – fa parte di un'organizzazione che si occupa di cose interessanti. Cose importanti. E c'è la possibilità di venire a lavorare con noi anziché andare a Langley. Se vuoi, posso darti una lista di uomini e donne che sanno chi siamo e cosa facciamo. Sono sicuro che riconoscerai alcuni dei nomi.»

Il tenente colonnello non nascose la delusione. «È perché non sono entrato nella CIA?»

«Nient'affatto. Non ti voglio mentire: ho sentito che ti offriranno un posto nel National Clandestine Service, prima o poi. Non sono qui perché ti hanno rifiutato, e noi non siamo un premio di consolazione. Siamo un'unità per la quale non puoi fare domanda. Veniamo noi da *te*, se vediamo qualcosa che ci piace.»

L'altro annuì pensieroso. Afferrò una zanzara con un movimento così rapido da colpire anche Clark.

«Questa tua unità... Quant'è grande?»

«Abbiamo alcuni informatici e analisti, più una piccola sezione amministrativa. Ma probabilmente vuoi sapere della squadra operativa. Tre.»

«Trecento?»

Clark scosse la testa, e l'ex Delta Force spalancò gli occhi.

«Tre*mila*?»

Di nuovo, Clark scosse la testa. Poi sollevò tre dita della mano destra.

Midas osservò quel gesto. «Oh, tre. Come in "uno, due, tre...".»

«Già, *quel* tre. Stiamo cercando di espanderci: vogliamo arrivare a cinque. L'unità è piccola, ma picchiamo più duro di quel che sembri. Abbiamo in squadra degli analisti di rilievo, e le nostre sezioni IT e logistica non sono seconde a nessuna.»

«D'accordo, non devi convincermi. Ho visto cosa sapete fare. A Sebastopoli ci avrebbero sopraffatti senza il vostro aiuto, e a Kiev avremmo perso parecchi uomini se non aveste lottato al nostro fianco.»

«Posso prometterti azione» disse Clark. «Posso prometterti operazioni cruciali per la sicurezza degli Stati Uniti, e un gruppo dedito al proprio lavoro con cui lavorare tutti i giorni. Saresti una risorsa strategica. Inoltre paghiamo più del governo.»

«Non ci vuole molto» ribatté Midas. «A parte per i benefit: quelli non sono male, se vivi abbastanza da goderne.» Percependo uno stipendio mensile tutt'altro che favoloso, il personale dell'esercito non poteva far altro che esaltare il trattamento pensionistico, l'assicurazione sanitaria e tutti gli altri compensi extra.

«Finché non so se ti interessa non posso scendere troppo nei dettagli, ma la cifra che ti offriamo è probabilmente più del doppio di quanto guadagneresti all'inizio nella CIA. E anche i nostri benefit superano quelli governativi. Inoltre avresti la soddisfazione di servire il tuo Paese senza tutte quelle pastoie e lungaggini burocratiche.»

«Tipo uscire dall'esercito come ufficiale della Delta e dover aspettare tra i sei mesi e un anno per sapere se ti hanno preso all'Agenzia?»

«Esattamente. Oggi dici di sì, e puoi cominciare anche domani.» Clark si strinse nelle spalle. «Hai detto che i pesci non abboccano...»

Il tenente colonnello sorrise di nuovo. «Prima hai menzionato uno dei ragazzi che ho incontrato in Ucraina. Hai detto non è più nel vostro gruppo. È riuscito a godersi i suoi benefit, quando se n'è andato?»

Clark spostò lo sguardo verso il lago. «No... ma li ha ottenuti sua madre.»

«Diamine. Non si tratta del piccolo Jack, altrimenti l'avrei saputo.»

«Sam.»

Midas annuì. «Lo ricordo. Un bravo ragazzo. Sul campo?»

Clark fissava ancora i pini, in direzione dell'acqua. Annuì. «Mentre faceva il suo lavoro. Mentre faceva la differenza.» Si girò di nuovo verso Midas. «Tu prenderesti il suo posto. Stiamo valutando anche di promuovere una delle risorse dell'organizzazione.»

«Quanto avete scavato a fondo, nelle vostre ricerche su di me? Conoscete tutti i miei segreti?»

«Per un gruppo come il nostro, i segreti sono la parte più facile» rispose Clark. «Ma non siamo riusciti a scoprire l'origine del tuo nome in codice. Re Mida non era quello che trasformava in oro tutto ciò che toccava?»

«Sì. All'inizio dell'invasione dell'Iraq ero sergente. Berretti Verdi, 5° gruppo forze speciali. Durante l'avanzata passai un paio di notti nel palazzo di 'Uday, uno dei figli di Saddam, in una grande stanza dorata. Due sere dopo ero ad Al-Faw, in una delle residenze di Saddam. Di nuovo, io e il mio A-team finimmo in una stanza tutta laminata d'oro. Poi raggiungemmo Tikrit, e ci alloggiarono nel palazzo della madre di Saddam. A essere sincero non ricordo ci fosse dell'oro nella nostra stanza, ma così dicono. Alcuni anni più tardi, dopo essere diventato ufficiale, provai le selezioni per la Delta: uno degli addestratori si rammentò di aver visto me e la mia squadra in tutte quelle stanze dorate. Disse che dovevo avere il "tocco" di re Mida, perché lui e gli altri della Delta erano sempre finiti in qualche schifosa casa di mattoni.»

Clark rise. «Fammi indovinare: da quando ti hanno affibbiato il tuo soprannome, non hai più messo piede in stanze come quelle.»

«Già, da allora solo schifose case di mattoni, o quasi.» Fissò Clark. «Eri un Navy SEAL, vero?»

«In un'altra vita.»

«Come ti chiamavano allora?»

«Kelly» disse Clark, secco.

«Perché?»

«Perché all'epoca mi chiamavano così.»

Dal tono della risposta, Midas capì di aver fatto una domanda di troppo, e decise che era meglio lasciar perdere.

«Mi hanno mostrato la tua foto per il dipartimento della Difesa» proseguì Clark, cambiando discorso. «Con la possibile eccezione di Jack Junior, non ho mai visto una persona cambiare aspetto in modo così marcato, quando ha la barba.»

Midas abbozzò un sorriso. «Senza sembro un banchiere, o qualcosa del genere.»

«Stavo per dire un tecnico di computer.»

L'altro annuì. «Sì, anche. Una volta all'anno vado a trovare mio fratello e la sua famiglia: se ho la barba lunga la mia nipotina scoppia a piangere appena mi vede.»

Entrambi presero un sorso di birra, in silenzio, poi Clark disse: «Ci sarebbe un addestramento da superare, ma non è niente in confronto a quello della Delta».

«Bene. Ho lasciato le piante dei piedi da qualche parte su una collina in West Virginia.»

«L'addestramento dei SEAL era a dir poco tosto» affermò Clark, «ma il processo di selezione e valutazione della Delta sembra semplicemente crudele.»

Midas alzò le spalle. «Cercano di eliminare quelli sani e far spiccare quelli pazzi, poi prendono chi rimane ed eliminano quelli *troppo* pazzi. Un livello accettabile di follia è utile nella Delta.» Si strinse di nuovo nelle spalle. «Ho prestato servizio nell'unità per dieci anni, quindi puoi farti i tuoi conti.»

«Ti faccio un'offerta, invece. Voglio che tu venga a lavorare per noi. Sei interessato?»

«Diciamo che accetto. Diciamo che mi unisco a voi ma non funziona. Non so, magari perché passo un anno a girarmi i pollici, o perché non mi sembra di dare un contributo significativo... Aver lavorato per voi minerà le mie possibilità di entrare alla CIA?»

«Nient'affatto. Se vieni da me e dici che vuoi lasciare, ovunque tu voglia andare proverò a metterci una buona parola.»

Midas scrollò il capo. «D'accordo, signor Clark: ha appena catturato un pesce. Vediamo di cosa si tratta.»

Si alzarono entrambi dai ceppi e si strinsero la mano.

15

L'ODNI, Office of the Director of National Intelligence – ovvero l'Ufficio del direttore dell'intelligence nazionale – si trovava a Tysons, in Virginia, dieci minuti a sud rispetto alla sede principale della CIA e mezz'ora a ovest rispetto alla Casa Bianca, viaggiando in auto e senza traffico. Il che accadeva soltanto in piena notte, più o meno.

Il complesso governativo che lo ospitava si chiamava Liberty Crossing, o LX per gli addetti ai lavori, e si divideva in due edifici principali: l'LX1, sede del Centro nazionale antiterrorismo, e l'LX2 dell'ODNI.

Mary Pat Foley rientrò nell'ufficio all'ultimo piano dell'LX2 a mezzogiorno, dopo una riunione. Le avevano messo sulla scrivania un'insalata di pollo con mirtilli e un tè freddo, così da permetterle di lavorare anche durante la pausa pranzo. Si era appena seduta quando sentì la voce della segretaria all'interfono.

«Signora direttrice, ci sono Canfield e Murray al telefono per lei.»

Mary Pat abbassò le spalle. L'insalata era invitante, e adesso si sarebbe ritrovata a fissarla per tutta la conference call.

La segretaria inoltrò la chiamata. Dan Murray fu il primo a parlare. «La mia squadra d'intervento – i ragazzi partiti da Hong Kong per fermare il tizio del dipartimento di Stato che fa la spia per i nordcoreani – è stata trattenuta all'aeroporto di Giacarta.»

Quella notizia fece squillare un campanello d'allarme nella mente di Mary Pat: aveva un che di familiare.

«*Trattenuta?* Perché?»

«Come in Iran» disse Jay Canfield. «Non sappiamo cosa sia successo, ma sembra abbia a che fare con il lettore d'impronte digitali.»

«Le loro coperture erano solide» chiarì Murray. «Solide come roccia. I dati biometrici corrispondono a quelli riportati nei passaporti. L'unica spiegazione è che, in qualche modo, gli indonesiani conoscessero le loro vere identità.»

«Com'è possibile?» domandò la Foley. Ma si rispose da sola. «A quanto pare i nostri database sono stati violati, chissà come, e i dati sono finiti in mano a più organizzazioni.»

«Ma non ha alcun senso!» esclamò Canfield. «In Iran si trattava di un mio uomo. Nel New Jersey di un ufficiale della marina. E ora questi ragazzi dell'FBI. Com'è possibile che russi, indonesiani e iraniani scoprano quasi in contemporanea le identità di tutte queste persone, appartenenti a tre enti diversi del governo americano?»

«Non ne ho idea» ammise Mary Pat, «ma dobbiamo trovare i punti in comune fra questi incidenti. E dobbiamo anche capire quant'è grave la fuga di informazioni. Come ovvio abbiamo parecchie risorse sul campo, e nessun indizio su chi potrebbe essere compromesso.»

«Senti, hai ragione, è tutto vero» disse Dan Murray, «ma – mettendo da parte questa crisi per un attimo – io devo mandare qualcuno a Giacarta, subito.»

«Non hai nessuno all'ambasciata locale che possa occuparsene?» chiese Canfield.

«Qualche agente speciale, ma nessuno addestrato nel controspionaggio e in grado di identificare e fermare la talpa proprio davanti ai nordcoreani, senza sollevare un polverone.»

Mary Pat aveva una risposta. «Ci servono persone che non lavorino per il governo. Persone discrete e capaci.»

«Stai parlando dei ragazzi di Gerry Hendley» commentò il procuratore generale. Lo avevano da poco informato dell'esistenza del Campus, e degli incarichi che i suoi uomini avevano svolto per conto dell'intelligence americana.

«Proprio loro» confermò Mary Pat.

Una breve pausa, poi il direttore Murray sospirò. «Okay, d'accordo. Non so quali altre opzioni abbiamo. Ti manderò ciò che ho sul caso. Immagino tu possa inoltrare il materiale a chi di dovere.»

«Me ne occuperò personalmente.»

Due minuti più tardi l'insalata di pollo e mirtilli era ancora intatta, e la Foley era al telefono con Gerry Hendley.

«Abbiamo una situazione d'emergenza a Giacarta. La tua squadra può muoversi in fretta per darci una mano?»

«Quando ti serviamo là?»

«A essere sinceri, adesso.»

Gerry parlò in fretta. «Il Gulfstream è al Reagan, a dieci minuti d'auto dall'ufficio. I membri dell'equipaggio sono già all'aeroporto, e i miei tre operativi si trovano qui in sede. Posso farli salire su un furgone fra quindici minuti. Immagino dovranno fermarsi per fare carburante, e non ho idea di quanto possa durare il volo.»

«Ventidue ore dalla base di Andrews, incluse le soste per il rifornimento» disse Mary Pat. «Non penso ci sia molta differenza, dal Reagan.»

«Allora Chavez, Caruso e Ryan potrebbero essere là più o meno domani a quest'ora. Credi vada bene?»

«Rientra nella finestra temporale che abbiamo, sì, ma di poco. Intanto falli partire, per favore. Vi comunicherò i dettagli quando saranno in viaggio.»

«D'accordo. Devono portare attrezzatura particolare?»

Mary Pat ci pensò un attimo. «Strumenti base per la sorveglianza, e armi per la difesa personale. Potrebbero imbattersi in degli ostili pronti a ingaggiarli.»

«Ricevuto.»

Gerry chiuse la comunicazione e s'incamminò verso l'ufficio di Clark, ma ricordò quasi subito che era nel North Carolina a rintracciare Barry Jankowski. Per cui chiamò Chavez, lo informò dell'operazione urgente e gli chiese di aggiornare gli altri. Poi contattò Helen Reid e Chester Hicks.

Venticinque minuti più tardi, i tre operativi del Campus stavano salendo la scaletta del Gulfstream G550, fermo a poca distanza dalla pista 1 dell'aeroporto nazionale Ronald Reagan. Il personale di volo era a bordo, e i due motori a turboventola Rolls-Royce stavano già rombando. Gli agenti conoscevano solo la propria destinazione, ma non sapevano ancora perché stessero andando là né cosa fare una volta arrivati.

L'idea di passare ventidue ore in volo, o quasi, non sorrideva a nessuno di loro, ma almeno avrebbero viaggiato con stile. Gli interni del G550 erano a dir poco sfarzosi, e non temevano il confronto con nessun altro aereo aziendale. C'erano schermi multifunzione in grado di mostrare la rotta, collegarsi a Internet o proiettare i film più recenti, e le poltrone si reclinavano completamente. Inoltre la parte posteriore dello scomparto ospitava un divano letto.

Non potevano certo lamentarsi, ma questa volta la loro esperienza di volo sarebbe stata meno piacevole del solito. Se ne resero conto appena videro ad accoglierli il copilota, Chester Hicks, detto Country. Di solito era Adara Sherman a occuparsi di loro: prendeva bagagli e cappotti, li informava sul piano di volo, portava da bere e li aiutava in qualsiasi altro modo.

Ma alla responsabile della logistica era stata concessa la giornata libera, per prepararsi a iniziare il programma d'addestramento di Clark. Il che significava niente accoglienza calorosa, niente aggiornamento sull'orario di arrivo previsto, niente schema dell'itinerario, niente prenotazione di alberghi o noleggio di auto durante il volo, niente opzioni per i pasti e niente offerta di occuparsi dei bagagli. Country si limitò a un rapido cenno con il capo, dicendo ai tre agenti d'infilare la loro roba negli scompartimenti e allacciarsi le cinture per il decollo.

Il volo da Washington a Giacarta avrebbe coperto 16.359 chilometri, un dato di cui i tre uomini si accorsero appena entrarono nell'aereo e osservarono, rassegnati, le informazioni sugli schermi. Accolsero la notizia con spalle curve e sospiri sconsolati: sarebbero rimasti in quello spazio lussuoso ma angusto quasi per un giorno intero.

Una volta sistemati, Dom chiamò il copilota.

«Ehi, Country: io prendo un Martini Sapphire con acqua tonica, tanto lime. E mi porteresti anche uno di quei cuscini belli morbidi?»

Lo stava prendendo in giro, e Jack trattenne a tento una risata.

Country digrignò i denti. «Se Clark fosse qui glielo direi in faccia: Adara potrà anche diventare un ottimo membro del vostro piccolo gruppetto, ma noi non siamo affatto contenti di perderla. Rendeva il nostro lavoro molto più semplice.»

«Gerry sa che deve trovare un sostituto» disse Chavez. «Probabilmente ci sta già lavorando, solo che nel frattempo è saltata fuori questa cosa in Indonesia. Non ti preoccupare: ci prenderemo cura di noi stessi, e durante il volo organizzeremo da soli il soggiorno a Giacarta.»

Il copilota sembrò calmarsi un po'. Fece un cenno a Chavez e Ryan, lanciò un'occhiata esasperata a Caruso e fece per tornare nella cabina di pilotaggio. «Ci sono un sacco di pietanze surgelate, a bordo, ma non ho idea di come si usi il microonde. Per i drink o quel che volete, guardate nella cucina. E con qualche chiamata sono sicuro che potrete farvi consegnare del cibo fresco direttamente all'aereo, quando ci fermeremo a Van Nuys per il rifornimento.» Poi aggiunse: «Adesso allacciatevi le cinture. Appena passati i controlli, tra un paio di minuti circa, cominceremo a rullare».

«Quindi non ci porti niente da bere? Sul serio?» chiese Dom.

Stava ancora scherzando: in realtà aveva quasi raggiunto la cucina di bordo, per prendere qualcosa da bere a sé e ai suoi compagni.

Erano in volo da appena venti minuti quando i tre operativi si sistemarono intorno a un tavolo dell'area passeggeri. Poco dopo, la voce di Mary Pat Foley riempì l'ambiente attraverso il microfono del telefono. Riferì quanto sapeva sulla situazione a Giacarta e inviò i documenti che le aveva passato Dan Murray. Gli agenti li visualizzarono su uno schermo a parete accanto al tavolo.

Quando la direttrice dell'intelligence nazionale spiegò che aveva dovuto inviarli con urgenza in Indonesia per impedire che uno sconosciuto passasse del materiale riservato ai nordcoreani, Chavez domandò: «Non c'è qualcuno già sul posto? Che so, uomini del corpo di sicurezza dei Marines, il numero due dell'ambasciata... Uno *chiunque* che possiate contattare? Potrebbe andare da questo tizio e dire: "Sappiamo cosa sta succedendo"».

«Non è così semplice. Non conosciamo l'identità del traditore, e non vogliamo rivelare al personale diplomatico della fonte SIGINT usata per intercettare la conversazione. Abbiamo pensato di far presidiare il luogo dello scambio da un'unità di Marines, lanciare un allarme bomba o cose del genere, ma non sappiamo se i nordcoreani abbiano altri canali per contattare il traditore e prendere nuovi accordi. Per essere certi di impedire lo scambio e chiudere ogni contatto dobbiamo avere qualcuno sul posto in grado di identificare visivamente la persona che si farà viva per la transazione.»

«Ha senso» disse Chavez. «Non mi piace l'idea di scendere da un aereo dopo un giorno intero di viaggio e buttarmi in mezzo a una situazione che non conosco, ma capisco le vostre difficoltà.»

«Dan Murray ha chiesto a un suo agente locale di raggiungere il luogo dell'incontro e fare delle riprese per voi» annunciò Mary Pat. «Dovrebbe aiutarvi a prendere le misure della zona. Vi manderò il video fra qualche ora. Spero possa tornarvi utile.»

«Molto utile» confermò Chavez. «D'accordo, sa dove trovarci per le prossime ventidue ore: qui. Qualsiasi aggiornamento ci fosse, fatecelo sapere.»

«Senz'altro. Piuttosto: a che punto siete con la ricerca di forze fresche per la squadra?»

«Contiamo di assumere due nuovi operativi» la informò Chavez. «Il progetto è di integrarli nella squadra dopo l'addestramento. Dovrebbero adattarsi bene.»

«Carriere militari?»

«Sì, entrambi. Un tenente colonnello dell'esercito, ex Delta Force, di nome Bartosz Jankowski. E un'ex ausiliare del corpo sanitario della marina, che ha prestato servizio in Afghanistan con la fanteria dei Marines. Si chiama Adara Sherman. Lavora con noi da anni, come responsabile della logistica e assistente di volo sul Gulfstream, ma in più di un'occasione ha dovuto prendere parte all'azione.»

«Eccellente» disse Mary Pat. «Sono felice che il Campus si stia espandendo. Ancora non conosciamo l'entità della fuga di notizie con cui abbiamo a che fare, ma di sicuro ci serve l'aiuto di persone estranee alle organizzazioni governative.»

«Siamo al vostro servizio» rispose Chavez. «Chiediamo solo di farci avere più informazioni possibile nel minor tempo possibile. Così come stanno le cose, i cattivi hanno tutti i vantaggi di questo mondo.»

16

Sotto una fitta pioggia serale, Abu Musa al-Matari guardava la giungla della Guyana occidentale e le luci dell'aereo in avvicinamento che brillavano nel buio. Pochi secondi più tardi, la sagoma del velivolo bucò le nubi e apparve sopra agli alberi. Toccò terra senza problemi, schizzando acqua e ghiaia sulla pista.

Al-Matari non era un esperto d'aviazione, ma gli avevano detto che quell'aereo era il mezzo giusto per il suo scopo. Aveva organizzato tutto il misterioso saudita, e gli aveva anche spiegato che una compagnia boliviana di voli charter aveva acquistato quell'Antonov An-32 vecchio di trent'anni da un'azienda di trasporti con sede a Lima. Il velivolo era più grande del necessario, ma poteva offrire una notevole autonomia: l'avrebbe portato a destinazione, a più di tremila chilometri di distanza, con un'unica sosta per il rifornimento.

Si voltò per guardare i due uomini alle proprie spalle: scelti fra i suoi luogotenenti più fidati, lo avrebbero accompagnato per la missione negli Stati Uniti. Si chiamavano entrambi Mohammed, ma uno era libico e l'altro algerino, per cui lui li aveva ribattezzati Tripoli e Algeri. Gli avrebbero fatto da guardie del corpo: avevano entrambi decenni d'esperienza, passati ad affinarsi nelle tecniche militari e di guerriglia, quindi rappresentavano una risorsa importante per le sue cellule statunitensi. Erano esperti di esplosivi e avevano documenti falsi realizzati a regola d'arte, più che adeguati a passare i controlli delle autorità americane. Almeno finché non li avessero studiati con troppa attenzione. E se anche fosse accaduto, Algeri e Tripoli erano killer letali.

Dietro ai tre mediorientali, sotto la pioggia, si trovava un semirimorchio chiuso. Conteneva tutto l'equipaggiamento che avrebbero portato negli Stati Uniti, diviso in casse di plastica da venti chili ciascuna. A ogni cellula sarebbe spettata una dozzina di casse, quindi poco meno di duecentocinquanta chili di armamenti. La motrice era stata staccata dal semirimorchio alcuni minuti prima, e agganciata a uno vuoto parcheggiato vicino alla pista. Avrebbe presto lasciato l'aeroporto per tornare verso ovest.

L'An-32, bianco e anonimo, si fermò davanti ai tre uomini e al loro carico. La scaletta fu abbassata – finì dritta dentro una profonda pozzanghera – e il copilota scese i gradini per bloccare subito le ruote. Intanto, il pilota spegneva i motori. I membri dell'equipaggio andarono quindi incontro ai tre uomini sotto la pioggia. Si strinsero la mano, poi il pilota ruppe il silenzio. Aveva un forte accento, e al-Matari ipotizzò fra sé che fosse boliviano.

«Piove parecchio, *señores*.»

Si trovavano in Guyana durante la stagione delle piogge: l'acqua non era certo una sorpresa. Specie per un pilota di aerei da carico sudamericano.

La pista era lunga un chilometro, e a quanto ne sapeva al-Matari era più che sufficiente; gli avevano detto che l'aereo a pieno carico avrebbe avuto bisogno di novecento metri per staccarsi da terra. Eppure, il canuto pilota fissò il semirimorchio con sguardo preoccupato.

«Qual è il peso finale del carico?»

«Milleottocentocinquanta chili.»

L'uomo scosse la testa. «Impossibile decollare con questa pioggia.»

Al-Matari dovette trattenersi per non aggredirlo. «Che vai blaterando? Gli aerei viaggiano di continuo con la pioggia.»

L'uomo scosse di nuovo la testa e indicò alle proprie spalle. «Quella, amico mio, è una pista di ghiaia. *Ghiaia!* Se dovessimo abortire il decollo, con tutto quel peso i freni sarebbero inutili, e non riuscirei a fermare l'aereo sulla spianata. Non c'è abbastanza spazio.»

Al-Matari non voleva sentire ragioni. «Allora ti suggerisco di *non* abortire il decollo.»

Il pilota alzò gli occhi al cielo, ma lui non si scompose.

«Non aspetteremo che smetta» proseguì. «Se non decolliamo subito non sarai pagato.»

«Allora voglio più soldi.» Indicò con il pollice il copilota. «*Vogliamo* più soldi. Cinquemila dollari in più. A testa.»

Al-Matari si era immaginato una mossa simile. Pensò alla possibilità di uccidere i due una volta atterrati negli Stati Uniti, ma avrebbe compromesso la missione. Soffocò la rabbia.

«Vi pagherò cinquemila dollari in più. *In tutto.* Potete dividerli o litigarveli, non m'importa. Adesso, però, carichiamo e decolliamo. Intesi?».

Il capitano lanciò un'occhiata rabbiosa al mediorientale, poi fece cenno di cominciare le operazioni.

I cinque uomini si misero al lavoro per sistemare le sessanta casse sigillate all'interno del vano di carico. Su ogni coperchio spiccava un numero, da uno a cinque, così che al-Matari non dovesse aprirle per capire a quale cellula fossero destinate.

Il copilota mise in sicurezza il carico, mentre i tre clienti – ormai fradici – prendevano i propri bagagli, portando a bordo valigie e grandi zaini.

L'An-32 decollò verso nord sotto la pioggia, e non ci fu alcun bisogno di abortire la manovra. Quando sbucarono sopra le nuvole stavano già lasciando lo spazio aereo della Guyana, diretti verso il Mar dei Caraibi.

*

Musa al-Matari non aveva niente da fare per le successive ore, se non stare seduto e attendere l'inizio della prossima fase dell'operazione. Così, appena l'aereo raggiunse la quota di crociera, andò sul retro a controllare lo stivaggio delle casse. Passò una mano sulla plastica ruvida all'interno della rete di contenimento.

La maggior parte degli attacchi sul suolo americano rivendicati dall'ISIS e perpetrati dai cosiddetti terroristi radicalizzati a distanza, se non tutti, aveva impiegato armi acquistate negli Stati Uniti. Dopotutto le armi leggere non mancavano in quel Paese: si poteva entrare in un negozio e uscirne con una pistola o un fucile appena venti minuti più tardi. Con un migliaio di dollari si poteva comprare una carabina di buona qualità, sebbene il prezzo arrivasse anche a raddoppiare a seconda dei componenti aggiuntivi richiesti: mirino olografico, impugnatura per ridurre il rinculo, torcia tattica da collegare alla canna, munizioni extra... Con cinquecento o ottocento dollari, poi, ci si garantiva la pistola in dotazione alla maggior parte delle forze dell'ordine americane, oltre che a molte delle unità speciali.

Tuttavia, nonostante l'opinione diffusa tra chi di armi non ne sapeva poi molto, tali acquisti richiedevano di compilare pratiche, fornire documenti d'identità e sottomettersi a un controllo – quasi istantaneo, ma comunque efficace – su una banca dati nazionale, che riportava i nominativi delle persone cui era proibito detenere un'arma da fuoco.

C'erano dei modi per risparmiarsi tutte quelle scartoffie, ovvio: era possibile rivolgersi a un privato nel proprio Stato di residenza, ed evitare così il controllo federale imposto ai commercianti. Ma le transazioni tra privati erano comunque soggette a legislazione, e richiedevano contatti con degli emeriti sconosciuti. Chi garantiva che non fossero agenti in borghese? O che, incuriositi dall'acquirente, non decidessero di contattare l'ufficio federale competente – il Bureau of Alcohol, Tobacco, Firearms and Explosives, comunemente chiamato ATF – per chiedere un controllo?

Nessuno dei membri delle nuove cellule era mai stato condannato per reati gravi o dichiarato malato di mente, né – per quanto ne sapeva al-Matari – era sotto indagine da parte delle autorità o delle agenzie d'intelligence americane; ciò nonostante, era troppo rischioso mandare gli allievi della Scuola di Lingue a comprare armi attraverso i canali legali. Ogni volta che uno di loro entrava in un'armeria e chiedeva di vedere un AR-15, un AK-47, un fucile a pompa o anche solo una pistola, spingeva il venditore a effettuare dei controlli. Cosa che al-Matari voleva evitare.

Due terzi dei suoi combattenti sembravano indubbiamente arabi, compresi molti nati negli Stati Uniti, e lo yemenita immaginava che tutti gli americani fossero sospettosi nei confronti della sua gente. Avrebbero messo l'FBI alle costole di chiunque di loro avesse acquistato una pistola.

Inoltre, negli Stati Uniti comprare armi automatiche era quasi impossibile: c'erano controlli aggiuntivi, ulteriori pratiche da sbrigare e tempi d'attesa pressoché eterni. E lo stesso valeva per i fucili a canna corta, molto più facili da nascondere rispetto a modelli come l'AR-15 e l'AK-47.

Così, al-Matari e i suoi due luogotenenti avevano deciso di far entrare le armi dall'estero, e distribuirle ai ventisette membri delle cellule direttamente su suolo americano.

Dell'acquisto si era occupato il saudita, e al-Matari doveva ammettere che aveva fatto un lavoro encomiabile. In un primo tempo l'uomo misterioso aveva pensato di procurarsi le armi dai cartelli messicani della droga, ma poi si era presentata un'opzione migliore, più semplice. Gli aveva spiegato di essere riuscito a organizzare una spedizione di forniture militari dal Venezuela: il materiale avrebbe passato il confine e sarebbe arrivato in un vicino aeroporto della Guyana. Sarebbero bastate alcune migliaia di dollari per convincere gli addetti a chiudere la struttura per la notte, e il responsabile della sicurezza a dimenticarsi il cancello aperto.

Il Venezuela non stava passando un bel momento: cibo e democrazia scarseggiavano, mentre abbondavano crimini e armi. Il paese era il diciottesimo acquirente mondiale di armamenti, e negli ultimi anni i controlli dell'esercito si erano fatti meno serrati. Un colonnello delle forze armate, che aveva perso tutto nel disastroso contesto economico della nazione e aveva un disperato bisogno di denaro, aveva accettato di vendere qualsiasi arma leggera o esplosivo richiesto dal saudita. Dopo un primo contatto via e-mail, i soldi erano stati trasferiti su un conto off-shore di cui gli avevano fornito il numero, assicurandogli che ne sarebbero arrivati altri alla consegna.

Come pattuito, il semirimorchio carico di forniture militari era arrivato a destinazione. Al-Matari e i suoi due uomini avevano controllato e diviso in un magazzino accanto all'aeroporto nella Guyana.

Adesso, mentre percorreva la stiva dell'An-32, lo yemenita poteva indovinare il contenuto di ogni cassa semplicemente guardandola. C'erano venticinque mitragliatrici Uzi da 9 mm e venticinque fucili AK-103. Quel modello di Avtomat Kalashnikova sparava proiettili molto più potenti dell'Uzi, ma era anche lungo il doppio, quindi era difficile da nascondere. I Kaibiles avevano portato armi simili alla Scuola di Lingue, per cui tutte le nuove reclute erano in grado di usarli.

A ogni cellula era poi destinata una cassa di bombe a mano, insieme a una fornitura di C-4, detonatori di tipo militare e altro materiale per l'assemblaggio di esplosivi. Il saudita aveva comprato anche quattro AT4, lanciarazzi anticarro di fabbricazione americana, e otto RPG-7 con trentasei razzi. Si era persino procurato quattro man-portable air-defense systems, o MANPADS: sistemi missilistici antiaerei portatili, da manovrare caricandoseli su una spalla. Erano degli Igla-S di fabbricazione russa, in grado di abbattere un jumbo.

Purtroppo per al-Matari e i suoi studenti, gli istruttori guatemaltechi non ne avevano mai usato uno, né avevano armi simili con cui fare pratica. I combattenti dello Stato Islamico avevano però trovato un alleato in YouTube: sulla piattaforma c'erano video che insegnavano a preparare l'arma, mirare e sparare nel modo appropriato. Non era come ricevere un vero addestramento, ma quei tutorial si sarebbero comunque rivelati un aiuto prezioso per chi li impiegava per la prima volta.

In ogni caso, al-Matari aveva deciso di non distribuire i MANPADS tra le cellule: li avrebbe conservati lui, per sfoderarli nel momento opportuno. E ad adoperarli sarebbero stati Tripoli e Algeri, o persino lui stesso.

A bordo dell'aereo c'era anche una Glock 17 per ogni studente di lingue. Si trattava dell'arma principale in dotazione all'esercito venezuelano: un po' ingombrante per essere una pistola, ma la si nascondeva comunque bene ed era in grado di sparare diciotto proiettili calibro 9 – considerando il colpo in canna – prima di dover ricaricare. Il che per al-Matari significa una cosa sola: una cellula di cinque uomini che avesse aperto il fuoco all'unisono sul proprio bersaglio poteva scaricargli addosso novanta proiettili in dieci secondi o poco più. Una pioggia di piombo pronta a investire una guardiola, un tavolo pieno di piloti della marina, un palco dal quale un ufficiale dell'intelligence teneva un discorso... Novanta proiettili! I suoi combattenti non dovevano essere precisi come cecchini: bastavano coraggio e determinazione.

Le Glock e gli Uzi sarebbero state le armi principali per gli assalti a poca distanza, mentre avrebbero sfruttato i fucili per bersagli più lontani. Esplosivi, razzi e missili avrebbero sistemato i veicoli o altri obiettivi massicci.

Le casse contenevano anche trenta giubbotti antiproiettile. Si trattava di modelli piuttosto basilari: potevano fermare i colpi di una pistola, ma si sarebbero rivelati inutili contro un qualsiasi fucile. Infine, avevano caricato nella stiva altri trenta giubbotti, di un tipo diverso. Questi non venivano dal Venezuela: erano arrivati in aereo direttamente nella Guyana. Si trattava di giubbotti esplosivi, dotati di detonatore a distanza e di innesco a pressione collegato a un cavo, che si poteva facilmente infilare nella manica per tenere in mano. I suoi uomini e le sue donne li avrebbero infilati sotto alle protezioni in kevlar. Al-Matari era deciso a fare il possibile per proteggere le loro vite, almeno finché non si fosse reso necessario sacrificarli per raggiungere il proprio obiettivo.

Lo yemenita aveva fatto in modo che l'intero equipaggiamento di ogni cellula entrasse in un unico furgone, o in un grosso SUV, lasciando comunque lo spazio per l'autista e un passeggero. Ovviamente le squadre non si sarebbero mosse portando ogni volta tutta l'attrezzatura con sé, ma voleva ridurre al minimo il rischio che venissero scoperte: riempire di armi diversi veicoli aumentava le possibilità che uno fosse fermato per un controllo.

Terminato di ispezionare la stiva, Abu Musa al-Matari tornò al suo posto e guardò Algeri e Tripoli. Erano carichi di eccitazione, sebbene consapevoli che da quel viaggio non sarebbero tornati. Il loro destino era restare in America fino al momento del sacrificio. Pregavano solo che il martirio arrivasse quando avevano ormai sparato l'ultimo proiettile e lanciato l'ultima bomba o l'ultimo missile caricato sull'aereo.

17

Mentre un aereo si avvicinava agli Stati Uniti da sud, un altro attraversava il Paese e atterrava nell'aeroporto di Van Nuys, vicino a Los Angeles, per una rapida sosta di rifornimento. Trenta minuti più tardi era di nuovo in volo, pronto ad affrontare la tappa più lunga del viaggio. Durante la prima tratta gli uomini del Campus si erano dati da fare, e avrebbero lavorato ancora prima di arrivare a destinazione; decisero però che tra la California e Seul avrebbero tentato di dormire. Giunti in Corea del Sud si concessero di scendere dall'aereo e sgranchirsi le gambe, equipaggio compreso. In ogni caso non si sarebbero fermati lì più di cinquanta minuti – niente controlli doganali, giusto il tempo di riempire i serbatoi – quindi non si allontanarono granché dal velivolo. Corsero un po' sul posto, ma più che altro vagarono in tondo stanchi e annoiati, proprio come sull'aereo.

Tornati in quota, i tre operativi usarono l'ultima parte del viaggio per ideare un piano d'azione. Durante il volo avevano ricevuto diverse informazioni dalla CIA e dall'FBI, soprattutto in merito al luogo dello scambio. Dettagli essenziali, visto che sarebbero arrivati poco prima delle cinque del mattino e avrebbero trovato un'auto a noleggio già pronta, con cui raggiungere l'albergo. Lì avrebbero effettuato un ultimo controllo sui dispositivi di comunicazione e sul resto dell'attrezzatura, e alle nove si sarebbero presentati all'appuntamento tra gli agenti nordcoreani e lo sconosciuto funzionario del dipartimento di Stato.

Atterrarono a Giacarta in orario e passarono i controlli doganali offrendo i propri bagagli per ispezioni accurate. Dopodiché Helen e Country diressero con tutta calma verso un hangar: sapevano che i tre agenti erano impegnati ad aprire scompartimenti nascosti nella cucina di bordo e tirare fuori le Smith & Wesson M&P Shield 9 mm, le fondine da cintura, i caricatori extra, gli auricolari di ultima generazione, l'attrezzatura medica d'emergenza e il resto dell'attrezzatura necessaria per la missione.

Recuperato il materiale, Domingo, Dominic e Jack presero i bagagli a mano e salirono in fretta sull'auto a noleggio, mentre i loro due piloti si dirigevano all'ufficio del centro di servizi aeroportuali per riempire alcuni moduli. Poi avrebbero rifornito l'aereo per il volo di ritorno e si sarebbero sistemati su una poltrona o sul divano della cabina passeggeri; speravano di poter dormire un po', ma si sarebbero comunque tenuti pronti a partire in fretta.

In realtà non si aspettavano di dover decollare prima di cinque ore almeno, ma sapevano che in caso l'avrebbero scoperto solo all'ultimo. La squadra avrebbe chiamato mentre già si dirigeva all'aeroporto, e loro avrebbero dovuto sbrigarsi a preparare l'aereo e sistemare le pratiche doganali. Concedersi ora un po' di sonno non avrebbe fatto male.

Alle sei del mattino i tre americani entrarono in un minimarket aperto ventiquattr'ore su ventiquattro e riempirono un cestello di acquisti. Comprarono acqua, snack e prodotti vari; Domingo afferrò anche una confezione da cinquanta di mascherine chirurgiche, indossate da molti in città per proteggersi dallo smog e dalle malattie contagiose.

Tornati in auto, Ding passò una manciata di mascherine agli altri due.

«Rimaniamo qui per una settimana?» chiese Dominic, scherzando.

«Tu comincia a sudare, correre e ansimare, e vedrai come si infradiciano queste cose. Ti si sciolgono sulla faccia in un attimo.»

«Giusto» concordò Dom. «Magari dovrei indossarne due alla volta...»

«Non se vuoi respirare senza problemi.»

«L'incontro si terrà in un'area pedonale: niente auto, solo bici e motorini. Vogliamo procurarci uno scooter, in caso possa servire?» chiese Jack.

Chavez girò la chiave e s'immise di nuovo in strada, dirigendosi verso il centro della città. L'albergo in cui avevano prenotato una camera era a pochi isolati dal luogo scelto dai nordcoreani. «Secondo me dovremmo prendere *due* motorini. E tenere quest'auto. Così avremo più opzioni. Come dicevamo in aereo, saremo costretti a improvvisare: più margine ci lasciamo, meglio è.»

Arrivarono in albergo alle sette e chiesero subito al receptionist di noleggiare due motorini. L'uomo confermò che li avrebbero trovati accanto all'auto. Poi salirono in camera, dove controllarono l'equipaggiamento e si cambiarono. L'abbigliamento scelto era sportivo, pensato per mimetizzarsi tra i tanti turisti appassionati di jogging della città.

La talpa avrebbe incontrato i nordcoreani in piazza Merdeka, nel centro di Giacarta, ai piedi del Monumento Nazionale: una specie di obelisco bianco alto circa centoquaranta metri, costruito per commemorare l'indipendenza dell'Indonesia. L'albergo era poco più a ovest, per cui avevano ancora alcuni minuti per rinfrescarsi, mangiare una barretta proteica e sistemare i binocoli sotto le magliette.

Mentre si preparavano ripassarono il piano, riesaminando la cartina dell'area e cercando di scacciare gli effetti del jet lag, per concentrarsi sulla missione.

Gli agenti del Campus raggiunsero la piazza alle otto, da angoli diversi. Chavez aveva parcheggiato l'auto a nordovest, Dom aveva lasciato il motorino a sudest, mentre Jack si era introdotto con lo scooter direttamente nell'area pedonale, protetto dal casco.

L'enorme area conteneva ampi prati, fontane, statue e larghe strade in pavé piene di motorini. Al centro esatto spiccava la torre, posta su un rialzo erboso e circondata da gradini in pietra larghi oltre quaranta metri. Un flusso costante di pedoni attraversava la piazza già alle otto del mattino, tra turisti a passeggio e impiegati diretti al lavoro.

La scelta dei nordcoreani di effettuare lì lo scambio aveva senso, visto che l'ambasciata americana si trovava all'angolo sudest dell'immenso spiazzo. Al contempo, però, alcuni elementi avrebbero suggerito una maggior cautela per una transazione clandestina: anche il ministero degli Interni indonesiano e il quartier generale dell'esercito si trovavano al confine dell'area.

«Accidenti, è enorme» sussurrò Jack.

«Dom» chiamò Chavez «immagino che noi due faremo i corridori, così da coprire un'area più ampia.»

L'altro emise un lamento. «Dobbiamo sgambettare su e giù per un'ora prima di affrontare i nordcoreani?»

«Se identifichiamo la talpa in tempo, forse potremmo evitarlo» rispose Chavez. «Corri per qualche minuto, fermati a guardarti intorno e poi riprendi. Per il momento ci muoveremo separatamente, ma teniamo aperta la comunicazione. Restate in contatto.»

Jack percorreva la strada in pavé che attraversava la piazza recintata. «Cugino, dimmelo se ti stiri la gamba, che ti vado a prendere un po' di pomata.»

«Baciami il culo» bofonchiò Dom.

Mentre i tre operativi si muovevano in aree diverse dello slargo, convergendo sul Monumento Nazionale e i gradini sottostanti, si confrontarono sul perché, nel terzo millennio, lo scambio di materiale riservato dovesse svolgersi in pubblico e di persona. In genere, ormai, transazioni simili avvenivano via Internet. Sembrava quasi di essere in un thriller spionistico degli anni Ottanta.

Dominic fu il primo a proporre un'ipotesi plausibile. «Sapete cosa? Se quell'idiota mandasse i documenti per posta elettronica, entrerebbe in gioco il fattore negabilità: potrebbe dire di non averlo fatto, sostenere che gli abbiano rubato la password, che abbiano cercato d'incastrarlo. È difficile cogliere qualcuno in fragrante mentre si clicca sul tasto INVIA.»

Chavez proseguì il ragionamento. «Invece i nordcoreani vogliono le prove dello scambio.»

«Esatto» concordò Jack. «A loro servono delle foto, per poterlo manipolare. Le useranno contro di lui per avere altre informazioni.»

«D'accordo, ragazzi» disse Chavez subito dopo. «Procediamo basandoci su questa ipotesi e proviamo a individuare il fotografo incaricato di documentare l'evento di oggi. Stiamo cercando una posizione isolata, ad almeno duecento metri di distanza dall'obelisco; un punto da cui sia possibile usare un teleobiettivo per immortalare la transazione. Vista l'area non sarà facile, ma è importante quanto identificare gli altri nordcoreani coinvolti. Non vogliamo che ottengano scatti glamour di noi tre, anche se abbiamo le mascherine addosso.»

Dominic e Jack cominciarono subito a guardarsi intorno.

«Ehi, Ding» chiamò Jack via radio. «Hai letto le informazioni su questo posto? È cinque volte più grande di piazza Tienanmen!»

«Sì, le ho lette» rispose Chavez. «E ho ancora gli occhi, se è per questo. Lo spiazzo è troppo grande perché noi tre possiamo coprirlo da soli.»

«Vorrei che Gavin fosse qui con un drone» disse Dom.

«Possiamo farcela» li incitò Chavez. «Andiamo per esclusione. Lo scambio dovrebbe avvenire sui gradini del lato nord. Il fotografo potrebbe immortalare l'idiota del dipartimento di Stato da quasi tutte le angolazioni, ma probabilmente rimarrà su quel versante della piazza. Quindi l'area è già dimezzata. Probabilmente non si sistemerà tra gli alberi, che limiterebbero la visuale, e metà di questo posto è coperto di alberi, per cui riduciamo ancora l'area di ricerca.»

«C'è una terrazza panoramica in cima al monumento» suggerì Jack.

«Sì, ma non è un buon punto per immortalare lo scambio» commentò Chavez, «e sarebbe difficile esfiltrare in fretta. Non piazzerei il mio uomo lassù, quindi dubito che i nordcoreani l'abbiano fatto.»

Ora si aggiravano tutti e tre sul lato nord della piazza.

Dopo qualche minuto Jack disse: «Non sappiamo in quale punto dei gradini s'incontreranno, e la base del monumento è molto grande. Però, se ci pensate, l'ambasciata americana è a sudest: i nordcoreani avranno scelto un punto a nordovest, per evitare di essere ripresi da eventuali videocamere a lungo raggio poste sul tetto dell'edificio. In fondo non possono escludere che il tizio abbia rivelato tutto ai suoi superiori, e che questi abbiano approntato un sistema di sorveglianza in grado di inquadrare oltre gli alberi».

«Giusto» concordò Chavez. «E con tutta probabilità vorranno mettere il monumento anche fra l'ambasciata e il fotografo. Visto che sei in motorino, perché non vai a nordovest a controllare se la tua teoria regge?»

Ryan imboccò il rettilineo che, su quel lato, portava fuori dalla piazza recintata. Era a due terzi del percorso quando alla propria destra, oltre la linea di alberi curati che costeggiava la strada, vide due uomini. Potevano sembrare nordcoreani e di fronte a loro spiccava un treppiedi con una fotocamera munita di teleobiettivo. Almeno 500 mm. Al momento era puntato verso sud, non in direzione del monumento, ma la posizione di uomini e macchina lasciava perplessi: erano troppo arretrati, circondati dalle piante e disposti in modo che non sembrava aver senso.

«Credo di aver trovato la nostra troupe» annunciò Jack. «Due soggetti, maschi. A trecento metri dal monumento, forse qualcosa di più. Hanno un teleobiettivo in grado di inquadrare alla perfezione lo scambio, se solo si spostassero sulla strada.»

«Ottimo» disse Chavez. «Ricordate: non siamo qui per i nordcoreani. Vogliamo identificare il diplomatico, prenderlo prima che incontri gli agenti e fare quanto possibile per portarlo via di qui.»

Nel frattempo Dom si era avvicinato ai gradini del monumento, ad appena cinquanta metri dall'angolo a nordovest dove ipotizzavano sarebbe avvenuto lo scambio. «Dalla mia posizione posso piombare sul bersaglio fino all'ultimo, ma se si avvicina così tanto è tutto in mano ai nordcoreani: saranno loro a decidere se alzare o no un polverone.»

Chavez passò di corsa di fianco a una fontana, un centinaio di metri a ovest del monumento. Rallentò fino a fermarsi e si mise a sedere su una panchina, sporgendosi in avanti come a riprendere fiato. In realtà ne approfittò per tirar fuori il binocolo da sotto la maglietta e portarlo agli occhi nascondendolo fra le mani. «Vedo un gruppo di sei – ripeto: sei – uomini che si avvicina alla fontana. Potrebbero essere nordcoreani, difficile da dire. Indossano abiti civili, tutti diversi uno dall'altro, ma ognuno ha uno zaino o una valigetta.» Dopo qualche secondo aggiunse: «Sono entrati nel parco insieme, ma ora si stanno dividendo. Tre coppie».

«Cos'è, sono idioti a presentarsi tutti insieme?» chiese Ryan.

Fu Dom a rispondere. «Mi fa pensare che ce ne siano altri in giro per la piazza, a sorvegliare lo scambio. Direi che per ora non ci hanno individuati, visto che hanno dato l'okay al gruppetto finale.»

Chavez era d'accordo. «Mancano ancora venticinque minuti. Contando questi sei, i due di Jack e i tizi che hanno dato il via libera e non abbiamo individuato, arriviamo a... *un sacco* di nemici.»

«Vogliamo pensare a qualcosa di folle per impedire lo scambio?» propose Jack. «Perderemmo la possibilità di acciuffare l'americano, ma almeno eviteremmo la consegna di informazioni riservate. Uno di noi potrebbe fermare un poliziotto e far scattare un allarme bomba.»

Dom attivò subito la comunicazione. «No!»

Chavez ci pensò un attimo. «Per adesso aspettiamo. Cerchiamo almeno d'identificare l'americano. Se riusciamo ad acciuffarlo prima dello scambio, bene, ma se ci sembra che stia per arrivare dai nordcoreani uno di noi estrae la pistola e svuota il caricatore sparando a terra. Direi che questo dovrebbe rovinargli la festa.»

Avevano visto un paio di poliziotti pattugliare la piazza in moto, ma considerando le dimensioni dell'area Chavez pensava di poter evitare uno scontro.

O almeno ci sperava.

«Basso profilo, ma occhi ben aperti» ordinò. «Dobbiamo solo prendere il nostro uomo prima che si avvicini ai nordcoreani, e andarcene prima di coinvolgere gli indonesiani.»

18

Dominic Caruso aveva corso per un paio di chilometri negli ultimi venti minuti. Niente di cui vantarsi, ma voleva essere fresco nel caso la situazione si fosse fatta movimentata all'ora X. Si concedeva lunghi tratti al passo, pause per allacciarsi le scarpe e fare stretching, e nel frattempo cercava di orientarsi nella piazza. In più era già alla seconda mascherina di carta: la prima si era strappata per via del sudore e del respiro pesante.

Fece qualche allungamento sugli scalini occidentali della torre, e parlò a bassa voce dopo aver controllato l'orologio. «Le nove in punto, ragazzi. Niente dalla mia parte.»

Jack era a nordovest; continuava a girare con il motorino per quelle strade sempre più trafficate, piene di veicoli a due ruote e pedoni. «Vedo alcuni dei nordcoreani. I fotografi sono ancora tra gli alberi, quindi credo che nemmeno loro abbiano individuato l'obiettivo.»

Anche Chavez si trovava sul lato a nordovest, dalla parte opposta della piazza rispetto all'ambasciata americana. A un certo punto scorse un uomo alto che camminava da solo in direzione del Monumento Nazionale, circa cinquanta metri davanti a lui, sul marciapiede. Indossava un trench nero e aveva in spalla uno zaino dello stesso colore. «Ho un possibile candidato. Nordovest, ancora duecento metri dal monumento. Cammina verso sud lungo la strada, nella parte più interna.»

PIAZZA MERDEKA, GIACARTA
N
MONUMENTO
NAZIONALE
STAZIONE
FERROVIARIA
DI GAMBIR
AMBASCIATA
USA
© 2016 Jeffrey L. Ward

Dom si era spostato a sud del monumento, per cui non poteva vederlo, ma Jack fece un'inversione a U e lo avvicinò da nordest, il binocolo agli occhi. Vide l'uomo alto camminare con le mani in tasca, le spalle curve in avanti e la testa bassa. Si guardava attorno, e per un attimo camminò persino all'indietro.

«Già...» confermò Jack. «Potrebbe proprio essere lui.»

«Voglio sbilanciarmi: scommetto che è alla prima esperienza da spia» commentò Chavez sarcastico.

«C'è sempre una prima volta» disse Dom.

Chavez uscì dagli alberi e cominciò a seguire l'obiettivo, limitando la velocità della corsa per non superarlo prima di aver raggiunto il monumento.

«D'accordo» annunciò, «abbiamo il nostro uomo. Ora controlliamo le forze nemiche. Quanti ne vedete?»

Fra tutti e tre contarono dieci possibili agenti nordcoreani.

«Dannazione» esclamò Chavez quando il numero fu confermato dagli altri. Doveva pensare, e in fretta. Se Clark fosse stato con loro avrebbe delegato la decisione al responsabile operativo, ma adesso c'era lui al comando, e solo a lui spettava la scelta. Scrutò i nordcoreani che riusciva a vedere: andavano presi sul serio. E il fatto che fossero coinvolti almeno dieci agenti significava che ritenevano lo scambio molto importante. Sapeva che si sarebbero messi di mezzo, se si fosse limitato ad affiancare il diplomatico per scortarlo alla macchina. Forse avrebbero estratto le armi.

Voleva quel traditore e le informazioni riservate che aveva con sé, ma voleva anche che la sua squadra ne uscisse viva.

A quanto pareva, la portata dell'operazione si era allargata davanti ai suoi occhi.

«Jack, ecco come ce la giocheremo. Corri alla macchina. È alle mie spalle. Passami a fianco, così ti lancio le chiavi. Vedi di muovere il culo e tornare a razzo per portarci fuori di qui.»

Ryan accelerò al massimo per raggiungere Ding. Sarebbe passato accanto alla torre, alla sua sinistra, con i nordcoreani tutt'intorno e il diplomatico che camminava in direzione sud alla sua destra. Mentre ubbidiva agli ordini, però, disse: «Lo sai che non si può entrare con la macchina, vero? I poliziotti drizzeranno le antenne se sfondo la recinzione di legno per tornare qui».

«Sì, lo so» confermò Ding. «Preparati a un po' di merda alla Fast and Furious. Non sarà piacevole.»

«E non passerà nemmeno inosservato» borbottò Dom.

«Fra cinque minuti, il pensiero principale dei presenti non sarà l'auto nella zona pedonale. Fidatevi» disse Chavez.

Jack superò l'obiettivo, che a quel punto aveva gli occhi incollati sull'angolo nordovest dei gradini. Teneva la schiena dritta, adesso, e fissava la propria meta. Mancavano ancora centocinquanta metri.

Cinque secondi dopo, Jack passò accanto a Chavez. Il compagno – pantaloni della tuta neri e felpa con cappuccio dello stesso colore – correva a passo lento. Ryan allungò una mano e Chavez gli lanciò le chiavi dell'auto, che prese al volo proseguendo verso l'uscita a nordovest.

Ding si stava lentamente avvicinando all'obiettivo. Era ad appena una trentina di metri, ormai, ma aveva ancora tutto il tempo per fare ciò che aveva in mente: estrarre la pistola, afferrare il diplomatico e allontanarlo dal monumento, dove lo stavano aspettando i nordcoreani. Quello era il piano. Ma prima di metterlo in atto chiamò i rinforzi.

«Dom, tra un minuto afferrerò l'obiettivo. Voglio dare a Ryan il tempo di raggiungere la macchina. Quando passerò all'azione sarò sul lato esterno della larga strada a nord del monumento, in campo aperto. I nordcoreani avranno la visuale libera, e non gradiranno affatto la nostra intrusione.»

«Ricevuto» disse Dom. «Sono dall'altra parte, sul lato sud.

Riesco a vedere i cattivi. Non credo mi abbiano individuato, quindi se mettono mano alle armi dovrei avere la meglio.» Poi aggiunse: «Però preferirei non lo facessero, perché ne vedo *parecchi*».

«Non estrarre la pistola, continua solo a riferirmi cosa fanno.»

«Ricevuto.»

«Quando prenderò il nostro uomo correrò verso gli alberi a nord» annunciò Ding. «Dovrebbero offrirmi una discreta copertura. E cercherò di avvicinarmi a Ryan, per quando arriverà con la macchina. Potrebbe diventare un inseguimento a piedi.»

Dom emise un altro lamento. «Perché stamattina bisogna correre a tutti i costi?»

Jack Ryan Junior sfrecciò con il motorino tra le barriere in legno e plastica rossa che impedivano alle auto di entrare nella piazza, diretto al punto in cui Ding aveva posteggiato l'auto a nolo. Sentiva le comunicazioni tra Chavez e Dom, quindi sapeva che il diplomatico sarebbe stato intercettato entro un minuto; nel frattempo, però, notò un Mitsubishi Pajero nero fermo in divieto di sosta accanto all'ingresso della piazza. Il veicolo era vuoto, tranne che per l'autista. Un asiatico con gli occhiali da sole.

Nessun altro mezzo era fermo in quell'area, e a Ryan l'uomo sembrava nordcoreano. Forse aveva appena lasciato i sei agenti all'ingresso, e li stava aspettando per caricarli a bordo dopo lo scambio.

«Ding, e se riuscissi a procurarmi un veicolo che la polizia locale non potrebbe ricondurre a noi, o all'autonoleggio che abbiamo usato?» chiese.

«Noleggiamo le auto tramite società fantasma, lo sai. Entro in silenzio radio: tra trenta secondi afferro lo stronzo.»

«Sì, ma se potessi sottrarre un veicolo ai nordcoreani?» chiese ancora Ryan.

Ding, però, era serio quando aveva annunciato il silenzio radio, e non rispose. Era sempre più vicino all'americano, e non poteva farsi sentire a parlare: doveva sembrare un semplice turista intento a fare attività fisica.

Fu Dom a rivolgersi a Jack. «La decisione sta a te, cugino. Da un lato potresti sbagliarti, dall'altro rischi di ritrovarti da solo in uno scontro...»

Jack aveva già preso una decisione. L'uomo al volante del minivan si era portato una ricetrasmittente alla bocca, fugando ogni dubbio riguardo la sua identità. L'americano fece inversione nel traffico della mattina, parcheggiò dietro il veicolo e scese dal motorino.

Alla sua sinistra scorreva un fiume di mezzi a due ruote, e vide passare anche un pick-up verde con la scritta POLISI sulla fiancata. La polizia superò l'ingresso del parco.

Una volta entrato in azione, Jack sarebbe stato esposto e visibile, quindi si disse che era meglio sbrigarla in fretta.

Domingo Chavez decise di non prendere la pistola. L'uomo davanti a lui teneva le mani fuori dalle tasche del trench, e le faceva oscillare a ritmo dei passi: sapeva di poterlo fermare, se anche avesse tentato di estrarre un'eventuale arma. Accelerò la corsa e lo raggiunse. Erano a sessanta metri dal Monumento Nazionale e dai nordcoreani, divisi a coppie e sparsi fra i turisti. Afferrò con forza le spalle dell'uomo che stava camminando, e gli parlò in un tono che non ammetteva repliche.

L'uomo sobbalzò per la sorpresa.

«Di' una parola e sei morto.»

Poi lo fece girare l'uomo e lo guidò svelto giù dal marciapiede, verso gli alberi che circondavano la piazza. L'altro restò muto, sembrava nel panico più totale. Ding si rivolse agli altri due agenti del Campus. «Cosa stanno facendo?»

Fu Caruso a rispondere. «Merda, Ding: vengono verso di te. Camminano. Aspetta, no... Rettifico: stanno correndo.»

«Quanti?»

«Tutti. Otto uomini.»

«Merda!» disse Ding. Afferrò l'uomo alla vita e lo spinse verso il fitto boschetto.

Caruso correva sulla strada che costeggiava il Monumento Nazionale, cinquanta metri dietro ai nemici. I nordcoreani si stavano giusto tuffando tra gli alberi. Chavez aveva un vantaggio di trenta secondi, ma Dom sapeva di doversi avvicinare nel caso la situazione fosse degenerata.

Decise di continuare a correre verso la strada a nordovest, che tagliava il boschetto sulla sinistra: così poteva muoversi più in fretta, superare i nordcoreani e trovarsi in una posizione migliore per aiutare Chavez, quando fosse uscito da lì per entrare nel veicolo che Jack si stava procurando. Almeno in teoria.

Accelerò al massimo, mettendo nelle braccia e nelle gambe tutta la forza che aveva. Vide un'auto della polizia posteggiata dall'altra parte della strada, girata nel senso opposto. Al momento, però, una volante indonesiana ferma sul posto era l'ultimo dei suoi pensieri. Continuò a correre.

Chavez aveva trascinato l'uomo con il trench almeno cento metri all'interno del boschetto, ma non era stato semplice. Il traditore si era reso conto di essere stato scoperto, e aveva cercato di divincolarsi più di una volta. Sapendo di avere i nemici alle calcagna, gli urlò contro.

«Andiamo, corri!»

Quello cercò di nuovo di liberarsi. «No!»

Chavez impugnò la Smith & Wesson nella destra, tenendo l'uomo con la sinistra. Senza rallentare specificò: «Non te lo sto chiedendo».

Il diplomatico sembrava terrorizzato, ma ripeté: «No! *Non posso!* Devo...».

«Puoi, invece. E lo farai!» Chavez premette la pistola contro il suo fianco e accelerò ancora di più. «Quanto manca per l'auto?»

«Cosa?» domandò la talpa.

«Non parlavo con te, coglione. Continua a correre!»

Il funzionario sentì le urla fra gli alberi alle sue spalle, più vicine man a mano che i nordcoreani avanzavano.

Sorprendendo Chavez, li chiamò a gran voce: «Sono qui! Aiutatemi!».

Senza smettere di correre, Ding gli rifilò un pugno sul naso e mise fine alle urla.

«Se ci provi di nuovo ti sparo a un ginocchio e ti porto di peso.»

Jack si incamminò, rapido e silenzioso, verso il lato del guidatore del Mitsubishi Pajero. Sapeva che sarebbe stato visibile dallo specchietto retrovisore, oltre che dai passanti per strada, e avrebbe preferito avvicinarsi dal lato del passeggero. Ma il finestrino del guidatore era in parte abbassato, e Jack aveva bisogno di poter raggiungere l'uomo alla guida per portare a termine il suo piano.

Lo sorprese mentre aveva appena abbassato la ricetrasmittente.

«Scusi, mi sa dire la strada per San José?»

L'asiatico allungò svelto il braccio verso il sedile del passeggero, sul quale Jack vide una pistola semiautomatica nera. Adesso era sicuro di aver identificato un veicolo dei nordcoreani. Quindi premette la sua pistola contro la tempia sinistra dell'uomo.

«Non so se conosci la mia lingua, ma scommetto che te ne intendi di balistica terminale: prendi quell'arma e dipingerò il cruscotto con le tue cervella.»

L'uomo riportò la mano sulle sue gambe.

Jack lo fece scendere dal minivan, guardò in fretta a destra e a sinistra, per assicurarsi che nessun poliziotto lo avesse visto, e salì sul veicolo. Lasciò l'agente nordcoreano sul ciglio della strada, mise in moto e partì in quarta. Girando a destra, sfondò la recinzione di legno e plastica.

«Attenti!» avvisò i compagni via radio. «Il minivan nero che sta entrando nella piazza e dirige su di voi è il nostro! Non sparate!»

Ding Chavez sentiva i nordcoreani avvicinarsi alle proprie spalle; ormai distavano meno di venticinque metri. La vegetazione era fitta ma non impenetrabile, ed era ovvio che i nemici stessero guadagnando terreno mentre lui cercava di costringere il diplomatico ribelle ad andare avanti.

Dopo il messaggio di Jack, Ding disse che avrebbe svoltato a sinistra, verso la strada: si sarebbero ricongiunti più o meno a metà fra il Monumento Nazionale e l'uscita a nordovest di piazza Merdeka. Poi fece girare il prigioniero in quella direzione e lo spinse avanti.

«*Devi* ascoltarmi!» disse quello. «Non posso...»

Un colpo di pistola esplose alle loro spalle, e il proiettile spezzò un ramo un metro e mezzo sopra le loro teste.

«Merda!» gridò Chavez.

Sentì la voce ansimante di Caruso nell'auricolare. «Occhio: hanno aperto il fuoco!»

«Ma non mi dire» rispose Ding. «Uno dei nordcoreani, a ore sei. Ha sparato alto.»

Un altro colpo. Ding sentì il proiettile sibilargli ancora più vicino. Gli occhi del prigioniero mostravano quanto fosse sconvolto.

Jack Ryan si mise in comunicazione. «Io ci sono! Vi sto cercando.»

«Sono ancora fra gli alberi» disse Ding. «Non so quanto ci metteremo a...»

Proprio in quel momento lui e il prigioniero uscirono dal boschetto. Il minivan nero era a una trentina di metri.

«Eccovi!» gridò Jack. Schiacciò il freno, spostò la leva del cambio automatico su parcheggio e uscì dal veicolo per aprire lo sportello laterale.

Due proiettili sibilarono vicino a Chavez e al diplomatico, e un terzo si conficcò nel polpaccio sinistro di quest'ultimo, che inciampò e cadde sull'erba.

Chavez si voltò, si mise in ginocchio e sollevò l'arma, mentre urlava alla radio: «Dom, distraili!»

Caruso stava correndo sul marciapiede, cinquanta metri a sudest rispetto al minivan. Vide Chavez sollevare la pistola in direzione degli alberi e il prigioniero che rotolare nell'erba.

S'inginocchiò a sua volta, sollevò la Smith & Wesson e mirò al limitare del boschetto. Era troppo lontano per sperare di centrare qualcuno con una pistola compatta, soprattutto considerando che aveva corso a tutta velocità per più di un minuto e il cuore gli batteva all'impazzata, facendo oscillare la mira al ritmo delle pulsazioni. Ma il suo compito era solo distrarre il nemico, dargli qualcos'altro di cui preoccuparsi. Non doveva certo vincere una gara di precisione.

Appena scorse un movimento – un uomo in maglietta e pantaloncini, pistola in mano – sparò. Alla sua sinistra vide Ding fare lo stesso.

*

Mentre Chavez bersagliava gli uomini nascosti fra gli alberi, Jack si caricò l'uomo ferito sulle spalle e lo trascinò in fretta al minivan, facendo del proprio meglio per non pensare alla sparatoria in corso. Lanciò letteralmente il funzionario oltre lo sportello posteriore del Pajero, aperto, poi estrasse a sua volta la pistola e si mise in posizione di tiro.

«Ding, ti copro! Muoviti!»

Esplose tre colpi in direzione del lampo di uno sparo balenato tra le piante, e proprio in quel momento realizzò che la talpa non aveva più lo zaino con sé.

«Ding, lo zaino!»

Alla sua destra, Domingo corse verso il minivan e, senza rallentare, abbassò il braccio a raccogliere da terra la sacca. Saltò nel retro insieme all'americano ferito, mentre Jack svuotava il caricatore su bersagli ancora invisibili. Non era sicuro di aver colpito qualcuno, ma adesso doveva pensare solo a guidare.

Si mise al volante e individuò il cugino, accovacciato sul marciapiede cinquanta metri più avanti; aveva appena ricaricato e stava continuando a sparare sui nordcoreani. «Sono da te fra dieci secondi!» annunciò, poi partì a tutto gas per andare a prenderlo.

Sentì i proiettili bucare la carrozzeria del Pajero mentre accelerava, e il vetro del lunotto posteriore frantumarsi.

«Tutto bene là dietro?» domandò, stando ben attento a non fare nomi in presenza del prigioniero.

«Portaci fuori di qui e staremo alla grande» rispose Chavez. «Ha una ferita d'arma da fuoco alla gamba, ma ce la farà.»

Jack vide Dom alzarsi in piedi e correre verso il minivan. E si accorse anche di qualcosa che Caruso non poteva vedere: dietro di lui, alla sua sinistra, una volante della polizia era in piena corsa. Voleva portarsi davanti all'uomo armato e bloccarlo.

«Reggetevi, là dietro!» gridò. Di colpo svoltò a destra, superò il cugino – a dir poco confuso – e colpì il parafango sinistro della volante, facendola girare di quarantacinque gradi e strappandole la ruota dalla sede.

L'airbag di Jack esplose, colpendolo in piena faccia. Probabilmente anche i poliziotti erano tramortiti dall'impatto, e di sicuro erano su tutte le furie, ma era sempre molto meglio che farsi arrestare ed essere trattenuti in Indonesia con accuse di rapimento e detenzione illegale di armi.

Dom girò sui tacchi e corse verso il Pajero, tuffandosi nel veicolo attraverso lo sportello posteriore aperto e finendo sopra a Ding e al prigioniero, sdraiato a faccia in giù. Chiuse lo sportello mentre Jack allontanava con la mano la polvere liberata dall'esplosione dell'airbag e superava la volante danneggiata. Intanto, i proiettili continuavano a crivellare il minivan.

«Testa giù!» gridò Ryan.

Superando la volante guardò i poliziotti intontiti attraverso il parabrezza scheggiato.

«Scusate, ragazzi» disse. Ma non potevano sentirlo.

Jack accelerò al massimo puntando verso est, poi svoltò a sinistra per raggiungere l'uscita a nordest della piazza.

Sul sedile posteriore, il prigioniero fu messo a sedere. Dopo un lamento di dolore, l'uomo prese a gridare.

«Ascoltatemi! Dovete...».

Chavez infilò la canna della pistola nella sua bocca aperta.

«Senti, ci sono un sacco di persone che vogliono ascoltarti, ma io non sono fra loro.» Si voltò verso Dom. «È uno che urla. Ha cercato di portare i nordcoreani da noi mentre eravamo nel boschetto.»

«Prendo il nastro!» disse Dom.

«Buona idea» rispose Chavez.

Alcuni secondi dopo, del cerotto a rocchetto recuperato dal kit di pronto soccorso chiuse la bocca all'americano. Poi Ding girò l'uomo per farlo sdraiare sulla pancia e guardò più da vicino la ferita al polpaccio. Con garza e nastro bloccò l'emorragia: non era una brutta ferita, ma il sangue sarebbe finito ovunque se non ne avesse fermato il flusso.

«Mi è appena venuta in mente una cosa» disse Jack dal sedile anteriore. «O sono la persona più fortunata al mondo per aver trovato questo minivan proprio all'angolo del parco da cui sono uscito, o hanno altri mezzi intorno alla piazza. Il che significa altri inseguitori.»

«E conoscono il nostro veicolo, visto che in realtà è loro...» commentò Chavez.

«Già» ammise Jack. «Ottima osservazione. Torno al parcheggio sul lato ovest: saltiamo sull'auto a noleggio e raggiungiamo l'aeroporto.»

«Procedi, ma sta' attento a eventuali inseguitori.»

«Sicuro» rispose Jack. «Non voglio che ci succeda qualcosa di brutto.»

19

Il Gulfstream G550 della Hendley Associates decollò dall'aeroporto internazionale Soekarno-Hatta appena cinquantun minuti dopo che Jack Ryan aveva colpito la volante del dipartimento di polizia di Giacarta.

Helen e Country stavano ancora prendendo quota in direzione nordest, ad appena trecento metri d'altezza, quando Chavez, Ryan e Caruso si riunirono intorno al prigioniero americano, legato. La ferita era stata medicata e le sue condizioni erano stabili, ma aveva ancora la bocca tappata.

Lo avevano perquisito mentre raggiungevano l'aeroporto, senza però trovare documenti d'identità. Probabilmente aveva lasciato il portafoglio all'ambasciata, o a casa, in vista dello scambio con i nordcoreani. Nel caso qualcosa fosse andato storto.

Nello zaino avevano trovato tre raccoglitori pieni di documenti. Riportavano tutti la dicitura RISERVATO, anche se quelli che Jack aveva sfogliato di fretta erano contrassegnati solo come CONFIDENZIALE: il livello più basso di segretezza.

I tre agenti del Campus erano sorpresi che lo scambio non riguardasse informazioni classificate con la dicitura TOP SECRET.

Si presero qualche minuto per studiare meglio quelle carte, poi Chavez strappò il nastro dalla bocca dell'uomo. Prima ancora che il prigioniero potesse dire qualcosa, gli domandò: «Come ti chiami?».

L'uomo sembrava confuso. «Ben. Ben Kincaid. Benjamin Terrance Kincaid. Avete...»

Chavez fece per sigillare di nuovo la bocca dell'uomo. «Non mi serve altro. Sarà un volo lungo, quindi fa' un pisolino.»

Ma, prima che potesse fissare il nastro, Kincaid riuscì a spingerlo con la lingua ed esclamare in qualche modo: «Jennifer! Fatemi parlare con...».

Chavez si fermò. Più curioso che altro, abbassò l'adesivo.

«Jennifer?»

«Vi prego. Voglio solo sapere se è al sicuro.»

Chavez guardò Jack e Dom, poi tornò su Kincaid. «Chi diavolo è Jennifer?»

Kincaid strabuzzò gli occhi. «Chi è Jennifer? *Chi è Jennifer?* È mia moglie!»

L'agente alzò gli occhi al cielo. «Senti, bello: non sapevamo nemmeno chi fossi, finché non ce l'hai detto. Nessuno lo sapeva. Tutto ciò che sapevamo era che una testa di cazzo dell'ambasciata avrebbe passato informazioni riservate ad alcuni agenti nordcoreani.»

Kincaid parve terrorizzato. «Questo vuol dire che... Avete... L'avete tirata fuori, vero? Avete portato via Jennifer? Ditemi che l'avete portata via. Ditemi che è al sicuro!»

Gli operativi del Campus si scambiarono altre occhiate confuse.

«Calmati!» disse Chavez. «Portarla via... *da dove*?»

Kincaid gridò, cercando con tutte le forze di liberarsi. «*Cazzo!* Non sapete nemmeno cosa sta succedendo! Jennifer è della CIA. Agente NOC, niente copertura ufficiale. Ed è in pericolo!»

Chavez era incredulo. «Tua moglie lavora per l'Agenzia?»

«'Fanculo! 'Fanculo a tutti voi! È da qualche parte in Bielorussia, e la uccideranno dopo il casino che avete combinato!»

Jack non ci capiva niente. «Se tua moglie è un NOC, come fai a sapere dove si trova? Non avrebbe dovuto dirti niente.»

«Siete dei cazzo di idioti? Infatti non me l'ha detto! Non la sento da tre mesi, e mi aveva avvertito che sarebbe stata irrintracciabile per sei.»

«Allora come...»

«Quegli stronzi a Giacarta, gli agenti che avete definito nordcoreani: mi hanno mostrato alcune fotografie di lei sul campo. Hanno detto che bastava una telefonata e il gruppo in cui si era infiltrata l'avrebbe fatta fuori. Sostenevano stesse lavorando come contabile per un'organizzazione piuttosto losca, in Bielorussia. Se lo scambio non fosse andato come previsto avrebbero chiamato quei tizi, che l'avrebbero...»

Chavez balzò in piedi. «Torno subito!»

Raggiunta la cucina di bordo, nella parte anteriore dell'aereo, Chavez telefonò a Mary Pat Foley. La direttrice rispose dopo pochi secondi.

«Ho sentito di una sparatoria a Giacarta. State tutti bene?».

Chavez parlò in fretta. «Ascolti, l'uomo che abbiamo preso si chiama Ben Kincaid. Sua moglie è...»

«Jen Kincaid!» La Foley era chiaramente colpita. «Santo cielo, è una delle risorse migliori di Jay Canfield.»

«Già. Be', i nordcoreani hanno detto a Ben che conoscevano la sua identità e sapevano dove stesse lavorando. L'hanno minacciato: se non avesse collaborato, avrebbero avvertito l'organizzazione in cui si è infiltrata, per farla uccidere. Non sappiamo se siano solo stronzate o se sia vero.»

«Dove gli hanno detto che si trova?» chiese Mary Pat.

«Da qualche parte in Bielorussia. Lavora per...»

Mary Pat lo interruppe. «Rimani in attesa: controllo con Jay.»

Chavez sentì un clic e la linea divenne muta. La direttrice

dell'intelligence nazionale aveva ben chiara la gravità della situazione.

Scostò la cornetta dall'orecchio, lo stomaco stretto dalla nausea. Dalla zona passeggeri arrivava il pianto disperato di Kincaid, alternato a offese nei confronti di Jack e Dom. I due continuavano a fissare il loro responsabile sul campo, sperando con tutto il cuore di non aver peggiorato una situazione già critica.

Un minuto più tardi Mary Pat tornò in linea. «Canfield conferma. In questo momento Jennifer Kincaid si trova a Minsk: lavora sotto copertura presso una società regolare, ma di proprietà di un'organizzazione criminale molto pericolosa.»

«Merda. Come facevano i nordcoreani a saperlo?»

«Non ne ho idea, ma nelle ultime due settimane abbiamo avuto altri casi simili. Non conosciamo l'origine della fuga di notizie. I nostri database sono stati violati in modo serio, ma non riusciamo a venirne a capo.»

«E Jennifer?»

«Abbiamo interrotto le normali procedure: Canfield ha appena mandato i suoi uomini a Minsk, per tirarla fuori di lì. Al diavolo la copertura e il suo futuro nelle operazioni segrete. Le nostre squadre la porteranno via prima che possa succederle qualcosa.»

Chavez controllò l'orologio. «Dannazione, Mary Pat: quest'uomo è sotto la nostra custodia da almeno un'ora. Non collaborava, e stavamo cercando di uscire dal Paese in sicurezza senza che lui ci compromettesse, per cui l'abbiamo imbavagliato. I nordcoreani hanno parecchio vantaggio...»

«Non potevate saperlo» rispose la Foley. Poi aggiunse: «Ascolta, sai come vanno queste cose. Gli agenti in cui vi siete imbattuti non hanno l'autorità per far saltare la copertura di Jen: dovranno contattare i propri responsabili, che a loro volta chiameranno qualcuno ancora più in alto. Non possono aver già avvertito il gruppo bielorusso».

«Vorrei che il suo tono fosse fiducioso quanto le sue parole» disse Chavez.

Mary Pat fece una pausa. «Già. Be', ora possiamo solo pregare che gli uomini di Jay arrivino in tempo.»

Ding riattaccò e tornò nella cabina passeggeri, il volto scuro.

Kincaid lo guardò, gli occhi pieni di lacrime. «Che succede?»

«Se ne stanno occupando.»

«E questo cosa diavolo significa?»

«Significa che Langley sta tirando tua moglie fuori di là.»

Il funzionario annuì lentamente, per nulla convinto, poi spostò lo sguardo fuori da un oblò. «Le informazioni riservate che avete protetto, quelle che stavo per consegnare. Almeno sapete di cosa si tratta?»

«Non importa» disse Dom.

«Col cazzo che non importa! Non stavo rivelando dei codici di lancio o consegnando gli itinerari di viaggio dell'ambasciatore. No... Era una lista di giornali ed emittenti locali. Una fottutissima lista con i nomi dei giornalisti e produttori cui ci rivolgiamo per affrontare alcune questioni nell'anonimato. Quei dati si potrebbero ricavare anche solo dagli articoli che pubblicano o dai servizi che realizzano. Non era niente. *Niente!* E poi, gli uomini che mi hanno contattato hanno detto di essere *sud*coreani.»

Dom era incredulo. «Perché mai i sudcoreani dovrebbero minacciare di uccidere tua moglie?»

«Sostenevano di avere alcuni contatti a Giacarta intenzionati a correre per una carica politica. Sapevo che erano uomini pericolosi, ma non che fossero nordcoreani.»

«Che importanza ha?» chiese Jack. «Stavi comunque condividendo del materiale riservato.»

«Niente di rilevante. E solo per salvare mia moglie.»

«Ti avrebbero avuto in pugno, ecco cosa» rispose Jack. «Una volta che gli avessi passato delle informazioni, di *qualunque* tipo, sarebbero potuti tornare da te e ricattarti per quel tradimento. Allora avrebbero alzato la posta, e ottenuto materiale scottante.»

Chavez annuì. «È così che funziona, Ben. Ora siediti e prova a rilassarti. Appena ci diranno che tua moglie è in salvo ti informeremo.»

Erano appena decollati dopo una sosta di rifornimento a Tokyo quando il telefono sicuro squillò. Chavez andò a rispondere e si mise a sedere.

Al centro della zona passeggeri, Jack, Dom e Ben lo fissavano cercando di interpretare il linguaggio del suo corpo. Speravano di cogliere i segnali di buone notizie. Invece compresero presto e tutti assieme il contenuto della telefonata: Chavez chinò il capo, strofinandosi lentamente gli occhi. Annuì, riagganciò e rimase seduto davanti alla paratia. Poteva sentire tre paia d'occhi fisse su di sé

«Dom, ti dispiace slegarlo?» disse alla fine. «Signor Kincaid, potrebbe venire qui, per favore?»

Il diplomatico avvampò, gli occhi velati, ma non disse niente. Dom tagliò le fascette che lo tenevano legato alla poltrona, e il funzionario del dipartimento di Stato camminò lento verso la parte anteriore della cabina, come un uomo condannato al patibolo.

Dom e Jack non si scambiarono nemmeno un'occhiata. Rimasero seduti e in silenzio, finché Jack non si limitò a dire: «Merda».

Il cugino annuì. «Già. Gran bel casino.»

Dieci minuti più tardi Chavez li raggiunse, lasciando Kincaid a piangere da solo, sommessamente, piegato in due. Si sedette vicino a Jack e Dom. Aveva l'espressione di chi ha perso uno dei suoi cari.

«Il corpo di Jennifer Kincaid è stato lanciato da un'auto in corsa davanti al cancello dell'ambasciata americana, a Minsk. Il taglio alla gola era così profondo che la testa stava per staccarsi dal collo.»

«Che riposi in pace» mormorò Dominic.

Jack guardò fuori da un oblò, verso lo strato di nuvole sotto di loro. «Siamo stati noi. È colpa nostra. L'hanno uccisa perché siamo intervenuti.»

Chavez sospirò. «Avevamo informazioni incomplete, Jack. Eravamo la punta dell'iceberg: è stato il resto della montagna di ghiaccio a tradirci. Se avessimo saputo di più, avremmo potuto...»

Jack lo interruppe con voce inespressiva. «Già, ma non è stato il resto dell'iceberg a ucciderla. Siamo stati noi.»

«La Foley ha detto che c'è stata una violazione di qualche tipo, ma non l'hanno ancora individuata» proseguì Ding. «Quanto è successo sembra rientrare in quel contesto. La donna era condannata, fin da quando la CIA ha scoperto che la Corea del Nord stava per mettere le mani su documenti statunitensi.»

«*Cazzo!*» sbottò Jack, sbattendo il pugno sul tavolo davanti a sé.

Chavez lasciò i due agenti più giovani ai loro pensieri, e tornò da Kincaid. Era ancora un loro prigioniero, ed era sconvolto abbastanza da poter fare una sciocchezza se un uomo molto comprensivo, ma anche molto capace, non gli fosse rimasto vicino per il resto del lungo volo verso Washington.

Mancavano altre tredici ore all'atterraggio, e dubitava che qualcuno dei passeggeri avrebbe avuto molta voglia di parlare.

*

Dopo la sosta di rifornimento a Città del Messico, che si era trasformata in un ritardo di ventiquattr'ore a causa del maltempo, il vecchio Antonov con a bordo Abu Musa al-Matari, i suoi due luogotenenti e la loro imponente scorta di armi atterrò all'Ardmore Downtown Executive Airport di Ardmore, Oklahoma. Erano le due e venti del mattino. Ad attendere l'aereo c'era un unico agente doganale, e la torre ospitava un solo controllore di volo incaricato di portarlo a terra. In fondo si trattava di una spedizione regolamentata dal North American Free Trade Agreement, o NAFTA, l'accordo nordamericano per il libero scambio tra Canada, Stati Uniti e Messico.

I documenti e i moduli erano stati presentati in anticipo, la merce registrata come «macchinari agricoli difettosi»; l'uomo alla dogana si sarebbe limitato a salire a bordo, controllare la documentazione e i passaporti dell'equipaggio e condurre una breve ispezione della merce nella stiva.

L'agente, il controllore di volo, una squadra del centro servizi aeroportuali e una guardia di sicurezza a bordo di una volante, sul lato opposto della pista, erano le uniche persone all'interno dell'aeroporto. Fatta eccezione per quelle sui due veicoli venuti per accogliere l'aereo.

L'An-32 non aveva abbastanza carburante per tornare in Sudamerica, ma gli addetti avevano iniziato il rifornimento prima ancora che le scalette fossero abbassate. Intanto i mezzi in attesa dell'atterraggio – un camioncino della compagnia di trasporti U-Haul lungo otto metri e una Ford Explorer – si avvicinarono alla parte posteriore del velivolo. Ne scesero una donna e cinque uomini, che si diressero subito verso il portellone della stiva.

Salito a bordo, l'agente doganale trovò il pilota e il copilota nella piccola cucina posta sul davanti dell'aereo. Strinse la mano ai due, ricevette i documenti di carico firmati e certificò che la merce corrispondeva alla descrizione e che i passaporti dell'equipaggio erano in regola. Non aprì le casse, quindi non vide i lanciarazzi, i fucili o i giubbotti esplosivi, e non guardò nello stanzino in fondo all'aereo, dove i tre combattenti dello Stato Islamico giocherellavano con le loro Glock 17. Dopodiché, una busta contenente venticinquemila dollari finì nelle sue mani, e lui scese rapidamente la scaletta. Non degnò di uno sguardo la mezza dozzina di persone che stavano scaricando le casse da venti chili per sistemarle sul camioncino U-Haul.

Non voleva sapere *davvero* cosa stesse succedendo.

Alle quattro del mattino il velivolo di fabbricazione russa e proprietà boliviana stava già rullando per il decollo. Intanto, Tripoli, Algeri, Musa al-Matari e i membri della cellula Chicago lasciavano Ardmore a bordo dei due veicoli, assieme alle due tonnellate scarse di armamenti fatte entrare senza problemi negli Stati Uniti.

Non erano diretti a Chicago: stavano iniziando un viaggio che nei giorni successivi li avrebbe portati in tutto il Paese, per distribuire l'equipaggiamento alle altre quattro squadre. Avevano deciso che fosse più sicuro sistemare le casse in depositi a noleggio, affittati in delle città a poche ore di macchina da ciascuna cellula. Poi avrebbero spedito le chiavi via corriere, di modo che fossero consegnate ai singoli responsabili.

A metà pomeriggio il camioncino scaricò la prima dozzina di casse ad Alpharetta, in Georgia. Nella tarda mattinata del giorno successivo giunse in un deposito tre metri per tre a Richmond, Virginia, dove fu depositata un'altra dozzina di contenitori in plastica nera. Poi fu il turno di Ann Arbor, Michigan, e Naperville, Illinois. Da lì, al-Matari, Algeri e Tripoli raggiunsero una casa sicura affittata nella zona di Lincoln Square, a Chicago. I membri della cellula proseguirono invece fino a San Francisco, dove scaricarono le ultime casse destinate alla squadra Santa Clara.

Ad al-Matari avevano procurato la patente di un americano trentottenne di origini palestinesi, con la barba e gli occhiali. Guardando la foto dovette ammettere che la somiglianza era notevole; e lo sarebbe stata ancora di più quando si fosse fatto crescere la barba anche lui. Con quella patente e le carte di credito abbinate poteva andare ovunque, e i suoi luogotenenti avevano ottenuto la stessa fornitura. Comunque non si aspettava di essere davvero fermato dalla polizia.

Avevano operato spesso in territorio nemico, e avevano vissuto in Europa abbastanza a lungo da poter passare per occidentali, almeno in quanto ad abitudini e comportamenti. Avrebbero fatto di tutto per girare al largo dalle forze dell'ordine, ma se fossero stati interrogati avevano storie di copertura solide, e c'erano altre persone nel Paese che potevano garantire per loro.

Al-Matari aveva lavorato sodo, e non aveva lasciato niente al caso. Quando fosse arrivato il momento di dare il via agli attacchi, sarebbe stato tutto pronto. Nessun incontro casuale con la polizia avrebbe ostacolato i suoi piani.

20

Quella riunione nello Studio Ovale non era programmata, ma il presidente Jack Ryan aveva ricevuto una telefonata alle sei del mattino da parte del capo di gabinetto Arnie Van Damm: Mary Pat Foley, Jay Canfield, Dan Murray e il segretario della Difesa Bob Burgess volevano parlargli il prima possibile. In quel momento Ryan stava facendo colazione con Cathy, sua moglie; lei doveva uscire presto per un intervento al Johns Hopkins, a Baltimora, mentre nel pomeriggio Ryan sarebbe andato in California a visitare le aree devastate da una serie d'incendi. I loro figli più piccoli, Katie e Kyle, andavano entrambi al liceo, quindi dormivano ancora profondamente e avrebbero continuato ben oltre lo squillare delle sveglie, programmate per avvertirli di alzarsi e prepararsi.

Al telefono, Ryan aveva detto ad Arnie che avrebbe incontrato i consiglieri alle sette, se per loro andava bene. Si trattava in pratica dell'intero Consiglio per la sicurezza nazionale, eppure i telegiornali della CNN non riferivano eventi tali da giustificare una riunione improvvisa, quindi non sapeva proprio cosa aspettarsi.

In compenso, la sua vasta esperienza gli suggeriva che di lì a un'ora avrebbe ascoltato notizie tutt'altro che buone.

Quindici minuti dopo l'inizio della riunione Ryan si teneva la testa fra le mani, i gomiti appoggiati alla scrivania. Di fronte a lui, Mary Pat Foley, Dan Murray, Bob Burgess e Jay Canfield gli avevano appena riferito dell'operazione a Giacarta e del suo fallimento. Dopo una lunga pausa, alzò di nuovo lo sguardo.

«Il marito sa già com'è andata. Altri parenti?»

«I genitori sono morti» disse Canfield. «Niente figli. Lei e Ben non vedevano l'ora di tornare negli Stati Uniti, essere assegnati a Washington e mettere finalmente su famiglia. Avremmo tirato Jen fuori di là fra circa tre mesi, e doveva essere la sua ultima missione sotto copertura.»

«Perché Ben Kincaid non è venuto subito da noi, quando è stato minacciato?»

«Non gli ho ancora parlato, il volo che l'ha riportato qui è appena atterrato al Reagan» rispose Murray. «Ma ho visto abbastanza casi di controspionaggio per poter avanzare un'ipotesi realistica: aveva paura. Avrà pensato che la mossa più pericolosa fosse denunciare, correndo il rischio che i coreani decidessero di uccidere la moglie. Sapeva che l'avevano in pugno. Inoltre le loro richieste erano tutto sommato innocue, in linea con la maschera con cui si erano presentati. Volevano solo qualche informazione confidenziale: pensava di poterle consegnare e mettere in salvo Jen, almeno nel breve periodo.»

«Ingenuo» sospirò Ryan. Parole critiche, ma espresse con un tono che lo era molto meno. Gli dispiaceva per lui.

«Non è una spia» provò a giustificarlo Murray. «Non gli era mai successa una cosa simile. Ha reagito d'istinto. Male.»

«A quanto pare anche noi abbiamo reagito male» rispose il presidente.

Murray annuì. «Quando la nostra prima squadra d'intervento è stata compromessa, avremmo dovuto concentrarci di più sul senso e la portata della fuga di notizie, e meno sul fermare Kincaid.» Alzò le spalle. «Non so... Erano nordcoreani.

Avrebbero sfruttato la situazione, e alla prossima occasione avrebbero chiesto molto di più.»

«Sarà denunciato?» chiese Ryan.

«Parlerò con Adler» rispose Murray. «Kincaid ha agito contro il suo Paese, questo è sicuro, ma trasformare la questione in un caso federale non farebbe bene a nessuno. Credo che la soluzione migliore sia andare avanti.»

Canfield annuì. Era ancora avvilito per la morte di Jennifer. «*Dovevamo* fermare lo scambio. E ora dobbiamo trovare chi cazzo sta rivelando a mezzo mondo le identità e gli assegnamenti del nostro personale sotto copertura.»

«Su questo fronte come procede?» domandò Ryan.

Il direttore della CIA parve distendersi almeno un po'. «Se ne sta occupando l'NSA, e noi cerchiamo di dare tutto il supporto possibile.»

Murray annuì. «Idem per il dipartimento di Giustizia.»

«Mi inviano rapporti giornalieri» lo informò Mary Pat. «Finora non hanno trovato elementi in comune tra le persone esposte. Non si conoscevano né facevano parte della stessa organizzazione, eccetto i due funzionari dell'Agenzia. Non hanno seguito gli stessi programmi d'addestramento, non vivevano nella stessa città e non hanno frequentato la stessa università.»

«Non c'è una banca dati di tutti i dipendenti governativi?» suggerì il presidente.

«Certo, ma niente indica che sia stata violata. E, anche se fosse, per il modo in cui vengono registrate alcune operazioni segrete bisognerebbe analizzare milioni di cartelle prima di trovare qualcosa. Tanto per fare un esempio, un NOC che lavori con la CIA non è registrato con quel nome nell'Internal Revenue Service del dipartimento del Tesoro. Non si spiegherebbe come abbiano ottenuto i nominativi reali collegati alle impronte digitali prese in Iran e in Indonesia, o come diavolo abbiano trovato Jen Kincaid in Bielorussia e il capitano di fregata Hagen nel New Jersey. No... Qualunque cosa sia, non sembra un'operazione di hacking informatico.»

Ryan annuì con fare assente e guardò Canfield. «Voglio esserci, per la stella.» Si riferiva alla cerimonia con cui, a Langley, onoravano un agente caduto.

«Signor presidente, era una NOC...» rispose il direttore dell'Agenzia. «Non possiamo...»

«So che il suo nome non può essere diffuso. Verrò in forma privata. Niente stampa, niente clamore. E voglio che ci sia anche Ben Kincaid.»

Murray inclinò la testa di lato. «Jack... Formalmente è un detenuto...»

«Che sarà trattato con gentilezza. Verrà alla CIA, sotto la vostra custodia.»

«Ma...»

«Dan.»

Murray capì che era il momento di fermarsi.

Poco dopo si alzarono tutti, pronti a uscire dallo Studio Ovale. In effetti, quella riunione era servita soltanto a riferire una pessima notizia. Ma, mentre si avvicinavano alla porta, spinto dalla curiosità Ryan fece una domanda.

«La squadra che ha tirato fuori Kincaid. Di chi si tratta?»

Mary Pat si voltò verso il presidente e sbatté le palpebre più volte. Alla fine si limitò a dire: «Le dispiace se mi trattengo ancora un attimo?».

Ryan scosse la testa. Canfield, Burgess e Murray se ne andarono, e Mary Pat tornò alla scrivania. A quel punto, però, il presidente non aveva più bisogno di una risposta: era bastato l'atteggiamento della Foley a fargli capire che era coinvolto anche suo figlio.

«Sta bene?»

«Sì, signor presidente. E così gli altri. Sono sicura che abbiano preso molto male le conseguenze dell'operazione, ma considerando il motivo per cui li avevamo mandati a Giacarta la si può considerare una missione riuscita. Nessuno del Campus ha fatto qualcosa di sbagliato.»

Ryan annuì con un cenno assente.

«Se avessimo saputo chi dovevamo fermare» proseguì Mary Pat, «avremmo gestito tutto in altro modo, ovvio.»

«Giusto. Grazie, Mary Pat.» La guardò. «Trova la falla. E trova Musa al-Matari. Porta a termine questi due compiti, e avrai reso l'America un posto molto più sicuro.»

«Sì, signor presidente.»

La direttrice dell'intelligence nazionale uscì dallo Studio Ovale, e il presidente degli Stati Uniti alzò la cornetta del telefono sulla sua scrivania.

Jack Ryan Junior dormiva profondamente nel suo appartamento di Old Town, ad Alexandria, Virginia. Il volo intorno al mondo era terminato appena due ore prima; all'alba il prigioniero era stato consegnato a una squadra di Dan Murray, poi Jack aveva salutato i colleghi e preso un Uber per tornare alla sua abitazione affacciata sul fiume Potomac.

Era rimasto quindici minuti sotto la doccia, altri quindici a fissare la televisione accesa sull'ESPN, dopodiché era andato a letto. Si svegliò al suono del cellulare, che squillava accanto alla sua testa. Lo trovò, vide che non erano ancora le otto e si rese conto di aver dormito non più di un'ora.

Ancora mezzo addormentato, tossì e rispose.

«Ryan.»

«Ciao, ragazzo.» Era suo padre.

Jack si tirò a sedere e si strofinò gli occhi, chiedendosi cosa fosse capitato. Il padre lo chiamava di rado, e mai di prima mattina. Era il presidente, dopotutto, e i presidenti avevano parecchio da fare appena arrivati al lavoro.

«È successo qualcosa?» disse.

«Non a me. Come stai?»

Jack sapeva che era meglio non parlare delle operazioni del Campus con suo padre. «Bene. Ho... Ho la giornata libera, oggi, per cui stavo ancora dormendo.»

«Mi dispiace averti svegliato.» Una pausa. «I voli lunghi possono essere una vera scocciatura.»

Quindi sapeva. Evidentemente Mary Pat gli aveva parlato, quindi si era trovata a fronteggiare domande dirette: sapeva che era meglio evitare quel tipo di stress al presidente.

«Già» si limitò a dire. «Stiamo tutti male per quel che è successo.»

«Figliolo, a volte le cose vanno male. Anche se abbiamo le migliori intenzioni.»

«Papà, forse è meglio per entrambi se non parliamo di...»

«Non mi interessano quelle sciocchezze» rispose deciso Jack Senior. «Mi importa di te, di come ti senti. Degli effetti che una situazione del genere può avere. Perché so che in fondo ti ritieni responsabile.»

«*Sono* responsabile. Non posso negarlo, rimuoverlo. Devo accettarlo, e capire come fare meglio la prossima volta.»

«Sei stato tradito dalle informazioni. Non avevate il quadro completo.»

«Non fanno altro che ripeterlo, tutti quanti. So che è vero, ma so anche che ho accettato questo lavoro per fare l'analista. Quello che si procura informazioni accurate, per evitare disastri del genere. Invece, a un certo punto, sono diventato qualcos'altro. Forse sono stato risucchiato dal mondo delle operazioni, ho cominciato a vedermi come un membro della squadra, e invece avrei fatto meglio a continuare con ciò in cui sono bravo. Non incolpo me stesso per quanto ho fatto a Giacarta: mi incolpo di ciò che non ho fatto qui! Magari se avessi studiato meglio la situazione, anziché andare a sparare ai nordcoreani, avrei potuto...»

Ryan Senior lo interruppe. «Hai *sparato* ai nordcoreani?»

Merda. «Pensavo lo sapessi. Non avevamo altra scelta. Ma non è importante.»

«Eccome se lo è, figliolo.»

«Il punto è un altro: forse dovrei tornare a fare l'analista. Magari così sarei davvero utile.»

Suo padre non avrebbe voluto altro: saperlo lontano dalle operazioni sul campo, dietro una scrivania, a fare l'analista in un ufficio dell'area di Washington. Ma era la persona sbagliata per spingere Jack Junior in quella direzione. Lui stesso era passato dal fare il professore al fare l'analista, per poi diventare... *cosa*? Un operativo riluttante? Ma era stato davvero così riluttante? Conosceva bene il fascino del coinvolgimento diretto. L'adrenalina, la determinazione che ti guidava quando in gioco c'era la vita... Certo, gli sarebbe piaciuto che il figlio voltasse le spalle a quel mondo, prima che gli accadesse qualcosa di brutto, ma era una decisione che poteva prendere solo lui.

«Tua madre, io, Sally, Katie e Kyle... Ti vogliamo tutti bene, e ti appoggiamo qualsiasi cosa tu faccia. Sai che ti vorrei al sicuro, ma voglio anche che tu sia felice e realizzato, quale che sia la tua strada. Io e tua madre siamo certi che farai la scelta giusta. Ciò che è successo durante l'operazione di ieri, come si è conclusa... è terribile, lo so. Per questo ti ho chiamato: per dirti che so come ti senti, e che *devi* dimenticarlo.»

«Chi diamine ha rivelato la sua copertura ai nordcoreani?» domandò Jack.

Ryan Senior sospirò. «Non lo sappiamo. Ma sappiamo che è una cosa molto più grande della Corea del Nord, dell'ambasciata americana a Giacarta e del dipartimento di Stato. Coinvolge tutti i dipartimenti del governo, da qualche settimana a questa parte. Venirne a capo è la nostra priorità.» Fece una pausa. «E spero lo resti. Sta succedendo dell'altro. Dobbiamo affrontare anche un problema diverso, che potrebbe togliere risorse a queste indagini.»

Jack Junior sapeva bene che era meglio non fare troppe domande al padre, e non scavalcare i propri superiori facendo promesse riguardo a ciò che il Campus poteva – o *avrebbe potuto* – fare per dare una mano.

«Be'... stai facendo un ottimo lavoro, papà» si limitò a dire. «Tieni duro: fra due anni, a quest'ora, saremo su una barca da pesca a parlare di quanto eravamo fichi e importanti un tempo».

Jack Senior rise. Era bello sentire il figlio scherzare. «Non vedo l'ora.»

«Anch'io.»

«Vieni a trovarci, appena puoi.»

«Promesso.»

Una promessa che faceva spesso, ma non sempre riusciva a mantenere. Si disse che avrebbe cercato di fare meglio.

Riattaccò e si sdraiò di nuovo. Pochi secondi dopo aveva preso la sua decisione. Avrebbe parlato con John e Gerry, per capire come dare una mano a rintracciare il responsabile della fuga di notizie.

Avrebbe trovato lo stronzo che aveva causato la morte di Jen Kincaid, e l'avrebbe fatto in qualità di analista. Poi, se ne avesse avuto l'occasione, sarebbe tornato sul campo per uccidere quel figlio di puttana con le sue mani.

21

Ancora non poteva saperlo, ma l'uomo che Jack Ryan Junior voleva uccidere era un ventinovenne rumeno di nome Alexandru Dalca.

Sin da quando era ancora un ragazzo, la descrizione più calzante per Dalca era sempre stata «truffatore». Aveva imparato da piccolo il mestiere del ladro e dell'imbroglione, quasi fosse un personaggio dell'*Oliver Twist* dickensiano; adesso, alle soglie dei trent'anni, guidava una Porsche e viveva in un appartamento da un milione di dollari nel Settore 1, un distretto esclusivo di Bucarest.

L'anno precedente era uscito dai cancelli della prigione Jilava. Era di nuovo libero, ma aveva perso l'anima. Certo, quando l'avevano mandato in carcere aveva già profondi problemi psicologici e un notevole bagaglio di abilità che usava a proprio esclusivo beneficio; ma la persona che era uscita da lì dopo sei anni, in una mattina di pioggia, era infinitamente più pericolosa di quella che vi era entrata. L'istituto gli aveva dato l'ultimo strumento di cui aveva bisogno per diventare un vero genio del crimine.

Come promesso, di fronte ai cancelli aveva trovato ad attenderlo un'auto. Lui si era scosso l'acqua di dosso, aveva aperto lo sportello posteriore ed era saltato su, senza nemmeno prendersi il tempo di ammirare i campi verdi che si estendevano a est, o respirare una boccata d'aria fresca. La sua mente era tutta proiettata al futuro, al piano, alla ricompensa. Una ricompensa sotto forma di utile guadagnato a scapito degli Stati Uniti d'America.

Dalca era nato a Râmnicu Vâlcea nel 1989, l'anno in cui l'autoritario presidente Nicolae Ceauşescu era stato spodestato e fucilato. Lui e la moglie-vicepremier Elena erano stati spinti contro un muro di mattoni e crivellati di colpi. Oltre cento proiettili, si diceva.

Alexandru era dunque cresciuto negli anni successivi alla rivoluzione, ma sarebbe sbagliato descrivere quel periodo di formazione come una vera infanzia. Non sapeva chi fosse suo padre, e la madre – che si era sempre ostinata a negare persino l'esistenza di quell'uomo – era morta in un incendio in fabbrica quando lui aveva solo cinque anni. Dalca era dunque finito in un orribile orfanotrofio, dove il cibo scarseggiava e l'educazione era del tutto assente. Non c'era voluto molto perché trovasse il modo di tornare alle strade della sua città.

Râmnicu Vâlcea, a poche ore di treno da Bucarest fra le colline ai piedi delle Alpi Transilvaniche, era a quel tempo una discreta meta turistica. Negli anni Novanta parecchi occidentali squattrinati si riversavano in Romania in cerca di una vacanza economica; così, il piccolo Alexandru aveva imparato un po' d'inglese chiedendo l'elemosina ai turisti, offrendosi di lucidare le scarpe per qualche spicciolo o vendendo prodotti che lui e i suoi amici furfanti rubavano al mercato o nei negozi di souvenir.

Un giorno, quel bellissimo bambino era stato persino «adottato» da un gruppo di ragazze britanniche, in città per una settimana di vacanza: l'avevano portato nel loro ostello per offrirgli qualche pasto caldo e un letto in cui dormire. Aveva sette anni. Le ragazze erano poi tornate in Inghilterra, ma lui era rimasto nella struttura. L'edificio ospitava anche un popolare Internet cafè, l'unico in Romania al di fuori di

Bucarest, in quei primi anni di World Wide Web. Il piccolo Alexandru non aveva mai visto un computer. Ogni giorno passava ore a guardare sopra le spalle delle persone: sedeva accanto a loro e conversava nel suo inglese maccheronico, le osservava giocare e comunicare con i propri cari sparsi per il mondo, e intanto le subissava di domande su quelle macchine stupefacenti. Spesso ne approfittava per sfilare un paio di banconote dalla borsa o dallo zaino di qualche malcapitato, ma senza esagerare: non voleva che lo cacciassero.

Il bimbo era così diventato una sorta di mascotte dell'edificio; faceva ogni genere di lavoretti, sia all'ostello sia nell'Internet cafè, e nel frattempo affinava le proprie doti di ladro alleggerendo i turisti di cibo e soldi in eccesso. Anche il suo inglese migliorava, grazie alle chiacchierate con gli stranieri e ai film in VHS disponibili nel salone principale.

Alcuni anni più tardi, Dalca aveva quindi allargato i propri orizzonti criminali. Si era unito a un gruppo di adolescenti rumeni più grandi di lui, che avevano avviato un giro di truffe sfruttando un canale neonato: eBay. Pubblicavano annunci di prodotti che gli interessati, per lo più americani, pagavano in anticipo; loro intascavano i soldi e poi, semplicemente, non spedivano la merce. Ogni volta che un loro account veniva segnalato, si limitavano ad aprirne un altro.

Per raggiri del genere era fondamentale poter sfoggiare un buon inglese, e quello di Dalca era più che adatto allo scopo. Con l'arrivo della pubertà, e di un nuovo timbro di voce, il giovane era diventato l'addetto alle telefonate del gruppo. Gestiva decine e decine di truffe alla volta: passava dodici ore al giorno in una specie di centralino installato accanto all'Internet cafè, a stringere accordi e rispondere alle domande di clienti sempre più sconvolti e infuriati, che si chiedevano perché non avessero ancora ricevuto i prodotti acquistati. Il suo atteggiamento calmo e rilassato riusciva a convincere le vittime che andava tutto bene. E, in effetti, per lui andava *davvero* tutto bene. Gli affari del gruppo non potevano essere più floridi: in fondo venivano pagati semplicemente per fare false promesse.

All'epoca aveva quattordici anni.

Quando gli utenti di eBay impararono a sospettare dei prodotti venduti in alcuni Paesi dell'Europa centrale – nazioni in cui quel tipo di truffa era diffuso – la banda dovette adattarsi. Alex diventò una «freccia», un *money mule*: una sorta di addetto al trasferimento del denaro. Le truffe su eBay furono riorganizzate, così da usare come tramite agenzie per il trasferimento di denaro e caselle postali in tutta l'Europa occidentale. Alexandru e altri ragazzi come lui passavano giornate intere su autobus o treni per spostarsi da un Paese all'altro, raccogliendo i contanti dagli uffici dei money-transfer e dalle caselle postali, per poi girarli ai complici in Romania.

I raggiri mutavano di pari passo con il commercio elettronico, ma Alexandru Dalca sapeva adattarsi. A soli sedici anni, grazie all'etica del lavoro sviluppata in un'esistenza da orfano affamato e all'inglese appreso nell'ostello, era diventato la mente delle operazioni. A diciannove guidava già una Porsche 911 usata. Pareva destinato a espandersi, a gestire giri sempre più grandi... se non fosse stato per gli americani.

Una notte, l'FBI – coadiuvata da un'unità speciale di cyber-detective rumeni – aveva sfondato la porta del suo appartamento a Bucarest. E, siccome Alex Dalca era una freccia ben conosciuta di un'organizzazione criminale milionaria che aveva truffato migliaia di americani, le autorità rumene avevano deciso di punirlo in modo esemplare. Sei anni nel carcere di Jilava, poco distante dalla capitale.

Alexandru non sapeva cosa fosse l'amore, non aveva mai provato per nessuno un sentimento del genere, ma da quel giorno imparò cosa fosse l'odio. E iniziò a nutrire un odio *spassionato* per gli americani.

D'altro canto, la prigione di Jilava aveva almeno tre cose da offrire, e grazie alle quali Dalca sarebbe diventato di lì a sei anni potente e pericoloso: una biblioteca, decine e decine di altri truffatori e una spia.

La spia si chiamava Luca Gabor, ex gestore presso lo SRI, o Serviciul Român de Informații: l'agenzia rumena d'intelligence. L'uomo era stato reclutato da un gruppo specializzato nei raggiri informatici, per via delle sue conoscenze nel campo dell'ingegneria sociale e della miriade di altre abilità «ambivalenti», utili tanto da gestore quanto da truffatore. Gabor doveva scontare una condanna a sedici anni, ed era dentro già da quattro quando il destino gli aveva fatto incontrare Dalca: qualcuno cui passare le proprie conoscenze, così che potesse impiegarle una volta fuori. In cambio, Alexandru avrebbe donato parte dei propri profitti alla figlia adolescente della spia.

Gabor aveva così affinato le già impressionanti capacità di Alex, insegnandogli come convincere chiunque di qualunque cosa e, più importante, come usare i canali pubblici per carpire i segreti delle persone. Nel frattempo, Dalca divorava ogni pubblicazione presente in biblioteca a proposito di computer, software, applicazioni e social media. Il suo mentore gli aveva dato una lista di materiali da studiare – tra libri e siti Internet – in vista del rilascio, promettendogli un lavoro nella sua vecchia compagnia, e un nuovo inizio.

La piovosa mattina in cui Dalca era uscito dal carcere di Jilava, una berlina Mercedes messa a disposizione dal datore di lavoro promesso da Gabor l'aveva accompagnato nel centro di Bucarest, dove lo aspettava un appartamento tutto suo. Alex era un uomo nuovo, dotato di abilità con cui fare tanto del bene quanto del male. Si sarebbe rivelato una risorsa preziosa per qualsiasi agenzia d'intelligence al mondo, americane comprese, se non fosse stato per un unico, fatale difetto: a lui interessavano solo i soldi, e l'idea delle sofferenze che poteva infliggere per ottenerli non lo sfiorava nemmeno.

Nonostante l'incredibile abilità dimostrata nell'influenzare le persone, la sua infanzia lo aveva privato di qualsiasi empatia. E la prigione non aveva fatto altro che aggravare la situazione. Aveva i numeri per ottenere successo, ma non aveva mai pensato ai bisogni o ai desideri degli altri.

Non era soltanto che mancasse di empatia o comprensione: Alexandru Dalca non capiva nemmeno che ci fosse *qualcosa* da comprendere.

Per lui non esistevano il bene e il male, c'era solo Alex. Alex contro tutti. Era in competizione con qualsiasi altra forma di vita sulla Terra, con l'unico obiettivo di massimizzare i propri guadagni e inconsapevole dei costi sostenuti dagli altri.

Dalca era, secondo qualsiasi definizione clinica, un sociopatico. Per lui il successo consisteva nel raggiungere l'obiettivo prefissatosi, ovvero arricchirsi. Non era sposato e non era nemmeno interessato al sesso, se non per soddisfare, ogni tanto, le sue normali necessità biologiche. No, lui si limitava a lavorare, giorno dopo giorno, per la stessa compagnia che aveva accolto il suo mentore: la ARTD, Advanced Research Technological Designs.

Esistono società che sembrano in piena regola, perfettamente legali, eppure sono impegnate in attività illecite e si limitano a presentare la propria offerta con descrizioni e titoli dall'aria innocua.

La Advanced Research Technological Designs era una di queste. Per quanto tempo si trascorresse a ispezionare il noioso sito aziendale, non si sarebbe trovata una sola parola sull'attività svolta dalla compagnia, né sui beni o servizi che forniva. C'era una sezione contatti, con tanto di e-mail e indirizzo di una cassetta postale della Royal Mail, a Londra, ma nessuna informazione su dove, di preciso, si trovasse la sede fisica dell'ARTD; certo, la posta finiva nella capitale britannica, eppure era impossibile trovare online una foto del palazzo in vetro e acciaio che ospitava la società. E questo perché, semplicemente, quel palazzo non esisteva.

L'ARTD *aveva* una sua sede, ma era un grigio e scialbo edificio in cemento di quattro piani – in pieno stile sovietico – nel centro di Bucarest, in Strada Doctor Paleologu. La tetra palazzina ospitava alcuni fra i migliori hacker rumeni, ma anche uomini e donne definiti «ricercatori». Erano loro a far funzionare le truffe, trovando il modo di farsi dare password, coordinate bancarie e dati sensibili da sconosciuti che vivevano dall'altra parte del mondo. E Alexandru Dalca si era affermato come il migliore di loro già pochi mesi dopo essere uscito di prigione.

Non era un hacker; sapeva molte cose sui computer, ma tutto quel gergo tecnico non faceva che annoiarlo e intorpidirgli la mente. Invece era bravissimo a convincere la gente di qualsiasi cosa, a ottenere fiducia, a usare la voce per infondere sicurezza e farsi dare ciò che voleva.

Per una compagnia che pescava le proprie vittime su Internet, Alex era persino più importante di un buon hacker: era un buon truffatore. Anzi, il migliore.

Nel corso degli anni aveva imparato a fare molto di più che scucire soldi. Il suo lavoro consisteva per lo più nell'ottenere password sfruttando tecniche di ingegneria sociale, e un elemento chiave per riuscirci era sviluppare una connessione con la vittima. Poniamo che dovesse introdursi nella rete di una banca cipriota: non bastava conoscere il nome del direttore finanziario, doveva sapere dove giocava a tennis e con quale segretaria tradiva la moglie, dove lavorava il di lei marito e dove trovare quest'ultimo durante la pausa pranzo, così da potergli parlare in tranquillità.

La sua vera fonte di guadagno era proprio l'abilità in ricerche simili, elemento che aveva considerato fondamentale fin dai suoi primi passi nel mondo della crimine. Era un maestro delle tecniche di OSINT, o *open source intelligence*: la scienza, no, l'*arte* in costante evoluzione che consentiva di raccogliere informazioni da fonti di pubblico accesso. Quando non portava avanti una truffa leggeva libri sull'argomento, e faceva pressione sugli hacker della compagnia per farsi procurare informazioni che non riusciva a ottenere in altro modo.

Aveva imparato in fretta che non contava quanto una persona si sforzasse per occultare le proprie informazioni personali online: bastava arrivare a un collega, un amico, il partner, per localizzarla e scoprire qualsiasi cosa sul suo conto. Chiunque aveva, tra i propri contatti sui social media, qualcuno cui piaceva parlare. Magari Joe faceva molta attenzione alla propria riservatezza e sicurezza personale, perché lavorava alla CIA, ma la compagna di stanza della sorella – che andava al college a Resto – inviava e-mail non protette in cui parlava del ragazzo tanto carino conosciuto tramite l'amica, e raccontava che Joe sapeva tutto di Parigi perché ci aveva abitato quando era nel dipartimento di Stato. Scavando nei social, Alex poteva scoprire qualcuno dell'ambasciata di Parigi che parlava della festa di benvenuto in onore di Joe, il nuovo funzionario consolare, e andando ancora più indietro nel tempo poteva individuare il momento in cui tutti i profili del suo obiettivo erano stati ripuliti. Cosa che di solito non accadeva ai dipendenti del dipartimento di Stato. Quindi, Joe era una spia. E se stava uscendo con una ragazza di Reston, Virginia, voleva dire che si trovava di nuovo a Langley.

Ecco un esempio perfetto di IDENTINT, o *identity intelligence*. E anche se Dalca non lavorava propriamente nel campo dei servizi segreti, con un computer, un telefono e un po' di tempo poteva localizzare in pratica ogni persona al mondo. Era il suo lavoro. Poteva scovare un tizio come Joe durante una battuta mattutina di pesca. In realtà le spie non erano il suo obiettivo primario, ma per il giovane ricercatore rumeno era cambiato tutto il giorno in cui il suo direttore l'aveva convocato per informarlo che una società chiamata Seychelles Group aveva ingaggiato l'ARTD per un incarico particolare.

Sarebbe stato a dir poco esagerato affermare che la Repubblica Popolare Cinese avesse cominciato a esternalizzare le proprie risorse nell'ambito della guerra cibernetica, ma il caso dell'Advanced Research Technological Designs non era unico. Negli ultimi anni, la Cina era stata collegata ad alcune operazioni di pirateria informatica d'alto profilo, e Pechino trovava quindi allettante la negabilità plausibile offerta dall'ingaggiare abili esperti informatici tramite intermediari.

I professionisti di società simili – alcune con sede in India, altre nell'Europa centrale o orientale – erano mossi unicamente da interessi economici, e i soldi che la Repubblica Popolare investiva su di loro, sempre tramite intermediari, non erano che spiccioli se paragonati alla sicurezza offerta alla nazione.

In particolare, l'ARTD aveva messo a disposizione i suoi esperti per provare ad hackerare alcuni server del governo americano. Prendevano di mira aziende civili che avevano ricevuto nulla osta sicurezza federali, in modo da «risalire» i collegamenti per il trasferimento dati fino alle reti militari, d'intelligence e simili. Ci stavano lavorando da più di un anno, ma non era qualcosa a cui Dalca si dedicasse. Almeno finché il direttore dell'ARTD in persona, Dragomir Vasilescu, non lo aveva convocato per quella riunione a sorpresa.

«Dalca, sei sollevato con effetto immediato da tutti i compiti che stai svolgendo. Ho un lavoro per te.»

«Spero sia qualcosa di più interessante della profilazione richiesta dalla Petrobas. I brasiliani mi stanno facendo scavare nelle vite private di alcuni dirigenti Exxon: i ricchi più noiosi del mondo. Mi sono bastati un telefono, un dito e Google. Davvero, questo lavoro sta diventando troppo facile.»

Dragomir Vasilescu sorrise. Alexandru era capace di instaurare rapporti cordiali con chiunque, compreso il proprio superiore, ma questi aveva ben presenti le capacità del giovane. E ne aveva sincera paura. Immaginò che stesse usando l'ingegneria sociale per scavare nei suoi pensieri più profondi, persino in quel momento.

«In effetti potrebbe essere più stimolante» disse. «I nostri tecnici hanno ottenuto l'accesso a un file del governo americano.» Guardò il foglio che aveva davanti. «Un registro completo presente su un server dell'Office of Personnel Management, o OPM.» Si riferiva all'ufficio per la gestione del personale federale civile degli Stati Uniti. «Contiene le schede degli impiegati che lavorano per il governo e hanno richiesto un nulla osta sicurezza.»

Dalca inarcò le sopracciglia. «Di quante schede stiamo parlando?»

«Più di venti milioni. Tutto materiale grezzo: moduli di richiesta, impronte digitali...»

«Sembra promettente. Come abbiamo fatto a ottenerlo?»

Vasilescu si concesse una risata. «Abbiamo violato la rete di una compagnia di sicurezza informatica indiana, che cinque anni fa aveva un contratto con il governo americano per eseguire test di penetrazione sui loro server. Gli indiani erano riusciti a recuperare questo file, e a quanto pare hanno scordato di eliminarlo dai propri archivi. Non l'avevano nemmeno mai aperto. Diciamo che l'abbiamo *preso in prestito* da loro, per vedere se potesse tornare utile in operazioni di phishing o spoofing. E la cosa migliore è che gli americani non scopriranno mai che l'abbiamo, visto che ce lo siamo procurati tramite gli indiani.»

«*Beton*» esclamò Dalca. In rumeno significava «calcestruzzo», ma la parola era usata gergalmente per dire «fico». In effetti, il giovane riteneva che quei file ottenuti a gratis potessero rivelarsi una miniera di soldi. «Cosa vuoi che faccia?» domandò.

«Un nostro cliente ci ha chiesto di controllare se è possibile usare questi dati grezzi per condurre indagini approfondite sugli uomini e le donne dell'ambasciata americana a Pechino.»

«Quindi lavoriamo per la Cina?»

«No! Lavoriamo per una compagnia registrata alle Seychelles. L'hanno chiamata Seychelles Group: non il massimo dell'originalità...» Vasilescu ridacchiò fra sé. «Ovviamente è una società di comodo dell'intelligence cinese. Quindi, ho bisogno che tu controlli questi venti milioni e passa di schede per cercare di individuare quelle associate al personale dell'ambasciata americana a Pechino. Sono sicuro che i cinesi vogliano identificare le spie, così da cacciarle dal Paese o usare le informazioni a scopo di ricatto. Inoltre, i file sugli impiegati del governo americano contengono anche dati sui loro contatti stranieri: immagino che questo li aiuterà a individuare chi, tra i loro connazionali, lavora per il nemico.»

«Dovrò dare un'occhiata al materiale, per capire meglio con cosa avrò a che fare, ma non credo ci saranno problemi.»

«Hai un mese di tempo per esaminare i macrodati e farti un'idea delle informazioni contenute, poi costruirai un modello per interrogare il file e sfruttarlo in accordo con i desideri del nostro cliente. Puoi creare tabelle, database o quello che ti pare, e puoi avere accesso a qualunque risorsa dell'ARTD, personale compreso. Poi voglio che selezioni una squadra di ricercatori che lavori al progetto, alle tue dipendenze. Sarai tu a dare gli ordini su come sfruttare i dati. Abbiamo informato il cliente che prevediamo di avere un primo pacchetto pronto per la consegna fra tre mesi.»

Dalca aveva trascorso il resto della giornata a sistemare alcune questioni lavorative in sospeso, e quella sera stessa si era tuffato sul materiale sottratto all'azienda di sicurezza informatica indiana. Solo l'ARTD aveva accesso ai dati grezzi, salvati su un computer isolato, senza collegamento a Internet o ad altre macchine. Niente server remoto o cose simili, e non avevano condiviso il file con il cliente.

Alle otto, ricevuto il codice per entrare nella stanza dedicata, il giovane aveva messo le mani per la prima volta sul file. Un'ora dopo aveva già compreso la portata di ciò a cui lui, e nessun altro fuori degli Stati Uniti, aveva accesso.

Dalca aveva esaminato il file per tutta la notte, e la mattina successiva era seduto nell'ufficio di Dragomir Vasilescu quando il direttore della compagnia arrivò al lavoro.

Mentre poggiava la ventiquattrore sulla scrivania, Vasilescu guardò il ricercatore ventinovenne. «Merda, Dalca: sei rimasto qui tutta la notte, vero?»

«Sì.»

«Be'? Cos'hai in mente?»

«L'SF-86.»

«E che cos'è?»

«Un modulo di centoventisette pagine che il governo degli Stati Uniti fa compilare a chiunque voglia richiedere un nulla osta sicurezza. Contiene tutti i dati grezzi del richiedente al momento della domanda, e noi abbiamo ogni questionario elaborato dal governo americano dal 1984 fino a cinque anni fa, quando gli indiani sono riusciti a procurarsi il file. Ti rendi conto di cosa possiamo fare con tutte queste informazioni?»

«Certo» disse il direttore. «Puoi usarle per ottenere ciò che i nostri clienti ci hanno richiesto.»

«Abbiamo a che fare con qualcosa di una portata ben maggiore.»

«No, Alexandru, la portata è esattamente quella che ti ho descritto, perché è questo che vuole il Seychelles Group.»

«Quei tizi non pensano tanto in grande, eh?» affermò Dalca.

«Cosa intendi?»

«Usare questi dati per trovare i traditori della patria? Noccioline, se pensiamo al reale valore di simili informazioni.»

«Sono sicuro che troveranno anche le spie americane infiltratesi in Cina.»

«Sì, ma perché non trovare *qualunque* spia americana, *ovunque*?»

«Primo: venticinque milioni di moduli. E il novantanove virgola nove per cento riguarderà personale che non fa la spia. Secondo: è evidente a tutti che il Seychelles Group rappresenta in realtà l'intelligence cinese. Perché mai dovrebbero essere interessati a un agente stanziato in Romania o in Islanda?»

Dalca si strinse nelle spalle. «È solo che sembra una potenziale miniera d'oro. Elaborare questi dati nel modo giusto potrebbe rivelarsi molto redditizio.»

«Sì, be', elaborare i dati nel modo giusto, in questo caso, significa fare ciò che ci ha chiesto il cliente, nulla di più. Alexandru, il nostro compito è chiaro. Concentriamoci sui contatti cinesi di questi americani, e troviamoli. Se cominciamo a sfruttare il materiale in altro modo potremmo mettere nei guai il committente. Quelle persone ci hanno pagato un sacco di soldi per le nostre capacità e la nostra discrezione. E ce ne daranno ancora di più, se forniremo loro quel che vogliono. Facciamo un buon lavoro, e forse in futuro vorranno altro. Stiamo parlando dei cinesi, dopotutto. L'ARTD può aiutarli in modi che vanno ben oltre la ricerca di spie americane.»

Dalca annuì. «Naturalmente.»

Quando uscì dall'ufficio del suo capo aveva già un piano in mente. Con simili informazioni poteva far ben più di quanto gli era richiesto. Aveva tra le mani qualcosa di grande. Diamine, quell'affare era più grande persino dell'ARTD, o della Cina stessa.

Si mise subito al lavoro, raggruppando i dati e facendo controlli incrociati con cartelle cliniche, moduli assicurativi, certificati di proprietà e documenti simili. Gran parte del lavoro consisteva nell'isolare le informazioni più disparate attraverso l'analisi digitale, alla ricerca di piste da seguire.

Tra il materiale sottratto dal server americano c'erano anche le note sul conferimento dell'autorizzazione, ovvero informazioni potenzialmente negative come comportamenti sessuali devianti, legami con potenze straniere capaci di esercitare una qualche influenza o risposte dei candidati in merito ai propri precedenti. E le impronte digitali.

Una vera miniera d'oro.

Una miniera il cui filone era circondato da rocce senza valore, ma Dalca era il migliore al mondo quando si trattava di scavare e portare alla luce le pepite sfruttando la potenza dell'OSINT. Centinaia di organizzazioni al mondo avrebbero voluto le informazioni per individuare soldati, spie, politici e diplomatici americani, e lui era pronto a fornirle. Avrebbe elaborato tutti quei dati da solo, per poi venderli al migliore offerente.

Solo, era qualcosa che non aveva mai fatto prima. D'accordo, poteva creare file su quelle persone, rivelare che erano agenti segreti o avevano accesso a documenti riservati, ma *poi*? Non aveva modo di rivolgersi direttamente ai russi, ai cubani o a chiunque altro fosse interessato a comprare quel materiale. Non senza che le persone sbagliate venissero a sapere di lui.

Anche se... Forse un modo *c'era*.

Il dark web.

Dopo alcune ricerche, si era convinto che avrebbe potuto avviare un'impresa commerciale nei meandri più oscuri della rete, così da mettersi in contatto con i potenziali acquirenti. Aveva impiegato mesi per ideare il piano, e altri ancora per approntare la struttura necessaria. E mentre continuava a svolgere il lavoro che gli era stato commissionato per conto del Seychelles Group, aveva iniziato a testare la propria strategia per ottenere un ritorno economico dalla vendita dei file americani rubati.

Il lavoro di ingegneria sociale per ricavare le informazioni desiderate l'aveva portato a passare molto tempo su Reddit, un sito di «social news». Conteneva una serie di forum in cui gli utenti registrati discutevano di qualsiasi argomento immaginabile. Sapendo che quella community non si tirava cento indietro di fronte ad argomenti controversi, si era messo a cercare un banco di prova per i dati rubati all'OPM. Erano passati pochi mesi dall'attacco terrestre e marittimo condotti dagli Stati Uniti nella regione del Baltico, e su Reddit c'erano centinaia di discussioni attive in merito. Molte erano in russo, ma se ne trovavano anche in inglese, e a carattere spiccatamente antiamericano. Dalca si era concentrato su queste ultime.

Ciò che voleva era testare l'efficacia del proprio piano, ma esponendosi il meno possibile. Erano state necessarie settimane di attesa e false partenze, ma alla fine aveva trovato la strada giusta. Un utente affermava che suo fratello, assistente macchinista sul sottomarino russo *Kazan*, era morto in battaglia quando il mezzo era stato affondato; a dir poco sconvolto, inveiva contro l'America e non si preoccupava di far sapere a tutti che si trovava proprio negli Stati Uniti, con un visto di studio in scadenza. Per giorni, quel giovane aveva espresso la sua rabbia in discussioni pubbliche.

Grazie a uno dei link postati – che rimandava al servizio di un telegiornale – Alexandru aveva scoperto il nome del cacciatorpediniere che si diceva avesse affondato il sottomarino, oltre ad aiutare i polacchi a distruggere l'altro. Secondo il reporter si trattava della USS *James Greer*, comandata da Scott Hagen. Si era collegato quindi al sito della marina e aveva controllato la lista delle imbarcazioni in attività, trovando la conferma che cercava: Hagen, quarantaquattro anni, era un capitano di fregata. A quel punto aveva richiamato la relativa scheda sul file dell'OPM, e si era trovato davanti il modulo di richiesta per un nulla osta sicurezza compilato ventun anni prima dall'allora ventitreenne sottotenente di vascello Scott Robert Hagen, appena uscito dall'accademia navale di Annapolis, Maryland.

Era poi passato a controllare diversi registri immobiliari, scoprendo che Hagen aveva una casa a Virginia Beach, in Virginia, e una in affitto nel North Carolina. Entrambi i contratti erano cointestati a Laura Hagen, che con tutta probabilità era la moglie. Si era annotato i due indirizzi ed era andato avanti. Visto che un comandante della marina non lavorava sotto copertura, aveva lanciato una ricerca su Google per trovare informazioni sull'ufficiale, fin da prima della battaglia nel Baltico. Erano saltati fuori articoli, fotografie e video che risalivano anche a quindici anni prima; si vedeva l'uomo allenare la squadra di baseball del figlio e servire il gelato ai propri marinai e alle relative famiglie, durante un evento tenutosi in Italia un anno prima. C'era anche una fotografia di Hagen con la moglie, a un ballo. Aveva studiato per un attimo il viso della donna, prima di collegarsi a Facebook.

A quel punto, come prima cosa, aveva cercato un profilo attivo del militare, ma non l'aveva. La moglie sì, lei *aveva* un profilo, ma bloccato. Risultava inutilizzato dalla battaglia nel Golfo di sette mesi prima.

Senza scoraggiarsi, Dalca era tornato alla scheda dell'OPM.

Agli occhi di un profano, un vecchio modulo poteva sembrare irrilevante per localizzare, ventun anni dopo, chi l'aveva compilato, ma Dalca sapeva il fatto suo. Si era concentrato sui parenti del capitano di fregata, e in particolare sulla sorella che viveva nell'Indiana. All'epoca non era ancora sposata, ma l'SF-86 ne riportava il numero di previdenza sociale. Si era quindi collegato a un database che conteneva tutte le licenze di matrimonio degli Stati Uniti, una risorsa di pubblico accesso che usava di frequente nel suo lavoro. A quanto pareva, negli anni Novanta Susan Hagen aveva sposato un uomo di nome Allen Fitzpatrick. La cerimonia si era tenuta a Bridgeport, Connecticut. Nessun divorzio registrato.

Forte di quelle informazioni, Alexandru era tornato su Facebook. Era pronto a lanciarsi in una serie di ricerche personalizzate sulla pagina della donna, nella speranza di trovare un riferimento a Scott, ma ne era bastata una sola. Digitata la parola «fratello», aveva dato una rapida occhiata al primo risultato, al secondo... Sul suo volto si era formato un sorriso.

Susan Fitzpatrick aveva scritto quanto fosse felice di poter andare quell'estate a Princeton, nel New Jersey, per il torneo di calcio del figlio. Ed era ancora più felice del fatto che sarebbero venuti anche la nipote, il nipote e i genitori. Era da parecchio che non li vedeva...

Un'altra breve ricerca aveva rivelato che Susan Fitzpatrick aveva due fratelli: Scott, l'obiettivo di Dalca, e Raymond, che viveva a Winter Haven, Florida. Erano bastati pochi secondi per scoprire che Raymond Hagen aveva solo figlie femmine, due splendide adolescenti.

Caso chiuso. Il capitano di fregata Scott Hagen, comandante della USS *James Greer* e responsabile dell'affondamento del *Kazan* al largo delle coste polacche, avrebbe incontrato sua sorella a Princeton, nel New Jersey, sei settimane più tardi.

Dopo un'ora d'intense ricerche, Alex aveva scoperto anche che Susan Fitzpatrick era una cliente abituale degli alberghi della catena Hampton Inn. Aveva quindi chiamato il più vicino al torneo di calcio e detto di chiamarsi Scott Hagen, ipotizzando che la famiglia avesse prenotato tutta nello stesso albergo. Con il suo miglior accento americano, aveva domandato se poteva allungare il soggiorno previsto da venerdì fino a lunedì, anziché a domenica.

La receptionist l'aveva corretto subito: la prenotazione era soltanto per le notti di venerdì e sabato. Voleva sapere il prezzo per le due in più?

Al telefono, Dalca aveva sorriso. Doveva parlarne con la moglie. Aveva ringraziato e riagganciato.

A quel punto aveva contattato l'utente russo di Reddit, e in uno scambio di e-mail l'aveva messo al corrente di potergli fornire il nome dell'albergo in cui avrebbe soggiornato il comandante della *James Greer* un dato giorno, insieme a fotografie del comandante stesso, della moglie, della sorella e del cognato. Aveva anche aggiunto che, se fosse successo qualcosa al capitano di fregata Hagen, quel bastardo avrebbe avuto ciò che si meritava.

Il russo era intrigato, ma aveva fatto presente di non disporre di grandi cifre. Al che, Dalca si era detto pronto a condividere gratuitamente le informazioni.

Non stava ancora cercando un guadagno: voleva solo vedere il suo sistema in azione, testare le potenzialità del file rubato all'OPM, e provare che dati riservati vecchi di vent'anni potevano rivelarsi utili per identificare obiettivi attuali.

Così aveva inviato all'utente di Reddit il pacchetto completo. Poi, grazie a Google Alert, aveva fatto in modo di ricevere una notifica ogni volta che le parole «Scott Hagen» fossero comparse in una news. Fatto ciò, si era gettato alle spalle l'intera vicenda. Aveva altro lavoro da sbrigare.

Sei settimane più tardi, Dalca aveva letto un articolo su una folle sparatoria in un ristorante messicano del New Jersey. La news era arrivata direttamente nella sua casella e-mail, perché uno dei feriti era il comandante della marina degli Stati Uniti Scott Hagen.

Vadim Rechkov – senza dubbio l'utente di Reddit – era stato ucciso nella sparatoria, che aveva causato altre tre vittime. A Dalca non importava niente dei morti o dei feriti.

A quel punto aveva già preparato sul dark web un sito per gestire i pagamenti, e lo aveva usato per vendere specifiche informazioni ai governi di Indonesia, Corea del Nord e Iran. Inoltre, aveva un nuovo pesce all'amo.

Era stato contattato tramite il forum di un gruppo terroristico libanese sul quale aveva scritto: a quanto pareva, i suoi messaggi erano stati monitorati da qualcuno interessato alla sua offerta.

Certo, aveva trovato frustrante che uno dei possibili acquirenti selezionati per portare avanti il piano si fosse rivelato così poco attento alla sicurezza informatica, d'altro canto non era preoccupato per la propria privacy: *lui* era stato molto attento nel contattare il gruppo libanese. E, non a caso, quella nuova organizzazione si era rivolta a lui tramite i canali che aveva stabilito, anziché di contattarlo direttamente.

Non sapevano chi fosse, questo era chiaro, quindi poteva tirarsi indietro in qualsiasi momento. Però l'offerta era allettante. Il nuovo cliente era pronto a entrare in affari, e si diceva interessato a comprare ingenti quantità di informazioni su membri dell'esercito e dell'intelligence americani.

La trattativa era presto passata al livello successivo, e-mail e messaggi di testo protetti, e nel giro di alcune settimane stava facendo affari con «i tizi dell'ISIS». Li chiamava così perché erano interessati a localizzare americani impegnati in Siria e Iraq. Chi altro poteva esserci, dietro? Vista la mole delle loro richieste, e i pagamenti inviati in anticipo per dimostrare la propria serietà, si era quasi dimenticato degli altri clienti. Nelle ultime settimane aveva persino ignorato ulteriori contatti con nordcoreani e iraniani, più restii a «investire» cifre adeguate.

Al contrario, i tizi dell'ISIS avevano un sacco di soldi, e ogni intenzione di metterli a frutto per uccidere una lunga serie di spie e soldati statunitensi. Avrebbe coltivato quel canale, spremuto ogni centesimo possibile dal cliente, e in cambio avrebbe fornito una miniera d'oro di informazioni.

Dalca voleva i soldi, ovvio, ma voleva anche che i telegiornali si riempissero di immagini di cadaveri americani.

22

Bartosz Jankowski e Adara Sherman si incontrarono per la prima volta alle cinque del mattino, nel parcheggio sotterraneo della Hendley Associates all'angolo fra North Fairfax Street e Princess Street, ad Alexandria, Virginia. Poco dopo arrivarono anche Chavez, Caruso e Ryan Junior, che parcheggiarono nei posti riservati e si prepararono alla sessione mattutina di esercizi.

John Clark fece le presentazioni di rito, e cinque minuti più tardi l'intero gruppo – Clark incluso – correva lungo il Mount Vernon Trail. A passo tranquillo, percorsero otto chilometri del lungo sentiero che seguiva l'argine ovest del fiume Potomac, molto frequentato da ciclisti e runner, chiacchierando per l'intera durata della corsa. In realtà, negli ultimi due chilometri, John Clark rimase più che altro in silenzio: in parte perché correre quella distanza alla sua età era impegnativo, ma soprattutto perché voleva sentire cosa si dicevano gli altri, e come si relazionavano tra loro.

In effetti la conversazione era un po' forzata, ma il responsabile delle operazioni sapeva che non era per la presenza delle due reclute. No, il motivo era un altro, e non aveva niente a che fare con l'integrazione di Adara e Midas nel gruppo. La mattina precedente i tre agenti del Campus erano tornati da Giacarta, e stavano ancora male per l'esito della missione.

Fra i tre, Jack era quello che sembrava messo peggio: era rimasto in silenzio per tutto il tragitto, limitandosi a rispondere se qualcuno gli rivolgeva la parola. E dire che in qualsiasi altra occasione sarebbe stato il più aperto e disponibile verso un nuovo arrivato. Clark si disse che avrebbe dovuto tenerlo d'occhio, fare il possibile per aiutarlo a elaborare il senso di colpa e assicurarsi che la morte dell'agente della CIA non gli impedisse di continuare a svolgere il proprio lavoro.

All'alba, il gruppo era già di ritorno alla sede del Campus. Midas prese il borsone dal retro del suo pick-up e seguì gli altri fino a uno spogliatoio, dove fare una doccia, darsi una sistemata e prepararsi ad affrontare la prima giornata di addestramento. Anche Jack, Dom e Ding si rinfrescarono e cambiarono, per poi andare a far colazione in un bar vicino e incominciare quindi a lavorare. Adara aveva ovviamente a disposizione lo spogliatoio femminile della palestra, e una volta sistematasi andò nella sala conferenze del terzo piano, dove sapeva che avrebbe trovato caffè, frutta e cereali.

Quando arrivò, Midas aveva già bevuto una tazza di caffè e si stava versando la seconda.

«Oh oh» esordì lei. «Spero che averci messo più tempo di te a prepararmi non mi faccia passare per una che bada troppo alle apparenze.»

Midas versò un po' di latte nella tazza, ridendo.

«Figurati! La mia ex moglie ci avrebbe messo cinque volte più di te, per sistemarsi dopo una corsa di otto chilometri. Io sono un tipo rapido, non faccio testo. E di sicuro non ti biasimo per esserti data un paio di colpi di spazzola, prima di venire qui.»

Adara ebbe giusto il tempo di fare colazione, che Clark entrò nella stanza, pronto per la giornata.

«Midas, vorrei dirti qualcosa riguardo l'accoglienza di stamattina...»

«Va tutto bene, Mister C: sono già stato in posti in cui non piacevo a nessuno. I ragazzi impareranno ad apprezzarmi, appena dimostrerò quanto valgo.»

«No, non si tratta di te. Ventiquattro ore fa sono tornati da una missione. Dubito che avrai mai bisogno di conoscere i dettagli... diciamo solo che, nonostante i ragazzi abbiano fatto bene il proprio lavoro, l'operazione ha avuto conseguenze molto, *molto* negative. Nessun agente del Campus ha colpe, ma saranno un po' silenziosi per i prossimi giorni. Soprattutto Jack.»

Midas annuì. «Ricevuto. Anch'io ho avuto giornate del genere.»

Adara sapeva cosa fosse successo, ed era abituata a vedere Dominic rabbuiarsi quando le missioni andavano male. Tanto più che lei stessa stava per diventare un agente operativo. Poteva solo mostrare comprensione, e lasciargli i suoi spazi. Almeno quello non sarebbe stato difficile: per le settimane successive non si sarebbe fermata un attimo.

Clark impiegò quarantacinque minuti a illustrare il piano di addestramento, che si sarebbe sviluppato nel corso del mese e mezzo seguente, e alle otto in punto Gerry Hendley entrò nella sala conferenze per conoscere Midas. I quattro parlarono della Hendley Associates e della sua speciale relazione con il governo, poi Gerry si scusò e Clark diede ufficialmente avvio alla formazione.

Per poter lavorare al Campus, era necessario conoscerne l'organizzazione e comprendere il funzionamento della società che offriva copertura al gruppo, e della quale Jankowski era appena diventato un impiegato. A tal fine, Clark passò la mattinata ad accompagnare Midas e Adara da una riunione all'altra, presentando loro sia la squadra d'indagine e analisi della Hendley, sia gli analisti, gli hacker, i responsabili dei rifornimenti, gli esperti di logistica e gli altri professionisti del

Campus. Adara aveva lavorato per anni con quei team, ma non era in confidenza con tutto il personale. Anche perché almeno il cinquanta per cento della sua vita lavorativa si era svolto a bordo del Gulfstream, oppure in un minuscolo ufficio al centro servizi aeroportuali. Un tempo il loro punto d'appoggio era il Baltimore BWI Airport, ma da poco si erano trasferiti al Reagan Nation, ad Arlington, appena dieci minuti d'auto a nord della Hendley Associates.

Quel giorno, in sede c'erano poco più di ottanta impiegati, e Clark portò due aspiranti operativi a conoscerne la maggior parte.

Il passaggio seguente si rivelò istruttivo tanto per Adara quanto per Midas. Clark scorse la lista dettagliata di chi, nella comunità d'intelligence, era a conoscenza del lavoro *sub rosa* svolto al Campus. Dal DNI al procuratore generale e, ovviamente, al presidente degli Stati Uniti, il pur breve elenco conteneva nomi di primo livello. Negli ultimi anni l'organizzazione non ufficiale era stata impiegata in più di una dozzina di missioni, ed erano molte le persone entrate in contatto con gli agenti del Campus, ma Gerry Hendley e i suoi dirigenti si erano dati un gran daffare per limitarne l'esposizione e nascondere i legami con altri enti.

Questo Midas lo sapeva già: due anni prima, da ufficiale di un'unità d'intervento militare altamente riservata, gli avevano presentato quegli uomini senza chiarire di preciso per chi lavorassero. All'epoca l'aveva trovato strano, ma adesso si trovava dall'altra parte della barricata ed era confortante sapere che, nel governo, diverse persone erano impegnate a fornire una sorta di copertura semiufficiale alle missioni cui avrebbe preso parte.

Nel tardo pomeriggio, Clark portò Midas e Adara al poligono di tiro a due corsie ospitato nel livello B3, subito sotto il parcheggio. Per alcune ore i due si allenarono con un mitra MP5, un fucile d'assalto M4, e una SIG MPX della SIG Sauer. Quest'ultima era la nuova pistola mitragliatrice che la squadra stava provando: volevano valutare se potesse sostituire la H&K UMP negli scomparti nascosti a bordo del Gulfstream, per gli scontri a fuoco ravvicinati.

Rispetto a Midas, Adara aveva più esperienza con la SIG MPX: la Delta aveva scelto come PDW – o *personal defense weapon*, cioè arma di difesa personale – l'H&K MP7. A ogni modo, entrambe le reclute spararono lo stesso numero di colpi.

Adara non era una tiratrice esperta quanto Midas, ma un'unità piccola come quella del Campus aveva bisogno che le competenze dei propri membri fossero complementari. Lei aveva un'ottima preparazione medica e logistica, conosceva il mondo dell'aviazione internazionale e sapeva persino pilotare. E la sua esperienza con le barche non era da meno di quella del militare. Alcune missioni avrebbero richiesto le sue abilità, altre si sarebbero rivelate più adatte al suo nuovo compagno.

Quanto a Clark, fu contento di vedere che Midas non aveva problemi ad addestrarsi con una donna. Se pensava al proprio passato tra le forze armate, doveva ammettere che avrebbe trovato a dir poco strano lavorare fianco a fianco con un'esponente dell'altro sesso. Sarebbe stata una distrazione. Ma quei tempi erano ormai lontani. Negli ultimi cinque anni, Adara era diventata quasi una figlia per lui, e si rese conto che avrebbe dovuto concentrarsi per non riservarle un trattamento di favore durante l'addestramento.

Solo a sera concesse un'ora di pausa alle reclute, per andare a cena in un ristorante di carne alla brace, prima di raggiungere un poligono all'aperto a Springfield. Avrebbero dovuto mostrare la propria abilità di tiro con visori notturni e mirini olografici, in una serie di assalti alle quattro stanze della struttura per le esercitazioni.

Anche in quel caso Adara se la cavò bene. Dal canto suo, Midas sparava e si muoveva come aveva fatto fino a pochi mesi prima, quando era ancora un alto ufficiale della Delta Force. Operazioni del genere erano parte del suo DNA.

Adara era sfinita quando John Clark annunciò l'ultimo «cessate il fuoco» della giornata, poco dopo le undici.

«Ve la siete cavata entrambi alla grande» annunciò il responsabile operativo. «Ma oggi era il giorno più facile. Domani sarà peggio. E dopodomani peggio ancora.»

L'ex addetta alla logistica non ne dubitava. E non dubitava nemmeno che John Clark avrebbe ripetuto quell'avviso ogni giorno, per le successive sei settimane.

23

L'operazione dello Stato Islamico mirata a riportare l'esercito americano in Medio Oriente non cominciò negli Stati Uniti, con le cellule finanziate da Sami bin Rashid e guidate da Abu Musa al-Matari. Cominciò in Sicilia, con tre giovani spie dell'ISIS che avevano attraversato l'Europa mescolate al flusso di rifugiati in fuga dalla Siria.

Formati in un campo d'addestramento segreto a Raqqa, i tre avevano raggiunto la Turchia insieme ai migranti scappati alla guerra, con i quali si erano poi spostati in Bulgaria e Romania. Si erano separati da quelle persone solo per entrare di nascosto in Ungheria e raggiungere la Slovenia, dove li aspettavano altri combattenti del califfato che già vivevano e lavoravano in Europa. Lì avevano anche trovato l'equipaggiamento necessario alla missione.

Assieme ad altri tre agenti, avevano attraversato il confine con l'Italia e guidato lungo lo Stivale per un giorno intero. Raggiunta Reggio Calabria avevano rubato una barca da pesca lunga otto metri e dotata di un piccolo gommone Zodiac, con la quale avevano attraversato lo Stretto di Messina e raggiunto la Sicilia.

Erano rimasti ancorati in un'insenatura tranquilla fino al tramonto, e solo a tarda sera si erano avventurati di nuovo nelle acque ormai scure del Mediterraneo, usando i cellulari per fare rotta verso un punto al largo di Catania, di fronte a

Fontanarossa. Qui, i tre giovani siriani erano saliti a borgo del gommone a scafo rigido e si erano diretti verso la spiaggia nel buio più totale.

La Naval Air Station di Sigonella sorgeva poco a ovest di Fontanarossa, a circa un quarto d'ora di auto, ed era il fulcro delle operazioni aeree della marina statunitense nel Mediterraneo. La base serviva da principale punto di supporto per gli attacchi in atto contro bersagli ISIS in Siria, Iraq e Libia, oltre che per operazioni contro al-Qaida e i suoi affiliati in tutto il Nordafrica. Da lì, un aereo poteva arrivare in Siria in due ore e mezzo circa, mentre bastavano appena quaranta minuti per colpire le postazioni del califfato nella Libia del Nord.

La base era ben protetta, dotata di cancelli controllati e pattugliata da guardie armate, e anche le forze dell'ordine italiane vigilavano su eventuali minacce al personale americano. In compenso, quella notte le acque del Mediterraneo a est della base erano perfettamente calme, disturbate solo dallo Zodiac in avvicinamento. Il gommone si avvicinò a riva a motore spento. I tre uomini saltarono nell'acqua alta fino alla vita e lanciarono i remi a bordo.

Non si presero il disturbo di portare il piccolo natante fino alla spiaggia, né di ancorarlo al fondo o ormeggiarlo a una banchina. Sapevano che non ne avrebbero più avuto bisogno.

Ognuno dei tre aveva un mitra H&K con diversi caricatori di riserva, e un giubbotto esplosivo avvolto in un doppio strato di sacchetti di plastica. Si erano dati un gran daffare per proteggere quell'attrezzatura, sin da quando l'avevano ricevuta in Slovenia.

Controllarono la spiaggia su cui erano arrivati – deserta – e uscirono dall'acqua, correndo sulla sabbia per acquattarsi nell'erba che cresceva sul ciglio di una strada. Dall'altra parte, il panorama era esattamente quello che si erano aspettati: un piccolo e tranquillo abitato, case a uno o due piani e tetti di tegole.

Il capo dell'unità – scelto solo in base al fatto che dal suo smartphone si poteva controllare Google Maps – tirò fuori il cellulare da una bustina impermeabile e controllò lo schermo. Ci mise qualche secondo per orientarsi, e alla fine si rese conto che avevano raggiunto la costa più a sud del punto prestabilito. Indicò verso destra, dicendo: «Due isolati più in là».

Indossarono i giubbotti esplosivi e si controllarono a vicenda per essere sicuri che fosse tutto a posto. Poi si avviarono lungo la strada che costeggiava il mare. Poco dopo svoltarono a sinistra, per imboccare di corsa via Pesce Falco. Intorno a loro, un susseguirsi di cancelli e giardini recintati. Pur facendo di tutto per evitare il fascio di luce dei lampioni, sacrificarono la furtività a favore della velocità. Il capo chiudeva la corta fila, il telefonino davanti agli occhi per individuare la casa giusta.

A metà della strada si fermò di colpo. Gli uomini davanti a lui proseguirono per una decina di metri prima di rendersi conto dell'errore e tornare indietro, inginocchiandosi sul marciapiede buio.

All'apparenza la casa alla loro destra non aveva niente di speciale: era solo una delle decine di abitazioni che affacciavano sulla via. Accanto all'edificio c'era una striscia di terreno sabbioso coperto d'erba alta, che decisero di sfruttare per entrare dal lato opposto. Saltarono la staccionata e avanzarono svelti, fermandosi poi di fronte alla portafinestra scorrevole sul retro. Il primo del gruppo provò la maniglia, ma la porta era chiusa a chiave. Si asciugò il sudore dalla fronte.

Fece un cenno ai compagni, quindi usò il calcio del suo MP5 per frantumare il vetro. Infilò la mano, aprì la porta e fece strada nella casa, avvolta dal buio.

*

La villetta, con quattro camere da letto, veniva data in affitto e al momento ospitava quattro ufficiali della marina americana. Si trattava di tenenti di vascello sulla ventina – tutti scapoli e piloti di F/A-18 Hornet – che alloggiavano fuori dalla base.

La legge italiana e le regole della marina americana proibivano di girare armati fuori dell'area della Naval Air Station, ma il ventiseienne Mitch Fountain nascondeva sempre in casa la sua Beretta M9. Sapeva che sarebbe finito nei guai se l'avessero scoperto, eppure continuava a farlo: originario del South Dakota, era cresciuto in mezzo alle armi anziché ai palloni da football, e il pensiero di combattere una guerra contro i terroristi senza nemmeno una pistola sul comodino non gli andava affatto a genio.

Era l'unico dei quattro tenenti con un'arma in casa; per cui, quando il rumore della finestra sfondata lo svegliò nel cuore della notte, seppe subito che toccava a lui vedere cosa fosse successo. Controllò l'orologio: le quattro e mezza. Prese la Beretta dal comodino, tolse la sicura e corse fuori dalla camera da letto.

Arrivato sul pianerottolo, vide tre uomini che salivano le scale, illuminati da una luce di cortesia collegata a una presa nel muro. Erano armati, quindi non esitò. Tre proiettili colpirono uno degli aggressori, alla gola, al mento e in fronte.

Poi, il tenente di vascello Mitch Fountain fu ucciso da una raffica proveniente dall'MP5 del secondo intruso.

Quest'ultimo si fermò a metà delle scale, si voltò, e raggiunse il compagno morto, che era rotolato giù per le scale. Cominciò a togliergli il giubbotto esplosivo, mentre il terzo terrorista raggiungeva il corridoio al primo piano.

Gli altri tre americani si stavano ancora svegliando. In fondo, la portafinestra era stata sfondata meno di venti secondi prima. Cercando qualcosa con cui difendersi, afferrarono rispettivamente una mazza da baseball, una racchetta da tennis e un coltello da combattimento pieghevole, e corsero fuori dalle proprie camere.

Il combattente dell'ISIS giunto in cima alle scale li vide uscire nel corridoio, lasciò cadere il mitra che imbracciava e afferrò l'interruttore a pressione che pendeva dal polsino sinistro. Premette lo stantuffo mentre il primo americano lo colpiva alla tempia con la mazza da baseball, ma ormai il suo lavoro era terminato.

Le fiamme dell'esplosione invasero l'intero corridoio, dilaniando l'edificio e uccidendo all'istante i quattro. Al piano terra, l'unico combattente sopravvissuto fu scaraventato al suolo. Si rialzò, finì di recuperare il giubbotto e schizzò verso la porta d'ingresso stringendolo in mano. Giunto in strada, girò a destra. In direzione ovest.

Anche se non aveva un altro obiettivo prestabilito, la maggior parte delle case su quella via erano usate come alloggi dagli ufficiali della Naval Air Station; o così gli era stato detto. Solo, si mise a correre nel buio della notte; tutt'intorno le luci degli appartamenti si accendevano e gli allarmi delle auto scattavano a causa dell'onda d'urto dell'esplosione. Lui cercava solo altri ufficiali americani da uccidere.

Quarantacinque secondi dopo scelse la villa più grande della strada, attraversò di corsa il vialetto e arrivò alla porta d'ingresso proprio mentre qualcuno la stava aprendo. Apparve un uomo in vestaglia. Sembrava voler individuare l'origine dell'esplosione, ma fu atterrato dal giovane terrorista. Caddero entrambi, e il killer del califfato scorse altre persone scendere le scale dal piano superiore. Poggiò il pollice sui detonatori dei due giubbotti esplosivi e premette simultaneamente gli stantuffi.

*

Il presidente degli Stati Uniti era seduto nella sala conferenze dell'Air Force One, lo sguardo su quattro schermi appesi alla parete. Mentre il Nebraska scivolava via undicimila metri sotto il velivolo, lui era in teleconferenza con il segretario della Difesa, il segretario di Stato, il procuratore generale e con la direttrice dell'intelligence nazionale. Un viso su ciascun monitor. Era presente anche il suo capo di gabinetto, Arnie Van Damm, seduto in disparte nella cabina del 747.

Il segretario della Difesa, Bob Burgess, stava passando in rassegna gli eventi. «In tutto sono morti dieci innocenti, tra cui sei americani. Cinque erano giovani ufficiali della marina. I primi quattro erano piloti di Hornet, membri di una squadriglia che al momento effettua operazioni di supporto in Libia e Siria. L'ultimo era un capitano di corvetta, ucciso insieme alla moglie. Era il nuovo responsabile del controllo aereo alla base, arrivato a Sigonella appena tre giorni fa. Non disponendo ancora di una sistemazione, alloggiava in un bed and breakfast vicino alla spiaggia, poco più avanti rispetto alla casa affittata dai piloti.» Una pausa. «Fra le vittime ci sono anche due austriaci in vacanza, marito e moglie, e due italiani. Cinque i feriti, due in maniera grave.»

«Un sito Internet collegato allo Stato Islamico, e che riteniamo attendibile» aggiunse Mary Pat, «ha rivendicato l'attacco cinque minuti dopo le prime notizie. Hanno persino caricato dei video inneggianti agli attentatori e fatto il nome di uno dei piloti morti. Non c'è dubbio che si tratti di un'operazione dell'ISIS, organizzata sfruttando informazioni precise sugli obiettivi da colpire.»

«Come diavolo facevano a conoscere l'indirizzo esatto dei piloti?» domandò il presidente. «O a sapere che il capitano di corvetta alloggiava nel bed and breakfast lungo la strada?»

La frustrazione della Foley era evidente. «Ancora non ne abbiamo idea. Il dipartimento della Difesa e la comunità d'intelligence al completo stanno effettuando test su tutte le reti, alla ricerca di tracce di violazioni informatiche che avrebbero potuto compromettere le vittime. Fino a ora, niente.»

«È come l'attentato al capitano di fregata Hagen. Un altro attacco alla marina...» disse Ryan.

«Solo che questa volta gli aggressori sono combattenti ISIS» commentò Burgess, «non un universitario russo che aveva abbandonato gli studi. D'altra parte, in entrambi i casi le informazioni sfruttate dai killer erano precise, e molto difficili da reperire.»

«D'accordo» sentenziò Ryan. «si tratta senza dubbio della principale minaccia sul fronte estero. Possibile che l'attentato sia opera di Abu Musa al-Matari? Se si trova in Europa, forse non sta venendo qui come temevamo...»

Fu Mary Pat Foley a rispondere. «Non credo. L'intelligence estera dello Stato Islamico ha dei responsabili dedicati per quell'area, e vivono tutti in Europa. Diamine, la maggior parte di loro è *nata* in quel continente! Lì, al-Matari non giocherebbe in casa, al contrario di una decina di suoi compagni dello stesso rango.»

«Ha senso» concordò Ryan.

«Inoltre» aggiunse il DNI, «abbiamo novità su Musa al-Matari.»

«Belle o brutte?» domandò Ryan.

«Non belle» intervenne Dan Murray. «Abbiamo cercato di localizzare la "Scuola di Lingue" di cui parlava, almeno secondo la ragazza yazida. E pensiamo di averla trovata. Giungla di El Salvador. Vicino a dove gli istruttori guatemaltechi avevano detto che sarebbero andati per il corso di addestramento.»

«Un gruppo di jihadisti va a El Salvador e nessuno dei nostri agenti federali lo nota?» chiese Ryan.

«Già. C'è da dire che quel posto è davvero sperduto.» Murray aggrottò la fronte. «Gli uomini dell'FBI l'hanno perlustrato ieri: abbandonato e ripulito, ma c'erano abbastanza bossoli da far sospettare un programma di training intensivo.»

«Armi leggere?»

«Pistole, fucili. E tracce di piccoli esplosivi. Ma non aver trovato altro non significa che non ci *fosse* altro.»

«Dimensioni dell'unità addestrata?»

«Difficili da stabilire. Le strutture sono preesistenti: costruite negli anni Ottanta, naturalmente non a beneficio dell'ISIS. Ma a giudicare dall'area in cui bruciavano i rifiuti e dalle testimonianze dei locali – che hanno sentito sparare per tre o quattro settimane – pensiamo potesse contare tra i venticinque e i cinquanta effettivi. Se stanno venendo qui, si divideranno, ovvio. Gruppi da quattro a otto persone, immagino. La buona notizia è che non si tratta di unità tenute separate e all'oscuro l'una dell'altra: se prendiamo uno di quei terroristi, avrà di certo qualche informazione sui membri delle altre cellule.»

«Perché addestrarli insieme?» chiese Ryan.

A rispondere fu di nuovo Mary Pat. «Ottima domanda. In effetti è una prassi anomala. Ma al-Matari è intelligente, quindi possiamo dare per scontato che non sia stato uno sbaglio. Aveva un valido motivo per riunire tutti nello stesso posto.»

«Ho esteso il raggio della mia indagine» disse Dan Murray. «Abbiamo ricontrollato chiunque sia stato sulla lista nera negli ultimi cinque anni, compresi uomini e donne che non erano più sotto sorveglianza. E abbiamo ottenuto un riscontro quasi subito. Un tipo che avevamo già controllato è stato assassinato il mese scorso a Hallandale Beach, in Florida. Gestiva un 7-Eleven. Era dietro al bancone quando lui e la moglie sono stati uccisi con un'arma da fuoco. Nessun segno di furto. La polizia locale aveva liquidato il caso come una rapina finita male, ma abbiamo messo comunque alcuni dei nostri a interrogare gli altri dipendenti. Secondo uno di loro, il proprietario del negozio aveva detto qualcosa a proposito di prendersi delle ferie per andare in una scuola di lingue in Guatemala. E, poco prima dell'omicidio, si era fatto sfuggire che la moglie l'aveva costretto a rinunciare.»

Ryan si accigliò, ma non perché le informazioni riferite lo avessero colpito. In base alla sua esperienza nel mondo dell'intelligence, quella era una pista decisamente scarna su cui lavorare.

Anche Murray ne era consapevole. «Poi abbiamo individuato un altro tizio» proseguì. Una pausa per controllare il proprio iPad. «Kateb Albaf, un cittadino turco che aveva frequentato l'università di Santa Clara. Era sulla lista dei possibili terroristi un paio di anni fa, per via di alcune dichiarazioni rilasciate a un giornalista durante una manifestazione. L'avevamo messo sotto sorveglianza e avevamo mandato un agente sotto copertura a fare due chiacchiere con lui, ma alla fine avevamo stabilito che fosse solo uno studente. Non ha mai scoperto che eravamo interessati a lui.»

«E ora dove si trova?» domandò Ryan.

«Fino a un mese fa era ancora in California, proprio dove l'avevamo lasciato, ma abbiamo scoperto che è appena andato in viaggio in Honduras.» Murray alzò gli occhi dall'iPad per guardare il presidente. «Secondo un compagno di corso, avrebbe trascorso sei settimane in una scuola di lingue. Aveva detto di voler imparare lo spagnolo. Abbiamo verificato i suoi spostamenti aerei, e coincidono con il periodo in cui gli ex militari guatemaltechi erano lontani da casa.»

«Mi chiedo quanto sia migliorato il suo spagnolo» commentò Ryan.

«Forse non quanto la sua abilità nel costruire giubbotti esplosivi» borbottò Dan Murray.

Ryan spostò lo sguardo da lui a Mary Pat. «Andiamo. Ditemi che c'è dell'altro.»

«In effetti dell'altro c'è» confermò la direttrice dell'intelligence nazionale. «Un terzo uomo che in passato era sulla lista nera – Mustafa Harak, un venditore di auto ventiseienne di Atlanta – ha detto ai colleghi che sarebbe andato in America centrale per frequentare una scuola di lingue. Ha parlato del Guatemala. Le date dei suoi spostamenti coincidono quasi alla perfezione con quelle del cittadino turco.»

Ryan fece oscillare la testa avanti e indietro. Cominciava a scorgere delle linee con cui unire i puntini. «Il Guatemala e l'Honduras confinano entrambi con El Salvador. I due hanno preso un aereo per quelle destinazioni e attraversato la frontiera in autobus, per imparare a maneggiare fucili ed esplosivi... Credo abbiate ragione: dovremmo seguirli da vicino.»

«Purtroppo» disse Murray, «non possiamo pedinare né Albaf né Harak. Nessuno dei due è tornato a casa. Le auto ci sono, loro no.»

«Carte di credito?» domandò il presidente.

«In entrambi i casi, l'ultimo utilizzo registrato risale a prima della partenza. E a proposito di Kateb, il turco della California: anche sua moglie Aza è scomparsa.»

«Merda» disse Ryan. «Sanno come muoversi. A quest'ora si staranno già posizionando.»

La Foley annuì. «Esattamente.»

«Siamo riusciti a fermare il primo attacco di Abu Musa al-Matari perché le foto satellitari ci hanno rivelato il suo campo d'addestramento in Siria» proseguì Ryan. «Così, stavolta ha scelto El Salvador.»

«Stiamo controllando le barche partite da La Libertad, il porto più vicino alla struttura che hanno usato. Venticinque chilometri di distanza» disse Mary Pat. «E ovviamente i voli in partenza da San Salvador. Charter, merci... Qualsiasi cosa sia atterrata negli Stati Uniti negli ultimi dieci giorni.»

«Certo, potrebbero essere partiti da qualsiasi altro posto» chiarì Murray. «Sarebbe bastato uno scalo, un trasbordo... Ma al momento è tutto ciò che abbiamo.»

«E solo al Miami International devono essere arrivate centinaia di aerei con quelle caratteristiche» commentò il presidente. «Se aggiungiamo anche Houston, Los Angeles, Atlanta... Santo cielo.»

«Io e Jay continueremo a indagare sul fronte internazionale» disse Mary Pat, «e Dan farà lo stesso su quello federale. E abbiamo già allertato la Sicurezza interna.»

Ryan guardò l'identikit che il disegnatore della polizia aveva realizzato grazie ai ricordi della ragazza yazida. «È ora di rendere pubblica la faccia di Abu Musa al-Matari.»

«Sono d'accordo» disse Murray. «Diremo che pensiamo si trovi negli Stati Uniti, che è pericoloso e che ha legami con l'ISIS. Otterremo la copertura mediatica che ci serve, anche se per un tizio del genere non dev'essere complicato cambiare aspetto.»

Dopo aver taciuto a lungo, Scott Adler intervenne di nuovo. «Signor presidente, tornando all'attentato a Sigonella... C'è un'altra cosa che deve sapere. Forse non è un buon momento per tirar fuori la questione, ma durante la conferenza stampa all'atterraggio le faranno di certo delle domande.»

Alle parole del segretario di Stato, Bob Burgess fece una smorfia. I due non erano collegati in video, quindi non potevano vedersi: Ryan intuì subito che il responsabile della Difesa sapeva già cosa volesse dirgli Adler, e non gli piaceva affatto.

«Di che si tratta, Scott?» domandò.

«A quanto sembra, uno degli ufficiali della marina assassinati aveva con sé una pistola.» Una pausa. «Fuori dalla base. Il che viola tanto le leggi italiane quanto il nostro regolamento.» Un'altra pausa. «L'hanno trovata sulla scena, ed è stata usata per uccidere uno dei terroristi.»

Ryan scosse la testa. «Scott...»

«Signore, le sto solo riferendo l'accaduto. Gli italiani sono su tutte le furie. E io dirò loro, con assoluta calma, di baciarmi il culo. Se non riescono a proteggere i soldati stranieri stanziati nel loro Paese, allora quegli uomini devono proteggersi da soli.»

A quelle parole Burgess sembrò rilassarsi, come Ryan non mancò di notare. Ma il presidente alzò una mano per interrompere il segretario di Stato.

«No, Scott. Grazie per aver dato voce ai miei pensieri, però resti il capo della nostra diplomazia. Parlerò con il presidente Morello e risolverò la faccenda. Se un giornalista mi dovesse fare delle domande al riguardo, dirò che sono in corso delle indagini e non posso dare risposte in merito.» Alzò le spalle. «E aggiungerò che, a livello personale, sono felice che un nostro pilota abbia fatto fuori a uno di quei bastardi.»

Si voltò verso Arnie Van Damm, che non disse niente.

«Come ovvio, signor presidente» specificò Burgess, «la nostra preoccupazione principale è difendere gli uomini che alloggiano vicino a Sigonella.»

«E vicino a ogni altro posto in cui si conducono operazioni contro l'ISIS» aggiunse Ryan. «Bahrain, Francoforte, Incirlik. Merda... Abbiamo basi in tutta Europa. E sono quasi tutte coinvolte in operazioni in Medio Oriente.»

«Esatto» confermò Burgess. «Ma nelle strutture non c'è abbastanza spazio per ospitare tutti i soldati e le loro famiglie. Gli alloggi esterni sono una necessità.»

«Per quanto mi riguarda, i piloti sono in prima linea. Li voglio dentro i confini delle istallazioni. Così come gli uomini delle forze speciali e gli ufficiali d'alto grado. Per quanto riguarda Sigonella, farò in modo che il presidente Morello ci permetta di piazzare temporaneamente delle guardie all'esterno dell'area. Polizia militare. Intanto, cercheremo di portare ogni soldato dentro il perimetro recintato.»

«Scusi, signor presidente» disse Burgess «ma sembra una resa ai terroristi.»

«Non lo è. È una resa a questa maledetta fuga di notizie! Ancora non sappiamo quanto sia estesa, e io non me ne starò seduto a guardare mentre i nostri uomini muoiono a causa di qualcosa che non capiamo.»

Burgess annuì. «Sì, signore.»

La videoconferenza terminò alcuni secondi più tardi, e Arnie Van Damm avvicinò subito la sedia a quella di Ryan.

«Questo riaccenderà le critiche nei confronti della nostra politica in Medio Oriente.»

Ryan annuì. «Due anni fa nessuno voleva una nuova invasione terrestre dell'Iraq. E nessuno ha mai voluto mandare i nostri soldati in Siria. Portare avanti la lotta all'ISIS con attacchi aerei e forze speciali, affiancando i curdi e l'esercito iracheno, sta dando i suoi frutti.»

«Sono d'accordo» disse Arnie, «ma se lo Stato Islamico prende di mira le nostre basi in Europa o – Dio non voglia – negli Stati Uniti, da destra chiederanno un coinvolgimento maggiore. Vorranno che faccia qualcosa, e che lo faccia in fretta. Mentre a sinistra vedranno aprirsi un varco, anche se non sapranno nemmeno loro come sfruttarlo.»

Jack annuì di nuovo. «Credo nella nostra politica. E simili bordate sono il prezzo da pagare per sostenerla.» Il presidente si prese un momento per guardare fuori da un oblò. I territori dell'Iowa scorrevano sotto di loro. Stava lottando contro una rabbia crescente, scatenata dalla frustrazione di non poter combattere ciò che non capivano. Fino a quel momento, nessuno era stato in grado di trovare un senso organico alle nuove – e in apparenza slegate – minacce alla nazione. Era come se un cancro si fosse diffuso nel Paese; prima lentamente, poi sempre più in fretta. E con sempre nuove metastasi.

Temeva che Sigonella fosse lo stadio successivo della malattia e che, se lui e la sua squadra non fossero riusciti a controllarla, quella si sarebbe diffusa. Sapere che Musa al-Matari era di nuovo in gioco, rintanato da qualche parte, lo portò a chiedersi se il prossimo attacco non avrebbe colpito proprio l'Iowa.

24

Anche quella mattina, Jack Ryan Junior arrivò presto al lavoro per correre con la squadra. E anche quella mattina era silenzioso e rabbuiato. Stava ancora pensando all'Indonesia, a quanto vi era successo e alle conseguenze che aveva avuto.

Accanto a lui, Midas cercava di fare conversazione. L'ex agente della Delta era più grande di lui di alcuni anni, ma Jack non aveva problemi ad ammettere che era in splendida forma. Riusciva a correre il chilometro in cinque minuti, ancora e ancora, e nel frattempo chiacchierare come fosse a prendere l'aperitivo al bar. L'unico problema era che Ryan non aveva alcuna voglia di parlare. Non faceva che riflettere su quelle che considerava le proprie responsabilità, per il destino orribile toccato a Minsk a una donna che non aveva mai visto. E siccome non prestava attenzione al nuovo arrivato, l'ex Delta accelerò il passo e si isolò dal resto del gruppo.

Dopo l'allenamento, Jack si fece la doccia e andò in ufficio, dove cominciò a controllare la posta elettronica. Intanto, teneva d'occhio le notizie in arrivo dall'Italia. Arrabbiato e triste come la maggior parte degli americani che aveva saputo dell'attentato, continuava a pensare alle parole del padre sulla violazione di origine sconosciuta, la stessa che probabilmente aveva portato alla morte di Jennifer Kincaid. Però, non aveva informazioni riservate sugli eventi di Sigonella; e anche se i media definivano l'attacco al personale della marina come un attentato terroristico, la CNN non specificava se era volto a colpire obiettivi specifici. Stando a quanto riportato fino a quel momento, sembrava invece che i terroristi avessero sparato all'impazzata e si fossero fatti esplodere in alcune proprietà in affitto vicino alla base, ipotizzando in questo modo di poter uccidere alcuni americani.

Alle otto e trenta, Jack fu convocato nell'ufficio di Gerry Hendley, dove trovò l'ex senatore che lo aspettava con caffè, paste e frutta fresca. Davanti alla scrivania di Gerry era seduto il direttore della sezione IT del Campus, Gavin Biery. Uomo corpulento e trasandato vicino ai sessanta, al lavoro era conosciuto per l'abilità nello stanare e aggredire ogni confezione di ciambelle, per cui Jack fu sorpreso nel vederlo fare colazione con una bottiglietta d'acqua e un'arancia. Non disse niente, si limitò a inarcare un sopracciglio mentre si versava una tazza di caffè nero, ma Gavin era anche una persona perspicace.

«Si chiama "dieta", Jack. Non tutti hanno quattro ore al giorno per allenarsi.»

Era vero, Ryan era in ottima forma e si allenava con regolarità, ma di sicuro non per quattro ore al giorno. Anzi, in quella settimana non aveva avuto il tempo di andare in palestra nemmeno una volta, cosa che però si astenne dal far notare a Gavin. Invece, disse: «Buon per te, Gav. Voglio che tu viva per sempre».

«Solo perché risolvo tutti i tuoi problemi tecnologici, che non sono pochi.»

Jack si mise a sedere. «In realtà, mi mancherebbero più di ogni altra cosa le tue grandi doti relazionali.»

La televisione appesa alla parete dello studio era sintonizzata sulla CNN, che trasmetteva in diretta da Sigonella. Le immagini mostravano una casa invasa dal fumo, davanti alla quale era parcheggiata una decina di mezzi d'emergenza. L'apparecchio era in modalità silenzioso, ma una scritta nella parte bassa dello schermo recitava: ATTACCO ALLA MARINA USA: 12 MORTI E 5 FERITI. Gerry e Gavin avevano guardato il notiziario mentre aspettavano Jack, ma ora Hendley si voltò, prese il caffè e andò a sedersi alla scrivania, di fronte ai due dipendenti.

«Gavin, ieri Jack mi ha chiesto di contattare il DNI per offrire il nostro aiuto nell'individuare una falla nella sicurezza interna, che ha portato a una fuga di notizie. La stessa che ha fatto saltare la copertura di Jennifer Kincaid e l'ha fatta assassinare in maniera così brutale. Così, a sera, ho parlato con Mary Pat Foley e ho messo a sua disposizione i nostri analisti.»

Gavin era stato aggiornato su quanto successo in Indonesia, e sul tragico epilogo dell'operazione.

«Cos'ha detto la Foley?» domandò, mangiando uno spicchio d'arancia.

«Ha accettato di farci entrare nelle indagini, a livello informale.»

Jack strinse il pugno. «Fantastico, Gerry. Grazie.»

«Sembra proprio un bel mistero. Ma cosa intendi con "a livello informale"?» aggiunse Gavin.

«Alla NSA e in altre agenzie sanno cosa sono riusciti a fare i nostri analisti in passato.» Gavin gli lanciò un'occhiata perplessa, e Gerry provò a rimediare. «Gli analisti *e* gli informatici, ovvio. In particolare per quanto successo con la Cina qualche anno fa.»

Gavin annuì. «Già. Potremmo dire che quella volta ho salvato il mondo, vero?»

«Verissimo» si affrettò a confermare Jack. «Hai salvato tutti. Gerry, stavi dicendo?»

«Dan Murray ci invierà la documentazione dettagliata riguardo all'ampia violazione di dati riservati, in corso ormai da due settimane. Anzi, a quest'ora dovrebbe essere già nei nostri server. Potrete analizzare tutto ciò che hanno scoperto. Se troverete qualcosa, lo faremo sapere a Murray o alla Foley.»

«Mi avete parlato della povera agente della CIA, a Minsk» disse Gavin. «Ma quant'è grande la falla?»

«Da quel che mi ha riferito Mary Pat, per ora nessuno lo sa. Pare emergano tracce di nuove compromissioni ogni due giorni.»

«Potrebbe essere collegato in qualche modo a quanto successo con i cinesi, due anni fa?» domandò Gavin. «Se ricordi, erano entrati nel JWICS.» All'inizio dell'ultimo mandato del presidente Ryan, alcuni hacker cinesi erano riusciti a sottrarre informazioni riservate della comunità d'intelligence dal Joint Worldwide Intelligence Communications System, il network dei servizi segreti americani. Avevano compromesso le comunicazioni fra i vari attori e creato un breve momento di panico. Per fortuna di tutti, il Campus – guidato dal genio formatosi al MIT Gavin Biery – aveva individuato il colpevole della violazione e messo fine alla crisi.

«È la prima domanda che le ho fatto» annuì Gerry. «Ma secondo Mary Pat la situazione attuale non può essere ricondotta a quell'operazione. Questa falla ha compromesso persone dei dipartimenti di Giustizia e di Stato, della marina e della CIA: ci sono finiti in mezzo uomini e donne i cui dati non avevano motivo di passare attraverso il JWICS.»

«Allora com'è possibile che sia una falla sola?» chiese Jack. «Gli enti governativi che hai menzionato non comunicano sfruttando un'unica rete. E ciascuno di quei network viene visionato all'interno di SCIF.» Una SCIF era una *sensitive compartmented information facility*, una struttura sicura per la conservazione ed elaborazione di informazioni riservate.

Gavin non disse niente, il che era strano per uno che sembrava avere sempre la risposta pronta. Jack ne fu sorpreso. Il responsabile della sezione IT era un uomo brillante; probabilmente la risorsa più importante dell'intero Campus, come non mancava mai di far notare. Ora, invece, aveva lo sguardo perso nel vuoto.

Anche Gerry se ne accorse. «Gavin, tutto bene?» chiese.

«Stavo pensando alla domanda di Ryan. Vorrei dare un'occhiata alle specifiche di questa falla, o almeno a quanto il dipartimento di Giustizia è riuscito a determinare in base alle operazioni compromesse che hai citato. Poi, io e Jack ci consulteremo per cercare di capire da dove arrivino tutte quelle informazioni riservate. Di quanti casi stiamo parlando?»

«Non lo sanno con sicurezza nemmeno al dipartimento di Giustizia. Ci sono la Kincaid e gli agenti dell'FBI che dovevano intervenire a Giacarta ma sono stati trattenuti all'aeroporto. Poi un agente della CIA fermato in Iran, e un comandante della marina rintracciato sfruttando informazioni molto puntuali, anche se non riservate.»

«Per cui tre o quattro casi» sentenziò Jack.

«Di cui siamo a conoscenza. Tutti gli incidenti menzionati si sono verificati nelle ultime due settimane, ma potrebbero essercene stati altri. E non è detto che sia finita.»

In quell'istante, i tre sentirono la voce della segretaria di Gerry all'interfono. «Direttore Hendley? Il procuratore generale Murray per lei.»

Il direttore del Campus sapeva bene che, quella mattina, il procuratore generale era una delle persone più impegnate al mondo, quindi afferrò svelto la cornetta. «Ciao, Dan.»

Jack e Gavin studiarono l'espressione del proprio capo, mentre questi ascoltava ciò che Murray aveva da dire.

«Sì, l'ho visto.» Poi: «Ne siete sicuri? Quanto?».

Un minuto dopo aveva già riattaccato, ed era tornato a concentrarsi sui suoi due dipendenti. «Aggiungete all'elenco Sigonella. I terroristi avevano accesso a informazioni riservate riguardanti gli obiettivi da colpire. Secondo Dan potrebbe trattarsi della stessa falla.»

«Gli incidenti sembrano proseguire» rifletté Gavin a voce alta.

«Credo faremmo bene a metterci subito al lavoro» disse Jack.

Gerry si girò verso di lui. «So che sei molto coinvolto, per via di quanto successo a Giacarta.»

Jack annuì. «Sono coinvolto, sì. Ma questo mi aiuterà a concentrarmi sulle indagini, non sarà una distrazione.»

Gerry lo osservò per qualche secondo. «È tutto ciò che volevo sentire. Grazie a entrambi. Fatemi sapere se avete bisogno di qualcosa. Una telefonata a Dan, a Mary Pat o a Jay, e potrei fornirvi nuove informazioni o risorse.»

Alcune ore più tardi, Jack e Gavin erano concentrati sui documenti che il dipartimento di Giustizia aveva inviato, scaricati sui loro portatili sicuri. Sedevano ai lati opposti di un lungo tavolo, in una sala conferenze al terzo piano, e stavano leggendo quanto scoperto su ogni incidente, oltre alle strategie intraprese per scoprire come fossero state ottenute le informazioni sulle vittime.

Avevano deciso di dividersi i compiti. Gavin si sarebbe concentrato sul lavoro svolto in ambito informatico, ricontrollando il materiale d'indagine su possibili violazioni in grado di coinvolgere tutte quelle persone; Jack, invece, si sarebbe occupato delle altre cause possibili: agenti nemici all'opera, doppiogiochisti interni, condivisione di informazioni riservate attraverso i canali aperti con agenzie d'intelligence straniere... Qualsiasi evento – accidentale o deliberato – che avrebbe potuto esporre gli uomini e le donne presi di mira.

Mentre rileggeva i documenti, Jack cercò di capire cosa fosse necessario sapere di ogni persona coinvolta per renderla un obiettivo. Trovava che fosse proprio questa la parte più interessante del problema: sembrava che qualcuno avesse lavorato sodo per elaborare le informazioni riservate e arrivare a rintracciare alcuni soggetti in particolare.

Il primo caso a destare sospetto era stato quello di Scott Hagen. Poi era toccato al NOC arrestato in Iran; secondo quanto dichiarato alla loro emittente di Stato, le autorità di quel Paese avevano le prove che l'uomo si chiamava Collier e lavorava per la CIA da undici anni. L'Agenzia aveva scoperto – tramite fonti e metodi non menzionati nei documenti inviati al Campus – che gli iraniani avevano usato un lettore d'impronte digitali per identificarlo. Dettaglio che incuriosì Ryan: non riusciva a immaginare uno scenario in cui, per puro caso, simili dati su un funzionario CIA fossero stati esposti al punto da finire poi nelle mani degli iraniani.

Inviò alcune domande agli analisti del Campus, e lo stesso fece Gavin con gli uomini della sezione IT. Entrambi stavano lavorando sodo.

Gavin scoprì che, fino a quel momento, l'NSA aveva svolto unicamente controlli preliminari per valutare l'integrità delle reti riservate; avevano preso in considerazione una possibile violazione informatica solo da pochi giorni, e per ora non erano emerse prove di attacchi in grado di diffondere informazioni di quel genere.

Quando i due si fermarono per la pausa pranzo era ormai metà pomeriggio. Gavin spiluccò un'insalata che si era portato da casa, mentre Jack ordinò un panino con pollo grigliato da un locale lì vicino. Mentre mangiavano, discussero di quanto emerso.

«Pare che la comunità d'intelligence – o almeno, chi sta indagando sui casi – pensi a una fuga di informazioni dovuta a qualcuno che conosceva tutti i soggetti coinvolti» disse Jack.

«Molto improbabile» ribatté Gavin.

Jack era preparato allo scetticismo del collega: era sicuro che, da buon informatico, propendesse per la violazione di una rete.

«Secondo Mary Pat l'NSA ha effettuato un controllo sicurezza su tutti i network gestiti dalle agenzie coinvolte, e non ha trovato niente. Inoltre la falla è stata sfruttata da organizzazioni eterogenee, il che ha spinto il governo a escludere l'operato di una singola nazione: i pochi Paesi in grado di hackerare le nostre reti non condividerebbero mai informazioni simili con così tanti gruppi. Per questo sono più propensi a considerare l'operato di una talpa. Qualcuno che vende informazioni riservate a diverse entità.»

«Sì, l'NSA ha effettuato un controllo, e non ha trovato indizi di violazione. Così ha di fatto scartato la possibilità di un attacco informatico. Naturalmente stanno scavando più a fondo, ma i risultati preliminari hanno portato tutti – tranne alcune teste d'uovo all'agenzia – a prendere in considerazione altre strade.» Gavin scosse la testa. «Io credo ancora che sia un caso di spionaggio informatico. Il fatto che non abbiano trovato traccia di hacking non significa che l'hacking non ci sia stato!»

Jack temeva che Gavin si stesse innamorando della propria teoria, ma decise di non insistere. L'ultima cosa di cui aveva bisogno era spingere il responsabile IT del Campus verso una direzione prestabilita. Un buon analista doveva tenere la mente aperta, e Jack non era ancora arrivato a trarre conclusioni certe, tali da imbarcarsi in una discussione per difenderle.

Quattro ore di lettura e ricerche ininterrotte più tardi, Jack si strofinò gli occhi e distolse lo sguardo dal portatile, pronto a chiedere a Gavin se volesse uscire per cenare assieme e poi tornare al lavoro fino a sera. Ma quando guardò dall'altra parte del tavolo vide il robusto informatico che lo fissava con un ampio sorriso.

«Ehm... Tutto bene, Gav?»
L'altro rispose senza esitazioni. «Ho una teoria.»
«Sentiamo.»
«E-QIP.»
Jack non aveva idea di cosa diavolo stesse parlando. «Che è l'e-QIP?»
L'eccitazione di Gavin era evidente. «La banca dati federale che contiene tutte le richieste di nulla osta sicurezza, gli SF-86. Non importa se lavori per l'esercito, per il direttore dell'intelligence nazionale, per l'NSA, per il dipartimento del Commercio, per l'FBI... o se sei un appaltatore che segue un nuovo progetto per l'aviazione militare. *Chiunque* abbia richiesto un nulla osta sicurezza ha compilato l'SF-86. È un questionario lunghissimo, centoventi pagine e passa. E tutti i dati sono contenuti in un unico database. Se mi dici che dipendenti del governo provenienti da agenzie ed enti diversi sono stati compromessi, be', ti rispondo di dare un'occhiata all'e-QIP.»
«Stai dicendo che, per trovare un punto in comune tra i soggetti compromessi, dobbiamo risalire al primo modulo compilato per entrare nel mondo delle informazioni riservate? Alla loro richiesta di accesso?»
Gavin annuì. «Esatto. Dopo la valutazione iniziale, le informazioni dei singoli vengono passate all'autorità che rilascerà la relativa autorizzazione. Il dipartimento della Difesa, della Giustizia, di Stato o quello che sia. Ma quel primo documento viene conservato in un'unica banca dati.»
«D'accordo, chi è il responsabile dell'e-QIP?»
«L'OPM, l'ufficio governativo per la gestione del personale,.»
Ryan Junior ci pensò su per qualche secondo. «Mi piace la tua teoria, Gavin, ma non puoi credere davvero che all'NSA, alla DIA o alla CIA non abbiano già preso in considerazione questa ipotesi, e non abbiano fatto le opportune verifiche.»

«Naturale che l'hanno presa in considerazione! E hanno controllato che l'e-QIP non fosse stato hackerato. Ma, quando non hanno trovato prove per confermare la teoria, sono passati oltre.»

«E tu sei certo che si siano persi qualcosa.»

«Già. Non c'è altro collegamento fra le persone coinvolte. Quindi, sì, sono certo che si siano persi qualcosa. Succede.»

«E l'ipotesi della talpa? Di un individuo interno al governo che abbia tutte le informazioni sui soggetti compromessi? Non si può escluderla solo perché gli enti coinvolti sono così tanti. Prendi Chavez, ad esempio: conosce tutti. Se lo chiamassimo ora, sicuramente potrebbe fare il nome di un NOC della CIA, di un assaltatore dei Navy SEAL, di un ispettore del dipartimento del Commercio, di un pilota di caccia dell'aviazione militare e di un'altra ventina di uomini e donne con accesso a informazioni riservate.»

Gavin scosse la testa. «Si tratta di una violazione informatica, mi ci gioco la reputazione. Non abbiamo a che fare con un tizio che si è messo a spifferare i segreti dei colleghi governativi.»

«Non dico di essere d'accordo con la tua teoria» ribatté Jack, «ma ammettiamo che tu abbia ragione. Che nazione avrebbe i mezzi per bucare la rete dell'OPM?»

Questa volta, Gavin rifletté a lungo. «Cina e Russia sono le candidate più probabili in quanto a capacità tecniche, ma non ci sono loro dietro gli attacchi. Il quadro generale non combacia con quanto abbiamo visto finora delle loro strategie.»

«Concordo. Mosca potrebbe passare alcuni dati all'Iran, e Pechino potrebbe fare lo stesso con la Corea del Nord, ma nessuna delle due fornirebbe all'ISIS informazioni riservate su una base americana in Italia. Anche ipotizzassimo che la Cina voglia crearci problemi interni, i rischi superano i benefici. Sanno bene cosa rischierebbero, se li scoprissimo.»

«Cercherò di restringere il campo sfruttando l'ingegneria inversa. Dammi un po' di tempo per capire come entrare nell'e-QIP. Quando avrò individuato la strada, potrò analizzare le caratteristiche dell'attacco e determinare una rosa di colpevoli plausibili. Questo ci permetterà di lavorare su un sottoinsieme più ristretto di cattivi.»

«D'accordo. Però è il tuo campo, non il mio: cosa posso fare per aiutarti?»

Gavin abbassò lo sguardo sul portatile. «Dovrò stare qui per un po'... Potresti andare a prendermi qualcosa da mangiare. Niente di troppo pesante...»

Jack rise. «Due domande: chi sei, e che ne hai fatto di Gavin?»

Biery si limitò a lanciargli un'occhiataccia.

«Dai, lascia stare: *kale salad* in arrivo!»

«Non sono vegano, Jack: sto solo cercando di mangiare meno. Non uccidermi.»

L'altro si alzò in piedi e andò alla porta. «Tu lavora, alla cena ci penso io.»

25

Abu Musa al-Matari aveva trascorso la prima parte della mattinata a controllare le notizie che arrivavano dalla Sicilia. Si trovava nel soggiorno della sua casa sicura, un edificio in arenaria su North Winchester Avenue, nel quartiere di Lincoln Square, Chicago. Con lui c'erano Algeri, Tripoli e Rahim, il trentaquattrenne a capo della cellula cittadina.

Gli altri membri dell'unità erano andati a fare acquisti: torce, telefoni, cibo, acqua, attrezzatura medica, oltre a fertilizzante e chiodi per costruire ordigni improvvisati. Niente che servisse nell'immediato, ma al momento al-Matari non aveva altri compiti da assegnare alla squadra.

Sebbene gli altri nella casa sicura festeggiassero l'attentato in Sicilia con un «*Allahu Akbar*» a ogni nuovo aggiornamento sul numero delle vittime o sui danni, al-Matari ribolliva di rabbia. Sapeva che dietro c'era il genere di dati riservati che il saudita gli aveva promesso, ma quel tizio non gli aveva detto niente a proposito di una simile operazione in corso in Europa. Era un'informazione rilevante per i suoi combattenti, ma sembrava che l'uomo misterioso stesse facendo dei favoritismi: forniva alle cellule europee dettagli rilevanti, prima ancora di aver indicato ad al-Matari un solo obiettivo da colpire.

Lo yemenita passò il resto della giornata a cercare di contattare la sua fonte senza nome. Lui e tutti i membri dell'operazione avevano installato sui propri cellulari l'applicazione Silent Phone, che permetteva di comunicare in modo sicuro attraverso un protocollo di crittografia end-to-end, usando messaggi, note vocali e persino file. Tuttavia, almeno a livello teorico, al-Matari era l'unico in America ad avere il numero del saudita. Per tutto il giorno cercò di raggiungere il suo ambiguo benefattore, inutilmente. Per qualche motivo il saudita non rispondeva ai messaggi né alle chiamate.

Di ora in ora, mentre nuovi dettagli emergevano sull'attacco in Sicilia e l'uomo che avrebbe dovuto indicargli un obiettivo da colpire continuava a negarsi, la rabbia dello yemenita cresceva. Sapeva che l'attentato in Italia era opera dello Stato Islamico: lo aveva confermato il califfato stesso, con post sui social network che mostravano gli attentatori partire dalla Siria; e persino attraverso le poche informazioni riportate dai notiziari, era chiaro che avesse tutte le caratteristiche di un attacco mirato, organizzato grazie a dati precisi sulla posizione e la storia personale delle vittime. *Esattamente* ciò che gli era stato promesso.

Alle dieci di sera guardò lo schermo del cellulare e vide finalmente un messaggio del saudita. Gli ordinava di chiamarlo. Al-Matari andò subito nella propria stanza, al primo piano della casa, e digitò il numero. Dopo alcuni secondi, necessari per attivare la crittografia end-to-end, l'uomo rispose.

«Ho ricevuto dieci chiamate e altrettanti messaggi. Sono una persona impegnata: cosa c'è di così urgente da non poter attendere?»

«Vedo che è occupato. Occupato in Italia. Avrebbe dovuto informarmi che ci sarebbero stati attentati in Europa.»

Il saudita non mostrò alcun rimorso. «Lei è al comando di diverse cellule, ma è solo un ingranaggio nel piano globale del califfato. Nessuno le ha promesso informazioni su tutte le operazioni a livello mondiale.»

«Mi ascolti bene. Lei non è nemmeno un membro dello Stato Islamico...»

«Non metta in dubbio la mia fedeltà o la mia determinazione, fratello.»

Al-Matari non si fidava per niente del saudita. Stava per ribattere, quando l'uomo proseguì.

«A ogni modo, dovrebbe essere contento: ora gli americani hanno altro su cui concentrarsi.»

«Be', invece non sono *affatto* contento. Sono qui, i miei uomini sono pronti, e ogni giorno passato ad aspettare è un rischio in più per la sicurezza dell'operazione. Mi aveva promesso degli obiettivi!»

«E li avrà.»

«*Quando?*»

Il saudita sospirò. «Capisco la sua preoccupazione, ma sono molto impegnato in altre questioni. Questioni importanti. Mi dia un giorno, e avrò qualcosa per lei.»

Al-Matari non aveva alcuna intenzione di farsi tenere al guinzaglio da quell'uomo. «Forse dovrei cominciare a scegliere obiettivi alternativi.»

Il saudita alzò la voce. «Un. Giorno. Non faccia niente per un giorno!»

«Se non avrò sue notizie fra ventiquattro ore, o non mi fornirà bersagli per le mie squadre, allora comincerò senza aspettare sue indicazioni.»

Musa al-Matari terminò la chiamata. Gli tremavano le mani, ma non avrebbe saputo dire se era per la rabbia nei confronti del saudita o per la smania di mettersi al lavoro.

A più di diecimila chilometri di distanza, Sami bin Rashid guardò il cellulare che aveva in mano, poi il profilo di Dubai fuori dalla finestra del suo ufficio.

«*Waa faqri.*» Maledizione.

A quanto pareva, al-Matari era convinto di essere ingiustamente tenuto all'oscuro dei piani, ma in realtà era il contatto di Bin Rashid – l'uomo che gli aveva promesso informazioni su obiettivi sensibili negli Stati Uniti – a tenere all'oscuro *lui*. D'accordo, gli aveva passato le informazioni sulla base aerea di Sigonella e altri bersagli in Europa, che Bin Rashid aveva girato all'ISIS. La maggior parte delle operazioni del califfato contro gli occidentali si era svolta nel Vecchio Continente, e il saudita conosceva abbastanza l'organizzazione da sapere che il responsabile dell'intelligence estera era nato in Francia da genitori tunisini, e cresciuto a Parigi. Com'era evidente dalle notizie che circolavano, alcune cellule europee erano intervenute per preparare e realizzare l'attacco in Italia, ma Sami bin Rashid non aveva alcuna autorità o controllo su di loro.

Non faceva parte dell'intelligence estera dell'ISIS. Anzi, per usare le parole di al-Matari, lui non era nemmeno un membro dello Stato Islamico! Tuttavia, era l'uomo con i soldi e le informazioni necessarie per mettere a punto gli attacchi in America. O così si era presentato.

Fino a quel momento, però, non era riuscito a mantenere la parola data. E il motivo era lo stesso che l'aveva spinto a mostrarsi così poco disponibile con al-Matari: il bastardo che affermava di avere informazioni in tempo reale sugli obiettivi stava alzando il prezzo. Gli aveva venduto i dati su un pilota della marina stanziato in Italia, e sul personale di altre basi europee coinvolte in operazioni contro l'ISIS, ma aveva raddoppiato la richiesta per quanto riguardava bersagli sul territorio statunitense, sostenendo di correre troppi rischi. Una scusa ridicola. Per quattro mesi quell'uomo aveva promesso di dargli ciò che ora si rifiutava di consegnare, e aveva avuto tutto il tempo per preoccuparsi della propria sicurezza.

Bin Rashid sapeva che era tutta una tattica per ottenere più soldi; la sua fonte era un infedele, un senza dio, per cui c'era da aspettarselo, ma lui lavorava da sempre nel mondo degli affari e dell'intelligence, ed era ben conscio di dover arginare l'avidità di quell'uomo. Era nel giro da abbastanza tempo da sapere che assecondare i capricci di una fonte portava spesso a nuove richieste, e aveva discusso più di una volta con lo sconosciuto di cui conosceva solo il nome in codice, INFORMATORE. Ma il tempo stava per scadere. Al-Matari aveva una volontà di ferro, di questo Bin Rashid era sicuro: se non avesse ottenuto gli obiettivi promessi, avrebbe scelto da sé chi o cosa attaccare, e il potenziale delle sue cellule sarebbe andato sprecato. L'unico modo per far tornare gli Stati Uniti in Medio Oriente era mettere il presidente americano, i responsabili dell'esercito e i direttori delle agenzie di intelligence con le spalle al muro, il saudita ne era conscio. E solo una reale minaccia agli organismi federali sarebbe riuscita nell'intento.

Bin Rashid aveva bisogno di obiettivi, e ne aveva bisogno *subito*. Avrebbe chiesto a Riyad l'autorizzazione per pagare a INFORMATORE la cifra richiesta, mettendo però in chiaro con l'uomo che non ci sarebbero state altre concessioni.

Quattro ore più tardi, Sami bin Rashid aveva ottenuto l'autorizzazione dal direttore dell'intelligence saudita, e i soldi erano stati trasferiti su conti segreti a Dubai. Era finalmente pronto a comprare le informazioni riservate che gli servivano.

Portò il telefono all'orecchio, in attesa che venisse stabilita una connessione sicura. Con suo sollievo, la fonte rispose quasi subito.

INFORMATORE, chiunque fosse, parlava un buon inglese, con un leggero accento che Bin Rashid non era in grado d'identificare. Pensava potesse essere russo, ma era solo un'ipotesi.

«Buongiorno, amico mio» lo salutò. «Come posso aiutarla?»

Si erano già sentiti altre volte al telefono, e il saudita lo trovò come sempre allegro, la voce non priva di fascino, come se stesse andando tutto secondo i piani, a prescindere dall'argomento trattato. Tuttavia, la pazienza di Bin Rashid era esaurita. Non ricambiò il tono cortese.

«Ho bisogno di quei dati, deve darmi ciò che ha promesso. E deve farlo subito.»

«Sono pronto all'invio delle informazioni» disse INFORMATORE. «Ma, come ho chiarito molte volte, posso immaginare cosa stia facendo con il mio materiale. Il che mi renderà una delle persone più ricercate al mondo...»

«Abbiamo già affrontato l'argomento. Lei è al sicuro. Io non sarò collegato agli utilizzatori finali delle informazioni, e non la conosco, né so come raggiungerla. Non so niente di lei. Quindi, lei sarà ancora più insospettabile di me. Ho solo bisogno dei dati che mi ha offerto. Qualsiasi notizia dovesse sentire che le possa sembrare collegata al materiale fornitomi, non dovrà preoccuparsene.»

«Ripeto, sono pronto a procedere. Ma, come le avevo accennato nel mio messaggio della settimana scorsa, il prezzo è raddoppiato. Prendere o lasciare. Sono sicuro che ha avuto il tempo di organizzarsi per sfruttare a pieno le mie informazioni, e immagino abbia pagato profumatamente per allestire e trasferire le sue risorse sul posto. Dovrà ammettere che, anche alle mie nuove condizioni, a questo punto le conviene andare avanti.»

Bin Rashid avrebbe voluto entrare nel telefono, afferrare il collo dell'uomo e spezzarlo. Quell'estorsione era stata pianificata sin dall'inizio, ne era certo. Il bastardo lo aveva in pugno, e adesso lo stava manipolando. Ogni fibra del suo corpo urlava di dire a quel tizio che poteva prendere le sue belle informazioni e infilarsele in culo, ma sapeva di dover acconsentire. Cercò di calmarsi.

«Accetto, a patto che possa darmi oggi stesso dei dati aggiornati.»

INFORMATORE non esitò. «Certo, nessun problema. Basta che lei completi l'ordine attraverso il mio sito sul dark web, proprio come concordato.»

Sami bin Rashid aprì la pagina Internet, mentre INFORMATORE proseguiva.

«Quindi, per ricapitolare: i pacchetti completi su agenti operativi e ufficiali dell'esercito oltre il grado di maggiore costano mezzo milione di dollari l'uno. Quelli per i soldati al di sotto del maggiore, gli analisti e il personale di supporto costano la metà. Generali, ammiragli, direttori della comunità d'intelligence e simili le costeranno un milione. Membri delle forze speciali, duecentocinquantamila; a meno che non facciano parte del Comando congiunto delle operazioni speciali: Delta Force, US Naval Special Warfare Development Group – insomma, l'ex team 6 dei Navy SEAL – eccetera. I pacchetti per questi ultimi costano mezzo milione.»

Nei minuti successivi discussero degli obiettivi con i dati più aggiornati, poi Sami bin Rashid fece un vero e proprio ordine sul sito di INFORMATORE. Il trasferimento dei bitcoin avvenne mentre i due erano ancora al telefono. Cinque milioni di dollari, per una dozzina di obiettivi in totale, la maggior parte dei quali di basso livello. Il saudita sapeva che l'operazione americana sarebbe costata in media un milione di dollari al giorno, come minimo, senza contare le ingenti spese di logistica per le cellule di al-Matari. Ma se alla fine gli Stati Uniti avessero davvero mandato l'esercito in Iraq, fermato le orde di iraniani che spingevano verso sud, deposto il governo alawita siriano pro Iran e fatto risalire il prezzo del petrolio tanto da garantire la sicurezza interna dei regnanti sauditi... Be', in quel caso, il re lo avrebbe ricompensato a vita.

Qualche istante più tardi, INFORMATORE confermò di aver ricevuto i soldi e disse al cliente di controllare la posta sulla mailbox del portale. I documenti erano in arrivo.

Fu di parola: i pacchetti cominciarono a comparire uno dopo l'altro. A mano a mano che Bin Rashid apriva gli allegati, un sorriso si fece spazio nel folto della sua ordinata barba grigia.

Il primo documento conteneva il nome, l'indirizzo e la fotografia di una donna, una cartina dell'area in cui viveva e il suo curriculum alla Defense Intelligence Agency, incluse le assegnazioni interne ed estere che l'avrebbero coinvolta nella campagna americana in Medio Oriente. Inoltre erano riportati i suoi spostamenti giornalieri, incluso l'indirizzo di casa di un'amica, dove sarebbe andata ad annaffiare le piante e controllare la posta per tutta la settimana. Bin Rashid era strabiliato.

Incredibile. Dove diavolo prende queste informazioni?

Il documento successivo conteneva tutte le informazioni necessarie a rintracciare un ex dirigente della CIA appena andato in pensione, ma che continuava a lavorare nel campo come contractor. Parlava arabo, addestrava agenti nell'arte dello spionaggio, del controspionaggio e delle operazioni antiterrorismo, e faceva da consulente in materia di sicurezza per un think tank filocristiano a Washington.

A seguire arrivarono i documenti su un ex Navy SEAL di spicco, con un passato di missioni contro al-Qaida e lo Stato Islamico. All'inizio Bin Rashid non capì perché INFORMATORE avesse scelto quell'uomo, ma dopo aver scorso tutto il fascicolo un nuovo sorriso gli increspò le labbra. «Sì. Perfetto» disse a bassa voce.

Scorse l'intero elenco di obiettivi. Quella dozzina di nomi non comprendeva ammiragli, generali o alti funzionari della CIA, ma voleva che le cellule di al-Matari cominciassero da bersagli meno protetti. I vertici dell'esercito e della comunità d'intelligence statunitensi erano obiettivi di valore, però era più importante che i combattenti dello Stato Islamico ottenessero delle vittorie. Pochi rischi e successi non eclatanti. Voleva... *aveva bisogno* che nuove reclute si unissero in massa alla causa, e sarebbe accaduto solo se le prime missioni avessero avuto successo.

Dopo aver letto l'ultimo documento richiamò INFORMATORE.

«Ciao, amico» lo salutò l'uomo dal curioso accento. «Credo sia soddisfatto dei prodotti che le ho inviato.»

«Quanto è sicuro di queste... informazioni?»

All'altro capo del telefono, Bin Rashid sentì un sospiro marcato. «È il mio lavoro. Come vede, tutti i dati sono aggiornati. Alcuni addirittura a oggi pomeriggio.»

«L'ho notato, sì. Quando avrò altri pacchetti? Altro materiale di questo livello?»

«Quando pagherà per ottenerli. È così che funziona.»

«Certo, lo so. La mia domanda era... ne ha già pronti altri? Di questa qualità, o magari anche più alta?»

«Il numero di prodotti che posso offrirle è pressoché illimitato. Tutti diversi. Forse troverà alcuni più... *interessanti* di altri, e di certo più costosi. Gli unici limiti sono la sua abilità a lavorare quegli obiettivi, e il suo portafoglio.»

«Lavorare»: un eufemismo per «uccidere». Lo sconosciuto sapeva che fine avrebbero fatto quelle persone, Bin Rashid ne era sicuro; tanto più che doveva per forza aver sentito dell'assalto in Italia. Quell'uomo non era certo debole di stomaco.

«Benissimo» disse. «Trasferirò altro denaro sul suo conto la prossima settimana. Bitcoin sufficienti per una dozzina di dossier. E quando sarò pronto a riceverne ancora, magari la settimana successiva, la contatterò. Ha fatto un buon lavoro.»

«Lieto di averla accontentata, amico mio» lo salutò INFORMATORE. «Le auguro il pieno successo dei suoi sforzi.»

Dodici ore più tardi – e poco prima che scadessero le ventiquattro a disposizione del saudita per fornirgli i primi obiettivi dell'ondata di attacchi sul suolo americano – Abu Musa al-Matari era seduto nell'ufficio della casa sicura di Chicago, intento a studiare alcuni fascicoli ricevuti tramite Silent Phone. Ufficiali d'intelligence in servizio e in pensione, uomini e donne impegnati nella battaglia contro lo Stato Islamico. Un membro delle forze speciali che viveva in North Carolina. Un bar di Virginia Beach frequentato da un plotone di Navy SEAL, con le fotografie di quattro operativi e le rispettive biografie...

C'era un solo aggettivo per descrivere quel materiale: incredibile.

Al-Matari si era trovato a operare all'estero con un ventesimo di quelle informazioni, e aveva comunque eliminato con successo i suoi bersagli.

Si concentrò sul fascicolo di un ex Navy SEAL, divenuto famoso negli ultimi due anni grazie a un libro e a diverse apparizioni in televisione per raccontare i propri giorni nel team. Consultando il dossier e verificando con Google, al-Matari scoprì che quell'uomo era diventato una vera e propria celebrità. Al momento soggiornava in un albergo a cinque stelle di Los Angeles, per supervisionare le riprese di un film sulla sua vita. La pellicola avrebbe ripercorso soprattutto un raid in Libia contro Ansar al-Sharia, organizzazione affiliata all'ISIS.

Al-Matari non ebbe dubbi: era l'obiettivo perfetto per la cellula Santa Clara. Al momento l'unità si trovava a San Francisco, ma già l'indomani potevano mandare due membri a Los Angeles, e prepararsi ad agire in sole ventiquattro ore. Un ex soldato che si spostava tra un set cinematografico e una camera d'albergo sembrava un bersaglio fin troppo facile da colpire, e la sua notorietà avrebbe garantito ad al-Matari la giusta risonanza mediatica. Minimo rischio, massimo risultato.

Il fascicolo successivo riguardava un obiettivo perfetto per un paio di membri della cellula Fairfax. Un altro suggeriva un bersaglio importante a un giorno di auto da Detroit. In quei dossier c'erano obiettivi immediati alla portata di tutte le sue cellule.

Decise di tenere Chicago fuori dai giochi per quella prima serie di attacchi: l'unità garantiva la sua sicurezza personale, proteggeva la casa e forniva ad Algeri e Tripoli le materie prime per gli esplosivi che stavano costruendo. Ma le altre quattro si sarebbero messe subito al lavoro.

Controllò sulla cartina le posizioni dei bersagli e quelle dei suoi insospettabili operativi. Per scatenare quell'ondata di terrore sarebbe bastato un solo spostamento rilevante: alcuni membri della cellula Detroit – tre o quattro, giusto per essere sicuri – avrebbero dovuto raggiungere l'area di Washington, perché la squadra Fairfax doveva già occuparsi di altre due missioni in quella parte del Paese.

Dopo aver selezionato gli obiettivi iniziali e i team cui assegnarli, prese il cellulare, aprì Silent Phone e iniziò a contattare i propri combattenti. Inviò i documenti e comunicò gli ordini, chiedendo a ogni responsabile delle unità Fairfax, Santa Clara, Detroit e Atlanta di scegliere i membri più adatti a ogni missione. Avrebbero agito alla prima occasione. E si sarebbero rivolti a lui per qualsiasi domanda, preoccupazione, dubbio o necessità.

Alla fine di ogni messaggio aggiunse poi un'ultima indicazione: prima di cominciare un attacco dovevano trasmettere un video, tramite un'altra app che permetteva lo streaming in diretta con crittografia end-to-end. Non si aspettava riprese a livello cinematografico, ma voleva una prova degli eventi: il Global Islamic Media Front – il braccio propagandistico dell'ISIS – avrebbe usato quelle testimonianze per tenere viva l'attenzione sulle operazioni in America.

Abu-Musa al-Matari non aggiunse altro in merito, ma c'era un secondo motivo per chiedere una ripresa in diretta di ogni azione. Un motivo persino più importante del primo, che per il momento avrebbe tenuto per sé. Con un po' di fortuna, nessuna delle sue ventisette reclute avrebbe mai saputo che i giubbotti esplosivi in cui si fasciavano potevano essere attivati a distanza, nel caso che il martire fosse stato catturato e avesse esitato a farsi saltare. In quel modo la sicurezza della missione era garantita, e avevano persino l'opportunità di mietere ulteriori vittime tra i soccorritori o gli agenti sopraggiunti sulla scena.

I suoi combattenti dovevano credere nella causa ed essere pronti a sacrificarsi per essa, ma se avessero esitato ci avrebbe pensato al-Matari, a distanza, a garantirgli il paradiso. Il suo piano non prevedeva che uno dei martiri fosse catturato vivo.

26

Come accadeva ogni pomeriggio di un giorno lavorativo, Barbara Pineda era bloccata nel traffico sulla sua Toyota Camry bordeaux.

Come impiegata civile dell'istallazione militare Joint Base Anacostia-Bolling, nell'area sudest di Washington, sapeva che il viaggio per tornare a casa a fine giornata prevedeva almeno mezz'ora di coda. In caso contrario, in quel momento sarebbe già stata a casa – a Vienna, Virginia – e avrebbe avuto tutto il tempo per prepararsi all'appuntamento con la sua nuova fiamma, un pompiere di nome Steve che aveva conosciuto in chiesa.

Invece, quella serata sarebbe stata identica a qualsiasi altra serata feriale per la quale aveva programmi importanti. Avrebbe inchiodato nel vialetto di casa, già in ritardo, sarebbe schizzata fuori dell'auto per correre alla porta d'ingresso, si sarebbe tolta in tutta fretta i vestiti del lavoro e avrebbe fatto le scale a tre a tre e in biancheria intima fino alla camera da letto; si sarebbe vestita, precipitata in bagno per ritoccarsi il trucco e sarebbe tornata al piano terra all'ultimo momento. Se non addirittura alcuni minuti dopo che Steve era arrivato per passarla a prendere.

E come se non bastasse, doveva anche fermarsi in un posto prima di andare a casa.

Barbara era una dipendente della Defense Intelligence Agency, impiegata al Directorate for Analysis come analista.

Esaminava informazioni provenienti da ogni fonte disponibile. Prima aveva lavorato per otto anni nell'intelligence militare. Si era arruolata dopo il liceo, e durante il periodo di servizio aveva preso una laurea e un master all'American Military University, studiando mentre si trovava per lo più in zone di guerra. Abbandonato l'esercito, passare alla DIA le era sembrato un buon modo per concedersi un cambiamento graduale, dopo un decennio di assegnamenti quasi costanti.

Da militare, aveva servito in Afghanistan e Iraq, e quando non era al fronte continuava ad addestrarsi o svolgeva funzioni di supporto per i soldati dispiegati in Medio Oriente. Adesso, invece, passava le giornate a esaminare problemi d'intelligence nel contesto della lotta all'ISIS: l'impiego perfetto per sfruttare le capacità importanti, seppur di nicchia, sviluppate nell'esercito.

Barbara era abbastanza contenta del suo lavoro. Sapeva che probabilmente non avrebbe cambiato il mondo, ma – anche alla sua giovane età – stava facendo la sua parte per proteggere la nazione.

A un quarto d'ora da casa, uscì dalla 495 per entrare nell'abitato di Falls Church, felice di lasciarsi il traffico alle spalle e attraversare quei quartieri residenziali decisamente meno congestionati. Parcheggiò nel vialetto di una bella casa a due piani circondata da una striscia di giardino, uscì dall'auto e rovistò nella borsa in cerca delle chiavi.

Era l'abitazione di una vecchia amica dei tempi dell'esercito, che adesso lavorava nel settore farmaceutico: siccome era andata in vacanza a Disney World con la famiglia, Barbara si era offerta di passare tutti i pomeriggi ad annaffiare le piante, dare da mangiare al criceto dei ragazzi e accendere e spegnere un paio di luci, per far sembrare che in casa ci fosse ancora qualcuno.

Mentre percorreva il vialetto ricordò che doveva controllare anche la posta, per cui tornò verso la strada, senza smettere di cercare la chiave giusta per la porta d'ingresso. Una vicina, che passeggiava con il cane dall'altro lato della strada, la salutò, e Barbara ricambiò mentre abbassava lo sportello della cassetta delle lettere.

Appena lo fece, il mondo di Barbara Pineda esplose in un lampo di luce accecante, subito seguito da un potente fragore.

La detonazione era stata attivata a distanza. Ghazi e Husam, membri della cellula Fairfax, erano seduti in un'auto parcheggiata poco più avanti, abbastanza vicini da vedere il proprio obiettivo. Avevano discusso a lungo su come agire: se aspettare finché non avesse tirato fuori il pacco da due chili contenente l'ordigno, oppure premere INVIO sul cellulare appena il bersaglio avesse aperto lo sportellino, e far partire la chiamata che avrebbe attivato il detonatore. Alla fine avevano preferito quest'ultima opzione, pensando che la cassetta avrebbe indirizzato l'esplosione dandole forza maggiore, un po' come la canna di una pistola, e che ciò ne avrebbe massimizzato l'effetto sul corpo della donna. La teoria di due profani, ignari della potenza di quell'arma.

La cassetta delle lettere si disintegrò, con tanti saluti all'«effetto canna», ma il risultato non cambiò di una virgola. La bomba – assemblata da Tripoli sui sedili posteriori del SUV, mentre viaggiava dalla Georgia alla Virginia per consegnare le armi – conteneva un chilo di chiodi zincati da cinque centimetri. Quando l'esplosivo al plastico deflagrò, i chiodi schizzarono in ogni direzione, unendosi all'onda d'urto, a grandi schegge dalla cassetta delle lettere in alluminio e persino a pezzi di mattone dalla colonna che la conteneva. Gran parte di quel mix mortale colpì in pieno il petto e il viso di Barbara Pineda.

La loro vittima trentunenne fu sbalzata all'indietro, finì sulla strada e cadde su un fianco, abbandonando borsa e chiavi, ancora avvolta nell'enorme nuvola di fumo. Anche la signora che stava passeggiando con il cane cadde a terra, sia per l'onda d'urto sia per lo shock del terribile fragore; quando si riprese, si voltò verso l'origine dell'esplosione e vide la donna colpita rotolarsi sulla schiena. Il suo petto si alzava e abbassava convulsamente, e la faccia era quasi sparita.

Ghazi aveva azionato l'ordigno con il proprio cellulare, mentre Husam usava il suo per riprendere la scena. Vista la distanza, ingrandì sulla donna, così da fornire un'immagine chiara dell'accaduto. L'uomo che chiamavano Mohammed aveva assistito in tempo reale, e si congratulò con entrambi mentre si allontanavano con calma e circospezione dal quartiere, per tornare verso la casa sicura a Fairfax.

Avevano scelto di agire lì perché nel condominio dove abitava l'obiettivo le cassette delle lettere avevano fessure troppo piccole, e sarebbe stato impossibile nascondervi dentro l'esplosivo; per fortuna, il dossier ricevuto specificava che per un po' il loro bersaglio sarebbe passato ogni pomeriggio da casa dell'amica. I due uomini non avevano idea di chi fornisse tutte quelle informazioni, ma immaginavano che il loro capo – Mohammed – avesse degli agenti nell'area.

La cellula aveva preso in considerazione l'idea di limitarsi a sparare alla donna appena fosse entrata nel vialetto, ma l'analisi dei dati ricevuti aveva indotto il responsabile David Hembrick e il loro mentore a scegliere l'opzione meno rischiosa: l'esplosivo detonato a distanza. Era cruciale che quel primo attacco andasse a buon fine, e che l'unità Fairfax non subisse perdite. Inoltre, anche se non aveva detto niente a Hembrick, al-Matari era preoccupato che Ghazi e Husam potessero combinare un disastro, con un piano più complicato.

Polizia, vigili del fuoco e ambulanza arrivarono sulla scena in un lampo, però Barbara Pineda aveva già smesso di respirare. Aveva ancora il tesserino della DIA al collo, ma era troppo danneggiato per essere leggibile. Così determinarono l'identità della vittima controllando gli effetti personali nella borsa, e il suo nome fu inserito nel database della polizia. In pochi minuti gli investigatori della Omicidi seppero che lavorava per la DIA. Il che, però, non fece squillare nessun campanello d'allarme: nelle prime ore si pensò a un'azione volta a colpire i proprietari della casa, non a un attentato contro la povera donna che si era fermata a ritirare la posta per l'amica.

Come ovvio, la notizia finì sul telegiornale della sera trasmesso in tutta l'area di Washington, ma il nome e l'impiego della Pineda non furono menzionati. Il giornalista si riferì alla vittima come a «un'amica di famiglia». Così, il primo attentato dello Stato Islamico mirato a colpire la comunità militare e d'intelligence sul suolo americano fu in qualche modo sottovalutato, e la sua importanza non venne riconosciuta appieno.

Il secondo attacco arrivò la mattina presto del giorno successivo, dall'altra parte del Paese. Il che, naturalmente, non era un caso. Al-Matari aveva discusso per mesi i suoi piani con l'intelligence estera dello Stato Islamico e con il Global Islamic Media Front. L'intera sequenza di attentati era studiata per poterne massimizzare l'effetto attraverso il potente organo di propaganda, e tanto il GIMF quanto i servizi segreti del califfato sapevano che colpire l'intera nazione avrebbe ottenuto un effetto maggiore.

Ecco perché il leader della cellula Santa Clara, Kateb, era seduto con la moglie Aza nello Starbucks all'angolo fra Laurel Canyon Boulevard e Riverside Drive, a Los Angeles. Entrambi sorseggiavano una tazza di tè. Erano giunti in città la sera precedente e avevano dormito in auto nel parcheggio di un minimarket lì vicino, in attesa delle cinque e mezzo. L'ora in cui Starbucks avrebbe aperto.

Erano entrati alle cinque e quaranta, avevano ordinato il tè e si erano messi a sedere nell'angolo in fondo alla sala, accanto a un'uscita d'emergenza con la porta a vetri. Aza dava le spalle all'ingresso e al bancone, mentre Kateb poteva vedere l'intero locale. La donna aveva con sé una borsa, il marito una piccola tracolla; erano entrambe poggiate per terra, a portata di mano. All'interno, due Glock 17 cariche.

Piuttosto taciturni, i combattenti non facevano che controllare il cellulare. Aza solo per leggere l'ora, minuto dopo minuto, Kateb per comunicare con l'uomo che conoscevano come Mohammed. Un collegamento criptato permetteva al loro mentore di assistere alla scena in tempo reale, tramite la fotocamera.

Alcuni clienti si fermarono nel locale prima di andare al lavoro, ordinarono la colazione e uscirono. Alle sei, i due terroristi erano rimasti soli.

Alle sei e dieci Kateb vide un grande Cadillac Escalade nero parcheggiare vicino all'ingresso, e cinque persone scenderne. Grazie al fascicolo ricevuto, il responsabile della cellula Santa Clara sapeva che quella scena si ripeteva ogni mattina, e che uno degli uomini del gruppo si chiamava Todd Braxton. L'obiettivo era lui. Quanto agli altri, in base alle informazioni fornite erano disarmati.

«Eccoli. Ci siamo quasi» sussurrò alla moglie.

Aza sentì il respiro accelerare, l'agitazione che cresceva fino a rasentare il panico. Il suo sguardo, però, disse al marito che era ancora padrona di se stessa.

Era pronta, e Kateb fu fiero di lei.

L'ex Navy SEAL Todd Braxton, detto T-Bone, avrebbe potuto interpretare il ruolo del protagonista nel film basato sulla sua vita. Non faceva che ripeterlo al proprio agente, e lo aveva accennato persino ai produttori di *Blood Canyon*, la pellicola che stavano girando sulle sue eroiche imprese in Afghanistan, Iraq e Libia. Purtroppo per lui, non era abbastanza influente per imporsi, e i produttori sostenevano che servisse un attore conosciuto.

Braxton sapeva che sarebbe stato perfetto per quel ruolo. Diamine, l'aveva *vissuto*, e senza tutti quegli abbellimenti artistici o effetti speciali. Di sicuro assomigliava al protagonista: aveva lo stesso atteggiamento spavaldo, la stessa mascella squadrata, gli stessi capelli neri a spazzola ed esattamente gli stessi tatuaggi a circondare i bicipiti definiti.

Aveva prestato servizio nei team 10 e 3 dei Navy SEAL, raggiungendo il grado di capo di terza classe, poi aveva lasciato la marina e scritto un libro per raccontare le proprie imprese. La pubblicazione si era presto imposta come un bestseller, anche grazie alle numerose conferenze e apparizioni in televisione, finché un suo amico sceneggiatore non l'aveva trasformata in un film.

La marina aveva appoggiato entrambi i progetti, e Braxton si era assicurato un ruolo da consulente sul set. Il che significava andare ogni giorno agli studi cinematografici o nel deserto del Mojave, chiacchierare con produttori e attori, e assicurarsi che l'attrezzatura fosse a posto prima che il direttore urlasse: «Azione!».

Anche se avrebbe preferito vestire in prima persona i panni del protagonista, Braxton doveva ammettere che avevano trovato un buon attore. Danny Phillips era abbastanza famoso, soprattutto per aver interpretato il ruolo principale in una serie tv di enorme successo; e, sebbene fosse più giovane di lui di otto anni, i due avrebbero potuto spacciarsi per fratelli. Per assomigliare ancora di più all'ex militare, Phillips aveva messo su un po' di muscoli, si era fatto crescere le basette e aveva imparato a portare il berretto da baseball proprio come lui, anche quando non era sul set.

Durante i primi mesi di lavorazione Braxton e Phillips erano persino diventati amici, ma l'ex Navy SEAL era abbastanza intelligente da immaginare che la promettente stella del cinema sarebbe andata avanti dopo quel ruolo, e che probabilmente non si sarebbero frequentati più di tanto dopo la fine delle riprese.

Le cinque persone scese dall'Escalade entrarono nello Starbucks, e Kateb riconobbe subito Braxton: la mascella squadrata, il fisico muscoloso, le ormai celebri basette... Nel gruppo c'era un altro uomo di corporatura simile, anche se era rasato e portava i capelli corti. Seguivano due donne e un enorme tizio di colore, tutto muscoli. A eccezione di quest'ultimo, che rimase a un paio di metri dal gruppo, gli altri quattro ordinarono un caffè.

Kateb fece un cenno del capo ad Aza e con una penna Bic scrisse il numero cinque su un tovagliolo. Gli tremava la mano. La moglie annuì, continuando a dare le spalle al bancone e ai clienti. Poi Kateb posizionò il cellulare sul tavolo, sfruttando la custodia per tenerlo in verticale. Lo puntò verso il bancone e fece un altro cenno alla moglie.

Il telefono era puntato sul gruppo, e trasmetteva in diretta le immagini della scena al mentore dei due combattenti. Non sapevano nemmeno dove fosse quell'uomo, a parte il fatto che doveva trovarsi negli Stati Uniti.

Aza allungò un braccio in mezzo alle ginocchia e infilò la mano nella borsa, stringendo le dita intorno al calcio della Glock. Dalla parte opposta del tavolo, Kateb la imitò.

Fin da quando era un adolescente, T-Bone Braxton aveva sempre preso il caffè nero. Per lui la caffeina era solo un aiuto a iniziare la giornata, niente di più. Non voleva sprecare del tempo a trasformarla in qualcosa di sofisticato, prima di farla entrare in circolo.

Al contrario, il venticinquenne Danny Phillips iniziava sempre la giornata con una tazza large di *soy chai latte* – tè nero con latte di soia – che addolciva con diverse bustine di zucchero di canna. E alle sue due assistenti personali, che lo accompagnavano ovunque andasse, piaceva correggere le proprie bevande con dolci sciroppi aromatizzati, in versione light.

Braxton apprezzava il fatto che almeno la guardia del corpo di Danny – l'enorme tizio di nome Paul, la cui immancabile polo metteva in mostra pettorali, deltoidi e bicipiti scolpiti – arrivasse a prenderli in albergo ogni mattina con il caffè già pronto in thermos di acciaio inossidabile, che teneva nell'Escalade.

L'ex SEAL ordinò il suo caffè semplice e rimase ad aspettare che anche gli altri chiedessero la propria bevanda. Andava così ogni giorno, da due settimane, ovvero da quando avevano cominciato ad alzarsi presto per le riprese nel deserto del Mojave, a un'ora e mezzo di auto dall'albergo. Non capiva perché diavolo la donna dietro al bancone non potesse dargli la sua tazza di caffè bollente, prima di mettersi a preparare gli altri intrugli.

Stava quasi per sbottare – dopo un decennio passato in un'unità d'élite, qualsiasi inefficienza lo faceva infuriare – ma si limitò a incrociare le braccia sul petto. Aveva altro a cui pensare: quel giorno, per qualche istante, sarebbe passato da consulente a star del cinema. Era il suo momento, il suo debutto come attore. Nel contratto per i diritti del film, si era fatto assicurare una breve comparsata sullo schermo. A pensarci bene era una cosa piuttosto stupida e decisamente paradossale, ma nonostante tutto gli offriva un'opportunità per brillare. E lui sperava che ne sarebbero seguite altre.

Per prepararsi a quel breve passaggio davanti alla telecamera, la sera prima si era persino rasato gli spazzoloni: non poteva impersonare un Navy SEAL dietro al tizio quasi identico a lui che interpretava il protagonista Navy SEAL! C'era stato bisogno di qualche piccolo cambiamento estetico. All'inizio aveva temuto che la mancanza di abbronzatura sotto le basette potesse essere un problema, ma i truccatori gli avevano assicurato che avrebbero coperto il suo volto con strati e strati di terra e abbronzante, quindi non era il caso di preoccuparsi. E lui era pronto a dare il massimo, come in ogni altra sfida affrontata in vita sua. Era fatto così, sempre carico e positivo.

Phillips fu il primo a ricevere la propria ordinazione, e l'ex militare immaginò che la barista lo avesse riconosciuto. L'attore aveva appena cominciato a girare il suo *chai latte* quando la porta si aprì e un gruppo di quattro clienti entrò nel locale. Uno si diresse verso il bagno, mentre gli altre tre si avvicinarono al bancone.

Braxton lanciò loro un'occhiata. Controllare chiunque avesse intorno, per assicurarsi che non fosse una minaccia, era ormai un'abitudine che faceva parte di lui. Si era appena detto che non c'era niente di cui preoccuparsi, quando sentì un urlo dall'angolo in fondo al locale. Entrando aveva notato l'uomo e la donna dalla carnagione scura, gli sguardi bassi sui rispettivi cellulari, e aveva deciso che non meritavano ulteriori attenzioni. Fu quindi con sorpresa che si girò verso il loro tavolo, per capire cosa fosse quel trambusto.

Prima ancora di voltarsi, percepì che anche Paul si stava girando in quella direzione. Poi Todd vide le pistole.

L'urlo che li aveva fatti girare era un'invocazione lanciata all'unisono: «*Allahu Akbar*». La coppia agitava due grandi Glock nere in direzione del bancone, e delle otto persone in piedi davanti a loro. Un istante dopo, gli spari rimbombavano nel locale.

Le due assistenti di Phillips si misero a gridare, mentre la guardia del corpo scattava verso l'attore, come pietrificato. Todd Braxton aveva con sé solo un coltello a serramanico, quindi decise di fare l'unica cosa sensata: arretrò di due passi, scavalcò il bancone con un salto, scaraventò a terra la barista e gridò agli altri di mettersi al riparo. Forse non l'avevano sentito a causa dell'incessante pioggia di proiettili, fatto sta che nessuno lo seguì.

Estrasse il coltello, e mentre gli assalitori continuavano a sparare si spostò verso l'uscita del bancone che dava sulla porta d'ingresso. Decise che avrebbe atterrato i due quando si fossero voltati per lasciare il locale, placcandoli da dietro; in ogni caso, se invece fossero avanzati verso il bancone, era pronto a ingaggiare uno scontro. Aveva imparato a combattere all'arma bianca durante l'addestramento dei Navy SEAL, e non avrebbe mai pensato che quell'abilità gli sarebbe tornata utile per difendersi da un assalto in uno Starbucks, quando ormai aveva lasciato il servizio.

Così come erano iniziati, gli spari cessarono di colpo.

T-Bone guardò le bariste accovacciate dietro al bancone. Dall'altro lato, di fronte al registratore di cassa, sentiva le due assistenti di Phillips urlare. Partì un allarme. Si era aspettato di vedere gli aggressori passargli accanto mentre uscivano dalla porta principale, ma quel suono gli disse che erano passati dall'uscita d'emergenza. Si alzò in piedi, fece il giro del bancone e vide che aveva campo libero. Ma vide anche il massacro ai suoi piedi.

Danny Phillips era morto, raggiunto da sei proiettili. Anche Paul era stato centrato da sei colpi; non era ancora morto, però l'ex militare aveva abbastanza esperienza da sapere che se ne sarebbe andato nel giro di pochi secondi. Una delle assistenti era stata colpita a una rotula, mentre uno degli ultimi arrivati mostrava un paio di ferite leggere.

T-Bone corse alla vetrina, giusto in tempo per scorgere i due terroristi sparire oltre una siepe, di fronte a una farmacia aperta anche di notte. Prese in considerazione l'idea d'inseguirli, ma decise di rimanere: doveva prestare soccorso ai sopravvissuti.

Aza e Kateb erano sicuri di aver portato a termine la missione. Todd Braxton era inconfondibile, e avevano mirato a lui sin da subito. Per qualche motivo, l'ex soldato aveva un gorilla: l'uomo di colore che si era lanciato davanti a lui, per proteggerlo dai colpi, ma i due combattenti si erano limitati a far fuori entrambi, continuando a sparare.

Fu solo un'ora più tardi che scoprirono di aver commesso un errore. Durante il viaggio di ritorno all'area di San Francisco, sentirono alla radio che una stella di Hollywood era stata uccisa a Los Angeles insieme alla sua guardia del corpo, mentre due persone erano rimaste ferite. Una notizia che per loro non aveva il minimo senso.

Solo una cosa fu subito chiara a entrambi: Mohammed non sarebbe stato contento.

27

Jack entrò in ufficio alle otto e dieci, di pessimo umore. Aver saltato la corsa mattutina con il resto della squadra, prevista per le cinque e un quarto, lo faceva arrabbiare. Certo, alzarsi così presto era pesante, specie se la sera prima avevi lavorato fino a tardi, ma di solito non lo fermava. Sapeva che si sarebbe sentito meglio dopo aver fatto esercizio.

Quella mattina, invece, la sua forza di volontà era stata sconfitta. Era rimasto sveglio a lavorare fin dopo mezzanotte, poi era crollato a letto e aveva continuato a dormire nonostante le tre sveglie, aprendo gli occhi di soprassalto alle sette e quarantacinque. A quel punto aveva appena il tempo di farsi una doccia veloce, vestirsi e andare al lavoro a piedi, infuriato con se stesso per quel cedimento.

Gli altri membri della squadra avevano già corso, si erano lavati e avevano fatto colazione, e stavano per incominciare la giornata lavorativa quando Jack li incrociò al terzo piano. Li salutò con un gesto stanco e burbero, poi si versò una tazza di caffè, prese un danese da un vassoio lì accanto e trascinò i piedi fino alla sala conferenze.

Clark e le sue due reclute stavano uscendo, diretti a un poligono privato di Leesburg, mentre Dom e Ding dovevano ancora finire di stendere i rapporti sulla missione a Giacarta. Stavano cercando di mettere insieme più informazioni possibile, per aiutare la squadra della Foley a identificare i nordcoreani che avevano organizzato l'operazione contro gli Stati Uniti.

Quanto a Jack, appena varcò la soglia della stanza che stava dividendo con Gavin vide il capo della sezione IT. Lo aveva preceduto al lavoro. Era l'ultima goccia: l'indomani si sarebbe svegliato presto, nessuna scusa. Scansò una sedia e si sistemò davanti al proprio portatile.

«Buongiorno, Gavin.»

L'altro fissò il danese che lui aveva in mano. «Sai... dovresti prestare più attenzione a quel che mangi. Non avrai diciannove anni per sempre.»

«Non oggi, Gav. Mi sono alzato dal lato sbagliato del letto.»

«Be', spero che quello giusto ospitasse una bella ragazza.»

Jack tacque per qualche istante, e alla fine si limitò a ripetere: «Non oggi, Gav».

«D'accordo. Allora, posso almeno parlare della nostra fuga di informazioni?»

L'analista prese un sorso di caffè, sperando che la caffeina entrasse subito in circolo. «Certo. Novità dall'NSA nel corso della notte?»

«No, niente. E questo vuol dire che si convinceranno sempre più della loro teoria: nessuna rete è stata hackerata.»

Mandando giù la bevanda bollente, Jack fissò Gavin Biery da sopra il portatile. «Be', direi che nemmeno tu hai cambiato idea.»

«Infatti.»

«D'accordo. Quindi, come facciamo a scoprire se il governo si è perso qualcosa? Come possiamo sapere se c'è stata una violazione all'OPM?»

Gavin alzò le spalle. «Non possiamo. Diamo per scontato che io abbia ragione e loro si sbagliano, e partiamo da qui.»

Per poco Jack non sputò il caffè sul portatile. «*Cosa?*»

«È il vecchio adagio di Sherlock Holmes: "Una volta eliminato l'impossibile, ciò che resta, per quanto improbabile, deve essere la verità". Se il governo non ha trovato prove di un'intrusione, non ci riuscirò nemmeno io da qui. Mandami all'OPM e dammi carta bianca per smontare la loro rete, scavare nei codici riga per riga e analizzare ogni accesso da remoto degli ultimi due anni, e vedrai che troverò qualcosa. Ma sappiamo che non ne avrò l'occasione. E anche l'avessi, nel frattempo verrebbero compromesse altre brave persone. Non ho dubbi che fra due settimane, due mesi o due anni il governo federale si renderà conto di aver subito una violazione informatica, ma noi non abbiamo tutto questo tempo. Devi fidarti di me. E dobbiamo andare avanti, accettando che qualcuno abbia accesso alle informazioni contenute nell'SF-86 di chiunque abbia fatto richiesta di un nulla osta sicurezza.»

«Ma è una follia, Gavin! *Chiunque?* Se anche mi sforzassi di prendere per buona la tua ipotesi, secondo cui qualcuno è entrato nella rete dell'OPM senza che un solo dipendente governativo se ne rendesse conto, perché pensi che abbiano copiato ed estratto tutto il materiale disponibile?»

Gavin rispose in tono calmo. «Perché una volta che sei entrato nella rete, ti sei garantito i privilegi da amministratore e ti sei costruito una backdoor, prendere tutti i file non è più complicato che prenderne uno solo. Anzi, è più facile. La crematura puoi farla con comodo in un secondo momento. Non ha senso ipotizzare che abbiano organizzato un hacking di quel livello per poi portarsi via solo una piccola porzione di dati.»

Jack si appoggiò allo schienale. «Di quanti file stiamo parlando?»

«Il sistema è stato messo online nei primi anni Duemila, ma l'OPM ha inserito anche alcuni dossier più vecchi, fino al 1984. Stiamo parlando di oltre venticinque milioni di file.»

«Dio mio, Gavin...» Jack si prese la testa fra le mani. «Spero solo che ti sbagli.»

«Spera ciò che vuoi, ma ti assicuro che ho ragione.»

«Ci ho pensato a lungo, sai? Per renderti un bersaglio non basta che la tua richiesta di accesso a informazioni riservate si trovi nella banca dati dell'OPM. O almeno, non per i livelli di esposizione cui abbiamo assistito nelle ultime settimane. Chiunque stia sfruttando quei dati, per unire i puntini e localizzare un obiettivo deve fare molto più che estrarre i nomi da un modulo. Solo perché il modulo di Pinco Pallino è nell'e-QIP, non significa che lui lavori alla CIA o all'FBI. Qualcuno deve aver raccolto i dati grezzi degli SF-86, per poi iniziare a riempire migliaia di buchi.» Per chiarire meglio, Jack decise di fare un esempio. «Prendiamo il primo caso: Hagen. È sulla quarantina, e il suo SF-86 dev'essere vecchio di vent'anni. Da solo, quel modulo non poteva dire a nessuno che una manciata di giorni fa il capitano di fregata avrebbe mangiato un burrito in un ristorante messicano di Princeton, alla tal ora della tal sera. Una richiesta per un nulla osta sicurezza è un'istantanea della tua vita in un dato momento. Non contiene nemmeno il decimo dei dati di cui i terroristi avrebbero bisogno per colpire. Soprattutto se parliamo di membri dell'esercito o della comunità d'intelligence. La richiesta dice che qualcuno vorrebbe poter accedere a informazioni riservate, ed è pronto a fornire per questo i propri dati; non dice che nel frattempo una di loro era diventata una NOC della CIA, distaccata a Minsk per infiltrarsi tra i ranghi della mafia russa. Non dice nemmeno dove vivono al momento!»

Gavin stava già annuendo. «Ryan, hai ragione al cento per cento, ma questo ci aiuta a restringere la lista dei possibili colpevoli. La domanda non è: "Chi è in grado di rubare tutti questi dati?", ma: "Chi è in grado di rubare tutti questi dati *e* sfruttarli?".» Indicò la televisione alla parete. La CNN stava trasmettendo un servizio sull'attentato in Italia. «Quelle sono informazioni di primo livello.» Poi indicò il proprio portatile, sul quale erano elencati tutti i casi di fuga di informazioni riservate delle precedenti settimane. «E anche queste. Non è che qualcuno conoscesse Scott Hagen, Jennifer Kincaid, Stuart Collier e tutti gli altri. Però qualcuno sapeva che Hagen quel giorno sarebbe stato nel New Jersey con la sorella, per il torneo di calcio del nipote; sapeva che la Kincaid era un'agente della CIA infiltratasi a Minsk, e poteva sfruttare la cosa per fare pressioni sul marito, funzionario del dipartimento di Stato che lavorava all'ambasciata di Giacarta. Qualcuno è riuscito a passare i dati sulle impronte digitali a iraniani e indonesiani, cristo santo! Questo è il lavoro di un esperto, Ryan! Informatica, analisi e ingegneria sociale di primo livello.»

«Ascolta, io sono un analista» disse Jack. «Devo considerare ogni possibilità. Non posso puntare tutto sulla tua ipotesi non dimostrata secondo cui abbiamo a che fare con una violazione dei dati dell'OPM. Di *tutti* i dati dell'OPM.»

«Tu puoi pensare quello che vuoi» ribatté Gavin. «Però continui a ripetere che c'è un sacco di gente al lavoro per scoprire il responsabile di tutte queste violazioni. Ognuna di quelle persone sta costruendo teorie, verificando supposizioni e analizzando eventi nel dettaglio. Io sono certo della mia ricostruzione. Se vuoi aiutarmi, seguiremo una pista che nessun altro ha imboccato. Potremmo sbagliarci, e in quel caso qualcun altro al dipartimento di Giustizia o all'NSA risolverà il problema. Ma se abbiamo ragione, saremo gli unici ad avere una possibilità di scoprire cosa sta succedendo, e porre fine a questo disastro prima che la situazione peggiori ancora.»

Proprio in quel momento, Jack sentì un trillo e abbassò lo sguardo sul portatile. Era un messaggio di Gerry. Lo lesse due volte, mentre un nodo sempre più stretto gli serrava la bocca dello stomaco.

«È appena peggiorata. Avevi sentito dell'ordigno di ieri, quello nella cassetta per le lettere a Falls Church?»

«Sì. Ha ucciso una donna.»

«Gerry non sa se ci sia una connessione, ma la vittima era un'impiegata civile del Directorate for Analysis, DIA. Faceva parte di una task force che studiava i movimenti dello Stato Islamico in Iraq.»

«Aspetta» ribatté Gavin, «nessuno pensa davvero che l'ISIS abbia fatto fuori una tizia della DIA nella periferia di Washington, vero?»

Jack lo fissò. «Chi può dirlo? Prendi quant'è successo a Sigonella. Qualcuno se l'aspettava? Se la morte di questa donna è collegata alla fuga d'informazioni su cui stiamo lavorando, be'... Probabilmente abbiamo visto solo la punta dell'iceberg.»

Cliccò sul link di un articolo che Gerry aveva allegato al messaggio. Dopo aver letto il nome della strada in cui si era verificato l'attacco, aggiunse: «Vado a dare un'occhiata».

Per arrivare alla scena del crimine da Alexandria ci volevano circa venti minuti, per cui Jack tornò a casa a piedi, salì sulla sua BMW Serie 5 e si mise in viaggio. Arrivò alle dieci. Erano passate circa sedici ore dall'attentato.

Anche se non conosceva il numero civico della casa, non ne ebbe bisogno: imboccò la strada e vide il nastro giallo che delimitava l'area; una volante della polizia era ferma davanti a un'abitazione a metà dell'isolato. La cassetta delle lettere non c'era più, i mattoni della colonna erano anneriti e scheggiati. Anche l'asfalto era annerito, sebbene l'avessero ripulito dal sangue e dai detriti.

Jack rimase nella BMW. Non voleva che gli agenti della polizia di Falls Church lo riconoscessero. Con la barba accadeva di rado, ma non valeva la pena rischiare. Invece si fermò alla fine dell'isolato, a un centinaio di metri dal luogo dell'esplosione, e guardò la casa a due piani. Grazie a un piccolo binocolo ispezionò l'area da cima a fondo, per poi passare a studiare quella tranquilla strada di periferia.

Aveva appena ricevuto un rapporto preliminare dell'FBI, in cui si spiegava che l'esplosivo era azionato da un detonatore a distanza, probabilmente attivato tramite cellulare: era bastato chiamare il numero della SIM inserita nell'ordigno, per scatenare l'inferno appena la Pineda aveva raggiunto la cassetta delle lettere. Quindi, l'assassino si trovava nelle vicinanze. Sempre che fosse uno solo.

Si chiese se non avesse parcheggiato proprio dove si trovava lui ora. Era il punto più lontano, sul lato sud, da cui si poteva scorgere l'obiettivo. Se non si era appostato a nord della casa, era probabile che si fosse fermato lì.

Nel rapporto, Jack aveva anche letto che quella non era l'abitazione della vittima. Era la casa di un'amica: la Pineda si era fermata soltanto per ritirare la posta. Ecco perché gli investigatori dubitavano che fosse lei l'obiettivo. D'altro canto, l'agente del Campus trovava improbabile che chi si era preso la briga di azionare a distanza una bomba come quella, ragionevolmente sofisticata, non conoscesse l'aspetto della propria vittima designata. Tanto più che la stava osservando, per decidere se innescare o no l'ordigno. Jack era quasi sicuro che l'assassino – o gli assassini – avesse eliminato *esattamente* la persona che voleva.

Tuttavia, rimaneva una domanda importante. Perché non organizzare l'attacco a casa sua? Jack si disse che, dopo aver studiato l'area a dovere, avrebbe dovuto controllare l'abitazione della Pineda, e confrontare le due strutture.

Rimase a Falls Church per circa quindici minuti, e mentre si guardava intorno provò a collegare quella strada di periferia agli eventi di Giacarta e di Minsk, alla sparatoria nel New

Jersey, all'arresto del NOC in Iran e alle altre terribili scene che aveva studiato nelle ultime ventiquattro ore. Non era facile. A parte l'asfalto annerito e la cassetta delle lettere polverizzata, quella via residenziale non sembrava affatto il fronte di una guerra segreta, portata avanti da qualcuno che aveva rubato informazioni personali su professionisti dell'esercito e dell'intelligence.

Spinse sul pedale del freno, premette il pulsante d'accensione e fece partire il silenzioso motore della sua BMW 535i. Poi innestò la marcia e uscì lentamente dal quartiere, senza che la polizia si fosse accorta della sua presenza.

Dieci minuti più tardi era arrivato al condominio di Barbara Pineda, a Vienna, e poco dopo aveva già intuito perché la donna non fosse stata uccisa lì. Per non forzare la serratura del portone, si era intrufolato dietro un anziano signore che stava entrando e si era ritrovato nell'atrio, di fronte alle cassette delle lettere. Le buche erano molto più piccole di quella dell'amica, con minuscole fessure appena sufficienti a far passare la posta.

Eccola la risposta, semplice e lampante: gli assassini dovevano aver usato un pacco bomba. Durante un sopralluogo all'abitazione della vittima, si erano resi conto che l'ordigno non sarebbe mai entrato in quella cassetta delle lettere; d'altro canto, se l'avessero lasciato davanti alla porta del suo appartamento o sul tavolo disposto lungo un muro dell'atrio, non l'avrebbero vista mentre lo prendeva. A meno di non essere lì con lei.

Jack tornò ad Alexandria con una convinzione: per capire come avessero fatto i terroristi dello Stato Islamico a colpire l'analista della DIA, era necessario scoprire in che modo avessero ricostruito i suoi spostamenti. Come sapevano che sarebbe andata a ritirare la posta a casa dell'amica? Dove avevano trovato un'informazione tanto puntuale e specifica? Se avesse risolto quell'enigma, sarebbe stato molto più vicino a collegare la violazione dei dati agli attacchi.

Pensandoci, decise di prendere in mano l'SF-86 della Pineda, visto che secondo Gavin c'era quel modulo al centro della fuga di notizie. Poi avrebbe usato tutti i mezzi a sua disposizione per trasformare quel questionario in uno strumento di localizzazione, grazie al quale indirizzare un assassino a quella particolare cassetta per le lettere di Falls Church.

In qualità di analista del Campus, Jack aveva accesso a ogni genere di banche dati riservate. Avrebbe potuto sfruttarle per seguire il percorso quotidiano dell'impiegata della DIA. Diamine, avrebbe persino potuto chiedere a Gavin di trovare i filmati delle telecamere del traffico che la mostravano a bordo della sua auto. Invece, decise di procedere altrimenti. La sua missione, adesso, era scoprire come il responsabile di quei crimini avesse rintracciato la Pineda, e di certo quel bastardo non lavorava al Campus. Si sarebbe limitato all'SF-86 e alle tecniche di OSINT, per vedere se fosse così possibile ricostruire il quadro di informazioni sfruttate dagli assassini.

Ancora al volante, cominciò a chiedersi come fare, e in poco tempo si rese conto che le fonti aperte offrivano ormai dettagli su chiunque, o quasi. Una persona motivata e intelligente poteva prendere un vecchio SF-86 e trasformare quel materiale in uno strumento di puntamento aggiornato. Più ci pensava, più sembrava avere senso. Se si sapeva che dieci anni prima una donna come la Pineda aveva richiesto un nulla osta sicurezza, bastava seguire le sue tracce – insieme a quelle di amici, parenti e contatti – usando le fonti aperte per farsi un'idea della sua attuale posizione. Da diversi fattori si poteva scoprire se lavorava sotto copertura o meno, e in qualche caso l'OSINT offriva persino l'inquadramento specifico nell'intelligence o nell'esercito. Poi, una volta stabilito che quella donna era un obiettivo da colpire, si potevano usare altre fonti di dominio pubblico per scoprire dove sarebbe stata a mezzogiorno del martedì successivo. Sarebbe stato un lavoro lento e complesso, ma se a svolgerlo era una persona motivata, esperta di *identity intelligence*... Già, i dati ottenibili dalle fonti aperte potevano rivelare le informazioni necessarie per organizzare l'attacco.

Forte di quell'intuizione, chiamò subito Gavin Biery.

«Biery.»

«Ciao, sono Jack. Domanda veloce: c'è modo di dare un'occhiata agli SF-86 che ritieni siano il fulcro del problema?»

«Certo. Sto controllando i dati dell'e-QIP proprio in questo momento.»

«Sul serio? Hai capito come sono riusciti a entrare?»

«No. Io ho già i privilegi da amministratore. Sono sicuro che gli hacker abbiano trovato un modo per ottenerli, ma a me li ha dati l'NSA, per permettermi di indagare.»

«Puoi mandarmi il modulo di richiesta di Barbara Pineda? Voglio vedere se riesco a imitare quei bastardi, ricostruendo il percorso che porta alla cassetta delle lettere a Falls Church.»

Gavin fischiò. «Ottima idea, Ryan. Potremmo cominciare a capire meglio chi ci troviamo di fronte. Sapevo che averti a mio fianco era la scelta giusta.»

Anche se non era dell'umore, Jack provò comunque a rispondere con una battuta. «Pensavo mi volessi con te per portarti il pranzo.»

Gavin colse la palla al balzo. «A proposito: passeresti a prendermi un panino integrale al tacchino, mentre torni?»

Jack non riuscì a trattenere un sorriso. «Ogni tuo desiderio è un ordine.»

28

Quando Ryan Junior tornò nella sala conferenze, trovò un biglietto di Gavin. Era dovuto andare a una riunione con gli altri informatici, ma sarebbe tornato presto. Jack lasciò il panino alla sua postazione, poi si mise a sedere davanti al proprio portatile. Sul desktop vide una cartella nuova: conteneva l'SF-86 di Barbara Maria Pineda.

Il modulo di centoventisette pagine – il cui nome ufficiale era *Questionario per le posizioni nella sicurezza nazionale* – era compilato a mano, e risaliva a nove anni prima.

Decise di leggerlo da cima a fondo, per poi vedere se fosse in grado di scoprire, usando solo fonti aperte, che nove anni più tardi quel sergente ventiduenne di stanza a Fort Huachuca, Arizona, sarebbe andata ad aprire una specifica cassetta delle lettere a Falls Church, Virginia.

Il modulo iniziava con una sfilza di noiose formalità scritte in burocratese. Alcuni accenni ai diritti del richiedente, il campo d'indagine in questione... Ben presto, tuttavia, Jack cominciò a sentirsi a disagio: all'interno dei riquadri prestampati, una giovane donna stava raccontando la propria vita fino a quel momento, senza tralasciare niente. Amici, fidanzati, insegnanti, dettagli sulla storia famigliare, viaggi... Persino i problemi economici dei genitori.

Il padre veniva dall'Honduras, era un venditore emigrato negli Stati Uniti con l'aiuto di parenti che avevano preso la cittadinanza americana. La madre invece era di Chelsea, Massachusetts. Prima di arruolarsi nell'esercito, Barbara non era mai uscita dagli Stati Uniti.

Jack si sentì quasi sporco, una specie di voyeur intento ad analizzare la vita della sua giovane vittima, ma andò avanti lo stesso. Si disse che nessun altro avrebbe controllato quel documento per scoprire se in qualche modo avesse portato alla morte di Barbara, e se poteva aiutare a rintracciare il responsabile di quel diffuso attacco all'America.

Finito di leggere fece una ricerca a partire dall'indirizzo della scena del crimine, e scoprì che i proprietari della casa si chiamavano Dwight e Cindy Gregory. Sfogliò le pagine dell'SF-86 per tornare alla sezione 16: *Persone che ti conoscono bene*. Il secondo nome sulla lista era Cindy Howard. Jack non credeva ci fossero molte probabilità di trovare una connessione, dopotutto Cindy era un nome comune, ma andò comunque su Facebook e digitò nella barra di ricerca il nome della vittima. A quanto pareva, un sacco di persone si chiamavano Barbara Pineda, ma il dodicesimo risultato dell'elenco aveva una foto profilo che somigliava all'immagine allegata al rapporto preliminare dell'FBI.

Aprì la pagina ed ebbe la conferma che cercava: quella Barbara Pineda era la stessa deceduta nell'esplosione a Falls Church. E, anche se il profilo era privato, poteva comunque visualizzarne la lista degli amici.

Non trovò la Cindy Howard presente nell'SF-86, però scovò in un attimo Cindy Gregory. Profilo pubblico, post consultabili. Cominciò a scorrere la bacheca, leggendo che cosa scriveva. E trovò tutto ciò che gli serviva.

Ecco come agiva chi stava fornendo il materiale per organizzare gli attacchi: usando informazioni ottenibili da fonti aperte. *Quelle* informazioni. Il modulo SF-86 permetteva di identificare un dipendente del governo americano con accesso a informazioni riservate, poi sfruttava l'OSINT per scoprire dove lavorava. Appena riusciva a tracciarne un quadro professionale aggiornato, controllava sui social network i profili di amici e parenti. Poteva trovarli a partire dal nome dell'obiettivo, oppure sfruttando ancora i dati dell'OPM. Magari non proprio come aveva fatto lui, ma in modo simile.

Jack fu scosso da un brivido. Chiunque fosse il responsabile, ne aveva appena ripercorso i passi. E ci aveva messo meno di venti minuti.

Appena Gavin tornò dalla riunione, Jack annunciò: «Ho qualcosa».

«Meglio per te che sia il mio panino al tacchino.»

«È lì. Ma credo anche di aver trovato l'ultimo tassello del puzzle.»

Gavin si mise a sedere. «Oh, dimmi di no! Questo è il *mio* puzzle. Devo risolverlo io.»

«Allora tengo tutto per me finché non ci arriverai da solo.»

L'altro sospirò. «Andiamo, genio» disse con voce frustrata. «Sputa il rospo. Forse posso trovare delle falle nella tua teoria.»

«La donna assassinata ieri pomeriggio. Barbara Pineda, l'analista della DIA. Uccisa mentre ritirava la posta a casa di un'amica.»

«Giusto» confermò Gavin. «Quindi, se l'attacco era mirato e non casuale, qualcuno sapeva che in questa settimana sarebbe passata di lì.»

«Per ottenere simili informazioni, ho ipotizzato che la stessero seguendo, che stessero intercettando telefonate ed e-mail. E se io avessi scoperto quando aveva pianificato di fare quel favore all'amica, avrei potuto stabilire una finestra temporale in cui collocare l'organizzazione dell'attentato. Avremmo saputo da quando potevano aver scelto quell'abitazione per ucciderla.»

«Ha senso» concesse Gavin.

«Purtroppo, a differenza tua, non sono un genio informatico. Per me un'operazione simile era problematica.»

«Stai facendo un po' troppo il saccente, per i miei gusti. D'altro canto hai ammesso che sono un genio, quindi lascerò perdere.»

«Non sapendo cos'altro fare, ho cominciato a cercare su Twitter e Facebook. Barbara Pineda non usava molto nessuno dei due, ma era tutto ciò che avevo a disposizione, per cui sono partito da lì. Ho trovato il profilo della proprietaria della casa in cui è avvenuto l'attentato, e dopo nemmeno un minuto ho letto un post in cui ringraziava pubblicamente l'amica che badava all'appartamento mentre lei e il marito erano in vacanza. Barbara Pineda ha risposto che avrebbe fatto del suo meglio per non farle morire le piante. Semplici chiacchiere fra donne, una delle quali vive a Falls Church. Ho trovato anche delle foto di Barbara con lei e il marito. Non c'è voluto molto per scoprire che la donna sarebbe stata via per l'intera settimana.»

«Un lavoro ben poco raffinato, ma più che sufficiente a ottenere le informazioni con cui organizzare l'attacco.»

Jack indicò Gavin. «Esatto!»

«Qualche idea su come abbiano fatto a scoprire che lavorava alla DIA?»

Jack si strinse nelle spalle. «Quella parte è più complessa. Se, come suggerisci, ci sono decine di milioni di moduli, allora per automatizzare le ricerche bisognerebbe compilare a mano dei database. A quel punto si potrebbe chiedere al computer di cercare negli SF-86 determinate scuole, esperienze o programmi specifici, elementi che inquadrino ad esempio gli appartenenti all'intelligence militare, come la Pineda. O magari i corsi di arabo alla Georgetown, o qualcosa che indichi un impiego nel settore dello spionaggio. La Pineda era di stanza a Fort Huachuca, sede dello US Army Intelligence Center. Un database ben strutturato permetterebbe di evidenziare tutte le persone che hanno compilato un SF-86 e hanno servito in quella base. Le informazioni a disposizione sono comunque limitate, ma abbiamo a che fare con qualcuno che conosce il fatto suo.»

Gavin afferrò il panino e, prima di prenderne un morso, disse: «Quindi sai come hanno fatto. Questo ti aiuta a capire *chi* l'ha fatto?».

«In realtà, no. Mi aiuta, però, la scelta degli obiettivi da colpire. Direi che dietro l'operazione d'intelligence c'è qualcuno che lavora per conto dello Stato Islamico. Anche se non ho idea del perché abbiano scelto proprio la Pineda.»

Gavin scosse la testa. «Ma di sicuro non è stato l'ISIS a rubare i dati dell'OPM. È così fuori dalla loro portata che è futile persino prendere in considerazione l'ipotesi.»

«Be', non è stato nemmeno Vadim Rechkov» ribatté Jack. «Eppure direi che la sua aggressione ha sfruttato quelle informazioni. Penso che l'autore della violazione gli abbia fornito i dati per rintracciare Scott Hagen, e che poi abbia fatto lo stesso con Barbara Pineda. Solo che questa volta ha passato le indicazioni all'ISIS. È qualcuno pieno di risorse: non solo ha il materiale necessario, ma anche i mezzi per sfruttarlo.»

«Stiamo parlando di competenze diverse» disse Gavin. «Questo mi fa pensare che non sia una persona sola, ma un gruppo.»

Jack ci rifletté su per un po'. «Hai ragione. Finora abbiamo pensato che la violazione informatica fosse opera di un interno, qualcuno legato al governo. D'altra parte, questo tipo di ingegneria sociale e l'uso delle fonti aperte per individuare schemi di comportamento sono caratteristiche tipiche del mondo criminale.»

«Cosa intendi?» domandò Gavin, sorpreso da quell'affermazione.

«L'individuazione di password, il furto d'identità e roba simile... Sono tecniche da *crimine* informatico, non da *guerra* informatica.»

«Già... è vero. Ma chiunque sia il responsabile, non è certo un adolescente che contatta l'assistenza clienti per fregare un operatore e farsi dare la password di qualcun altro. Per identificare quegli obiettivi serve un lavoro investigativo di prim'ordine.»

«Sono d'accordo» disse Jack. «Stiamo parlando di una persona abilissima. Un criminale, o un'organizzazione criminale, in grado di raccogliere questo tipo d'informazioni riservate e di sfruttarle. Quindi... dove andresti, per trovare i migliori al mondo in questo campo?»

Biery si strinse nelle spalle. «Be', alcuni Paesi sono famosi per i loro criminali informatici. In Russia ce ne sono di fantastici, e lo stesso vale per l'Europa centrale. A Taiwan c'è un gruppo che ruba identità in tutto il mondo, ma non hanno mai preso di mira database governativi protetti. Quelli della Corea del Nord fanno piuttosto schifo, in realtà, però ci provano. Fin troppo. Diamine, persino qui negli Stati Uniti il crimine informatico è un problema dilagante. Un'organizzazione criminale di una qualsiasi di queste nazioni potrebbe avere i mezzi per sfruttare i dati grezzi attraverso l'ingegneria sociale e l'uso di fonti aperte. Prima di tutto, però, dobbiamo chiederci: "Come hanno ottenuto quei dati? E perché?". Perché mai un gruppo criminale paragonabile a una compagnia privata dovrebbe imbarcarsi in un'impresa simile, quando si possono hackerare reti bancarie o rubare i dati delle carte di credito? Persone da truffare ce ne sono un sacco. Tutti soldi facili...»

«E se una di queste "compagnie private" fosse stata ingaggiata da una nazione?» propose Jack. «Un Paese nemico degli Stati Uniti, magari.»

Gavin annuì. «Sì, capita, ma di solito su scala più piccola. Le agenzie d'intelligence di alcune nazioni stipulano contratti con gruppi di hacker stranieri, per appaltare il lavoro sporco. Così sono loro a incaricarsi di tentare una violazione dei nostri sistemi, per conto del cliente. La Cina lo fa in continuazione: lavora con privati di ogni parte del mondo, e li incarica di entrare nelle reti governative americane. A volte riescono anche a ottenere qualcosa.» Diede un morso al panino. «Ma in questo caso non mi sembra uno scenario plausibile, data la varietà dei soggetti compromessi. Non credo che la Cina sia coinvolta. Voglio dire, perché mai Pechino dovrebbe interessarsi della vendetta di un ragazzino russo? Cosa avrebbe avuto da guadagnare, dalla morte di un capitano di fregata?»

«Non lo so» ammise Jack. «Ma le alte sfere si stanno concentrando sull'ipotesi di un ente statale. Che ne dici se noi proviamo a scavare più a fondo nel campo del crimine informatico? Possiamo fare alcune ricerche su diverse organizzazioni, studiare i gruppi criminali che hanno avuto più successo... C'è qualcosa che possiamo fare per individuare i possibili responsabili, su scala più piccola?»

Gavin si strinse nelle spalle. «Come ho detto, dobbiamo capire il *perché*, prima di affrontare il *chi*.»

«Una compagnia privata potrebbe vendere le informazioni al migliore offerente?»

Gavin fece una smorfia. «*Io* non lo farei. Sarebbe come suicidarsi. Riflettici. La Evil Hacking Company – chiamiamola così – non sa di preciso per conto di chi sta lavorando, dato il numero di intermediari che la separano dall'ente statale, giusto?»

«Giusto.»

«Al contrario, l'ente sa benissimo chi è la Evil Hacking Company, visto che è stato lui a farla assumere.»

«Certo» confermò Jack. E di colpo comprese il ragionamento di Gavin. «Quindi, se la Evil Hacking Company decidesse di vendere a qualcun altro le informazioni rubate, poniamo, per conto dei russi, questi si infurierebbero. E partirebbero all'istante per il Bangalore, Singapore o qualsiasi altro posto, cominciando a far fuori i dirigenti della compagnia privata.»

«Oppure farebbero una soffiata agli Stati Uniti, rivelando chi ha sottratto tutte quelle informazioni.»

«Giusto» disse Jack. «L'attore statale ha investito molto, sia in termini di tempo sia di denaro, e ha rischiato grosso: non permetterebbe a nessuno di fregarlo e farla franca.»

«Noi hacker siamo gente tosta, ma non così tosta da affrontare a brutto muso degli assassini cinesi» sentenziò Gavin con voce inespressiva.

Jack sorrise, anche se si sentiva sempre più lontano da una soluzione. All'improvviso, tuttavia, gli venne in mente un'altra ipotesi. «E se qualcuno avesse rubato i dati a chi ha rubato i dati?»

«Mi sono perso.»

«Voglio dire... Se la compagnia privata che ha sottratto i dati all'OPM per conto dell'attore statale avesse subito a sua volta una violazione? Magari a opera di un concorrente, o di un dipendente insoddisfatto che ha deciso di riempirsi le tasche rivendendo i file...»

«È possibile» ammise Gavin. Ci pensò su qualche altro istante. «Sul serio, potresti essere sulla strada giusta. Quantomeno, questa teoria spiegherebbe perché così tante entità diverse sembrino sfruttare gli stessi dati, in apparenza sottratti per conto di un governo.»

Jack si strofinò gli occhi. Quel giro di ipotesi gli aveva fatto venire il mal di testa. «Se qualcuno ha effettivamente rubato i file, come potrebbe venderli al contempo all'Iran, all'Indonesia, a un cittadino russo, all'ISIS e a chissà chi altro? Possibile che sia davvero in grado di contattare la persona giusta in ogni governo, senza farsi scoprire?»

«Mi dispiace, Ryan, ma non posso aiutarti» rispose Gavin. «Io sono un informatico, e questa è roba da spie.» Si mise a ridere. «Non so se esista un eBay per le spie.» Rise alla propria battuta, ma non per molto. «A meno che...»

Jack inclinò la testa di lato. «A meno che...?»

«Voglio dire... Se intendi vendere qualcosa di illegale, allora sfrutti il dark web.»

«Di solito non si usa per vendere droga o roba simile?»

«Be', è un modo sicuro per fare affari: chi vende non conosce chi compra, e viceversa. Se fossi un ladro che ha truffato l'organizzazione criminale per cui lavorava e imbrogliato un attore statale molto pericoloso, *e* volessi fare i soldi trattando con gruppi terroristici, crimine organizzato o altri temibili enti nazionali, be', non metterei mai un annuncio sul "Wall Street Journal" con l'indirizzo del mio ufficio. No: mi affiderei al dark web. Potrei aprire un sito di vendita, farmi pagare in bitcoin e poi mettere al sicuro la criptovaluta per evitare di essere rintracciato.»

Jack sentì un brivido alla schiena. Erano sulla strada giusta, lo sapeva. «Fantastico, Gav! Cominciamo a setacciare il dark web in cerca di questo sito di compravendita: forse troveremo indizi sul responsabile di tutto questo casino.»

Gavin guardò Jack Ryan Junior con espressione delusa. E non era la prima volta, da quando il giovane lavorava al Campus.

«Ci sono giorni in cui penso di averti davvero insegnato qualcosa. Poi te ne esci con cavolate del genere, e mi chiedo persino perché mi prenda il disturbo di starti dietro.»

Jack, abituato a essere rimproverato in quel modo da Gavin, non la prese sul personale. Sapeva che il responsabile della sezione IT aveva trascorso tutta la vita chino sulla tastiera di un computer, e che le abilità sociali non erano mai state il suo forte.

«Cosa ho detto?» si limitò a domandare.

«Non passi molto tempo sul dark web, eh?»

«Perché, tu sì?»

«Ehi, bello, io faccio il mio lavoro. E il mio lavoro mi porta a percorrere strade inquietanti. A ogni modo, non si "setaccia" il dark web. Non puoi fare una ricerca: devi digitare un indirizzo preciso per trovare qualcosa. È così che si arriva a destinazione, lì dentro.

«Ho capito, non si cerca. Serve un invito.»

«Esatto.»

«Oh.» Per la prima volta, Jack si rese conto che non aveva alcuna idea di come funzionasse quel mondo.

Gavin si sporse in avanti. «È per questo che la chiamano "rete oscura"» sussurrò. Stava facendo il saccente, ma Jack lasciò perdere.

«Quindi... se ci serve un invito, non abbiamo speranze di trovare il cattivo in questo modo.»

«Non è detto. E se fossimo in grado di hackerare qualcuno che ha comunicato con il nostro ladro? Forse, così, potremmo ottenere le credenziali per vedere cosa vende.»

«E come diavolo facciamo?»

Gavin fissò il computer. «Non sappiamo con chi abbia parlato quando ha contattato gli iraniani, gli indonesiani, i nordcoreani o i tizi dell'ISIS...»

Jack capì dove stava andando a parare. «Però c'è il tipo russo, Vadim Rechkov! Per quanto ne sappiamo non faceva parte di nessuna organizzazione, ha agito da solo, per motivazioni personali.» Si fermò qualche istante a riflettere. «E il suo caso è diverso da tutti gli altri anche per un altro aspetto.»

«Sarebbe?» domandò Gavin.

«I soldi. Tutti gli potevano pagare le informazioni ricevute, almeno in teoria. Ma Rechkov era un signor nessuno. Non lavorava nemmeno.»

Gavin parve incuriosito. «Vero! Perché credi che gli abbiano fornito la merce, se non poteva pagare come tutti gli altri?»

«Forse il nostro ladro lo conosceva, o sapeva almeno qualcosa di lui. E per qualche motivo, gli ha passato le informazioni gratis.» Chinò il capo. «Ma sono sicuro che l'FBI stia già indagando in questo senso. Staranno scavando nella vita di Rechkov, per identificare tutte le persone con cui è entrato in contatto.»

Gavin liquidò quell'affermazione con un gesto della mano. «Sì, ma c'è un dettaglio che non stai prendendo in considerazione.»

«Ovvero?»

«Anche se Rechkov era un assassino, un pezzo di merda, uno straniero senza visto, e adesso è pure morto, i federali dovranno ottenere un mandato del giudice prima di guardare anche solo sotto lo zerbino di casa sua. L'FBI non potrà muovere un passo senza farsi firmare le carte necessarie, e avere a che fare con la burocrazia la rallenterà.»

«Ma noi non abbiamo quel problema» sentenziò Jack.

«Appunto. Quindi, entro fine giornata potremmo essere più vicini di loro a scoprire chi ha passato a Rechkov le informazioni sul comandante Hagen. E ciò nonostante i federali ci lavorino da due settimane.» Gavin abbozzò un sorriso. «A meno che anche tu non voglia proteggere la riservatezza del compianto Vadim Rechkov, seguendo tutti i passaggi legali imposti ai federali.»

Jack lo guardò come fosse pazzo. «Chi se ne frega di Rechkov! Era un bastardo. Iniziamo a sezionare la sua vita e vediamo cosa viene fuori. Se ci può aiutare a scoprire il responsabile della fuga di notizie e a salvare altri possibili vittime, non me ne importa niente di proteggere la sua riservatezza.»

«Sono con te» affermò Gavin. Fece una breve pausa, poi continuò. «Possiamo ipotizzare che chi ha passato a Rechkov le informazioni su Hagen sia un esperto di computer. Rechkov stesso se la cavava piuttosto bene. Vedrò quali forum frequentava, e cose del genere.»

«E come farai a scoprirlo?»

«La scientifica dell'FBI ha in mano il suo computer. Dirò a Gerry di chiedere a Dan Murray cosa hanno scoperto. Quali sono le tempistiche dell'attacco di Rechkov?»

Jack ci pensò per attimo prima di rispondere. «Ha attaccato Hagen sette mesi dopo la morte del fratello. Il nostro uomo deve averlo contattato in quell'arco di tempo.» Controllò al computer le informazioni sul caso Hagen. «Rechkov ha cominciato a spostarsi da Portland a Princeton quattro giorni prima dell'aggressione, quindi direi prima di allora.»

Anche Gavin aveva richiamato le informazioni sul caso. «La sorella di Hagen ha prenotato le camere d'albergo cinque settimane prima del viaggio. Solo da quel momento il nostro uomo poteva informare Rechkov che il suo obiettivo sarebbe andato a Princeton. Farò alcune ricerche sulle attività online e di posta elettronica del russo, concentrandomi su questa finestra temporale di circa quattro settimane e mezzo. Forse sarà un buco nell'acqua, ma magari avremo fortuna.»

29

Due uomini della cellula Fairfax di Abu Musa al-Matari entrarono a Fayetteville, North Carolina, appena dopo le otto di sera. Il responsabile dell'unità, David Hembrick, non era con loro, ma i suoi combattenti erano stati ben istruiti e il navigatore dell'auto li avrebbe portati a destinazione.

Namir era al volante, Kamir occupava il sedile del passeggero e teneva un Uzi fra le gambe, in un borsone da palestra. Procedevano rispettando i limiti di velocità, per non attirare l'attenzione, ma fintanto che tenevano le armi nascoste sapevano di avere ben poco di cui preoccuparsi.

Karim era egiziano di nascita, ma una volta raggiunta la maggiore età aveva preso la cittadinanza americana. Adesso, a venticinque anni, aveva una laurea in Studi internazionali e faceva il cameriere part-time in un ristorante appena fuori Landover, nel Maryland. Pagava le tasse e teneva tutti i documenti in ordine. Non c'era un motivo al mondo per sospettare di lui.

Namir era nato negli Stati Uniti da genitori libanesi, si era diplomato al liceo e, come Karim, si era avvicinato all'islam estremistico solo negli ultimi anni, seguendo la propaganda dell'ISIS. Da quel momento aveva girato tutte le moschee dell'area di Washington, alla ricerca dei predicatori più radicali.

Entrambi avevano alla fine incontrato un mullah di Baltimora, che li aveva spinti tra le braccia telematiche di un reclutatore del califfato, promettendo loro la pace e la gloria eterna che non avrebbero trovato in America, culla del peccato. I due non si erano mai visti prima dell'addestramento alla Scuola di Lingue, a riprova dell'abilità del mullah nell'isolare le reclute, nel caso fossero fermate dall'FBI. E adesso erano alla loro prima missione.

Gli altri tre membri della cellula erano rimasti nella contea di Fairfax. Il giorno prima Ghazi e Husam avevano ucciso la donna della DIA, e adesso erano tornati nella casa sicura. Così, David Hembrick aveva detto a Karim e Namir che credeva in loro, e che potevano occuparsi dell'operazione a Fayetteville come una squadra.

Il navigatore li guidò in Lemont Drive, una via residenziale fiancheggiata da case con giardino degli anni Sessanta, le tipiche abitazioni da ceto medio. Ogni vialetto e posto auto sembrava ospitare almeno un pick-up, e da molti cortili svettavano bandiere degli Stati Uniti.

Oltre a guidare, Namir stava anche trasmettendo in diretta con il cellulare, infilato nel taschino. Sapeva che Mohammed li stava guardando, per cui prestava la massima attenzione a fare tutto nel modo migliore.

«Rallenta» disse Karim cercando il civico giusto.

«D'accordo, ma non troppo» rispose Namir, mantenendo il tachimetro sui quindici chilometri orari. «Non vogliamo attirare l'attenzione.»

«Be', rifare il giro dell'isolato perché ci perdiamo la casa non è un buon modo per passare inosservati.»

«Sì, sì» concesse Namir, ma senza rallentare.

L'abitazione che cercavano era sulla sinistra, più o meno a metà della via; rischiarono davvero di lasciarsela sfuggire, ma in ogni caso le passarono davanti a velocità costante. Un pick-up Ford F-150 bianco era parcheggiato nel vialetto, di fronte al posteggio coperto, e un uomo con la barba stava scendendo dal veicolo. Indossava una maglietta grigio sporco e un paio di jeans; in una mano teneva la busta di un fast food e una bibita grande, nell'altra un cellulare. Stava parlando al telefono.

«È lui?»

«Non so. Nella foto è rasato.»

«È lui. I membri della Delta Force si fanno spesso crescere la barba: pensano che li aiuti a mimetizzarsi quando combattono nel califfato.»

Intanto, i due avevano ormai superato il giardino, così come la proprietà accanto.

«Che stai facendo?» domandò Karim.

«Faccio inversione. Dovresti spararagli prima che entri in casa.»

Karim tirò fuori l'Uzi dal borsone.

«No, l'AK. Usa l'AK.» Namir entrò con il muso in un vialetto e fece retromarcia, cercando di far manovra il più in fretta possibile.

«Perché non l'Uzi?»

«Quel tizio è grosso, e noi siamo lontani. Usa l'AK.»

Karim ripose il mitra in mezzo alle gambe, prese l'AK-103 nero nascosto in mezzo ai sedili e lo sollevò. Poi spostò il selettore di fuoco da semiautomatico ad automatico, abbassò per metà il finestrino e vi poggiò sopra il guardamano.

«Presto, non farlo entrare in casa.»

«Sì, sì!»

Dopo il corso di trentasei ore in orientamento e topografia, Mike Wayne era stanco morto e puzzava così tanto che stava valutando di farsi una doccia prima di mangiare il panino al pollo e le patatine fritte. O quasi. Dopo la barretta energetica di mezzogiorno non aveva buttato giù niente, per cui avrebbe divorato quello schifoso panino del fast food appena raggiunto il tavolo di cucina.

Terminò la chiamata con la sorella, mise in tasca il cellulare e raggiunse la porta d'ingresso della sua modesta abitazione. Armeggiò qualche secondo per districarsi tra cena e chiavi, poi fece scattare la serratura. Stava girando la maniglia quando vide il SUV grigio con la coda dell'occhio; sembrava stesse per accostare e fermarsi davanti al vialetto. Poi, prima di potersi girare a controllare chi fosse, sentì un rumore inconfondibile, udito l'ultima volta due settimane prima, al confine fra Siria e Turchia.

Una raffica di AK.

Schegge di legno si staccarono dalla porta all'altezza delle sue ginocchia. Un colpo al fianco destro lo fece barcollare, ma non lo stese. Nella fondina sotto la maglietta aveva una semiautomatica calibro .45, ma in quel momento il suo unico pensiero fu di mettersi al riparo.

Lasciò andare la busta con il panino e la bibita, aprì la porta e si lasciò cadere all'interno, strisciando in avanti sui gomiti. Era stato colpito all'articolazione dell'anca, stava sanguinando come un animale al macello e non riusciva a rialzarsi. Con la destra, sporca di sangue, estrasse la .45, poi si girò sulla schiena e prese di mira la porta, che nel frattempo si era richiusa. Usò la sinistra, altrettanto insanguinata, per tirar fuori il cellulare dalla tasca e chiamare il 911, e in quel momento lo sguardo gli cadde sul pavimento intorno a lui.

Wayne era un ufficiale medico della Delta Force, e sapeva cosa significasse una simile emorragia, quattro volte più intensa di quanto si sarebbe aspettato per una ferita d'arma da fuoco all'anca. Era sicuro che il proiettile dell'AK avesse colpito l'articolazione, per deviare lungo la gamba o frantumarsi all'interno del suo corpo. L'arteria femorale doveva essere stata lesionata. E un foro d'entrata così in alto impediva il ricorso a un laccio emostatico.

Troppo sangue, troppo in fretta.

Anche se in quel momento fosse arrivata un'ambulanza con a bordo un'équipe di chirurghi vascolari, difficilmente l'avrebbero potuto salvare dal dissanguamento.

Mike Wayne capì di essere un uomo morto.

Si prese alcuni secondi per accettare il proprio destino, poi tornò a concentrarsi sul mirino della pistola, sperando solo che la porta si aprisse. Più di ogni altra cosa al mondo, voleva sparare al tizio che lo aveva appena ucciso.

In quell'istante, risposero alla sua chiamata.

«Qui 911: ha bisogno della polizia, dei pompieri o di un'ambulanza?»

Mike cercò di parlare in tono deciso. «Un GMC Terrain grigio. Due passeggeri.»

«Mi scusi?»

Il cellulare gli scivolò a terra. La pistola rimase sollevata per qualche altro secondo, ma alla fine la mano cadde nella pozza di sangue lungo il fianco, prima che avesse inquadrato il suo ultimo bersaglio nella tacca di mira.

Durante le sessioni alla Scuola di Lingue, le reclute si erano allenate anche a sparare dall'interno di un'auto. Ma avevano usato i rottami già presenti nella struttura, e nessuna di quelle carcasse aveva più i finestrini. Così, Karim non aveva calcolato bene il rinculo dell'arma. Aveva appoggiato il fucile sul finestrino semiaperto, ma appena aveva premuto il grilletto il vetro si era frantumato in mille pezzi, e lui aveva mancato il bersaglio. Gli ultimi proiettili della raffica si erano schiantati sulla strada ad appena cinque metri da lui.

Quando aveva riportato l'AK-103 alla spalla, per puntarlo sulla porta oltre il vialetto, aveva fatto appena in tempo a scorgere gli stivali del suo obiettivo che strisciavano all'interno.

«Maledizione! Mi è sfuggito!» gridò.

«Scendi e finiscilo!» disse Namir. «È ferito!»

L'altro non si mosse. «Fallo *tu*!»

A quel punto sentirono la voce del loro mentore provenire dal cellulare.

«Karim, fratello! Tu sei un leone coraggioso! Ti ho visto mentre gli sparavi! L'infedele è là dentro, che sta morendo dissanguato. Vai! Finiscilo! Ma fa' presto! E prendi il cellulare, così che tutti nel califfato possano ammirare il tuo coraggio.»

Karim prese il cellulare da Namir, aprì lo sportello e scese in strada, mettendosi subito a correre. Percorse il vialetto con il fucile al fianco, controllando più volte a destra e a sinistra, pronto a far fuoco nel caso avesse visto arrivare qualcuno.

Mentre si lasciava a sinistra l'F-150, vide la chiazza di sangue allargarsi fino al parcheggio coperto. Una striscia rosso brillante macchiava il vetro rotto della porta esterna. Il combattente girò su se stesso, portò il fucile alla spalla e aprì la prima anta, pronto a spalancare anche quella interna, di legno. Poi si fermò di colpo, folgorato da un'intuizione. Fece due passi indietro e premette il grilletto, svuotando il caricatore. Poi avanzò fino a raggiungere la porta, ricaricò ed entrò in casa.

L'uomo con la barba era steso per terra, tre metri più in là, circondato da una pozza di sangue e con la maglietta crivellata di colpi. Era morto, nessun dubbio. Vide la pistola a pochi centimetri dalla sua mano destra, il cellulare accanto alla sinistra. Quel tizio lo stava aspettando, pronto a spararsi.

Inquadrò la scena con il cellulare, mormorando «*Allahu Akbar*» una mezza dozzina di volte.

Poi si voltò e tornò di corsa verso il SUV.

Namir gli andò incontro sul vialetto, e Karim saltò di nuovo a bordo dell'auto. Partirono sgommando, passando davanti a un uomo di settantacinque anni con un berretto delle forze speciali dell'esercito americano.

Era uscito di casa richiamato dal frastuono. Pareva il rombo di AK-47. Due raffiche da quindici proiettili, avrebbe detto. Un rumore che non sentiva dai tempi del Vietnam.

Percorse il proprio vialetto e vide un veicolo sfrecciare verso di lui. Non aveva mai visto quel SUV, per cui prese nota del modello proprio come aveva fatto la vittima, Mike Wayne. Ma l'anziano Berretto Verde notò anche che il GMC Terrain era targato Maryland.

Si voltò per tornare in casa e chiamare la polizia.

Nel giro di pochi minuti, Namir e Karim erano già a diversi chilometri da Lemont Drive, diretti a nord sulla I-95. Sempre attenti a non superare i limiti di velocità, cercavano di calmarsi dopo la scarica di adrenalina.

Si sentivano euforici per l'esito dell'operazione, e ancor di più perché Mohammed li aveva seguiti in diretta. Ora il loro mentore si era disconnesso, così che potessero concentrarsi sulla fuga, ma aveva ripetutamente elogiato i due uomini per il loro grande successo.

Mentre procedevano verso nord parlarono del ritorno alla casa sicura, e di quando avrebbero detto a Hembrick che l'infedele era sistemato. Poi, un po' a disagio, si chiesero come sarebbe venuto il video, una volta che gli organi di propaganda dello Stato Islamico avessero aggiunto la musica e gli effetti per diffonderlo su tutti i social network.

Pensavano di essersi ormai lasciati alle spalle la parte difficile dell'operazione. A parte l'anziano che era sbucato all'improvviso mentre lasciavano la casa della vittima, non avevano visto nessun testimone, e dubitavano che quell'uomo con il berretto strano avesse notato qualcosa.

In realtà, i combattenti della cellula Fairfax avrebbero fatto ben poca strada, arrivando solo fino all'uscita 61.

Quattro agenti della stradale del North Carolina si trovavano a bordo di due volanti nella stazione di servizio Lucky Seven, quando arrivò la chiamata: un GMC Terrain grigio era stato coinvolto in una sparatoria in Lamont Drive. Un testimone riferiva che il veicolo era targato Maryland, quindi era ipotizzabile che i criminali stessero lasciando la città diretti a nord. Con tutta probabilità avevano imboccato l'I-95, l'arteria principale che correva lungo l'intera costa orientale degli Stati Uniti.

Gli agenti a bordo delle due Ford Charger uscirono dalla stazione di servizio a tutta velocità, infilarono la rampa d'accesso dell'autostrada e presero posizione sullo spartitraffico in direzione nord.

Quattro minuti e venti secondi più tardi videro passare un GMC Terrain grigio con due passeggeri.

Le Dodge Charger montavano un motore a otto cilindri, e avrebbero potuto tener testa anche in retromarcia al SUV noleggiato, un quattro cilindri da 185 cavalli. Per qualche secondo, però, si mantennero a distanza. Solo quando gli agenti della prima volante videro che il veicolo era effettivamente targato Maryland accesero i lampeggianti e le sirene.

Il Terrain non accennò a fermarsi, ma la cosa non dispiacque troppo ai poliziotti: nel frattempo, in Lemont Drive era stato trovato il corpo di un soldato di Fort Bragg, il che li aveva resi più propensi a movimentare un po' le cose. Dieci minuti più tardi un elicottero sorvolava l'autostrada, mentre sei volanti si erano aggiunte all'inseguimento e un posto di blocco era stato allestito più avanti.

Quando il Terrain lo avvistò, inchiodò e provò a fare inversione superando lo spartitraffico erboso, per tentare la fortuna in direzione sud, ma un gruppo di volanti grigie e nere si mosse a fermarlo con coordinata precisione. Il veicolo in fuga si ritrovò bloccato, di traverso tra le carreggiate, mentre gli agenti scendevano dai mezzi e formavano un cordone di sicurezza. Fucili a pompa, AR-15 e pistole furono puntati contro il Terrain.

All'interno del SUV, Namir aprì con mani tremanti l'applicazione Silent Phone e chiamò il loro mentore. Quando questi rispose, urlò: «Siamo circondati dalla polizia! Seguendo la volontà di Dio abbiamo ucciso l'infedele, ma adesso intorno a noi ci sono parecchi agenti armati. Cosa dobbiamo fare?».

L'uomo che conoscevano come Mohammed gli chiese di girare il telefono in varie direzioni, per avere conferma di quanto riferito. Poi, con voce calma, rispose: «Avete agito bene, fratelli miei. Adesso però dovete arrendervi. Non temete: manderò oggi stesso una squadra a liberarvi».

«Sì, comandante Mohammed. Grazie, signore.»

«Mi raccomando, però: lasciate acceso il telefono e mettetelo sul cruscotto, così che possa riprendere il vostro arresto.»

Un minuto più tardi l'AK e l'Uzi volarono fuori dal GMC Terrain, poi i due fuggiaschi mostrarono le mani alzate attraverso i finestrini. A quel punto sulla scena erano arrivate ventidue volanti della stradale, più l'elicottero che continuava a sorvolare l'autostrada. Oltre quaranta agenti tenevano i due sospettati sotto tiro.

Seguendo gli ordini delle autorità, impartiti con il megafono da uno dei mezzi, Namir aprì lentamente lo sportello, alzò le mani e camminò all'indietro fino a un punto al centro delle carreggiate. Gli fu detto di inginocchiarsi e sdraiarsi a faccia in giù, con le caviglie incrociate e le braccia lontane dal corpo. Karim, intanto, doveva restare a bordo del mezzo.

Due poliziotti si avvicinarono a Namir per ammanettarlo. Si inginocchiarono, e uno dei due gli mise un ginocchio sulla schiena. Poi l'intera scena fu cancellata da un lampo di luce.

I due agenti della stradale saltarono in aria nell'esplosione.

Nel Terrain, Karim si era rannicchiato sotto il cruscotto. All'inizio pensò che qualcuno avesse aperto il fuoco, ma ben presto i detriti cominciarono a piovere sull'auto, sfondando il parabrezza. Si rialzò e guardò fuori. Il corpo di Namir era stato dilaniato dall'esplosione, come quello dei due poliziotti. Altri uomini e donne delle forze dell'ordine erano sdraiati a terra, chiaramente feriti.

Al combattente dell'ISIS fischiavano le orecchie. Namir non aveva attivato il giubbotto esplosivo, per cui non capiva cosa fosse successo. E non l'avrebbe mai saputo.

Il suo giubbotto detonò dieci secondi dopo quello di Namir, e il Terrain esplose in una palla di fuoco, sparando schegge in ogni direzione e ferendo altri agenti tutt'intorno.

Sopra la strada, l'elicottero fu costretto a virare per evitare la colonna di fumo e i detriti proiettati in aria.

30

Jack Ryan Junior aveva lavorato fino a mezzanotte per valutare l'ipotesi dell'attore privato dietro alla fuga di notizie, ma la mattina successiva si alzò comunque alle cinque, infilò i vestiti estivi da corsa e si costrinse a barcollare giù per le scale del proprio condominio, parte del complesso Oronoco Waterfront Residences.

In cinque minuti scarsi di corsa blanda sarebbe arrivato alla sede della Hendley Associates, ma Jack decise di camminare e usare i dieci minuti di passeggiata per svegliarsi, scaldare i muscoli e vincere la propria piccola battaglia psicologica contro se stesso. Una parte di lui bramava di tornare a letto per un paio d'ore, ma un'altra voleva fare esercizio fisico, sapendo che il cervello avrebbe poi lavorato meglio durante la giornata. Continuò a mettere un piede davanti all'altro finché non si ritrovò nel parcheggio sotterraneo, a battere il pugno con fare stanco al cugino e a Ding. Un gesto che gli risollevò almeno un poco l'animo.

Un attimo dopo Midas e Adara comparvero dalle scale, i vestiti sudati; evidentemente Clark li aveva già messi sotto nella palestra dell'edificio. Jack sorrise. Sapeva che il responsabile operativo sarebbe stato duro con i nuovi agenti, ma sapeva anche che quelle particolari reclute non avrebbero avuto problemi.

Dovettero attendere qualche minuto, mentre Clark rispondeva a una telefonata. All'inizio Jack drizzò le orecchie, per capire se la conversazione fosse collegata all'intrusione nelle reti dell'intelligence, ma pareva che John stesse parlando con un vecchio amico pronto ad aiutarlo in una delle esercitazioni per i nuovi operativi. Smise di ascoltare e si avvicinò a Midas, a qualche metro dal resto della squadra, sparsa nel parcheggio a fare allungamenti.

«Ciao! Come va l'addestramento?»

L'ex Delta Force parve sorpreso che gli stesse rivolgendo la parola, il che lo fece sentire una merda. Era stato di pessimo umore per tutta la settimana, e si era concentrato così tanto sulla fuga di notizie che aveva tenuto a distanza quasi ogni persona nell'edificio, a eccezione di Gavin.

«Per ora ho imparato una cosa.»

«Ah, sì? E sarebbe?»

«Quando sarò più vecchio voglio somigliare a Clark. Quell'uomo è un robot. Il cuore del mio vecchio ha ceduto a cinquantacinque anni, mentre guardava la televisione. Lui sembra averne davanti altri sessanta!»

Jack accennò un sorriso. «Mi dispiace per tuo padre. Ma scommetto che non era nella Delta.»

«Di giorno vendeva tappeti, la sera buttava giù scotch da quattro soldi. Ed era sorprendentemente bravo a fare entrambe le cose.»

Jack lanciò un'occhiata al loro responsabile. «Già, Clark spinge noi giovani a dare sempre il massimo, questo è poco ma sicuro.» Poi si voltò di nuovo verso Midas. «Ascolta, di solito non sono così stronzo. Questa settimana è stata un vero inferno, e...»

L'altro gli diede una pacca sul braccio. Era un gesto di gentilezza, ma per poco non gli fece perdere l'equilibrio. «Non preoccuparti. Ho sentito quanto vi è successo. Be'... a grandi linee, almeno.»

«Davvero?»

«Pare che tu e i tuoi compagni abbiate fatto il vostro lavoro, e bene, ma qualcosa sia comunque andato storto.»

«Qualcosa è andato storto, già. Però non so se io ho fatto bene il mio lavoro.»

«C'è un vecchio detto che gira ancora fra gli uomini della Delta. "Non c'è abilità che tenga, quando un angelo ti piscia nell'acciarino del moschetto".»

Jack abbozzò un altro sorriso. «Già... Immagino sia così.»

«Conoscevo tizi fantastici che sono finiti a dormire per l'eternità in qualche angolo del cimitero di Arlington. E non hanno fatto nessun errore, se non scegliere un lavoro che uccide tanto le persone eccezionali quanto quelle ordinarie. Qualsiasi cosa sia successa, quel giorno hai dato il massimo, e sei sopravvissuto. Quindi, un giorno potrai fare ancora meglio. Spero solo che tu riesca a lasciarti tutto questo alle spalle, e andare avanti.» Sciolse i muscoli del collo, poi aggiunse, con noncuranza: «Perché hai ragione: un po' stronzo lo sei stato, in effetti».

Era uno strano discorso d'incoraggiamento, Jack doveva ammetterlo, ma era proprio ciò di cui aveva bisogno. Scoppiò a ridere, poi i due si strinsero la mano. Alcuni secondi più tardi Clark diede il via alla corsa di sei chilometri.

Poco prima dell'alba, mentre Jack Junior correva lungo il fiume Potomac, suo padre si stava vestendo appena tre chilometri più a nord, nella Casa Bianca. Era stato svegliato un'ora prima del solito da una telefonata di Dan Murray. E, dopo la loro breve conversazione, il presidente aveva fatto convocare per le sette una riunione del Consiglio ristretto per la sicurezza nazionale.

Arrivò nella sala conferenze sotterranea alle sette in punto, e trovò tutti già seduti intorno al tavolo. Come da prassi, al suo ingresso fecero per alzarsi, e lui alzò la mano perché restassero comodi. Poi diede la parola a Dan.

Il procuratore generale si alzò e andò in fondo al tavolo, dove il sigillo presidenziale campeggiava su un grande schermo attaccato alla parete, circondato da diversi altri.

«Sembra che un gruppo di combattenti dello Stato Islamico stia compiendo una serie di attentati sul suolo americano. Si sono attivati circa trentasei ore fa.»

Mormorii confusi si levarono intorno al tavolo, anche se molti dei presenti – Ryan incluso – erano già a conoscenza di alcuni attacchi. Murray premette un tasto su un telecomando, e una foto di Barbara Pineda apparve su uno degli schermi. Era l'immagine ufficiale presa dall'archivio della DIA. «Come tutti saprete, due pomeriggi fa, a Falls Church, una giovane donna è stata fatta saltare in aria. Era un'analista della Defense Intelligence Agency, e si occupava delle informazioni provenienti dai territori dell'ISIS.»

In effetti, tutti avevano sentito dell'attentato. Ma il fatto che la polizia non avesse identificato subito la donna come il vero obiettivo della bomba aveva rallentato il collegamento con il lavoro che svolgeva.

Murray premette di nuovo il tasto sul telecomando, e la fotografia di Barbara Pineda fu sostituita da quella di Todd Braxton nella sua uniforme di servizio da Navy SEAL cachi e nera, con tanto di bustina nera in testa. Tutti nella sala operativa lo riconobbero: Braxton era forse il militare più celebre dell'ultimo decennio. Aveva presenziato a trasmissioni di approfondimento in veste di opinionista ed era apparso in tutti i più recenti show di avventura, senza contare che il suo libro aveva scalato le classifiche. I presenti si scambiarono sguardi di sorpresa: a nessuno risultava che fosse morto.

«Forse alcuni di voi hanno sentito che, ieri mattina, l'attore Danny Phillips è stato ucciso in una sparatoria a Los Angeles, insieme alla sua guardia del corpo. Quello che in pochi sanno è che al momento dell'aggressione Phillips si trovava con Todd Braxton, ex capo di terza classe delle forze speciali della marina. I due stavano collaborando per un film basato sul libro di Braxton. Anche se quest'ultimo è rimasto illeso, siamo convinti che in realtà fosse proprio lui l'obiettivo dell'attacco. Riteniamo che gli aggressori abbiano infatti scambiato Phillips per Braxton; un'ipotesi più che plausibile, dato che l'attore si stava calando nella parte dell'ex militare, e questi aveva cambiato aspetto per un piccolissimo ruolo nella pellicola.»

A quel punto intervenne il segretario della Sicurezza interna. «Come facciamo a sapere che...».

Dan Murray alzò una mano. «Andy, dammi ancora un attimo e ti risponderò.»

Il procuratore generale premette ancora il tasto sul telecomando, e comparve la fotografia di un uomo rasato, sulla ventina. L'immagine proveniva dagli archivi dell'esercito. «Ieri sera, a Fayetteville, North Carolina, il sergente maggiore capo Michael Robert Wayne è stato ucciso sulla porta della propria abitazione. Un agguato con armi da fuoco.»

Alcuni dei presenti erano andati a dormire tardi la sera precedente, e avevano visto la notizia dell'aggressione e del successivo inseguimento da parte della polizia sulla CNN. In quel momento, però, né la vittima né i responsabili erano ancora stati identificati.

Murray si rivolse al segretario della Difesa, come a cedergli la parola. «Bob, il sergente maggiore capo Wayne era...»

Burgess si voltò verso il presidente. Pareva al contempo triste e infuriato. «Era della Delta, squadrone C. La sua unità è tornata undici giorni fa da una serie di operazioni in Turchia e Siria.»

Nessuno, nella sala operativa, aveva mai visto il presidente fremere così di rabbia. «Gli assassini?»

Fu Murray a rispondere. «Sono stati fermati venti minuti dopo la prima chiamata al 911, che aveva descritto un veicolo sospetto. Stavano lasciando Fayetteville in autostrada, verso nord; come fossero diretti in Virginia, o oltre Washington DC, ma queste sono solo speculazioni. Avevano noleggiato il veicolo a Baltimora, per cui è possibile che stessero tornando nel Maryland. Entrambi i terroristi hanno fatto esplodere i giubbotti esplosivi che indossavano, uccidendo due agenti della polizia stradale del North Carolina e ferendone altri quattro.»

«Figli di puttana» mormorò Ryan.

Poi Murray si rivolse di nuovo al segretario della Sicurezza interna, Andrew Zilko. «Tre aggressioni in tre Stati diversi nel giro di ventisei ore. Come uniamo i puntini? Come facciamo a sapere che si tratta di un'operazione coordinata dell'ISIS?» Indicò con un cenno del capo lo schermo alla parete. «Questo è stato trasmesso meno di due ore fa, su un sito legato al Global Islamic Media Front del califfato.» Il procuratore generale prese un profondo respiro. «Vi avverto: non sarà facile da guardare.»

All'ennesima pressione sul tasto del telecomando, lo schermo mostrò un video. E, fin dalle prime immagini, fu chiaro a tutti che si trattava di un prodotto dello Stato Islamico: un appello alla mobilitazione travestito da notizia. Ma la propaganda del califfato aveva, di solito, standard ben più alti; le immagini erano in bassissima qualità, il montaggio poco efficace e le musiche scelte senza nessuna cura. Sembrava il risultato di un lavoro eseguito in tutta fretta. D'altro canto, le lacune tecniche erano più che compensata dai contenuti, crudi e autentici.

All'inizio del video un accompagnamento musicale introduceva dei cartelli con titoli in arabo, poi partivano le riprese, fatte chiaramente con una videocamera di media qualità, e così zumate da risultare distorte. A ogni modo, si poteva distinguere senza problemi una donna vestita da ufficio, i capelli scuri raccolti in uno chiffon. Stava percorrendo un breve vialetto e rovistava nella borsa. Apriva una cassetta delle lettere... Le immagini della sua morte sconvolsero i presenti. A quel punto comparve una scritta in arabo, inglese e francese, sovrapposta al fermo immagine dell'esplosione.

BARBARA PINEDA: AGENTE DELL'INTELLIGENCE MILITARE AMERICANA, SUPPORTAVA I BOMBARDAMENTI CONTRO GLI UOMINI, LE DONNE E I BAMBINI DEL CALLIFFATO. ORA NON PIÙ.

Seguì uno stacco, e sul monitor apparve il bancone di uno Starbucks scarsamente illuminato. Un gruppo di persone era in attesa delle ordinazioni. Il video non era ben centrato, per cui era stato aggiunto un cerchio per evidenziare un uomo un po' in disparte, intento a mescolare la propria bevanda.

All'improvviso si sentiva gridare «*Allahu Akbar*», e due persone armate di pistola aprivano il fuoco. I loro volti erano stati oscurati digitalmente. Il soggetto indicato dal cerchio sembrava sconvolto, mentre un muscoloso uomo di colore lo atterrava per allontanarlo dalla linea di tiro, senza successo. Entrambi finivano crivellati di colpi.

Altri uomini e donne si acquattavano per la paura. Solo uno scavalcava il bancone con un salto, per mettersi al riparo.

Il video si bloccò sui corpi e apparve un'altra scritta, sempre riportata nelle diverse lingue.

DANNY PHILLIPS, ATTORE AMERICANO: INTERPRETAVA L'INFEDELE NAVY SEAL TODD BRAXTON, RESPONSABILE DELLA MORTE DI CENTINAIA DI FEDELI. ORA NON PIÙ.

Il filmato successivo era stato girato di sera, e mostrava una stradina piena di modeste abitazioni in fondo a lunghi vialetti. Un uomo armato di fucile si sporgeva dal finestrino lato passeggero di un SUV e apriva il fuoco; la videocamera si trovava proprio dietro la testa dell'uomo, per cui era impossibile vederne la faccia o capire a chi stesse sparando.

Il video, a lungo senza audio, passava poi a mostrare l'immagine sfuocata di un uomo morto, steso sulla schiena in una pozza di sangue.

Una voce sovrastò la musica di sottofondo.

«*Allahu Akbar. Allahu Akbar. Allahu Akbar.*»

Quindi comparve la didascalia.

MICHAEL WAYNE: MEMBRO DELLA DELTA FORCE, HA ASSASSINATO DONNE E BAMBINI DEL CALIFFATO. ORA NON PIÙ.

Dopodiché intervenne una voce fuori campo, dall'accento britannico. Era accompagnata da fotografie di repertorio di soldati e mezzi statunitensi, di personale della CIA, del Pentagono e della Casa Bianca.

«Americani, fino a oggi ci avete combattuti da lontano, ma adesso lo scontro vi ha raggiunti. I vostri soldati e le vostre spie possono morire a casa come all'estero. Pensate di essere forti perché attaccate donne e bambini in Iraq, Siria e Nordafrica, indossando i giubbotti antiproiettile, imbracciando i mitragliatori e circondandovi degli assassini vostri alleati. Ma nelle vostre città siete deboli, vulnerabili. Sappiamo chi siete, *dove* siete. E stiamo venendo a prendervi.

«Sarà guerra, totale e completa. Ovunque. In ogni momento. Avete troppa paura di affrontarci sul campo di battaglia? Allora le armi della nostra rettitudine verranno a stanarvi dove siete. E credetemi quando vi dico che sappiamo come trovarvi. Sappiamo dove lavorate, dove vi allenate, dove vi rilassate, dove vi divertite, dove riposate la notte.

«Fratelli musulmani, coraggiosi leoni che vi trovate in America o potete trasferirvi: questo è il nostro momento.

Unitevi alla lotta, cogliete la vostra opportunità. Attaccate il personale dell'esercito statunitense, della marina, dell'aeronautica, dei Marines. Quello dell'FBI, della CIA, del dipartimento di Sicurezza interna...»

La lista era enfatizzata da altre fotografie di repertorio.

«E se non avete accesso a nessun obiettivo di questi gruppi, attaccate le autorità federali o locali. I vostri sforzi, per quanto piccoli vi possano sembrare, ispireranno altri a unirsi alla causa. E se morirete il vostro martirio sarà ricordato. Sarete l'avanguardia della guerra in America, che giuriamo arriverà presto.»

Altre immagini delle tre vittime.

«Il Profeta – pace e benedizioni su di lui – disse che il nostro califfato si sarebbe esteso fino a Roma e Costantinopoli. E così sarà. Ma raggiungerà anche Washington, New York, Los Angeles... Questo è solo l'inizio. I nostri soldati stanno preparando altri attacchi contro obiettivi più grandi. Restate con noi, e unitevi alla battaglia.»

Una serie di URL apparve sullo schermo, appena prima della fine del video.

«Per quanto cerchino di legittimare l'omicidio di Phillips, siamo certi che fosse Braxton la vittima designata» commentò Dan Murray. «Hanno commesso un errore, e ora tentano di coprirlo. Perché mai lasciare in vita un ex delle forze speciali, se l'avessero riconosciuto?»

Jay Canfield annuì. «Quello dell'ISIS è un culto di morte: hanno ucciso *qualcuno*, e per loro è abbastanza.»

«Quanto si è diffuso il video?» domandò Ryan.

Fu Mary Pat a rispondere. «L'abbiamo individuato appena è apparso, ma venti minuti fa mi hanno comunicato che è già stato ripreso dai media di tutto il mondo. E, per quando la riunione sarà terminata, sarà diventato la notizia principale anche da noi. Impossibile giocare d'anticipo.»

Seguì un momento di silenzio. Tutti gli occhi erano puntati sul presidente.

Alla fine Ryan disse: «Se l'ISIS ha l'indirizzo di casa di un assaltatore della Delta Force, allora non c'è limite a ciò che potrebbero sapere».

«Sono d'accordo» concordò Burgess. «Ovviamente verrà fuori che Wayne era nell'esercito, di stanza a Fort Bragg. Forse potremmo celare che operava per il Comando congiunto delle operazioni speciali, ma non sono sicuro che ci convenga. Se qualcuno scoprisse che l'abbiamo nascosto...»

«Uccidere i nostri uomini migliori di fronte alle loro case richiede un'organizzazione e delle informazioni che non credevamo l'ISIS possedesse» sentenziò il segretario della Sicurezza interna.

Ryan si strinse nelle spalle. «Il punto è che procediamo alla cieca, nell'ipotesi che tutto questo sia collegato ad al-Matari *e* a una fuga di informazioni riservate ancora da inquadrare; non credo che in queste condizioni sia possibile farci un'idea realistica delle capacità dell'ISIS. E finché qualcuno in questa stanza non porterà informazioni utili per rispondere agli interrogativi ancora irrisolti – come siano stati compromessi i nostri militari e funzionari d'intelligence, cosa sappia il nemico e dove si trovi Abu Musa al-Matari – continueremo a incontrarci ogni mattina solo per aggiornare il bilancio delle vittime.»

«Signor presidente» disse Bob Burgess, «se c'è l'ISIS dietro a tutto questo, se il califfato ha reclutato dei combattenti per uccidere i nostri uomini e le nostre donne a casa loro, allora credo dovremmo farci anche un'altra domanda: perché? Non è una strategia attuabile su larga scala, né tatticamente efficace. Non voglio offendere la memoria della signorina Pineda, che a quanto ne so svolgeva un ottimo lavoro, ma nella comunità d'intelligence ci sono migliaia di altri analisti come lei, che hanno accesso agli stessi dati riservati, se non di più. Perché *lei*? Cosa fa credere all'ISIS che colpire un'analista della DIA, un sergente della Delta e un ex Navy SEAL possa influenzare la guerra in Medio Oriente? Non ha alcun senso.»

«È propaganda» rispose la Foley. «Non ci sconfiggeranno con i pacchi bomba nelle cassette delle lettere, è ovvio, ma potrebbero aiutarli a fare proseliti. E, in questo senso, il video sarebbe un ulteriore moltiplicatore.»

«Penso che Mary Pat abbia ragione» disse Ryan. «Ma credo possa esserci dietro anche qualcos'altro.» Tamburellò le dita sul tavolo. «Lo Stato Islamico vuole una grande reazione dagli Stati Uniti. L'unico modo che hanno per crescere davvero come organizzazione è portare centomila soldati americani in Iraq. Certo, perderebbero Mosul, e forse alcuni territori in Siria, ma quello succederà comunque, lo sanno.»

«Sta suggerendo che al-Matari si trova qui per scatenare la sua rabbia?» chiese Mary Pat.

«La mia, quella dell'esercito e quella degli elettori» spiegò Ryan. «E, se ho ragione, è una mossa astuta. Pensate a quanti membri del Congresso stanno ricevendo telefonate da elettori infuriati, convinti che l'America appaia debole. Pensate ai media da sempre schierati contro questa amministrazione, pronti ad accusare il governo di farsi battere dalla guerriglia dell'ISIS.»

«Già» annuì Mary Pat. «E sarebbe già qualcosa se il lavoro di al-Matari si fermasse a questi attentati, ma non credo andrà così. Anzi.»

Ryan era d'accordo. «Ha addestrato dai venticinque ai cinquanta combattenti, e ha perso solo i due uccisi nel North Carolina. Quelle persone sono qui, sparse in tutta la nazione, da una costa all'altra. Hanno armi da fuoco, bombe e giubbotti esplosivi, almeno da quanto emerso finora, e stanno prendendo di mira membri dell'esercito e della comunità d'intelligence.» Fece scorrere lo sguardo intorno al tavolo. «Questo è solo l'inizio. E andrà avanti finché *noi* non li fermeremo.» Poi fissò Dan Murray. «Dan, tu e Andy avete la responsabilità di proteggere il nostro Paese. Il lupo ha superato la recinzione: adesso, in prima linea, ci siete voi.»

31

John Clark arrivò al bar La Madeleine – nel centro di Alexandria, su King Street – poco prima delle otto di mattina. Il locale offriva un'ampia scelta per la colazione, e lui studiò il menu con l'acquolina in bocca, ma per il momento ordinò solo due tazze di semplice caffè, che portò a un tavolino vicino alla vetrina.

Un minuto più tardi entrò un uomo con i capelli bianchi, sulla settantina ma dall'aspetto sano ed energico, con addosso una polo bianca e un paio di pantaloni cachi. Sorrise quando vide Clark, e marciò fino al suo tavolino con la mano tesa.

«È bello rivederti, John!» Accompagnò le parole con una decisa stretta di mano.

«Eddie Laird, ne è passato di tempo! Sei in forma, per essere un pensionato.»

I due si misero a sedere al tavolino.

«Scherzi? Sono fuori dall'Agenzia da un anno e mezzo, e per la prima volta dai tempi dell'università la mia pressione è scesa a livelli normali. Mi sento più giovane ora rispetto a quando avevo cinquantacinque anni.»

«Ti fanno ancora tenere dei corsi alla Fattoria, vero?»

«Sì, come esterno. Ma solo un paio di giorni alla settimana. Così almeno esco di casa. Per me è abbastanza, e sinceramente quei giovani pieni di speranze non hanno proprio bisogno di sorbirsi tutti i santi giorni un vecchio scontroso e cinico come me.»

Clark rise. «Non so davvero come ringraziarti per aver accettato di aiutarmi, ed essere qui stamattina.»

L'uomo con i capelli bianchi afferrò una delle tazze di caffè e ne prese un sorso. «Mi fa piacere darti una mano.»

Laird aveva lavorato alla CIA fin da dopo la laurea a Yale. Aveva conosciuto Clark quando entrambi facevano parte del MACV-SOG, o Military Assistance Command, Vietnam – Studies and Observations Group: l'unità speciale incaricata di operazioni segrete durante la guerra del Vietnam. Clark vi aveva prestato servizio in qualità di Navy SEAL, mentre Laird era un giovanissimo gestore della CIA. All'epoca Clark non andava molto d'accordo con i membri dell'Agenzia che avevano frequentato università elitarie, ma si era accorto subito che Laird apprezzava davvero il lavoro dei Navy SEAL. Nonostante avesse studiato a Yale, era solo una persona normale che faceva del suo meglio in una situazione di merda.

Dopo il Vietnam i due si erano incontrati spesso; il che non era una sorpresa, dato che Clark era entrato nella CIA. Avevano lavorato insieme a Berlino, Tokyo, Mosca e Kiev, e con il passare degli anni il rispetto di Clark per Laird era aumentato sempre più.

Negli anni Ottanta Laird era in Libano, ed era stato uno dei pochi funzionari dell'Agenzia a sopravvivere agli attacchi all'ambasciata americana di Beirut. Nel decennio successivo aveva collaborato per due anni con il Fronte islamico unito per la salvezza dell'Afghanistan, o Alleanza del Nord, sviluppando una conoscenza approfondita di quel Paese. E in virtù di ciò, si era trovato a bordo dell'elicottero russo usato dalla CIA per entrare in quella nazione dopo l'11 settembre; il suo compito era garantirsi il supporto dell'Alleanza, promettendo il sostegno dell'America alla sua avanzata verso sud.

Anche in quel caso Laird aveva fatto un ottimo lavoro, superando ogni più rosea aspettativa dei superiori: aveva contribuito alla cacciata di al-Qaida dal Paese, e a far arretrare le forze talebane verso sud e ovest. Poco dopo era stato premiato con una promozione all'interno del National Clandestine Service: l'avevano messo a capo dei gestori della divisione per il Vicino Oriente, sotto l'allora direttore della CIA Ed Foley.

Aveva passato a Langley dieci anni, dopodiché l'avevano trasferito a Camp Peary, sede della struttura di addestramento della CIA nota come la Fattoria. Nel frattempo però era diventato nonno, e si era reso conto di voler riversare sui nipoti le attenzioni che non aveva mai dato ai figli, a causa del lavoro sul campo. Aveva provato a ritirarsi in diverse occasioni, ma la sua influenza sulle giovani reclute era considerata troppo importante: prima Ed Foley poi sua moglie Mary Pat erano sempre riusciti a convincerlo a rimanere. E, persino dopo essersi ritirato, continuava a fare l'istruttore in qualità di contractor.

Laird sapeva del Campus sin dalla sua fondazione, e quando il suo vecchio amico gli aveva chiesto una mano per un'esercitazione si era detto più che felice di uscire di casa e percorrere i tre isolati fino a King Street.

Clark gli domandò di sua figlia, anche lei alla CIA; Eddie, pur non potendo entrare nei dettagli, rispose che al momento si trovava a Langley, e che riusciva a vedere spesso sia lei sia i nipoti. A sua volta chiese a Clark dei parenti, compresa la famiglia formata dalla figlia Patsy e da suo marito, Domingo Chavez.

«Stanno tutti benissimo. Anche se la mancanza di personale mi costringe a far fare gli straordinari a Ding.»

Laird guardò fuori della vetrata, verso le strade inondate di sole.

«Già. A proposito, al telefono mi hai parlato di qualche ora di "gioco di ruolo", per l'addestramento di alcune reclute. Cos'avevi in mente?»

«Una semplice esercitazione sulle tecniche base di sorveglianza, per i miei due nuovi agenti. Ti chiederei di andare un po' a spasso per il quartiere, che ne dici? Basta che compri una copia del "Washington Post" da tenere sottobraccio, e io li chiamo. Adesso sono in ufficio, non lontano da qui: fornirò loro la tua descrizione, e chiederò di identificarti e pedinarti. Per la prima ora ti direi di prenderla con calma: guarda le vetrine, magari fermati a prendere un altro caffè, passeggia tranquillo... Pensavo di iniziare piano, per cui non cercare di identificarli. Dopo un po' ti chiamerò e ti chiederò di cominciare un percorso di contropedinamento. A quel punto vorrei che tu facessi il possibile, senza esagerare, per sfuggire alla sorveglianza e cercare di individuarli.»

«Capito. Vuoi che mi sposti anche verso Washington, o preferisci che resti nei paraggi?»

«No, rimaniamo ad Alexandria. È impossibile pedinare un uomo della tua esperienza se non ci limitiamo a un'area circoscritta.»

Laird sorrise. «Grazie, John, ma ho i capelli così bianchi che un astronauta potrebbe vedermi dallo spazio a occhio nudo.»

John indicò i propri capelli argentati. «Se non l'avessi notato, non sono pochi quelli con i capelli bianchi da queste parti. Ti confonderai in mezzo agli altri. A ogni modo, vediamo per quanto riescono a starti dietro. E al termine dell'esercitazione ti chiederò di descrivere le mie due reclute. Ti piace l'idea?»

«Scherzi? Un tempo mi toccava farlo a Mosca, con dieci gradi sotto zero e in mezzo a una bufera di neve. Qui si tratta di una passeggiata a due isolati da casa, con venticinque gradi al sole, per identificare un paio di giovani agenti entusiasti: hai appena descritto la mia mattinata ideale!»

*

Dall'altra parte della strada, mezzo isolato più a nord su North Pitt Street, quattro persone a bordo di un Nissan Pathfinder osservavano con il binocolo i signori canuti seduti al bar.

Dopo qualche minuto di silenzio, Badr – l'autista del quartetto – diede voce alla domanda che si stavano facendo tutti.

«Chi è l'altro vecchio?»

Gli rispose Saleh, seduto accanto a lui. «Non importa. Il nostro obiettivo è e rimane Laird.»

Sul sedile posteriore l'unica donna del gruppo, Chakira, abbassò il binocolo. «E se agissimo adesso? Passiamo davanti al bar e spariamo alla vetrina. Sono lì seduti, bersagli facili...»

Accanto a lei il diciottenne Mehdi, il secondo più giovane fra tutti i combattenti usciti dalla Scuola di Lingue, annuì con fare deciso. «Li faccio fuori subito, quei due figli di puttana!»

Saleh studiò la situazione. I marciapiedi si stavano riempiendo di gente, per le strade il traffico era già sostenuto, e lui sapeva cos'era accaduto ai due uomini nel North Carolina la sera precedente. Aveva seguito i notiziari e guardato il video dell'ISIS appena diffuso; non sapeva a quale cellula appartenessero quei martiri, ma di una cosa era sicuro: erano mujahiddin che aveva incontrato al campo d'addestramento a El Salvador. I due erano riusciti a eliminare l'obiettivo, ma erano stati fermati dalla polizia durante la fuga.

Saleh e gli altri tre combattenti erano membri dell'unità Detroit. Al momento si trovavano nel territorio di competenza della cellula Fairfax, ma questo non lo sapevano. Al-Matari, conscio sin dall'inizio che l'area di Washington avrebbe offerto loro la maggior parte delle prede, aveva pianificato di mandare più squadre ad agire in quella zona.

I quattro erano arrivati la mattina presto, ma avevano mancato Laird mentre usciva di casa alle sette e quarantacinque per colpa di Badr, l'autista. Erano parcheggiati in un posto a pagamento in Duke Street, da cui potevano vedere l'abitazione del bersaglio, quando una volante era passata lentamente davanti a loro. Badr si era fatto prendere dal panico e si era allontanato. Saleh, a capo della spedizione, lo aveva rimproverato; non stavano facendo niente di sospetto, parlavano tutti un inglese impeccabile e lui aveva una storia di copertura già pronta. Invece furono costretti a trovare un altro posto in cui parcheggiare, e che offrisse una linea di tiro pulita sulla casa di Laird. E una volta in posizione, Mehdi aveva scorto il loro obiettivo camminare su South Royal, a metà strada verso King Street.

Ora Saleh doveva decidere se sparare all'anziano seduto al bar e poi tentare la fuga da quell'area congestionata, o se attendere che tornasse a casa e aggredirlo nella tranquilla strada residenziale in cui abitava. Il pensiero di quanto successo nel North Carolina rese più semplice la scelta.

«Aspetteremo che rientri, e intanto lo teniamo d'occhio. Se fa una passeggiata nel quartiere, nessun problema; se sembra che stia per salire su un mezzo pubblico, lo uccidiamo all'istante.»

Omar, il capo della cellula, aveva riferito a Saleh un ordine di Mohammed: vietato mettere piede a Washington. Il loro mentore si aspettava non solo una cospicua presenza di forze dell'ordine nell'area, ma presumeva anche che la profilazione razziale avrebbe avuto un peso decisivo.

Così, i quattro a bordo del Pathfinder continuarono a tenere d'occhio il proprio obiettivo, a poche centinaia di metri dalla vetrina del bar.

Alcuni minuti più tardi, Eddie Laird e John Clark si strinsero di nuovo la mano davanti alla porta d'ingresso del bar La Madeleine.

«Se finiamo per pranzo, che ne dici di andare da Murphy's per una birra celebrativa e qualche ala di pollo, tutti e quattro assieme?» propose Eddie.

«Facciamo così: noi due andiamo di sicuro. E se le mie reclute superano l'esame, possono venire con noi. Altrimenti rimando i loro culi in ufficio a ripassare i manuali sul pedinamento. Per quanto mi riguarda, per pranzo possono ingoiare il rospo.»

Clark non menzionò il fatto che Adara Sherman aveva già dimostrato il proprio valore sul campo in più di un'occasione, o che Midas Jankowski fosse un ex Delta incredibilmente ben addestrato. Immaginava che avrebbero superato l'esame, ma non intendeva impegnarsi a ricompensarli prima del tempo.

«Be', ci vai giù bello pesante, vecchio mio...» scherzò Eddie. «D'accordo, allora. Io sono il tuo topo, va' a chiamare i gattini.» Laird attraversò la strada ed entrò in un minimarket, dove con tutta calma comprò una bottiglietta d'acqua, un pacchetto di chewing gum e una copia del «Washington Post», dando il tempo ai due apprendisti di raggiungere l'area d'esercitazione.

Adara e Midas avevano passato l'ultima ora e mezza a sfogliare libri sulla sorveglianza e il pedinamento. La Sherman aveva già letto quei tomi due volte, prima di allora, quando si trovava sul Gulfstream per accompagnare gli agenti operativi ai quattro angoli del mondo. Sognava da tempo di unirsi alla squadra e dare un contributo maggiore alla causa.

Anche Midas aveva letto alcuni testi sull'argomento, quando era entrato nello squadrone G della Delta Force. La sua era l'unità di ricognizione, chiamata a lavorare in tutto il globo, spesso in piccoli gruppi di operativi in borghese. Quindi si aspettava di fare un ottimo lavoro quel giorno, e magari di riuscire anche a divertirsi un po'. In fondo non aveva fatto altro, nella sua prima settimana come nuovo membro di quel piccolissimo team di professionisti brillanti e coscienziosi. E gli bastava pensare che i tre operativi erano rientrati solo il fine settimana precedente da una missione sul campo per sentir crescere l'eccitazione. Mister C non scherzava, quando gli aveva detto che il Campus entra in azione con regolarità.

Lui e la sua compagna avevano appena chiuso i libri quando ricevettero un messaggio da Clark. L'ordine era raggiungere in fretta King Street.

Quando si trovava in Virginia, Adara portava sempre con sé una Smith & Wesson Shield, per difesa personale. Fece per prenderla, ma all'ultimo si fermò.

«Tu vieni armato?» chiese a Midas.

«È illegale girare armati a Washington, e non so dove andrà la persona che dobbiamo pedinare. No, porterò solo il coltello.»

Nascosto in una guaina dentro la cintura dei pantaloni, Jankowski aveva un piccolo karambit, il coltello a mezzaluna tipico del Sudest Asiatico. E sapeva usarlo decisamente bene. In realtà aveva preso con sé un modello da poco, costato solo trenta dollari; aveva una lama di appena sei centimetri – ovvero abbastanza corta da poterlo legalmente portare nella capitale – ma se il loro uomo fosse entrato in un palazzo federale, in un museo o in un altro edificio pubblico, lui non avrebbe comunque superato il controllo al metal detector. Ecco perché aveva scelto il pezzo meno pregiato del proprio arsenale: nel caso fosse stato costretto a liberarsene per continuare la missione.

Adara aveva un coltello con una lama ancora più corta, di soli cinque centimetri, oltre a una bomboletta di gel al peperoncino Sabre Red, in grado di sparare una sostanza appiccicosa e urticante fino a sei metri di distanza e lesionare le mucose quasi con la stessa efficacia degli spray usati per difendersi dagli orsi.

Certo, un'arma caricata a piombo era un'altra cosa, ma almeno quell'attrezzatura poteva essere abbandonata con relativa facilità e sicurezza, in caso di necessità.

Appena un minuto dopo aver ricevuto il messaggio di Clark, le due reclute del Campus si stavano dirigendo verso King Street a bordo della Chevrolet Silverado di Midas. Trovarono parcheggio a un isolato di distanza dal luogo dell'incontro, e proseguirono a piedi.

Il loro responsabile li stava aspettando al centro di Market Square, l'ampia piazza di fronte al palazzo del municipio, vecchio di un secolo e mezzo. Era giorno di mercato, per cui centinaia di persone passeggiavano per le strade in quella mattina d'estate. Clark portò Midas e Adara lontano dalle bancarelle, accanto alla grande fontana al centro dello slargo.

«Allora, in questo momento il nostro uomo si trova a trecento metri da voi. Ha settant'anni, è alto un metro e settantotto e pesa circa settanta chili. Indossa una polo bianca e pantaloni cachi. Potrebbe avere un cappello.»

Le due reclute si scambiarono un'occhiata. Non sarebbe stato facile.

«Ah, e sotto al braccio avrà una copia del "Washington Post"» aggiunse Clark.

«I nostri ordini?» domandò Midas.

«Pedinare, sorvegliare, documentare. Alla fine dell'esercitazione voglio una foto di ogni persona con cui ha parlato, e appunti dettagliati su dov'è andato e cos'ha fatto. Domande?»

«Sa qualcosa di noi?» chiese Adara.

«No, e dovrete fare in modo che non vi individui. Se riuscirà a darmi la vostra descrizione non avrete superato la prova.»

Adara e Midas non avevano altre domande: era tutto chiaro.

«Buona fortuna.»

Clark si allontanò per tornare al La Madeleine. Era più che intenzionato a concedersi una colazione degna di quel nome.

I suoi due allievi sistemarono gli auricolari, stabilirono una connessione aperta e si separarono per cercare l'obiettivo. Midas si diresse a est, verso il Potomac, mentre Adara risalì King Street in direzione ovest.

Dopo aver girato tra gli scaffali per una ventina di minuti, Eddie Laird lasciò il minimarket e si diresse a ovest, seguendo la corrente di pedoni sul marciapiede nord di King Street.

Un isolato più indietro, Badr si inserì nel traffico.

«Non sta andando a casa: ha preso la direzione opposta.»

«Ci ha visti? Sa che lo stiamo seguendo?» chiese Chakira dal sedile posteriore del Pathfinder.

Saleh scosse la testa. «Non sa niente, datevi una calmata! Magari ha solo voglia di fare due passi.»

«E io che faccio?» domandò Badr.

Saleh era la persona giusta per gestire quel quartetto, perché era di gran lunga il più calmo del gruppo. «Continua a guidare, superalo. Poi fermati e facci scendere. Lo lasceremo passare e lo seguiremo a piedi. Se ci sarà una buona occasione per ucciderlo e fuggire, procederemo, altrimenti aspetteremo che si diriga a casa.» Cominciò a sbottonarsi la camicia. «Toglietevi il giubbotto antiproiettile. Tutti tranne Badr. Se ci trovassimo a camminare a lungo, finirebbe per vedersi.»

«Ma Mohammed ci ha detto di...» ribatté Badr.

«Sono troppo vistosi!» sbottò Saleh. «E non possiamo coprirli con un cappotto, in una giornata come questa!»

Gli altri obbedirono. Sistemarono le protezioni in kevlar sui sedili posteriori del Pathfinder e si rivestirono.

*

Adara individuò l'obiettivo davanti a un bancomat su King Street, poi lo vide svoltare e dirigersi a ovest. Anche se quell'uomo con i capelli bianchi non avesse avuto una copia del «Washington Post» sotto al braccio, aveva comunque tutta l'aria di un coetaneo – e probabilmente un amico – di John Clark.

In ogni caso, non lo seguì a lungo: preferì spostarsi dall'altro lato della strada all'altezza di St. Asaph Street. Così, se anche l'uomo si fosse voltato alla ricerca di un pedinatore, non l'avrebbe notata. Appena fu sicura di non essere vista, contattò il compagno.

«Midas, ho trovato il nostro bersaglio. È in King Street, diretto a ovest, a circa dieci isolati dal fiume. Io sto raggiungendo una parallela. Cerco di superarlo.»

«Ricevuto. Io mi trovo a cinque isolati di distanza, su King Street. Aspettalo alla prossima traversa, poi riprendi a seguirlo su quel lato. Tu stagli addosso, io nel frattempo mi tengo un po' discosto, pronto a darti il cambio quando vuoi.»

«Ricevuto.» Adara camminava a passo spedito, felice d'indossare scarpe da tennis, pantaloni leggeri di nylon e una camicetta a maniche corte: sembrava che fosse uscita per un po' di *power walking*.

Il Nissan Pathfinder sorpassò Eddie Laird davanti a un ristorante con i tavolini sul marciapiede, poi svoltò in Washington Street e accostò sul ciglio della strada, per far scendere i tre giovani di origini mediorientali. Mehdi e Chakira avevano un piccolo zaino in spalla, ognuno dei quali conteneva un Uzi e caricatori di riserva; Saleh aveva infilato la Glock e i due caricatori in più dietro la schiena, tra le mutande e la pelle, coperti dalla camicia che teneva fuori dai pantaloni.

Il responsabile dell'operazione attraversò a passo svelto la strada, per raggiungere il lato sud di King Street, dalla parte opposta rispetto a Laird; i suoi compagni restarono in Washington Street finché non videro passare l'americano con i capelli bianchi. Aspettarono un altro minuto prima di cominciare a seguirlo.

Entrambi avrebbero voluto spararagli subito, alla schiena, e farla finita, ma era Saleh il caposquadra. E aveva detto che al momento giusto li avrebbe avvertiti con una chiamata o un messaggio.

32

Mentre camminava verso nord in South Columbus Street, Adara Sherman tirò fuori un berretto da baseball dalla borsa. Una mossa fortunata, perché il suo obiettivo passò ad appena quindici metri da lei. Lanciò anche un'occhiata nella sua direzione, ma lei si era messa accanto a un uomo più o meno della sua età, con un passeggino e un bambino di cinque anni al seguito, e proprio in quel momento si era voltata verso il bimbo.

«Quanti anni ha la tua adorabile sorellina?»

Il piccolo guardò la signora che gli aveva rivolto la parola, poi il padre. «Papà, quanti anni ha Mary?»

L'uomo sorrise alla donna attraente con il berretto da baseball. «Ha appena fatto sei mesi.»

«Sembra proprio una bambolina.» Poi si rivolse di nuovo al fratello. «Scommetto che ti prendi cura di lei, vero?»

Quello sorrise raggiante, e rassicurò la gentile signora: era proprio così. Il padre parlò con lei ancora per qualche istante. Ormai l'obiettivo l'aveva superata su King Street.

Adara era certa che quell'uomo con i capelli bianchi e il «Washington Post» sotto il braccio avesse escluso la famigliola di quattro membri dall'elenco dei possibili pedinatori.

Midas, sempre collegato via auricolare, aveva sentito ogni parola.

«Be', o l'hai fatto per garantire la sicurezza dell'operazione, oppure stai usando l'esercitazione come scusa per rimorchiare paparini...»

Adara trattenne un sorriso. Si stava togliendo il berretto, mentre girava a sinistra per riprendere King Street e continuare il pedinamento. «Cosa ti sembra più probabile?»

«Dai, non lo dirò a Dominic... Stavolta» scherzò Midas.

«Sarà meglio per te. Sono dietro di lui, a una ventina di metri. Procedo sul lato sud, dalla parte opposta rispetto all'obiettivo. Cammina piano. Rallento il passo, così gli lascio più spazio.»

«Io rimango sul suo lato. Sono a una sessantina di metri, ma mi tengo pronto ad avvicinarmi in fretta, se necessario.»

«Ricevuto.»

Procedendo una accanto all'altro, Chakira e Mehdi superarono un folto gruppo di turisti fermi a un angolo. Continuavano a tenere d'occhio il loro bersaglio, chiedendosi dove diavolo stesse andando. Alcuni secondi più tardi l'uomo entrò in un bar, e i due si fermarono all'angolo della strada, girandosi verso la carreggiata come aspettassero il verde per attraversare.

Ma quando il semaforo scattò, nessuno dei due si mosse.

Dall'altro lato della strada, quindici metri più avanti, Adara Sherman si arrestò davanti alla vetrina di un negozio di antiquariato ancora chiuso. Voleva sfruttare il vetro per guardarsi intorno e controllare chi aveva vicino, prima di comunicare a Midas che l'obiettivo si era fermato, ma il compagno la precedette.

«Ehm... Adara? Credo che Mister C. abbia aggiunto un elemento imprevisto all'esercitazione.»

«Che succede?» rispose lei, dopo aver appurato di essere sola.

«Non sono sicuro al cento per cento, ma mi pare di aver visto due tizi che stanno pedinando *te*.»

La donna si trattenne dal voltarsi. «Interessante. La prova di oggi non prevedeva niente del genere.»

«Però Clark ci ha detto di tenere gli occhi aperti» ribatté Midas. «Forse ha in serbo qualcosa di cui non ci ha parlato. Ti descrivo i soggetti: uomo e donna, carnagione olivastra, poco più di vent'anni. Entrambi con zaino. Lui ha una maglietta marrone e un berretto da baseball, lei una camicetta a maniche corte con il colletto verde. Si trovano a circa quindici metri da te, ma dall'altro lato della strada. Da qui non posso garantire che ti stiano tenendo d'occhio, ma appena ti sei fermata hanno fatto lo stesso. Sono all'angolo della via e si guardano intorno.»

Un uomo si fermò accanto ad Adara e cominciò a studiare la vetrina, impedendole così di rispondere. In ogni caso, Midas sapeva che aveva ricevuto il messaggio. E se quei due la stavano controllando, non voleva che la vedessero muovere la bocca.

«Siccome Clark non ha menzionato la cosa quando ci ha descritto lo scenario, suggerisco di comportarci come in una situazione reale. Non facciamo capire loro che li abbiamo scoperti, e cerchiamo di seminarli mentre proseguiamo il pedinamento. Non sarà facile. Schiarisciti la gola se hai sentito tutto.»

Adara si schiarì la gola. Poi superò il negozio di antiquariato e svoltò in South Fayette Street, sganciandosi di nuovo da Laird ma costringendo la coppia a una scelta: se non volevano perderla di vista l'avrebbero dovuta seguire in una tranquilla strada residenziale.

Prese subito a destra, in Commerce Street, e continuò in direzione sudovest sperando di ricongiungersi in fretta all'obiettivo. Adesso che gli uomini in King Street non potevano vederla, domandò: «Cosa fanno i miei pedinatori?».

Per qualche secondo Midas non rispose. «Ti hanno lasciata andare. Anzi, non ti hanno proprio calcolata. Sono sempre qui, su King Street. Sai cosa? Forse mi sbagliavo.»

«Sono sicura che hai fiuto per questo genere di cose: se il tuo istinto ti dice di tenerli d'occhio, per il momento continua a farlo. Laird era entrato in un bar. Supero l'isolato e torno indietro.»

«I due hanno ripreso a muoversi» l'avvertì Midas. «Ancora a ovest, in King Street.» Una pausa. «Non ne sono sicuro, ma mi sembra di vedere il nostro uomo. È uscito dal bar e si dirige a ovest.»

Adara ridacchiò. «Aspetta un attimo, stanno pedinando me o lui?»

«Pensavo seguissero te, perché i loro movimenti riflettevano i tuoi. D'altra parte, se i tuoi movimenti riflettevano quelli del nostro bersaglio... Chi lo sa?»

«Ma non ha senso che stiano seguendo il nostro obiettivo, se lavorano per Clark.»

«A meno che Mister C non stia addestrando un'altra squadra.»

Adara non prese nemmeno in considerazione l'ipotesi. «Forse stanno aspettando che io mi rifaccia viva.»

«Possibile» ammise Midas. «Rimango dietro di loro e li tengo d'occhio.»

L'ex Delta Force seguì i due personaggi sospetti, cercando allo stesso tempo di non perdere di vista il signore con i capelli bianchi un centinaio di metri più avanti. Ma non poteva limitarsi a quello. Aveva pedinato abbastanza gente nella sua vita da sapere che, se non si stava attenti, si poteva finire ad avere la sensazione di guardare dentro una cannuccia. Tenere lo sguardo fisso su una persona in mezzo a tante altre spingeva a dimenticarsi di essere all'aperto, soggetti a propria volta a una potenziale sorveglianza, o ad altre minacce. Per questo, cercando di muoversi con naturalezza, si prese del tempo per studiare la folla che lo circondava. Davanti, dietro, intorno a lui... Persino alle finestre degli edifici.

Sembrava tutto tranquillo alle sue spalle, ma non poteva rischiare di tornare sui propri passi, rischiando di compromettersi. Per quanto ne sapeva, Clark li stava controllando, assicurandosi che lui e Adara prendessero l'esercitazione sul serio.

Più avanti, dall'altra parte della strada, vicino al negozio di antiquariato davanti a cui si era fermata la sua compagna, un giovane con i capelli neri e ricci camminava con un'andatura che attirò la sua attenzione. Avanzava con determinazione, più veloce delle persone intorno a lui, e teneva lo sguardo fisso dalla parte opposta della strada. Nei successivi tre minuti, Midas osservò almeno altri cento sconosciuti, ma solo quello gli pareva sospetto.

«Adara, dove sei?» chiese.

«All'angolo fra South West Street e King Street. Sto girando a sinistra per imboccare la King. A meno che tu non mi dica di fare altrimenti.»

Quindi, calcolò l'uomo, si trovava una trentina di metri più avanti rispetto al tizio con la camicia bianca fuori dai pantaloni.

«Potrei avere un terzo sconosciuto all'opera. Ti spiace fare da esca per vedere se rimane su di te?»

«Per niente. Intanto vedo il nostro uomo, dalla parte opposta della strada.»

«D'accordo» disse Midas, «svolta a sinistra e prendi King Street, poi rimani dietro il nostro bersaglio, dal tuo lato della strada. Io terrò d'occhio i tre tizi alle tue spalle.»

Adara seguì le indicazioni, tenne la testa bassa e fece finta di parlare al cellulare con la madre, inventandosi un'imminente gita a Washington e descrivendo i musei che avrebbe visitato. In questo modo, il telefono e la mano destra le coprivano il viso, nel caso il loro obiettivo si fosse girato dalla sua parte.

Abbassò il tono di voce. «Midas, il nostro uomo è a quattro isolati dalla stazione della metro. Sta andando proprio in quella direzione.»

«Ricevuto» disse Midas. «I tre sconosciuti non ti stanno guardando nemmeno. Credo che siano concentrati sul nostro stesso obiettivo.»

«Strano... Quindi è possibile che non facciano parte dell'esercitazione?»

«Non ne ho idea» ammise Midas. Aveva intenzionalmente ridotto la distanza con i due davanti a sé, il che gli diede anche una prospettiva migliore sull'uomo dall'altro lato della strada. Persino da quella distanza riusciva a vederne l'espressione dura, determinata. Non staccava gli occhi dal signore con i capelli bianchi.

«Non mi piace» annunciò. «Non mi piace il loro comportamento, non mi piace la loro vicinanza a te e al nostro uomo, e non mi piacciono gli zaini che hanno in spalla i due davanti a me. Chiamo Clark. Se non superiamo l'esercitazione mi prenderò tutta la colpa.»

«Negativo» disse Adara. «Ci siamo dentro tutti e due, che superiamo la prova o no. In più, ho già il cellulare all'orecchio. Lo chiamo io, tu tienili d'occhio. Richiamami se cambia qualcosa.»

«Ricevuto.»

Adara digitò il numero di Clark.

Saleh sentì il cellulare vibrare nella tasca, e rispose. «Sì?»

Era Badr, l'autista del Nissan Pathfinder. Stava girando per il quartiere in direzione ovest, alla ricerca di un posto in cui aspettare prima di sfrecciare a recuperare Saleh, Chakira e Mehdi, nel caso si fosse presentata loro l'occasione giusta per uccidere Eddie Laird.

«C'è una stazione della metropolitana qui vicino. Tre isolati più avanti rispetto a Laird. E se fosse diretto lì?»

Saleh sapeva che avrebbe dovuto improvvisare. Non potevano rischiare di perdere il loro obiettivo per tutto il giorno, e non potevano seguirlo sul treno senza giocarsi il veicolo per la fuga. Inoltre, Mohammed e Omar avevano vietato ai quattro di andare a Washington.

«Tu parcheggia, tieni gli occhi ben aperti e aspettaci» ordinò. «Lo faremo fuori alla stazione, se è quella la sua destinazione.»

Riagganciò e chiamò Chakira, dall'altro lato della strada.

John Clark era a una dozzina di isolati di distanza. Stava uscendo dal bar La Madeleine, per tornare al suo Range Rover parcheggiato vicino all'area del mercato. Riteneva di aver dato ai due apprendisti abbastanza tempo per identificare l'obiettivo e ambientarsi. Adesso avrebbe aumentato la difficoltà dell'esercitazione. Prese il cellulare per chiamare Eddie e dirgli di iniziare un percorso di contropedinamento e l'identificazione degli inseguitori, ma il telefono suonò mentre stava per comporre il numero.

«Sì?»

«John, sono Adara. Speriamo davvero di sbagliarci, ma io e Midas pensiamo che anche qualcun altro stia pedinando il nostro uomo. Puoi confermare che non stai addestrando nessun altro, o...»

«Dimmi solo cosa sta succedendo.»

Clark cominciò ad affrettarsi verso il SUV.

«Tre individui sulla ventina. Mi trovo fra loro e il signore con i capelli bianchi; Midas è più indietro, che li tiene d'occhio. All'inizio pensavamo fossero con te, e avessero il compito di seguirmi, ma adesso siamo preoccupati che abbiano preso di mira il nostro uomo. Non ci stiamo capendo più niente.»

Quando Clark rispose, il suo tono d'urgenza la sorprese. Non l'aveva mai sentito così.

«Quelli di sicuro *non* sono miei uomini. Dove vi trovate?»

«L'obiettivo sta raggiungendo il parcheggio davanti alla stazione di King Street. Cosa vuoi che...»

«Io chiamo il 911 e mi precipito da voi. Il vostro bersaglio si chiama Eddie Laird. Raggiungilo e portalo dentro la stazione: là ci saranno agenti armati della polizia ferroviaria.»

Adara non capiva. «Perché credi...»

«È un ex dirigente della CIA. Va' da lui!»

Adara rimase a bocca aperta. «Dio mio! Corro.»

La telefonata fu chiusa e Adara accelerò il passo, avvicinandosi a Laird mentre si rimetteva in contatto con Midas.

L'ex Delta Force si trovava appena trenta metri dietro i due sconosciuti, quando uno di loro scese all'improvviso dal marciapiede, all'altezza dell'hotel Hilton, e attraversò la strada per raggiungere il tizio con la camicia fuori dai pantaloni. Nello stesso istante, Midas sentì la voce forte ma controllata di Adara.

«John dice che non ne sa niente. E Laird è appena passato da nostro obiettivo a nostro capo: pare fosse un pezzo grosso di Langley. Dobbiamo portarlo nella stazione e farlo mettere sotto scorta dalla polizia ferroviaria.»

«Ricevuto» disse Midas. «Fai attenzione, ne hai due proprio alle spalle. Io sono dietro al terzo: sta attraversando la strada per entrare nel parcheggio. Non credo vedano di buon occhio la prospettiva che il loro bersaglio salga su un treno e si allontani.»

«Al diavolo, corro da lui!»
«Vai!»

Il cellulare di Eddie Laird squillò, lui si fermò per rispondere e Adara accelerò il passo. Lo voleva all'interno della stazione il più in fretta possibile; lì, quantomeno, avrebbero potuto cercare riparo e contattare gli agenti della polizia ferroviaria. Invece il suo uomo fece per sedersi su una panchina.

Non si era girata a controllare gli sconosciuti in avvicinamento, per cui fu contenta di ricevere notizie da Midas, anche se non erano buone.

«Si sono tolti gli zaini dalle spalle e si sono separati. Due si sono allargati alla tua sinistra, uno alla tua destra. Questi figli di puttana stanno per colpire. Corro da quello a destra. Se ha un'arma cercherò di recuperala per affrontare gli altri due.»

Ormai Adara aveva raggiunto Laird. Appena questi mise giù, rifiutando la proposta di telemarketing e alzandosi dalla panchina, gli si piazzò davanti.

«Signor Laird?»

L'uomo alzò lo sguardo. «Be', se sei una delle nuove reclute di Clark questa *non* era una mossa da fare.»

Lo prese per il braccio e cominciò a condurlo verso l'ampio ingresso della stazione di King Street, sotto ai binari sopraelevati.

«John la chiamerà appena può, ma devo avvertirla che tre sconosciuti la stanno pedinando. Non sono con noi. Clark la vuole dentro la stazione.»

Laird sembrò sorpreso, ma non spaventato. «D'accordo. E questi idioti sembrano intenzionati a darsi da fare?»

«Sono in contatto con il mio collega, che è dietro di loro. Midas?»

«Hanno rallentato quando hai raggiunto Laird» rispose l'ex Delta Force. «Cercano di capire chi sei e cosa vuoi. A ogni modo, sembrano pronti ad attaccar briga. Continuate verso la stazione.»

Adara passò il braccio intorno alla vita dell'uomo che ora doveva proteggere, e accelerò il passo. «Le cose potrebbero mettersi male.»

«Sei armata?» le chiese Laird.

Erano ormai all'ingresso della stazione. Superarono un folto gruppo di turisti appena scesi dalle scale mobili che portavano all'atrio dai binari sopraelevati.

«Non possiamo girare armati a Washington, e non sapevamo se sarebbe andato là... Lei, invece?»

L'altro sollevò il davanti della camicia, mostrando il calcio di un piccolo revolver.

«È proprio il mio tipo, sa, signor Laird?»

«Non l'ho mai dovuta sfoderare, nemmeno a Kabul. Sarebbe buffo trovarmi coinvolto in una sparatoria proprio qui.»

33

Midas si era messo a correre, diretto verso la ragazza sconosciuta sul lato destro del parcheggio. A quindici metri di distanza impugnò il karambit, tenendolo basso lungo il fianco. Proprio in quel momento lo zaino della giovane cadde a terra, e in mano non gli rimase che un Uzi nero.

Appena vide il mitra, l'ex Delta Force sussurrò in tono urgente: «Adara, hanno tirato fuori le armi! Cercate riparo!».

Chakira non riuscì a sparare nemmeno un colpo. Si fermò nel parcheggio, davanti a un autobus, e puntò l'Uzi sull'uomo dai capelli bianchi che stava entrando in stazione, ma sentì una presenza alle proprie spalle. In un lampo, un coltello uncinato le comparve davanti alla faccia e con un movimento rapido le affondò nella gola. Intanto, un uomo robusto la afferrò con forza da dietro, prima di spingerla in ginocchio.

Un fiotto rosso schizzò sul marciapiede rovente, urla di panico si alzarono da ogni direzione. E quando l'uomo alle sue spalle la lasciò andare, Chakira cadde di faccia nella pozza formata dal suo stesso sangue, con un tonfo sordo.

Attraverso l'auricolare, Adara sentì Midas scagliarsi sull'ostile nel parcheggio, alle sue spalle. Grida terrorizzate ruppero la relativa tranquillità di quella mattina, e a quel punto lei ed Eddie cominciarono a correre a perdifiato. Mentre si avvicinavano a una grande colonna di sostegno in fondo all'atrio buio, Laird infilò una mano sotto la camicia, quando alle loro spalle esplose la raffica di un'arma automatica. Adara afferrò Eddie per la camicia, tentando di metterlo al riparo, ma perse la presa quando il settantenne si girò e si inginocchiò, sollevando la pistola verso la minaccia.

Due mitra crivellarono di colpi le mattonelle davanti a loro, e Adara si tuffò dietro l'enorme colonna cercando di allungare il braccio verso Laird. Voleva toglierlo dalla linea di tiro, ma non lo raggiunse.

Mentre rispondeva al fuoco dei due aggressori all'ingresso della stazione, l'uomo fece una smorfia di dolore e si piegò in avanti, lasciando cadere la pistola e accasciandosi a terra.

Nel parcheggio, Midas strappò l'Uzi dalle mani della sua vittima, sdraiata faccia a terra con la carotide lacerata, e cercò di voltarsi per affrontare gli altri due assalitori. Si trovavano a cinquanta metri di distanza, appena dentro l'ampio e ombroso ingresso della stazione, ma la linea di tiro era coperta da decine di civili che urlavano scappando in ogni direzione. E prima ancora di sollevare l'arma, vide con la coda dell'occhio una grande sagoma nera avvicinarsi a tutta velocità.

Cercò di saltare in avanti, ma il Nissan Pathfinder lanciato in corsa lo centrò con il lato sinistro del parafango anteriore; non lo prese in pieno, ma il colpo fu sufficiente a sbalzarlo in aria. Quando ricadde sul marciapiede aveva perso l'auricolare, e la presa sul mitra.

Se il SUV si fosse fermato, il conducente avrebbe potuto freddarlo mentre era ancora intontito, ma quello continuò a tutto gas lungo il parcheggio, tagliò uno spartitraffico erboso, superò la corsia degli autobus e montò sul marciapiede, sfrecciando verso l'ingresso della stazione.

*

Adara si lanciò fra i proiettili, verso Eddie; prese il revolver con una mano e afferrò il polso dell'uomo con l'altra, cercando di trascinarlo al riparo della colonna. Intanto mirò in direzione degli spari, accorgendosi subito che uno degli assalitori era a terra agonizzante. Immaginò che Laird lo avesse colpito, e spostò all'istante la mira sul secondo tizio. Quello stava sparando alla cieca, mancandola di una decina di metri e scagliando i proiettili 9 mm appena sopra le teste delle persone sdraiate a terra.

Adara lo vide abbassarsi e strappare l'Uzi dalle mani del compagno ferito, e ne approfittò per nascondersi di nuovo dietro la colonna. Pochi istanti dopo, una raffica esplose dall'ingresso, alzando polvere e schegge tutto intorno a lei.

Saleh vuotò l'intero caricatore del mitra di Mehdi, poi portò il compagno dietro una colonna, si accovacciò e si appoggiò al pilastro. Alla Scuola di Lingue gli avevano insegnato a unire due caricatori con del nastro adesivo, uno accanto all'altro, separati da dei pezzetti di legno perché entrassero senza problemi nell'alloggiamento. In questo modo non dovevano rovistare in tasca per ricaricare, e ogni Uzi poteva disporre a pieno carico di sessantacinque colpi anziché trentatré.

Così, Saleh inserì il secondo caricatore nel mitra. Accanto a sé e vide Mehdi rotolarsi per il dolore, il sangue che gli macchiava i vestiti e colava sul pavimento. Poi guardò verso il punto in cui si era posizionata Chakira, chiedendosi perché non sentisse spari provenire da quella direzione. Invece vide Badr attraversare a tutta velocità l'area pedonale sul Pathfinder, per raggiungerli.

Bene.

Non aveva idea di dove si fosse cacciata Chakira, ma in compenso era sicuro di aver centrato Edward Laird: ora non doveva far altro che andarsene di lì tutto intero.

Tra il tenersi al riparo e il cercare di trascinare Laird, Adara non era ancora riuscita a sparare un colpo decente verso l'aggressore, che si trovava dietro una colonna vicino all'ingresso. Per guadagnare tempo, però, decise di prendere di mira il pilastro, sollevando schegge di cemento e facendo sapere al nemico che era armata e in grado di rispondere al fuoco. Però, dopo appena due colpi, si accorse che il tamburo da cinque del revolver era vuoto.

Dannazione!

Aveva appena perso la sua unica vera arma.

Vide il Pathfinder mentre stava cercando di sistemare meglio Laird. Il veicolo piombò nell'atrio con uno stridio di freni, preso subito di mira da due agenti della polizia ferroviaria scesi di corsa lungo le scale mobili, circa quaranta o cinquanta metri alla sinistra di Adara. Il conducente si concentrò sulla colonna che copriva il suo bersaglio, centrandola con una sventagliata di proiettili 9 mm, e Adara non poté far altro che lanciarsi sul corpo di Eddie Laird e aspettare che la raffica terminasse.

Nel frattempo, controllò le condizioni dell'uomo e vide che era stato colpito al petto e all'addome. Cercò di prestargli soccorso, ma lui le spinse indietro la mano, tirò qualcosa fuori dalla tasca e la allungò verso di lei. All'inizio non capì cosa stesse cercando di darle, ma quando guardò meglio vide che era un caricatore rapido: un congegno cilindrico contenente cinque cartucce .357 Magnum, usato per caricare il revolver senza dover inserire i proiettili a uno a uno. Era macchiato di sangue, ma non si preoccupò di pulirlo. Mentre dalla parte opposta dell'atrio continuavano a fare fuoco, rimosse i bossoli vuoti dal tamburo della Smith & Wesson e mise il caricatore rapido in posizione.

Poi riportò l'attenzione su Laird. Dai suoi occhi, aperti e vuoti, capì che era morto.

«Merda!» gridò. «Il nostro uomo è andato! Midas? Dove sei?»

Quando Badr inchiodò all'interno dell'atrio, il Pathfinder si fermò proprio accanto alla colonna dietro cui Saleh si era spostato. Poi l'autista sollevò il suo Uzi con una mano e, puntandolo attraverso il finestrino chiuso del lato passeggero, fece fuoco sul pilastro che nascondeva Laird e la donna con lui. Nel frattempo, Saleh si alzò in piedi e svuotò il caricatore sugli agenti della polizia ferroviaria, appostati dietro ai tornelli vicini alle scale mobili. Erano quattro o cinque, tra uomini e donne, e lui sperò di centrarne qualcuno prima di lanciarsi nel Pathfinder e darsi alla fuga.

Non sapeva se Mehdi fosse ancora vivo: era dall'altro lato del cofano del Pathfinder, dove l'aveva visto l'ultima volta contorcersi dal dolore, prima di spostarsi. In ogni caso, se ancora poteva avrebbe dovuto salvarsi da solo. Saleh non avrebbe certo aggirato il SUV per andare a prendere quel ragazzino, esponendosi al fuoco nemico da due direzioni. No, lui esplose l'ultimo colpo dell'Uzi e corse oltre lo sportello del guidatore, per aprire quello posteriore. Ma proprio mentre stava mettendo dentro la testa, il finestrino accanto a lui finì in mille pezzi, e il proiettile della SIG Sauer P226 di un agente della polizia ferroviaria di Washington lo colpì al collo.

Cadde all'indietro e lasciò andare la mitragliatrice scarica, cominciando a fare pressione sulla ferita sanguinante. A fatica, si tirò a sedere e alzò gli occhi su Badr, dietro il volante. Per un istante i loro sguardi si incrociarono. Poi Badr inserì la retromarcia.

«*Istanna!*» gridò Saleh. Aspetta!

Poi infilò una mano nella cintura dei pantaloni per estrarre la Glock.

Midas sapeva di dover fare attenzione a correre verso l'atrio della stazione: a giudicare dal rumore degli spari, diversi tiratori – probabilmente poliziotti – stavano rispondendo al fuoco dei due terroristi a piedi e dell'uomo al volante del Pathfinder, appena sopraggiunto sulla scena. D'altra parte lui era di nuovo in piedi, imbracciava l'Uzi della terrorista morta, e anche se aveva perso l'auricolare sapeva che Adara e Laird erano da qualche parte là dentro. Si domandò quanto fossero gravi le sue ferite, ma braccia e gambe parevano funzionare a dovere, e in quel momento non contava altro.

Scattò davanti a una fila di distributori di quotidiani, schivò alcuni civili che cercavano di fuggire dalla sparatoria e poi, quando il gruppo di persone davanti a lui si tolse di mezzo, vide un uomo ferito seduto per terra accanto al Pathfinder. Cercava di tamponare con la mano sinistra una ferita al collo, mentre con la destra aveva appena estratto una Glock da sotto la camicia.

In quell'istante, l'auto schizzò all'indietro sgommando, proprio verso l'ex Delta Force.

Oh, Cristo, non di nuovo!

Midas era a circa trenta metri dal veicolo, che l'avrebbe investito in meno di quattro di secondi. Mantenne la calma, sollevò l'Uzi, allineò il mirino alla nuca del conducente e sparò un unico proiettile da 9 mm. La testa dell'uomo cadde in avanti e il SUV sbandò subito alla destra di Midas, schiantandosi a tutta velocità contro i cancelli di ferro all'ingresso della stazione. L'urto fu così violento che il mezzo andò in testacoda, cominciando poi ad avanzare lungo l'area pedonale, l'uomo morto riverso sul volante.

Midas, però, non lo guardava più: aveva altro di cui occuparsi. Sapeva di dover fermare l'uomo seduto prima che aprisse il fuoco con la Glock. Si girò e aggiustò la mira su di lui, appena in tempo per vedere la canna della pistola puntata contro di sé.

Uno sparo, poi un secondo, un terzo e un quarto.

Il tizio a terra fu spinto in avanti, come fosse stato colpito alla schiena, e Adara Sherman comparve alle sue spalle. Aveva lasciato di corsa una colonna a tre metri di distanza dal terrorista, e Midas vide che teneva in mano un piccolo revolver, puntato sull'uomo riverso accanto alla Glock.

Un altro aggressore era sdraiato a faccia in giù in una pozza di sangue, a pochi passi di distanza.

Con uno stridio di freni, un Range Rover nero si fermò nella corsia degli autobus, alla sinistra di Midas. Adara superò di corsa il compagno e salì sul sedile posteriore del veicolo di Clark, mentre l'ex Delta montava davanti.

Erano appena entrati quando il Nissan Pathfinder, che continuava ad avanzare con il motore al minimo e adesso si trovava settanta o ottanta metri alle loro spalle, esplose con un boato. I tre passeggeri del Range Rover si chinarono in avanti, mentre rottami incandescenti colpivano il SUV e piovevano tutt'attorno.

Adara guardò oltre il lunotto posteriore, e si rese conto che avevano evitato il peggio solo perché al momento dell'esplosione il Pathfinder si trovava dietro un autobus parcheggiato.

Prima di partire, Clark scrutò le sue reclute. Dall'avambraccio di Midas colava del sangue, e la sua maglietta era attraversata da strisce brune; la camicetta bianca di Adara era imbrattata di macchie rosse.

«Dov'è Eddie?» domandò Clark.

«Mi spiace, John» disse Adara. «Se n'è andato. Ho provato a salvarlo, ma non ho potuto fare niente.»

A quel punto, il responsabile operativo del Campus schiacciò sull'acceleratore. Guidava a velocità sostenuta, ma facendo attenzione a non esagerare: non voleva che i passanti si insospettissero, convincendosi che all'interno del Range Rover nero ci fosse qualcuno coinvolto nella sparatoria alla stazione.

«Quanto sono gravi le vostre condizioni?»

«Adara?» domandò Jankowski.

«Io sono a posto, è Midas a essere ferito. È coperto di sangue, dobbiamo portarlo in ospedale.»

«Negativo» disse l'ex Delta. «Ho preso solo una botta, quando quel Pathfinder mi è venuto addosso. La maggior parte del sangue è di uno dei Corvi.»

«Uno dei *cosa*?» domandò Adara.

«Dei Corvi. I cattivi.»

Era gergo della Delta Force, e Adara non l'aveva mai sentito prima.

Clark sterzò per immettersi su Prince Street. Nei successivi dieci minuti avrebbe dovuto svoltare almeno altre cinquanta volte, se voleva sperare di allontanarsi dal luogo della sparatoria senza essere seguito. Poi, il prima possibile, avrebbero cambiato auto. E, in ogni caso, si sarebbero tenuti lontani dall'ufficio per il resto della giornata, se non della settimana. Lasciò che le sue reclute riprendessero fiato per un po', poi domandò: «Chi diavolo è stato?».

«Quattro soggetti, non identificati» disse Midas. «Sono riuscito a guardare bene quella a cui mi ero incollato: donna, sulla ventina, bassa, carnagione olivastra, capelli scuri. Forse turca, o qualcosa del genere. Difficile dirlo.»

«Io sono passata accanto a quello ucciso da Laird...» riferì Adara. «Mi stupirebbe scoprire che aveva più di diciassette anni.»

«Origini mediorientali?»

«O nordafricane, sì» rispose lei, ma si sentiva che stava pensando ad altro. Una pausa, poi aggiunse: «Mi dispiace da morire, John. Ho cercato di portare Laird al riparo, ma lui ha tirato fuori il revolver e ha aperto il fuoco sugli aggressori».

«Che armi avevano?» domandò Clark, alla ricerca disperata di qualche indizio sull'identità degli aggressori.

«Uzi. E ho visto anche una Glock» rispose Midas.

Adara annuì dal sedile posteriore. «Confermo, pistole e mitra. Laird ne ha ucciso uno.»

«Buon per Eddie» si limitò a commentare Clark. Poi sbatté la mano sul volante. «Chi diavolo gli stava dando la caccia?»

Nessuno rispose, perché nessuno conosceva la risposta.

34

John Clark, Adara Sherman e Barry Jankowski scesero dal Range Rover nero davanti all'ingresso dipendenti del Tysons Corner Center, un grande centro commerciale ad appena venti minuti dal luogo della sparatoria. Clark lasciò lo sportello del guidatore aperto, e un uomo barbuto sulla quarantina si mise al volante del SUV senza dire una sola parola, per poi uscire dal parcheggio e tornare sull'interstatale.

Era Dave Fleming, uno degli agenti di sicurezza del Campus. Si sarebbe diretto a ovest, attraversando mezza Virginia per allontanarsi dall'area di Alexandria, avrebbe parcheggiato il Range Rover in un terreno di proprietà di una delle società fantasma del Campus, per poi aspettare l'arrivo di Pablo Gomez, un altro agente di sicurezza. Insieme, sarebbero tornati verso Washington nella Pontiac Firebird del '69 di Gomez.

Clark, Adara e Midas entrarono nel centro commerciale dalla porta di servizio e si diressero subito al negozio di abbigliamento sportivo Eddie Bauer. A gestirlo era il figlio venticinquenne di Dave Fleming, Pete: un ex soldato del 75° Reggimento Ranger dell'esercito, tornato a casa con l'intenzione di conseguire un master a Georgetown e provare poi la carriera nella CIA.

Clark aveva chiamato Chavez, che a sua volta aveva telefonato al giovane per avvertirlo, così che Pete fosse l'unica persona all'interno del negozio quando i tre fossero arrivati.

Indossarono in fretta vestiti nuovi e uscirono dalla porta di servizio, il tutto nel giro di un paio di minuti. Solo quando gli agenti del Campus se ne furono andati, Pete Fleming notò piccole gocce di sangue sulle dozzinali piastrelle del magazzino.

Chavez li stava aspettando fuori, al volante di un Ford Explorer con i vetri oscurati. Quando furono tutti a bordo, guidò per tre chilometri fino a una casa sicura del Campus in Turkey Run Road, ad appena qualche centinaio di metri dalla sede della CIA a Langley.

Jack Ryan Junior e Dom Caruso erano già all'interno dell'abitazione, con delle mitragliatrici portate a spalla e un milione di domande su cosa diavolo fosse successo nella quinta giornata di addestramento delle nuove reclute della squadra.

Adara entrò dalla porta del garage tenendo una benda insanguinata sul braccio di Midas, e incrociò gli occhi di Dom per un istante appena – uno sguardo a dir poco intenso – prima di andare in cucina e trasformare il tavolo in punto di primo soccorso per l'ex Delta Force.

Gli altri li seguirono, sparpagliandosi per la stanza; Midas si tolse la maglietta e – solo su insistenza di Adara, appoggiata dalla voce rauca di John Clark – si abbassò i pantaloni.

«Accidenti, amico» esclamò Ding quando vide il fianco e la coscia sinistri di Midas. Il livido, di un viola acceso al centro che sfumava ai bordi in un grigio spento, era largo più di quarantacinque centimetri. «Come diavolo fai a camminare?»

Midas si strinse nelle spalle. «Non ho niente di rotto. Magari domani farà un po' male...»

«Non sei più nella Delta, figliolo» disse Clark. «Ti è concesso dire "ahi".»

Midas abbozzò un sorriso. «Be', allora... Ahi!»

Gerry Hendley entrò a passo di carica dalla porta d'ingresso della casa sicura, insieme a Gavin Biery. Dale Henson e Jason Gibson, altri due agenti di sicurezza del Campus, entrarono solo dopo aver controllato l'accesso del garage, poi presero posizione davanti alla porta d'ingresso e a quella sul retro, estraendo da semplici borsoni militari dei fucili a canna corta armati con cartucce .300 AAC Blackout.

Gerry era al telefono quando entrò in cucina e trovò il gruppo intorno a Jankowski, in mutande accanto al tavolo.

«Salve, capo» salutò questi imbarazzato.

Hendley abbassò il cellulare per un attimo, valutando la ferita al fianco del nuovo operativo.

«Se dovessi tirare a indovinare, direi che quella te l'ha procurata il parafango anteriore sinistro di un Nissan Pathfinder nero.»

Midas e Adara spalancarono gli occhi per un attimo, ma capirono in fretta dove Gerry avesse preso quell'informazione.

«Merda» disse Midas. «Telecamere di sorveglianza?»

Gerry annuì. «Già. Gavin ha recuperato i filmati in pochi secondi.»

«Non avete niente di cui preoccuparvi» aggiunse Biery. «La qualità è bassissima, non si può identificare nessuno. Su questo fronte potete stare tranquilli. Ho anche chiesto ai ragazzi in ufficio di tenere d'occhio social network, servizi cloud e simili: se qualcuno carica un video o anche solo un fotogramma in rete, saremo pronti a intervenire.»

Gavin si rivolse a Midas, che aveva incontrato solo una volta. «Devo ammetterlo: sono colpito. Ho riguardato l'impatto cinque volte. Per un secondo hai letteralmente volato. Sembravi un supereroe della Marvel.»

L'operativo si guardò il fianco viola. «Grazie, ma di solito i supereroi non si schiantano sul marciapiede il secondo successivo, per di più di faccia.»

Gerry si allontanò per riprendere la telefonata, mentre gli altri guardavano Adara lavorare sulla brutta ferita che Midas aveva riportato all'avambraccio. Poi usò una benda, presa dalla borsa arancione del pronto soccorso che Dom le aveva portato dall'ufficio, per fissare una grande sacca del ghiaccio sul fianco dell'uomo.

Gerry terminò la chiamata e tornò dal gruppo.

«Hai bisogno di punti, Barry?»

«No, capo. La signorina Sherman si è occupata di me da vera professionista.»

Hendley e Clark guardarono Adara. Sapevano di potersi fidare della sua opinione quando si trattava di un'urgenza medica: non avrebbe addolcito la pillola né ingigantito le cose.

La bionda, china sul suo paziente, scosse la testa. «Starà bene. Ma, come ha detto anche lui, domani non sarà una buona giornata. Il fianco si gonfierà, anche con il ghiaccio. E con le lacerazioni al braccio è stato fortunato. Deve averlo colpito lo specchietto laterale del SUV... In ogni caso, sono riuscita a medicarlo a dovere, tornerà come prima. Ha alcune escoriazioni da asfalto e lividi su petto e ginocchia, ma niente di preoccupante.»

«Sono sopravvissuto a sei ordigni esplosivi improvvisati, posso sopravvivere a un cazzone su un Pathfinder che mi fa cadere su un marciapiede.»

«E tu, Adara?» domandò Clark. «Sei finita in mezzo alla sparatoria...»

«Io sto bene. Nemmeno un graffio.» Lanciò una rapida occhiata a Dom, che non nascose il suo sollievo. Poi aggiunse: «Vorrei solo aver potuto fare qualcosa per il signor Laird».

«Quel figlio di puttana era uscito incolume dall'offensiva del Têt del 1968, in Vietnam, e dal bombardamento dell'ambasciata di Beirut nel 1983» disse Gerry Hendley. «Ma gli è stata fatale una passeggiata mattutina in Virginia, nel 2017.»

«È caduto combattendo» affermò Adara. «Ha ucciso uno dei terroristi.»

Gerry annuì. «Non mi sorprende affatto.» Poi passò a riferire cosa aveva scoperto al telefono. «La polizia di Washington ha trovato tre terroristi morti sulla scena, più un possibile quarto al volante del SUV esploso. Due vittime fra i civili, incluso Eddie Laird, e altre due fra gli agenti della polizia ferroviaria. In più si contano otto civili feriti, e un agente della polizia si è ritrovato la mano piena di schegge.»

«Dio onnipotente» mormorò Adara.

Gerry si rivolse a Gavin e Jack. «C'è qualche possibilità che la fuga di informazioni riservate delle ultime settimane avesse compromesso anche Laird?»

«Non credo» rispose Ryan.

«Come fai a dirlo?» domandò Chavez.

«Pensiamo che la fonte dei dati siano i moduli SF-86 contenuti su una rete teoricamente sicura dell'Ufficio per la gestione del personale. I documenti digitalizzati vanno solo fino al 1984, e se Laird era nella CIA ai tempi del Vietnam immagino abbia ottenuto il nulla osta sicurezza prima di quell'anno.»

«Forse c'è qualcosa che dovresti sapere» disse Clark. «Anche la figlia di Eddie, Regina Laird, è nella CIA. Prima lavorava nell'intelligence della marina, ma cinque anni fa è entrata nell'Agenzia. E il suo SF-86 menzionerà anche il datore di lavoro del padre.»

«Be', questo cambia tutto» ammise Jack.

«E vuol dire anche un'altra cosa» aggiunse Ding. «Qualcuno dovrà informare la figlia di Eddie non solo che suo padre è stato assassinato, ma anche che la sua carriera nella CIA è finita.»

Gerry si rivolse di nuovo a Jack. «Stai dicendo che qualcuno ha accesso a tutti quei moduli, e riesce a sfruttarne i dati grezzi per scoprire dove si trova e cosa sta facendo adesso una determinata persona?»

«Esatto.»

«L'ISIS ha capacità simili?» domandò Caruso.

Jack vide che il cugino pareva confuso; d'altra parte, quando Gavin aveva suggerito per la prima volta quella possibilità, lui doveva aver fatto la stessa faccia.

Fu proprio il responsabile della sezione IT a rispondere. «Certo che no. Io e Jack stiamo lavorando basandoci sul presupposto che un'organizzazione privata abbia rubato i dati. Prima hanno venduto – o comunque passato – una dritta al ragazzino russo il cui fratello è morto nel sottomarino affondato nel Baltico, poi hanno cominciato a sfruttare il materiale per scoprire l'identità di membri dell'intelligence e delle forze armate, creando pacchetti di informazioni mirate alla loro individuazione. Con tutta probabilità vogliono farci dei soldi, ma potrebbero avere anche altri moventi. In ogni caso, hanno fornito quei dati a diverse entità statali e, a quanto pare, anche ai combattenti ISIS in Europa e in America.»

Chavez pensò alla portata di quella violazione. «Merda... Tutti in questa stanza hanno compilato un SF-86.»

Jack Ryan scosse la testa. «Io no.»

«Giusto, nessun problema per il nostro VIP» esclamò Clark, facendo notare l'ironia della situazione. «Ma adesso, noi che non siamo mai comparsi sulla rivista "People" ci ritroviamo più famosi di quanto vorremmo.»

«Avevo quattordici anni e l'apparecchio, l'ultima volta che sono apparso su "People"» ribatté Jack. «A ogni modo, non credo dobbiate preoccuparvi. C'è un'infinità di documenti che devono passare al vaglio, e qualsiasi ricerca facciano su di voi mostrerà che lavorate per una compagnia di private equity. No, i cattivi si stanno concentrando su persone ancora in gioco. O, come nel caso di Todd Braxton, su tizi che danno lustro alla lotta contro gli estremisti islamici.»

«Se quello che dici è vero» intervenne Gerry, «significa che decine di migliaia di uomini e donne potrebbero essere in pericolo. Hai già parlato con il DNI?»

«No, signore. Siamo giunti a questa conclusione solo ieri, e prima volevamo verificare la solidità della nostra ipotesi. La National Security Agency non crede che l'OPM sia stato hackerato, ma Gavin ha escluso qualsiasi altra possibilità.»

«Be', mi pare arrivato il momento di parlare con Mary Pat. Sarà lei a decidere se informare Dan Murray della vostra teoria. In ogni caso, stando ai miei contatti nella comunità d'intelligence, nessuno ha ancora trovato niente di concreto.»

Jack e Gavin si scambiarono un'occhiata e annuirono. Ryan non era sicuro quanto l'informatico che la loro idea fosse pronta per debuttare in società, ma si limitò a rispondere: «Prepareremo un rapporto aggiornato a oggi appena rientreremo in ufficio. Per il momento, però, penso sarebbe meglio che io rimanessi qui, per aiutare a proteggere la casa».

Gerry si rivolse a Clark. «Io vorrei che tornasse alla scrivania il prima possibile.»

«Sono d'accordo» confermò Clark. «Jack, noi siamo a posto. Tu e Gavin potete andare. Ma prima di raggiungere l'ufficio eseguite alcune manovre di contropedinamento. Noi resteremo qui fino a stasera. Seguiremo le notizie e l'andamento delle indagini: se non saltano fuori sospetti su di noi, ci muoveremo. Magari potrei portare Midas e Adara a casa mia, stanotte, giusto per tenerli fuori città.»

«Parlerò con Dan Murray appena riesco a contattarlo» assicurò Gerry. «E vedrò cosa può fare per allentare la pressione su di noi. Chiunque guarderà i filmati delle telecamere di sorveglianza su King Street vedrà Adara e Midas pedinare Eddie prima della sparatoria: Dan deve sapere che voi due siete nella nostra squadra, e che stamattina avete neutralizzato gli aggressori.» Poi domandò: «John, e il tuo Range Rover? È stato visto alla stazione...».

Clark si strinse nelle spalle. «Ci sono cinquemila SUV uguali al mio da queste parti. A ogni modo, immagino sia una buona scusa per cambiare auto. Dovrò parlarne con Sandy.» Scosse la testa. «Oggi un brav'uomo è morto. Un uomo che ha servito il suo Paese al meglio. Proprio come stava facendo Jennifer Kincaid. So che il governo si impegnerà al massimo per fare giustizia, ma vorrei tanto che fossimo coinvolti anche noi. Gerry, se le indagini di Jack e Gavin ci porteranno a identificare qualcuno, spero ci permetterai di entrare in azione.»

«Considerando che diversi agenti governativi sotto copertura sono stati esposti, sono convinto che a Mary Pat farà comodo il nostro aiuto fino alla fine» rispose Gerry. «E io non ho alcun problema al riguardo, anzi. Se Jack e Gavin riusciranno a darci qualche nome, farò in modo che Mary Pat ci coinvolga nella caccia.»

35

Nel tardo pomeriggio, in un ufficio d'angolo al terzo piano di uno scialbo edificio in cemento su Strada Doctor Paleologu, a Bucarest, Alexandru Dalca seguiva le notizie in diretta dall'America sul proprio computer.

Aveva appena controllato i suoi conti bancari esteri, e ricevuto la conferma di essere diventato ricco. Nell'ultima settimana erano stati effettuati due versamenti da cinque milioni di dollari, per le informazioni su ventiquattro obiettivi americani.

Sorrise. Prima le sue finanze ammontavano a circa un milione di dollari, soldi guadagnati nel corso dell'ultimo anno lavorando per l'ARTD. Ma a Bucarest lui conduceva un'esistenza da single multimilionario, e finalmente il suo estratto conto rispecchiava davvero quello stile di vita.

Contemplare l'enormità del patrimonio a propria disposizione lo riempiva di gioia, eppure scoprì che le notizie dall'America gli procuravano ancora più soddisfazione. Si stava godendo la sua vendetta contro gli Stati Uniti, che anni prima lo avevano fatto finire dietro le sbarre. E la conferma che le sue deduzioni in merito al proprio cliente fossero corrette aggiungeva al tutto una nota di autocompiacimento. Le autorità stavano già facendo collegamenti fra lo Stato Islamico e gli attentati. Non che gli americani fossero particolarmente intelligenti, anzi; per Dalca non lo erano affatto. No, a confermare il legame era stato il video di propaganda che il califfato aveva pubblicato per rivendicare i primi tre attacchi.

I tizi dell'ISIS, come amava chiamarli, avevano eliminato Barbara Pineda e Michael Wayne. E anche se avevano fatto un disastro con l'assassinio di Todd Braxton, avevano comunque avuto la fortuna di uccidere qualcuno persino più famoso in America.

Dalca non era una persona introspettiva o autocritica, per cui non perse tempo a riflettere sulla propria parte di responsabilità nell'errata identificazione di Braxton. Dalle sue ricerche era emerso che l'ex militare si recava ogni giorno sul set con Danny Phillips, ma lui non era un appassionato di cinema e non aveva pensato che l'attore avrebbe fatto di tutto per somigliare al protagonista della storia.

In effetti trovare informazioni sugli spostamenti di Braxton era stata una passeggiata, rispetto alla maggior parte degli altri obiettivi. L'uomo usava Twitter, Facebook, Snapchat e tutta una serie di altri social network. Appena tre giorni prima dell'omicidio, aveva pubblicato su Twitter una fotografia che lo raffigurava sul retro di un grande SUV nero, spiegando che il suo entourage stava andando sul set nel deserto del Mojave. Sullo sfondo, Dalca aveva notato l'insegna di uno Starbucks, e usando i metadati salvati nell'immagine stessa aveva scoperto che si trattava del locale all'angolo tra Laurel Canyon Boulevard e Riverside Drive, a Los Angeles. Nella fotografia, Braxton aveva ancora gli enormi basettoni che sfoggiava nelle centinaia di immagini risalenti agli ultimi tre anni, e che in parte Dalca aveva allegato ai dati inviati ai tizi dell'ISIS.

Alle 6:18 del mattino successivo, Danny Phillips aveva pubblicato un post su Facebook in cui era taggato Braxton: scriveva che i due avevano preso il loro solito caffè, e stavano andando sul set. Phillips aveva aggiunto gli hashtag *#BloodCanyon* e *#coffeefortheroad*.

Quegli stupidi americani gli stavano proprio semplificando la vita, aveva pensato Dalca, verificando che i metadati del post coincidevano con quelli contenuti nell'immagine.

Aveva quindi studiato le fotografie dello Starbucks su Laurel Canyon Boulevard, sfruttando un sito di recensioni: c'era la possibilità di essere serviti senza scendere dall'auto, ma dall'immagine postata da Braxton sembrava che la sua macchina si trovasse nel parcheggio, perciò si era fermato per entrare nel locale. E siccome quella pausa caffè pareva diventata una sorta di rituale mattutino, il rumeno aveva deciso che il locale fosse un buon punto da segnalare ai propri clienti.

Erano dati solidi, verificati; il solo errore era stato non cercare foto recenti di Danny Phillips. Se si fosse preso la briga di farlo, ne avrebbe trovate a volontà: era un attore famoso, e ogni giorno le persone lo fermavano per scattarsi un selfie da mettere online. Avrebbe notato che Phillips si era fatto crescere le basette, e aveva lavorato per migliorare la già discreta somiglianza con l'ex Navy SEAL; e a quel punto avrebbe potuto avvertire il cliente del pericolo.

Dalca si domandò se il suo contatto – l'uomo che parlava inglese con un marcato accento mediorientale – avrebbe cercato d'incolparlo per il fallimento dell'operazione. Probabilmente no, decise: in fondo l'omicidio di Phillips era stato rivendicato dal gruppo come un grande successo. E nessuno dei terroristi era stato ucciso nel corso della missione, a differenza della maggior parte delle altre.

Intanto, sul monitor del computer apparvero le prime notizie in diretta sulla sparatoria ad Alexandria, in Virginia. Dalca capì subito che l'obiettivo era Eddie Laird, l'esperto in affari mediorientali della CIA. L'aveva segnalato come un bersaglio facile, eppure l'inviato della CNN affermava che tre o forse quattro terroristi erano rimasti uccisi nell'attentato. Alex si chiese se quei jihadisti fossero dei dilettanti incapaci, o se durante le ricerche approfondite sulle attività quotidiane di Laird gli fosse sfuggita la presenza di una qualche scorta.

Tutto considerato, quanto stava accadendo in America lo lasciava ogni giorno più perplesso. Non per il massacro di innocenti – per lui non esisteva alcuna distinzione fra innocenti e colpevoli – ma per le perdite subite dai suoi clienti. Le quattro operazioni erano costate ai tizi dell'ISIS sei dei loro combattenti; un prezzo decisamente alto, considerando che quegli obiettivi non erano certo i più influenti che aveva segnalato. Le perdite fra le fila dei terroristi rischiavano di aumentare a breve.

Se i tizi dell'ISIS non si fossero decisi a intensificare gli sforzi, Dalca non avrebbe mai guadagnato quanto sperava da quel progetto, e alla fine avrebbe dovuto cercare nuovi clienti.

Tornò a concentrarsi sul notiziario americano: il giornalista ricapitolò gli eventi degli ultimi due giorni, mostrando l'immagine sfocata di un corpo steso in una pozza di sangue, sul pavimento di un'abitazione. Il reporter sosteneva trattarsi di Michael Wayne, un Berretto Verde dell'esercito.

«Delta Force» lo corresse Dalca ad alta voce, scuotendo la testa. «Questi cazzo di giornalisti non ne azzeccano mai una».

Dalla porta alle sue spalle sentì una voce.

«Di che parli?»

Girandosi, Dalca vide il suo capo, il trentacinquenne Dragomir Vasilescu, appoggiato allo stipite della porta. Pareva si trovasse lì già da un po'.

«Oh. Ciao, Drago.»

Vasilescu entrò nella stanzetta, prese una poltroncina da un angolo e si piazzò accanto al suo ricercatore numero uno. Guardò lo schermo. «Cosa dicevi, a proposito dei giornalisti che non ne azzeccano mai una?»

Nessuno sapeva reagire in fretta quanto Alex Dalca: un'abilità fondamentale per chi si era guadagnato da vivere per anni mentendo, in strada o al telefono. «Oh... Avevo la CNN accesa mentre lavoravo. Mi aiuta a perfezionare l'inglese. C'è stata una sparatoria vicino a Washington, e nel giro di un minuto il reporter è riuscito a dare due informazioni contraddittorie su una delle vittime.» Poi aggiunse: «A meno che non mi sia sbagliato io. Non stavo seguendo con attenzione».

Vasilescu continuò a fissare lo schermo; un inviato stava parlando davanti a una stazione, da qualche parte in America. Il direttore dell'ARTD conosceva l'inglese, ma non abbastanza da seguire il servizio. Quando il notiziario tornò a trasmettere il video in cui lo Stato Islamico rivendicava gli ultimi attentati, si voltò verso Dalca.

«Quei cazzoni dell'ISIS, eh?»

L'altro annuì con fare distratto. «Già, un manipolo di coglioni. Ti serviva qualcosa?»

«Sì. Senti, tutto bene con il Seychelles Group?»

Quell'improvvisa domanda lasciò Dalca interdetto. L'operazione commissionata dalla compagnia di facciata dell'intelligence cinese – quella che aveva messo in moto l'analisi delle informazioni sui dipendenti governativi americani, permettendo ad Alexandru di accedere a venticinque milioni di richieste di nulla osta sicurezza – era sotto la sua supervisione, ma era una squadra di giovani ricercatori a svolgere la maggior parte del lavoro. Dalca era l'unico autorizzato a entrare nella stanza isolata che conteneva il computer con la miniera di dati grezzi, ma delegava quasi per intero la ricerca delle spie cinesi, così da poter passare le giornate alla ricerca di obiettivi per i tizi dell'ISIS. Il che, comunque, non gli impediva di prendersi tutto il merito.

«Assolutamente. Il lavoro per il Seychelles Group va più che bene. Proprio ieri ho individuato una spia americana a Canton, e ho mandato al cliente il file completo, comprensivo di aggiornamenti sul posto di lavoro della donna e sui colleghi conosciuti. Ho persino aggiunto un resoconto completo sulle attività di spionaggio ai danni della Cina. C'è voluta tutta la settimana per allestire il dossier. Ma perché me lo chiedi?»

«Perché lunedì mattina è prevista una riunione, e faranno una capatina...»

Dalca inclinò la testa, confuso. *I cinesi verranno qui?* «Vuoi dire che... passeranno a trovarci *di persona*?»

«Sì. In effetti è piuttosto strano, vero? Ovviamente chiunque manderanno avrà legami con il ministero per la Sicurezza di Stato cinese, non siamo così stupidi da non rendercene conto. E spero ci diano abbastanza credito da aspettarsi che lo sappiamo. In ogni caso, non vedo buoni motivi per cui dovremmo interfacciarci di persona.»

«E allora perché stiamo per farlo?»

«Perché sono uno dei nostri maggiori clienti, e sono stati *molto* insistenti.»

«No, voglio dire... di cosa intendono parlarci?» Dalca riuscì a malapena a nascondere la preoccupazione.

«Non ne ho idea» ammise Vasilescu. «Non hanno voluto anticiparmi niente. Anzi, speravo proprio che potesse venirti in mente un motivo: mi aiuterebbe a preparare la riunione. Hai rispettato le scadenze, vero?»

Dalca lanciò un'occhiata allo schermo del computer, sul quale scorrevano le immagini degli attentati in America. *Non va affatto bene*. «Le scadenze...? Be', certo... Voglio dire, io e la mia squadra abbiamo identificato diversi funzionari della CIA all'ambasciata di Pechino e al consolato di Shanghai. E altri assunti in compagnie con sede a Hong Kong. Inoltre abbiamo segnalato decine di uomini e donne legati a questi personaggi, come la tizia di Canton di cui ti ho appena parlato. Abbiamo fatto quello che ci hanno chiesto.» Gli rivolse un sorriso falso. «Ma ci sono un sacco di documenti da analizzare, e per queste cose ci vuole tempo... Persino con i processi di automazione che ho ideato per snellire la procedura.»

Vasilescu fissò a lungo il suo dipendente. Poi, all'improvviso, gli diede una pacca sulla coscia, facendolo trasalire. «Be', meglio. Magari vogliono solo offrirci un ruolo più ampio, darci altro lavoro. A me starebbe più che bene!»

«Già, anche a me...» disse Dalca. Il suo cervello lavorava a pieno ritmo per capire cosa stesse accadendo, ma cercò di mantenere la calma. «Non preoccuparti, Drago: parlerò con loro e fugherò qualsiasi preoccupazione possano manifestare.»

«Eccellente. Allora ci vediamo lunedì mattina alle dieci, nella sala conferenze principale.»

Dragomir Vasilescu lasciò Dalca solo nel suo ufficio. Adesso lo schermo del computer mostrava immagini dei combattimenti in Siria.

«*Să mă ia dracul*» mormorò Alex. Letteralmente significava «Che il diavolo mi prenda», ma in sostanza era l'equivalente rumeno di: «Oh, merda».

Cercò di pensare a un motivo plausibile e innocuo per quella visita improvvisa, ma l'unica ipotesi che gli venne in mente era tutt'altro che innocua. E se, a soli tre giorni dall'inizio degli attentati, i cinesi avessero già intuito un legame con le informazioni sottratte all'OPM? Almeno in teoria, quel gigantesco furto di dati poteva essere ricondotto al governo di Pechino... Dalca non aveva mai preso in considerazione quello scenario: i loro clienti originari che collegavano la sua attività parallela al materiale grezzo che l'ARTD aveva rubato per conto del Seychelles Group. D'altra parte l'MSS, il ministero per la Sicurezza di Stato cinese, era una tra le più potenti agenzie d'intelligence a livello mondiale, e non era azzardato ipotizzare che tenesse sempre sotto controllo le attività di nordcoreani, iraniani e indonesiani, attraverso fonti interne.

In quel caso avrebbe scoperto che, da un paio di settimane, un'entità misteriosa si era messa a vendere risorse di IDENTINT per rintracciare personalità americane di alto livello. Questo, insieme alle tempistiche degli attentati dell'ISIS, poteva bastare a metterli in allerta.

Nel frattempo, Dalca aveva consegnato ai cinesi i profili di alcune spie americane attive nel loro Paese, ma l'MSS aveva adesso tutti i motivi per non volerle usare. Eventuali operazioni potevano essere facilmente ricondotte alla violazione che tanti problemi stava causando agli americani. Se, per esempio, avessero arrestato la donna di Canton, gli statunitensi avrebbero pensato che anche Pechino beneficiava delle informazioni sfruttate dal califfato e da altre entità? Fra le due superpotenze non correva buon sangue, ma essere collegati all'uccisione di agenti, analisti e soldati americani avrebbe reso i cinesi tutt'altro che contenti.

«*Să mă ia dracul!*» ripeté Alex.

Da quando, alcuni mesi prima, aveva deciso di arricchirsi sfruttando il materiale dell'OPM e la propria abilità con l'OSINT, Dalca aveva lavorato anche a un piano di fuga dalla Romania. Sapeva che rischiava di essere compromesso, e che in quel caso si sarebbe dovuto muovere in fretta. Al momento giusto avrebbe messo in salvo se stesso e i propri conti milionari, pieni di dollari e bitcoin.

Sì, aveva un piano. Un *ottimo* piano, almeno in teoria; solo che, per metterlo in pratica, gli sarebbe servito l'appoggio di un vecchio amico. E, potendo, preferiva non chiedergli alcunché.

Ci pensò su ancora qualche istante. Era davvero arrivato il momento di correre ai ripari? In fondo il Seychelles Group aveva chiesto semplicemente un incontro. Doveva dare già per scontato che intendessero eliminarlo? Magari volevano delle rassicurazioni: essere certi che il materiale indicato per la loro operazione non avesse preso altre strade, e non fosse stato utilizzato per aiutare i jihadisti o altre entità, anziché il controspionaggio cinese.

Dalca si sforzò di analizzare la situazione in maniera oggettiva, e alla fine si convinse di non essere davvero in pericolo. Non ancora, almeno. Sì, gli uomini dell'intelligence cinese avevano deciso di far loro una visita, e magari erano preoccupati, ma non avevano alcuna prova che qualcuno – e men che meno Alex Dalca – li avesse fregati. Tutto ciò di cui avevano bisogno era una storia convincente, e se c'era una cosa al mondo in cui Alexandru eccelleva era proprio fregare un cliente.

Sarebbe rimasto a Bucarest, si sarebbe presentato normalmente al lavoro e avrebbe anche parlato con gli uomini del Seychelles Group. Intanto avrebbe preparato la valigia, pronto ad andarsene se la situazione si fosse fatta troppo pericolosa.

36

Alle 8:30 di domenica mattina, Sami bin Rashid arrivò nel suo ufficio di Dubai per sbrigare un po' di lavoro. Non aveva ancora guardato i notiziari, quindi si tolse la giacca, si mise a sedere e accese la tv su un canale di notizie internazionali in lingua inglese.

Con i gomiti sulla scrivania, guardò un servizio che riassumeva la situazione degli attentati in America. Sapeva già dei primi tre: anche se le notizie in merito non avevano assunto subito portata mondiale, lui aveva controllato le news relative alle città in cui vivevano gli obiettivi da colpire, e aveva saputo di ogni attacco quasi in diretta. Compreso quello del giorno precedente, in cui i due combattenti di al-Matari si erano fatti saltare una volta circondati dalla polizia del North Carolina.

Aver perso due uomini per assassinarne uno solo lo aveva mandato su tutte le furie: era una sproporzione inaccettabile, specie visto quanto aveva investito su quell'operazione. Per cui, quando il notiziario passò a parlare di una «violenta sparatoria» ad Alexandria, Virginia, trattenne il fiato.

Sapeva che l'obiettivo di quella missione era Edward Laird, ex direttore delle operazioni CIA nel Vicino Oriente. Era con tutta probabilità il bersaglio più facile segnalato ad al-Matari: un anziano signore che viveva solo, e che si aspettava avrebbero ucciso in casa, senza problemi. Eppure, sullo schermo stavano scorrendo filmati amatoriali di quanto successo in stazione, con un sottofondo di spari che sembravano provenire da almeno una mezza dozzina di armi da fuoco. Qualcosa doveva essere andato storto.

«Le autorità affermano che due delle nove vittime erano agenti della polizia ferroviaria, mentre altri quattro corpi appartengono agli attentatori. Uno di essi era alla guida di un Nissan Pathfinder a noleggio targato Michigan.»

Quattro morti?

Sentì una goccia di sudore scendergli sulla nuca.

Quattro morti!

Sami bin Rashid lanciò un'occhiata a una parete della stanza, dove uno schermo mostrava tutti i fusi orari degli Stati Uniti. A Washington era sera. Non sapeva dove si trovasse di preciso al-Matari, né se fosse tra i morti, ma afferrò comunque il telefono e digitò il suo numero. Le mani gli tremavano dalla rabbia.

Ci volle un minuto intero perché l'altro rispondesse.

Musa al-Matari era seduto nella sua stanza, nell'edificio di arenaria a Chicago, intento a fissare il cellulare che squillava. L'app Silent Phone segnalava una telefonata in arrivo. Al-Matari aveva cambiato le impostazioni in modo che la segreteria scattasse solo dopo venti squilli: le uniche persone che conoscevano quel numero dovevano avere qualcosa di importante e urgente da dirgli, e lui non voleva rischiare di perdere nemmeno una telefonata durante le operazioni negli Stati Uniti. In quel caso, però, avrebbe preferito non rispondere.

Era da solo nella camera. Algeri e Tripoli erano al piano di sotto insieme a due membri della cellula Chicago, mentre gli altri combattenti dell'unità erano usciti a preparare un'operazione imminente.

Quindicesimo squillo. Con un sospiro profondo, al-Matari si preparò a rispondere, già temendo la conversazione che lo aspettava.

«Sì?»

«Ha perso quattro uomini per uccidere un pensionato! Me lo spieghi.»

Al-Matari non aveva alcuna intenzione di sorbirsi una predica dal saudita. «Non sappiamo cosa sia successo. Pare evidente che Edward Laird avesse una scorta, un dettaglio che le vostre informazioni *del cazzo* non menzionavano.»

«Ah, sì, naturale: adesso incolperà *me* per i suoi fallimenti.»

«E che mi dice di Todd Braxton? Pagine e pagine di dati, e non ha pensato di menzionare che aveva cambiato aspetto, e che girava insieme a un uomo *identico* a lui!»

«Sul campo ci sono i suoi combattenti, è compito loro identificare gli obiettivi» rispose il saudita. «Non posso anche venire là e uccidere per la causa, fratello. Io ho del lavoro da fare qui, ed è già abbastanza pesante.»

«*Noi* siamo in territorio nemico» ribatté Musa al-Matari. «*Noi* corriamo i rischi. E andiamo in missione basandoci solo sulle informazioni che ci manda. La morte di quei quattro uomini in Virginia e la mancata identificazione dell'obiettivo in California sono state causate da errori di pianificazione, non operativi.»

Il saudita rispose con voce calma. «Non avete nemmeno iniziato con gli obiettivi di alto livello: questi erano tutti bersagli facili. Eppure, ci sono stati sei morti. Un quinto della sua squadra.» Al saudita avevano detto che l'operazione in America sarebbero iniziata con trenta combattenti.

«Crede che non lo sappia? Ma eravamo consapevoli fin dall'inizio che avremmo subito delle perdite, e che il numero dei combattenti sarebbe variato nel tempo. Ci saranno martiri, ma anche nuove reclute che si uniranno alla causa.»

«*Quali* nuove reclute? Il *successo* genera successo. Se vogliamo che altri si uniscano alla causa, dobbiamo ottenere delle vittorie.»

Musa al-Matari si era ripromesso di non rivelare i dettagli operativi al saudita, ma adesso decise d'infrangere la sua regola. «Nel giro di ventiquattr'ore eseguiremo una serie di attacchi. E uno di questi colpirà un obiettivo di prim'ordine.»

«Ovvero?»

«Non svelerò i miei piani d'azione a qualcuno che, sinceramente, non ha alcun bisogno di conoscerli.»

«Benissimo» rispose Bin Rashid dopo qualche secondo. «Così deve essere. Siamo tutti dalla stessa parte, fratello. Le ricordo solo che le serve una vittoria. Una *grande* vittoria. Deve mostrare al mondo la forza della nostra causa.»

«Guardi la televisione, saudita» si limitò a dire al-Matari. «Vedrà qualcosa di grande, *inshallah*.»

Poi riagganciò.

Adara e Midas raggiunsero la tenuta di John Clark a Emmitsburg, nel Maryland, poco dopo le dieci di sera. La crisi seguita alla tragedia della mattina sembrava superata senza ulteriori pericoli, come aveva confermato una call conference riservata tra Gerry Hendley, Dan Murray e Mary Pat Foley. Mary Pat e suo marito Ed conoscevano Eddie Laird da decenni, quindi la direttrice dell'intelligence nazionale fu felice di apprendere che gli agenti del Campus avevano ucciso i quattro terroristi prima che potessero fare altre vittime. Anche il procuratore generale era d'accordo. Entrambi si rammaricavano solo di non aver preso vivo almeno uno degli attentatori.

Appena la matrice terroristica dell'attacco era stata confermata, le indagini erano passate sotto la giurisdizione federale e Dan aveva quindi rassicurato Gerry: le due persone armate che diversi testimoni avevano visto lasciare la stazione su un

Range Rover nero sarebbero state identificate come agenti della scorta dell'ex dirigente della CIA Edward Laird, chiudendo la strada ad altre illazioni. Al contempo, Gavin Biery non aveva trovato foto compromettenti in rete, per cui erano tutti d'accordo nell'affermare che il Campus era al sicuro.

John Clark era rientrato alla tenuta tre ore prima rispetto a Midas e Adara, ed era nella veranda insieme a sua moglie Sandy quando i due arrivarono con i borsoni in spalla.

Per motivi di sicurezza, era stato deciso che le reclute sarebbero rimaste da Clark per un paio di notti; nel frattempo, qualcuno si sarebbe occupato di installare telecamere nascoste nelle loro abitazioni e nelle immediate vicinanze, per verificare che nessuno li stesse sorvegliando, terroristi o poliziotti che fossero. Sandy mostrò loro le due camere da letto, ciascuna con bagno privato, poi andò a dormire.

Adara e Midas tornarono al piano terra. L'ex ausiliare sanitario della marina notò che il compagno si muoveva lentamente e si teneva al corrimano per combattere il dolore al fianco, ma non disse niente. Sapeva che Midas era un paziente difficile: per tutto il giorno aveva provato a evitare i controlli medici, e per visitarlo era stata costretta a ricordargli che appena poche ore prima era stato centrato da un SUV in corsa. Poi aveva deciso di lasciar correre e di lasciargli fare il duro, almeno finché le sue ferite parevano sotto controllo e non avevano ripercussioni sulle sue abilità operative.

Trovarono Clark in cucina, con tre bottiglie di birra aperte; per un po' chiacchierarono della vecchia tenuta, prima di spostarsi nella veranda sul retro ad ascoltare il suono delle raganelle in lontananza.

«Be'... non era così che volevamo succedesse, ma stasera ho parlato con Gerry» annunciò Clark. «Nei giorni e nelle settimane a venire ci attende del duro lavoro, mentre la comunità d'intelligence cerca di capire cosa diavolo stia succedendo. Jack e Gavin sono all'opera per identificare il responsabile della fuga di informazioni, e ci aspettiamo di avere presto un nome. Inoltre, Gerry ritiene che potremmo essere chiamati a intervenire anche sul fronte interno, per affrontare la questione.»

Adara e Midas non dissero niente, e lui continuò

«Per questo motivo, sospenderemo l'addestramento. Vi unirete subito alla squadra operativa, per una sorta di periodo di prova. Diamine, oggi avete fatto un ottimo lavoro. Certo, abbiamo perso Eddie, ma voi eravate disarmati quando vi siete trovati coinvolti nella sparatoria, e ne siete usciti con quattro terroristi morti. Questo supera ampiamente ogni addestramento cui avremmo potuto pensare.»

Anche se entrambe le reclute erano felici di entrare a far parte della squadra, non erano in vena di festeggiamenti.

Midas si limitò a dire: «Grazie per la fiducia. Per quanto mi riguarda, sono pronto a dare la caccia a questi bastardi. Possiamo tornare in ufficio già domani?».

Clark scosse la testa. «Io sì, voi no. Anche se le indagini sull'attentato non si concentreranno su di noi, è possibile che qualcuno della zona vi abbia visto sparare in stazione, e questo potrebbe essere un problema. Abitate entrambi fuori Alexandria, per cui dopodomani potrete tornare a casa vostra. Vogliamo solo essere sicuri che nessuno vi stia tenendo d'occhio. Domani rimarrete qui. Ho allestito un piccolo poligono artigianale vicino al ruscello, e credo di poter recuperare qualche arma per farvi allenare un po'.» Fece l'occhiolino ai due nuovi agenti: era chiaro che trovare delle armi non sarebbe stato un problema.

Finirono le birre con John che raccontava di Eddie Laird. Midas e Adara rimasero colpiti dalle imprese e dal carattere di quell'uomo, che non avevano potuto conoscere personalmente.

Adara aveva promesso a Dom di telefonargli, prima di andare a letto, e Midas non voleva far altro che sdraiarsi per attenuare il dolore al fianco; per cui, quando John suggerì di andare a dormire, entrambi si dissero d'accordo.

Mentre si alzava in piedi, l'ex Delta Force non riuscì a nascondere una smorfia di dolore.

«Tutto bene, figliolo?» chiese Clark.

«Benissimo. Tutto a meraviglia.»

Il responsabile operativo del Campus guardò Adara, che inarcò un sopracciglio, poi domandò all'uomo: «Ti sei mai fatto un bagno con i sali di Epsom?».

«Ehm... no. Direi di no.»

«Be', sai, non mi piace dare ordini – al Campus siamo piuttosto accomodanti, di sicuro molto più che alla Delta – ma lo farò se è l'unico modo di farti usare quella roba.»

Midas non sembrava affatto convinto, però era deciso a tener buono Clark. «Sissignore. Domani uscirò per...».

L'altro sorrise; il suo primo sorriso dalla morte di Eddie. «Non ce n'è bisogno: ho chiesto a Sandy di metterne una confezione da due chili accanto alla vasca del tuo bagno. Venti minuti, minimo.»

«Sissignore. Ricevuto» disse Midas. Poi imboccò le scale insieme a Adara.

Mentre salivano, lei commentò: «Immagino che ordinare d'immergersi in acqua calda prima di andare a letto non fosse una procedura standard nella Delta Force».

Midas rise. «No, direi proprio di no.»

37

D'estate, l'aria di Tampa poteva farsi torrida, persino la mattina presto. D'altra parte, la calura non era una novità per il cinquantottenne che stava correndo accanto al campo da softball, appena prima dell'alba. Nel corso della vita era stato in parecchi posti caldi, ed era sicuro che presto sarebbe finito in un luogo ben più afoso del Sud della Florida, per cui non si lasciava turbare.

A ogni modo, per quanto fosse abituato al caldo e al sole cocente, ne sapeva abbastanza da evitare di allenarsi nelle ore centrali della giornata, se non era strettamente necessario. Ecco perché stava approfittando degli ultimi scampoli di penombra e dell'aria relativamente fresca prima dell'alba per spingersi più in là di quanto avesse fatto nelle settimane precedenti.

Era abituato a far lavorare corpo e mente, almeno quanto lo era al caldo.

Il generale Wendell Caldwell era a capo dello United States Central Command, uno degli Unified Combatant Commands americani: centri di comando interforze del dipartimento della Difesa, privi di un contingente militare permanente, ma responsabili delle unità di volta in volta assegnategli. Alcuni avevano l'incarico di coordinare determinate funzioni – le operazioni speciali, l'impiego e la manutenzione dell'armamento atomico... – altri soprintendevano alle operazioni su determinate aree geografiche. Il suo USCENTCOM era quello responsabile del Medio Oriente.

Laureato a West Point e veterano con trentaquattro anni di servizio alle spalle, Caldwell era appena tornato da una missione di un mese in Iraq, dove aveva incontrato i suoi comandanti sul campo. Ma, ovunque si trovasse, era abituato a cominciare la giornata con un po' di attività fisica, per cui lavorava sodo lì a Tampa quanto aveva fatto in Medio Oriente.

Il Gadsen Park era subito a nord della base aerea MacDill, sede del Central Command, e a Caldwell piaceva uscire dal perimetro dell'installazione, fare un paio di giri intorno al parco e poi dirigersi di nuovo verso la recinzione della struttura militare a sudovest. Avrebbe poi corso in direzione sud per qualche minuto, con l'ingresso della Baia di Tampa alla sua destra, percorrendo tutta Picnic Island Boulevard per arrivare all'area verde sulla punta della piccola penisola che si gettava nelle acque. A quel punto avrebbe aggirato il parcheggio per ritrovarsi la recinzione di MacDill a destra e tornare verso nord, rientrando dal cancello principale della base aerea circa quaranta minuti dopo esserne uscito.

Caldwell abitava e lavorava nella struttura, e durante i periodi di intensa attività – come quello attuale – potevano passare giorni senza che ne lasciasse i confini, fatta eccezione per quella corsa mattutina.

Il fermento delle ultime ore riguardava, ovviamente, gli attacchi dell'ISIS sul suolo americano; tuttavia, per come la vedeva lui, l'attentato alla base navale di Sigonella era la questione più importante. Più tardi aveva in programma una riunione con i responsabili della sicurezza alla base, che volevano presentare un piano per potenziare le difese nelle installazioni europee. Da Sigonella transitavano molti dei suoi uomini, per cui considerava una sua responsabilità occuparsene.

Nonostante fosse infuriato per la recente ondata di attacchi negli Stati Uniti, non si preoccupava più di tanto della situazione a Tampa, per due importanti motivi. Il primo era che non aveva mai, ma proprio *mai*, visto qualcuno di neanche lontanamente sospetto, durante le proprie corse, e il pensiero che un terrorista dell'ISIS si aggirasse da quelle parti senza che lui l'avesse notato da duecentocinquanta metri di distanza era a dir poco improbabile. In più, Caldwell non correva con gli auricolari e la musica: manteneva sempre alta la guardia, soprattutto in quel periodo. Se avesse incrociato qualcuno lungo il percorso che gli fosse sembrato vagamente sospetto, l'avrebbe inquadrato all'istante.

E questo portava al secondo motivo. A una striscia di velcro intorno alla sua cintura – sotto la maglietta dell'esercito degli Stati Uniti, ma sempre a portata di mano – era attaccata la fondina di una Walther PPK/S cromata caricata con proiettili .380 ACP. Era un regalo della Bundeswehr, la forza armata tedesca, per i due anni in cui aveva comandato le truppe americane a Stuttgart.

Se avesse visto un pericolo, si diceva sempre, sarebbe stato pronto.

Caldwell non intendeva sottovalutare la potenziale minaccia: si aspettava di dover presenziare a qualche riunione con gli ufficiali della sicurezza a MacDill, per assicurarsi che tutto il personale della struttura fosse preparato a quel nuovo pericolo. E ovviamente era possibile che un soldato o un pilota che vivevano fuori della base venissero attaccati. Era difficile fare previsioni, perché ancora mancavano dati sulla forza schierata dall'ISIS in America, ma Caldwell aveva affrontato situazioni pericolose a Panama, in Iraq, nel Kosovo, in Afghanistan, e di nuovo in Iraq. Un gruppetto di cazzoni del califfato malamente addestrati che avesse cercato di tagliargli la strada durante la sua corsa mattutina non avrebbe avuto alcuna possibilità.

Finì i due giri intorno al Gadsen Park, percorse il lungo rettilineo di North Boundary Boulevard verso ovest, poi attraversò alcuni vicoli che lo portarono in Picnic Island Boulevard.

Mentre correva verso sud in direzione del parco che si allungava nella Baia di Tampa, guardò due F-16 in fase di atterraggio sulla pista 4, proprio davanti a lui. Era appena spuntata l'alba, e la luce si rifletteva sui tettucci dei due caccia.

Quella mattina i runner erano in parecchi. Quando ne incrociava qualcuno, poteva riconoscere i propri subordinati dallo sguardo, anche se non ricordava i loro volti. Un'occhiata significativa, seguita da un rapido: «Buona giornata, signore». Caldwell rispondeva con un semplice: «Buona giornata», o persino con l'incitamento tipico dell'esercito e dell'aviazione – «Hooah» – se era dell'umore giusto.

A volte si chiedeva quanti chilometri in più avrebbe fatto se non avesse dovuto salutare venti o trenta dei suoi soldati ogni volta che infilava i piedi nelle scarpe da corsa.

Quel giorno aveva deciso di prestare particolare attenzione alla PERSEC, la sicurezza personale, e controllare ogni persona che incrociava studiandola da ancor più lontano, concentrandosi un po' più a lungo sui suoi movimenti e pensando a come affrontarla se si fosse rivelata una minaccia. Eppure, non vide nessuno che potesse somigliare a un jihadista, e continuava a trovare ridicola l'idea di incontrarne uno proprio lì, a due passi dalla recinzione di MacDill.

Picnic Island Park era una distesa di piante succulente ed erba curata che si sviluppava tra alcuni parcheggi, dotata di diversi chioschi coperti e tavolini che offrivano una buona vista sulla baia. Nel fine settimana l'area veniva invasa dal personale della base, e qualcuno si portava lì il pranzo anche nei giorni feriali, ma quella mattina – alle sei e venti – i posteggi erano deserti. Solo nell'ultimo vide una piccola Honda bianca a cinque porte, ferma con il muso verso la baia. Caldwell non prestò molta attenzione all'auto: arrivato alla punta della penisola sarebbe tornato indietro e vi sarebbe passato accanto, quindi l'avrebbe controllata meglio nel giro un minuto.

Il generale superò una macchia di vegetazione che costeggiava il marciapiede in fondo allo spiazzo, e quando si voltò fu sorpreso di vedere un corridore che veniva dalla sua parte, ad appena sei metri di distanza. Lo studiò in fretta: bianco, basso, corporatura esile, capelli biondi alle spalle, maglietta e pantaloncini da corsa adatti al clima del Sud della Florida. Nel giro di pochi secondi gli sarebbe passato accanto, ma non pareva proprio una minaccia. Sentì il motore della Honda accendersi e distolse lo sguardo.

Fu solo quando il runner cambiò improvvisamente direzione, spostandosi di fronte a lui, che il generale girò di nuovo la testa. Incespicò per evitare di scontrarlo, furioso di essere stato disturbato da quello stupido, che probabilmente era ubriaco o drogato o... Una lama comparve nella mano destra dello sconosciuto, brillando nella luce rosea dell'alba. Caldwell alzò la maglietta e afferrò il calcio della pistola, cercando contemporaneamente di fare uno scatto indietro per allontanarsi dal coltello, ma il giovane si avventò su di lui prima che riuscisse a estrarre l'arma.

La lama del pugnale si conficcò tra le costole di Wendell Caldwell, affondando fino all'impugnatura. Solo allora il generale riuscì a fare un passo, liberare la Walther dalla maglietta e premere il grilletto; il proiettile schizzò fuori dalla canna e colpì lo sconosciuto alla parte alta della coscia, attraversandola da parte a parte. La fiammata dello sparò bruciò il giovane all'inguine. Il sangue schizzò sull'asfalto del parcheggio.

Mentre i due cadevano a terra, il militare riuscì a far fuoco un'altra volta e centrò l'aggressore all'addome, cinque centimetri sotto l'ombelico. Poi, entrambi finirono riversi sulla schiena, a pochi passi l'uno dall'altro.

Caldwell alzò la testa e fissò l'impugnatura del coltello che gli sbucava dal petto. Era un uomo forte, ma si sentiva ogni secondo più debole. Spostò lo sguardo sull'estraneo che l'aveva assalito. Era ancora vivo, gli occhi persi verso l'alto. Quel ragazzo di poco più di vent'anni, con i capelli biondi e gli occhi chiari, sembrava persino più americano di lui.

«Perché, ragazzo? *Perché?*» domandò. Sentiva il petto pesante.

Il giovane sembrava diventare più pallido a ogni respiro. Fissò Caldwell con sguardo velato.

«*Allahu Akbar.*»

Non riuscì a dire altro: la testa crollò a terra e gli occhi si volsero lentamente all'indietro.

Caldwell guardò il cielo e lanciò un urlo pieno di frustrazione.

«Mi prendi per il culo?»

I due uomini, un generale dell'esercito statunitense e un soldato dell'ISIS di origini americane, morirono sull'asfalto caldo a pochi secondo l'uno dall'altro.

Appena l'ultimo fremito di vita ebbe abbandonato i loro corpi, la Honda Accord bianca uscì dal parcheggio e si diresse a nord. Nessuno dei due occupanti si voltò mai indietro.

Angela Watson, capo della cellula Atlanta, e Mustafa, uno dei suoi membri, lasciarono Richie Grayson a Picnic Island Park, insieme alla sua vittima. Nonostante l'aria da ragazzino, i capelli biondi e la corporatura esile, quel giovane dell'Alabama aveva combattuto per un breve periodo in Somalia. Era un guerriero. Ed entrambi i suoi compagni sapevano che avrebbe voluto morire in quel modo. Si limitarono dunque a gioire della sua conversione all'Islam, perché il suo ultimo atto sulla terra gli avrebbe fatto guadagnare il paradiso.

38

Jack Ryan Junior stava correndo intorno al National Mall sotto una calda pioggia estiva. Le gocce l'avevano infastidito solo per il primo minuto, ma una volta bagnato non ci aveva fatto più caso ed era tornato a pensare all'unica cosa che aveva occupato la sua mente nell'ultima settimana.

Aveva trascorso il pomeriggio e la sera del giorno precedente a studiare metodi per sfruttare le fonti aperte e l'*identity intelligence*, così da preparare pacchetti d'informazioni su tutte le vittime dei recenti attacchi. Un lavoro difficile: non era una passeggiata partire da dati di dieci o vent'anni prima e arrivare a tracciare un identikit attuale della persona desiderata, individuando poi la sua posizione in un momento specifico. Però c'era riuscito.

Dopo aver compilato l'SF-86, cinque anni prima, il sergente maggiore capo delle forze speciali Michael Wayne era stato trasferito da Fort Carson, nel Colorado, a Fayetteville, nel North Carolina. Contestualmente si era cancellato da tutti i social network. Ma controllando i suoi documenti si poteva comunque intuire che a quel punto era passato – come accadeva spesso – dalle forze speciali alla Delta Force, con sede a Fort Bragg. Due delle referenze indicate sul suo modulo erano ufficiali del Joint Special Operations Command, il centro di comando interforze per le operazioni speciali, il che confermava il sospetto di essere sulla strada giusta.

E chiunque l'avesse identificato come membro della Delta, avrebbe potuto ottenere il suo indirizzo dai registri immobiliari, dove risultava che aveva comprato la casa in Lemont Drive l'anno precedente. Quanto all'attentato in sé, Ryan ipotizzava che i terroristi avessero semplicemente avuto la fortuna di trovare la propria vittima di fronte alla porta d'ingresso. D'altra parte, il personale dell'esercito statunitense non aveva mai avuto grandi motivi per prepararsi a una minaccia sul suolo americano. Jack si chiese quanto in fretta sarebbero cambiate le cose, adesso.

Altre ricerche gli avevano fornito alcuni dati su Edward Laird. I dieci anni passati a dare la caccia ai terroristi in Medio Oriente erano stati raccontati, senza il suo permesso o contributo, in un libro pubblicato di recente, e l'ex dirigente della CIA viveva da decenni nella stessa casa di Alexandria.

Jack pensò ai risultati della sua indagine. Non sapeva ancora chi stesse passando le informazioni riservate ai combattenti ISIS, ma sapeva che quella persona aveva bisogno soltanto dei dati grezzi contenuti nel database dell'OPM, di una buona conoscenza di OSINT e IDENTINT e di una quasi completa assenza di scrupoli.

La loro ipotesi pareva dunque confermata: qualcuno stava combinando fonti di pubblico accesso e dati sottratti illegalmente, trasformando il risultato in una vera e propria arma.

Jack finì la corsa mattutina nel parcheggio vicino alla Capitol Reflecting Pool, aprì la sua BMW nera e prese l'asciugamano che aveva lasciato sul sedile del passeggero per tergersi il sudore. Si mise al volante, si strofinò i capelli e accese la radio. L'orologio segnava le nove in punto: giusto in tempo per l'inizio del notiziario.

«Le autorità di Tampa, Florida, hanno confermato l'accoltellamento del generale dell'esercito Wendell Caldwell, a capo dello United States Central Command. L'aggressione è avvenuta vicino alla base aerea MacDill, appena dopo le sei del mattino. Il cadavere del militare è stato rinvenuto accanto a un secondo corpo, ancora non identificato; le autorità ritengono possa trattarsi dell'assassino di Caldwell.»

Ryan diede un pugno al cruscotto e lanciò l'asciugamano contro la portiera del passeggero. Poi, mentre ascoltava la notizia seguente, chinò la testa sul volante.

Nella notte erano esplose due bombe, in due diverse città degli Stati Uniti. La prima, a Pittsburgh, era stata piazzata in una cassetta delle lettere e pareva identica all'ordigno che aveva ucciso Barbara Pineda a Falls Church. La vittima era Denby Carson, funzionario del dipartimento di Stato che lavorava all'ambasciata ad Amman, in Giordania; era appena tornato in America per trascorrere le vacanze a casa dei suoi genitori. Jack sospettò immediatamente che il signor Carson fosse in realtà un agente della CIA.

La seconda bomba aveva ucciso sei ufficiali dell'esercito, tutti tenenti e capitani. Le vittime, tre uomini e tre donne, studiavano arabo al Foreign Language Center del Defense Language Institute, ospitato nella struttura militare Presidio of Monterey, in California. A quanto diceva il notiziario, gli ufficiali avevano noleggiato un furgoncino per andare a cena e festeggiare il superamento dell'esame finale del venerdì precedente. Secondo alcuni testimoni, un uomo a bordo di una moto aveva fissato un dispositivo all'esterno del veicolo, mentre procedeva lungo la costa, su Del Monte Avenue.

Jack alzò la testa e diede un altro pugno al cruscotto. Otto morti nelle ultime dodici ore, e lui si era appena goduto una bella corsa.

Con Gavin avevano concordato di andare avanti nelle ricerche anche quella domenica, ma si sarebbero visti in ufficio non prima di mezzogiorno. Erano esausti dopo quasi una settimana passata a lavorare a ritmi frenetici, e si erano detti che dodici ore di pausa avrebbero fatto bene a entrambi. Ora, però, Jack non poteva più aspettare: era diventata una questione personale. Si sentiva responsabile per quelle morti, perché – anche se era convinto che la risposta fosse ormai a portata di mano, nei dati a sua disposizione – non aveva ancora risolto il mistero della fuga di informazioni riservate. Immaginava sarebbero morte comunque altre persone, ma si ripromise che non sarebbe successo mentre lui si stava rilassando.

Premette un bottone sul volante per attivare l'assistente vocale dello smartphone, e chiese di far partire una chiamata a Gavin Biery. Alcuni secondi più tardi era in linea.

«Ciao, Ryan. Come va?»

«Hai sentito il notiziario?»

«Pittsburgh, Monterey, Tampa... Sì.»

«È una follia. E noi non abbiamo altro che congetture.»

«Sto cercando di ottenere qualcosa di più» disse Gavin. «Sono appena arrivato in ufficio. Ho le trascrizioni di tutte le conversazioni di Vadim Rechkov su Reddit; sono centinaia di pagine da leggere, ma la speranza è che il tizio che gli ha passato le informazioni su Scott Hagen lo abbia contattato in questo modo. Di sicuro è un bel pagliaio, e l'ago potrebbe non esserci nemmeno, ma devo tentare.»

«Mi pare che una mano possa farti comodo, e io ho bisogno di fare qualcosa.»

«Certo, ragazzo: un modo per sfruttarti lo troveremo.»

«Arrivo fra dieci minuti.»

Anche se il suo appartamento era a pochi minuti dall'ufficio, Jack non andò a casa a farsi una doccia o cambiarsi. Si diresse subito verso l'ufficio, con ancora addosso i pantaloncini e la maglietta bagnati. In auto teneva sempre una borsa con un cambio; in genere lo usava per le emergenze da operativo, ma quel giorno si sarebbe rivelato utile per un'emergenza da analista: la situazione sul suolo americano era ormai fuori controllo.

Mentre si dirigeva a ovest, verso il fiume Potomac, passò a mezzo chilometro dalla Casa Bianca e guardò le finestre dietro cui doveva trovarsi il padre, appena ritornato dalla messa con la first lady; senz'altro si stava preparando per andare dritto nell'Ala Ovest, a lavorare tutto il giorno. Il presidente Ryan non si sarebbe mai preso un giorno libero, con una crisi del genere. E aveva cresciuto un figlio fatto della stessa pasta.

39

Il presidente degli Stati Uniti e sua moglie avevano cominciato la domenica portando a messa i due figli più piccoli.

Quando erano entrambi in città cercavano sempre di andare tutti assieme, ma quel giorno era speciale: la figlia maggiore li stava aspettando davanti ai gradini della cattedrale, per unirsi a loro. In quel periodo il presidente non riusciva a vedere molto Sally. Lei viveva a nord di Baltimora e non le piaceva stare alla Casa Bianca, sempre circondati dai media e dagli agenti della sicurezza; piuttosto, cercava di passare a trovare la famiglia ogni volta che tornavano nella loro casa a Peregrine Cliff.

Se Jack Ryan Junior doveva essere all'altezza della reputazione del padre, sua sorella sentiva il peso di quella della madre. Sally era specializzanda in neurochirurgia al Johns Hopkins, e in ospedale – ma nella comunità medica in generale – a nessuno interessava particolarmente che fosse figlia del presidente degli Stati Uniti. Piuttosto, erano tutti portati a paragonarla alla famosa dottoressa Cathy Ryan, primario di oculistica proprio al Johns Hopkins. Ovviamente Cathy era anche la first lady degli Stati Uniti, ma si destreggiava con abilità fra i due ruoli ormai da molti anni; e, sebbene età e serenità economica le avrebbero permesso di andare in pensione senza problemi, continuava a lavorare, effettuare interventi, insegnare agli specializzandi e presiedere diverse commissioni.

Così, mentre in famiglia tutti continuavano a chiamare la primogenita «Sally», negli ultimi anni lei aveva preso a usare il suo nome di battesimo. Negli Stati Uniti, chiunque avesse più di trent'anni sapeva che tempo addietro la figlia maggiore dell'allora futuro presidente era stata ferita in modo serio da alcuni terroristi irlandesi. Da quel momento, il suo nomignolo e il ricordo di quell'attentato l'avevano seguita ovunque, e una volta diventata medico aveva quindi deciso di tornare a essere Olivia.

Da due anni stava insieme a un affascinante ortopedico turco di nome Davi; non erano ancora sposati, ma si trattava di una relazione seria e lei si sentiva felice come non mai. Se quando era ventenne aveva vissuto per lo studio, adesso che aveva appena superato i trenta viveva per il lavoro, ma per la prima volta cominciava a pesarle passare sessanta ore a settimana in ospedale: anche il suo compagno faceva orari impossibili, ed era spesso convocato per interventi d'urgenza, quindi capitava di rado che riuscissero a vedersi più di un paio di volte alla settimana.

Ovviamente la stampa aveva da tempo scoperto la loro storia, e i giornalisti si erano messi a speculare sul fatto che presto il presidente Ryan avrebbe avuto un genero musulmano, chiedendosi se questo avrebbe condizionato la politica estera statunitense. In realtà si dava il caso che Davi fosse cattolico, ma approfondire la questione avrebbe richiesto troppo lavoro ai media americani, senza contare la fatica e lo spreco di tempo necessari a raccontare la cosa al pubblico, per cui si erano ben guardati dal chiarire quel punto.

Il presidente aveva già incontrato il compagno della figlia, e i due erano andati subito d'accordo, ma Olivia era una persona riservata: a parte due visite quasi obbligate alla Casa Bianca e un memorabile giorno del ringraziamento a Peregrine Cliff, a Davi era stata risparmiata gran parte dell'attenzione mediatica riservata di solito a chi frequenti la primogenita del comandante in capo degli Stati Uniti. Eppure, tutelare davvero la loro privacy era quasi impossibile. La coppia doveva fare i conti con la scorta del Secret Service, l'agenzia federale incaricata di proteggere il presidente, il vicepresidente, gli ex presidenti, i candidati alla presidenza e le loro famiglie. Olivia era diventata molto amica dei quattro agenti – due uomini e due donne – che si occupavano della sua sicurezza, ma la loro presenza aggiungeva senza dubbio una complicazione alla sua vita romantica.

Giusto un mese prima, Olivia e Davi avevano passato un fine settimana sulle Blue Ridge Mountains, nello chalet che i Ryan avevano appena comprato. Volevano solo godersi un po' di aria fresca e qualche barbecue. Gli agenti li avevano seguiti con un'altra auto e avevano dormito in due delle cinque stanze del villino, immerso in quattordici ettari di terreno boscoso vicino a Old Rag Mountain. Avevano persino perlustrato il perimetro della proprietà mentre la coppia, in cerca di un po' d'intimità, portava i cani a spasso per i sentieri di montagna.

Davi non si era ancora abituato ad avere degli accompagnatori durante le gite con la sua ragazza, e per lui si era rivelata una situazione piuttosto difficile, ma per Olivia era ormai la norma avere un paio di amici extra ovunque andasse.

Quella mattina, dopo la messa, Olivia, Katie e Kyle andarono insieme all'Hirshhorn Museum, sul National Mall, seguiti dai rispettivi agenti di scorta, mentre Cathy e Jack Senior tornarono alla Casa Bianca. Giunti nelle loro stanze, Ryan salutò la moglie e si diresse all'Ala Ovest, senza nemmeno togliersi la giacca che aveva in chiesa. Sapeva di dover raggiungere al più presto la Situation Room – la sala riunioni operativa – per parlare dei due attentati avvenuti durante la notte. Ma, appena arrivato, un esausto Bob Burgess gli comunicò di un nuovo attacco: il generale a capo del CENTCOM era stato assassinato quella mattina a Tampa.

Nonostante le belle parole ascoltate all'omelia – dedicata alla grazia divina – il presidente americano faticò a trattenersi dal dare un pugno al muro. Erano passati a malapena venti minuti dalla celebrazione.

Poco dopo la squadra fu al completo, e Ryan vide accanto al segretario della Sicurezza interna un uomo che non riconobbe. Sapeva che il nuovo arrivato avrebbe integrato ciò che doveva riferire Zilko, ma voleva sapere chi fosse prima di dare avvio alla riunione.

Ancora turbato per la notizia della morte del generale Caldwell, disse: «Andy, potresti presentare il tuo ospite, per favore?».

«Certo, signor presidente» rispose il segretario. «Il dottor Robert Banks è il direttore del National Cybersecurity Protection System. Le darà alcune informazioni aggiuntive sui tentativi di violazione delle reti federali.»

A quel punto fu Dan Murray a prendere la parola. «Se possibile, signor presidente, prima di affrontare quell'argomento vorrei presentare un resoconto sugli attacchi terroristici di stanotte.»

«Va bene, Dan. Inizia pure tu, poi daremo la parola al dottor Banks.»

Il procuratore generale espose quanto sapeva sugli attentati di Pittsburgh, Monterey e Tampa. Il presidente fece diverse domande sulle prove raccolte, sui filmati della videosorveglianza, sulle tracce di DNA, sulle armi e i metodi usati dai terroristi. I rilievi sulle tre scene del crimine erano ancora in corso, per cui il grosso delle informazioni sarebbe arrivato più avanti, ma il procuratore generale sapeva che Ryan avrebbe voluto i dettagli disponibili e si era preparato sull'iPad un riepilogo di quanto emerso dalle indagini preliminari.

In qualità di segretario della Difesa, Bob Burgess offrì il suo contributo per ricostruire l'omicidio avvenuto fuori della base aerea MacDill: per il momento il caso era infatti di competenza del Defense Criminal Investigative Service, l'ente investigativo dell'esercito, ma i militari avevano già passato tutto il materiale disponibile all'FBI. In buona sostanza, Burgess non aveva molto da aggiungere a quanto detto da Murray. I federali stavano inviando a Tampa una squadra della scientifica, alcuni detective e un'unità specializzata nella lotta al terrorismo, mentre una task force congiunta antiterrorismo era in volo da Miami e in quel momento stava sorvolando le Everglades a bordo di un Falcon 50. Il segretario della Difesa ci tenne però a precisare che, in seguito ai diversi attacchi contro obiettivi militari, il Pentagono voleva essere coinvolto nell'indagine passo dopo passo.

Murray e Ryan concordarono che i dipartimenti della Sicurezza interna, della Difesa e della Giustizia dovessero fare fronte comune. Poi, il presidente domandò quali misure stessero prendendo per proteggere il personale dell'esercito.

«Le nostre basi sono in allerta massima» rispose Burgess. «E abbiamo notificato a tutti i comandi di dare notizia del nuovo pericolo. Purtroppo non abbiamo ancora fatto molto di concreto per i soldati fuori delle istallazioni.»

«Suggerimenti?»

«Una mia squadra sta preparando un piano in questo momento. Le presenterò un rapporto completo appena possibile, che si tratti di fornire armamenti a chi vive fuori dai confini delle strutture, di aumentare la presenza degli agenti di polizia militare e forze di sicurezza nei luoghi frequentati da personale militare, di una migliore coordinazione con le autorità locali o di altre misure.»

Jack si volse verso Dan Murray. «Cos'abbiamo scoperto sui terroristi morti?»

«Ne abbiamo identificati quattro: uno coinvolto nell'attacco in North Carolina e tre dei quattro che sono entrati in azione in Virginia. Tutti erano andati in Guatemala, Messico o Honduras nella finestra temporale che corrisponde con l'operazione di al-Matari a El Salvador.»

«La Scuola di Lingue.»

«Esatto. Ciò sembra dimostrare che si trattasse di un campo d'addestramento dello Stato Islamico.»

«E pare che gli allievi di quella scuola siano riusciti a entrare negli Stati Uniti, e che stiano mettendo a frutto quanto imparato. Questo incoraggerà l'ISIS a riprovarci.» Ryan si rivolse poi a Scott Adler. «Il dipartimento di Stato deve farsi sentire, Scott. Non solo con El Salvador, ma con tutte le nazioni del nostro emisfero. Di' agli ambasciatori di parlare con i vari capi di Stato: riferiscano cosa pensiamo sia successo a El Salvador, e cosa sta succedendo ora qui da noi. Devono sapere tutti che terremo gli occhi aperti, per evitare che qualcosa di simile capiti di nuovo. Chiediamo l'aiuto di queste nazioni, ma sia ben chiaro che una mancanza di collaborazione porterà a un'azione decisa da parte nostra.»

Scott Adler aveva capito alla perfezione cosa volesse il presidente. Il dipartimento di Stato non avrebbe minacciato i diplomatici stranieri o le loro nazioni, ma gli ambasciatori americani avrebbero riferito la gravità della situazione e avrebbero messo in chiaro che l'amministrazione Ryan non era intenzionata ad accettare un «No» come risposta. Non collaborare, impedendo attivamente che simili campi d'addestramento fossero allestiti all'interno dei propri confini, avrebbe come minimo danneggiato i rapporti con Washington. E, nei casi più gravi, avrebbe potuto spingere gli Stati Uniti a intervenire militarmente per prendere in mano la situazione.

Ryan sapeva, però, che era ancora presto per giungere a conclusioni definitive, quindi si rivolse a Mary Pat Foley e al direttore della CIA, Jay Canfield. «C'è qualche possibilità che *non* sia opera di Musa al-Matari?»

«Se così fosse ne sarei molto sorpreso» rispose Canfield. «Sbalordito, anzi. È il responsabile delle operazioni del califfato in Nordamerica e una figura di spicco all'interno dell'EMNI, che recluta combattenti in grado di operare all'estero. Sappiamo anche che ha già cercato di portare degli uomini negli Stati Uniti per compiere atti di terrorismo. Poi è scomparso, e ha addestrato dei miliziani con documenti americani. Ora, alcuni – se non tutti – si trovano nel nostro Paese. Inoltre, da quel che sappiamo di al-Matari, è un capo che non ha paura di sporcarsi le mani. Sì, credo che questi siano i suoi combattenti, e che anche al-Matari si trovi negli Stati Uniti.»

Mary Pat era d'accordo. «Non conosciamo nessun altro nell'intelligence estera dello Stato Islamico che stia provando a fare altrettanto. Questa è opera sua. Ciò detto, a ben guardare, possiamo trovare un aspetto positivo negli ultimi avvenimenti: ci sono stati sette attacchi in quattro giorni, e al-Matari ha perso sette combattenti. A questo ritmo, in base alle nostre stime riguardo le sue forze, l'operazione di al-Matari non durerà tre settimane. D'altro canto non possiamo essere certi che non sostituirà i combattenti caduti. Come sa, signor presidente, lo Stato Islamico adotta ottime strategie di reclutamento; è possibile che portino alla propria causa dei cittadini americani radicalizzati a distanza. In quel caso al-Matari avrebbe a disposizione forze fresche, anche se meno addestrate dei primi combattenti.»

Ryan si rivolse ad Arnie Van Damm. «Voglio parlare alla nazione. Stasera, in diretta.»

Il capo di gabinetto fece una smorfia di disaccordo. «Signor presidente, non ha abbastanza informazioni da dare. Rilasci una dichiarazione in sala stampa, questo pomeriggio. Risponda alle domande, eviti quelle a cui non può rispondere ed esprima il dolore e la rabbia che prova. Faccia capire al popolo americano che siamo tutti concentrati al massimo sulla questione.»

«Ma...»

«Signor presidente, se la facessimo sedere alla sua scrivania con quello che ha in mano adesso sembrerebbe disperato. Sappiamo poco, e parte di ciò che sappiamo dovrà comunque rimanere riservato. Sfruttiamo la conferenza stampa di questo pomeriggio.» Arnie guardò l'orologio. «È domenica. Persino con gli attentati, la sala sarà mezza vuota, per cui dovrò prima avvisare i media.»

«D'accordo» disse Ryan. «Inizia a preparare tutto, allora.»

Van Damm uscì dalla stanza parlando con un paio di assistenti. Nel giro di pochi secondi, i tre sarebbero stati al telefono con diversi corrispondenti della Casa Bianca, nel tentativo frenetico di far accorrere il maggior numero possibile di giornalisti nell'arco delle successive due ore.

Ryan andò avanti. «E per quanto riguarda l'altro pezzo del puzzle? A che punto siamo con le indagini sulla fuga di notizie riservate?»

Il segretario della Sicurezza interna si schiarì la gola. Ryan aveva lavorato con Andy Zilko abbastanza a lungo da capire immediatamente che era a disagio. «Il personale del Cyber Threat Intelligence Integration Center ha identificato una potenziale compromissione dei DPI.»

«Cosa sono i DPI?»

«Dati personali d'identificazione.»

«D'accordo, almeno abbiamo trovato qualcosa. A chi appartengono i dati personali compromessi?»

Una pausa. Il dottor Robert Banks, del National Cybersecurity Protection System, si alzò in piedi.

«Signor presidente, la falla riguarda chi ha compilato un modello SF-86 per l'accesso a informazioni riservate.»

«Chi, nello specifico?» Ryan sapeva che il personale governativo incaricato di maneggiare dati sensibili compilava l'SF-86, così come milioni di appaltatori che lavoravano per entità federali.

«Be', in realtà... tutti. Dal 1984 fino a circa quattro anni fa.»

Il presidente sbatté le palpebre più volte. «Sta dicendo che ogni... singola... persona... che ha fatto domanda di accesso a informazioni riservate nell'arco degli ultimi trent'anni e passa è stata compromessa a vantaggio di un nemico ancora sconosciuto?»

«Mi dispiace, ma... sembra sia così.»

I muscoli della mandibola di Ryan furono attraversati da uno spasmo, ma la voce rimase neutra. «Si spieghi, dottor Banks.»

«Stiamo ancora lavorando sui server con l'OPM. Finora non abbiamo trovato traccia di intrusioni vere e proprie, ma abbiamo scoperto la creazione di un profilo non autorizzato con credenziali da amministratore. Circa quattro anni fa, questo profilo si sarebbe connesso attraverso una backdoor al sistema e-QIP, che contiene tutti gli SF-86.»

«Chi ha sfruttato quell'accesso?»

«Al momento non possiamo dirlo con certezza, ma all'epoca l'OPM non aveva informatici addetti alla sicurezza e stipulò un contratto con una delle compagnie più grandi del Paese. Ebbene, un'indagine ha rivelato che quel fornitore – un anno dopo – subappaltò parte del lavoro a una società più piccola.» Banks si schiarì la gola. «A Bangalore, in India.»

«Per cui» disse il presidente, «più di due anni fa abbiamo *esternalizzato* la sicurezza dei dati personali di chiunque avesse fatto domanda per gestire informazioni riservate e lavorare con il governo?»

«Sì, signor presidente. Nel frattempo l'OPM ha smesso di lavorare con quella compagnia, che è stata anche multata per inadempimento contrattuale.»

«Bene, la stalla è stata chiusa. Peccato che intanto i buoi siano scappati in Cina.»

«Ehm... Sulla Cina non saprei. Potrebbe anche esserci dietro qualcun altro.»

«Perdoni il pregiudizio, sa: l'ultima volta era stata la Cina.»

«In effetti sì. Comunque, venne fuori che l'OPM non aveva nemmeno una lista di quali server, banche dati o dispositivi avesse nelle proprie disponibilità, per cui era impossibile proteggere i dati al loro interno. Chiunque abbia ottenuto l'accesso da amministratore ai documenti dell'OPM, lo ha fatto mentre la compagnia indiana stava lavorando sulla sicurezza della rete. Sono state duplicate le credenziali di un dipendente con regolare accesso, usate poi per creare un nuovo utente amministratore.»

Ryan tamburellò le dita sul tavolo. «Quindi quel database conteneva informazioni su chiunque avesse richiesto l'accesso a informazioni riservate. Proprio chiunque?»

«Be'... come ho detto, dal 1984 a quattro anni fa.»

«Non sono un esperto informatico, ma sono piuttosto sicuro che quella rete non esistesse nel 1984.»

«Giusto, signor presidente: all'epoca era tutto su microfiche. Con il processo di modernizzazione degli anni Novanta, però, tutte le schede dal 1984 in avanti sono state digitalizzate.»

«Fantastico.» Ryan sembrò riflettere per qualche secondo. «Immagino di esserci anch'io, quindi.»

Banks, già teso, sbiancò. «Ah... Non saprei. Non ho controllato se...»

«Avrò compilato l'SF-86 un paio d'anni prima» disse Ryan, «ma ovviamente sono stati effettuati altri controlli su di me quando sono entrato nell'Agenzia e poi nell'esecutivo.»

Banks sembrò rilassarsi di colpo. «No, quella banca dati conteneva solo il modulo SF-86 e le impronte digitali: se lei ha compilato il questionario prima del 1984 il suo profilo non rientra tra quelli violati.»

Il presidente alzò le spalle. Non aveva molta importanza, di fronte a una delle catastrofi peggiori che avesse mai visto. Guardò l'uomo agitato dall'altra parte del tavolo. «Dottor Banks, non è sotto processo. Certo, sono infuriato per tutta questa faccenda, ma so bene che ambasciator non porta pena, come si dice.» Si sporse in avanti. «Vada pure avanti, non si preoccupi.»

«Sì, signor presidente» disse Banks, ma non sembrava affatto più rilassato. «Un team di addetti alla sicurezza informatica sta lavorando senza sosta per capire chi abbia preso queste informazioni, quando e come. Crediamo che i dati siano stati copiati una sola volta, e abbiamo bloccato ogni profilo con accesso da amministratore finché non avremo controllato ogni persona. Ormai, però, la frittata è fatta.»

Ryan si girò verso Zilko. «Andy, ho visto le cifre: abbiamo speso cinque miliardi per il National Cybersecurity Protection System, proprio per evitare situazioni simili. Dopo che i cinesi hanno violato la nostra rete d'intelligence, due anni fa, abbiamo pagato delle persone per controllare ogni cosa, e quelle persone ci hanno assicurato che non sarebbe più successo.»

Il disagio di Zilko era evidente quanto quello del dottor Banks. «Sì, signor presidente. Posso dire che abbiamo fatto progressi nel migliorare i sistemi di sicurezza informatica, negli ultimi quattro anni.»

«Quali progressi?»

Zilko rifletté qualche secondo. «Be', visto che stiamo parlando dell'OPM... Il nuovo personale interno, per esempio, sta lavorando a migliorare la solidità delle nostre difese informatiche. Ma non procede spedito quanto vorrebbe.»

Ryan chiuse gli occhi, frustrato. In un modo o nell'altro, aveva passato gran parte della propria vita a fare i conti con la burocrazia, convincendosi ogni volta che nessuna mancanza l'avrebbe più potuto turbare. Ogni volta, invece, doveva ricredersi.

«Quante persone che hanno ancora un nulla osta sicurezza sono state compromesse?»

Zilko guardò Banks, che rispose alla domanda. «In questo momento, signor presidente, ci sono poco più di quattro milioni e mezzo di persone con un nulla osta sicurezza, e la stragrande maggioranza ha compilato un SF-86 prima che il sistema fosse violato. Credo che stiamo parlando di circa quattro milioni di individui.»

«Più di quattro milioni di attuali dipendenti o appaltatori governativi potrebbero essere a rischio a causa di questa falla» disse Ryan. «Ufficiali militari, funzionari eletti, tecnici, il personale incaricato di proteggere il nostro arsenale atomico...»

«Temo che la situazione sia in effetti grave come dice, signor presidente» rispose Banks. «E anche se l'SF-86 non compromette direttamente il personale della CIA, ad esempio, dato che l'Agenzia usa un sistema proprio per le domande di accesso a informazioni riservate, la maggior parte di quelle persone ha compilato un SF-86 per gli incarichi sotto copertura, ad esempio come funzionario d'ambasciata per il dipartimento di Stato. Altri sono stati nell'esercito o nella polizia, e rientrano quindi tra i soggetti compromessi. Un buon analista, specializzato nel campo dell'*identity intelligence*, può cercare eventuali anomalie e controllare gli elementi che non quadrano. Prendiamo il caso di un uomo che lavori all'ambasciata di Madrid ma sia un agente della CIA sotto copertura: l'SF-86 indica che è un funzionario consolare, ma ha trascorso otto anni nell'intelligence navale, o è stato nel corpo dei Ranger, o nei Berretti Verdi. Non ci vorrebbe molto a capire che quella persona non si limita a timbrare passaporti all'ambasciata di Madrid.»

Ryan si massaggiò il setto nasale sotto gli occhiali. «E ora sembra che Musa al-Matari abbia accesso a profilazioni simili, così come altri. È un disastro. Anche se fermassimo lui e tutti i membri delle sue cellule, e bloccassimo l'uso che qualcuno sta facendo dei dati dell'OPM, non potremmo mai sapere con certezza se qualcuno è ancora in possesso delle informazioni trapelate.»

«Purtroppo è esatto, signor presidente.»

«Ci servono gli esperti migliori sulla piazza, per capire come limitare i danni nel prossimo futuro. Lo dobbiamo alle persone che lavorano o hanno lavorato per noi. Ora, però, la nostra priorità è trovare e fermare le persone che sfruttano queste informazioni riservate per colpire i nostri uomini e le nostre donne. Mary Pat, voglio un piano completo di controspionaggio per arginare la situazione. A questo punto tutti i dipendenti e gli appaltatori governativi sono potenziali bersagli. E alcuni di loro, come il generale Caldwell, l'hanno scoperto sulla propria pelle. Voglio che ogni persona coinvolta sia informata della situazione. *Ora.*»

«Subito, signor presidente. Me ne occuperò personalmente, in qualità di DNI, e coinvolgerò chiunque sia necessario per diffondere la comunicazione.»

Il segretario della Sicurezza interna alzò un indice. «Signor presidente, voglio sottolineare che la violazione si è verificata sotto l'amministrazione precedente.»

Ryan si sentì avvampare, ma non permise alla sua rabbia di prendere il sopravvento. Puntò un dito contro Zilko. «Non voglio sentirtelo ripetere mai più, né a proposito di questa crisi né di eventuali altre. Non siamo qui per pararci il culo: siamo qui per servire gli Stati Uniti d'America. Da quattro stramaledetti anni alcune persone di quest'amministrazione sanno che una compagnia in India aveva accesso a dati sensibili, e non possiamo sentirci confortati solo perché le persone in questa stanza non ne erano a conoscenza! Il fatto che non lo sapeste *personalmente* non significa che non lo sapessero persone per cui siete responsabili. E il fatto che nessuno me l'avesse detto non rende meno responsabile me.»

Zilko distolse lo sguardo e si limitò a mormorare: «Certo, signor presidente».

Ryan si rivolse a tutta la stanza, e ogni presente, inclusi Mary Pat e Dan, si sentì additato, sentendo su di sé lo sguardo intenso del presidente. «Tutti qui dentro devono sentirsi sulle spalle la responsabilità di scoprire come uscire da questa crisi. Dobbiamo accettare il fatto che siamo in buona parte responsabili per i morti e i feriti di questi giorni. Perché, nonostante tutte le scuse che possiamo credere di avere, questo casino è scoppiato durante il nostro turno di guardia. Forse non l'iniziale violazione dei dati, ma di certo le sue conseguenze. Ora vi spiego cosa succederà. Noi *troveremo* Musa al-Matari, *scopriremo* chi è il responsabile della fuga di informazioni e toglieremo entrambi dalla circolazione. E solo allora, quando sarà tutto finito, *chiederò* di vedere sulla mia scrivania una pila di lettere di dimissioni. Dovevamo di più ai nostri concittadini più coraggiosi, signori e signore. Molto più di quanto abbiamo dato loro. Andremo avanti e risolveremo questa crisi, ma voglio una spiegazione completa di quanto successo.»

Ryan si alzò in piedi e uscì dalla stanza come una furia. Non era mai stato così arrabbiato in tutta la sua vita. L'America era costantemente minacciata dall'esterno, aveva imparato ad accettare quella verità ormai da tempo. Ciò che proprio non poteva accettare era la quantità di ferite autoinflitte, causate da persone che non lavoravano al meglio o non prendevano sul serio i pericoli.

40

Grazie a un ordine del procuratore generale Dan Murray, Gavin Biery aveva ottenuto un accesso completo al disco rigido del computer di Vadim Rechkov, tramite un link sicuro inviatogli da un investigatore della scientifica informatica del dipartimento di Giustizia. Quando aveva cliccato sul link e inserito la password che gli aveva fornito il suo contatto al National Cybersecurity and Communications Integration Center, sul suo portatile si era aperta una pagina che riproduceva in toto il computer di Rechkov. Avevano scelto quel sistema affinché gli analisti del governo, gli agenti dell'FBI, gli specialisti dell'NSA e il resto del personale coinvolto nelle indagini sull'attentato al comandante Scott Hagen potessero analizzare i dati in contemporanea, da diverse postazioni.

Una rapida occhiata alla cronologia Internet aveva svelato a Gavin che il giovane russo era un assiduo visitatore di Reddit, una piattaforma sulla quale gli utenti discutevano e valutavano materiale condiviso da ogni angolo della rete. Una caratteristica chiave di Reddit erano le attive comunità che riunivano persone con interessi simili, anche molto particolari. Ognuno di quei *subreddit* aveva il proprio forum e specifici argomenti di discussione.

Il disco rigido non mostrava l'intera cronologia di navigazione di Rechkov, Gavin poteva andare indietro nel tempo solo di alcune settimane, ma già in quel periodo il russo aveva visitato il sito oltre centocinquanta volte. Gavin si era spinto fino a poco prima che il giovane intraprendesse il suo viaggio attraverso la nazione, quello che l'aveva portato nel New Jersey per tentare di uccidere Scott Hagen. Aveva quindi aperto una delle sessioni su Reddit per scoprirne il nome utente, e aveva poi usato un altro portatile per accedere allo stesso subreddit con un profilo appositamente creato. A quel punto aveva cercato il nick di Rechkov: TheSlavnyKid.

Con queste semplici mosse, e cliccando sulla voce INFORMAZIONI GENERALI del profilo, aveva preso visione di tutti i subreddit cui Vadim Rechkov aveva partecipato negli otto anni in cui era stato iscritto al sito.

Otto anni. Il russo partecipava a quei gruppi di discussione da quando era solo un quindicenne.

Dopo aver fatto la doccia ed essersi cambiato negli spogliatoi della Hendley Associates, Jack tornò in ufficio ed entrò nella sala conferenze che stava dividendo con Gavin. Quest'ultimo gli mostrò cosa stava facendo, ripercorrendo la cronologia degli interventi di Rechkov su Reddit. Il giovane russo aveva visitato centinaia di subreddit nel corso degli anni; vi si parlava di come ottenere un visto di studio per gli Stati Uniti, di lavori nell'industria tecnologica e nell'informatica, di problemi economici... Di recente, però, era passato a un forum il cui tema interessava più da vicino gli uomini del Campus: la battaglia nel Baltico dell'anno precedente. Persino quel piccolo subreddit contava circa tremila post, e quasi cinquecento erano stati scritti da TheSlavnyKid.

«È un bel mucchio di messaggi da controllare» disse Jack, «ma l'attentato a Hagen è di poche settimane fa, e gli investigatori del dipartimento di Giustizia si saranno già messi al lavoro su questo materiale.»

«È necessario uno speciale mandato del tribunale per esaminare le attività di un sospettato sui social media» disse Gavin, «e le sessioni devono essere controllate in modo tale da non ledere i diritti civili di eventuali innocenti con cui era in contatto. Secondo me i tecnici del dipartimento di Giustizia hanno guardato alcune pagine, ma non hanno scavato a fondo nei profili di altri utenti come stiamo per fare noi due.»

«Credi che Rechkov abbia usato Reddit per entrare in contatto con chi gli ha passato le informazioni su Scott Hagen?»

«Ho trascorso l'ultima ora a guardare la sua cronologia» rispose Gavin, «e posso dirti una cosa: a meno che chi ha violato l'OPM non sia per qualche strano caso un amico personale di Vadim Rechkov – eventualità secondo me poco probabile – allora è quantomeno plausibile che il giovane sia stato contattato proprio tramite Reddit. In particolare, tramite il forum dedicato alla battaglia nel Baltico, che ha frequentato per cinque mesi. Da quel che vedo non ha toccato l'argomento altrove, online. Perché non ti metti a guardare fra le sue conversazioni, mentre io continuo a frugare nel suo disco rigido per vedere se trovo qualcos'altro d'interessante?»

Jack inarcò un sopracciglio. «Quindi dovrò leggere cinquecento messaggi, annotare i nomi degli utenti con cui è entrato in contatto e cercare indizi che qualcuno gli stesse passando informazioni riservate per uccidere Hagen. È questo che stai dicendo?»

Gavin si strinse nelle spalle. «Sei un analista, no? Analizza.»

«Giusto.»

Jack partì dal primo intervento di Rechkov nel subreddit sul conflitto nel Baltico. TheSlavnyKid aveva scritto un'invettiva di oltre duemilacinquecento parole, nella quale affermava che il fratello Stepan era una delle vittime dell'attacco illegale degli Stati Uniti ai danni del sottomarino russo *Kazan*, che aveva raggiunto le acque del Baltico solo per difendere Kaliningrad dall'aggressione della NATO. Il messaggio era senza dubbio pieno di rabbia contro l'America, ma Jack trovò la prosa lucida e le conclusioni meditate, persino relativamente convincenti. Non per lui, convinto che nel Baltico il padre avesse fatto ciò che doveva, ma per quanti ancora non avevano deciso chi fosse in torto riguardo l'attacco della Russia alla Lituania, attraverso Kaliningrad e la Bielorussia.

Rechkov non si stava esprimendo nella sua lingua madre, eppure era riuscito a far passare il suo messaggio. Jack percepiva il dolore nelle parole del ventitreenne russo che studiava in America, lo stesso Paese che incolpava per la morte del fratello. Aveva scritto parecchio sul loro rapporto, su quanto amassero andare a pesca nei laghi e nei ruscelli vicino alla casa di campagna nei pressi di Slavny, e sulla completa mancanza d'interesse per la politica e le questioni internazionali da parte del fratello.

Stepan era morto facendo il suo dovere. Non era stato lui a dare inizio alla battaglia, e non ce l'aveva con l'America. Proprio per questo Vadim Rechkov considerava l'America responsabile dell'omicidio di Stepan.

Jack avrebbe potuto ribattere che nemmeno le migliaia di persone uccise dai militari russi durante la guerra nel Baltico avevano dato inizio alla battaglia, ma discutere con un giovane addolorato per la morte del fratello non avrebbe avuto alcun senso. E, a ogni modo, Vadim era morto in un ristorante messicano del New Jersey.

Invece, ciò che Jack non trovò in quel primo intervento era la promessa di cercare vendetta contro qualcuno, men che meno contro il comandante della USS *James Greer*. No, anche se Vadim Rechkov era arrabbiato, era più che altro inconsolabilmente triste.

Ryan diede un'occhiata alla decina di commenti sotto il post. Trovò messaggi di condoglianze, utenti che si dicevano d'accordo con i sentimenti espressi contro gli Stati Uniti, e un numero significativo di post in cui si affermava che Stepan Rechkov aveva avuto ciò che si meritava, per il semplice fatto di essersi schierato con un regime malvagio. Alcuni provocatori erano arrivati a scrivere che speravano avesse sofferto a lungo, prima di morire.

Jack sapeva bene che le persone dal carattere debole tendevano a comportarsi da idioti quando avevano la possibilità di nascondersi dietro a uno pseudonimo e sparare veleno senza rischiare nulla.

Passò alle risposte di TheSlavnyKid ad altre discussioni. Il ragazzo interveniva nei dibattiti, argomentava, echeggiava la rabbia di altri. Ma, con il passare del tempo, la sua scrittura in quello stesso subreddit era cambiata. Nei suoi messaggi si leggevano invettive violente, e si percepiva un'aggressività assente in quelli di poche settimane prima.

L'analista si rese conto che stava ripercorrendo l'atroce viaggio di una psiche sofferente verso il baratro della rabbia assoluta e persino della follia. Rechkov era consumato dall'ira e dall'impotenza. Diceva di non riuscire a superare gli esami, di dover bere fino ad addormentarsi, di essersi trasferito da un bell'appartamento a una topaia perché non riusciva più a pagare l'affitto. E dava la colpa di tutto ciò a un siluro antisommergibile partito da un lanciamissili ASROC alle 3:23 ora locale, dal ponte della USS *James Greer*.

Più Jack leggeva, più andava avanti nel tempo, più diventava evidente che la vita di Vadim Rechkov stesse cadendo a pezzi. Finché non era giunta al punto di non ritorno. Circa tre mesi e mezzo dopo il primo messaggio nel subreddit – scritto appena dieci giorni dopo l'affondamento del sottomarino russo – Vadim Rechkov dichiarò che avrebbe volentieri sacrificato la propria vita pur di eliminare l'uomo o la donna che aveva premuto il pulsante e fatto partire quel siluro maledetto.

L'agente del Campus immaginava che ad azionare fisicamente l'arma fosse stato un ufficiale di basso livello o un marinaio semplice, di sicuro non il comandante Hagen, ma l'aspetto importante era che Rechkov aveva espresso il desiderio di uccidere qualcuno imbarcato sulla *Greer*.

Si appuntò subito la data del messaggio, sospettando che chi cercavano – la persona o il gruppo che in qualche modo aveva passato a Rechkov le informazioni per raggiungere un particolare ristorante messicano dall'altra parte del Paese – l'avesse letto, e avesse deciso in quel periodo di contattare il potenziale attentatore.

C'erano decine di commenti sotto a quel testo: alcuni incoraggiavano il russo ad andare avanti, altri tentavano di dissuaderlo, ma nessun post pareva davvero significativo. D'altra parte era possibile che chi aveva contattato TheSlavnyKid gli avesse inviato un messaggio privato su Reddit, che Jack non avrebbe avuto modo di visualizzare.

L'analista decise di fare una pausa. Si alzò per andare a prendere un caffè in cucina, promettendo a Gavin di portarne una tazza anche a lui.

Passare tutto quel tempo ad analizzare la vita online di un uomo sull'orlo della pazzia era incredibilmente deprimente.

41

Jack Ryan Senior aveva di fronte una sala difficile da gestire. Aveva tenuto molte conferenze stampa, più della maggior parte degli altri presidenti, ed era a suo agio anche con le domande più difficili, ma quel giorno la rabbia violenta che provava per gli attentati in tutto il Paese gli rendevano arduo mitigare i propri commenti, controllare l'umore e formulare risposte che lo mostrassero saldo, con il pieno controllo della situazione e delle indagini volte alla cattura di Abu Musa al-Matari e dei suoi compagni terroristi.

Si rendeva conto di apparire monocorde davanti alle telecamere, ma non era pronto a mostrare le sue vere emozioni. E la stampa non era affatto intenzionata a mostrarsi indulgente.

Dopo un superficiale aggiornamento sulle indagini, poco più di una promessa sul fatto che non stavano lasciando niente al caso, Ryan annunciò che entro fine giornata il Pentagono avrebbe portato alla sua attenzione alcune proposte per proteggere i membri delle forze armate, sia all'interno degli Stati Uniti sia all'estero. Poi espresse le proprie condoglianze alle vittime e alle famiglie, in tono sommesso ma sincero, e diede spazio alle domande avvertendo che non avrebbe potuto rispondere a quelle collegate direttamente alle indagini in corso.

Indicò una corrispondente della CNN, che ruppe il ghiaccio. «Signor presidente, l'ISIS sembra aver maturato le abilità necessarie per attaccare il nostro esercito qui negli Stati Uniti: questo indica che la sua strategia volta a distruggere lo Stato Islamico in Medio Oriente è stata un fallimento?»

Jack non era affatto sorpreso da quella domanda, ma si prese comunque qualche secondo per pensare alla risposta. «Non credo, Lauren. Il loro *modus operandi* rispecchia quello di ogni gruppo ribelle: da sempre, quando perdono terreno sul campo di battaglia cercano di imporsi all'attenzione del dibattito pubblico e guadagnare consensi. I loro attentati suicidi aumenteranno anche al fronte, lo stiamo già vedendo, e si sforzeranno il più possibile di colpire l'Occidente in Occidente. Stiamo vedendo anche questo, con gli attacchi negli Stati Uniti e in Europa, dove agiscono ormai da un paio di anni.»

Un giornalista dell'AP domandò: «Conosciamo la grandezza delle file nemiche presenti nel Paese?».

«Abbiamo una stima, sì, ed è un numero relativamente basso. Purtroppo non posso dare una cifra precisa, per non fornire informazioni sensibili ai terroristi. Dobbiamo proteggere le nostre fonti e i nostri canali d'indagine.»

Il giornalista dell'AP insisté: «Cinque? Dieci? Cento? Mille?».

«Non posso darti quel numero, Chuck» ripeté Ryan. «Come sapete diversi combattenti dello Stato Islamico sono stati uccisi in seguito agli attentati, e grazie all'impegno delle autorità federali, statali e locali ci aspettiamo altre uccisioni o catture, se gli attacchi proseguiranno. L'allerta è massima, e le nostre informazioni si fanno via via più dettagliate. Cercheremo di eliminarli il più in fretta possibile. Mi rendo conto che questo non risponde alla tua domanda, pur legittima, ma non posso aggiungere altro al momento.»

Intervenne un giornalista più anziano, che lavorava per la McClatchy. «Cosa chiede di fare ai cittadini per rimanere al sicuro? Dovrebbero chiudersi in casa finché non sarà passata la minaccia?»

Ryan aggrottò la fronte. «Assolutamente no, Richard. Dobbiamo mettere la questione in prospettiva per i nostri cittadini: è una triste realtà che solo nel fine settimana ci siano state più di cinquanta sparatorie a Chicago, con sette morti. Purtroppo siamo circondati dalla violenza. Gli assalti dei terroristi dello Stato Islamico all'interno dei nostri confini sono della massima importanza per noi, ma ai cittadini non chiedo altro che di riferire alle autorità locali qualsiasi preoccupazione. Le persone hanno la tendenza a fare due cose, quando qualcuno nel governo li avverte di una minaccia: o la ignorano o perdono la testa. Non voglio che gli americani facciano niente di tutto ciò. Devono capire che la minaccia è reale, ma stiamo lavorando con impegno e mettendo in campo ogni nostra abilità per sconfiggerla.»

Fu il turno di Susan Hayes, l'addetta alla sicurezza nazionale della ABC. «Gli americani ci hanno visto combattere contro lo Stato Islamico per buona parte del suo mandato. Abbiamo alcune forze speciali e unità dell'aviazione sul campo, ma finora non siamo riusciti a fermarli. Si sono ritirati da alcune aree, ma se guardiamo una mappa del territorio controllato dall'ISIS vediamo che rimane molto più grande di qualsiasi altra nazione mediorientale. Prenderà in considerazione nuove misure per intensificare la guerra al califfato, alla luce di quanto avvenuto negli ultimi giorni nel nostro Paese?»

Ryan ci rifletté attentamente, come un professore che voglia dare al proprio studente il giusto contesto per comprendere la risposta. «Quando alla televisione ci dicono che l'ISIS ha conquistato una nuova città, è importante capire che cosa significa. I media ritraggono la situazione con un cerchio rosso in costante movimento su una mappa, a indicare i cosiddetti "confini" dello Stato Islamico. E spesso quell'area è in espansione. Ma la verità è che l'ISIS ha combattuto contro nemici deboli, molti dei quali se la sono data a gambe senza neanche opporre resistenza. Non dobbiamo pensare che stiano davvero *conquistando* nuovi territori. Arrivano, mettono in fuga le forze di polizia e il governo locale, creano posti di blocco e inviano un paio di pick-up con i propri squadroni della morte. Non governano, non trasformano quelle città in vere e proprie roccaforti. Si limitano a spostare dei pick-up lungo una strada. Poi, il giorno dopo, qualcuno ridisegna la mappa dei loro "confini", e sembra siano avanzati di cinquanta chilometri in una notte. La realtà è che non sono avanzati affatto. Hanno guidato un convoglio da un villaggio a quello successivo senza essere spazzati via. Nell'area abbiamo unità d'intelligence e forze speciali, e chi ha accesso alle informazioni riservate sa che i servizi dei media non sono accurati.»

Un giornalista del «New York Times» chiese a gran voce: «Allora perché non li abbiamo ancora sconfitti?».

«Due parole, Michael: vittime civili. Altre due parole, collegate alle prime: scudi umani. L'ISIS vive e opera all'interno di città e aree affollate. Quando staniamo un gruppo di combattenti in campo aperto facciamo del nostro meglio per ingaggiarli con un A-10 o un Apache nel minor tempo possibile. Ma non bombarderemo le città, a prescindere da chi vorremmo eliminare al loro interno.»

Susan Hayes intervenne di nuovo, stavolta senza aver ricevuto la parola dal presidente. «Sta dicendo che non ci sarà una nuova offensiva contro l'ISIS, nonostante abbia portato la guerra nelle *nostre* città?»

«Susan, nessuno *sul pianeta* brama più dell'ISIS una massiccia invasione americana in Iraq e Siria. Se tornassimo in Medio Oriente in forze, lo Stato Islamico sa che le sue fila si riempirebbero all'istante di nuove reclute, l'estremismo nelle città andrebbe alle stelle e il supporto per i loro nefandi scopi aumenterebbe. Il combattente medio del califfato – scarsamente addestrato e malamente equipaggiato, motivato solo dalla vaga speranza che nasca uno Stato Islamico e da un credo che esalta la vita dopo la morte – non avrà mai la minima speranza di abbattere un F-18, mettere nel proprio mirino un soldato delle forze speciali o vincere uno scontro contro un drone e un missile guidato. Ma se invadessimo l'area, se portassimo duecentomila americani nel loro territorio, be'... alcuni di quei combattenti potrebbero vedere esaudita la loro speranza principale: ingaggiare in battaglia quelli che considerano infedeli.» Scosse la testa lentamente. «Non ho alcuna intenzione di dar loro l'opportunità cui tanto aspirano. Gli Stati Uniti sono in prima fila nella lotta a questo gruppo criminale, e non si tireranno indietro. E se individueremo nuove tattiche *sensate* per aumentare il nostro coinvolgimento, le adotteremo.»

Ryan accettò qualche altra domanda, la maggior parte delle quali sulla falsa riga delle precedenti, poi concluse dicendo: «Appena avremo altro da riferire e se ne presenterà la necessità, il procuratore generale, il segretario della Sicurezza interna e il segretario della Difesa parleranno ai cittadini».

Lasciò quindi la sala, e trovò Arnie Van Damm ad aspettarlo.

«Che cosa ne pensi?» chiese Ryan.

«Non è stata la sua migliore prestazione, Jack.»

«Spiegami perché.» Jack non era d'accordo, ma dava peso all'opinione di Arnie.

«Ha parlato come uno storico.»

«In mia difesa, c'è da dire che io *sono* uno storico, Arnie.»

«Crede che le persone vogliano sentire una lezione? Sentirsi dire che quanto sta accadendo rispecchia una vecchia tattica dei ribelli, di cui non dovremmo preoccuparci?»

«Non l'ho messa in questi termini.»

«È così che è sembrato dall'esterno.» Van Damm indicò le scale che portavano alla Situation Room. «Laggiù sembrava volesse imbracciare una mitragliatrice e guidare personalmente l'offensiva contro Mosul. È di questo che i cittadini hanno bisogno, non di una lezione di scienze politiche sui pazzoidi del terzo mondo e i reati di strada a Chicago.»

Il presidente realizzò che forse Arnie non aveva tutti i torti. «Non ero pronto a mostrare apertamente come mi sento in questo momento. Abbiamo bisogno di un piano più concreto, di smetterla di brancolare nel buio. Parlerò ai cittadini in toni diversi, quando avremo fatto progressi nella lotta ai terroristi e alla fuga di informazioni.» Entrarono insieme nello Studio Ovale. «Per adesso siamo in svantaggio, e non potevo permettere che le mie emozioni lo mostrassero a tutti.»

42

Quel villaggio iracheno non era mai stato molto popoloso; forse prima della guerra ospitava qualche migliaio di anime, ma adesso era solo una ferita aperta nelle colline. Quell'area desolata e distrutta, appena una decina di chilometri a nordest di Mosul, era stata abbandonata il giorno precedente dall'ISIS, e ora la comandante ventiduenne Beritan guidava il suo plotone tutto al femminile verso la parte nord della città. Avanzavano lentamente, con i kalashnikov con il calcio in legno o pieghevole in spalla, i sassi negli stivali e nelle scarpe da ginnastica.

Erano miliziane della Yekîneyên Parastina Jin, o YPJ, l'Unità di protezione delle donne: il ramo femminile della resistenza curda. Non facevano parte dei peshmerga, anche se combattevano contro lo stesso nemico.

In realtà, Beritan era un nome di battaglia. Daria Nerway aveva scelto quel soprannome in onore di una comandante di battaglione curda che durante la guerra civile del 1992 aveva guidato un'unità di oltre settecento persone, fra uomini e donne. Quella donna si era lanciata da un dirupo una volta rimasta senza munizioni.

Le curde avevano una lunga storia di combattimenti alle spalle, ma mai erano scese in battaglia come negli ultimi tre anni di lotta all'ISIS. Il pomeriggio precedente avevano aiutato a far arretrare le forze del califfato, obbligando i nemici a lasciare l'abitato. Dalle loro postazioni avanzate, oltre un ampio canale, avevano osservato i furgoni, i carri armati e i pick-up fuggire verso la periferia di Mosul, meno di venti chilometri più a sud. In quel momento era tardi per marciare sul villaggio, per cui l'YPJ aveva aspettato fino all'alba per inviare un gruppo di soldatesse a controllare la situazione.

Adesso diversi plotoni simili a quello di Beritan, sia di uomini sia di donne, avanzavano fra le macerie per accertarsi che l'ISIS non avesse nascosto bombe negli edifici o lungo le strade, o lasciato qualche unità di combattenti per rallentare l'avanzata dei curdi in quel piccolo settore.

Beritan sapeva che il pericolo poteva nascondersi dietro ogni angolo: un carro armato appostato in un vicolo, una mitragliatrice nascosta in una buca nel terreno o dietro una finestra oscurata...

La ricetrasmittente fissata alla sua spalla si attivò. Una delle tiratrici scelte dell'unità, rimaste all'altra estremità del canale, riferì un possibile movimento a una finestra, due isolati più avanti rispetto alla posizione del plotone.

Beritan e le sue combattenti cercarono subito riparo dietro i detriti lungo la strada, ma non furono abbastanza svelte: un colpo di fucile riecheggiò fra le macerie del villaggio, e la prima combattente della formazione fu abbattuta dal proiettile del cecchino. Poi, all'improvviso, da ogni angolo degli edifici distrutti parvero partire degli spari.

Beritan e la sua unità di quaranta donne furono isolate dalle altre forze. L'YPJ poteva contare su postazioni di artiglieria – mortai e mitragliatrici pesanti DSh – posizionate lungo la linea del canale, ma per scatenare la loro considerevole potenza di fuoco servivano precise informazioni di puntamento. Informazioni che non avrebbero ottenuto solo grazie ai binocoli.

La comandante si rese conto che, per combattere i cecchini dell'ISIS, dovevano uscire dai propri rifugi ed esporsi.

Quindici chilometri più a nord, a millecinquecento metri di altezza, i due Apache Pyro 1-1 e Pyro 1-2 stavano disegnando ampi cerchi nella loro rotta di pattugliamento. Erano nell'area per fornire appoggio a un attacco in corso lì vicino, coordinato dai peshmerga e supportato dalle forze speciali americane. Con loro c'era anche un *joint terminal attack controller*, o JTAC: un soldato incaricato di richiedere e coordinare dal campo il supporto dell'artiglieria e delle risorse aeree, ad ala rotante o fissa che fossero.

Per il momento l'avanzata dei peshmerga non aveva incontrato resistenza; erano entrati in una città ripulita e abbandonata dall'ISIS, per cui i due Apache volavano in cerchio sopra il deserto e avevano ben poco da fare oltre a controllare le quattro frequenze radio assegnate.

Quel giorno entrambi gli AH-64E Guardian avevano a disposizione molto carburante. Al momento volavano a velocità ridotta, circa centotrenta chilometri orari, in modo da avere maggiore autonomia nel caso avessero richiesto il loro intervento più a sud.

Ignorando il brusio della radio, il capitano Carrie Ann Davenport si rivolse al proprio pilota, il CWO-3 Troy Oakley, tramite il sistema di comunicazioni sempre aperto fra i due, senza bisogno di premere alcun pulsante. L'uomo, sedeva nella cabina alle sue spalle, rialzata di un paio di metri, ed era quindi nascosto alla sua vista se non per un piccolo specchietto retrovisore montato sul telaio del portellone. La Devenport vi fissò lo sguardo.

«Ricordo che a Fort Rucker qualcuno ci spiegò che ogni ora di volo di un Apache, anche solo a velocità come la nostra, costa trentamila dollari».

«Trentaduemilacinquecentocinquanta dollari, signora» rispose Oakley.

Carrie Ann rise nel microfono. «Allora questo è un volo turistico bello costoso.»

«Se vedi qualche attrazione fammelo sapere: da qui mi pare ci sia solo una distesa infinita di sabbia.

«Non ti preoccupare» rispose il capitano. «Di questo passo il fronte raggiungerà Mosul entro un altro mese. Credo che là ci sarà parecchio da vedere.»

«Sì, tipo un bello spettacolo di missili terra-aria diretti su di noi. Credo che le cose si faranno movimentate.»

«E poi, una volta ottenuta la vittoria, consegneremo la città al governo iracheno.»

«La vorresti per te, capitano?»

«Ah, no, grazie. Intendevo solo che gli iracheni la governeranno di merda, ci scommetto.»

Oakley ridacchiò. «Se la storia ci ha insegnato qualcosa, direi proprio di sì. Ma la cara vecchia corruzione che dilaga nel resto del mondo sarebbe un grande passo in avanti da queste parti, rispetto alla situazione attuale.»

«Giusto» rispose Carrie Ann Davenport. «Rubare soldi dalle casse dello stato è uno schifo, ma qui il governo locale è arrivato alle decapitazioni... Forse non stiamo aiutando a trasformare questo posto in un baluardo di verità e giustizia, ma ritengo che lo stiamo migliorando, sì.»

La giovane donna era piuttosto disillusa riguardo i combattimenti nell'area, e non credeva che l'Iraq sarebbe diventata una nazione democratica. D'altra parte sentiva chiara l'importante responsabilità di eliminare l'ISIS nella maniera più rapida ed efficace possibile. E quel giorno sentiva anche qualcos'altro: l'eccitazione di tornare a casa. Quello era l'ultimo volo prima di un congedo di due settimane. Avrebbe trascorso circa un terzo di quel tempo in aereo, tra andare a casa e tornare in Iraq, ma avrebbe avuto più di una settimana per famiglia, amici e qualsiasi cosa volesse fare, indossare, mangiare, bere o dire. Dopo tre mesi vissuti in una base operativa avanzata, non vedeva l'ora.

Parlò di nuovo nel microfono. «Non so tu, Oak, ma io sono impaziente di prendermi una pausa da questi cieli inospitali.»

«Stavo pensando la stessa cosa. Fra settantadue ore sarò in giardino con una birra, due bambini che mi usano per arrampicarsi e una moglie che ancora non è stufa di avermi intorno. In pratica il paradiso, per un vecchietto come me. E tu, capitano, hai grandi progetti?»

Il paesaggio ondulato scorreva sotto di loro a poco meno di centoquaranta chilometri orari, mentre l'equipaggio pensava al ritorno a casa.

«Me ne starò per lo più a Cleveland, con la mia famiglia, ma nel fine settimana voglio andare a Washington: alcuni amici danno una festa. Dovrebbe essere divertente. E poi, proprio quando mi sarò tolta di dosso l'odore del JP8 che ci riempie i serbatoi, sarà ora di tornare.»

«Io devo montare un'altalena. E da quanto mi ha detto Carla i bambini hanno già tolto dei pezzi dalla scatola. Sono sicuro che dovrò frugare nel cassetto delle cianfrusaglie per trovare...»

In quel momento sentirono una comunicazione nelle cuffie. Era il centro operativo congiunto in Turchia, molto lontano dall'azione: un'allerta TIC, soldati sotto il fuoco nemico. Seguivano le coordinate. Poi l'ufficiale del centro si rivolse direttamente a loro.

«Pyro 1-1, mi ricevete?»

«Forte e chiaro» rispose la Davenport.

«Manterremo Pyro 1-2 in posizione e vi manderemo a queste coordinate. La richiesta arriva dall'YPJ: una piccola unità è bloccata da diversi cecchini. Sappiamo solo che non hanno un JTAC, per cui dovrete valutare la situazione dall'alto e decidere se potete intervenire senza mettere in pericolo le forze alleate.»

A nessun equipaggio piaceva sorvolare un'area sconosciuta senza un contatto con gli alleati a terra. Carrie confermò di aver ricevuto l'ordine e Oakley si diresse verso le coordinate, già inserite nel sistema di navigazione.

«Fantastico» disse il capitano. «Hai idea di come sia fatta un'unità YPJ? Voglio dire, ho visto la loro bandiera, ma tu riusciresti a distinguere le miliziane da cinque chilometri di distanza, mentre ci avviciniamo a centottanta chilometri l'ora?»

«Non credo» confermò Oak.

Raggiunsero il villaggio da nord, passando sopra le prime linee dell'YPJ attestate sulla sponda di un ampio canale. Volavano a millecinquecento metri di quota. Carrie Ann sapeva che le postazioni dei cecchini erano un chilometro e mezzo più a sud, all'interno del gruppo di edifici in rovina che un tempo era stato un paese. Al momento decise di tenere attivo il cannone automatico da 30 mm, il mirino integrato nel casco di fronte all'occhio destro. Con forze alleate a terra, probabilmente non avrebbe usato gli Hydra 70, e poiché aveva solo sei missili guidati AGM-114 Hellfire avrebbe dovuto pensarci bene prima di usarne uno su un ostile armato di fucile. Si sarebbe limitata a lanciarli se avesse individuato degli alleati sotto il fuoco nemico.

Il puntamento del cannone automatico M230 aveva un margine di errore di tre metri; buono, ma non perfetto. In compenso, la Davenport poteva sparare una raffica di dieci o venti colpi e distruggere qualsiasi cosa centrasse grazie ai suoi proiettili *dual-purpose*: ad alto potenziale per danneggiare gli obiettivi più grandi, e perforanti per bersagli dotati di corazza leggera.

Ai lati del pannello di controllo centrale erano montati due schermi multifunzione da cinque pollici, su cui richiamare il TADS, da *target acquisition and designator sight*: il collimatore di acquisizione e designazione bersagli del cannone automatico. Ma i monitor potevano essere usati anche per inviare messaggi testuali ad altri velivoli e visualizzare lo stato del sistema di comunicazioni, il carburante, il carico e altre millecinquecento pagine di informazioni. Una tastiera alla sinistra del pannello di controllo le permetteva di scrivere i messaggi, ed era diventata così brava a usarla che le sembrava di digitare sullo smartphone, anche se indossava i guanti.

Al momento, però, teneva le mani sulle due cloche di controllo ai lati del pannello centrale, che le davano rapido accesso a tutti i comandi più importanti. Tra tasti, levette e selettori c'erano 443 combinazioni diverse, e lei le conosceva tutte. Inoltre, i comandi di volo adoperati da Oakley erano presenti anche nel suo abitacolo: il ciclico fra le ginocchia per le variazioni di direzione, il collettivo accanto al ginocchio sinistro per regolare l'altitudine e la velocità dell'elicottero.

Grazie al sistema di mira integrato nel casco, le sarebbe bastato premere il grilletto del cannone automatico montato sul ciclico per sparare a qualsiasi cosa stesse guardando.

Abbassò gli occhi sullo schermo multifunzione che mostrava il TADS – quello accanto al ginocchio destro – alla ricerca di eventuali pericoli. Il sistema di acquisizione le dava accesso a diverse telecamere e sensori installati su una torretta mobile sotto di lei. Grazie ai 127 ingrandimenti offerti dallo strumento, il monitor in bianco e nero le forniva un'ottima visuale su qualsiasi obiettivo stesse valutando. Inoltre un reticolo le mostrava dove fosse puntato l'occhio destro di Oakley.

Selezionò il visore termico, sperando di individuare sagome umane nei bui recessi degli edifici bombardati, ma il calore del sole sul metallo deformato rendeva il compito impossibile. Certo, avrebbero potuto sorvolare l'area a bassa velocità, in attesa dell'occasione giusta, ma Oak non voleva rallentare troppo e diventare così il facile bersaglio di un eventuale lanciarazzi. Carrie Ann aveva appena qualche secondo per ispezionare ogni edificio, strada o cratere provocato da una bomba.

«Capitano» la chiamò Oakley, «vedo dei soldati davanti a noi, nascosti ai bordi della strada.»

La Davenport controllò il TADS, verificò la prospettiva di Oakley, poi spostò la camera per studiare la zona con l'ingrandimento massimo.

Là sotto, almeno una ventina di figure armate di fucile stava sparando verso una fila di edifici più a sud.

Oakley aumentò l'ingrandimento della propria telecamera. «Ragazze. Sono ragazze. Non pensavo che le soldatesse curde fossero al fronte.»

«I peshmerga non permettono alle donne di stare in prima linea» disse la Davenport, «ma l'YPJ schiera reparti completamente femminili.»

«E noi dovremmo aiutare l'YPJ, giusto?» disse Oakley.

Nella cabina anteriore, il capitano si strinse nelle spalle. «Aiutiamo noi stessi, se uccidiamo un cecchino dell'ISIS. Se poi i ribelli curdi ne traggono beneficio, meglio per loro.»

«È questo che mi piace di te, capitano: riesci a semplificare l'insemplificabile.»

«E a me piace quando tiri fuori parole del genere, Oak.»

Volarono alti sulle combattenti, che sembravano completamente bloccate, ma nemmeno con una virata e un passaggio in cerchio sopra di loro riuscirono a scorgere possibili bersagli. Gli edifici offrivano troppe possibili postazioni di tiro, tutte ben riparate, e l'Apache avrebbe avuto bisogno di una fortuna incredibile per individuare qualcuno, persino con il TADS.

«Che ne dici se scendiamo a seicento?» propose Oakley. «Magari un cattivo esce allo scoperto per spararci.»

«Scendi quanto ritieni necessario» fu la risposta.

Un minuto più tardi erano a trecentocinquanta metri di altezza, proprio sopra le combattenti dell'YPJ. Sembrava che le ribelli curde non fossero più sotto il fuoco nemico:, sebbene rimanessero accovacciate in gruppi di tre o quattro lungo la strada.

«Nessuno sta sparando, né a noi né a loro» disse Oakley. «Speriamo che l'YPJ capisca l'antifona e approfitti della nostra presenza per ritirarsi.»

«Magari la nostra semplice comparsa bastasse a spaventare i cattivi» ribatté Carrie Ann. «Di solito, invece, sparano...»

Proprio in quel momento, un lampo baluginò da una finestra al secondo piano di un edificio in rovina, lungo la strada. E quando le miliziane curde risposero al fuoco, sollevando nuvole di polvere dalla facciata, Carrie Ann fu sicura che non si trattasse di un alleato.

Inquadrò la finestra nel mirino. «Identificata la postazione di un cecchino. Ingaggio con il cannone automatico.»

Una scarica di venti colpi partì dall'M230 sotto i piedi di Carrie Ann, frantumando la finestra. I proiettili da 30 mm avevano centrato l'obiettivo.

Il monitor mostrò le combattenti dell'YPJ festeggiare, poi cominciarono a sparare a un altro recesso buio, in un edificio sul lato est della strada. Oakley e la Davenport videro la polvere e i pezzi di cementi staccarsi dalla facciata.

«Ti stanno segnalando i bersagli, capitano» disse Oakley.

«Ricevuto. Faccio fuoco.»

Premette il pulsante sul ciclico e sparò altri dieci proiettili. Di nuovo, le donne sotto di loro alzarono le braccia in direzione dell'elicottero.

«Hanno avuto una bella idea!» esclamò Oakley.

Il terzo bersaglio era all'interno di una palazzina dal tetto crollato, e Carrie Ann faticava a centrarlo. Il capitano dell'Apache riusciva a vedere i lampi del fucile fendere l'oscurità, ma il cecchino doveva trovarsi almeno trenta metri all'interno, e dalla sua posizione sopraelevata lei non riusciva a colpirlo.

Disse a Oakley di scendere verso l'estremità nord della strada e tenersi appena sopra il livello del tetto, così da portare a tiro gli Hydra 70. Il CWO-3 allineò il reticolo del capitano al suo e volò in direzione del bersaglio, accelerando. Ad appena cinquecento metri dall'obiettivo, Carrie Ann scaricò alcuni razzi contro la palazzina. Duecento metri più avanti i gusci degli ordigni si aprirono, disperdendo ciascuno seicentocinquanta *fléchettes*: dardi in tungsteno che sfrecciarono verso le macerie dell'edificio e distrussero tutto ciò che incontrarono lungo il cammino. L'onda d'urto fece crollare il resto della struttura.

«Bel colpo» si complimentò Oakley. Poi sollevò il muso dell'Apache e cominciò a riprendere quota.

Giunti dalla parte opposta degli edifici, a sud delle combattenti dell'YPJ, sorvolarono una piazza alla cui estremità meridionale sorgeva una moschea. Oakley stava per virare e tornare indietro, così da continuare l'operazione di copertura, quando sentì la voce del capitano Davenport nelle cuffie.

«Merda! ZPU!»

La ZPU era una mitragliatrice pesante di epoca sovietica, in grado di sparare seicento proiettili da 14,5 mm al minuto. Carrie Ann ebbe appena il tempo di pronunciarne il nome, che una raffica di proiettili traccianti colorò il cielo davanti a loro, appena sopra la piazza.

«Reggiti forte!» esclamò Oakley. Inclinò l'elicottero sul fianco destro, sollevandolo in modo da frapporre il ventre corrazzato alla minaccia della contraerea. Il capitano afferrò le maniglie sopra di lei, ma venne comunque strattonata con forza nell'imbracatura di sicurezza.

Mentre il fondo del velivolo era in sostanza antiproiettile, un calibro .50 o superiore aveva buone probabilità di sfondarne la fiancata all'altezza delle spalle dell'equipaggio; e, come se non bastasse, entrambi i militari erano consapevoli che un singolo colpo ben assestato al rotore di coda – oltre dieci metri dietro il seggiolino della Davenport, sul muso dell'elicottero – poteva farli precipitare.

Oakley scartò a destra e a sinistra, accelerando fino a trecentoquaranta chilometri orari e togliendosi in fretta dalla linea di tiro della ZUP. Si diressero a nord, per fare ritorno alla strada, dove le donne dell'YPJ si erano alzate in piedi per la prima volta dal loro arrivo. Si stavano lentamente spostando verso sud.

«Porca puttana, Oak» disse la Davenport. «C'è mancato un pelo.»

«Già. Hai visto la piazzola della mitragliatrice?»

«Affermativo. Circondata com'è dagli edifici, dovremmo passarci esattamente sopra per distruggerla. Meglio chiedere l'intervento di un caccia.»

Carrie Ann chiamò via radio il centro operativo congiunto e richiese il supporto di un aereo armato di missili Hellfire o bombe, per distruggere la postazione contraerea nemica. Un F/A-18 poteva sganciare da seimila metri di altezza, ben oltre la gittata della ZPU, mentre il Pyro 1-1 doveva volare molto più in basso per centrarla fra le macerie della città.

Rimasero in attesa di una risposta, e intanto Carrie Ann individuò un'altra coppia di cecchini dell'ISIS con il TADS. Erano mezzo isolato più avanti rispetto all'unità YPJ. Oakley impostò la rotta seguendo il puntamento del capitano, che sganciò quattro razzi. Migliaia di fléchettes centrarono un edificio semicrollato di tre piani, distruggendone anche i recessi più bui. Questa volta virarono subito, tenendosi ben lontani dalla moschea e dalla piazza con la mitragliatrice russa.

Al passaggio successivo, la telecamera mostrò la postazione dei due cecchini ridotta in mille pezzi.

«Centrati in pieno» esclamò Oakley.

In quel momento arrivò la risposta del centro operativo congiunto.

«Richiesta di caccia respinta, Pyro 1-1. Nessuna risorsa disponibile.»

Carrie Ann confermò la ricezione del messaggio, poi si rivolse a Oakley.

«Le combattenti YPJ là sotto non hanno un granché di supporto.»

«Hanno noi. Potremmo anche ignorare la ZPU, ma sai quanto me che è in grado di sparare anche ad altezza uomo. Le miliziane raggiungeranno la piazza nel giro di venti minuti, e verranno spazzate via.»

Carrie Ann rifletté per qualche istante. «Senti, effettuiamo un passaggio da sud. Voliamo intorno al villaggio a bassa quota, per disorientare eventuali osservatori, poi proviamo a distruggere la mitragliatrice da dietro.»

«Hellfire?»

«Affermativo. Ma dovremo avvicinarci più di quanto mi piacerebbe, per agganciare la guida laser.»

«Ricevuto. Ci vorranno circa quattro minuti per aggirare il paese. Speriamo solo che le donne dell'YPJ stiano ferme...»

«È per questo che non voglio usare i razzi» disse Carrie Ann. «Colpire la piazza da sud spedirebbe migliaia di fléchettes lungo le strade e attraverso qualsiasi breccia negli edifici. Troppe possibilità che finiscano vittime del fuoco amico.»

Volarono intorno alle macerie a un'altezza di appena sessanta metri, il più in fretta possibile; intanto, entrambi i militari tennero gli occhi bene aperti sul cielo e sul TADS, alla ricerca di altre minacce.

Carrie Ann impostò il sistema di puntamento, selezionando

un Hellfire dal relativo pilone dell'aletta destra, e visualizzò la telecamera sullo schermo multifunzione accanto al ginocchio destro. Per il momento vedeva soltanto gli edifici che scorrevano più in basso, ma una volta messa la mitragliatrice in linea di tiro avrebbe potuto guidare il missile fino al bersaglio.

Quattro minuti più tardi sfrecciavano sul villaggio da sud. Videro sbuffi di fumo alzarsi da alcuni fucili che facevano fuoco su di loro, ma quei colpi non erano niente in confronto ai proiettili della ZPU. Mentre Oakley si concentrava sul volo, per mantenere una rotta lineare e una velocità costante, la Davenport spostava lo sguardo dalla telecamera dell'Hellfire al monitor del TADS, cercando di individuare la moschea.

«Hai visto il minareto?» chiese alla fine Carrie Ann.

«Affermativo» rispose Oakley con voce ferma. «Ti porto su, poi scendiamo.»

Salirono rapidi, prendendo quota per permettere all'Hellfire di inquadrare la piazza, sperando che la ZPU fosse ancora rivolta a nord.

«Dovrai centrarla al primo colpo» aggiunse Oakley. «Non ci daranno una seconda possibilità, quando capiranno cosa vogliamo fare.»

«Mi serve una linea di tiro di almeno seicentocinquanta metri per acquisire il bersaglio e distruggerlo con l'Hellfire. Dammi sei e cinquanta.»

Oakley salì a millecinquecento metri di quota, poi spinse il ciclico in avanti e puntò il muso dell'elicottero verso il basso. Carrie Ann si sentì sollevare dal seggiolino, sperimentando l'abituale sensazione di vuoto, ma tenne il dito sul pulsante di sgancio e gli occhi fissi sul TADS. La piazza comparve davanti a lei. La ZPU era sempre al suo posto, ma si stava girando.

«Ci hanno visti» disse Oakley.

Carrie Ann rimase calma. «Procedi. Sto acquisendo il bersaglio con il laser.» Un raggio invisibile partì da Pyro 1-1 e andò a colpire la mitragliatrice russa da 14,5 mm. Il capitano premette il grilletto del ciclico, sganciando l'Hellfire contro l'obiettivo. «Missile lanciato.»

Oakley mantenne l'assetto, puntando il suolo dietro all'Hellfire, molto più veloce. La Davenport doveva tenere il laser puntato sull'arma nemica fino al momento dell'impatto, altrimenti il missile avrebbe perso l'acquisizione. Così, però, l'Apache stava volando dritto verso l'area del potenziale impatto. Oakley avrebbe dovuto virare di colpo, per evitare i detriti e l'onda d'urto causati dall'ordigno.

«Tre secondi» disse Carrie Ann. Poi: «Impatto!».

Oakley tirò forte il collettivo sulla sua sinistra, portando il velivolo di diciassette metri a compiere quasi un'inversione a U a testa in giù. La ZPU esplose in mille pezzi.

Più tardi, i filmati della telecamera montata sotto l'Apache avrebbero mostrato le schegge uccidere anche tutti i serventi, ma in quel momento i due membri dell'equipaggio si limitarono a lasciare l'area, esausti e madidi di sudore, per tornare verso nord. Speravano solo di aver fatto abbastanza per il gruppo di combattenti che stava superando le macerie in direzione di Mosul.

43

Jack finì di leggere tutti i messaggi dell'utente TheSlavnyKid nel subreddit sulla guerra nel Baltico alle otto e venti di sera. Aveva controllato anche ogni risposta ai suoi post, il che aveva portato il numero di testi da controllare a circa duemila. Aveva inoltre creato un database di tutti gli utenti che avevano interagito con il russo, e fatto qualche veloce indagine su quelli che intervenivano più spesso.

Dopo nove ore di lavoro, Jack aveva finalmente concluso ciò che si era prefissato. L'unico problema era che aveva la sensazione di non essere arrivato a niente.

Mentre le minacce e le dichiarazioni di guerra agli Stati Uniti di Vadim Rechkov si facevano sempre più esplicite, tanto che il russo arrivava a chiedere agli altri come scoprire il nome di chi aveva lanciato il siluro incriminato, nessuno pareva avergli offerto il proprio aiuto. Non c'erano promesse di informazioni riservate, nessun «amico di un amico» pronto a fornirle, nessuna offerta celata o proposta di parlarne in privato. Nessuno sembrava avere le informazioni necessarie a Rechkov per trovare e attaccare Scott Hagen. In effetti, alcuni utenti avevano suggerito proprio di «puntare più in alto» e attaccare il comandante della nave, facendone persino il nome, ma nessuno aveva menzionato precise informazioni di puntamento o fatto intendere di sapere anche solo di cosa si trattasse.

Jack chinò la testa sulle braccia, per riposare il collo. E Gavin, dalla parte opposta del tavolo della sala conferenze, alzò lo sguardo dal monitor.

«Che hai?»

«Ottantotto utenti Reddit da controllare. Devo cercare di recuperare ogni cosa che abbiano scritto in rete, e non ce n'è uno che sembri promettente.»

«In realtà è anche peggio di così» disse Gavin.

Ryan sollevò lentamente la testa e guardò Biery con occhi arrossati. «In che senso?»

«Non puoi sapere se ottantotto è il numero giusto. Un utente Reddit può cancellare i suoi messaggi quando vuole. Per quanto ne sai, il tizio che stiamo cercando ha contattato Rechkov, o l'ha spronato in qualche modo, e in seguito ha eliminato i post. Magari quando Rechkov è stato ucciso.»

«Che cazzo, Gavin! Mi stai dicendo che ho fatto un lavoro inutile?»

L'altro sorrise. «No. Perché abbiamo questo.»

Girò il suo portatile e lo spinse verso Jack, che ancora non capiva cosa stesse guardando.

«Cos'è?»

«Una versione archiviata di ogni pagina Reddit, memorizzata dallo stesso subreddit e conservata su uno speciale server terzo. Completamente accessibile, gratuito e legale. Ci mostreranno se qualcuno ha cancellato uno o più messaggi. Se convincessi un tizio a uccidere qualcuno, dandogli le informazioni necessarie, e poi questo entrasse davvero in azione, mi guarderei bene dal lasciarne traccia su un forum pubblico. Per cui rimuoverei tutti i miei messaggi. Ma non puoi toccare le pagine archiviate».

Jack sorrise. «Internet è per sempre.»

«Che sia un bene o un male, dipende da dove ti schieri: tra chi vuole nascondere o chi cerca di svelare.»

Jack cominciò a riprendersi. «Devo solo individuare gli utenti nel subreddit archiviato e controllare se nel frattempo qualcuno è sparito. Poi potrò concentrarmi su chi si è dato alla macchia, e provare a capire perché ha cancellato i propri post.»

«Esatto.»

«Ed è esattamente quel che farò.» Jack si alzò in piedi. «Prima, però, ho bisogno di farmi una doccia e mangiare qualcosa. Vado a casa. Ci vediamo qui domattina?»

«Io dormirò in ufficio, quindi... sì.»

Jack scosse la testa. «Scordatelo, Gav. Abito a nemmeno due minuti da qui. Puoi dormire da me, ho una stanza degli ospiti. E non credo di esserci nemmeno mai entrato, da quando ci ho messo il letto.»

«No, grazie. Un mio amico dell'NSA sta lavorando alla violazione dei dati dell'OPM. Ha a disposizione alcuni *tools* informatici che potrebbero rivelarsi utili, e lo sto aiutando a sfruttarli. Sai, nel caso che poi un aiutino serva a noi... Mi chiamerà tra un po'.»

Jack aveva già messo il portatile nello zaino e si era avvicinato alla porta. «D'accordo. Allora domattina ti porto la colazione. Qualcosa di leggero.»

«Sì, ma non *troppo* leggero» disse Gavin rimettendosi al lavoro.

Jack era seduto al tavolino da caffè, con il portatile aperto e diversi blocchi di appunti davanti. Negli ultimi quarantacinque minuti si era segnato tutti gli utenti che avevano interagito con Vadim Rechkov nella versione archiviata del subreddit. Alla fine aveva creato un database di ottantanove nomi.

Si strofinò gli occhi e tornò alla sua prima lista.

Ottantotto nomi.

Un utente aveva cancellato i propri interventi. Bastò un paio di minuti per scoprire che lo scomparso era 5Megachopper5. Jack chiuse i database e tornò alla pagina con le discussioni archiviate sul conflitto nel Baltico, per leggere cosa avesse scritto. E, con una certa frustrazione, si rese conto che si trattava di un unico post.

Sotto una delle lunghe invettive in cui Rechkov minacciava di morte l'equipaggio della *James Greer*, l'utente misterioso aveva lasciato il più semplice dei messaggi.

MP INVIATO.

«Messaggio privato inviato» lesse Jack a voce alta. Si trattava di una semplice notifica, per avvertire TheSlavnyKid che 5Megachopper5 gli aveva scritto nella casella personale.

Merda. Non era molto su cui lavorare.

Guardò il profilo Reddit di 5Megachopper5, sfruttando ancora le pagine archiviate. Creato e disattivato nel giro di ventiquattro ore, a cavallo con l'invettiva di Rechkov. Nessun dubbio, quell'utente celava qualcosa di losco. Jack, però, non aveva idee su come scoprire chi fosse.

Prese il telefono dal tavolino e premette un tasto per le chiamate rapide.

Gavin rispose dopo alcuni squilli; Jack capì subito che era stanco, ma ancora al lavoro.

«Biery.»

«Ciao, Gav. Dovresti essere a letto a quest'ora.»

«Vado tra un secondo. E tu?»

«Anch'io. Nel frattempo, però, ho scoperto che un utente Reddit ha inviato un messaggio privato a Rechkov. Il giorno successivo ha cancellato l'unico messaggio e chiuso il profilo.»

«Sospetto. Quindi vorresti sapere come possiamo leggere ciò che si sono detti.»

«Esatto.»

«Be', io non posso accedere a quel messaggio... ma conosco qualcuno che potrebbe.»

«Davvero? Chi?»

«Io non ti ho detto niente, ma l'NSA ha una backdoor.»

«Come fai a saperlo?»

«Me l'ha detto una persona... Nessuno di loro, ovvio. Dovrò leccare un bel po' di culi per convincerlo a scavare in giro per noi, ma come ti ho detto prima mi deve un favore.»

«Perfetto. Be', se riuscissimo a confermare che 5Megachopper5 ha dato le informazioni riservate a Vadim Rechkov, di sicuro le nostre indagini farebbero un bel passo avanti.»

Gavin si appuntò il nome utente. «Ti faccio sapere, ma potrebbe volerci un po'. L'NSA è alquanto occupata, come puoi immaginare.»

«Grazie. Riposati.»

«Anche tu, Ryan. Ci vediamo domattina.»

Jack si sdraiò sul divano e si addormentò quasi subito, ripromettendosi che la mattina successiva avrebbe dedicato un po' di tempo al suo progetto secondario: scoprire in che modo, di preciso, il loro uomo avesse individuato ogni vittima. A quel punto avrebbe avuto finalmente una pista da seguire, e avrebbe sfruttato le sue nuove conoscenze di *identity intelligence* per trovare il responsabile di tutte quelle morti.

44

Alle dieci della mattina, un SUV nero si fermò davanti agli uffici dell'Advanced Research Technological Designs, a Bucarest. Ne uscirono quattro uomini. Alexandru Dalca stava osservando la scena dalla finestra del suo ufficio, quattro piani più in alto, e vide esattamente ciò che si aspettava. Erano tutti asiatici, indossavano completi neri e si muovevano con decisione e sicurezza.

Spie cinesi, nessun dubbio.

Il che era un problema.

Dalca stava sfruttando le informazioni che quei tizi si erano fatti procurare dall'ARTD, rivendendole a entità malintenzionate di tutto il mondo, incluso lo Stato Islamico. Sapeva che rischiava di finire nei guai. Guai seri. Poteva solo sperare che fossero venuti a Bucarest per un altro motivo, e in quel caso tenersi pronto a sfruttare la propria parlantina per risolvere qualsiasi problema fosse emerso.

Cinque minuti più tardi entrò nella sala conferenze con tutta la sicurezza che riuscì a mostrare e indossando la sua giacca sportiva migliore. Il posto che gli era stato assegnato era dalla parte opposta del tavolo rispetto ai membri del Seychelles Group, in fondo a una fila di una mezza dozzina di dirigenti dell'ARTD. Erano presenti, tra gli altri, Dragomir Vasilescu e il capo della sezione tecnologica, Albert Cojocaru. In qualità di primo ricercatore, Dalca era all'estremità del tavolo, anche se era l'unico con una conoscenza completa del lavoro svolto per i cinesi. A ogni modo, rimaneva il dipendente di livello più basso nella sala, e quando entrò non fu nemmeno presentato.

Vasilescu ringraziò gli ospiti di essere venuti, spiegò quanto la sua azienda tenesse a loro come cliente, poi lesse alcune statistiche che Dalca e Cojocaru avevano preparato per la riunione: le ore di lavoro per l'«acquisizione» dei dati dall'India, le risorse usate nel corso del progetto... Il discorso di Dragomir era infarcito di eufemismi: l'ARTD era «un'azienda di tecnologie», non di hacking, il Seychelles Group era «un'impresa privata» e non una società di facciata per le spie cinesi. Come ovvio, anche la descrizione del lavoro svolto seguì la stessa falsariga. Non avevano rubato dei file, ma «acquisito dati» dagli Stati Uniti tramite un'azienda di sicurezza informatica indiana. Avevano «recuperato documenti mirati», non scavato nel database per scoprire gli agenti stranieri in Cina, e avevano «identificato personalità chiave» anziché denunciare al ministero per la Sicurezza di Stato uomini e donne ormai spacciati.

Dragomir Vasilescu e Albert Cojocaru erano molto fieri del servizio che la compagnia aveva fornito al cliente, e si vedeva. L'espressione di Dalca sembrava altrettanto compiaciuta, ma era l'unico presente dell'ARTD a essersi accorto che i quattro uomini inespressivi dall'altro lato del tavolo stavano per tendere una trappola.

Alla fine della presentazione, Cojocaru si offrì di accompagnare gli ospiti a fare un giro degli uffici, ma il capo della delegazione cinese, il signor Peng, agitò una mano in aria come a dire che non gli interessavano affatto le postazioni di lavoro e i server del loro fornitore.

«Se abbiamo fatto tutta questa strada è per un motivo preciso» annunciò Peng. «Vogliamo essere sicuri che i dati richiesti, per conservare i quali vi abbiamo pagato profumatamente, siano al sicuro.»

Dalca studiò il volto di Drago: il suo capo non aveva la minima idea di dove volesse andare a parare il cinese. Non immaginava affatto che i recenti attacchi contro l'America potessero derivare dal materiale recuperato dai file dell'OPM per conto dell'MSS.

Alex cercò di mostrarsi altrettanto confuso davanti alle insinuazioni di Peng, ma la sua mente era preda di un cupo turbine di pensieri. Aveva ragione, i cinesi erano venuti a Bucarest perché sospettavano.

Merda.

Dal canto suo, Dragomir, ignaro di quanto stesse accadendo, non mostrava la minima preoccupazione. «Certo. Le informazioni sensibili che trattiamo sono tutte conservate in macchine speciali, senza alcun accesso al mondo esterno. Il materiale che abbiamo acquisito per vostro conto si trova solo in questo edificio, e da nessun'altra parte.» Poi sollevò una mano. «A parte il file originale negli Stati Uniti, s'intende.»

«E l'acquisizione è stata condotta in modo che gli americani non possano scoprire nulla» aggiunse Cojocaru.

Albert era raggiante di orgoglio, e Dalca cercò di non alzare gli occhi al cielo. Quell'uomo era il capo degli hacker, un informatico che viveva completamente immerso nella realtà parallela della rete: non aveva idea dell'inferno che avrebbero scatenato i cinesi, se Dalca non li avesse convinti che le loro preoccupazioni erano prive di fondamento.

Per qualche secondo Peng si consultò con i suoi uomini in mandarino. I rumeni aspettarono. Poi il cinese si rivolse a Vasilescu.

«La persona incaricata di ottenere il materiale?»

Dragomir diede una pacca sulla spalla ad Albert. «È il migliore su piazza, ve lo garantisco. Albert Cojocaru. Insieme alla sua squadra, ha creato il sistema d'intrusione per estrarre i dati dal server a Bangalore, in India. Lì nessuno li toccava da quattro anni. Un lavoro eccellente.»

Chiamato in causa, Albert intervenne. «Se vuole una spiegazione della procedura in termini semplici, nel caso in futuro abbiate altre necessità da farci gestire, sarei lieto di...»

Smise di parlare quando Peng alzò una mano.

«Mi riferivo al dipendente incaricato di sfruttare i dati grezzi per individuare le persone colpevoli di attività di spionaggio illegale nella Repubblica Popolare Cinese. Chi è?»

Con un fiero cenno del capo, Dragomir Vasilescu indicò l'estremità del tavolo. «L'altra mia punta di diamante: Alexandru Dalca. Il meglio del meglio, l'arma segreta numero uno all'ARTD. L'ho messo a capo del vostro progetto, e lui ha personalmente analizzato i dati grezzi – milioni e milioni, come ben sapete – e ha usato un programma di sua creazione per identificare i profili che soddisfacevano i vostri criteri. Ha cercato uomini e donne che avessero studiato lingue asiatiche, che a scuola si fossero concentrati su particolari corsi, che avessero esperienze militari o civili di rilievo e legami con uomini o donne in Cina. A quel punto c'erano ancora migliaia di file da esaminare prima di...»

Dalca sapeva di dover fermare il proprio capo, prima che lo facesse apparire come l'unica persona in quell'edificio in grado di trasformare i file americani in informazioni di individuazione. Quindi si affrettò a interromperlo.

«Vasilescu è troppo buono! A sentire lui sembra che sia in grado di fare tutto da solo.» Rivolse un sorriso sincero ai quattro uomini di fronte a lui. «In realtà, signori, sono molto fortunato: coordino un'ampia squadra di uomini e donne che lavorano esclusivamente al vostro progetto, sin dall'inizio. Anche se ho effettivamente creato e ottimizzato il programma per gestire i dati in modo efficiente, non sono stato io a estrarrei dati grezzi e trasformarli nel prodotto finale che vi viene consegnato. Dietro quel lavoro c'è una squadra di giovani entusiasti. Si danno da fare senza risparmiarsi e hanno grandi abilità. Sinceramente, non potrei essere più fiero per le energie che hanno investito in questo progetto.»

Gli asiatici annuirono.

Bene. I cinesi erano stati rassicurati riguardo l'utilizzo dei dati a loro esclusivo beneficio, e allo stesso tempo aveva suggerito che anche altre persone erano coinvolte nel lavoro, prendendo le distanze dal materiale che temevano fosse stato compromesso.

Con la coda dell'occhio vide Albert e Dragomir guardare dalla sua parte. Di solito Dalca era il primo a sfruttare un successo per il proprio tornaconto, prendendosi ogni merito possibile, e sentirlo tessere le lodi dei suoi sottoposti doveva averli stupiti. Sapevano quante ore avesse dedicato al progetto, per cui era strano che stesse minimizzando il suo ruolo.

A ogni modo, meglio lasciare loro di sasso e fugare ogni dubbio nei tizi minacciosi all'altro lato del tavolo, affinché non lo sospettassero di coinvolgere la Repubblica Popolare Cinese nei violenti attentati contro una delle più potenti nazioni sulla Terra, gli Stati Uniti.

Se avessero pensato anche solo per un secondo che aveva rubato i file per rimpinguare il proprio conto in banca, quei quattro lo avrebbero ucciso.

Per i successivi dieci minuti i cinesi fecero altre domande sui dati, su come erano stati estratti e trasformati in prodotti d'intelligence. Dalca vide che erano sinceramente colpiti dal loro uso delle fonti aperte per ricavare le identità delle spie interne e degli agenti americani. Ma a quel punto l'attenzione non era più su di lui, e questo non poteva che rallegrarlo. Ogni volta che spiegava come «la sua squadra» avesse tratto le proprie conclusioni, i cinesi ascoltavano e poi rivolgevano la domanda successiva a Dragomir.

Ci volle poco perché Alex capisse cosa stava succedendo. Quei tizi dei servizi segreti non erano diversi dalla maggior parte dei cinesi con cui Dalca aveva avuto a che fare nella sua carriera. Rispettavano i gradi, l'autorità. Anche se lui era l'unico a conoscere i dettagli operativi del progetto per il Seychelles Group, restava un semplice ricercatore, mentre Vasilescu era il direttore: tutta la loro attenzione e il loro rispetto, quindi, andavano a lui.

Il che, per Alexandru Dalca, era perfetto.

Finalmente, Dragomir fece la domanda che tormentava lui e Albert sin dall'inizio. «Perdonatemi se ve lo chiedo, signori, ma come possiamo aiutarvi quest'oggi?»

Peng si consultò di nuovo con i suoi, prima di rispondere. «Abbiamo preso visione del materiale fornitoci, e nel frattempo stiamo monitorando con grande preoccupazione alcuni eventi recenti che coinvolgono l'intelligence americana. Siamo preoccupati che alcuni dei dati estratti per noi siano finiti, invece, in altre mani. Questo mette la nostra... compagnia... in pericolo: rischiamo di essere implicati in azioni a cui siamo totalmente estranei».

«Sinceramente, non ho seguito molto quanto sta accadendo in America» disse Vasilescu. «Ma posso assicurarvi che solo le persone autorizzate hanno visionato i vostri file, e così continuerà a essere.» Il direttore poggiò i palmi delle mani sul tavolo. «Vi garantisco che i vostri dati sono soltanto vostri: nessun altro ne ha tratto beneficio.»

«Sta fraintendendo la mia preoccupazione» ribatté Peng. «Sarò più chiaro. Non sono preoccupato che qualcuno sia penetrato nei vostri computer, signor Vasilescu. Sono preoccupato che voi stiate facendo il doppio gioco, e stiate usando questo materiale per il vostro tornaconto.»

Vasilescu si lasciò andare contro lo schienale della sedia. «No... Un attimo... Questa è un'accusa oltraggiosa.»

«Come hanno fatto dei tizi che viaggiano a dorso di cammello per i deserti dell'Iraq a localizzare spie americane negli Stati Uniti?»

Dalca s'intromise di nuovo. «Si riferisce agli attentati negli Stati Uniti da parte dei terroristi dell'ISIS?» Dopo aver annuito con fare pensieroso, come per valutare la validità della connessione suggerita dagli uomini del Seychelles Group, andò avanti. «Capisco i vostri timori, ma vi assicuro che le fonti usate da quei jihadisti sono completamente diverse dalle nostre. Proprio l'altro giorno guardavo un notiziario sugli attentati. Vero, signor Vasilescu? In quanto specialista di ricerche e indagini, ho un interesse personale nel vedere come le persone ottengono e usano le informazioni, indipendentemente dai miei incarichi specifici. Da quanto ho sentito, qualcuno ha informazioni riservate, dettagliate e aggiornatissime, che il califfato sta sfruttando ai danni di quei soldati americani». Sorrise. «Le informazioni che uso io sono vecchie di molti anni, come sapete.»

«Ma in qualche modo la vostra compagnia è riuscita a prendere quelle vecchie informazioni e dirci esattamente dove si trova oggi una persona, all'interno dei nostri confini.»

Dalca assunse un'espressione addolorata, come detestasse contraddire con un cliente. «Be'... noi vi diciamo solo dove si trovano *in generale*. Potremmo rivelarvi che il signor X sta lavorando al consolato americano a Shangai come specialista delle attività commerciali nel settore dei beni non deperibili, e che vive in un appartamento a un particolare indirizzo. Ma i dati in possesso dello Stato Islamico riescono a indirizzare i terroristi verso specifici bar, a specifiche auto a noleggio dirette a posizioni conosciute, in un dato momento.» Dalca si strinse nelle spalle in gesto di scuse. «Per noi, con i dati a disposizione, non è possibile. Quei terroristi devono avere una talpa all'interno del governo statunitense.»

Peng e i suoi uomini si consultarono di nuovo. «Siamo comunque preoccupati. Se gli americani dovessero scoprire la vostra violazione, indipendentemente dal fatto che sia alla base dei recenti attentati o meno, le autorità indagherebbero attentamente su di voi... e su di noi. Non lo permetteremo».

«Come possiamo dimostrarvi che le vostre informazioni sono al sicuro?» chiese Dragomir Vasilescu, ma Peng non rispose.

Dalca cominciava a rilassarsi: quei tipi erano venuti solo per mettere paura ai rumeni, per avvertirli di stare attenti. Se Dalca si fosse tradito, naturalmente, i cinesi avrebbero preso misure ben più pesanti. Lui, però, era riuscito a rassicurarli, per cui avrebbero minacciato un altro po' e se ne sarebbero andati. Forse non erano convinti che le informazioni nelle mani dell'ISIS non fossero arrivate dall'ARTD, ma non avevano prove a sostegno di una tale tesi. Decise di sfidare la sorte.

«Se posso, vorrei suggerire una soluzione. I dati grezzi sono contenuti su un singolo computer, isolato da ogni rete. Come avevate richiesto, non ne esistono copie né sono mai stati caricati online, per impedire eventuali accessi multipli. La macchina in questione è in questo edificio. Una volta caricati sul computer, i dati sono stati rimossi dall'apparecchio usato per il trasferimento: il relativo hard disk è stato distrutto e i resti portati lontano da qui, di modo che non restassero prove della sua esistenza. E, per maggior sicurezza, la macchina che attualmente li contiene non ha porte per le periferiche esterne. Non è nemmeno possibile stampare. Ora, se la cosa vi può tranquillizzare, potete portarvi dietro quella macchina e tenerla al sicuro finché l'intera faccenda in America non sarà dimenticata. Ovviamente, a quel punto non potremo portare avanti il lavoro che stiamo svolgendo per voi, ma almeno sarete sicuri che nessuno faccia un uso improprio dei dati.»

Quello strano suggerimento prese Dragomir Vasilescu in contropiede, ma in realtà si trattava di una proposta di facciata, un semplice espediente volto a impressionarli: i cinesi non avevano alcuna intenzione di mettere mano al materiale contenuto su quel computer, e Dalca lo sapeva. A parte i pacchetti inviati loro dall'ARTD, non volevano averci niente a che fare.

Peng scosse la testa, confermando l'ipotesi di Alex. Lui e i suoi tre scagnozzi guardarono Vasilescu con fare minaccioso.

«Una squadra della nostra divisione ricerca tecnica studierà cos'è successo agli americani. Se troveremo una qualche connessione fra la violazione alla compagnia indiana, il vostro lavoro e gli attentati negli Stati Uniti, vi riterremo direttamente responsabili. E torneremo.»

Gli uomini del Seychelles Group se ne andarono venti minuti più tardi.

Appena ebbero lasciato l'edificio, Dragomir Vasilescu si rivolse ad Alexandru Dalca, ancora nell'atrio.

«Quelli sono pazzi. Pensano che lavoriamo con dei terroristi del cazzo.»

Dalca si disse d'accordo, poi aggiunse: «Ciò che sta succedendo in America non ha niente a che fare con i dati che Albert ha rubato. È pura follia».

Dragomir inclinò la testa di lato e fissò il suo primo ricercatore. «A proposito della riunione... Che ti è successo là dentro? Di solito non elogi la tua squadra. Hai dimostrato maturità.»

Dalca sorrise. «Volevo solo far sapere al Seychelles Group che ci sono anche altre persone oltre a me.» Fece l'occhiolino. «Penso sia giusto.»

Tornato nel suo ufficio, Dalca si versò una tazza di caffè e si mise a sedere alla scrivania. Si sentiva un po' stordito, e si chiese se non gli stesse venendo il raffreddore. E quando fece per prendere la tazza rovesciò un po' di caffè sulla scrivania. Balzò in piedi, imprecando per la sorpresa e la rabbia, poi andò nella sala relax a prendere della carta assorbente.

Calmati, va tutto alla grande.

Si ripeteva ogni giorno che era un tipo freddo, sempre padrone di sé. Eppure, mentre si affrettava a prendere qualcosa per pulire il caffè rovesciato, si accorse che gli tremavano le mani. Poteva persuadere chiunque di qualunque cosa, ma in quel momento la sua mente non riusciva a convincere il suo corpo che non c'era niente di cui preoccuparsi.

I cinesi avrebbero scavato a fondo, cercando eventuali prove di una collaborazione fra l'ARTD e l'ISIS, e Dalca si trovava proprio sulla loro strada. Per ora li aveva mandati via, ma non sarebbero andati poi molto lontano.

E per quanto provasse a fingersi calmo, sapeva che sarebbero tornati.

45

Alle 6:53 del mattino, sessantuno agenti di polizia tra forze locali e statali circondavano il supermercato Fresh Fest in West Ann Road, a Las Vegas. Due ambulanze erano già arrivate sulla scena ed erano ripartite a sirene spiegate verso l'ospedale, e adesso altre due erano ferme dietro alle volanti, i paramedici che si occupavano di tre civili lievemente feriti nel parcheggio.

Quaranta minuti prima un pilota di Reaper, i droni dell'aeronautica militare, si era fermato a fare la spesa mentre tornava a casa dopo un turno di ventiquattro ore alla base di Creech, a nordest della città. Stava andando alle casse quando aveva notato accanto a sé una giovane coppia dalla pelle olivastra. I due parevano nervosi, continuavano a muoversi e gli lanciavano intense occhiate. Il maggiore si era sentito così a disagio da decidere di spostarsi alle casse automatiche, ma quando aveva alzato di nuovo lo sguardo si era accorto che i due si stavano avvicinando. La donna teneva una mano nella borsetta, l'uomo sotto la camicia.

Quelli avevano estratto le pistole, e il maggiore aveva lasciato cadere a terra la spesa. Poi, un ordine era echeggiato dalla corsia delle riviste: un uomo anziano con un berretto da baseball aveva estratto una piccola pistola cromata. L'aveva puntata sulla coppia, urlando di posare le armi. In tutta risposta, quelli si erano voltati e avevano aperto il fuoco.

L'anziano aveva fatto fuoco, centrando la donna al petto e al volto; il primo proiettile l'aveva solo fatta barcollare all'indietro, il secondo l'aveva uccisa sul colpo. A sua volta, il civile era stato colpito alla spalla e alla mano destra. Era caduto per terra e aveva lasciato andare l'arma, nel tentativo di tamponare le ferite.

Un ragazzo che sistemava gli scaffali l'aveva aiutato a mettersi al riparo, per poi scortarlo a un'uscita sul retro.

Intanto, il maggiore dell'aviazione si era lanciato verso la porta d'ingresso del supermercato, inseguito dai proiettili 9 mm. Una guardia di sicurezza, armata di un revolver .38 che non usava da quando aveva ottenuto il porto d'armi, aveva aperto il fuoco sull'aggressore, mancandolo tutte e sei le volte prima di essere colpito alla gola. Era morto dissanguato poco dopo, davanti al bancomat presso l'ingresso.

Fuori, una volante della polizia di Las Vegas era ferma accanto al chiosco lì vicino. I due agenti a bordo si stavano concedendo un caffè, e il rumore degli spari li aveva raggiunti persino con i finestrini chiusi e l'aria condizionata accesa. Quarantacinque secondi più tardi erano di fronte all'ingresso del supermercato, mentre gli addetti alla gastronomia e alla panetteria uscivano di corsa per salvarsi la pelle. Un agente aveva preso il fucile a pompa, l'altro aveva impugnato la sua Glock 22, e insieme si erano lanciati di corsa verso la minaccia sconosciuta.

Il terrorista sopravvissuto stava tentando di rianimare la compagna: non si aspettava che la polizia sarebbe arrivata tanto in fretta. Si era lanciato tra le corsie, ma era stato raggiunto alla schiena da quattro pallettoni. Faticando a mantenere l'equilibrio, si era spinto in avanti, aveva sparato a un civile che gli era sbucato di fronte, ferendo l'imprudente che aveva ostacolato la sua fuga, poi aveva svuotato il caricatore alle proprie spalle e si era rifugiato nel magazzino.

Giunto nell'area di carico avrebbe potuto imboccare un vicolo sul retro, ma aveva scorto alcuni dipendenti nascosti dietro le auto parcheggiate: uomini e donne che avrebbero potuto indicare alla polizia da quale parte fosse fuggito. Così era tornato nel magazzino, aveva trovato un angolo buio dietro alcuni bancali carichi di scatole di cereali ed era crollato per il dolore, la fatica e la tristezza.

Per Kateb la situazione era chiara: lui e la moglie Aza non erano riusciti a uccidere il loro obiettivo, così come due giorni prima avevano fallito con il Navy SEAL a Los Angeles.

E adesso Aza era morta, e lui era fottuto.

I primi due agenti accorsi sulla scena non avevano inseguito l'uomo armato nel magazzino, soprattutto perché il poliziotto con il fucile a pompa aveva fatto una scoperta preoccupante sul corpo della terrorista morta. Dopo averne scrutato il volto, coperto di sangue a causa di una ferita irregolare alla sinistra del naso, aveva notato un cavo spuntare dal polsino della camicia. Alla fine del cavo c'era un detonatore: il tappo nero della sicura era sollevato, e mostrava il bottone rosso sottostante. Incespicando nel tentativo frenetico di arretrare, l'uomo era balzato in piedi e aveva urlato al collega di uscire immediatamente.

Mentre arrivavano altri agenti, il supermercato era stato evacuato e isolato. Nell'uscire, i civili ancora all'interno avevano trascinato con sé i feriti, mentre i due poliziotti impugnavano le armi, frastornati. Un paio di minuti prima bevevano caffè parlando del torneo di baseball dei figli, quel fine settimana, e adesso si trovavano alle prese con un attentato terroristico dalle probabili implicazioni internazionali.

La squadra SWAT della polizia di Las Vegas – chiamata Zebra, e nota come una delle migliori della nazione – era arrivata sulla scena dopo venticinque minuti. Nessuno sapeva dire agli agenti dell'unità speciale se l'uomo barricato all'interno era solo o aveva con sé degli ostaggi, quindi il loro comandante aveva deciso di usare un robot. La Zebra non sarebbe entrata dalle porte principali del supermercato finché gli artificieri non avessero controllato il giubbotto esplosivo sul corpo della donna, a quindici metri dall'ingresso, quindi i poliziotti si erano spostati sul retro dell'edificio. Si erano messi in formazione di fronte a un'area di carico aperta, e avevano aperto la porta di servizio aspettando il via libera del negoziatore per fare irruzione.

Intanto, un piccolo robot tattico attraversava le porte automatiche del supermercato. Era guidato a distanza da un agente, che osservava sul proprio monitor le immagini riprese dalla telecamera del drone. Una scia di sangue portava al magazzino.

Kateb era seduto contro un bancale di scatole di cereali, sporche del suo sangue. Aveva il cellulare all'orecchio e la pistola fra le ginocchia.

«Mi dispiace, Mohammed: io e Aza ti abbiamo deluso. Io sono ferito, lei è morta. C'era uno stupido vecchio con una pistola, come in un film di cowboy. Non ci aspettavamo problemi dai civili. Ha fatto fuori Aza. Io gli ho sparato e poi mi sono girato per uccidere il maggiore, ma stava già fuggendo dalla porta d'ingresso. Ho fatto fuoco però l'ho mancato.»

«Lo so, Kateb» disse Mohammed. «Ne stanno parlando al notiziario. Ti hanno circondato, fratello.»

L'uomo ferito non ascoltava. «È morta davanti ai miei occhi.»

«È morta *da martire* davanti ai tuoi occhi. Era una guerriera. E lo sei anche tu, fratello.»

Kateb guardò il sangue secco sul dorso della propria mano, poi alzò la testa. Nel magazzino riecheggiava uno strano rumore.

«Sento qualcosa. Non so cosa sia.»

«Presto arriveranno. È ora che anche tu diventi un martire.»

«Sì, Mohammed. Non ho ucciso il maggiore, ma ucciderò questi poliziotti.»

«Bene! Molto bene! Sia lode ad Allah.»

Kateb mise via il telefono, si alzò a fatica e sollevò la pistola. Con la mano libera afferrò il detonatore del giubbotto esplosivo, aprì la protezione dell'innesco e vi poggiò sopra il pollice.

Il rumore diventava sempre più forte, simile a una specie di ronzio elettronico.

Poi cessò di colpo.

Kateb si asciugò il sudore dalla fronte con la manica della camicia, quindi sollevò di nuovo la pistola. Sentiva il battito impazzito del suo cuore.

All'improvviso una voce lo chiamò. Proveniva dall'angolo della fila di bancali, ad appena tre metri da lui.

«Sono il negoziatore della polizia di Las...»

«*Allahu Akbar!*»

Con quel grido, Kateb uscì da dietro le scatole di cereali, sparando e spingendo in basso lo stantuffo.

A un metro da lui c'era un robot, più piccolo di un tosaerba a spinta. Dagli altoparlanti, la voce del negoziatore gli intimava di gettare la pistola, ma era troppo tardi.

Kateb si fece saltare in aria, distruggendo il robot e una consistente fornitura di scatole di cereali.

Quando cadde la linea, Abu Musa al-Matari rimise il telefono sul tavolo e imprecò.

L'operazione volta a uccidere il pilota di droni era stato un fallimento. Quei due della cellula di Santa Clara erano stati ridicoli. D'accordo, avevano portato il terrore tra le strade di Los Angeles e Las Vegas, e ucciso qualche civile, ma avevano fallito entrambe le missioni.

E avevano fallito anche in un altro senso. Sul giubbotto esplosivo della donna, Aza, era attaccata una videocamera, fissata con della corda elastica fatta passare all'interno della giacca aperta. Al-Matari aveva seguito l'attentato in diretta, e quando aveva visto il poliziotto sopra di lei aveva premuto il pulsante per la detonazione a distanza. Però non era successo nulla.

L'ipotesi più probabile era che il proiettile sparato dal vecchio avesse tranciato i cavi dell'innesco.

Un colpo fortunato per il cowboy, un colpo di fortuna per il poliziotto.

Buon viaggio, numero quattordici e numero quindici. Al-Matari continuava a chiamare i membri delle cellule con i nomi usati alla Scuola di Lingue. Aveva combattenti migliori sparsi per il Paese, e stavano portando avanti la loro lotta agli infedeli. Meglio concentrarsi su dei veri guerrieri, anziché perdere tempo con quegli idioti.

La sera precedente, gli uomini e le donne di Musa al-Matari avevano portato a termine tre attacchi in diversi Stati.

A New Orleans, una bomba era esplosa durante il matrimonio di un pilota di Harrier dei Marines. Il militare e la sposa erano rimasti illesi, ma l'ordigno aveva ucciso tre invitati e ferito altri sei.

Nel frattempo un gestore della CIA di stanza a Oslo, tornato a casa per assistere la madre malata a Flint, nel Michigan, era stato ucciso da una raffica sparata da un'auto in corsa. Un buon samaritano aveva tentato di fermare la macchina ed era stato investito, finendo all'altro mondo anche lui.

A St. Louis, nel Missouri, una bomba incendiaria aveva distrutto il SUV di un dirigente della National Geospatial Intelligence Agency. L'uomo era riuscito a sfuggire alle fiamme, ma si era procurato ustioni di secondo grado.

Gli studenti sopravvissuti della Scuola di Lingue, sedici uomini e due donne, stavano lavorando a ritmi frenetici. Avevano condotto operazioni in tutto il Paese, affrontando viaggi di ore e talvolta di giorni, ed erano sempre attenti a guardarsi le spalle. Certo, i risultati delle missioni erano stati altalenanti, ma lo yemenita era convinto che l'imponente numero di attacchi stesse sortendo l'effetto desiderato. L'America era stordita, sorpresa dalle abilità dell'ISIS, dalla portata del piano e dall'audacia della decina di attentati compiuti in meno di cinque giorni.

Al-Matari monitorava le reazioni della polizia e del governo dopo ogni attentato, seguendo con attenzione i notiziari, e stava già lavorando a un nuovo piano. Aveva in mente un'azione audace, imponente, superiore a qualsiasi attacco portato fino a quel momento. E dopo di essa, gli americani avrebbero chiesto a gran voce ai propri governanti di mandare i soldati a combattere l'ISIS in Medio Oriente.

L'eliminazione del generale a capo dello United States Central Command era stata di gran lunga la loro operazione più importante, ma quella che stava progettando l'avrebbe di gran lunga superata. Al momento, Tripoli era insieme a tre membri della cellula Chicago e a Omar, il capo dell'ormai distrutta cellula Detroit: stavano effettuando dei sopralluoghi per conto suo, in diversi punti della città. Nel frattempo, David, Ghazi e Husam dell'unità Fairfax si trovavano a Brooklyn, in ricognizione per un'altra missione che sarebbe partita entro un paio di giorni. I quattro sopravvissuti della squadra Santa Clara erano in Arizona, alle prese con un attacco imminente, e i quattro rimasti della cellula Atlanta si erano divisi in coppie e si stavano preparando per nuove missioni.

Inoltre, la sera precedente, appena fuori Detroit, era stato commesso il primo attacco-fotocopia: un sergente della Michigan Air National Guard era stato ucciso mentre mangiava in un fast food. La polizia aveva intrappolato l'aggressore pochi minuti più tardi, in una biblioteca pubblica, e il giovane di origini somale era stato ucciso mentre cercava di fuggire da una finestra al secondo piano.

Al-Matari era particolarmente fiero che un mujahiddin coraggioso si fosse unito alla battaglia, e avrebbe fatto in modo che il successivo video diffuso dall'ISIS sui social media sottolineasse come l'attentato di Detroit fosse dovuto a un combattente esterno al gruppo sotto il diretto controllo dello Stato Islamico. Pensava che elogiare il martirio di quello sconosciuto avrebbe incoraggiato altri soggetti autoradicalizzati, agendo da moltiplicatore di forze per la sua battaglia.

Lo yemenita doveva però ammettere che la sua operazione non era priva di problemi. Le autorità statunitensi stavano già reagendo alle nuove minacce, e intervenivano con forza e rapidità crescenti. Anche i semplici cittadini si stavano mostrando pronti a imbracciare le armi, il che era una novità. Niente di simile era successo quando aveva organizzato attentati in Turchia, India o Malesia, o dopo quelli che il califfato aveva portato a termine in Belgio, Francia e Germania.

Tutto sommato, però, gli uomini e le donne della Scuola di Lingue avevano causato vittime e danni ingenti, diffondendo la paura in America e attirando l'attenzione sulle loro gesta. Doveva solo fare in modo che il massacro continuasse, così da richiamare forze fresche, e ben presto il fiammifero che aveva acceso la settimana prima avrebbe dato vita a un incendio di proporzioni colossali.

46

Negli ultimi giorni Dan Murray non aveva nemmeno il tempo di respirare, o quasi. Il procuratore generale si destreggiava fra riunioni alla Casa Bianca, al Pentagono e al J. Edgar Hoover Building, il quartier generale dell'FBI. Il suo ufficio si trovava nel Robert F. Kennedy Building, proprio di fronte alla sede del Bureau, e le riunioni non mancavano neanche lì.

Adesso stava percorrendo l'Ala Ovest della Casa Bianca, per il terzo meeting in altrettanti giorni, ma quella mattina si sarebbe recato nello Studio Ovale anziché nella Situation Room: era previsto un incontro ristretto.

Il segretario della Difesa era appena arrivato, e si stava sedendo sul divano accanto a Mary Pat Foley. Il presidente degli Stati Uniti si sporse in avanti dalla sua poltrona, posta di fronte ai due divani, e versò il caffè a tutti i presenti.

Guardò Murray. «Dan, per te con poco latte e senza zucchero, vero? Lo stesso da venticinque anni.»

«Grazie, Jack.» Il procuratore generale si mise a sedere di fronte a Mary Pat e Bob.

Solo tre persone che lavoravano per il presidente Ryan si sentivano a proprio agio nel chiamarlo «Jack» quando erano in privato. Dan e Mary Pat facevano parte di quella cerchia ristretta. Quanto a Bob Burgess, era un ex tenente generale dell'esercito e non un amico di vecchia data: non si sarebbe mai sognato di chiamare per nome il comandante in capo, nemmeno se questi l'avesse implorato.

A completare il trio era invece Arnie Van Damm, che entrò in quel momento con un blocco per gli appunti, chiuse la porta e si mise a sedere accanto a Murray.

«Un paio di cose prima di arrivare all'ordine del giorno» disse Ryan. «Sul rapporto quotidiano ho letto degli attacchi avvenuti stanotte e stamattina. Come tutti avevamo previsto, la situazione peggiora di giorno in giorno. Novità da quando è stato stilato il memorandum?»

«L'attentato a Las Vegas è il più recente» rispose Murray. «Stiamo studiando la scena per raccogliere eventuali prove, ma entrambi gli attentatori sono morti, quindi da loro non otterremo niente. Però pare sia la stessa coppia che ha ucciso quell'attore a Los Angeles, almeno a giudicare dai filmati di sorveglianza dello Starbucks.»

«Almeno al-Matari sta perdendo combattenti a un ritmo sostenuto» affermò Ryan.

«Non possiamo ancora dire se la sua cellula si stia indebolendo o stia crescendo: il rischio di attentati-fotocopia aumenta ogni giorno.»

Jack valutò quell'osservazione per un attimo, poi si rivolse a Burgess. «Come procede il piano per proteggere i nostri militari nel Paese? A cosa hai pensato?»

«Stiamo adottando una serie di misure per rafforzare la sicurezza nel caso di riunioni e conferenze fuori delle basi.»

«Non intendete cancellare quegli incontri?»

Burgess scosse la testa con decisione. «Nemmeno per idea. Dobbiamo difenderci, non arrenderci ai terroristi. Se cominciassimo ad annullare le operazioni giornaliere dell'esercito, l'ISIS la vedrebbe come una vittoria. Andremo avanti come sempre, ma con misure di sicurezza più incisive.»

«D'accordo. Cos'altro?»

Burgess fece un respiro profondo prima di continuare. «Vorrei che a tutti i soldati fosse permesso portare un'arma fuori delle basi militari.»

Jack rimase in silenzio per quindici secondi. Poi disse: «Perché no?».

Intervenne Murray. «Ovviamente lo capisco, ma ci saranno reazioni negative. Stati come New York, New Jersey, California e Illinois non la prenderanno bene.»

«Sì: Stati che fanno milioni di dollari grazie alle basi e al personale militare» ribatté Burgess. «Signor presidente, so che non è una soluzione perfetta, ma è la migliore che abbiamo. Stiamo anche organizzando corsi di addestramento e autodifesa, chiamando esperti da tutto il Paese per offrire più soluzioni possibile. Il personale delle forze armate è addestrato all'uso delle pistole, ma a volte la formazione non è svolta come dovrebbe. Sarà una possibilità in più: non obbligheremo nessuno a girare armato, se preferisce non assumersi tale responsabilità.»

«Armi dell'esercito?»

«Sì, signore. Non costringeremo un lance corporal che guadagna diciassettemila dollari all'anno a comprare una pistola da seicento bigliettoni, più fondina e munizioni, per proteggersi dai terroristi. Possiamo fornire Beretta M9, fondine d'ordinanza e proiettili incamiciati. Armi standard, quelle con cui sono stati addestrati. Alcuni rami dell'esercito ne usano altre, per cui forniremo quelle laddove richiesto. Tutti useranno ciò che conoscono, in modo da essere più efficienti.»

«Mi scusi, Jack, ma le prospettive di questo progetto mi paiono pessime» commentò Arnie. «L'opposizione, al Congresso e tra i media, dirà che sta trasformando l'America in una zona di guerra.»

«Mi assumerò la responsabilità della scelta. E spiegherò la situazione al massimo delle mie capacità.»

«L'età legale per girare con una pistola varia da Stato a Stato, ma in molti è ventun anni, o più» proseguì Arnie.

«Se possiamo mandare un diciottenne armato a combattere all'estero, possiamo dargli una pistola per difendere se stesso e la sua famiglia in patria.» ribatté Ryan. Poi si girò verso Dan. «Mi aspetto che sia tu, in quanto procuratore generale, a respingere qualsiasi opposizione legale.»

A Murray non piaceva affatto quel compito, era evidente, tuttavia si limitò a rispondere: «Certo. Però dovremo imporre alcune limitazioni».

«Nessuno gira armato se ha bevuto» sentenziò Ryan. «Tolleranza zero. Voglio che sia sottolineato fino allo sfinimento, mentre andiamo avanti su questa strada.»

«Sicuro» concordò Burgess.

«Forse non servirà a molto» disse Jack, «ma almeno i terroristi sapranno di trovare resistenza.»

A quel punto, Dan Murray diede un aggiornamento sulle indagini. C'erano stati dei progressi. Il dipartimento di Giustizia stava controllando le liste di passeggeri sui voli dagli Stati Uniti all'America centrale nella finestra temporale che corrispondeva con l'addestramento alla Scuola di Lingue a El Salvador. In quel modo avevano identificato undici potenziali terroristi di Musa al-Matari. Quattro erano in effetti fra le vittime degli attentati in Virginia e in North Carolina, tutti gli altri risultavano attualmente assenti dalle proprie abitazioni.

L'identità di altri possibili combattenti dell'ISIS era stata segnalata all'FBI tramite le apposite linee speciali per i cittadini. Un venditore di auto usate aveva smesso di andare al lavoro, uno studente che non saltava mai una lezione non aveva frequentato gli ultimi due mesi di corso: i federali stavano indagando su indicazioni simili, e alcune sembravano promettenti. Tuttavia, Murray precisò che la maggior parte di quelle denunce era in realtà infondata: gli agenti e gli analisti stavano lavorando come matti per scoprire chi era davvero una minaccia e chi, invece, stava semplicemente saltando il lavoro o la scuola, o aveva fatto un torto a qualcuno che voleva vendicarsi spingendo il governo a tormentarlo.

«Jack, la linea speciale per le segnalazioni sta scoppiando» disse Murray. «E sì, sta scoppiando a causa degli idioti secondo cui l'indiano che gli prepara i panini al negozio sotto casa è un terrorista musulmano, ma anche di musulmani che vivono qui e non vogliono avere niente a che fare con queste stronzate. L'ISIS ha ucciso un sacco di persone, e la gran parte erano proprio musulmani. Stiamo dando la caccia a due fratelli e una sorella di Chicago, spariti nel nulla qualche mese fa; nessuno sa che cosa sia successo. Sono arrivate parecchie chiamate su di loro. Situazione simile ad Atlanta: secondo i responsabili di una moschea locale, uno dei fedeli più assidui e apertamente radicali ha smesso di punto in bianco di frequentare la struttura, e non risponde al telefono. In base alle tempistiche, potrebbe essere uno studente della Scuola di Lingue.»

«È bello sapere che ci contattino anche dei musulmani» disse Ryan. «Per quanto possa sembrare assurdo, forse tutto questo servirà a sentirci più vicini gli uni agli altri.»

«Ho ordinato a tutti, nel dipartimento di Giustizia, di confrontarsi con la comunità islamica e procedere con la dovuta cautela, così da non compromettere la buona volontà che ci stanno dimostrando.»

«Abbiamo identificato uomini e donne che sono morti o spariti» disse Ryan, «e stiamo diffondendo le loro fotografie, però finora non abbiamo catturato nessuno. Migliaia di agenti stanno cercando i responsabili, ma Musa al-Matari potrebbe essere in un minuscolo appartamento chissà dove, a gestire l'intera operazione con il cellulare. Sempre *se* si trova negli Stati Uniti, ovvio. E anche se Bob mette una pistola alla cintura di ogni soldato e soldatessa d'America, i terroristi hanno bombe e giubbotti esplosivi, che non si sa come riescono a far esplodere persino quando sono morti o immobili. A lungo andare, Dan, li prenderai. Al momento, però, continuano a uccidere e farsi propaganda. Appaiono potenti, e ci fanno sembrare deboli.»

«Sono d'accordo su tutta la linea» disse Murray. «Forse potremmo essere persino più aggressivi, ma voglio essere chiaro: se l'obiettivo comune è fermare gli attentati il prima possibile, non posso dimenticare che sono chiamato a *perseguire* i criminali in qualità di procuratore generale.»

«Per quanto mi riguarda, questo secondo obiettivo è molto meno importante del primo» sentenziò Ryan. «Non sono impaziente di portare a processare Musa al-Matari. Anzi, sinceramente ne farei volentieri a meno.»

«Lo capisco» disse Murray. «Ma tutti i miei strumenti girano intorno al nostro sistema legale, che sono chiamato a rispettare. Forse, qualcuno meno legato a un insieme di norme...» La sua voce si affievolì.

Intervenne Mary Pat Foley. «Dan, se non mi sbaglio un impiegato di Gerry Hendley ha ancora le sue credenziali dell'FBI.»

Murray annuì all'istante. Era evidente che volesse arrivare a quel punto. «A grandi linee conosco il lavoro svolto da Hendley e dalla sua squadra, sia qui sia all'estero. E dato che Dominic Caruso rimane formalmente "in prestito" dall'FBI all'organizzazione di Hendley, anche se soltanto sulla carta, mi piacerebbe condividere le informazioni che abbiamo con loro. Potrebbero aiutarci nelle nostre... indagini.»

«Ci devo pensare, Dan» disse Jack. Dom Caruso era suo nipote, e lui aveva sempre cercato di tenere il Campus lontano dalle operazioni interne, anche se sapeva che in passato avevano già operato negli Stati Uniti.

«Mi sembra giusto, signor presidente» concordò il procuratore generale Murray. «Volevo soltanto dare un suggerimento.»

La riunione si era conclusa, ma Mary Pat si trattenne nello Studio Ovale. «Jack, ha preoccupazioni specifiche da esprimere su un eventuale coinvolgimento del Campus nella ricerca di Musa al-Matari?»

Ryan la guardò. «Stai scherzando? Avrò *sempre* preoccupazioni da esprimere sulle attività del Campus. Generali o specifiche che siano.»

«Fanno un buon lavoro» disse Mary Pat. «Sono in gamba, leali e riservati.»

«Questo non lo metto in dubbio.»

«E Dominic sa badare a se stesso.» Mary Pat fece una pausa. «Come *tutti* gli altri.»

Stava parlando di Jack, il presidente lo sapeva fin troppo bene. Non gli piaceva mettere suo figlio in pericolo, anche se quella nave era salpata ormai da tempo, se ne rendeva conto. Jack Junior era in pericolo dal giorno in cui si era unito all'organizzazione, senza rispettare i desideri del padre e senza che questi nemmeno lo sapesse.

«John Clark non permetterebbe mai che Jack Junior venga coinvolto in un'operazione di così alto profilo negli Stati Uniti» aggiunse Mary Pat.

«Sì, d'accordo, ma se non manda mio figlio manderà mio nipote, o il figlio di qualcun altro. E io non ho alcun diritto di mettermi in mezzo solo perché mio figlio è coinvolto.»

«Jack, se non le importasse dei rischi che corre suo figlio, non sarebbe granché come padre.»

Ryan sorrise al pavimento, poi s'irrigidì. «Darò a Dan il via libera per informare Dominic.»

«Chiamo Gerry e lo avverto. Avranno bisogno di tempo per prepararsi.»

Ryan annuì. «Al-Matari ha una media di tre attentati al giorno, ormai, e in men che non si dica cominceranno ad arrivare anche gli attacchi-fotocopia. Dobbiamo fermarlo. A qualunque costo, Mary Pat.»

47

Alle otto di mattina Jack era già seduto nella sala conferenze, chino su un computer con la sua terza tazza di caffè. La sua postazione di lavoro era ricoperta quasi interamente da note scritte a mano, pagine stampate e libri, e al suo portatile se ne erano aggiunti altri due.

Da giorni non faceva altro che studiare gli attentati in America, uno dopo l'altro, cercando di capire come un soggetto ancora ignoto avesse messo insieme tutte le tessere del puzzle, partendo dai documenti dell'OPM e sfruttando fonti di libero accesso.

Era diventata un'ossessione. Passava tutto il giorno in ufficio, seduto di fronte a Gavin; poi tornava a casa, si sedeva a terra con una birra e il portatile sul tavolino da caffè, e studiava libri sulle tecniche OSINT, meravigliandosi di ciò che era possibile fare e rammaricandosi del fatto che la maggior parte delle persone non potevano neanche immaginare quanti dettagli della propria vita fossero disponibili a chiunque volesse indagare.

Per organizzare molti dei recenti attentati era stato sufficiente consultare LinkedIn, il social network usato per creare contatti professionali. Le informazioni lì contenute spiegavano come l'esperto di *identity intelligence* che lavorava per conto dello Stato Islamico fosse riuscito a collegare molti dei dati dell'OPM agli attuali impiegati della comunità d'intelligence. I profili contenevano il nome e spesso una fotografia, oltre a precisazioni sulla carriera scolastica e su quella lavorativa. Alcuni si identificavano come specialisti d'intelligence impiegati al Central Command, a Fort Bragg o presso organizzazioni pubbliche e private nell'area di Washington. Dal profilo di tre vittime e di un sopravvissuto era ovvio che lavorassero nella HUMINT e a operazioni in Medio Oriente. Jack era certo che parecchie delle menti migliori e più brillanti d'America nel campo dell'intelligence fossero morte a causa del loro desiderio di crearsi nuovi contatti professionali.

Con un po' più di lavoro, Jack scoprì che persino gli agenti segreti – la maggior parte dei quali non avevano alcun profilo sui social media – erano vulnerabili, a causa di amici e parenti che si lasciavano sfuggire informazioni delicate.

Gavin entrò con la sua tazza di caffè, fece un cenno a Ryan e si sistemò al suo solito posto nella sala conferenze.

Appena si mise a sedere, annunciò: «Ho portato dei regali».

Jack non lo guardò nemmeno. «Non mangi più le ciambelle, per cui dubito che tu abbia qualcosa che possa intere...» Poi si fermò di colpo e alzò lo sguardo. «Hai parlato con il tuo amico dell'NSA, quello con la backdoor per Reddit?»

Gavin lo corresse. «Non ho detto che è un mio amico, né che ha accesso a una backdoor. D'altro canto, è riuscito a recuperare il messaggio privato inviato dall'utente che mi hai menzionato.»

Ryan afferrò una penna e cercò una pagina vuota su un blocco per appunti pieno di scarabocchi.

Gavin guardò lo schermo del suo computer. «Il messaggio di 5Megachopper5 è il seguente: "Ho seguito la tua storia, amico mio, e credo di poterti aiutare. Se davvero vuoi fare ciò che sostieni, ti darò tutte le informazioni necessarie per renderlo possibile. Sono pronto a darti una dimostrazione di quanto sostengo, e in cambio voglio solo che venga fatta giustizia per la morte di Stepan".»

«Wow...»

«Il tizio ha poi fornito a Rechkov un indirizzo a cui accedere via TOR, il sistema di comunicazione e navigazione anonima, per contattarlo nel caso fosse interessato. Il link non è più attivo. Visto che l'utente in questione ha poi cancellato il proprio profilo Reddit, immagino che Rechkov lo avesse effettivamente contattato.»

«Per cui... siamo fottuti» disse Jack. «Fermi al punto di partenza.»

«E invece no» rispose Gavin. «Proprio come un'altra decina di investigatori forensi, ho passato al setaccio il disco rigido di Rechkov. Solo che io, a differenza loro, conosco l'URL contenuto nel messaggio privato su Reddit, e la data in cui è stato inviato. Ricordati che Rechkov era un informatico in erba: aveva decine di migliaia di pagine di codice salvate come file di testo, per i suoi studi, sparse disordinatamente in tutto il disco rigido. E mi è venuto in mente che il russo potrebbe aver cercato qualche informazione sulla persona che lo aveva contattato, almeno per essere sicuro che non si trattasse di una trappola del governo americano. Ho trovato alcune pagine di codice in formato txt salvate su Evernote, un'applicazione per creare note, nei giorni successivi alla comunicazione su Reddit, per cui ieri sera tardi le ho analizzate riga per riga.»

Gavin aspettò che Jack lo incoraggiasse ad andare avanti.

«E...?»

«E Rechkov ha lasciato un indizio sulla persona con cui stava comunicando. Nel codice c'era il nome utente del creatore: Polygeist999.»

«Mi sono perso.»

«Rechkov aveva scoperto il nickname della persona che aveva creato il sito segreto usato per le loro comunicazioni.»

«Pensavo fosse 5Megachopper5.»

«Quello era un profilo temporaneo solo per Reddit. Polygeist999 è un altro nick che usava.»

Jack si grattò la testa. «Quindi... Rechkov aveva capito che il tizio con cui parlava usava anche un altro identificativo. Come?»

«Forse grazie a qualcosa che il tipo gli aveva inviato, o violando un sito di cui gli aveva rivelato di far parte. Non c'è modo di saperlo, ma è bello che quel coglione di Rechkov ci abbia lasciato un indizio.»

«E quale sarebbe quest'indizio?»

«Ho fatto una ricerca su Polygeist999, per vedere se il nome utente o una sua variazione comparisse altrove, in rete. È stato usato centinaia di volte, in forme leggermente diverse. È una tecnica chiamata *padding*. Magari il nick diventava 1Polygeist999, o Polygeist9991, conteneva una "e" commerciale o qualcos'altro. Chi se la cava con l'informatica usa spesso variazioni simili, a seconda di ciò su cui sta lavorando. Le differenze sono sufficienti a far sì che serva una *link analysis* di alto livello, per collegare tutte le versioni alla stessa persona. Così sono andato dal mio amico all'NSA – quello che non esiste, hai presente? – e gli ho chiesto di fare alcuni controlli. Il nome utente Polygeist è comparso per la prima volta nel marzo dell'anno scorso, su un sito immobiliare in Romania. Da lì in avanti puoi trovarlo dappertutto: siti tecnici, informatici, di codifica, di hacking, di download illegali...»

«Romania?» chiese Jack.

«Esatto» confermò Gavin. «E l'analisi dei link evidenzia altri nomi utenti che compaiono più volte insieme a quello. Decine e decine, tutti legati a e-mail, codici sorgente, registrazioni di domini eccetera.»

Jack e Gavin cominciarono a inserire i diversi nomi in motori di ricerca e banche dati, nella speranza di trovare qualcosa di significativo. Il loro uomo aveva decine di identità online e frequentava moltissimi siti, diversi dei quali avevano a che fare con l'ottenere informazioni usando fonti pubbliche. Ma ciò di cui avevano bisogno era collegare quei nick a un'identità reale. In più stavano cercando eventuali collegamenti con i jihadisti, rapporti con la comunità d'intelligence di una nazione straniera, o qualcosa che suggerisse un movente valido per contattare Rechkov offrendogli le informazioni prese dall'OPM e un piano per uccidere un comandante della marina.

A mano a mano che trovavano nuove informazioni, le inserivano nel database condiviso per l'analisi dei dati. Questo portò ad altri nomi, tutti associati a Polygeist999 e alle sue varianti. Era un lavoro lento, difficile e complicato, ma meno di un'ora dopo Gavin chiese: «Vedi anche tu quello che vedo io?».

«Parli del fatto che nessuno di questi nomi è mai stato usato prima di marzo dell'anno scorso?»

«Esatto. Sembra quasi che sia nato in quel momento. Mi chiedo come sia possibile che abbia iniziato solo allora, ma si sia subito allargato a macchia d'olio, neanche facesse quel genere di cose da tutta una vita.»

Jack alzò lentamente lo sguardo dal computer. «La prima attestazione è comparsa su un sito immobiliare in Romania, giusto?»

«Sì. Forse voleva violarlo, o stava facendo ricerche su un soggetto che viveva in Romania e faceva affari con quel sito. Magari voleva vedere la pianta di casa di qualcuno, dopo avergli rubato l'identità. Non lo sappiamo.»

«Io pensavo a una spiegazione più semplice» disse Jack. «Stava cercando casa. Per questo si è iscritto al sito.»

Gavin non aveva nemmeno preso in considerazione un motivo tanto innocuo per le azioni di quell'uomo. «Perché pensi che avesse bisogno di un posto dove stare? Credi sia rumeno?»

«Sì. E credo che stesse cercando casa perché era appena uscito di prigione.»

«*Prigione?* E questo da cosa diavolo l'hai capito?»

«Non risultano attività online da parte di nessuno dei profili, nomi utente e indirizzi e-mail collegati a lui, prima del 19 marzo dell'anno scorso. E se fosse stato in carcere, senza accesso a un computer? Sai bene quanto me che un tipo del genere non compare dal nulla. Ci vogliono anni e anni per affinare le abilità che ha dimostrato di avere. Eppure, stando alla link analysis, pare fosse un esperto di computer e OSINT sin dal primo giorno. Abbiamo abbastanza dati per fare ricerche su vasta scala, eppure non troviamo niente che risalga a prima di sedici mesi fa.»

«È plausibile» concesse Gavin.

«Possiamo controllare i registri delle prigioni rumene?»

«Con un po' di lavoro, sì. Ma non sappiamo quando sia uscito di preciso, e sarebbe comunque un ago in un pagliaio.»

«Già, ma è pur sempre un pagliaio più piccolo di quello di ieri.»

Gavin rise. «Questo è vero. Mi metto al lavoro sulle reti del governo rumeno, per poi scendere fino ai registri delle prigioni. Ci vorrà almeno un paio d'ore.»

In realtà bastarono quattro minuti perché Gavin lanciasse un urlo di trionfo, facendo sussultare Jack.

«Trovato!»

«Hai trovato Polygeist? Come diamine hai fatto in così poco tempo?»

«Semplice: non sono dovuto entrare nella rete rumena. Sono partito da una ricerca nei registri del nostro dipartimento di Giustizia, controllando le condanne dell'Interpol e restringendo il campo ai casi in cui il nostro governo ha collaborato con quello rumeno. Sono centotrentotto, ma solo settantuno criminali sono stati effettivamente condannati. Di questi, solo ventotto sono stati scarcerati, e solo in ventuno sono usciti prima del 19 marzo dell'anno scorso.»

Jack era colpito. «Mandami quei nomi, e comincio a...»

Gavin andò avanti. «Di quei ventuno, solo uno è stato rimesso in libertà *il* 19 marzo.»

Jack balzò in piedi. «Hai trovato un rumeno condannato per crimini informatici e scarcerato *il giorno stesso* in cui Polygeist è comparso in rete?»

«Proprio così. Alexandru Dalca: ha scontato una pena di cinque anni, dieci mesi e sedici giorni nel carcere di Jilava. Prima di essere arrestato aveva truffato clienti per milioni di dollari, mettendo su una vasta rete di frodi informatiche.» Gavin lesse una parte della denuncia presentata dal dipartimento di Giustizia degli Stati Uniti. «Era specializzato nell'ottenere password usando l'ingegneria sociale. Un truffatore.»

Jack si rimise lentamente a sedere davanti al portatile. «Questo, però, non spiega come sia diventato così bravo da compromettere tutte quelle persone usando solo fonti ad accesso pubblico.»

Gavin alzò le spalle. «In prigione, Jack. Puoi sviluppare qualsiasi abilità criminale, in carcere. Perché è lì che trovi tutti i cattivi.»

«Non *tutti*, Gav. Ne troviamo a bizzeffe anche fuori.»

«D'accordo. Su questo hai ragione.»

«E adesso, cosa fa il nostro Alexandru?» domandò Jack.

«Non lo so.»

Ryan digitò il suo nome in un motore di ricerca rumeno. Qualche secondo più tardi disse: «Lavora per una compagnia di Bucarest, la Advanced Research Technological Designs».

Gavin cercò la società su un database di hacker informatici. «Aspetta un attimo, io li conosco. Figli di puttana!»

«Chi sono?»

«Hacker, ecco chi. E pure bravi. Ma questo è solo l'inizio.» Stava leggendo i dettagli della compagnia riportati nel database. «Allora... Hanno cominciato vendendo antidolorifici con prescrizione, poi si sono allargati nel settore delle frodi informatiche. Si sono espansi sempre di più, attraendo un numero crescente di hacker, perché gli ingegneri sociali della compagnia erano diventati fra i migliori a ottenere password e accessi come amministratore a siti Internet.»

«Come fai a conoscerli?»

«Per alcune truffe tramite social media, mirate a ottenere informazioni su dei banchieri. Le vittime erano principalmente europee, ma il livello dell'operazione era così alto che ha fatto notizia.»

Jack era confuso: non ne sapeva niente. «Non mi sembra che i notiziari ne abbiano mai parlato.»

Gavin alzò gli occhi dallo schermo. «Hanno fatto notizia nel *mio* mondo, Ryan. Non ne ha parlato la CNN, o l'emittente televisiva che guardi quando torni a casa, quale che sia.»

L'altro chiuse le palpebre per un secondo, facendosi scivolare addosso il commento stizzito di Biery.

«Ecco» disse Gavin continuando a leggere dettagli sull'ARTD. «Adesso ricordo: tre o quattro anni fa, alla conferenza Black Hat. È un raduno di hacker da tutto mondo...»

«So cos'è la conferenza Black Hat. Devono averne parlato *persino* alla CNN.»

«Giusto. A ogni modo, un relatore ha fatto una presentazione su una violazione a opera di questa compagnia rumena. Si erano infiltrati nella rete della principale azienda di telefonia mobile olandese, e avevano ottenuto informazioni personali su centinaia di migliaia di utenti. Non li avrebbero mai potuti collegare all'operazione, se uno dei loro ex dipendenti non avesse rivendicato l'hacking.»

«Sono abbastanza bravi da rubare i file dell'OPM?»

«In termini di talento, non penso. Inoltre non hanno mai attaccato reti governative, in passato. Eppure... Questo Dalca lavora per loro, e ha passato a Vadim Rechkov le informazioni su Hagen.»

Jack scattò in piedi. «Per me è sufficiente. Ci vediamo!»

«Aspetta! Dove vai?»

«In Romania.» Si girò e corse fuori della sala conferenza, diretto agli ascensori.

Gavin Biery si mosse più lentamente, ma si mosse comunque. «Non senza di me!»

48

Jack vide la porta dell'ufficio di Gerry aperta, per cui entrò, ma lo trovò che parlava con John Clark e Ding Chavez.

«Oh... scusate, ragazzi» disse. Poi notò le espressioni serie dei tre uomini. «Ho chiaramente interrotto qualcosa.»

«No, è bene che tu sia venuto» rispose Gerry. «Stavo per convocarti, insieme a Dom. Abbiamo appena parlato al telefono con Dan Murray: ci ha chiesto una mano per trovare Musa al-Matari e i membri della sua cellula. Qui, negli Stati Uniti. Stiamo pensando di affidare l'operazione a Dominic, insieme a un supporto. Dobbiamo solo scoprire dove mandarlo.»

«È per via delle sue credenziali dell'FBI?» chiese Jack.

«Esatto. Avrà più libertà sulle scene del crimine. E possiamo presumere che i terroristi dell'ISIS attaccheranno di nuovo, molto presto.»

«Mi dispiace, Jack, ma tu sei escluso dall'operazione» annunciò Clark. «Il rischio che tu sia riconosciuto è troppo alto.»

«Perfetto» ribatté Jack. «Perché in realtà ero venuto a chiederti di mandarmi a Bucarest, insieme a qualcun altro. Fidati: nessuno mi riconoscerà in Romania.»

«Su questo siamo d'accordo» disse Gerry, «ma cosa c'è Bucarest?»

Gavin si affacciò nell'ufficio da dietro a Jack, ancora sulla porta, e rispose alla domanda di Gerry Hendley. «Un tizio di nome Alexandru Dalca. È la persona – o una delle persone – che sta sfruttando i file dell'Office of Personnel Management per creare pacchetti di puntamento con cui colpire i membri dell'esercito e dell'intelligence americani.»

«Che sia dannato... Avete trovato il responsabile della fuga di notizie?»

«Crediamo di sì. Ma ancora non sappiamo di preciso con chi o cosa abbiamo a che fare» disse Jack. «Sappiamo dove lavora questo Dalca, punto. Non siamo nemmeno sicuri che sia coinvolta la sua compagnia: magari è protetto o sostenuto da un altro gruppo. Quello che sappiamo è che dobbiamo andare là, seguire questo Dalca e cercare di scoprire cosa sta succedendo.»

Gerry si rivolse a Clark. «Cosa ne pensi?»

«Dato che non conosciamo la portata della violazione, né sappiamo chi sia già stato compromesso tra il personale governativo, mi sembra logico inviare i nostri uomini anziché limitarci a girare l'informazione a Mary Pat e Dan. Dom avrà bisogno di supporto per l'operazione interna, ma in caso di emergenza potrò contare sull'aiuto delle forze dell'ordine. Jack invece sarà da solo, se non mandiamo qualcuno in Romania con lui.»

«Allora diamo un po' di supporto extra al nostro Ryan» disse Gerry.

«Cosa ne pensi, Ding?» domandò Clark.

Chavez si strinse nelle spalle. «Penso che sto per andare in Romania.»

Gavin Biery, ancora in piedi dietro Ryan, si schiarì la gola.

«In effetti avremo bisogno anche di supporto tecnico» disse Jack. «Vorrei mettere Dalca sotto sorveglianza completa, e non sappiamo ancora a cosa andiamo incontro. Se Gavin potesse venire con noi, sarebbe di grande aiuto.»

Clark fissò negli occhi il responsabile IT del Campus. «Vediamo di essere chiari. Supporto. Tecnico. Niente di più.»

«Non ti preoccupare, starò lontano dai guai» promise Gavin.

«Se pedinare Dalca, installare telecamere e microfoni e cercare informazioni sul suo computer non portasse a niente» disse Jack, «forse potremmo passare a un intervento più incisivo. Affrontarlo direttamente, facendogli credere che sappiamo più di quanto non sia in realtà.»

«Un bluff, insomma» commentò Gerry. «John, che ne pensi?»

«L'idea mi piace. In passato abbiamo già fatto qualcosa di simile, ed è stato un successo. Inoltre Gavin e Ryan mi sembrano più determinati che mai. Conosco qualcuno in Romania, un ex militare. Negli anni Settanta ha contribuito a fondare la Brigada Antiteroristă, e adesso lavora per conto di società e media che vanno a Bucarest. Si occupa di risolvere problemi per conto loro. Potrei chiamarlo e provare ad assumerlo: vi aiutererebbe con la lingua e la logistica.»

«Perfetto» disse Ding.

Gerry convocò Dom in ufficio, mentre Clark chiamò Adara e Midas, mettendoli in vivavoce. I due stavano pranzando nella cucina della sua tenuta nel Maryland.

Hendley riferì a tutti il piano di Jack. Sarebbe andato a Bucarest con Chavez e Biery, per pedinare una persona connessa alla violazione dei dati dell'OPM.

«Ding, voglio che portiate anche Midas con voi» aggiunse. «È ancora nuovo della squadra, certo, ma la sua esperienza con la Delta lo rende perfetto per operazioni di ricognizione, clandestina o meno.»

«Felice di averti a bordo» esclamò Chavez.

Midas rispose dall'altro capo del telefono. «Grazie dell'opportunità.»

«Andrò anche io, immagino» disse Dom, seduto accanto a Chavez. Ma lo sguardo che si scambiarono Gerry e Clark lo mise in allerta. «Qualcosa non va?»

«No» disse Gerry, «è solo che al momento ci servi in un altro ruolo.»

Dom s'irrigidì. «Quale ruolo?»

«Rimarrai negli Stati Uniti: ti useremo per aiutare l'FBI a scovare le cellule terroristiche. Dan Murray ha chiesto proprio di te. Se riuscissimo a catturare un terrorista vivo, potremmo sciogliergli la lingua più in fretta di quanto farebbe il dipartimento di Giustizia.»

Nel giro di un secondo, Dom era passato da un atteggiamento difensivo all'eccitazione più palese. «*Questa* è un'ottima idea.»

«Adara» intervenne Clark, «ricordi quando ti ho detto, senza mezzi termini, che avrei fatto in modo di non schierare assieme te e Dom, almeno all'inizio?»

La voce della donna uscì incerta dall'altoparlante del telefono. «Vuoi dire, tipo, giusto la settimana scorsa? Sì, me lo ricordo.»

«Bene. Dimentica ciò che ho detto. Per l'operazione interna mi serve Dom, per via delle sue credenziali dell'FBI. E ho bisogno di Midas in Romania, per via della sua esperienza. Senza offesa, ma in materia di sorveglianza e ricognizione il suo addestramento con la Delta Force supera di gran lunga il tuo nella marina.»

«Sarei stupida a pensare il contrario» ammise Adara.

Dom s'irrigidì di nuovo. Sarebbe andato in missione con la sua ragazza, e stava cercando di metabolizzare la cosa.

Adara, invece, era già passata a pianificare i passi successivi. «Andrò a recuperare un po' di dispositivi di sorveglianza dal reparto equipaggiamento del Campus. Sono sicura che dovremo portarci dietro qualche giocattolino tecnologico.»

«Bene, Adara» disse Clark. «Appena ci sarà un altro attacco, tu e Dom raggiungerete la scena. Se il Gulfstream non sarà ancora tornato dalla Romania dovrete prendere un volo commerciale.»

«E tu, John?» domandò la donna.

«Rimarrò in ufficio, ma sarò pronto ad aiutare in qualsiasi modo.»

La riunione si concluse e gli operativi uscirono dall'ufficio, ognuno concentrato sulla propria missione. Solo Gerry e John rimasero seduti in silenzio, finché Clark disse: «Quindi stiamo aspettando che un altro membro dell'esercito o dell'intelligence venga ucciso dai terroristi, chissà dove».

Gerry annuì. «Faresti meglio ad aiutare Dom e Adara a prepararsi. Per come stanno andando le cose, temo dovranno partire presto.»

49

Walid «Wally» Hussein uscì dalla moschea Ahlul Bayt, a Brooklyn, alle sette e trenta, dopo le preghiere della mattina. Seguì un piccolo gruppo di fedeli, poi svoltò a destra in Atlantic Avenue e si diresse verso l'auto, prendendo il cellulare per vedere se qualcuno lo avesse cercato.

La sua Chevrolet Suburban era parcheggiata sul ciglio della strada. Salì a bordo, accese il motore e si immise nel traffico.

Il trentottenne Hussein era un agente speciale dell'FBI: lavorava per la divisione antiterrorismo nell'ufficio distaccato di New York, a Lower Manhattan. Il viaggio mattutino per andare al lavoro era sempre una seccatura, ma era nato e cresciuto a Brooklyn, per cui la mezz'ora di macchina necessaria a percorrere i cinque chilometri dalla moschea all'ufficio non lo turbavano come sarebbe successo a un agente trasferitosi dal Nebraska.

Ascoltò la segreteria mentre guidava verso nord. C'era un messaggio di un agente speciale del suo stesso ufficio: aveva ricevuto una segnalazione promettente dalla linea apposita. Diceva di sbrigarsi ad andare in ufficio, così l'avrebbero verificata insieme.

Hussein guardò il traffico intenso davanti a sé, su Adams Street, e decise di richiamarlo.

«Agente speciale Lunetti.»

«Ehi, bello. Ho appena ascoltato il tuo messaggio. Sto arrivando, ma se dobbiamo controllare un posto da queste parti è meglio che mi raggiungi tu. Stamattina il ponte è un casino.»

Anche l'agente speciale Lunetti era di New York, nato e cresciuto nel Queens. «Ciao, Wally. Come va? No, è in questa zona. Secondo un'informatrice, un tipo che sembra uno degli attentatori dell'ISIS si è registrato in una bettola a due stelle vicino alla Bowery. Il Windsor. Lo conosci?»

«All'angolo tra Forsyth e Broome?»

«Esatto. Se ti va possiamo vederci davanti alla YMCA, e vieni a piedi. Che ne dici?»

La sede della Young Men's Christian Association era un paio di isolati più a sud del loro ufficio. «Sembra un altro buco nell'acqua, come i quattro di ieri.»

«Forse hai ragione, ma che vuoi fare?»

«Andarci, immagino. Il sospettato è ancora nell'albergo?»

«La donna ha detto che non lo sa. Ha preso una camera ieri, e lei ha pensato subito che avesse un aspetto familiare, ma non ha capito perché fino a stamattina, quando ha rivisto le immagini sul *Today Show*. Lavora all'albergo, e può incontrarci all'esterno.»

Hussein guardò di nuovo il traffico davanti a sé. Era ancora a un chilometro dal ponte di Brooklyn. «D'accordo. Mi ci vorranno altri venti minuti per...»

Qualcosa sul marciapiede a destra attirò la sua attenzione. Una scatola di cartone lunga e stretta, caduta alle spalle di un uomo che camminava. Seguendone il movimento, Wally vide un nero sbucare da dietro un chiosco di ciambelle, a circa trenta o quaranta metri di distanza: tirò fuori dalla scatola un lungo tubo con un'estremità slargata simile a un pallone da football, e se lo caricò in spalla.

Hussein sapeva che stava guardando un lanciagranate RPG-7, puntato dritto su di lui.

«Porca troia!»

La fiammata e il fumo del lancio furono le ultime cose che l'agente speciale Hussein vide prima di morire.

David Hembrick fu scaraventato a terra dall'esplosione: il SUV dell'agente dell'FBI era saltato in aria. I suoi occhiali da sole finirono sul marciapiede accanto al lanciarazzi; lui abbandonò entrambi, si rialzò e cominciò a correre verso est attraverso Willoughby Plaza, andando a sbattere contro alcuni passanti storditi mentre fuggiva dalla scena del crimine. Una donna seduta su una panchina incrociò il suo sguardo quando le passò davanti. Avrebbe voluto estrarre la Glock e sparare a quella troia, ma Mohammed era stato chiaro: il suo compito non era morire da martire, ma fuggire e vivere per combattere un altro giorno.

La donna lo indicò e si mise a gridare, ma Hembrick continuò a correre. Il cuore gli batteva all'impazzata. Svoltò a sinistra in Pearl Street e vide avvicinarsi due agenti del New York Police Department, attirati dal forte rumore. I poliziotti non avevano estratto la pistola, né sembravano prestare al nero particolare attenzione; Hembrick non era certo l'unico a fuggire dall'area, e allontanarsi di corsa da un'esplosione non rientrava tra i comportamenti sospetti.

Ma il terrorista non aveva fatto neanche dieci metri su Pearl Street quando sentì la ficcanaso gridare: «Quell'uomo! Là! È lui!». E un istante dopo arrivò l'ordine di fermarsi. Ovviamente continuò a correre.

Hembrick aveva ventisei anni, i due poliziotti più di quaranta, e inoltre aveva un vantaggio di venticinque metri. Scarto che raddoppiò quando girò a destra di fronte al Marriott, si ritrovò su Jay Street e la imboccò. Sulla facciata dell'albergo appartenente alla celebre catena c'era una telecamera di sorveglianza. Naturalmente ce n'erano altre nel quartiere, ma quella era l'unica che Hembrick avesse fissato mentre correva.

Su Jay Street, una Chrysler 200 argentata lo stava aspettando accostata al marciapiede, lo sportello del passeggero aperto. David si tuffò nell'auto, mentre il finestrino posteriore si abbassava per far sporgere Husam. Il combattente tirò fuori l'Uzi e mirò al primo dei due poliziotti, adesso a una trentina di metri di distanza. Le raffiche, brevi e controllate, colsero gli agenti di sorpresa; i proiettili finirono per lo più contro i giubbotti antiproiettile, ma centrarono anche la spalla di uno e le gambe dell'altro.

La Chrysler partì sfrecciando verso nord, con Ghazi al volante che seguiva le indicazioni del navigatore per allontanarsi dal traffico mattutino in direzione di Manhattan. In due minuti raggiunsero la superstrada Brooklyn-Queens, poi uscirono a Metropolitan Avenue e si fermarono in un parcheggio sotterraneo vicino alla metro di Graham Avenue.

I tre uomini entrarono nella stazione e si separarono in fondo alle scale, per poi entrare in tre diverse carrozze del primo treno diretto a Manhattan. Presero una coincidenza e arrivarono alla Penn Station poco dopo le nove. Ancora divisi, avanzarono tra la folla e salirono su vagoni diversi del primo treno diretto all'aeroporto Newark-Liberty.

Durante il viaggio, ognuno di loro aveva comprato un biglietto aereo con il cellulare, e presero tre voli a distanza di un'ora l'uno dall'altro. Quello di Hembrick era diretto, Husam e Ghazi dovevano fare scalo, ma tutti e tre sarebbero arrivati a Chicago per metà pomeriggio.

L'omicidio di uno degli agenti speciali aveva creato parecchio trambusto nel distaccamento dell'FBI di New York, ed era ormai passato mezzogiorno quando qualcuno andò finalmente a controllare la segnalazione sull'uomo al Windsor

Hotel. Era ancora lì, nella sua stanza, e fu subito interrogato. Alibi inappuntabile: non aveva niente a che fare con l'ISIS e gli attentati negli Stati Uniti.

Musa al-Matari inviò il video al Global Islamic Media Front: uno sciita che lavorava per l'FBI ucciso tra le strade di New York. La qualità era soddisfacente, anche se la videocamera, fissata al petto di David Hembrick con la corda elastica, aveva risentito dei bruschi movimenti del combattente. La stabilità dell'immagine lasciava a desiderare negli istanti in cui l'uomo scendeva dal marciapiede, sparava e finiva sbalzato all'indietro. Ma non aveva importanza: lo yemenita, seduto nella sua stanza a Chicago, sapeva che i maghi del GIMF a Raqqa avrebbero fatto quanto necessario per creare un capolavoro degno di un film d'azione americano.

Lui aveva seguito l'attentato in diretta, e per un attimo si era convinto che il membro della sua cellula fosse morto nell'esplosione. Aveva detto a Hembrick di fare fuoco da una distanza minima di cinquanta metri, ma l'eccitazione della caccia e dell'attacco imminente dovevano averlo distratto. David aveva rischiato grosso, sparando un razzo da soli trenta metri.

A ogni modo, al-Matari era soddisfatto. Un agente dell'FBI morto e due poliziotti feriti gli avrebbero portato nuove reclute, mentre i suoi tre mujahiddin erano rientrati illesi.

C'erano stati altri tre attentati nelle ultime dodici ore, due dei quali portati a termine da indipendenti: persone che avevano intrapreso da sé il percorso di radicalizzazione, e avevano promesso fedeltà all'ISIS sui social media prima di entrare in azione. Nel Connecticut, un uomo aveva svuotato mezzo caricatore della sua pistola AR-15 contro un punto di reclutamento dei Marines. Era stato abbattuto da un soldato che aveva l'arma con sé, ma prima aveva fatto fuori tre militari.

A Kansas City, invece, un trentacinquenne aveva aperto il fuoco con un fucile a pompa su un autobus, uccidendo sei persone. Quell'attacco non aveva colpito l'esercito o la comunità d'intelligence, ma al-Matari era comunque fiero di veder crescere la causa in America. Sapeva che la lotta si sarebbe fatta via via più feroce.

Il terzo attentato era stato commesso da due dei membri rimasti della cellula Santa Clara: avevano lanciato quattro granate dalle finestre di una casa a Scottsdale, in Arizona, uccidendo un funzionario del dipartimento di Sicurezza interna. L'attentatore di Kansas City era morto per mano della polizia, ma i membri dell'unità Santa Clara erano riusciti ad allontanarsi senza essere scoperti. Proprio come la squadra Fairfax a New York.

Presto gli uomini di entrambe le cellule sarebbero arrivati a Chicago, e il giorno successivo avrebbero compiuto l'attentato più importante dall'inizio della battaglia. L'aveva pianificato al-Matari stesso, studiandone i dettagli giorno e notte, e adesso era particolarmente euforico. Anche perché avrebbe giocato un ruolo importante nell'uccisione.

50

Dominic Caruso e Adara Sherman arrivarono a Brooklyn quattro ore dopo la morte dell'agente speciale Wally Hussein. Non si aspettavano di scoprire molto sulla scena del crimine, e in effetti non c'era granché da scoprire, a parte identificare le armi usate dai terroristi: un mitra Uzi, proprio come ad Alexandria, e un lanciarazzi simile a quelli trovati a El Salvador.

La locale Joint Terrorism Task Force – o JTTF, una task force congiunta antiterrorismo – aveva allestito un grande centro di comando mobile vicino alla scena; lì, il personale dell'FBI poteva visionare i filmati di sorveglianza ripresi da diversi edifici dell'area. Dom li studiò a lungo, guardandoli più volte: l'intero attentato era stato registrato da parecchie telecamere, ma era difficile ricostruire alcune fasi.

Scherzando, uno degli agenti della polizia di New York assegnati alla JTTF disse che avrebbero fatto meglio ad aspettare il video dell'ISIS, per poter vedere l'attacco con tanto di musica, editing e risoluzione migliore. Ma quando gli schermi mostrarono le immagini della telecamera davanti al Marriott, i presenti si trovarono di fronte il ritratto perfetto di un nero sulla ventina, che fissava l'obiettivo mentre vi passava davanti correndo.

Dom stava per salutare gli agenti nel centro di comando mobile quando arrivò una telefonata urgente: il programma per il riconoscimento facciale aveva trovato un riscontro dell'attentatore alla Penn Station. Le immagini arrivarono un minuto più tardi. Sembrava proprio lo stesso individuo, e riuscirono a seguirlo tramite diverse telecamere fino a quando non prese il treno per l'aeroporto Newark-Liberty.

L'attentato risaliva ormai a cinque ore prima, ma gli agenti cominciarono a controllare tutti i filmati di sorveglianza al Newark, e inviarono alcune pattuglie a fare pressioni sui dipendenti dell'aeroporto, sperando di scoprire se l'uomo fosse salito su un aereo. Gli uomini della JTTF promisero di tenere Dominic informato, mentre lui se ne andava con una manciata di biglietti da visita. L'operativo del Campus, però, era sicuro che avrebbe dovuto assillarli per avere qualche informazione: non era certo in cima alla loro lista delle priorità.

Mezz'ora dopo, Dom era seduto in uno Starbucks affacciato su Adams Street. Dalle vetrine si vedeva il luogo dell'attacco.

Con un caffè in mano e un iPad davanti, Adara stava segnando la scena del crimine su una pagina di Google Maps, assieme a quelle degli ultimi attentati. Dom aveva ordinato un caffè freddo, e stava inviando un messaggio a Clark per informarlo di quanto emerso dall'incontro con le autorità locali. I due sembravano una coppia qualunque sulla trentina, intenta a godersi qualche attimo di relax in uno Starbucks di Brooklyn durante un pomeriggio feriale.

Poi Dominic ruppe il silenzio.

«Ah, mi ero dimenticato di dirtelo: hanno identificato altri due sospettati. Entrambi hanno preso un aereo per Città del Messico circa cinque giorni dopo l'arrivo dei guatemaltechi alla Scuola di Lingue. I voli di ritorno erano dal Costa Rica.»

«Stessi aerei?»

«No, ma stessi giorni e stesse tratte. Chicago-Città del Messico, diretto. San José-Chicago, via Houston. Uno vive a Chicago, l'altro appena più a nord, a Evanston.»

Adara guardò la sua mappa. «Il dipartimento di Giustizia

ha identificato un giovane palestinese che ha preso un aereo da Milwaukee a Managua, in Nicaragua. Da quando è tornato, non si è più presentato al lavoro. Faceva il web designer. Se è uno degli uomini di al-Matari, le persone identificate che vivono a Chicago o lì vicino salgono a tre.»

«Interessante» disse Dom. «Da quelle parti non ci sono stati attentati, giusto?»

«Il più vicino è stato nel Michigan, poi St. Louis. Quindi direi di no.» Guardò Dom. «Ehi, che ne dici se prendiamo tutte le città in cui abitavano le persone identificate e le confrontiamo con i luoghi degli attacchi?»

«Buona idea. Ma tieni a mente che ci sono già stati casi di emulazione: questo renderà più complesso abbinare i terroristi di al-Matari a un dato crimine.»

Adara alzò le spalle. «Tanto per provare.»

Impiegarono appena dieci minuti ad aggiungere alla mappa le città dei terroristi identificati. Alla fine, Adara disse: «Quindi, a meno che un singolo gruppo piuttosto corposo non stia viaggiando per tutto il Paese a organizzare attentati, abbiamo cellule diverse posizionate in vari punti della mappa. Una è all'opera sulla costa occidentale: i due uccisi a Las Vegas studiavano nell'area di San Francisco, ma hanno commesso gli attentati di Las Vegas e Los Angeles».

«Entrambe operazioni pasticciate.»

«Esatto. Un terzo probabile terrorista viveva a Marin County, per cui sempre vicino a San Francisco. E poi c'è il gruppo di Detroit: i quattro della Virginia vivevano in quell'area. Mi chiedo perché abbiano fatto tanta strada.»

«Si sono fatti un bel viaggetto.»

Adara ci rifletté per un attimo. «Forse i due tizi morti in North Carolina venivano dall'area di Washington, quindi c'era bisogno di forze fresche per la capitale. Ovviamente il gruppo di Detroit non ha fatto molto meglio dei locali...»

«Grazie a te» disse Dom con un sorriso.

«Mi hanno aiutata.»

Dom studiò la mappa di Adara. «E poi c'è il tipo dell'Alabama ucciso a Tampa.»

«Ipotizzando che tutti i gruppi siano già entrati in azione, direi che al-Matari ha almeno cinque cellule diverse. Michigan, Washington, California, una del Sud, credo... e Chicago.»

Dom poggiò il caffè sul tavolo e si sporse in avanti. «Allora perché il gruppo di Chicago non ha ancora fatto niente?»

«E chi l'ha detto? Forse si sono spostati. Pensa all'attentato a St. Louis: potrebbe essere opera loro. E lo stesso vale per il Michigan: a quel punto i tipi di Detroit erano già tutti all'obitorio di Alexandria.»

Dom si massaggiò le tempie. «Sì, ma a quanto risulta entrambi gli attacchi sono opera di un singolo. Magari erano in due, con il complice a guidare l'auto per la fuga... A ogni modo, è ovvio che un gruppo viene dall'area di Chicago.»

Adara guardò la mappa. «Una larga fetta di Paese non è ancora stata toccata dagli attentati. Potrebbe esserci un motivo.»

«Forse non vogliono cagare nel piatto in cui mangiano.»

Adara aveva servito nella marina, e non c'era *letteralmente* niente che il suo ragazzo potesse dire per scandalizzarla.

La discussione fu interrotta dal cellulare di Dom, che squillava. Con sorpresa, lui riconobbe il numero di un'agente speciale del centro di comando lì vicino. Rispose, ascoltò attentamente e ringraziò la donna per aver trovato il tempo di aggiornarlo.

«Che cosa ha detto?» domandò Adara.

«Hanno identificato l'assassino di stamattina. David Anthony Hembrick, di Washington. Due ore dopo l'attentato ha preso un volo al Newark.»

«Un volo per...?»

Dom sorrise. «Chicago. L'aereo è atterrato un'ora fa, per cui lo abbiamo perso. Ma almeno sappiamo chi è, e dov'è.»

«Dovremmo andare là» propose Adara. «Forse stanno progettando qualcosa di grosso.»

«Non possiamo saperlo. C'è anche la possibilità che il nostro uomo abbia noleggiato un'auto, preso un autobus o un treno per raggiungere la sua destinazione successiva.»

«Ma nulla ci dice che l'abbia fatto. Ascolta, noi dobbiamo tenerci pronti a raggiungere in fretta il luogo del prossimo attentato, giusto? Se anche a Chicago non trovassimo niente, saremmo comunque in una buona posizione per spostarci ovunque. Che ne dici di andare là e provare a scavare nella vita delle persone scomparse? In caso di necessità potremo imbarcarci dall'aeroporto O'Hare, ma credo che Chicago abbia qualcosa per noi.»

Dom guardò fuori della finestra, in direzione della scena del crimine. Il centro di comando mobile della JTTF era imponente: vi lavoravano minimo settantacinque agenti, tra FBI e autorità statali e locali, oltre a una cinquantina di persone dell'antiterrorismo. Annuì.

«Sì, hai ragione. Inutile ronzare intorno alla scena di questo attentato, assieme a decine di altri. Meglio provare a renderci utili. Qui sono già abbastanza.»

Adara prese il cellulare. «Chiamo John per l'autorizzazione.»

Mentre Chavez si occupava dei controlli doganali e d'immigrazione all'interno del centro servizi aeroportuali del Reagan National, Jack, Gavin e Midas salirono sul G550, appena tirato fuori dall'hangar sotto il sole del pomeriggio. Salutarono pilota e copilota, poi attraversarono la cabina fino in fondo, per far scivolare i bagagli attraverso il portellone della stiva.

Le armi da fuoco erano già a bordo, nascoste dietro pannelli segreti sparsi per l'aereo. In quel modo si evitava che gli agenti doganali potessero trovare oggetti curiosi nelle valigie. I bagagli di Midas, Chavez e Jack erano quelli di comuni uomini d'affari, magari desiderosi di un po' di comodità nei tempi morti del viaggio.

Quanto a Gavin, per lui niente armi. Clark era stato chiaro. E prima di partire aveva preso da parte Chavez per ribadire il concetto: Gavin non doveva nemmeno *toccare* un'arma. Il responsabile della sezione IT era già stato sul campo, e aveva anche fatto cose buone, ma non era un tiratore.

Sul Gulfstream, Biery reclamò il lungo divano in fondo, mentre Midas si mise a sedere su una delle poltrone al centro, accarezzandone i braccioli come a controllare che fossero davvero di pelle. L'ex agente della Delta Force era impressionato. Nel corso della sua carriera nell'esercito aveva volato su aerei commerciali, militari e governativi, e si era anche imbarcato su diversi business jet, ma in quanto a lusso il velivolo della Hendley Associates non temeva rivali. Jankowski arrivò a temere di non togliersi più dalla faccia quel sorriso beato, e Jack dovette notare il suo apprezzamento per le finiture eleganti.

«Niente male, eh?»

«Sono abituato a sedermi su un bancale o una rete, quando prendo un aereo, ma immagino di poter imparare a convivere con tutto questo.»

«Cosa prendi da bere?»

Midas sgranò gli occhi. «*Da bere?*»

«Fino a poco tempo fa si prendeva cura Adara di noi, durante il volo» disse Jack. «Purtroppo per te, ora ci sono io. Come barista faccio schifo, quindi ti consiglio birra, vino o qualcosa che possa versare in un bicchiere senza fare casini.»

«Tranquillo, non ho grandi pretese» rispose l'altro. «La prima lattina di birra fredda che trovi andrà benissimo.»

«Ottima scelta, signore.» Jack prese una Heineken per sé

e una per Midas, più una terza quando vide Chavez salire la scaletta.

Ding poggiò il suo bagaglio accanto al portellone, poi andò a parlare con Country ed Helen nella cabina di pilotaggio; Midas, intanto, portava la sua valigia al pannello di accesso alla stiva.

Poco dopo Chavez tornò verso la cucina di bordo, allungando la mano verso la Heineken che Jack gli porgeva. «Sei ore di volo, rifornimento a Bristol, in Inghilterra, e poi altre tre ore e mezzo per aria. Atterreremo a Bucarest domani, poco dopo le nove ora locale.»

«Ho messo insieme alcune informazioni sull'area intorno all'appartamento di Alexandru Dalca e al suo posto di lavoro, la sede dell'ARTD» annunciò Jack. «E mi sono anche appuntato gli aspetti importanti della denuncia sporta contro di lui dal dipartimento di Giustizia. Sono informazioni vecchie, ma ci mostreranno cosa sapeva fare prima di finire dietro le sbarre. Ho messo tutto su PowerPoint, così possiamo proiettarlo sugli schermi a parete e rivedere i dettagli durante il volo.»

«Bene» disse Chavez. Midas era tornato a sedersi. «Una volta atterrati gireremo con pistole ultracompatte, ben nascoste. Profilo basso.»

«In base alle ricerche condotte con Gavin» proseguì Jack, «sembra che l'ARTD sia una grande compagnia specializzata in crimini informatici, senza alcun legame con la mafia locale o cose del genere, per cui non credo che le cose si faranno movimentate come a Giacarta.»

«È quello che riteniamo. Ma ci siamo già sbagliati, in passato.»

«Hai ragione. Speriamo nel meglio ma ci prepariamo al peggio.»

«Sei mai stato a Bucarest?» domandò Chavez a Midas.

«Ci ho passato cinque giorni tre anni fa, per alcune operazioni avanzate con la Delta. Niente di che, ma più o meno mi oriento in città.»

Chavez sorrise. «Be', allora il nostro FNG è l'esperto della situazione.»

«FNG?» domandò Jack.

Midas e Chavez risposero all'unisono. «*Fucking new guy*.» Il novellino del cazzo.

«Sarei dovuto entrare nell'esercito solo per imparare questo gergo da fighi» bofonchiò l'altro, mettendosi a sedere su una poltrona davanti a Midas.

«Potrei parlare con alcune persone e farti entrare nel centro addestramento reclute» disse Midas.

«Oh, no, quella nave è salpata» rispose Jack. «Servo il mio Paese con i ragazzi di Gerry Hendley. Gulfstream sempre e comunque!»

I tre operativi si misero poi a parlare meglio della missione che li attendeva. Chavez confermò che con Alexandru Dalca sarebbero andati per gradi, così da stabilire quali fossero le sue abilità di controsorveglianza. Se era soltanto un truffatore che rubava dati e li vendeva a criminali sparsi in tutto il mondo, forse era relativamente poco protetto. Se invece lavorava davvero per conto di un attore statale, o persino del califfato, era logico pensare che avrebbe avuto intorno persone in grado d'identificare un'eventuale sorveglianza, interessate a tenerlo vivo e lontano dagli americani.

A ogni modo, si dissero, dovevano essere pronti a tutto.

Country chiuse il portellone, e pochi minuti dopo il G550 si sollevò oltre il fiume Potomac, in direzione sud. Passò proprio sopra all'appartamento di Jack e alla sede della Hendley Associates, poi virò a est per puntare sull'Europa.

51

Alexandru Dalca si svegliò in un bagno di sudore. Si tirò su a sedere, rimase in ascolto per capire cosa lo avesse spaventato, poi ricordò il sogno.

Abbassò di nuovo la testa sul cuscino, stupito: lui non sognava *mai*.

Lo stavano inseguendo. Aveva qualcuno alle calcagna, ed era solo colpa sua. Un errore di calcolo, il non aver valutato bene le conseguenze delle proprie azioni di fronte alla ricompensa... Insomma, aveva fatto qualcosa che avrebbe portato alla sua imminente morte, per mano di una forza invisibile che lo stava raggiungendo.

Nel sogno era di nuovo un bambino di strada, solo e spaventato. All'inizio vagava per una città, poi si era ritrovato nel deserto. In ogni caso, il fulcro del sogno non erano i dettagli paesaggistici, ma i motivi dell'inseguimento. Dalca era dalla parte del torto, ciò che gli capitava era colpa sua e di nessun altro, e non aveva un posto dove nascondersi.

Poteva soltanto correre all'impazzata.

Fissò il soffitto dell'attico attraverso le ombre e i vapori che si alzavano dal suo volto sudato. E si rese conto di una cosa: *non* era un sogno. Era il suo subconscio che cercava di mandargli un messaggio. E avrebbe fatto bene ad ascoltarlo.

Quando i cinesi del Seychelles Group avevano lasciato la sede dell'ARTD, erano tutt'altro che convinti di essere al sicuro. Non più di quanto lo fossero al loro arrivo. Il signor Peng e i suoi tre scagnozzi dall'aspetto cupo non si erano bevuti le storie di Dalca. L'aveva capito dalle loro parole, dal loro atteggiamento.

Al lavoro, aveva passato gli ultimi due giorni a dirsi che andava tutto bene; la sera tornava nel suo appartamento e si metteva a cercare i bersagli successivi per i tizi dell'ISIS, ripetendosi le stesse parole. Ma una volta addormentato le sue difese si abbassavano, e i suoi veri pensieri affioravano da sotto lo strato di serenità forzata.

I cinesi erano sospettosi, e presto avrebbero agito.

Quindi Alex Dalca era fottuto.

Ma solo se fosse rimasto a Bucarest, facendo di sé un facile bersaglio.

Prima di andare a letto aveva controllato il suo conto estero: aveva undici milioni di dollari in banca, più o meno tutti versati dai tizi dell'ISIS, e il giorno successivo gli avrebbero pagato altri tre milioni di dollari per gli obiettivi d'alto livello su cui aveva lavorato quella sera. A casa non aveva tutte le informazioni necessarie al cliente per uccidere quelle persone, per cui sarebbe dovuto tornare alla sede dell'ARTD a consultare i moduli SF-86. Se fosse fuggito subito, senza rientrare al lavoro, non avrebbe mai avuto quei soldi.

Adesso, però, si chiedeva se ne valesse la pena.

Si asciugò il sudore.

«Tre milioni per un'altra giornata di lavoro? Ovvio che ne vale la pena» si disse, a voce alta.

Il subconscio di Dalca pensava che il trucco fosse stato scoperto, ma ad avere il controllo era la parte razionale del suo cervello, quella secondo cui aveva ancora in pugno la situazione. Almeno per il momento. Il Seychelles Group non aveva niente su di lui, e di certo i cinesi non sarebbero andati a cercarlo entro il giorno successivo. In quelle ventiquattro ore avrebbe preso dai file tutte le informazioni riservate necessarie per guadagnare altri tre milioni di dollari.

Poteva tornare a dormire.

Subito, il sogno riprese.

Quando si svegliò, meno di un'ora più tardi, guardò di nuovo il soffitto. Sudava freddo.

«'Fanculo.»

Undici milioni andavano più che bene. Molto meglio che quattordici milioni in banca e il suo corpo in una stanza delle torture in Cina. Sì, era arrivato il momento di fuggire. *Ora*. Quei tre milioni potevano andare a farsi fottere.

Prima di scappare, però, doveva attendere l'inizio della giornata lavorativa e parlare con qualcuno. Questa volta rimase sveglio: temeva che se avesse chiuso gli occhi si sarebbe ritrovato di nuovo in quel sogno, con il suo subconscio intento a ricordargli che aveva sbagliato, e chissà come non aveva previsto che i cinesi avrebbero intuito il suo gioco.

No, si sarebbe limitato ad aspettare; poi, al mattino, sarebbe andato a trovare quell'uomo e avrebbe tagliato la corda.

E allora *sì* che avrebbe corso all'impazzata.

52

L'elegante Gulfstream G550 bianco della Hendley Associates atterrò a Bucarest alle nove e venti del mattino, e il capitano Helen Reid rullò fino alla rampa della dogana. Prima che Country potesse aprire il portellone, tuttavia, un agente li chiamò via radio e disse che l'ispettore li avrebbe seguiti con il suo pick-up al centro servizi aeroportuali, dove avrebbe ispezionato con attenzione i bagagli dei passeggeri.

Di solito, quando viaggiavano con l'aereo privato, gli agenti del Campus superavano i controlli doganali e d'immigrazione direttamente all'atterraggio: un agente saliva a bordo e verificava che tutto fosse in ordine, valigie e documenti. A quel punto lasciavano la rampa della dogana e si dirigevano al centro servizi, dove l'aereo sarebbe rimasto per tutta la durata del soggiorno e dove i passeggeri potevano prepararsi a sbarcare. Questo dava loro il tempo di aprire gli scompartimenti segreti e recuperare materiale delicato come armi da fuoco e attrezzatura d'alta tecnologia per la sorveglianza.

Ma in Romania le cose non andarono altrettanto bene. Il fin troppo zelante ispettore fece spegnere il motore, poi ai quattro uomini nella parte posteriore dell'aereo fu chiesto di prendere i bagagli e scendere la scaletta. Furono quindi accompagnati a un tavolo, dove il responsabile della dogana controllò attentamente e in silenzio tutte le valigie.

I tre agenti operativi mantennero la calma, perché non

avevano niente da nascondere. E Gavin mantenne la calma perché non aveva idea che quella prassi fosse fuori dall'ordinario. I tre agenti del Campus avevano ovviamente lasciato le armi sull'aereo, ma avevano preso le due valigie Pelican piene di attrezzatura per la sorveglianza. Quando le mostrarono all'ispettore, questi domandò a cosa servissero i dispositivi e Jack tirò fuori alcune bolle di accompagnamento: spiegò che si trovavano in città per ottenere un appalto governativo nel settore della sicurezza, per conto di una compagnia statunitense che la Hendley Associates aveva appena acquistato, quindi passò a illustrare le caratteristiche di quegli strumenti. Soddisfatto, e un po' imbarazzato per non aver compreso a pieno il funzionamento di alcuni dei dispositivi, l'ispettore doganale tirò fuori un paio di videocamere e di telescopi terrestri dalle rispettive custodie in gomma, confrontò il numero di oggetti con quello riportato sulle bolle, poi fece un brusco cenno con la testa per comunicare che potevano richiudere tutto.

E alla fine, nonostante tutti i formalismi e l'aria compassata, l'ispettore appose i timbri sui passaporti e diede loro il benvenuto in Romania.

Nella sala d'attesa del centro servizi aeroportuali, i quattro americani furono accolti da Felix Negrescu, un sessantunenne imponente e con una maestosa barba brizzolata, che lo faceva assomigliare a un personaggio della saga di Harry Potter. Diede loro il benvenuto in Romania con un ampio sorriso, una stretta di mano vigorosa e molta più sincerità rispetto all'ispettore doganale, e insistette per prendere più valigie del dovuto mentre si dirigevano alla monovolume grigia che aveva lasciato nel parcheggio.

Dopo essere saliti tutti sul veicolo che Negrescu aveva noleggiato, Chavez disse: «Be', Felix, abbiamo già un problema.

Parte della nostra attrezzatura è rimasta sull'aereo. Non siamo riusciti a prenderla per via della procedura doganale. Non è che potresti aiutarci a trovare, che so, qualche pistola, solo a scopo di difesa?».

Felix, al volante, esplose in una risata bassa e rauca. «Mai provato la birra locale?»

Né Chavez né Jack capirono di cosa stesse parlando, ma Midas rispose: «Intendi la MD 2000? Sì, andrà bene, se è la più facile da trovare».

«Posso recuperarne anche altre» rispose Felix, «ma di quelle ne abbiamo in abbondanza. Basta una piccola sosta mentre andiamo alla casa sicura che ho preparato, e in un attimo ne avrete una a testa, con tanto di munizioni, caricatori e fondine.»

«Mai sentito parlare della MD 2000» disse Chavez.

«È un'imitazione della Baby Eagle. Una semiautomatica 9 mm con caricatore bifilare.»

Chavez annuì. «Okay, conosco la pistola israeliana. La versione rumena come se la cava?»

«Fa il suo dovere» disse Midas. «È l'arma d'ordinanza dell'esercito.» Poi si rivolse a Jack. «Tu conosci quella pistola?»

«No, ma credo di saper riconoscere la parte da cui escono i proiettili, per cui andrà tutto bene.»

«Non preoccuparti per Jack, sa sparare, anche sotto stress» disse Chavez.

«Buono a sapersi.»

Alle dieci parcheggiarono sotto un pergolato vicino alla stazione Nord di Bucarest. Chavez diede a Felix un rotolo di dollari, e questi chiese agli americani di aspettare in auto. Appena se ne fu allontanato, però, Ding disse: «Mister C garantisce per questo tipo, ma non ho intenzione di starmene qui seduto mentre uno che ho appena conosciuto si allontana e va parlare con tizi che non conosco per comprare delle armi».

Aprirono lo sportello della monovolume e scesero tutti, prendendo posizione vicino all'auto, ma tenendosi riparati. Non volevano diventare bersagli troppo facili.

Quindici minuti più tardi le loro paure si rivelarono infondate: Felix raggiunse la monovolume con uno zaino sulle spalle, e prese a grattarsi la barba guardandosi intorno. Evidentemente si chiedeva dove fossero finiti i suoi nuovi amici.

Chavez si materializzò in silenzio alle sue spalle.

«È andato tutto bene?» chiese.

Il rumeno sobbalzò per la sorpresa, poi si mise a ridere e fece il giro per andare a mettersi al volante. «Tutto liscio. Ci hanno persino regalato questo schifo di zaino, ma con le pistole hanno fatto i preziosi: mille ognuna, pacchetto completo.»

Chavez non si scompose. «Be', chi ha bisogno non può fare il pretenzioso. Se ci serviranno avremo speso bene i nostri soldi.»

Felix distribuì le pistole a Midas, Jack e Ding, e mentre la monovolume si immetteva nel traffico del centro i tre operativi controllarono che funzionassero a dovere, inserirono i proiettili nel caricatore primario e in quelli di riserva, poi assicurarono le armi alle cinture dei pantaloni.

Nel frattempo, Gavin Biery se ne stava seduto nella terza fila, con espressione imbronciata.

Voleva una pistola come tutti gli altri.

53

È raro che un carcerato, una volta rimesso in libertà, torni alla prigione in cui ha scontato la propria pena. E fino a quel giorno Alexandru Dalca non aveva fatto eccezione. Non aveva più messo piede a Jilava da quando ne era uscito, e non aveva alcuna intenzione di tornarci a breve. Almeno fino a quella mattina, quando si era svegliato con il terrore che i servizi segreti cinesi lo stessero accerchiando. Così, appena cominciò l'orario di visite, Dalca si mise in fila di fronte all'ingresso apposito e firmò il registro per chiedere un colloquio con un attuale occupante di quel grigio edificio.

Aveva inviato un messaggio a Dragomir Vasilescu, per dirgli che aveva bisogno di qualche ora di permesso: doveva andare a trovare un amico all'ospedale. Dragomir aveva risposto scrivendo: «Un amico? *Tu?*». Dalca non aveva ribattuto. E non aveva alcuna intenzione di tornare all'ARTD, come il suo capo avrebbe presto capito. Per cui era inutile continuare a far finta che gli piacesse, o anche solo che gli importasse qualcosa di lui o della sua società.

Una volta superati i cancelli esterni di Jilava, Dalca fu perquisito da cima a fondo; gli tolsero il cellulare, il portafoglio e le chiavi dell'auto.

Era convinto che il trattamento a lui riservato fosse un po' più brusco rispetto a quello del visitatore medio: le guardie si ricordavano di lui, e non gli mostrarono né cortesia né rispetto per il fatto che adesso si trovava all'esterno delle mura della prigione.

Fu scortato in una stanza grande quanto una palestra, e gli dissero di aspettare a un tavolo. Rammentava bene quel posto. Non che avesse ricevuto visite di parenti o amici, durante i sei anni di reclusione, ma a volte incontrava lì i suoi avvocati.

Spesso la stanza era affollata – in fondo era l'unico posto in cui i carcerati potessero incontrare i visitatori – ma quella mattina era quasi vuota, fatta eccezione per un paio di guardie annoiate agli angoli. Di certo, da lì non lo avrebbero sentito.

Cinque minuti più tardi la porta protetta dall'inferriata si aprì, e Luca Gabor entrò con le mani nelle tasche della tuta fornita dalla prigione. Non sembrava sorpreso di vederlo, né particolarmente contento. Raggiunse il tavolo senza fretta e si strinse nelle spalle.

Lì dentro, Gabor era stato il suo mentore. Ex funzionario d'intelligence, aveva lasciato il lavoro governativo per darsi alle truffe, ai furti e ai raggiri, diventando con il tempo uno dei criminali più ricercati d'Europa. E senza mai sporcarsi le mani con la violenza. Era stato arrestato in Francia poi trasferito nel suo Paese natio, dove l'avevano accusato di spionaggio e tradimento. Ed era stato condannato.

Adesso era al decimo dei suoi sedici anni di reclusione.

Gabor e Dalca era stati compagni fedeli, se non amici. Il più anziano aveva insegnato al più giovane tutto ciò che sapeva, e quest'ultimo aveva promesso di prendersi cura di sua figlia una volta tornato in libertà, mentre Gabor continuava a marcire là dentro. Ma Dalca non aveva fatto niente del genere. Aveva scordato la promessa appena uscito dai cancelli di Jilava, per cui non era sorpreso che Luca Gabor non sembrasse molto contento di vederlo, seduto di fronte a lui al piccolo tavolo di plastica al centro dell'area comune altrimenti vuota.

Dalca sapeva che Gabor aveva circa cinquant'anni, ma ne

dimostrava molti di più per via dei capelli bianchi e radi, della pelle grigia di chi vedeva poco la luce del sole e delle rughe profonde.

L'uomo si accese una sigaretta. «A quanto pare ti mancavo così tanto che sei tornato qui dopo nemmeno sedici mesi.»

«E a quanto pare io ti sono mancato così tanto che hai contato da quanti mesi ho lasciato questo posto di merda.»

Gabor soffiò il fumo. «Sapevo che un giorno avresti voluto qualcosa da me. Avevo scommesso con me stesso che saresti tornato prima di due anni.»

«Hai vinto. Come sempre.»

Gabor indicò le mura della prigione. «Eh già, sono proprio un vincente.» Poi aggiunse: «Non ti domanderò cosa vuoi. Non subito, almeno. Prima voglio sapere cosa mi darai, per qualsiasi cosa tu intenda chiedermi».

Dalca poteva essere un oratore incredibilmente persuasivo e carismatico, ma non avrebbe sprecato il fiato con Luca Gabor. Quell'uomo era l'unica persona al mondo che lo conosceva davvero. «Soldi. Abbastanza per tutta la tua famiglia.»

«I soldi li avevi anche la settimana dopo essere uscito. Lavori all'ARTD, sei la loro punta di diamante, guidi una Porsche Panamera Turbo nuova di pacco e vivi in un attico a Primăverii.» Era il quartiere più esclusivo di Bucarest, sul fiume Dâmbovița.

«Già, immaginavo che mi avresti fatto tenere d'occhio. La conoscenza è potere, dicevi sempre.»

«Lo dicevo?» Gabor fumò in silenzio per qualche secondo. «Be'... dicevo un sacco di stronzate. Ho la conoscenza, ma non il potere.» Si sporse in avanti. «Cosa cazzo vuoi, fottuta serpe?»

«Voglio renderti ricco.»

«'Fanculo, non sono uno di quei vecchi americani che chiamavi per rifilargli finte proprietà immobiliari. Ti conosco, Dalca. Vuoi fottermi.»

Dalca scosse la testa. «So dove vive tua figlia.»

Gabor sobbalzò, e per poco non si scagliò contro di lui, ma Alex non si scompose.

«Non è una minaccia: è un'opportunità. Andrò a farle visita oggi stesso, e le darò le credenziali di accesso a un conto cifrato a Cipro. Un milione di dollari.» Dalca sorrise. «Tutto per lei.»

Gabor si accigliò. «Sentiamo il tuo discorsetto da imbonitore, serpe. Ti ascolterò: non posso andarmene, e non ho altro da fare.»

«Voglio che tu mi metta in contatto con i macedoni.»

Gabor sembrava confuso. «Quali macedoni?»

«Non fare il finto tonto. Mi hai raccontato tu dei tizi che gestivano il casinò in Macedonia. Avevano provato a ingaggiarti molte volte, per lavorare con loro. Dicevi che quando sarei uscito mi avrebbero preso, e mi avrebbero sistemato nel loro casinò per truffare i clienti. Ne eri convinto. Ma dicevi anche che sarei dovuto andare da loro solo se fossi stato disperato, o braccato, perché erano un branco di gangster schizzati dal grilletto facile.»

Gabor picchiettò la sigaretta sul posacenere. E, lentamente, esplose in una risata stridula.

Dalca era sempre più frustrato, e il suo mentore di un tempo sembrava intenzionato a non dargli risposte.

«Perché fingi di non sapere di cosa sto parlando?»

L'uomo più anziano riprese il controllo. «Ero *davvero* confuso. Tu hai detto "macedoni". Gli uomini di cui ti ho parlato gestiscono davvero un casinò in Macedonia, a Skopje, e possono assumere e proteggere qualcuno con le nostre abilità. Ma non sono macedoni. Sono...» Si sporse in avanti e abbassò la voce. «Albanesi.»

Dalca si abbandonò contro lo schienale della sedia. «Merda. Non me l'avevi detto.»

«Ah no?» domandò Gabor, godendosi lo sguardo terrorizzato di Alex. «Sono dei bastardi fuori di testa, Alexandru. Ma tu sei nella merda – non prendiamoci in giro, non saresti qui altrimenti – e vuoi dei bastardi fuori di testa dalla tua parte.»

Dalca ci rifletté su per un momento. Aveva paura degli albanesi: chiunque, nel suo mondo, sapeva quanto fossero pericolosi, quanto fosse ampio il loro raggio d'azione. A ogni modo, considerata la sua situazione, Dalca non vedeva altre possibilità per salvarsi.

Alla fine fu una decisione facile. Degli albanesi infidi che lo avrebbero pagato e protetto erano di gran lunga preferibili a cinesi pericolosi che lo avrebbero torturato e ucciso.

«D'accordo, Luca. Darò a tua figlia un milione perché tu mi metta in contatto con questi albanesi.»

Gabor aspirò la sigaretta e rispose da dietro una nuvola di fumo. «Mi devi *già* un milione, per tutto quello che ti ho insegnato. E me ne devi un altro per aver rotto il nostro accordo, quando sei uscito di qui. Quindi, il *terzo* milione che darai a mia figlia sarà per averti presentato gli albanesi.»

Una vena cominciò a pulsare sulla fronte di Dalca. «Scordatelo. Credi sia pazzo?»

Gabor sorrise. «Arrivederci, Dalca. E buona fortuna. Ho la sensazione che ne avrai bisogno.» Di nuovo quella risata stridula.

«Me ne vado.» Dalca cominciò ad alzarsi. Poi ripensò ai suoi sogni, al panico con cui si era svegliato, e si rimise a sedere. «Un milione e mezzo.»

«Tre.»

«Non fare lo stupido, Luca. Con quella cifra puoi sistemare te stesso, tua figlia e tutti i tuoi nipoti, a vita!»

«Credimi, è quello che intendo fare. Con i tuoi tre milioni di dollari.» Siccome Dalca non rispondeva, aggiunse: «Te li leggo negli occhi. Il terrore. La disperazione».

«Non ho tre milioni.»

«Stronzate. Qualsiasi cosa ti abbia spaventato a tal punto, deve averti riempito le tasche per bene. Non correresti un simile rischio per degli spiccioli. Se sei partito da un'offerta di un milione di dollari, vuole dire che come minimo ne hai dieci.»

Undici, per l'esattezza, ma Dalca si meravigliò comunque delle capacità deduttive di Gabor. Persino in quel momento, quando non desiderava altro che strappargli il cuore dal petto.

«Te ne darò due, non di più.»

Gabor si alzò in piedi e si girò verso la guardia accanto alla porta con l'inferriata.

«Sono pronto!» disse a voce alta.

«Basta con queste sceneggiate, Luca. So che non rifiuterai due milioni.»

«E io so che *tu* non rinuncerai alla tua vita per un milione in più.»

Dalca scattò in avanti e afferrò Gabor per il braccio. «*Cazzo!* D'accordo, tre milioni. Ti odio!»

«Tu odi tutti. È nel tuo DNA.»

Alex ignorò quel commento, che non lo offese minimamente. Stava ancora pensando ai soldi che avrebbe dovuto sborsare, e a come organizzare tutto. «Ascolta... devo mettermi al lavoro, ma passerò da tua figlia stasera.»

Gabor annuì. «Sarò pronto con le informazioni. Ti serve una mano per uscire da Bucarest?»

«Non... non credo. Non lo so.»

«Be', preparati a ogni eventualità, perché non potrò aiutarti prima di domani. Torna qui domattina e ti organizzo tutto. A patto che mia figlia mi chiami per raccontarmi del suo improvviso colpo di fortuna, ovvio.»

Dalca avrebbe voluto partire quel giorno stesso, ma le cose erano più complicate del previsto. «D'accordo.» Mentre

Gabor si girava per andarsene, però, gli venne in mente una cosa. «Non mi hai nemmeno chiesto cosa sta succedendo. Da cosa sto fuggendo.»

L'altro non smise di camminare, si limitò a stringersi nelle spalle mentre si avvicinava alla porta.

«Perché avrei dovuto? È un problema tuo, non mio.»

Alexandru Dalca salì sulla sua Porsche e andò al lavoro, anche se non era nei suoi piani. Era possibile che i cinesi stessero sorvegliando l'ARTD, quindi correva un rischio ogni volta che raggiungeva l'edificio in Strada Doctor Paleologu.

Adesso, però, non poteva fare diversamente. Doveva tenere duro solo per un altro giorno, e avrebbe guadagnato i tre milioni di dollari che doveva a Gabor, grazie agli ultimi pacchetti di puntamento per i tizi dell'ISIS. Sul suo conto sarebbero comunque rimasti undici milioni.

L'avidità aveva avuto la meglio sulla paura, ma la lotta era stata ardua.

54

Alle undici del mattino, gli uomini del Campus e il loro contatto rumeno portarono l'attrezzatura di sorveglianza su per quattro piani di scale, fino a un piccolo e polveroso appartamento quasi vuoto in un edificio grigio risalente all'epoca comunista, su Strada Uruguay. Posarono gli strumenti su delle brande verdi di tipo militare, che Felix aveva sistemato la sera precedente, poi seguirono l'uomo sul pianerottolo e fino al lato opposto del piano. L'ex militare si fermò di fronte a una porta chiusa, tirò fuori la chiave giusta e mostrò loro l'interno: uno stretto corridoio fiancheggiato da altre porte.

«Gli appartamenti di questo edificio non avevano ripostigli: ai tempi del comunismo non avremmo avuto granché da metterci. A quanto pare, però, quella mancanza rendeva difficile affittarli. Così i proprietari dello stabile hanno trasformato in piccoli depositi uno degli appartamenti d'angolo di ogni piano.»

C'era poca luce nel corridoio, ma Felix trovò di nuovo la chiave appropriata e aprì una delle porte. All'interno, una stanzetta di un metro e venti per un metro e ottanta, con una scrivania e una sedia contro il muro in fondo, la cui ampia finestra era stata coperta da assi di legno. Felix si allungò e ne scostò una, che chiaramente aveva allentato prima dell'arrivo degli americani, rivelando un'apertura triangolare. Indicò un edificio moderno, a quattro piani, dall'altra parte della strada.

«L'appartamento del vostro uomo è all'ultimo piano.»

«Quale finestra?»

«Tutte. È un attico. L'ascensore sale lungo il lato destro del palazzo. Gli annunci online degli appartamenti in affitto mostrano le camere da letto nella parte posteriore, ma da qui non posso vedere dentro alle finestre senza un teleobiettivo, e non ne ho portato nemmeno uno.» Fissò gli americani. «Spero abbiate messo qualche bel giocattolino in quelle valigie Pelican.»

«Puoi scommetterci» rispose Jack.

Felix sorrise. «Non c'è molto spazio, qui, ma ho pensato che uno di voi potesse appostarsi per la sorveglianza.»

«Andrà benissimo» disse Chavez. «Piazzeremo alcune telecamere, e altre dove lavora.»

«Fammi indovinare» disse Gavin, «questa sarà la mia nuova casa.»

Chavez gli mise una mano sulla spalla. «Avevi in mente qualcosa di persino più elegante?»

«Speravo di andare a vedere il castello di Dracula.» Gli occhi di Gavin si illuminarono come quelli di un bambino. Si voltò verso Felix. «È vicino?»

L'imponente uomo barbuto scosse la testa. «A parecchie ore d'auto. La Romania non è soltanto Dracula, sai?»

«Mi spiace, Felix» intervenne Jack. «Gavin è il direttore della nostra sezione IT, e non esce molto spesso.» Poi si rivolse a Gavin: «Se Dalca cercherà di nascondersi nel castello di Dracula, andrai tu a tirarlo fuori di lì».

«Sarebbe fantastico. Speriamo lo faccia davvero...»

La squadra passò le ore successive a preparare l'operazione di sorveglianza. Gavin e Midas piazzarono una videocamera digitale e un telescopio terrestre nel ripostiglio, puntati entrambi sul balcone dell'appartamento di Dalca; poi collegarono la videocamera a un computer portatile, che avrebbe conservato il video. Lì accanto, su un piccolo treppiedi poggiato sulla scrivania, montarono un dispositivo per le intercettazioni a distanza, diretto verso la stessa finestra: avrebbe proiettato un raggio laser costante e invisibile, che avrebbe colpito il vetro e sarebbe rimbalzato indietro; la fotocellula di ricezione avrebbe registrato le variazioni d'intensità nel fascio luminoso, corrispondenti alle vibrazioni prodotte dalle onde sonore, e avrebbe trasmesso il segnale a un computer incaricato di trasformarlo in suoni. Bastava collegare le cuffie all'amplificatore, e il gioco era fatto.

Era uno strumento ingegnoso e di chiara utilità, ma aveva dei limiti. Gavin e Midas individuarono subito il più evidente, che avrebbero notato anche gli altri agenti del Campus: potevano puntarlo solo sulla finestra di fronte a loro, altrimenti il raggio avrebbe colpito il vetro con un'angolazione sbagliata e non sarebbe tornato alla fotocellula.

I due rifletterono per un po' sul problema, cercando di trovare una soluzione di tipo tecnico, poi Midas decise che c'era anche un'altra strada. In caso di necessità, si sarebbe tenuto pronto a scassinare altri ripostigli su quel lato dell'edificio, così da puntare il dispositivo su finestre differenti. Era una soluzione a basso contenuto tecnologico, certo, ma lui e Chavez concordarono che era pratica, realizzabile e relativamente rapida, ottima nel caso Dalca avesse passato parecchio tempo in altre stanze, una volta tornato a casa dal lavoro.

Dopo aver preparato la postazione per la sorveglianza, Ding scese in strada e nascose alcune videocamere wireless vicino all'ingresso del palazzo di Dalca. A quell'ora del pomeriggio il quartiere era quasi deserto, e le telecamere ad aggancio magnetico erano abbastanza piccole da risultare pressoché invisibili una volta fissate su grondaie o altri tubi metallici sulla la facciata degli edifici, persino quando i pedoni vi passavano vicino.

Mentre Midas, Gavin e Ding si davano da fare nell'area intorno all'appartamento dell'obiettivo, Felix e Jack si recarono alla sede dell'ARTD, tre chilometri più a sud. Camminarono per il quartiere, cercando telecamere di sicurezza nei cui sistemi potersi inserire. Jack annotò gli indirizzi e gli esercizi commerciali in cui erano presenti telecamere e cercò punti in cui poter posizionare i propri dispositivi; stava anche per piazzarne uno, ma c'erano troppi pedoni per strada, e l'ultima cosa che voleva era compromettersi proprio lì, di fronte all'edificio in cui i segreti dell'America venivano venduti allo Stato Islamico. Così, i due preferirono tornare alla casa sicura.

Mentre erano in auto, Jack chiamò Gavin su una linea sicura e gli chiese di trovare un modo per violare le reti delle telecamere di sicurezza già installate nel quartiere.

Erano a Bucarest da appena due ore, ma l'impressione generale era già che Gavin Biery sarebbe stato l'uomo più occupato dell'intera squadra.

Alexandru Dalca era seduto nel suo ufficio a guardare la diretta della CNN dagli Stati Uniti. Erano stati identificati altri quattro sospettati di quelli che ormai consideravano tutti degli attentati terroristici, e i loro volti dominavano i notiziari.

Un osservatore esterno avrebbe potuto pensare che i tizi dell'ISIS non sarebbero stati in attività ancora per molto, ma proprio quella mattina Dalca aveva ricevuto una richiesta dal suo contatto mediorientale, per un nuovo acquisto. Altri due milioni e mezzo di dollari per tre obiettivi di alto livello. Una sola giornata senza perdite, e i jihadisti parevano già farsi più audaci. I tre pacchetti d'informazioni che intendeva completare quel giorno riguardavano proprio obiettivi di primo livello, per cui trovava interessante che i suoi clienti ne stessero già ordinando altri. Era chiaro che volessero aumentare il ritmo degli attacchi: o pensavano di essere migliorati, o avevano forze fresche a disposizione.

Quale che fosse il motivo, in realtà non aveva importanza: Alexandru non sarebbe rimasto a Bucarest abbastanza a lungo da fornire loro altre informazioni riservate. Avrebbe dovuto accontentarsi dei milioni che aveva già guadagnato, tolti quelli da dare alla figlia di Gabor per lasciare la città.

Con quell'obiettivo in mente, lavorò sodo per tutto il pomeriggio. Seduto alla scrivania del suo ufficio, guardò la foto di una delle sue vittime; lo aveva identificato come membro d'alto livello delle forze dell'ordine statunitensi, con incarichi legati all'antiterrorismo. A Dalca non mancava che l'ultimo tassello del puzzle, per scoprire dove si sarebbe trovato in un dato momento.

Ormai poteva confezionare quei pacchetti d'informazioni a occhi chiusi, e usando solo risorse di SOCMINT, *social media intelligence*. Si rammaricò dei potenziali guadagni che sarebbero sfumati una volta uscito di lì. Avrebbe voluto rubare i file dell'OPM, portarli con sé in Macedonia e usarli per ottenere nuovi introiti. Si sarebbe fatto proteggere dagli albanesi, fingendosi un alleato fedele intenzionato a ripagarli per quanto gli offrivano, e quando le acque si fossero calmate sarebbe scappato di nuovo, in un luogo ancora più sicuro, libero da gangster assassini e spie cinesi. Una volta sparito dalla circolazione, su un'isola caraibica o in un qualsiasi altro posto in cui nessuno lo avrebbe trovato, avrebbe potuto ricominciare a fare affari vendendo informazioni sulle spie e i soldati americani, sfruttando il dark web.

I suoi undici milioni sarebbero stati solo la punta dell'iceberg.

Poteva accedere facilmente ai file dell'OPM, quel giorno come tutti gli altri, ma rubarli sarebbe stato molto più difficile.

Aveva il permesso di entrare nella stanza isolata in cui era conservato il computer, e di prendere appunti a mano su singoli profili. Ma siccome era impossibile scaricare o trasferire le informazioni da quella macchina, l'unico modo per portarle con sé sarebbe stato trascrivere tutti i dati dai venticinque milioni di file, o fotografare lo schermo e immortalare così ogni pagina.

Era fuori discussione.

Be'... in effetti un'altra possibilità *c'era*, e gli venne in mente guardando un nuovo video di propaganda dell'ISIS. Mostrava l'omicidio di un uomo su un SUV, in una buia via di St. Louis, compiuto da un'auto in movimento. Il veicolo era stato crivellato di proiettili con un AK; poi, l'uomo con la telecamera era tornato indietro per inquadrare un tizio biondo con la testa riversa sul volante, il corpo tenuto fermo dalla cintura di sicurezza. Secondo la didascalia era un agente della CIA. Poi il terrorista era tornato a bordo della sua Volvo blu, ma proprio in quell'istante un uomo era accorso da un'auto parcheggiata nella corsia opposta, cercando di bloccare la fuga dei criminali.

Era l'atto insensato di una persona in preda all'adrenalina, incapace di capire appieno ciò che aveva di fronte e di rendersi conto che si stava mettendo in pericolo. La Volvo l'aveva centrato in pieno e l'uomo era scomparso sotto il cofano. Il video mostrava l'impatto anche al rallentatore.

Dalca era affascinato da quelle immagini, ma ancor di più dall'idea che gli avevano suggerito. Non doveva far altro che creare un diversivo nell'edificio, per poi entrare nella stanza isolata e rimuovere fisicamente il disco rigido del computer. Avrebbe impiegato almeno cinque minuti, e doveva essere sicuro che nessuno l'avrebbe disturbato, ma era l'unico modo per avere la botte piena e la moglie ubriaca. L'unico modo per fuggire senza perdere la miniera d'oro rappresentata dai dati dell'OPM.

Dopo un attimo di riflessione decise che ne valeva la pena. Se doveva abbandonare Bucarest per non tornare mai più, consegnandosi agli albanesi e chiedendo la loro protezione, non sarebbe stato male avere un asso nella manica.

Trenta minuti più tardi, Dalca si trovava nel magazzino dell'ARTD, alla ricerca di qualcosa che trovò in cima a uno scaffale. Disinfettante per le mani, di quelli usati nei bagni pubblici. Sapeva che era infiammabile, perché in prigione era permesso usare soltanto le saponette, così da ridurre il rischio di incendi. Tolse il tappo alle due confezioni industriali e le portò al grande contenitore per il riciclo della carta. La maggior parte dei rifiuti prodotti dall'edificio a cinque piani era costituita da carta, sotto forma di documenti sminuzzati o di scatole di cartone, per cui quel contenitore era davvero enorme: alto circa due metri e lungo dieci. Al momento era pieno solo per metà, ma dopo avervi versato sopra il disinfettante avrebbe offerto comunque un ottimo diversivo.

Assicuratosi di essere da solo, Dalca lanciò un fiammifero acceso nel contenitore. Le fiamme si alzarono all'istante, e parvero risucchiare tutta l'aria dalla stanza. Salirono sempre più in alto, a mano a mano che i gas nell'aria bruciavano, e poco dopo da quell'enorme cestino della carta prese a levarsi un fumo nero e denso.

Una manciata di minuti più tardi, Alex era seduto nel suo ufficio e sentì scattare l'allarme antincendio. Era già pronto con alcuni cacciaviti in tasca e una scopa in mano.

Mentre tutti gli altri sgombravano il quarto piano, lui entrò nella stanza con il computer isolato, spostandosi lungo il muro e facendo attenzione a rimanere sotto la telecamera di sicurezza centrata sulla macchina, al centro del locale di cinque metri quadri. Usò il manico della scopa per togliere la spina della videocamera dalla presa, posta nell'angolo in alto, poi si mise al lavoro.

Alla fine impiegò meno di cinque minuti a rimuovere il disco rigido, che infilò nello zaino. Non si prese nemmeno il disturbo di riavvitare il pannello del case, limitandosi a incastrarlo al suo posto e mettendosi in tasca le viti. Poi spense le luci della stanza, chiuse la porta a chiave e se ne andò.

Aveva anche lasciato il monitor sulla sua scrivania acceso: non avrebbe abbandonato il Paese prima del giorno successivo, quindi doveva sembrare che fosse tutto come sempre, per non insospettire i suoi colleghi.

Salito sulla Porsche, si diresse verso casa della figlia di Gabor. Poi avrebbe fatto alcuni preparativi di emergenza, nel caso la situazione fosse peggiorata prima del previsto. Le ore successive sarebbero state fondamentali, e non poteva permettersi di lasciare qualcosa al caso.

Mentre si allontanava dal quartiere incrociò un camion dei pompieri a sirene spiegate. Non pensò neanche per un secondo alle persone all'interno dell'edificio: l'ARTD non era più una sua preoccupazione. Pensò invece al presente, e ai giorni a venire. Stava per dare a una donna che conosceva a malapena la scandalosa somma di tre milioni di dollari, ma doveva ammettere che erano soldi ben spesi. Il suo piano originale, lasciare Bucarest quel giorno stesso e da uomo ricco, aveva subito una modifica significativa: avrebbe lasciato Bucarest il giorno successivo, da uomo ricco e con la prospettiva di diventarlo ancora di più.

Era più che soddisfatto del nuovo piano.

55

Sabato pomeriggio Adara e Dominic atterrarono all'aeroporto O'Hare di Chicago, noleggiarono un'auto e si diressero a est, verso il centro. Presero una camera al Chicago Athletic Association Hotel, ad appena qualche isolato dal lago Michigan, per poi risalire subito in auto e raggiungere un edificio in Roosevelt Road, a quindici minuti dall'albergo. Il palazzo ospitava la divisione FBI di Chicago e la locale task force congiunta antiterrorismo.

Siccome l'accesso era riservato, Adara rimase fuori mentre Dominic aspettava di incontrare l'agente speciale supervisore David Jeffcoat, che aveva accettato di aggiornarlo sulla situazione in città. Dom fu accompagnato al piano della JTTF e passò accanto a scrivanie occupate da rappresentanti d'alto livello di quasi tutte le forze di sicurezza, le agenzie di gestione delle emergenze e quelle d'intelligence del governo americano.

Entrarono in un ufficio inutilizzato, e Jeffcoat chiese a Dominic perché fosse interessato al caso. Era strano, spiegò l'uomo, che Caruso fosse solo un agente speciale assegnato all'ufficio di Washington, ma fosse stato preceduto da una telefonata dall'ufficio del direttore, nella quale si chiedeva di aggiornarlo su tutto ciò che voleva.

«Capisco la sua domanda, supervisore Jeffcoat, ma non posso scendere nei dettagli. Basti dire che mi è stata assegnata una missione conoscitiva da alcune parti interessate, nella capitale.»

«Spero che la cosa non venga male interpretata, ma alcuni dei miei ragazzi si stavano chiedendo se il fatto che suo zio sia il presidente abbia qualcosa a che fare con l'incarico.»

Dom scosse la testa; fare un commento del genere non era una mossa particolarmente furba. «No, non si tratta di nepotismo. E non sono sicuro che esista un modo giusto per insinuare la cosa.»

Jeffcoat ci pensò su per qualche secondo, poi disse: «Be', come può immaginare siamo piuttosto occupati, visto che tre dei presunti terroristi andati a El Salvador vivono in quest'area».

«Giusto» concordò Dom. «Senza contare che l'assassino di Brooklyn ha preso un aereo per Chicago.»

«Pensiamo potrebbe non essersi fermato qui» ribatté Jeffcoat.

«Ah sì?»

L'altro gli diede un aggiornamento puntuale, anche se piuttosto stereotipato, sulle operazioni della JTTF di Chicago e sulla sua organizzazione.

Quindi i membri della locale task force antiterrorismo sapevano dei tre studenti della Scuola di Lingue provenienti dall'area di Chicago e dell'attentatore di Brooklyn atterrato all'O'Hare, cosa che sollevò Dom. Al contempo però, a giudicare dalle parole di Jeffcoat, sembravano ritenere improbabile che i combattenti dell'ISIS fossero ancora nell'area.

«Perché credete che Chicago non corra il rischio di attentati, nonostante diversi membri del gruppo terroristico siano legati, in un modo o nell'altro, a questa città?»

«Vede» disse Jeffcoat, «i tre uomini che sono andati a El Salvador sono atterrati all'O'Hare soltanto perché comprare i biglietti di andata e ritorno aveva più senso. Abbiamo vagliato attentamente tutte le persone a loro collegate, e nessuno li ha più visti o sentiti. Pensiamo si siano nascosti in qualche altra parte del Paese. Quanto all'attentatore di Brooklyn, potrebbe anche essere in città, ma non ci sono prove. Abbiamo passato l'intera giornata di ieri a controllare gli alberghi da qui ad Aurora, mostrando la sua foto, e non siamo riusciti a scoprire niente. A quest'ora potrebbe essere già sulla costa occidentale, o in Canada. Chicago non ha grandi basi militari, e non è esattamente il fulcro dell'attività della CIA, per cui non ci sono grandi bersagli per gli uomini di al-Matari. È più probabile trovare questi tizi nell'area di Washington, o magari nei pressi di una qualche grande base militare da qualche parte nel Paese.»

Dom non poteva mettersi a discutere con il supervisore, anche se pensava che la mancanza di attività in quell'area avesse una certa rilevanza.

«La pensano così anche ai piani alti?»

«Certo. L'agente speciale Thomas Russell, che gestisce la JTTF di Chicago, ritiene che l'O'Hare fosse solo un punto di passaggio. Pensiamo che tutti quei soggetti abbiano lasciato in fretta la città, probabilmente a bordo di auto preparate allo scopo.»

«Russell è in ufficio?» domandò Dom.

«Sì. Glielo presenterei, ma è un uomo impegnato. E, di nuovo, non sono del tutto sicuro di chi o cosa sia lei. Mi è stato chiesto di accoglierla, ed ecco perché stiamo parlando, ma nessuno mi ha detto di accompagnarla nell'ufficio del capo. Per cui, l'unica persona che oggi infastidirà sarò io.»

Dom si fece scivolare addosso quella sparata. Capiva che Jeffcoat fosse confuso sul perché dovesse passare parte della propria giornata, che doveva essere molto piena, a parlare con un agente qualsiasi di un'altra divisione.

Gli strinse la mano, e Jeffcoat disse: «Mi spiace abbia fatto tutta questa strada per una chiacchierata di venti minuti che avremmo potuto fare al telefono. La prossima volta mi chiami, così il governo risparmierà qualche dollaro».

«Oh, ma non sono venuto qui solo per il suo resoconto» ribatté Dom. «Rimarrò in città a valutare la situazione. Non sono convinto come voi che l'ISIS non troverebbe bersagli da colpire, qui.»

«Non è quello che ho detto, Caruso. Ma, se lei è di Washington, penso proprio che un pezzo di merda dell'ISIS e i suoi tirapiedi troveranno nella capitale abbondanza di bersagli.»

Dom si girò verso la porta. «Potrebbe aver ragione. Buona fortuna.»

Quando l'operativo del Campus uscì dall'edificio e raggiunse Adara in auto, le raccontò della scortesia dell'agente speciale supervisore.

«Vuoi che vada a picchiarlo per te, tesoro?»

Dom si mise a ridere.

«Cosa pensi di fare, adesso?» chiese lei.

«Vediamo... Un pomeriggio soleggiato a Chicago, eh? Mi piacerebbe portare la mia ragazza a vedere una partita dei Cubs, ma temo dovremo rimandare. La JTTF locale non ritiene che la città sia in pericolo, e si è limitata a scavare nel passato dei tre terroristi di Chicago. Personalmente, sono più preoccupato del futuro prossimo.»

«Quindi, qual è il nostro piano?»

Dom si strinse nelle spalle. «A essere sinceri, finché non avremo altro su cui lavorare credo che *possiamo* fare solo una cosa: valutare potenziali minacce. Studieremo la lista degli eventi in zona, e controlleremo i luoghi in cui si riuniranno membri delle agenzie militari e governative.»

«Be', per quello basterebbe fare inversione e tornare all'edificio dell'FBI» disse Adara. «Se la JTTF si riunisce lì, ci saranno tutti i pezzi grossi delle forze di sicurezza e d'intelligence della città.»

«Vero, ma sono ben protetti là dentro. Ho dovuto superare diversi metal detector e scanner, in più hanno vetri antiproiettile e guardie di sicurezza con fucili e protezioni in kevlar. Al-Matari è troppo intelligente per provare a colpire quell'edificio. Al massimo i suoi scagnozzi potrebbero irrompere nell'atrio e uccidere una segretaria e due guardie, prima di finire massacrati. No, dobbiamo pensare come lui, cercare bersagli esposti e considerare gli elementi ricorrenti dei suoi attacchi. Lui prende di mira agenti dei servizi segreti, soldati delle forze speciali, piloti, e i suoi uomini entrano in azione quando le vittime sono più vulnerabili. Se riuscissimo a individuare il loro obiettivo, allora potremmo renderci utili.»

«È possibile che nell'area ci siano anche cinque o sei terroristi, e che al-Matari stia organizzando l'attacco più grande mai visto finora. Meglio mettersi al lavoro.»

Gli uomini del Campus in missione a Bucarest scoprirono dell'incendio alla sede dell'ARTD quando Biery chiamò in Virginia, per chiedere alla sua squadra di violare le telecamere di un ferramenta lì di fronte.

Occorsero pochi minuti per introdursi nel sistema di sicurezza del negozio, e appena le immagini della telecamera all'ingresso comparvero sul suo computer, Gavin vide con sorpresa una fila di camion dei pompieri.

Gli americani chiesero quindi a Felix Negrescu di scoprire cosa fosse successo, e il rumeno aprì un'app sul cellulare che permetteva di ascoltare le frequenze radio di soccorritori e forze dell'ordine. Riferì che l'incendio era divampato nel seminterrato dell'edificio, da un contenitore per la raccolta differenziata, ma era stato domato in venti minuti. Nessun ferito, e le uniche conseguenze erano i danni provocati dal fuoco e dall'acqua per spegnerlo.

Non avendo motivi per sospettare che quell'evento avesse a che fare con il loro obiettivo, gli uomini del Campus proseguirono come da programma. Quel pomeriggio dovevano iniziare a lavorare su un sopralluogo nell'appartamento di Dalca, per piazzare dispositivi di intercettazione e installare tool ad accesso remoto su computer, telefoni, tablet e ogni altro device. Prima dell'irruzione, però, Chavez voleva che sorvegliassero l'edificio per l'intera giornata, così da farsi un'idea delle abitudini e dei comportamenti di Alex Dalca e degli altri condomini.

Ci sarebbe voluto tempo, ma Chavez partecipava a missioni simili da parecchio e sapeva che ne sarebbe valsa la pena, specie considerando che l'alternativa era rischiare di compromettere uno dei membri della squadra.

Il resto del giorno passò lento, soprattutto perché – chi più chi meno – soffrivano tutti per gli effetti del jet lag. A metà pomeriggio Midas andò a prendere il caffè per la squadra, e intorno alle sette Jack, seduto nella monovolume lungo la strada insieme a Felix, interruppe la sorveglianza per andare a prendere la cena per tutti.

Nel piccolo ripostiglio, seduto alla sua scrivania mentre fuori calava la sera, Biery stava mangiando un piatto di pollo alla paprika quando una Porsche Panamera gialla entrò nel parcheggio riservato – l'accesso era possibile solo digitando un codice – accanto al palazzo di Dalca. Appena l'auto sportiva si fermò, Gavin mise a fuoco la videocamera e vide scendere il loro uomo, che riconobbe subito. Aveva uno zaino in spalla e diverse grandi buste in mano.

L'americano attivò la propria ricetrasmittente premendo il pulsante sul cavo della cuffia. «L'obiettivo è arrivato. È da solo. Guida una Porsche cinque porte gialla. Niente male.»

«Ricevuto» rispose Chavez. Lui e Midas erano nell'appartamento sull'altro lato dell'edificio; potevano vedere le immagini di tutte le telecamere sui loro iPad, ma in quel momento erano nel bel mezzo della cena. «Riferisci i suoi movimenti.»

«L'ho perso quando è entrato nell'atrio del palazzo» disse Gavin. «Ho il microfono laser pronto, nel caso telefoni a qualcuno, ma se si mette a sedere e lavora al computer sarà una lunga notte.»

«Sapevamo già che aspettarci un suo incontro faccia a faccia con qualcuno avrebbe portato a poco, e che la soluzione migliore sarebbe installare delle microspie sui suoi dispositivi» commentò Chavez.

Intervenne Jack. «Eh già, i nerd non escono molto.»

Una frecciatina scherzosa diretta a Gavin, ma l'informatico era concentrato sul suo lavoro. Attraverso le cuffie del microfono laser, sentì la porta dell'appartamento aprirsi.

«È in casa. Nessuna conversazione, sembra ancora solo.»

Gavin richiamò sullo schermo le immagini della videocamera puntata sull'appartamento, e dopo pochi secondi vide il loro uomo uscire sulla terrazza con una bottiglia di birra in mano.

«È in terrazzo, a prendere un po' d'aria. Provo a scattare qualche foto da inserire nel programma per il riconoscimento facciale.»

Ingrandì il più possibile il volto del giovane rumeno e mise a fuoco l'immagine. Dalca guardava in basso, verso la strada, scrutando attentamente in entrambe le direzioni. Poi alzò gli occhi sull'edificio in cui si trovavano gli americani.

«Sembra preoccupato» commentò Chavez.

Anche se si trovava in un buio ripostiglio a quaranta metri dal rumeno, e lo spiava attraverso una fessura larga dieci centimetri, Gavin aveva la sensazione che l'uomo dall'altra parte della strada potesse, chissà come, vederlo. Parlò a voce bassa.

«Penso sappia che sono qui.»

«Tranquillo, Gavin» disse Chavez. «Va tutto bene. Senti, Jack, è possibile che ci stia addosso? Forse qualcuno all'aeroporto gli ha fatto una soffiata?»

«Non vedo come» rispose Ryan. «Non c'è motivo di credere che abbia intuito il legame tra la Hendley Associates e la comunità d'intelligence; quindi, se anche avesse saputo dell'arrivo del Gulfstream a Bucarest, non dovrebbe esserne preoccupato.»

«Fidati, Ryan» insisté Gavin. «È sicuramente preoccupato per *qualcosa*.»

«Infatti mi fido. Anche perché al momento non posso vedere la sua faccia, al contrario di voi. Forse, però, è solo agitato. Non dimentichiamo che sta cospirando con i terroristi per uccidere degli americani: sarebbe anche normale.»

«Ehi, per me è una buona notizia» disse Chavez. «Sono venuto fino in Europa centrale per sorvegliare un tizio che, personalmente, non potevo nemmeno dire fosse davvero coinvolto in qualcosa d'illecito. Ma basta guardarlo in questo momento per capire che è colpevole eccome!»

Gavin orientò la videocamera sulla strada e attivò il visore termico, cercando di individuare eventuali persone in agguato nel buio della sera. «Be', se pensa che qualcun altro lo stia controllando, si sbaglia. La strada è tranquilla.»

«Confermo» disse Jack. «Qui fuori ci siamo solo io e Felix, e seduti nella monovolume.»

Gavin scattò le fotografie; Dalca finì la birra e tornò dentro. Per un po' il microfono laser captò i suoni di un televisore acceso, poi si interruppero e nell'appartamento si spensero le luci.

Alle dieci di sera Midas diede il cambio a Gavin nel ripostiglio, così che potesse farsi qualche ora di sonno su una branda, nella casa sicura. Sembrava chiaro che il loro obiettivo non sarebbe andato da nessuna parte quella sera, per cui anche Felix e Jack decisero di andare a riposarsi.

Chavez disse a Midas che gli avrebbe dato il cambio all'una del mattino, e poi andò a letto a sua volta, convinto che sarebbe stata una notte tranquilla.

56

Dragomir Vasilescu finì il bicchiere di Pinot nero, salutò i suoi amici e uscì dal Bruno Wine Bar con un'andatura leggermente barcollante, ritrovandosi su Strada Covaci. Guardò l'ora sul cellulare: era appena passate le dieci di sera, ma con tutto il vino che aveva bevuto sapeva che la mattina successiva si sarebbe svegliato con un mal di testa allucinante.

Si guardò intorno nella speranza di trovare un taxi, ma vide solo un Renault Trafic bianco parcheggiato davanti a lui. Lo sportello laterale del veicolo commerciale era aperto. Quattro mani lo afferrarono per le spalle e lo sollevarono di peso per farlo salire.

«Ehi! Ma che cazzo...»

Fu spinto contro il pavimento del furgone, poi gli misero un sacchetto sulla testa. Cercò di alzarsi, ma qualcuno lo teneva a terra a faccia in giù. Gli legarono i polsi con due fascette stringicavo, poi lo fecero girare sulla schiena, e due mani forti lo sollevarono per spingerlo a sedere.

Dragomir non era più allarmato. Adesso era letteralmente terrorizzato.

«Cosa... Cosa volete?» disse in rumeno. «Ho il portafoglio, il cellulare...» Nessuno rispose. «Ho un'auto, a casa. Una Mercedes. È parcheggiata in garage...».

Una voce lo interruppe. Un uomo, parlava inglese. «Da quanto tempo lavori con i musulmani?»

Capì subito che erano i cinesi del Seychelles Group, ma il tizio non era il signor Peng.

«Noi... noi *non* lavoriamo con i musulmani.»

«I dati in vostro possesso, quelli che gestite per il Seychelles Group: qualcuno li sta usando per uccidere degli americani, in America. Non pensavate che avremmo smascherato le vostre macchinazioni?»

«Macchinazioni? Non c'è nessuna macchinazione! Posso assicurarvi, signori, che...»

«Gli Stati Uniti hanno scoperto da dove provengono le informazioni: dall'OPM, dal database e-QIP. Esattamente quelli in vostro possesso, che state usando per noi. Nessun altro ha quei dati! Solo l'ARTD!»

Dragomir gridò attraverso il sacchetto che aveva in testa. «Esatto! Non li ha *nessun altro*! Tantomeno quei cazzo di terroristi!»

«Dove sono i file in questo momento?»

«Sono... Li teniamo su un computer senza connessioni, in ufficio. Completamente al sicuro.»

«Adesso andremo nel tuo ufficio.»

«*Ora?* È tutto chiuso. Vediamoci domattina alle nove, e vi darò l'intero computer. Capirete da voi: è assolutamente impossibile che qualcuno rimuova i file senza...»

La voce si avvicinò alla faccia di Vasilescu, facendolo tacere con tono minaccioso.

«Andiamo. Subito.»

Alla sede dell'ARTD c'erano due guardie di sicurezza, che durante le ore notturne stavano dietro una scrivania a controllare l'ingresso. Si preoccuparono quando, alle dieci e mezzo, videro comparire il direttore insieme a tre asiatici sconosciuti; Vasilescu li salutò senza alcuna spiegazione, e non presentò i suoi compagni.

Mentre erano ancora sul furgone, i cinesi lo avevano avvertito: qualsiasi tentativo di avvisare le guardie sarebbe stato punito con forza. Una forza immediata e travolgente. Dragomir li aveva rassicurati che voleva mantenere un buon rapporto di lavoro con il Seychelles Group, una volta risolto quel malinteso, per cui avrebbe fatto esattamente come gli avevano ordinato. A quel punto i rapitori avevano tolto le fascette stringicavo, ma non avevano abbassato la guardia.

Adesso Vasilescu era davanti agli ascensori, con gli occhi bassi e i cinesi alle spalle. Quando gli avevano tolto il sacchetto dalla testa, sul furgone, gli avevano ordinato di fissare il pavimento, e lui aveva ogni intenzione di rispettare quell'ordine. Aveva la sensazione che tutto si sarebbe risolto per il meglio, appena quegli psicopatici avessero constatato che era impossibile accedere al computer con i file. Anche se, in effetti, non poteva dimostrare in alcun modo che non fossero stati copiati *prima* di finire nella stanza isolata.

A ogni modo, sperava di poterli ammansire. Lo avrebbero lasciato in pace, per poi tornare in Cina convinti di aver seguito una pista sbagliata.

Il direttore dell'ARTD accese alcune luci nel corridoio del quarto piano e andrò dritto alla porta della stanza isolata, di fronte alla quale poggiò la mano su uno scanner biometrico. Si accese una luce verde, l'anta si aprì, e lui andò subito al computer al centro della stanza, altrimenti vuota.

«Signori. Tutti i file con cui lavoriamo sono qui. Perfettamente al sicuro, come vi ho detto fin dall'inizio.»

«Fammi vedere» ribatté la voce alle sue spalle.

Vasilescu accese lo schermo, aspettò qualche secondo, poi premette più volte il pulsante per spegnere e accendere la macchina. Lo schermo rimase nero.

«Qualche problema?» domandò l'uomo che aveva parlato sin dall'inizio.

Lui si mise a sedere alla scrivania, cercò di riavviare il computer, e dopo alcuni secondi disse soltanto: «Questo... non va bene».

Uno degli asiatici si chinò dietro la scrivania a controllare.

«È solo un problema di software. Ora provo a riavviare la macchina e...»

L'asiatico allungò la mano e sollevò la copertura dal case del computer. Non era assicurata con le viti.

«Disco rigido sparito» esclamò. A quanto pareva se ne intendeva...

«Ma è ridicolo» esclamò Vasilescu. Poi si alzò in piedi per accertarsene di persona.

Subito sentì le ginocchia cedergli e crollò sulla sedia. Il cuore prese a martellargli in petto. Era stordito, e aveva la nausea.

L'uomo che gli rivolgeva la parola si avvicinò ancora di più alle sue spalle.

«Chi ha accesso a questa stanza?»

Dragomir Vasilescu parlò con voce spezzata. «Io... ho messo il mio uomo migliore a lavorare al vostro caso. Dalca. Alexandru Dalca. Possiamo andare a parlargli anche subito. Lui lo confermerà. È l'unico con accesso a...»

E, a quel punto, il direttore dell'ARTD fece due più due. Ricordò la conversazione avuta tempo prima con Alex, quando il ricercatore aveva detto che i cinesi non stavano pensando in grande e che loro avrebbero potuto vendere le informazioni al miglior offerente. A quanto pareva, non aveva cambiato idea. Poi ripensò allo strano incendio del pomeriggio, chiaramente un diversivo per impadronirsi del disco rigido.

L'uomo chino su di lui notò la sua esitazione. «Faremo qualche domanda a questo Dalca. Forse ha risposte che tu non hai.»

Appena Vasilescu realizzò cosa fosse successo, capì anche che l'unico modo di salvarsi era convincere i tre uomini che si stavano sbagliando. Non poteva permettere che i servizi segreti cinesi mettessero le mani su un suo dipendente: c'era il rischio che scoprissero informazioni tali da danneggiare non solo l'ARTD, ma anche lui stesso.

Quindi, pur ribollendo di rabbia e trattenendosi a stento dal prendere a pugni il monitor, disse: «Dalca è il mio dipendente migliore. Ed è un brav'uomo. La sua discrezione è fuori discussione».

Parole piuttosto distanti dai suoi reali pensieri.

Io ti ammazzo con le mie stesse mani, bastardo d'un traditore!

«Dove troviamo Dalca?»

«Sarà... Sarà al lavoro alle nove. Domattina potremmo incontrarci tutti assieme, e...»

L'uomo con le mani forti lo prese per il colletto e lo fece alzare, spingendolo fuori della stanza.

Mentre aspettavano l'ascensore, Vasilescu sentì due degli aggressori parlarsi in mandarino; poi uno di loro si piazzò davanti a lui, aprì il trench e rivelò un mitra tenuto a tracolla sotto al braccio.

«Avverti le guardie» disse l'uomo che parlava inglese, «e morirete. Devi cancellare tutti i filmati della videosorveglianza.»

Un minuto più tardi il direttore era nell'atrio, di fronte alla tastiera di un computer, intento a fare quanto richiesto. Gli agenti della sicurezza sembravano confusi, ma lui si limitò a dire: «Sapete com'è, i miei clienti sono timidi...».

Le guardie si scambiarono un'occhiata, decise a non contraddire il proprio capo, e questi premette INVIO: telecamere disattivate e registrazioni eliminate.

Poi Vasilescu si alzò, uscì dall'edificio insieme ai tre asiatici e salì con loro sul furgone. Poco dopo aveva di nuovo il sacchetto sulla testa.

Il veicolo partì nella notte, l'abitacolo immerso nel silenzio, e Dragomir rifletté sulla propria situazione. A quel punto, l'unico modo che aveva per uscirne vivo era trovare Dalca e convincere i cinesi che quel bastardo era il solo responsabile.

57

Midas era quasi a metà del suo turno di guardia, dalle dieci all'una di notte. Per il momento si era limitato a fissare con occhi stanchi le immagini di alcune telecamere di sicurezza, ascoltando il ronzio del russare di Dalca; deboli onde sonore che dalla camera da letto si propagavano al soggiorno, facevano vibrare il vetro della portafinestra scorrevole, venivano captate dal laser e tradotte in segnale acustico. L'ex agente della Delta indossava le cuffie su un orecchio solo, con il padiglione sinistro appoggiato alla nuca, così da portare anche l'auricolare criptato della loro ricetrasmittente, in caso ci fosse qualcosa da comunicare alla squadra.

Prese un sorso d'acqua dalla bottiglietta piena che teneva sul pavimento. Accanto ce n'era anche un'altra, per il momento vuota: l'avrebbe usata per non abbandonare la postazione, nel caso gli fosse servito il bagno. E stava proprio pensando di liberarsi, quando notò i fanali di un veicolo risalire la strada. La luce di un lampione mostrò che si trattava di un furgoncino; forse il turno di notte di un servizio consegne. Una volta giunto all'incrocio, però, il mezzo rallentò e si inserì in retromarcia nel vicolo fra il palazzo di Dalca e il parcheggio recintato. I fari si spensero, ma il motore restò acceso.

Midas osservò il veicolo per diversi secondi, pensando che presto il conducente sarebbe sceso, invece vide aprirsi lo sportello laterale. Ne emersero quattro uomini, tutti vestiti di nero ma con abiti diversi: tute da ginnastica, pantaloni da lavoro di cotone, felpe con il cappuccio... Prese il cellulare dalla scrivania e chiamò Chavez. Immaginava stesse riposando, però doveva essere avvertito di ciò che stava succedendo. Ding rispose subito, anche se dalla voce era chiaro che l'avesse svegliato.

«Sì?»

«C'è un furgone, nel vicolo accanto al palazzo del nostro uomo. Il conducente è ancora a bordo, motore acceso e muso rivolto alla strada. Sono scese quattro persone, che si sono dirette al portone.»

«Il nostro uomo cosa fa?»

«Russa. Lo sento forte e chiaro con il microfono laser.»

Una pausa, probabilmente per svegliarsi del tutto. «D'accordo, arrivo.»

«Vuoi che chiami anche gli altri?»

«Dipende da ciò che hai visto. Che ti è sembrato? Come si muovevano i nuovi arrivati?»

Midas ci pensò un paio di secondi. «La cosa è sospetta, Ding. E quei tizi mi sembrano pericolosi.»

«Merda. D'accordo, sveglio tutti.»

Dopo un pomeriggio e una serata di sostanziale inattività, Midas sentì all'improvviso una sensazione familiare: la scarica di adrenalina che gli invadeva il corpo. Non aveva idea di cosa stesse succedendo dall'altra parte della strada, però l'arrivo di quegli uomini sembrava una svolta importante. La squadra del Campus non si aspettava che qualcun altro fosse interessato al loro obiettivo rumeno, eppure era poco probabile che i tizi vestiti di nero stessero cercando un altro condomino. A quanto pareva, la serata di Dalca stava per farsi movimentata.

Attraverso il microfono laser, Midas sentì un suono inconfondibile: qualcuno bussava con forza alla porta dell'attico. Senza aspettare oltre, passò l'informazione a tutti i membri della squadra all'ascolto.

«Qualcuno sta prendendo a pugni la porta del nostro uomo.»

Fu di nuovo Chavez a rispondere. «Ricevuto. Io e Felix stiamo arrivando da te, Jack scende in strada. Gavin ti darà il cambio appena pronto.»

Altri colpi alla porta di Dalca. Midas si concentrò sullo schermo principale davanti a sé, che mostrava le immagini della videocamera ad alta risoluzione puntata sulla terrazza dell'obiettivo. Proprio in quel momento, il rumeno comparve dietro alle tende chiuse e aprì la portafinestra. Le vibrazioni del vetro si trasformarono, tramite il microfono laser, in uno stridio così acuto da costringere l'agente americano a togliersi le cuffie. Dalca aveva uno zaino in spalla, una sacca voluminosa in mano e – Midas dovette avvicinarsi allo schermo per esserne sicuro – un casco da bici nero allacciato in testa.

«L'obiettivo è sul balcone, sembra voglia provare a scappare» annunciò via radio.

Dalca s'inginocchiò, scomparendo per un attimo dietro il parapetto della terrazza, poi ricomparve. Aveva in mano la sacca, che lanciò nel vuoto e guardò precipitare con un movimento a spirale. Mida vide srotolarsi davanti ai suoi occhi una lunga scala di corda da evacuazione, che arrivava quasi fino a terra. Il rumeno fissò al parapetto dei ganci di ferro.

Nel frattempo, Chavez e Felix entrarono nel ripostiglio e s'inginocchiarono accanto a Midas, fissando lo schermo.

«Che fa?»

«Ha una scala da evacuazione, di quelle che si comprano per fuggire da un edificio in fiamme. Era pronto per filarsela alla svelta.»

Chavez attivò la comunicazione via radio. «Jack, attento: quando arriverai al palazzo troverai l'obiettivo in strada. Gavin, devi dare il cambio a Midas. Subito!»

«Sto scendendo» rispose Jack. «Vado a piedi.»

«Il nostro uomo indossa un casco da bici» aggiunse Midas.

«Allora immagino dovrò trovarmi una bici anch'io.»

Dalca era a metà della scala; faceva fatica nei punti in cui oscillava tra i balconi. Intanto, una figura vestita di nero comparve sulla terrazza dell'attico. Provò a sporgersi oltre il parapetto, ma guardò dalla parte sbagliata: Dalca stava scendendo alla sua destra, e non poteva vederlo. Poco dopo, un altro uomo raggiunse il primo. Aveva in mano una pistola con silenziatore.

Chavez parlò a voce bassa. «Ascoltate tutti. Vogliamo Dalca, ma adesso la nostra prima preoccupazione è tenere quegli uomini lontani da lui. Non so chi siano, però non voglio che mettano le mani sulle informazioni di cui è in possesso.»

Alex saltò a terra da due metri d'altezza e crollò sul marciapiede, lasciandosi scappare un lamento udibile in tutto l'incrocio. I due sulla terrazza stavano per rientrare nell'appartamento, ma si voltarono e si affacciarono sulla strada. Evidentemente il rumore era arrivato fin lassù. L'uomo sulla destra vide Dalca correre dietro l'angolo del palazzo e sollevò la pistola. Il colpo mancò di poco il bersaglio. Nonostante il silenziatore, il suono attutito dello sparo si propagò nella notte tranquilla e raggiunse gli uomini del Campus, che lo udirono a quaranta metri di distanza anche senza i dispositivi audio. Dalca sparì in un vicolo buio, e i due uomini tornarono di corsa nell'appartamento.

«Jack» chiamò Chavez, «i nuovi arrivati non si fanno scrupoli a premere il grilletto. Il nostro uomo sta andando verso nord, a piedi. Ha imboccato il vicolo a ovest del palazzo.»

Gavin arrivò nel ripostiglio, riempiendo il poco spazio che restava. Ansimava pesantemente, e aveva ancora le scarpe in mano.

«Cos'era quel rumore?»

«Gav, prendi il posto di Midas» disse Chavez. «Registra ciò che puoi finché non ti sembra tutto tranquillo, poi smonta l'attrezzatura e preparati a partire. Piano di esfiltrazione Alpha.»

«Alpha, ricevuto. E voi?»

«Inseguiamo l'obiettivo. Ma, anche se non lo prendiamo, qui non tornerà più.»

«D'accordo.»

Chavez si mise la borsa in spalla, e Midas prese la sua. Felix aveva già le chiavi della monovolume in mano. I tre uomini uscirono nel corridoio per raggiungere le scale e scendere in strada.

58

Jack Ryan Junior attraversò di corsa la strada illuminata per raggiungere Alexandru Dalca. Stava rischiando grosso. Se i tizi che lo stavano inseguendo fossero usciti dal palazzo in quel momento, lo avrebbero visto; senza contare che il suo obiettivo poteva essersi nascosto nel vicolo buio con un'arma in pugno, e magari aspettava solo che un idiota alle sue calcagna girasse l'angolo.

Per sua fortuna, però, quei timori si rivelarono infondati: raggiunse la viuzza in cui si era infilato Dalca e la seguì fino a sbucare su una strada secondaria che passava dietro il palazzo; lì c'era abbastanza luce per scorgere il rumeno in sella a una bici, cinquanta metri più a ovest.

Accanto a sé, Jack vide una rastrelliera con alcune biciclette, ma erano tutte incatenate, quindi proseguì l'inseguimento a piedi, facendo del suo meglio per evitare la luce dei lampioni. Si era svegliato appena tre minuti prima e adesso stava correndo a perdifiato, temendo già i crampi che sarebbero arrivati una volta svanito l'effetto dell'adrenalina.

Premette il pulsante per comunicare con il resto della squadra. «Ding, ho il permesso di saltargli addosso e immobilizzarlo, se ne ho la possibilità?»

«Affermativo» disse Chavez. «Non sappiamo chi siano gli uomini che lo seguono, ma abbiamo bisogno di Dalca più di loro.»

«Non volevo sentire altro.»

*

Gavin Biery inquadrò con la videocamera il furgone bianco accanto al palazzo di Dalca e vide quattro uomini salire a bordo; poi l'autista mise in moto, svoltò a destra per immettersi sulla strada e di nuovo a destra per imboccare una via stretta e buia, sparendo dalla sua visuale. L'informatico premette il tasto push-to-talk.

«Jack, attento: i soggetti ignoti stanno venendo verso di te a bordo di un furgone Renault bianco.»

L'altro rispose all'istante, il fiato rotto dalla corsa. «Ricevuto, vedrò di trovare un riparo. Riesco ancora a scorgere l'obiettivo, ma tra poco lo perderò di vista.»

Intervenne Chavez. «Felix dice che conosce un percorso per tagliare la strada a Dalca. Tu continua a seguirlo.»

I muscoli di Alexandru Dalca bruciavano per lo sforzo, dato che pedalava per la prima volta da più di un anno. Aveva gonfiato le ruote della bici quando i tizi del Seychelles Group avevano fatto visita all'ARTD, e quel pomeriggio aveva comprato la scala di corda e messo nello zaino passaporto, portatile, contanti e il disco rigido con i file degli americani. Voleva essere pronto, nel caso i cinesi fossero venuti a cercarlo prima del previsto. Non pensava sarebbe successo, ma adesso era contento di aver preso ogni precauzione. Tuttavia, non aveva potuto preparare il proprio corpo a fuggire da un gruppo di sicari.

I colpi alla porta del suo appartamento potevano significare una cosa soltanto: in qualche modo, gli uomini dell'MSS avevano scoperto che aveva in mano i file, e che era stato lui a vendere le informazioni all'ISIS. Lo sparo che l'aveva mancato di poco, mentre fuggiva da casa, gli aveva confermato che non andare ad aprire era stata la scelta migliore. Ora doveva solo seminare gli inseguitori, e il suo piano per riuscirci era raggiungere l'enorme parco Herăstrău, immerso nell'oscurità, e nascondersi lì fino al mattino.

Proprio in quel momento, molto dietro di lui, i fanali di un veicolo comparvero in Strada Alexandrina. A quell'ora e in quel quartiere tranquillo non annunciavano niente di buono. Dalca temeva di non arrivare al parco prima di essere raggiunto, ma non c'era un altro luogo in cui nascondersi. Si girò di nuovo e, alla luce di un lampione, vide meglio il furgone bianco.

Svoltò a sinistra, imboccando un'ampia strada. Mezzo chilometro più avanti c'era l'Arcul de Triumf, costruito negli anni Trenta al centro di una grande rotonda; l'ingresso dell'Herăstrău era a destra del monumento, che però sembrava ancora lontano. Specie considerando quanto in fretta si avvicinassero i fari alle sue spalle.

Dalca sapeva cosa doveva fare. Mentre pedalava al massimo delle proprie forze, ignorando il dolore alle gambe, infilò una mano in tasca, tirò fuori il cellulare e digitò il 112, il numero unico d'emergenza per contattare pompieri e polizia. Una voce femminile rispose dopo pochi secondi, e Dalca quasi urlò: «Ci sono sei cinesi su un furgone bianco. Stanno sparando!».

«Cosa? Dove?»

«Vicino all'Arcul de Triumf! Sono pazzi. Credo stiano inseguendo un uomo nel parco. Fate presto!» Riattaccò, mettendo il cellulare nel taschino della camicia, e continuò a pedalare all'impazzata, rimpiangendo con tutto se stesso di non aver potuto prendere la Porsche.

Il furgone bianco superò Jack lungo Strada Alexandrina. L'americano si era nascosto scavalcando una recinzione di metallo alta un metro e mezzo, ritrovandosi nel giardino di una casa a due piani. Rimase accovacciato finché le luci posteriori del mezzo illuminarono la strada, poi si rialzò in piedi.

Vide la ciotola di cibo e quella con l'acqua nello stesso istante in cui sentì il ringhio del cane, massiccio e arrabbiato. L'animale stava sfrecciando al buio verso di lui. Jack scavalcò di nuovo la recinzione e atterrò sul marciapiede, proprio mentre il grosso pastore tedesco scattava in avanti, serrando i denti a pochi centimetri dalla sua faccia, ma ormai dall'altra parte della recinzione.

«*Cristo santo!*»

Jack partì di nuovo di corsa, e appena riuscì a riprendere fiato contattò la squadra.

«Dalca e il furgone bianco hanno svoltato a sinistra alla fine di Strada Alexandrina. Non li vedo più.»

«Non possiamo passare a prenderti ora» rispose Chavez. «Siamo più a ovest, cerchiamo di sbucare davanti a Dalca. Felix pensa che voglia seminare gli inseguitori entrando in un parco, poco più a nord. Va' in quella direzione. Ti caricheremo quando possiamo.»

Jack continuò a correre.

Dalca aspettò fino all'ultimo, ma quando il furgone fu appena qualche metro dietro di lui salì sul marciapiede, proseguendo parallelo alla recinzione metallica che costeggiava il lato sud del parco Herăstrău. Il veicolo era quasi accanto a lui, il finestrino del passeggero abbassato; non volle girarsi a controllare, ma era certo che ci fosse una pistola puntata contro di lui, quindi si gettò a terra. Si ritrovò a ruzzolare, mentre il colpo di una pistola silenziata esplodeva alla sua sinistra.

Nonostante la caduta, Dalca non era ferito in modo grave, e aveva guadagnato alcuni secondi preziosi. L'autista del furgone proseguì per una trentina di metri prima di inchiodare e fermarsi con uno stridio di freni.

Il rumeno si rialzò, corse alla recinzione metallica che circondava il parco e si arrampicò il più in fretta possibile, ignorando il dolore al ginocchio e alla schiena.

PARCO HERĂSTRĂU, BUCAREST
N
Aleea Michael Jackson
ARCUL
DE TRIUMF
APPARTAMENTO
DI DALCA
Strada Uruguay
Strada Alexandrina
Strada Popa Savu
© 2016 Jeffrey L. Ward

*

A duecentotrenta metri di distanza, Jack non riusciva a scorgere l'uomo sulla bicicletta accanto alla strada, ma vedeva chiaramente il furgone. Così come vide il lampo dello sparo e gli stop del veicolo accendersi nel buio. Lo stridio di freni arrivò una frazione di secondo più tardi. Il rumeno e i suoi inseguitori non avevano ancora raggiunto la rotonda in fondo alla via, e l'americano intuì che il suo obiettivo aveva abbandonato la bicicletta per scavalcare la recinzione del parco.

Jack si fermò di colpo, si arrampicò sulla rete metallica alla sua destra e atterrò tra gli alberi del parco Herăstrău.

Lì l'oscurità era quasi assoluta. Avrebbe ucciso per un visore notturno, ma nella borsa aveva solo una torcia. Decise di non usarla, rinunciando a una chiara visione di ciò che lo circondava a favore della sicurezza personale, e continuò a farsi strada fra la vegetazione il più in fretta possibile, sforzandosi di cogliere, con la vista o l'udito, un qualche indizio sulla posizione di Dalca. Sapeva che il rumeno doveva trovarsi ancora a centinaia di metri di distanza, ma se si fosse diretto verso di lui si sarebbero incrociati nel giro di un minuto.

Tuttavia, riteneva più probabile che Dalca continuasse verso nord, per addentrarsi nel parco e allontanarsi dai propri inseguitori. Prese dunque anche lui quella direzione, estraendo la pistola.

«Jack, dove sei?» La voce di Chavez.

Rispose a bassa voce. «Nel bosco del grande parco. Dalca è qui, da qualche parte. Ha seminato il furgone. Non so se i cattivi sono scesi per inseguirlo a piedi.»

«Il veicolo è davanti a noi. Sta' attento: è appena entrato nel parco a tutta velocità.» Jack sentì Chavez chiedere a Felix un nome, per poi riferirglielo. «Allora... adesso il furgone è su Michael Jackson.»

«*Dove?*»

Chavez chiese conferma a Felix, poi proseguì. «È una grande strada alberata che attraversa il parco. Aleea Michael Jackson.»

«Fico» esclamò Jack continuando a correre. Ogni metro diventava sempre più faticoso. Per poco non inciampò quando arrivò in uno spiazzo, dove la luce era migliore. Guardò verso sinistra e scorse qualcuno che correva, più avanti.

«Lo vedo. È a settantacinque metri alla mia sinistra, di nuovo fra gli alberi, sul lato nord di uno spiazzo. Procede in quella direzione, ma sembra esausto. Per il momento mi tengo parallelo a lui, poi cercherò di avvicinarmi lateralmente.»

Alcuni secondi di silenzio, poi di nuovo la voce di Chavez. «*Merda*. Vediamo una sirena della polizia, più avanti. Sembra una volante. Svolteranno nel parco prima che possiamo farlo anche noi, per cui dovremo tenerci in disparte.»

Giunto dall'altra parte dello slargo, Ryan rallentò e raddoppiò le attenzioni per rimanere nascosto al buio, fra gli alberi, la pistola lungo il fianco mentre continuava a correre.

Alexandru Dalca sentì la sirena e inciampò, esausto. Non riusciva quasi più a muovere le gambe a causa dell'acido lattico, ma riprese ad avanzare, spesso aggrappandosi ai rami degli alberi o dandosi la spinta contro i tronchi. La strada principale che attraversava il parco era poco più avanti, a nord.

Non sapeva se dal furgone fosse sceso qualcuno per inseguirlo, per cui non poteva limitarsi ad aspettare al buio e sperare nel meglio.

Vide i fanali di un veicolo illuminare gli alberi intorno a lui; il loro movimento creava ombre impazzite simili a fantasmi, che parevano braccarlo da ogni direzione. Sbucò nello spiazzo sul bordo di Aleea Michael Jackson, davanti alla luce accecante dei fanali. E seppe subito – anche se non poteva spiegarne il motivo – che si trattava del furgone bianco. Poi scorse l'auto della polizia: si stava precipitando sul viale alberato, un centinaio di metri dietro ai cinesi.

Grazie a Dio.

La scarica di adrenalina gli aveva donato nuove forze, che sfruttò per tagliare la strada di fronte al veicolo bianco e gettarsi fra gli alberi sull'altro lato.

Il furgone proseguì a tutta velocità fino al punto in cui il rumeno era sparito, poi inchiodò. Lo sportello laterale si aprì, e tre uomini girarono dietro al veicolo per lanciarsi all'inseguimento, ma la volante bianca e rossa era ormai a trenta metri da loro. Un riflettore si accese.

I tre uomini si fermarono e sollevarono le mani, vuote.

Felix Negrescu accostò sul ciglio della strada, i fanali spenti. Sulla destra c'era l'ingresso per Aleea Michael Jackson. Di fianco a lui, Chavez si portò un binocolo agli occhi. Anche se era buio, le luci della volante gli permisero di scorgere i tre uomini. Erano tenuti sotto tiro da due agenti della polizia, ognuno protetto dallo sportello aperto.

Una seconda volante si stava avvicinando dall'estremità nordest del viale, ma Chavez lo capì solo dal riflesso dei lampeggianti sui due veicoli fermi.

«Vedi il nostro uomo?» chiese Midas dal sedile posteriore.

«Negativo» rispose Chavez. «Ryan, dove sei?»

Attraverso l'auricolare, sentirono il compagno sussurrare: «Nascosto fra gli alberi. Trenta metri a destra rispetto al furgone bianco, sul lato sud. Una volante si sta fermando proprio davanti a me, e gli agenti di un'altra tengono sotto tiro i tre tizi dietro al furgone. Non vedo Dalca, ma se ha attraversato la strada non possono raggiungerlo adesso: i poliziotti mi vedrebbero».

«Ricevuto, rimani in posizione» disse Chavez.

Midas si era spostato e si portò il binocolo agli occhi per valutare la situazione. «Se i tipi del furgone vogliono ingaggiare una sparatoria con i poliziotti, entriamo in azione?»

«Sono almeno in cinque» rispose Chavez. «Noi siamo tre, e non abbiamo mai provato le pistole che abbiamo.»

Midas non distolse lo sguardo dalla strada. Era chiaro che gli uomini dietro al furgone non stessero ubbidendo agli ordini degli agenti. Se ne stavano lì, fermi, come ad aspettare l'occasione giusta per agire.

«Sai» disse Midas «nell'Unità dicevamo sempre: "Pisci con l'uccello che hai". Le pistole faranno il proprio dovere.»

Mentre i poliziotti gridavano qualcosa agli sconosciuti vestiti di nero, Chavez puntò il binocolo sul lato sud della strada, verso la fila di alberi, e scorse un movimento.

Anche Midas l'aveva notato. «Una persona a piedi, lato sud della strada.»

Chavez sbottò: «Jack, nasconditi! Ti vediamo!».

«*Sono* nascosto» sussurrò Jack. «Fidatevi: non potete vedermi da dove siete.»

Chavez e Midas videro la figura nell'ombra uscire dagli alberi, poco dietro ai due poliziotti scesi dalla volante, e sollevare una pistola con silenziatore. Due rapidi lampi ed entrambi gli agenti caddero a terra, morti. I tre che erano rimasti fermi con le mani alzate estrassero le armi, e fecero il giro del veicolo per affrontare l'altra pattuglia.

Chavez abbaiò un ordine. «Jack, sei autorizzato a sparare!» Si girò verso Felix, al volante. «Vai!»

Jack Ryan Junior non rispose all'ordine di Chavez. Invece, fece il giro dell'albero dietro cui si trovava e mise a terra un ginocchio. Da lì, chiunque fosse all'interno o vicino al veicolo bianco poteva vederlo. Gli spari silenziati erano partiti dalla stessa fila di piante in cui si era nascosto lui, ma ne aveva solo sentito il rumore. E, siccome si era perso i lampi, non sapeva dove si trovasse l'uomo che aveva aperto il fuoco.

Vicino a lui, intanto, si erano posizionati altri due poliziotti, scesi dalla seconda volante. Rischiava di essere preso di mira dagli stessi ragazzi che voleva aiutare, ma per il momento gli agenti non avevano la visuale libera: tra lui e loro c'era il tronco accanto alla sua spalla destra. A preoccuparlo, invece, fu il suono di un'altra sirena in lontananza, che si avvicinava da est.

Jack sollevò la pistola rumena, e fece fuoco appena vide il primo uomo sbucare da dietro il furgone. La sua arma non era silenziata, e le due esplosioni risuonarono potenti nel buio della notte, ma entrambi i colpi in rapida successione andarono a segno. L'uomo armato barcollò e cadde all'indietro.

Un secondo tizio in nero rispose al fuoco, voltandosi d'istinto in direzione di Jack ma mancandolo con entrambi i colpi. Lui si stese a terra e mirò al lampo della pistola, ma il movimento gli fece mancare il bersaglio e i proiettili centrarono il parabrezza della volante dietro al furgone.

All'improvviso anche i poliziotti aprirono il fuoco. Jack non capì subito se stessero mirando a lui o ai soggetti sconosciuti: dovevano essere piuttosto confusi, e probabilmente non sapevano nemmeno che i colleghi dall'altra parte del mezzo erano stati uccisi.

Jack arretrò fra gli alberi, in modo da essere coperto su tutti i lati.

«Ding, mi serve una mano!»

La risposta arrivò immediata. «Attacchiamo.»

59

Mentre la monovolume si lanciava verso la sparatoria, Midas aprì lo sportello dietro a Felix e si sporse fuori, reggendosi allo schienale del sedile davanti per non perdere l'equilibrio. Anche Chavez si sporse fuori del finestrino, allineando gli occhi al mirino della propria pistola. Aprirono il fuoco a distanza di mezzo secondo l'uno dall'altro.

Chavez sparò al tizio che aveva appena ucciso i due poliziotti, inginocchiato dietro un albero al limitare del bosco. Midas, sul lato opposto della monovolume, si concentrò sugli uomini oltre la prima volante.

Ding aveva centrato il bersaglio, ma un altro lampo si alzò dalla boscaglia rivelando un nuovo nemico, in posizione più arretrata. Il proiettile colpì la mascherina della monovolume. Probabilmente, si disse Chavez, i due tizi nascosti tra gli alberi erano scesi dal furgone dove Jack aveva visto Dalca scavalcare la recinzione del parco.

Un secondo sparo ruppe il parabrezza dell'auto. Chavez sentì Felix gridare di dolore, mentre la monovolume sbandava pericolosamente verso sinistra, ma continuò a far fuoco sulla seconda figura. Sapeva che di lì a poco il loro veicolo avrebbe tamponato la volante della polizia, o si sarebbe schiantato tra gli alberi.

*

Dalla sua posizione Jack non vedeva altri bersagli, quindi ricaricò in fretta e spostò lo sguardo verso la seconda auto della polizia. Ciò che vide lo lasciò per un attimo di sasso. Il poliziotto più vicino era riverso sulla schiena, l'arma a un paio di metri di distanza; dell'altro, nessuna traccia. Probabilmente, mentre lui era occupato a prendere di mira i tizi dietro al furgone e a tentare di individuare i due appostati tra gli alberi, l'autista del mezzo aveva ucciso entrambi gli agenti. Lui se ne era disinteressato, lasciandolo ai poliziotti.

Adesso al volante del furgone non c'era più nessuno; quindi, o il tizio era morto, o era sceso durante la sparatoria. E il fatto che il parabrezza fosse intatto lo faceva propendere per la seconda ipotesi.

In quell'istante notò i fanali della monovolume: il loro fascio si stava spostando verso sinistra; pochi secondi dopo, il rumore di rami spezzati e di vetro in frantumi lo raggiunse dalla parte opposta del furgone.

Jack corse in strada, verso la volante più vicina, facendo oscillare la pistola alla ricerca di eventuali obiettivi. S'inginocchiò accanto allo sportello del guidatore e lanciò un'occhiata dentro, sperando di scorgere il poliziotto dall'altro lato. Temeva che l'agente gli avrebbe sparato se lo avesse visto, ma temeva ancor di più che fosse già morto. Non vide nessuno, per cui rimase basso e cominciò ad aggirare l'auto, la pistola davanti a sé.

Quando svoltò oltre il bagagliaio, fu sorpreso di vedere un uomo fare la stessa cosa dal lato opposto. Non indossava l'uniforme della polizia e stava sollevando l'arma per sparare, per cui fece fuoco. I proiettili partirono quasi nello stesso istante, e da distanza ravvicinata.

I due uomini quasi si toccavano, ma non avevano avuto il tempo di prendere la mira, quindi si ritrovarono entrambi illesi. I proiettili erano sfilati oltre, sibilando. Jack sferrò una gomitata in faccia al tizio vestito di nero, mentre questi sollevava il braccio per colpire la sua mano e disarmarlo. Le pistole sferragliarono cadendo sulla strada buia.

L'avversario di Jack era un asiatico massiccio, abbastanza robusto da incassare la gomitata e restare in piedi. D'istinto, cercò di placcarlo e mandarlo al tappeto, ma l'uomo scartò di lato e lui finì contro il bagagliaio della volante. Ignorando il dolore dell'impatto, l'americano si voltò e sollevò il braccio, pronto a parare il colpo che era certo fosse in arrivo. Deviato il pugno dell'asiatico, rispose con un montante alla mascella. La testa dell'uomo scattò all'indietro, e lui barcollò, ma *ancora* non voleva saperne di andare al tappeto.

Jack fintò un altro attacco, il tizio in nero ci cascò e scartò a sinistra. A quel punto, l'operativo del Campus abbassò la spalla destra e caricò con tutto il proprio peso, colpendo l'avversario al petto. Caddero entrambi al centro di Aleea Michael Jackson, in un groviglio di pugni, ginocchiate e gomitate. Alle loro spalle, la sparatoria era ricominciata.

L'asiatico stava tentando di afferrare qualcosa all'altezza della vita, quindi Jack gli bloccò le braccia come meglio poteva e lo colpì con una violenta testata. Poi con una seconda e una terza. A quel punto, stordito, l'uomo smise di lottare.

Perquisendolo, Jack trovò un pugnale infilato in un fodero e agganciato alla tasca anteriore destra dei pantaloni, che strappò via prima di allontanarsi, rotolando e strisciando fino a raggiungere la sua pistola. La stava impugnando, quando vide l'uomo alle sue spalle sfilare una piccola pistola argentata da una fondina alla caviglia. Aprì il fuoco senza esitare, crivellando il nemico di colpi dal bacino alla faccia. Il loro scontro era finito.

Midas sparò al terzo aggressore dietro al furgone, mentre Chavez scaricò quattro proiettili sul tronco dell'ultimo uomo fra gli alberi. Lo vide allontanarsi carponi, la pistola abbandonata sul terreno, ma con quelle ferite non sarebbe durato molto. Disse all'ex Delta Force di prendersi cura di Felix, poi scese dalla monovolume e cominciò ad avanzare con movimenti rapidi ma cauti.

Aveva chiamato Jack diverse volte, alla radio, senza però ottenere risposta, e adesso si trovava in una situazione difficile: da un lato non voleva rivelare la propria posizione, dall'altro ci teneva ancor meno a sbucare di fronte alla pistola dell'amico.

«Ding in arrivo!» gridò. Poi superò il muso del furgone bianco.

«Via libera! Tutti i nemici neutralizzati!» La risposta, che accolse con sollievo, proveniva da un punto poco più avanti.

Vide il compagno con la torcia in bocca, puntata su un poliziotto ferito. Un ragazzo appena ventenne. Jack lo aveva trovato riverso sull'erba accanto alla volante; un proiettile gli aveva attraversato l'avambraccio e la spalla, ma sarebbe sopravvissuto. In tutto c'erano cinque nemici morti, più quello che probabilmente si stava dissanguando nel bosco. A terra, però, erano rimasti anche tre poliziotti morti. Felix era stato sfiorato da un proiettile alla fronte, e aveva alcuni tagli profondi sulla guancia causati dal vetro del parabrezza finito in frantumi, ma era ancora vigile e cosciente. Si stava scusando per aver distrutto la monovolume.

L'auto era andata, e Chavez si rese conto che non sarebbero mai riusciti a riportarla sulla strada; tanto più che si sentivano le sirene della polizia avvicinarsi da entrambi i lati del parco. Decisero quindi di prendere il Renault bianco, anche se aveva diversi fori di proiettile sui finestrini e gli sportelli. Ding si mise al volante, mentre gli altri due agenti del Campus aiutavano Felix a salire.

Si allontanarono di gran carriera dall'area della sparatoria, e anche con i fanali spenti individuarono uno stretto sentiero fra gli alberi, per evitare le volanti in arrivo.

Nessuno disse niente finché Chavez non fu uscito dal parco, ebbe acceso i fanali e ripreso un'andatura normale.

«Bel casino» esclamò Ding rompendo il silenzio. «L'unica cosa di cui sono sicuro è che Dalca è riuscito a fuggire.»

«Possiamo andare verso nord e cercarlo» propose Jack. «Probabilmente è ancora a piedi.»

«Negativo, Dobbiamo passare a prendere Gavin e lasciare il quartiere. Fra poco questa parte di città pullulerà di poliziotti.»

Senza smettere di guidare, Chavez chiamò Clark. Era pomeriggio sulla costa orientale degli Stati Uniti, e il responsabile operativo del Campus rispose al primo squillo. Dopo cinque minuti di aggiornamento dettagliato, disse che avrebbe chiesto alla Foley di chiamare i servizi d'intelligence rumeni. Per fortuna, i rapporti con l'amministrazione Ryan erano ottimi; Mary Pat avrebbe avuto qualche difficoltà a spiegare perché diversi agenti non dichiarati del governo americano avessero preso parte a una sparatoria a Bucarest, ma aveva alcune carte da giocarsi. In fondo un ex truffatore rumeno era al centro degli attentati dell'ISIS, e le autorità del Paese non se ne erano nemmeno accorte: avevano ottime ragioni per aiutare gli Stati Uniti e far passare quella faccenda sotto silenzio.

Mentre era al telefono con Clark, Chavez guidò il furgone in un vicolo a due isolati dalla casa sicura, dove Gavin li stava aspettando con tutta l'attrezzatura. Il robusto informatico aveva trascinato il materiale giù per le scale e per un altro centinaio di metri, facendo due viaggi, e adesso era seduto su una pila di valigie Pelican e zaini North Face, il viso imperlato di sudore e il respiro pesante. Era persino più affaticato dei tre uomini che avevano appena combattuto contro una mezza dozzina di nemici armati, per poi sfuggire alla polizia locale.

Biery iniziò a cariare l'attrezzatura nel bagagliaio, indietreggiando per lo spavento quando si rese conto che la grande forma scura lì dentro non era un borsone, ma un cadavere. Non sapeva perché la squadra si portasse dietro quel corpo, ma era troppo stremato per fare domande. Si limitò a chiudere il portellone ed entrare dallo sportello laterale.

Chavez, che era ancora al telefono con Clark, ripartì dirigendosi a sud. Quando mise giù, Gavin aveva finalmente ripreso fiato.

«Ho controllato le immagini degli sconosciuti. Li avete visti?»

«Direi cinesi» disse Chavez.

«Già» concordò Gavin. «Penso anch'io. Ho scattato alcune buone fotografie ad almeno un paio di loro: possiamo incrociarle con quelle degli agenti conosciuti dell'intelligence cinese e vedere se viene fuori qualcosa.»

«Considerando i loro precedenti in fatto di violazioni informatiche, mi sembra ragionevole» disse Jack.

«Perché stanno dando la caccia a Dalca, se lavorano insieme?» domandò Midas.

«Una delle teorie a cui avevamo pensato io e Gavin è che un attore statale abbia commissionato un lavoro a una compagnia di hacking, e che qualcuno all'interno di quest'ultima abbia rubato i dati per poi rivenderli. Se le cose stanno così – con Dalca nel ruolo del ladro e la Cina in quello dell'attore statale – il nostro amico non sarà stato granché felice di vedersi comparire alla porta dei cinesi dall'aria arrabbiata.»

«Andiamo all'aeroporto?» domandò Gavin.

Chavez scosse la testa. «Non abbiamo ancora messo le mani su Dalca, per cui non andiamo proprio da nessuna parte. Dobbiamo trovare un posto in cui nasconderci, mentre pensiamo alla nostra prossima mossa.»

Felix parlò attraverso le garze con cui Midas gli aveva medicato il volto. «Conosco un posto. Mio nipote è nell'esercito, e adesso è in missione con la NATO. Ha una piccola fattoria a Sinteşti, a quindici minuti d'auto dal centro. Non è niente di ché, lui è scapolo e non sta mai a casa, ma il posto è tranquillo.»

«Allora fammi strada, Felix» disse Chavez. «E una volta arrivati ti rattoppiamo per bene.»

Finalmente, Gavin si decise a fare la domanda che gli ronzava in testa da un po'.

«Di chi è il cadavere nel bagagliaio?»

Si girarono tutti verso di lui.

«*Quale* cadavere?» chiese Jack.

«Guarda tu stesso.»

L'altro si arrampicò su alcune valigie e usò la torcia per illuminare il portabagagli. In effetti c'era un corpo, chiaramente senza vita, con una ferita d'arma da fuoco sulla fronte. Frugando nelle tasche, trovò la carta d'identità. «Dragomir Vasilescu.»

«È il direttore dell'ARTD» disse subito Gavin. «Perché gli avete sparato?»

«Non l'abbiamo fatto! Era già nel furgone. O i cinesi lo hanno giustiziato, oppure è stato raggiunto da una pallottola vagante durante la sparatoria. E, dato il foro proprio in mezzo agli occhi, direi la prima.»

«Non sappiamo se lavorasse con Dalca» precisò Chavez, «e non possiamo essere sicuri che quelli fossero cinesi. A ogni modo, chiunque stesse dando la caccia al nostro uomo ha deciso che Vasilescu era implicato.»

«Già» concordò Midas. «Quei tipi facevano sul serio.»

Chavez lo guardò nella luce tenue dell'abitacolo. «Clark

ha detto che, entrando al Campus, speravi di fare la differenza per il tuo Paese. Allora, che te ne sembra?»

«Be', non abbiamo preso Dalca. Ma se davvero abbiamo impedito che il tizio con le informazioni riservate sui nostri soldati e le nostre spie venisse catturato dai cinesi, allora non è andata troppo male.»

«Puoi dirlo forte» confermò Chavez. «Adesso portiamo a termine il lavoro.»